Gytha Lodge

SOBALD IHR MICH ERKENNT

Kriminalroman

Aus dem Englischen von
Kristian Lutze

Hoffmann und Campe

Die Originalausgabe erschien 2023 unter dem Titel
A Killer in the Family bei Michael Joseph / Penguin Books Ltd, London.

2. Auflage 2023

Für die deutschsprachige Ausgabe
Copyright © 2023 Hoffmann und Campe Verlag, Hamburg
www.hoffmann-und-campe.de
Umschlaggestaltung: Vivian Bencs © Hoffmann und Campe
Umschlagabbildung: © Christie Goodwin / Arcangel
Satz: Pinkuin Satz und Datentechnik, Berlin
Gesetzt aus der Minion Pro
Druck und Bindung: GGP Media GmbH, Pößneck
Printed in Germany
ISBN 978-3-455-01621-5

HOFFMANN
UND CAMPE

Ein Unternehmen der
GANSKE VERLAGSGRUPPE

Für Benji

*Es bricht mir das Herz, dass ich mir deine einfühlsamen,
urkomischen Kommentare zu diesem Buch nur vorstellen kann.
Du wirst so sehr vermisst.*

SILVESTER

Lindsay lachte – lachte wirklich, aus vollem Herzen – zum ersten Mal seit Monaten. Vielleicht sogar seit Jahren.

So etwas machte sie sonst nie. Der Wagen. Der Mann. Der berauschte Flug durch die vollen Straßen.

Sie war seit Jahrzehnten nicht mehr an Silvester ausgegangen. Seit Peter nicht mehr. Und selbst das nur am Anfang. Das Jahr, in dem sie sich auf einer Party kennengelernt hatten, zu der weder sie noch er hatten kommen wollen. Und die drei oder vier Jahre danach, in denen sie sich dem anderen zuliebe gezwungen hatten, das Haus zu verlassen, während ein Babysitter auf das Kind aufpasste, das sie nicht geplant hatten, jedoch beide vergötterten.

Irgendwann hatten sie sich gestanden, dass der Küchentisch und eine Partie Risiko ihnen reizvoller erschienen als Feuerwerk und Massengedrängel. Und von da an waren sie zu Hause geblieben, mit Dylan, der immer bettelte, bis Mitternacht mit ihnen aufbleiben zu dürfen, und sie bestürmte, die Twister-Matte auszupacken oder zu Pink Floyd herumzutanzen, um wenigstens ein bisschen zu feiern.

Und dann, nach dem langsamen Verfall und schließlich dem endgültigen Verlust von Peter sowie Dylans Wegzug zum Studium nach Dublin, war Lindsay meistens allein gewesen. Mit noch nicht einmal vierzig war ihr nichts geblieben, außer, das neue Jahr mit einem Puzzle und dem Fernseher einzuläuten, und mit sehr viel mehr Wein, als sie es gewohnt war. Es war jedes Jahr das Gleiche gewesen: eine Flut von Erinnerungen an jenen ersten Abend, als sie aufgeregt darauf gehofft hatte, dass Peter sie um Mitternacht küssen würde, und die tiefe Trauer darüber, dass sie ein weiteres neues Jahr ohne ihn begann.

Vielleicht wäre es leichter gewesen, wenn Dylan in besuchbarer Nähe leben würde. Aber er hatte seine Traumfrau gefunden und beschlossen, in Dublin ein neues Leben anzufangen. Deshalb war Silvester für Lindsay bis zu diesem Tag immer von schmerzhafter Einsamkeit erfüllt gewesen.

Sie wusste nicht genau, was sich heute Abend verändert hatte. In jedem anderen Jahr hätte der Wein sie längst ausgeknockt, und sie läge mittlerweile in besinnungslosem Tiefschlaf. Sie würde nicht in einem fremden Wagen sitzen und mit einem Mann, den sie kaum kannte, irgendwohin fahren, um sich das Feuerwerk anzuschauen.

Sie warf ihm einen Blick zu, diesem anderen Mann, der anfangs ebenso zögerlich gewesen war wie sie. Ein Mann, der offensichtlich genauso hoffnungsvoll, aber auch genauso ängstlich war wie sie.

Sie betrachtete seine attraktiven Gesichtszüge, während er den großen Wagen an einer Gruppe von Feiernden vorbeisteuerte, die vom Bürgersteig auf die Straße drängten. Sie hatte das Gefühl, dass bei alldem eine Art Vorsehung am Werk war.

Bis zur Abenddämmerung hatte sie eine längere anstrengende Wanderung unternommen, die sie ermüdet, aber auch irgendwie belebt hatte. Sie hatte geduscht, war im Bademantel in die Küche gegangen, um sich ein Glas Wein einzuschenken, und hatte festgestellt, dass ihr der Wein ausgegangen war. Und es hatte sich richtig angefühlt, an diesem Abend ihren schicksten schwarzen Pullover, Jeans und die Stiefel mit den Absätzen überzustreifen, die sie nur selten trug, um zu dem Weinladen in der South Parade zu gehen.

Wegen dieser Entscheidungen war sie ihm sozusagen direkt in die Arme gelaufen. Ihr Weg hatte seinen gekreuzt und seiner den ihren. Und sie hatte keinen Zweifel, dass es so hatte geschehen sollen. Sie sollte an einem anderen Silvesterabend einen anderen Mann treffen, an einem anderen Ort, den sie eigentlich gar nicht hatte aufsuchen wollen, und beide würden sie erkennbare Außenseiter sein. Offensichtlich Seelenverwandte.

Lindsay wusste nicht genau, wohin sie fuhren, doch das bereitete ihr keine Sorgen. Er kenne die Stelle mit der allerbesten Aussicht, hatte er ihr erklärt, voller Begeisterung, dieses Wissen mit ihr zu teilen. Sie glaubte ihm.

Eine Woge von Freude und Vertrauen erfasste sie. Freude darüber, dass sie *endlich* wieder die gleiche Wärme und Bereitschaft in sich spürte wie damals bei Peter. Eine heiße Erregung tief aus dem Bauch. Das Gefühl, einem anderen die Kontrolle überlassen zu wollen.

»Hier«, sagte er, als er an einer provisorischen roten Ampel stoppte. Er hielt ihr eine kleine Thermosflasche hin, die sie lächelnd entgegennahm und, ohne nachzudenken, ansetzte.

»Spiced Rum mit Apfelsaft«, sagte er. »Ist das okay?«

»Unbedingt«, antwortete sie. Der Rum war stark, aber auf angenehme, wohltuende Weise. Sie spürte, wie die Wärme sich in ihrem Bauch ausbreitete und das Hochgefühl, das sich den ganzen Abend in ihr aufgebaut hatte, behaglich abpolsterte.

Sie blickte aus dem Wagen auf den Trubel draußen. Menschen Mitte zwanzig, die sich auf Bürgersteigen drängten, aus Dosen tranken und sich nicht unterhielten, sondern gegenseitig anschrien. An jedem anderen Abend wäre sie genervt gewesen, hätte sich vielleicht sogar bedroht gefühlt. Aber heute war sie Teil des ausgelassenen Ganzen. Sie prostete den Feiernden mit der Thermosflasche zu und trank einen großen Schluck.

Der Mann grinste. »Vielleicht gönn ich mir gleich auch einen. Wenn es okay für dich ist, dass wir zwischendurch anhalten, damit ich eine Weile nicht fahren muss.«

»Klar«, sagte sie, ohne zu zögern, und das war wieder nicht die Lindsay, die in den letzten Jahren immer neue Ausreden erfunden hatte, um allein zu sein. Das war die Lindsay ihres früheren Lebens. Vielleicht sogar eine noch kühnere Version.

Er nahm die Hand vom Schaltknüppel und drückte sanft ihre Finger, als die Ampel gerade auf Grün sprang. Sie ließen das bunte Treiben hinter sich und erreichten die Umgehungsstraße. Als sie an erleuchteten Häusern vorbeiflogen, herrschte kaum noch Verkehr. Nur ihr Wagen und ein Fahrzeug vor ihnen.

Es war nicht mehr lange bis Mitternacht, und alle, die sich nicht in den Pubs drängten, waren auf Partys oder Sofas, an Flussufern oder in Gärten versammelt.

Sie dachte, dass sie Dylan eine Nachricht schicken sollte, bevor die Mobilfunknetze überlastet waren. Ihr Sohn würde jede Andeutung, er sei sentimental, weit von sich weisen, doch er würde es bestimmt erwähnen, wenn er heute Nacht keine Nachricht von ihr bekam.

Sie zog ihr Handy aus der Jeanstasche und stellte fest, dass sie erstaunliche Schwierigkeiten hatte, sich auf das Display zu konzentrieren. Darüber musste sie lachen.

»Gott, ich kann kaum noch lesen«, sagte sie.

»Rufst du jemanden an?«, fragte er locker, ohne Eifersucht.

»Ich schick bloß Dylan eine Nachricht.«

Sie blickte zu ihm, sah, dass er lächelte, und war froh, als er sagte: »Ich würde ihn gerne irgendwann kennenlernen.«

»Ihr würdet euch super verstehen«, sagte sie. »Du bist genau sein Typ Mensch.«

Und dann konzentrierte sie sich ein paar Minuten lang auf das Display und schrieb mühsam:

Frohes neues Jahr! Ich hoffe, ihr habt alle viel Spaß.

Sie scrollte eine Weile, bis sie ein paar Feier-Emojis fand. Sie waren nicht in ihrer »Häufig benutzt«-Liste gespeichert. Das würde sie ändern, nahm sich Lindsay vor. Sie würde wieder ein begeisterungsfähiger, glücklicher, feierfreudiger Mensch werden. Sie hatte nie an Neujahrsvorsätze geglaubt, doch jetzt fasste sie einen.

Dann schaltete sie das Handy entschlossen aus. Für den Rest des Abends würde es um sie und ihn gehen und um sonst nichts. Sie konnte sich auch am nächsten Morgen noch mit Dylan austauschen.

Als sie wieder aufblickte, hatten sie die Stadt verlassen und fuhren eine dunkle Allee entlang. Sie blinzelte desorientiert aus dem Fenster, bis sie eine Kreuzung erkannte. Sie waren schon in Ashurst. Hatte sie wirklich so lange gebraucht, um die Nachricht zu schreiben?

In einer sanften Kurve rutschte Lindsays Handy von ihrem Schoß in einen Spalt zwischen Sitz und Mittelkonsole.

»Mist.«

»Was ist?«

»Mein Handy ist …« Sie wedelte mit den Händen, die sich anfühlten, als wären sie nur lose mit ihrem Körper verbunden. Mein Gott, war sie betrunken.

Sie beugte sich vor, um ihr Telefon zu suchen, als er gerade den Arm hob, um nachzusehen, sodass ihr Kopf hart gegen seinen Ellbogen prallte.

»Autsch«, sagte er.

Lindsay musste unwillkürlich lachen. »Sorry.«

»Nicht du solltest dich entschuldigen, sondern ich.« Er bewegte vorsichtig seinen Arm und sah sie an. »Das muss doch wehgetan haben. Alles in Ordnung?«

»Mir geht es gut«, erwiderte sie grinsend. »Ich spür gar nichts.«

»Gut«, sagte er und schüttelte verhalten den Kopf, als er wieder auf die Straße blickte. »Du bist offensichtlich härter im Nehmen als ich.«

Sie tastete erneut nach dem Telefon, berührte es mit den Fingerspitzen, konnte es jedoch nicht greifen, sondern stieß es nur noch weiter nach hinten, bis es im Fond des Wagens außer Reichweite war.

»Sorry. Warte kurz.«

Um sich mehr Bewegungsfreiheit zu verschaffen, zog sie an ihrem Sicherheitsgurt und wandte sich auf ihrem Sitz halb um. Sie verdrehte ihren Arm und konnte das Handy gerade erreichen.

In dieser verrenkten Haltung fiel ihr Blick auf die Gegenstände, die im Rückraum verstaut waren und ihr zunächst bedeutungslos erschienen: ordentliche Bündel Brennholz, aus denen ein Scheit hervorragte, und ein Benzinkanister. Einfach irgendwelche Sachen. Sachen, wie Menschen sie manchmal in ihrem Wagen transportierten.

Aber dann erinnerte sie sich an eine Frau, einen Mord und einen Scheiterhaufen. Eine einsame Frau Mitte vierzig, deren Foto überall im Netz und in den Zeitungen aufgetaucht war. Eine Frau, die Lindsay schmerzhaft an sich selbst erinnert hatte. Eine Frau, deren Mörder trotz intensiver Suche noch nicht gefasst worden war.

Das Gefühl glücklicher, losgelöster Zufriedenheit schlug plötzlich in lähmende Angst um, als ihr die Realität ihrer Lage bewusst wurde. Sie fuhr total benebelt mit einem Fremden weiß Gott wohin.

Er hat dich betäubt, dachte sie, wütend auf sich selbst. Aber in dem Dunst ihrer Benommenheit fiel es ihr schwer, diese Wut festzuhalten. Du hättest nicht aus der Thermosflasche trinken sollen.

Dann fielen ihr die drei Drinks ein, die sie vorher schon von ihm angenommen hatte, und sie begriff, dass er ihr vielleicht schon seit Stunden Drogen einflößte.

Kurz stellte sie sich die andere Frau vor, Jacqueline, die ebenfalls mit ihm getrunken hatte. Sie war zu ihm in den Wagen gestiegen, hatte die angebotene Thermosflasche angenommen und war völlig wehrlos gewesen, als er sie in den Wald geschleift hatte.

Trotzdem wollte ein Teil von ihr bleiben, wollte sich von ihm küssen lassen und hoffte immer noch, dass sie sich irrte.

Nein. Du musst aussteigen. Du musst sofort aussteigen.

Der Gedanke war beinahe so dringend, dass sie es für einen Moment schaffte, sich zu konzentrieren. Sie musste ihn dazu bringen anzuhalten.

Und wenn er sich weigerte? Sie brauchte ihr Handy. Es war ihre einzige Chance, Hilfe zu rufen. Wenn er wusste, dass sie jemanden alarmiert hatte, würde sie vielleicht sicher sein.

Ohne auf den Kanister und die Holzscheite zu achten, die gegen ihren Kopf drückten, als sie sich umwandte, streckte sie die Finger aus. Sie spürte seine Nähe; ihr wurde bewusst, wie verletzlich sie war. Und das fand sie nicht mehr erregend.

Aber es fiel ihr schwer, sich auf diese Furcht zu konzentrieren. Oder überhaupt auf irgendwas. Sie ertappte sich dabei, ins Nichts zu starren, während sie in ihrer unbequemen Haltung den Arm zu dem Handy ausstreckte.

»Alles in Ordnung?«, brummte er neben ihr. Sie zuckte zusammen, und ihre Angst drang wieder vage durch den Nebel.

»Ich versuch bloß, mein Handy aufzuheben«, sagte sie und versuchte zu lachen. Dann lachte sie aus irgendeinem Grund wirklich. Es war zu blöd, dass sie nicht an das verdammte Handy herankam. Was für eine lächerliche Art zu sterben.

Ihre Fingerspitzen berührten das Telefon, doch sie konnte es nicht aufheben, sondern stieß es nur noch weiter weg.

»Ist schon okay, wir sind fast da«, sagte er.

Sie spürte, dass der Wagen über eine Unebenheit holperte und schaukelte. Das Handy rutschte außer Sichtweite.

Als sie sich mit einer Hand an dem nicht besonders fest geschnürten Holzbündel abstützte, löste sich ein Scheit.

Sie packte ihn mit einer Hand und versuchte, sich daran zu erinnern, dass sie Angst hatte, während sie einem offenen Weg durch eine Heidelandschaft folgten.

»Hier oben haben wir eine fantastische Aussicht«, sagte er.

Sie starrte ihn an und sah, dass er lächelte. Es war ein überraschend warmes Lächeln.

Du musst abhauen, dachte sie. Du musst weg von ihm, Lindsay.

Mit ihren schlaffen Gliedern und ihrem benebelten Verstand würde sie sich todsicher nicht gegen ihn wehren können. Und auch sonst hätte sie wohl kaum eine Chance gehabt. So fit sie auch sein mochte, er war offensichtlich stärker und durchtrainierter als sie.

Vor ihnen tauchte plötzlich ein Ginsterbusch auf, neben dem er den Wagen parkte. Sie standen auf einer Hügelkuppe mit Blick auf einen Wald. Die Umgebung kam Lindsay bekannt vor. Hier war sie schon gewandert.

»Lyndhurst Heath«, sagte sie laut, löste unbeholfen den Sicherheitsgurt und ließ ihn über ihren Körper gleiten.

»Ich liebe es hier oben«, sagte er und wandte sich ihr zu.

Er sah aus, als wollte er sie küssen. Und einen Moment lang zögerte sie voller Sehnsucht.

Was, wenn er alles, was er gesagt hatte, ernst meinte? Was, wenn das seine echten Gefühle waren?

Aber selbst in ihrem benommenen Zustand erkannte sie den Schatten, der über sein Gesicht huschte. Etwas Lauerndes, Halbherziges. Etwas, das eindeutig keine Bewunderung war.

Und plötzlich wollte Lindsay nichts weniger als seinen Kuss. Sie wies auf einen Punkt hinter ihm und sagte: »Guck mal!«

Als er sich umdrehte, zog sie den Scheit aus dem Bündel und holte so weit aus, wie es der beengte Raum und ihre kraftlosen Arme erlaubten. Sie spürte, wie sie seinen Kopf traf, und hörte ihn aufschreien.

Sie wartete seine weitere Reaktion nicht ab, sondern ließ den Scheit fallen, öffnete die Tür, schlüpfte aus dem Wagen und rannte über einen Weg, den sie gut kannte, Richtung Wald.

Sie hörte, wie hinter ihr die Wagentür geöffnet wurde, dann einen weiteren Schrei. Sie hatte ihn nicht außer Gefecht gesetzt, sondern bloß wütend gemacht.

Sie musste es nur bis zu den Bäumen schaffen. Weiter nicht. Bis zu den Bäumen und sich dann verstecken.

Sie blickte zu den Ästen, schattenhafte Konturen, die zum Greifen nahe schienen und doch unendlich weit entfernt waren. Vor ihren Augen verschwamm alles. Sie spürte ihre Beine kaum noch, während sie über jede Unebenheit taumelte.

»Lindsay!«

Er war hinter ihr und näher gekommen. Viel näher.

Lindsay versuchte, sich auf die verschwimmenden Bäume zu konzentrieren. Sie kämpfte gegen die Erschöpfung und die Stimme in ihrem Kopf an, die ihr zum Aufgeben riet.

Nein, nein, nein, wiederholte der kräftigere, sturere Teil ihrer selbst. Und als sie schließlich stolperte und auf die Knie sank, war es dieser Teil, der laut aufheulte vor Wut über die Ungerechtigkeit von alldem.

TEIL EINS

1.

Er hatte sie seit dem ersten Feuer im Oktober beobachtet. War ihrem kleinen Team überallhin gefolgt, während sie versuchten, alles aufzudröseln.

In einer Art ironischer Kameradschaft hatte er mit ihnen den Tatort besichtigt, während sie versuchten zu ermitteln, wer in dem Wald zu Asche verbrannt worden war. Natürlich hatte niemand ihn bemerkt. Wenn er wollte, konnte er sich unsichtbar machen.

In den folgenden drei Monaten war er die meiste Zeit unentdeckt an ihrer Seite gewesen, war ihnen zum Haus des Opfers, in Bars, Cafés und Geschäfte gefolgt. Er war in der Nähe gewesen, als sie mögliche Verdächtige aufgesucht hatten, und hatte still in sich hineingelächelt, wenn er sie mit frustrierter Miene wieder abziehen sah.

Er hatte sie natürlich nicht nur beobachtet. Er hatte auch alles gelesen, was er im Netz und in den Zeitungen finden konnte. Er hatte es sofort erfahren, als sie das Opfer als die sechsundvierzigjährige Jacqueline Clarke identifizierten, und las auch alles über ihr einsames Leben in Brockenhurst, zumindest, wie es sich einer der Zeitungsfuzzis vorstellte.

Er hatte jedes Foto von Jacqueline ausgeschnitten, einer attraktiven Frau mit rotblondem Haar, und es sorgfältig aufbewahrt. Genau wie jedes Foto von dem Team.

Eine Lokalzeitung hatte den Täter als »Bonfire-Killer« bezeichnet. Das hatte ihm gefallen, und auch wenn der Name nirgendwo aufgegriffen worden war, hatte er ihn für sich übernommen.

Zwei Wochen nach dem Fund von Jacqueline Clarke waren sie zu einem weiteren Scheiterhaufen gerast, der noch brannte. Er hatte ihnen beim Löschen zugesehen, doch es war sonnenklar, dass dieses Mal keine Leiche darauf lag. Lächelnd hatte er ihre Verwirrung und Fassungslosigkeit beobachtet.

Er wusste, was sie dachten. Aus der Entfernung konnte er zwar kaum hören, was sie sagten, doch in dem grellen Licht der Scheinwerfer, die sie mitgebracht hatten, sah er ihre Mienen.

Sie glauben, es könnte wieder passieren, dachte er. Sie rechnen mit einer weiteren Jacqueline Clarke, einem weiteren Opfer des Bonfire-Killers.

Auch als sie den Radius ihrer Ermittlung ausgeweitet und versucht hatten, eine Verbindung zu anderen Verbrechen herzustellen, war er ihnen jedes Mal gefolgt. Viele der Tatorte wiesen lachhaft wenig Ähnlichkeiten mit dem Mord an Jacqueline Clarke auf, doch als sie die verkohlten Ruinen eines Hauses in West Gradley besichtigten, in dem eine Frau in Jacquelines Alter verbrannt war, hatte er ihre Panik gespürt und genossen. Und ihre erkennbare Unsicherheit, ob sie den Todesfall genauer untersuchen sollten.

An den beiden nächsten Schauplätzen war ihre Beunruhigung noch offensichtlicher geworden. Zwei weitere Feuer, beide ohne Opfer. Sie hatten sich jedes Mal schneller bewegt, wie Ameisen, die man mit einem Stock aufgescheucht hatte. Das fand er amüsant.

Nicht erwartet hatte er sein wachsendes Gefühl von Kameradschaft. Während er ihnen bei der Arbeit zusah, entwickelte er eine eigenartige Sympathie für das Team. Für den nüchternen, besonnenen DCI Jonah Sheens und den freundlichen DS Domnall O'Malley.

Vielleicht sogar für DS Ben Lightman, dessen modelmäßig

gutes Aussehen ihn zunächst abgestoßen hatte. Als wäre er ein Hollywoodschauspieler, der einen Polizisten spielte. Er hatte ihn auf den ersten Blick gehasst.

Aber es war ihm schwergefallen, diese intensive Abneigung durchzuhalten, nachdem er zugesehen hatte, wie Lightman Gummistiefel übergestreift hatte und durch den Schlamm gewatet war und dann anderthalb Stunden neben einem niedergebrannten Feuer im Nieselregen gestanden hatte. Diese anderthalb Stunden im Regen hatten sie gemeinsam verbracht, auch wenn Ben Lightman das nicht wusste.

Und dann war da natürlich noch Juliette. Für ihn war sie Juliette und nicht DC Hanson. Sie war anders. Ihr zuzusehen, sich zu ihr hingezogen zu fühlen war so leicht, dass er sich dabei ertappte, sie auch dann zu beobachten, wenn anderswo interessantere Dinge passierten.

Nach dem dritten Scheiterhaufen hatte sich auch für ihn etwas verändert. Er hatte den Tatort vor ihnen verlassen und war zurück zu dem Geländewagen gegangen, den er mit einem gefälschten Führerschein gemietet und ein Stück entfernt außer Sichtweite abgestellt hatte. Auf dem Rückweg war er an Juliettes kleinem Nissan Micra vorbeigekommen, den sie neben der unwegsamen Schotterstraße geparkt hatte.

Er hatte sofort erkannt, dass der Wagen manövrierunfähig im Schlamm feststeckte. Das würde Juliette erst bemerken, wenn sie losfahren wollte.

Er blickte auf seine Uhr. Es war fast Mitternacht. Sie würde es vermutlich gegen eins entdecken.

Er ging zu dem Wagen und drückte den Türgriff. Mit einem Schauder der Erregung erkannte er, dass der Nissan nicht abgeschlossen war.

In dem Moment war ihm ein seltsamer, aufregender Gedanke gekommen. Er könnte ihr wirklich helfen. Er könnte Juliette helfen. Er könnte etwas Nettes für sie tun. Und wenn er es richtig anstellte, würde sie vielleicht sogar vermuten, dass er es gewesen war, ohne es je mit Sicherheit zu wissen.

Er blickte sich zu den Scheinwerfern am Ende der Straße um. Der Tatort lag hinter einem abgeschlossenen Tor. Sie waren eine halbe Meile entfernt, und die Spurensicherung würde noch Stunden beschäftigt sein.

Ohne Zögern war er zu dem gemieteten Geländewagen gegangen, der mit einer Stahlseilwinde ausgestattet war, und hatte den kleinen Nissan Micra aus dem Schlamm gezogen. Ohne Licht, untertourig und mit einem Auge immer auf der Straße, wo jeden Moment ein Polizist auftauchen konnte. Aber es war niemand gekommen, bis er den Wagen wieder auf die Schotterstraße geschleppt hatte.

Mit einem Lächeln hatte er das Abschleppseil gelöst und war weggefahren, erfüllt von einem unerwarteten Gefühl der Verbundenheit mit ihr, das er noch dazu eigenartig befriedigend fand.

Als er sich an diesem Morgen ankleidete, dachte er wieder an diese kleine anonyme Hilfeleistung für sie. Der Gedanke wärmte ihn, während er in dem kühlen Schlafzimmer sein Hemd überstreifte.

Er fragte sich, was sie zu seinem Outfit sagen würde. Vor allem aber wollte er wissen, was sie von der kleinen Überraschung halten würde, die er heute für sie auf Lager hatte.

2.

Das Beste daran, an Silvester nicht auszugehen, war die Tatsache, dass der anschließende Feiertag so viel angenehmer war, fand Aisling. Vorbei die Tage, an denen sie um zehn mit Kopfschmerzen und einem vagen Schamgefühl aufgewacht war. Zugegeben, sie hatte trotzdem leichte Kopfschmerzen von der Flasche Chablis, die sie auf dem heimischen Sofa fast geleert hatte. Aber sie war zuversichtlich, dass die nach ein paar Stunden und zwei Ibuprofen verflogen sein würden.

Es war so viel besser, einen Vormittag mit ihren Jungen wirklich genießen zu können, dachte sie, auch wenn Ethan offensichtlich mit einem Monsterkater zu kämpfen hatte. Ihr älterer Sohn hatte es um zehn aus seinem Schlachtfeld von einem Zimmer geschafft, mit blassem Gesicht und einer abstehenden Mähne blonder Locken, als hätte er sich die Haare toupiert.

Er hatte nur einsilbig auf Aislings fröhliche Begrüßung reagiert, was so untypisch für ihn war, dass sie sagte: »War wohl 'ne gute Party, was?«

Finn hingegen war schon vor Aisling aufgestanden und beinahe enervierend dynamisch und redselig. Er hüpfte in der Küche herum und suchte die Zutaten für die traditionellen Eier Benedict zusammen, während er ununterbrochen über die Ereignisse des Vorabends plapperte. Aisling hatte nicht richtig zugehört, aber offenbar redeten alle darüber, dass die Freundin seines Freundes ihre Aufmerksamkeit unvermittelt dessen älterem Bruder zugewandt hatte.

»Ich meine, mal ehrlich, der Typ ist vielleicht echt okay«, er-

23

klärte Finn ihr gerade, als sie wieder in die Geschichte einstieg, »aber ich kann mir einfach nicht vorstellen, wie sich das für einen der beiden irgendwie lohnen könnte. Peter ist völlig fertig und kann seinen Bruder nicht mal ansehen, und Lauren hat im Prinzip ihre ganze Familie verloren.« Er seufzte geräuschvoll. »Ich weiß, die Leute glauben, es sei Liebe, und wenn es Liebe ist, kann man nichts dagegen machen, aber man hat doch eine Wahl, oder nicht? Ich meine, es muss doch Momente gegeben haben, wo beide hätten sagen können: ›Weißt du was? Ich flirte nicht mit der Freundin meines Bruders.‹ Oder so. Ich kann mir einfach nicht vorstellen, dass Marian so was machen würde. Oder dass Ethan sich darauf einlassen würde.«

»Und ob«, rief Ethan vom Tisch.

Finn grinste ihn bloß an. »Dann müsstest du allerdings mal 'n bisschen Sport machen, sonst hast du keine Chance«, sagte er. »Marian steht nicht so auf den Typ vergammelter Rockstar.«

»Das behauptet sie nur dir gegenüber«, erwiderte Ethan.

Aisling drehte sich kopfschüttelnd zu ihm um und bemerkte erst jetzt, dass er vornübergesunken knapp über der Tischplatte hing. Er sah fürchterlich mitgenommen aus und schien unter einer ausgewachsenen katerbedingten Verstimmung zu leiden. Seine Miene passte überhaupt nicht zu seinen Versuchen, sich an ihrem üblichen Gefrotzel zu beteiligen.

Gott, wie viel hat er gestern getrunken?, fragte Aisling sich. Ob er sich übergeben hatte?

Mit neunzehn war Ethan theoretisch alt genug, um auf sich selbst aufzupassen, doch er neigte zu Unbesonnenheiten und bereitete ihr damit in vielerlei Hinsicht mehr Sorgen als sein siebzehnjähriger Bruder. Wie oft hatte er in seinem Zimmer schon irgendetwas in Brand gesetzt, hatte Sachen weggeschmissen, die er dann dringend brauchte, oder war irgendwo gestrandet, weil er bei einem spontanen Ausflug nicht darüber nachgedacht hatte, wie er wieder nach Hause kommen sollte. Dass er den Menschen von Natur aus gefällig sein wollte und sich manchmal auf die absurdesten Dinge einließ, um die Stimmung nicht zu verderben, war ebenfalls nicht hilfreich.

Finn war ein vollkommen anderer Mensch. Obwohl er zwei Jahre jünger war, wusste er viel genauer, was er wollte, und dachte immer langfristig. Er war diszipliniert, verantwortungsbewusst und fest entschlossen, eine Karriere als Tennisprofi einzuschlagen. Deshalb trank er nie so viel, dass ihm schlecht wurde, oder rief nachts um drei von einem Parkplatz in Lymington an.

»Wann bist du denn nach Hause gekommen?«, fragte sie Ethan und wäre am liebsten zu ihm gegangen und hätte ihm das Haar zerzaust, musste sich aber um das Pochieren der Eier kümmern.

Ethan zuckte mit den Schultern. »Weiß nicht. Um zwei? Irgendwas in der Richtung.«

»Hast du deinen Wagen bei Matthew stehen lassen?«

»Ähm, ja.« Aisling sah ihn lange genug an, um mitzubekommen, dass er seinem Bruder einen Blick zuwarf. »Ich hol ihn nach der Probe ab.«

»Oder auch erst *viel* später, würde ich vorschlagen«, sagte Aisling. »Morgen zum Beispiel.«

»Wenn ich was gegessen habe, geht das schon wieder«, erwiderte Ethan leicht gereizt.

Aisling beschloss, seine untypisch schlechte Laune zu ignorieren, und stellte zwei Teller mit Eiern bereit. Finn garnierte sie mit Speckstreifen und träufelte die sorgfältig angerührte Hollandaise darüber.

»Fangt ihr schon mal an«, sagte sie. »Meins ist in einer Minute fertig.«

Als Finn die Teller zum Tisch trug, sah sie, dass er einen Verband am linken Bein trug.

»Hast du dich gestern Abend geschnitten?«, fragte sie und wies mit dem Eierlöffel auf ihn.

»Oh, nein«, sagte Finn mit einem spröden Lachen. »Ich bin

nur neulich beim Laufen auf einen Stock getreten, der mich angesprungen und gebissen hat.«

»Der arme Stock«, sagte sie grinsend.

»Marian wünscht übrigens ein frohes neues Jahr«, sagte er und nahm sein Handy.

»Richte ihr das Gleiche von uns aus«, sagte Aisling. »Wann kommt sie mal wieder zu Besuch?«

»Realistischerweise wahrscheinlich nicht vor Februar«, sagte Finn mit einem knappen Seufzer. »Wir haben beide zu viele Wochenendtermine.«

Sie empfand einen Stich von Mitleid für ihn. Sie hatte ihn nie zu überdurchschnittlichen Leistungen im Tennis angetrieben. Der Impuls kam ausschließlich aus ihm selbst. Aber das machte ihm das Leben manchmal schwer. Und dass er sich in eine sehr ehrgeizige Tennisspielerin verliebt hatte, die obendrein halb auf der anderen Seite des Landes wohnte, war auch nicht hilfreich.

Sie gab ihre Eier auf den Teller und setzte sich zu den beiden an den Tisch. Finn hatte beim Reden schon zwei seiner vier Eier verputzt, während Ethan mit gequälter Miene sein kaum angerührtes Essen musterte.

Sie wollte ihn gerade fragen, ob er Schmerztabletten brauchte, als er den Teller wegschob und fragte: »Mummo, hast du das Amazon-Päckchen gesehen, das für mich angekommen ist?«

»Nein.« Sie begann zu essen. »Ist nicht auf meinem Radar aufgetaucht. Was ist denn drin?«

»Plektren.«

Aisling zog eine Braue hoch. »Ich hab dir doch welche zu Weihnachten geschenkt. Kannst du nicht die benutzen?«

»Die kann ich auch nicht finden«, sagte Ethan mit einfältiger Miene. »Ich brauche welche für die Probe später. Außerdem schulde ich Dan ein paar.«

»Natürlich«, sagte Aisling. »Wie groß war dieses Päckchen?«

»Etwa … A5?« Er deutete die Ausmaße an.

»Und es ist bestimmt angekommen?«, fragte sie.

»Ja, es lag im Flur.«

»Und du hast vermutlich angenommen, dass es dort weiterlebt, bis du es brauchst.« Sie schüttelte den Kopf und deutete ein Lächeln an. »Hast du deinen Bruder gefragt? Finn, hast du dieses Amazon-Päckchen deines nutzlosen Bruders gesehen?«

Während er aß, tat Finn eine Weile überzeugend so, als hätte er sie gar nicht gehört, hielt dann jedoch lange genug inne, um zu sagen: »Oh. Ja. Ich hab es in dein Zimmer gelegt.«

»Mist«, sagte Ethan, nur halb ironisch. »Dann finde ich es nie mehr wieder.«

»Stimmt«, gab Finn zurück. »Da drinnen könnten tatsächlich kleinere Länder verloren gehen.«

In diesem Moment erhob sich Barks, ihr Terrier, aus seinem Körbchen und kletterte behutsam auf Ethans Schoß. Ethan, der sonst immer ein großes Gewese um den Hund machte, schien ihn gar nicht zu bemerken.

Aisling betrachtete ihren älteren Sohn eingehender und fragte sich, ob er bloß verkatert oder wirklich unglücklich war. Er war auf einer Party bei seinem sogenannten Freund Matt gewesen, aber Aisling wusste nur zu gut, dass diese Freundschaft extrem unverlässlich war. Meistens war Matt bloß nervig, aber manchmal konnte er auch ein ausgewachsenes Arschloch sein. Sie wusste, dass Ethan hin und wieder darauf angewiesen war, dass Matt einsprang, wenn ein Bandmitglied fehlte, aber sie begriff trotzdem nicht, warum er darüber hinaus Zeit mit dem Typen verbrachte.

Tatsächlich waren die meisten von Ethans Freunden ein bisschen anstrengend. Aisling konnte auch nichts dafür, dass ihr Finns höfliche, wenn auch hoffnungslos versnobbte Freunde lieber waren als die egozentrischen Musiker, mit denen Ethan abhing.

»Ooh«, sagte Finn plötzlich und beugte sich mit dem Handy in der Hand über den Tisch. »In der Heide sind jede Menge Polizisten unterwegs. Guck mal.«

Er hielt Aisling sein Telefon hin, und sie sah ein Foto, das auf Twitter geteilt worden war, eine aus größerer Höhe gemachte Aufnahme des zum Wald hin gelegenen Endes von Lyndhurst Heath. Direkt an der Baumgrenze standen etliche Streifenwagen und Polizeitransporter, dazwischen konnte man zwei weiß gekleidete Gestalten erkennen, die aussahen wie Beamte der Spurensicherung.

»Ist das von heute?«

Finn nickte. »Ja. Vielleicht jogge ich gleich mal dort vorbei, um zu sehen, was los ist.«

»Sei nicht so morbide«, sagte Aisling, zog dann aber doch ihr eigenes Handy aus der Tasche und googelte aktuelle Artikel über Ereignisse in Lyndhurst Heath. Es gab keine Treffer.

Die Vorstellung, dass ganz in der Nähe ein Verbrechen geschehen war, beunruhigte sie. Und wenn ein Team der Spurensicherung angerückt war, musste es etwas Ernstes sein.

Sie hatte immer geglaubt, der New Forest wäre sicher, zumindest vor Kapitalverbrechen. Aber dann war vor drei Monaten nicht weit entfernt eine Frau ermordet worden. Eine gewöhnliche, durchschnittliche, einsame Frau Mitte vierzig namens Jacqueline. Eine Frau, die ganz leicht auch Aisling selbst hätte sein können. Ihr Herz setzte einen Schlag lang aus bei dem Gedanken, dass es womöglich ein weiteres Opfer gab. Ermordet. War im Netz wirklich noch nichts darüber gepostet worden?

Sie probierte es mit anderen Suchbegriffen, die jedoch nur die Artikel über den Mord vor drei Monaten zutage förderten. Entweder war die Sache nicht wichtig, oder es war noch nichts an die Presse durchgesickert.

Ethan stand auf, um sich einen Kaffee zu machen, und Aisling drehte ihr Handy um. Sie sollte nicht an Morde denken. Sie sollte sich auf ihre Söhne konzentrieren, auf den Tag, der vor ihr lag.

Einen Moment lang betrachtete sie die beiden mit einer eigenartigen Nostalgie. Beinahe so, als wäre die Szene schon geschehen und sie würde sehnsuchtsvoll daran zurückdenken.

Zu Beginn eines neuen Jahres war sie häufig ein bisschen melancholisch. Die Feiertage und die Zeit mit ihren Söhnen gingen zu Ende. Gleichzeitig fühlte sich Neujahr immer ein wenig so an wie das Ende der Schulferien, ein Tag, an dem sie nach vorn schaute, entschlossen, den Kater und die Trägheit abzuschütteln und sich an die Arbeit zu machen.

Aber heute ging ihr diese Energie ab. Stattdessen fühlte sie sich verloren. Vielleicht weil sie dachte, dass sie womöglich nur noch ein weiteres Weihnachtsfest gemeinsam in diesem Haus feiern würden. Wenn sie Glück hatten.

Manchmal wünschte sie, sie könnte ihren Söhnen die Wahrheit über ihre finanzielle Lage anvertrauen. Es wäre eine große Erleichterung, diese Last mit jemandem zu teilen, doch das wollte sie ihnen nicht antun. Ethan verfügte über keine der nötigen Fähigkeiten, um ihnen zu helfen, und Finn hatte das Recht auf eine sorgenfreie Jugend.

Deshalb kannte Aisling als Einzige das wahre Ausmaß ihrer Probleme. Ihre Söhne glaubten, mit einem megaerfolgreichen Computerspiel und stetig eingehenden Aufträgen auf der Habenseite wäre sie finanziell sehr komfortabel abgesichert. Sie hatte ihnen nie gestanden, wie wenig sie an *Survive the Light* tatsächlich verdient hatte. Und auf wie vieles sie verzichtet hatte, damit die Jungen weiter auf ihre Privatschule gehen konnten. Sie ahnten nicht, wie Aisling im Alltag jonglieren musste, um Ethan die Auftritte mit der Band und Finn seine Tennisstunden und Turniere zu ermöglichen.

Manchmal fragte sie sich, ob sie verrückt war, ihre Söhne auf eine Privatschule zu schicken, die sie sich überhaupt nicht leisten konnte. Hanyard House war natürlich Stephens Idee gewesen, ihrem charmanten, aber letztendlich eigennützigen Ex-Mann. Schon seit Ethans Geburt hatte er davon geschwärmt. Aber anstatt sich seiner Verantwortung als Vater zu stellen, hatte er sie verlassen, als die Jungen zwei und vier waren.

Bei der Scheidung hatte sie sich aus falschem Stolz mit sehr viel weniger zufriedengegeben, als ihr zustand. Rückblickend hätte sie darauf bestehen sollen, dass ihr Ex sich bis zum achtzehnten Geburtstag der Jungen an deren Schulgebühren beteiligte. Aber sie war sich nicht sicher gewesen, ob sie wirklich *wollte*, dass sie auf dieser Schule blieben. Damals hatte sie entschieden, mit einem möglichen Schulwechsel noch bis zum Ende der Mittelstufe zu warten, um ihren Söhnen einen weiteren Bruch in ihrem Leben zu ersparen. Sie hatte geglaubt, es würde ihnen den Alltag erleichtern, wenn sie sie fürs Erste in ihrer vertrauten Umgebung beließ.

Aber dann wurden beide nacheinander für Stipendien vorgeschlagen, mit denen ihr weiterer Schulbesuch bis zum Abitur unterstützt wurde. Ethan hatte ein beträchtliches Musik- sowie ein kleineres akademisches Stipendium erhalten. Und Finn war dem Vorbild seines Bruders gefolgt und hatte ein Sportstipendium bekommen, das beinahe die Hälfte seiner Schulgebühren abdeckte und bei akademischem Erfolg weitere Mittel in Aussicht stellte.

Da hatte Aisling sich verpflichtet gefühlt, ihren Söhnen auch weiterhin den Besuch ihrer Privatschule zu ermöglichen, einfach weil sie es sich verdient hatten. Sie schwor sich damals, die fünftausend Pfund pro Jahr, die sie trotzdem noch für jeden der beiden zahlen musste, irgendwie aufzubringen.

Das hatte sie auch geschafft, aber nur, indem sie die gesamte Erbschaft ihrer Mutter aufgebraucht hatte und dann mit überzogenem Konto und Krediten allmählich immer tiefer in die Miesen gerutscht war. Es hatte Schreckmomente gegeben, in denen sie nicht weiterwusste, etwa als die Aufstockung eines Kredites abgelehnt wurde, mit dem sie eine Lücke überbrücken wollte. Ja, sie hatte bisher immer eine Lösung gefunden – aber sie wusste auch, dass sie dabei auf sich allein gestellt war.

Sie hatte sich damals so unglaublich einsam gefühlt. Ohne Eltern, an die sie sich wenden konnte, ohne Partner und mit einem Freundeskreis, der ausschließlich aus Eltern bestand, die gar nicht wussten, was finanzielle Probleme bedeuteten.

Ihre größte Angst war, das Haus zu verlieren. Sie hatte so viel Arbeit hineingesteckt, um es zu einem perfekten Heim zu machen, zu *ihrem* Zuhause. Bei ihrem Einzug war es eine heruntergekommene, deprimierende Bruchbude gewesen. Sie hatte Hunderte von Stunden damit zugebracht, alte Tapeten herunterzureißen, alles neu zu streichen und stilvoll auszuleuchten. Jetzt war das Haus wunderschön, fand sie. Behaglich und luftig, mit einem freien Blick auf die dahinterliegenden Felder. Wann immer sie wollte, konnte sie in der Küche sitzen und in die Weite schauen, und das hatte im Laufe der Jahre vieles besser gemacht.

Selbst jetzt, wo ihre Söhne praktisch erwachsen waren, brach ihr der Gedanke, vielleicht ausziehen zu müssen, beinahe das Herz. Dabei würde es eine Menge ihrer finanziellen Probleme lösen. Sie könnte das Haus mit beträchtlichem Gewinn verkaufen und irgendwo von vorne anfangen, in einer Gegend, die gerade erst im Kommen war, erneut eine renovierungsbedürftige Immobilie erwerben und sie nach und nach zu ihrem Zuhause machen. Es würde ihre Schulden mit einem Schlag reduzieren. Aber es würde sie auch innerlich zerreißen.

Vielleicht muss ich das ja gar nicht, dachte sie, während am Frühstückstisch eine gutmütige Diskussion darüber ausgebrochen war, wer für den Abwasch zuständig war. Wenn ich *SINN* verkaufen kann.

SINN war ihr neues Spiel, ihr geheimes Lieblingsprojekt, an dem sie das ganze vergangene Jahr gearbeitet hatte. Neben den Vorstandssitzungen von Start-up-Unternehmen, an denen sie teilgenommen hatte. Neben Haushalt und Familie.

Sie wusste, dass das Spiel genial war, genauso gut oder sogar besser als *Survive the Light*. Sie musste nur noch Sony davon überzeugen und diesmal auch dazu bringen, ihr das zu zahlen, was es wert war.

Während Finn Ethan nötigte, ihm beim Abwasch zu helfen, nahm sie ihr Telefon zur Hand und rief erneut ihre E-Mails auf.

Warum, wusste sie selbst nicht. Am Neujahrstag würde Sony bestimmt nicht antworten. Sie musste warten, bis die richtigen Leute aus dem Urlaub zurück waren, und dann einen Termin vereinbaren. Sie wusste, dass sie Interesse geweckt hatte.

Gedankenverloren ging sie die wenigen E-Mails durch, die zwischen den Jahren eingegangen waren. Die meisten waren Threads über das neue Start-up, in dessen Vorstand sie eingetreten war, ein sehr enthusiastischer kleiner Spieleentwickler namens VePlec mit Sitz in Holborn.

Sie seufzte unwillkürlich über den ambitionierten Ton der Nachrichten. Normalerweise mochte sie genau das an Start-up-Unternehmen, diese Begeisterungsfähigkeit, die noch nicht mit der harten Realität zusammengeprallt war, die hehren Ideale, die wichtiger waren als Geld.

Aber der Gründer dieses Unternehmens war einfach bloß arrogant. Offenbar hielt er sich für eine Kreuzung aus Steve Jobs und Elon Musk, dabei war er bloß ein ziemlich gewöhnlicher Nerd, der sich mit den richtigen Leuten zusammengetan hatte. Außerdem neigte er dazu, potenzielle Investoren mit großspurigen Behauptungen zu verärgern, von wegen, dass sein Spiel so viel besser sei als alles, was es bisher gegeben hatte.

Kopfschüttelnd überflog sie seinen jüngsten Thread. Der CEO hatte den Verdacht, dass irgendjemand Ideen und Codes an ein Konkurrenzunternehmen weitergab, was Aisling für etwa so wahrscheinlich hielt wie die Vorstellung, dass Sony an ihrer ersten Vorstandssitzung teilnehmen würde.

In den jüngsten Ankündigungen von Adelpho gibt es klare Anzeichen dafür, dass sie Details unserer neuen Spieleplattform in einer Weise kopieren, die mehr als bloßer Zufall ist.

Als Aisling die aufgelisteten Punkte überflog, fand sie diese allerdings zu vage, um von etwas anderem als einem Zufall auszugehen. Es war bloß eine weitere Firma, die ein retro angehauchtes Plattformspiel entwickelte.

»O mein Gott«, sagte sie grinsend. »Der Gründer dieses Start-ups ist echt verrückt. Er glaubt, irgendjemand würde die IP eines Spiels stehlen, von dem noch keiner gehört hat. Er will sogar einen Privatermittler engagieren, der undercover in dem Unternehmen arbeiten soll.«

»Oh, super«, sagte Ethan und wirkte zum ersten Mal an diesem Vormittag wieder halbwegs lebendig. »Die könnten mich anstellen. Ich würde bestimmt locker eine Woche lang als Spieleentwickler durchgehen. Jedenfalls besser als ein Privatdetektiv, der keine Ahnung hat. Und ich erkenne immer, wenn jemand heimlichtut und rumschleicht.«

»Ich würde dich anstellen«, sagte Aisling, las weiter und fügte hinzu: »Oh, schade. Sie haben bereits jemanden engagiert. Damit ist deine große Chance dahin.«

Sie scrollte bis zum Ende der Mail, auf der Suche nach dem Namen des Privatdetektivs, damit sie gemeinsam darüber lachen konnten. Aber stattdessen blieb sie an einem Satz hängen, den sie wieder und wieder las, während sich ihre Brust langsam zuschnürte.

Jack O'Keane von der Firma O'Keane & Ross wird ab sofort undercover in unserem Unternehmen tätig sein.

Dann stürzten Erinnerungen auf sie ein, an einen fünfzehnjährigen Jungen mit Grübchen und einem nachsichtigen Lächeln. Daran, wie er ihre Hand ergriffen hatte. Daran, wie er sie ausgelacht hatte, wenn sie bei *Mario Kart* von der Piste abgekommen war. Und daran, wie sich an einem kalten Abend ihrer beider Atem vermischt hatte.

Es waren Erinnerungen, die sie nie zugelassen hatte. Seit dreißig Jahren nicht. Und die ihr Herz schlagen ließen, als wäre sie meilenweit gelaufen.

3.

Über Lyndhurst Heath fegte ein kalter, unbarmherziger Wind, der auf der ungeschützten Haut brannte. Jonah spürte den Impuls, die Frau zuzudecken, die sie gefunden hatten. Aber der bläuliche Ton ihrer Haut rührte nicht nur von der Kälte her. Sie würde nie wieder eine gesunde Farbe annehmen.

Natürlich war McCullough vor Ort, obwohl sie als Forensikerin der Hampshire Constabulary gar nicht hier sein sollte. Es gab einen leitenden Kriminaltechniker, der offiziell für die Sicherung von Beweismitteln zuständig war. Aber Linda McCullough war geradezu besessen von ihrem Job und hypergewissenhaft. Sie hatte immer Angst, dass jemand die Proben verunreinigen könnte, die zur Analyse bei ihr landeten. Deshalb hatte sie extra eine Fortbildung zur Spurensicherung am Tatort absolviert, um auch dort mitmischen zu können.

Zumindest beschränkte sie sich dabei auf Kapitalverbrechen, weshalb Jonah auch nicht überrascht war, sie hier zu treffen. Am Tatort eines Mordes, einer Gewalttat, eines erkalteten Leidens.

Ihre Rollen waren klar definiert. Das heißt, McCullough hatte sie definiert. Als DCI und leitender Ermittler hatte Jonah einen flüchtigen Blick auf das Opfer zu werfen und sich ansonsten rauszuhalten, während Linda und das Team der Spurensicherung ihre Arbeit machten. Während sie fotografierten, Proben sicherten und ihre Erkenntnisse besprachen, konnte Jonah zusehen und vielleicht einen Kaffee trinken. Bei einem Mordfall wie diesem wurde zusätzlich auch noch ein Gerichtsmediziner hinzugezogen. Wenn alle fertig waren, würde Linda McCullough Jonah eine kurze Zusammenfassung geben, bei der auch der leitende Kriminaltechniker zuhören durfte, wenn er Glück hatte.

Jonah entfernte sich ein wenig vom Tatort, sorgfältig darauf bedacht, mit seinen hastig angezogenen Turnschuhen nicht in die Pfützen zu treten, die in der Heidelandschaft verteilt waren. Darauf war er heute nicht vorbereitet gewesen. Er war um neun Uhr aufgewacht, hatte überlegt, eine Runde mit dem Rad zu drehen und danach einen Braten zuzubereiten, während er gleichzeitig Milly bespaßte. Sie war inzwischen fast ein halbes Jahr alt und überaus anspruchsvoll.

Er hatte sich auf das gemeinsame Essen gefreut und darauf, es sich anschließend mit Milly und seiner Partnerin Michelle auf dem Sofa gemütlich zu machen und gemeinsam einen kindgerechten Film zu schauen. Entspannt Zeit miteinander zu verbringen, anstatt wie in den vergangenen drei Monaten nur zwischen Tür und Angel praktische Alltagsfragen zu besprechen.

Aber es gab Anrufe, die er nicht ignorieren konnte, und dieser war einer davon gewesen. Er hatte ein dumpfes Pochen verspürt, sobald er ihn angenommen hatte.

Eine sechsundvierzigjährige Frau ... Leiche auf einem Scheiterhaufen ...

Das war die Meldung, die man ihm durchgegeben hatte, aber in seinem Kopf hatte sich sofort ein Wort festgesetzt: Serienmörder. Serienmörder. Serienmörder.

Sie hatten geahnt, dass es irgendwann so kommen könnte. Seit sie im Oktober in der Nähe des Campingplatzes Longbeech auf einem Scheiterhaufen die kaum identifizierbaren Überreste von Jacqueline Clarke gefunden hatten und danach von einem leeren Scheiterhaufen zum nächsten kreuz und quer durch den New Forest gerast waren.

Sie hatten verzweifelt versucht zu verhindern, dass es geschah. Vergeblich.

Dieses Wissen hatte Jonah auch in Domnall O'Malleys Blick

gesehen, als sein Sergeant am Tatort erschien. Die bleierne Müdigkeit, das Gefühl, dass sie versagt hatten.

»Gefunden hat sie ein Mann, der seinen Hund ausgeführt hat«, hatte Jonah ihm erklärt. »Er ist drüben bei dem Streifenwagen und hat einen Tee bekommen. Er sieht verfroren und genervt aus. Wollen Sie ihn aus seinem Elend erlösen?«

O'Malley hatte nickend sein iPad gezückt, um sich Notizen zu machen. Jonah hätte dem Mann mit dem Hund auch ein paar Minuten in der Kälte ersparen und vor O'Malleys Ankunft selbst mit ihm reden können, aber er hatte instinktiv gespürt, dass das ein Job für seinen freundlichen Detective Sergeant war. Für seine einfühlsame kumpelhafte Art und seinen Kilkenny-Akzent. Nicht für einen leitenden Beamten, der nur zur Zielscheibe von Ärger und Beschwerden werden würde.

Während O'Malley zu dem Zeugen ging, war Jonah mit einem schnell abkühlenden Becher Kaffee zurückgeblieben, den ein Constable für ihn aufgetrieben hatte. Mit dem Kaffee und seinen überwiegend düsteren Gedanken.

Kurz darauf hörte er ein Motorengeräusch und sah Juliette Hansons Nissan Micra, der sich über den verschlammten Weg den Hügel hinaufquälte. Seine Detective Constable parkte neben Jonahs Mondeo und stieg aus. Sie war zwar noch mehrere hundert Meter entfernt, doch ohne Allradantrieb und entsprechende Reifen war der Rest des Weges unpassierbar.

Jonah ging Hanson entgegen und traf sie am Fuß des Hügels. Zum Glück hatte sie Wanderschuhe angezogen, auch wenn sie zu ihrem knielangen schwarz-weißen Kleid und der dünnen Wolljacke ein wenig seltsam aussahen. Jonah wusste, dass er sie von der Beerdigung weggeholt hatte, und er bekam ein noch schlechteres Gewissen.

Sie nickte ihm zu. »Chief.«

»Es tut mir wirklich leid.« Er versuchte, ihre Miene zu deuten. »Wie ist es gelaufen? War Ben …?«

»Natürlich perfekt«, antwortete Hanson mit einem trockenen Lächeln. »Eine fantastische Rede, alles tadellos organisiert. Ein stilvoller Leichenschmaus. Ein ländlicher Pub. Sie wissen schon.«

Jonah lächelte. Er konnte es sich gut vorstellen. Ben, das vierte Mitglied seines Teams, war einer dieser Menschen, die Perfektion erreichten, ohne sich anzustrengen. Er war sportlich und attraktiv wie ein Filmstar, vollkommen selbstbeherrscht und organisiert, ein Musterpolizist. Aber wie Jonah schon lange vermutet hatte, war er auch ein Mensch, der sich schwertat, die Gefühle, die unter der glatten Oberfläche brodelten, offen zu zeigen. Und der Tod seines Vaters hatte ihn bestimmt schwer getroffen.

Er wollte mehr erfahren, doch dies war nicht der passende Zeitpunkt. Stattdessen fragte er: »Haben Sie noch weitere Schichten zum Überziehen dabei?«

»Hmm … vielleicht im Wagen«, antwortete Hanson. »Ich kann mal nachgucken, falls wir länger hier sind.«

»Das würde ich unbedingt machen. Ich friere selbst in meinem Mantel. Ich bringe Sie kurz auf Stand, und dann sollten Sie sich so dick anziehen wie möglich.« Er blickte zu dem Hügel und sah einen Mann neben Hansons Wagen stehen. Mit seiner Wollmütze und dem Fernglas sah er aus wie ein Vogelbeobachter. Er war zu weit weg, um ihn wegen unbefugten Betretens des Tatorts zu belangen, doch mit dem Fernglas konnte er ihre Aktivitäten von seinem Standpunkt aus ziemlich genau beobachten.

»Hey«, rief er zwei uniformierten Constables in der Nähe zu. »Können Sie den Mann da oben wegschicken?«

Die beiden Beamten nickten und machten sich auf den Weg zu der Hügelkuppe. Daraufhin zog der Mann freiwillig ab. Hoffentlich hatte er noch keine Gelegenheit gehabt, ein morbides Foto zu schießen. Der Gedanke, dass ein scharfes Bild des Opfers veröffentlicht werden könnte, bevor die Polizei die Familie benachrichtigt hatte, war Jonah äußerst unangenehm. Aber an einem derart öffentlichen Ort hatten sie nur begrenzte Handhabe, Gaffer fernzuhalten.

Er wandte sich wieder den Kriminaltechnikern in ihren weißen Overalls zu. Hanson folgte ihm. »Okay«, sagte er. »Gefunden wurde sie um elf.«

»Wieder ein Scheiterhaufen?« Hanson versuchte, sich die Strähnen aus den Augen zu streichen, die ihr der böige Wind ins Gesicht blies. Wegen der Beerdigung trug sie ihr Haar heute offen und nicht wie sonst bei der Arbeit zu einem Pferdeschwanz gebunden. »Gehen wir davon aus, dass es derselbe Täter war?«

»Ja«, bestätigte Jonah. »Und ja. Aber diesmal hat er nicht richtig gebrannt.« Wie bei seinem ersten Blick auf den Scheiterhaufen verspürte er erneut einen Anflug von getrübter Hoffnung. »Aus Gründen, die noch unklar sind, hat er oder sie das Feuer offenbar gelöscht, kurz nachdem es aufgelodert ist. Mit einem Feuerlöscher. Die Leiche ist unversehrt.«

Er sah sie an. »Und wir haben Blutspuren gefunden, die allem Anschein nach nicht vom Opfer stammen.«

»Genug für eine DNA-Analyse?«

»Vielleicht«, sagte Jonah. »Aber um das mit Sicherheit sagen zu können, bin ich noch nicht nahe genug an den Tatort herangekommen.« Er lächelte ironisch. »McCullough ist auf dem Kriegspfad.«

Er beobachtete Hansons Reaktion und fand seine eigenen komplexen Empfindungen gespiegelt. Die Angst, dass sie es fast sicher mit einem Serienmörder zu tun hatten. Das Wissen, dass dieses zweite Opfer ein drittes sehr viel wahrscheinlicher machte. Serienmörder folgten zwar keinem absolut starren Muster, aber der Schritt vom ersten zum zweiten Mord war häufig ein Dammbruch. Der Täter entwickelte Selbstbewusstsein. Er fühlte sich mächtig. Das machte ihre Ermittlung umso dringlicher, und jeder Fehler, der ihnen unterlief, konnte tödlich sein. Ein enormer Druck, der auf ihnen allen lastete.

Dem gegenüber stand die Hoffnung, dass der zweite Mord ihnen die nötigen Beweise liefern würde, um den ersten aufzuklären. Und vielleicht würde ihnen das gelingen, bevor es ein weiteres Opfer gab.

Bevor Hanson etwas sagen konnte, kam Linda McCullough auf sie zu. Sie hatte ihre Maske hochgeschoben.

»Wir haben definitiv Blutspuren«, erklärte sie ihm. »Und sie stammen nicht von dem Opfer.«

4.

Jack O'Keane.

Der Name ging Aisling unaufhörlich durch den Kopf, während sie duschte, sich ankleidete und Ethans Wäsche zusammensuchte. Der Rhythmus der Silben begleitete sie, als sie sich einen Becher Tee kochte, an den Küchentisch setzte und auf ihrem Handy herumscrollte.

Mit halbem Ohr hörte sie Ethan und Finn zu, die sich etwas zu essen machten. Ethan erfand ein bizarres Sandwich, das er mit zur Probe nehmen wollte, Finn bereitete eine Gemüsepasta vor, die er sich nach dem Laufen aufwärmen konnte. Sie wünschte sich plötzlich dringend, sie könnte sich in das Gespräch einmischen und ihnen von Jack erzählen. Aber das war etwas, das sie niemals erwähnen durfte.

Dabei waren sie sonst immer offen und ehrlich miteinander. Als Stephen sie verlassen hatte, um seiner Affäre nachzugehen, hatte Aisling das Gefühl gehabt, sie stünden von nun an zu dritt gegen den Rest der Welt. Sie waren jetzt ein Team, und sie hatte sich wirklich angestrengt, immer aufrichtig zu den Jungen zu sein. Sie hatte ihnen die Wahrheit darüber gesagt, warum Stephen sie verlassen hatte. Sie hatte betont, dass das allein seine Verantwortung war und seine Söhne keine Schuld traf. Vielleicht hatte sie davon abgesehen, ihnen zu erzählen, dass ihr Vater das älteste Klischee der Welt bedient hatte und mit einer zwanzigjährigen Praktikantin abgezogen war, aber ansonsten hatte sie nichts verschwiegen.

Wenn ihre Söhne sie dabei ertappten, dass sie über einer Erinnerung an ihr vorheriges Leben ein paar Tränen vergoss, hatte sie gelernt zuzugeben, dass sie traurig war. Denn es war okay, manchmal traurig zu sein. Sie hatte den Jungen auch offen erklärt, dass sie hin und wieder ein bisschen Abstand von ihnen brauchte. Und als sie anfingen, Fragen über Sex zu stellen, hatte sie auch die ehrlich beantwortet.

Deshalb war es vermutlich bloß natürlich, dass ihre Söhne beschlossen hatten, eine aktive Rolle bei ihren Dating-Aktivitäten zu übernehmen. Nicht dass sie das so gewollt hatte. Aber vor ein paar Jahren hatte Ethan eine Tinder-Benachrichtigung auf ihrem Handy entdeckt und verlangt, ihr Profil zu sehen. Es war ihr extrem peinlich gewesen, doch wenn man die Idee vollkommener Offenheit propagierte, musste man sich auch daran halten.

»Warum erwähnst du nicht, dass du eine Gamerin bist?«, hatte er empört gefragt, nachdem er sich ihr Handy geschnappt hatte. »Ich kann nicht glauben, dass du schreibst, du würdest lange Spaziergänge mögen, aber mit keinem Wort erwähnst, wie gerne du *Halo* spielst. Oder dass du deinen Lebensunterhalt mit der Entwicklung von Computerspielen verdienst.«

»Also, ich würde schon gern einen *Erwachsenen* kennenlernen«, hatte sie gesagt. »Und ich befürchte, dass ich die meisten von denen abschrecke, wenn ich sage, dass es mir Spaß macht, am Bildschirm alles kurz und klein zu ballern.«

Ethan hatte den Kopf geschüttelt. »Du möchtest das Interesse von Leuten wecken, mit denen es dir *Spaß* macht, Zeit zu verbringen. Wenn du diesen Lange-Spaziergänge-guter-Wein-Kram postest, kriegst du bloß einen Haufen Vogelbeobachter und sozial gestörte Banker.«

Sie hatte gelacht und auch nicht ernsthaft protestiert, als die beiden ein neues Profil für sie erstellten. Und tatsächlich hatte die Version, die ihre Söhne ihr später präsentierten, sehr viel mehr Ähnlichkeit mit der echten Aisling: eine freundliche Person mit einer Leidenschaft für Computerspiele, die definitiv nicht an One-Night-Stands interessiert war.

»Und was ist, wenn ich doch an One-Night-Stands interessiert bin?«, hatte sie entrüstet gefragt.

»O Gott, Mum«, hatte Finn entsetzt erwidert. »Das darfst du uns nicht sagen.«

»Ihr seid doch diejenigen, die sich in mein Liebesleben einmischen!«

»Es ist nur zu deinem Besten«, hatte Finn ihr erklärt. »Und auch zu unserem. Wir wollen schließlich nicht, dass hier irgendwelche Schmierlappen rumhängen.«

»Oder irgendein langweiliger Knacker, der über Tomatenanzucht und seine Pensionierung redet«, hatte Ethan hinzugefügt. »Besser, wir helfen dir dabei auszusuchen, bei wem du nach rechts wischst.« Trotz ihres lautstarken Protests hatten die Jungen angefangen, sich potenzielle Matches anzusehen. »Ich lass dich auch entscheiden, in welche Richtung du wischst«, hatte Ethan großzügig eingeräumt. »Aber vorher brauchst du offensichtlich unser Feedback.«

So unwahrscheinlich es sich anhörte, das gemeinsame Scrollen durch Tinder-Profile mit ihren Söhnen war ein Riesenspaß gewesen. Was vor allem daran lag, dass viele Männer offenbar keine Ahnung hatten, wie man ein passendes Foto aussuchte.

»Da ist noch einer, der sich mit dem Finger in der Nase bohrt!«, hatte Finn irgendwann unter Lachanfällen gerufen. »Was ist bloß los mit den Typen? Glauben Sie wirklich, dass Frauen auf so was stehen?«

»Vielleicht sind wir diejenigen, die falschliegen«, bemerkte Ethan. »Vielleicht finden manche Frauen Nasebohren total sexy.«

»O mein Gott«, sagte Aisling, als sie das nächste Bild sah. »Ist das ein Foto von seiner *eigenen Hochzeit*?«

Sie musste so heftig lachen, dass sie fast keine Luft mehr bekam.

»Wer macht denn so was?«, fragte Ethan, nachdem sein Lachanfall sich so weit gelegt hatte, dass er wieder sprechen konnte.

»Na ja, er hatte sich halt für den Anlass schick gemacht«, sagte Finn. »Wär doch schade, einen guten Anzug zu verschwenden.« Von da an waren besonders missratene Tinder-Fotos eine regelmäßige Quelle der Belustigung für sie alle drei geworden. Aisling hatte ihren Söhnen Screenshots und sogar einige der peinlichsten Nachrichten weitergeleitet, die sie erhielt. Hin und wieder erzählte sie den Jungen auch von den netten Männern, die sie tatsächlich getroffen hatte, aber das machte nicht halb so viel Spaß.

Sie hatte das von den Jungen bearbeitete Profil behalten und sich am Ende auch bei der Auswahl der Fotos von ihnen helfen lassen. Danach hatte sie sehr viel mehr Matches bekommen als vorher, auch wenn es noch bei niemandem richtig gefunkt hatte. So hatte sie zwar keinen neuen Freund gefunden, dafür aber drei neue Online-Gaming-Kumpels kennengelernt. Manchmal bildeten auch Ethan und Finn ein Team, um mit ihnen zu spielen.

Offenheit und Ehrlichkeit, dachte sie, während sie zusah, wie Ethan seine Wäsche in die Maschine stopfte. Ehrlichkeit und Offenheit in allem. Bis auf eines …

Denn es gab einen Teil ihres Lebens, über den Aisling geflissentlich schwieg. Einen Teil ihrer Vergangenheit, den sie unter den Teppich gekehrt hatte.

Streng genommen hatte sie nie direkt gelogen. Über Maimeo und Daideo Cooley und die Gründe, warum sie Irland verlassen hatten. Und darüber, wie wenig sie daran erinnert werden wollte. Sie hatte nie die Unwahrheit gesagt, aber auch nie freiwillig etwas preisgegeben. Und tief im Herzen wusste sie, dass Halbwahrheiten am Ende trotzdem Lügen waren.

Wenn sie ihren Söhnen jetzt erzählte, warum ihr der Name Jack O'Keane so viel bedeutete, müsste sie ihnen alles beichten. Alles. Und das konnte sie nicht. Denn sonst würden die beiden erfahren, dass sie eine Vergangenheit hatte, von der sie bisher nichts wussten. Eine Vergangenheit, bei deren Erinnerung ihr übel wurde.

Um zwei Uhr bog ein Wagen forsch in ihre Einfahrt und riss

Aisling aus ihren Gedanken. Sie ging in den Flur und öffnete die Haustür. Sie war nicht überrascht, Ethans Freund und gelegentlichen Bandkollegen Matthew Downing aus seinem BMW steigen zu sehen. Er machte aus allem einen großen Auftritt, als wollte er sich mit derselben Entschlossenheit einen Pfad in die Welt pflügen, mit der er gerade zwei Reifenspuren im Kies hinterlassen hatte. Er wirkte stets wie ein absoluter Erfolgsmensch.

Nur war er das gar nicht. Alle Entschlossenheit und auch die Unterstützung seines Vaters hatten den Mangel an musikalischem Talent nicht wettmachen können. Mit achtundzwanzig blickte er auf zehn Jahre beständigen Scheiterns zurück, obwohl er zahlreiche Chancen bekommen hatte. Er hatte Termine bei großen Labels. Talent-Scouts besuchten seine Konzerte. Er hatte an unzähligen Bandwettbewerben teilgenommen … und alle verloren.

Bei jedem anderen hätte Aisling es vielleicht einfach fehlendem Glück zugeschrieben, aber bei Matthew – dessen wohlhabender Vater alles Glück der Welt für seinen Sohn zu erzwingen versuchte – war sie sich sicher, dass er schlicht nicht das hatte, was man brauchte, um es zu schaffen. Laut Matthew lag es natürlich nie daran, sondern an dem provinziellen Southamptoner Publikum oder an den rückständigen Labels, die Angst hatten, etwas Neues zu wagen.

Anfangs hatte Ethan zu ihm aufgeblickt, aber inzwischen verließ er sich nur noch darauf, dass Matthew einsprang, wenn ein Bassist oder Drummer wegen Krankheit oder Verletzung ausfiel. Das sei besser, als abzusagen, meinte er. Aber Aisling hatte seine Enttäuschung gesehen, nachdem Matthews Unfähigkeit, den Takt zu halten, mehr als einen Gig ruiniert hatte.

Sie rang sich ein Lächeln ab, als Matthew aus seinem Wagen stieg und sie angrinste. Aus irgendeinem Grund schien er davon überzeugt zu sein, dass sie ihn wahnsinnig attraktiv fand, und das war ihr unangenehm. Als er zum ersten Mal auf einer von Ethans Partys aufgetaucht war, hatte sie ihn tatsächlich eigenartig anziehend gefunden. Etwas an dem dick aufgetragenen Kajal, den engen Jeans und seinem unerschütterlichen Selbstvertrauen hatte sie fasziniert. Bis sie ihn zum ersten Mal auf der Bühne gesehen hatte.

»Hi, Matthew«, sagte sie. »Holst du meinen verkommenen Sohn ab?«

»Ja, kein Problem, Mrs C«, sagte er und dehnte und streckte die Arme, als wäre er nicht eine, sondern fünfzig Meilen gefahren. »Ich wollte sowieso zu der Probe kommen, falls Nicks Handgelenk noch nicht wieder heil ist. Ich hab gestern Abend praktisch nichts getrunken, ich bin also fit und fahrtüchtig.« Er blickte an ihr vorbei in den Flur. »Ethan ist vermutlich ein bisschen ... wackelig auf den Beinen.«

»Ein bisschen«, sagte sie unverbindlich. Matthew nutzte jede Gelegenheit, sich vor ihr über Ethan lustig zu machen, nur spaßeshalber natürlich. Am besten reagierte sie gar nicht darauf.

Sie blickte zur Treppe und hoffte, Ethan würde auftauchen, bevor sie Matthew hereinbitten müsste, doch ihr Sohn war nirgends zu sehen. Resigniert fragte sie: »Möchtest du kurz reinkommen, während er seine Sachen zusammensucht?«

»Klar.«

Matthew folgte ihr in die Küche und schaffte es irgendwie, den größten Teil des Raumes einzunehmen. Das war ein Talent, über das auch ihr Ex-Mann verfügte. Ein instinktiver Besitzanspruch auf alles, worauf sein Blick fiel.

»Habt ihr euch gut amüsiert?«, fragte sie Matthew. »Auf der Party?«

»Ja, es war super«, sagte Matthew, lehnte sich an den Küchentresen und lächelte knapp, ein Lächeln, das andeutete, dass er sehr viel mehr wusste, als er preisgab. »Ich meine, super als Party, aber auch sehr inspirierend. Ich konnte tatsächlich eine Menge Aufnahmen für mein neues Video machen.«

Von der Treppe her waren eilige, stolpernde Schritte zu hören, dann platzte Ethan atemlos in die Küche. Sein Haar war vom Duschen noch feucht, und er streifte sich hastig eine Jacke über.

»Tut mir leid«, sagte er. »Ich hab dich nicht kommen hören.«

Matthew wandte sich mit einem angedeuteten Lächeln von Ethan zu Aisling. »Kein Problem«, sagte er. »Ich hab derweil mit deiner reizenden Mum geplaudert.«

»Sollen wir dann los?«, fiel Ethan ihm beinahe ins Wort. Aisling musterte ihren Sohn eingehender und bemerkte, wie angespannt er wirkte und wie hell seine Augen leuchteten.

Sie sah, wie Matthew ihrem Sohn nach draußen folgte und auf der Schwelle noch einmal stehen blieb, um ihr träge und selbstzufrieden zuzuwinken. Dann fiel die Tür hinter ihnen zu, und sie starrte ins Leere. Mit einem Mal wurde sie von einer großen Traurigkeit erfasst. Alles an diesem kurzen Wortwechsel sagte ihr, dass Ethan ihr etwas verheimlichte. Und Matthew, dem sie keinen Meter weit über den Weg traute, war eingeweiht.

Hatte Ethan sich peinlich danebenbenommen? Hatte er jemanden geküsst, den er nicht hätte küssen sollen? Hatte er sich übergeben? Illegale Substanzen eingenommen? Irgendetwas zertrümmert?

Sie war schon rastlos gewesen, seit sie Jack O'Keanes Namen gelesen hatte, doch nun kam echte Angst dazu. Sie wünschte, Ethan würde ihr einfach erzählen, was los war. Vielleicht könnte sie ihm helfen.

Offenheit und Ehrlichkeit ...

Sie verzog die Lippen zu einem spöttischen Lächeln. Hatte sie sich selbst etwas vorgemacht? Und war es überhaupt fair, von ihren Söhnen zu verlangen, dass sie ihr alles erzählten? Während sie selbst nie wirklich ehrlich zu ihnen gewesen war?

Sie ging ziellos ins Wohnzimmer und weiter in ihr Arbeitszimmer, fand auch dort keine Ablenkung und stieg schließlich die Treppe hinauf. Vielleicht könnte sie Finn zumindest einige von ihren Gedanken anvertrauen.

Aber im selben Moment klingelte in seinem Zimmer das Telefon. Er meldete sich mit einem unsicheren »Hallo?« und sagte dann nach einer Pause noch leiser: »Oh, warte kurz.« Flüchtig tauchten seine Umrisse auf, als er leise, aber fest seine Zimmertür schloss. Aisling hörte ihn sagen: »Nein, ich habe ihr nichts erzählt …« Dann entfernte er sich von der Tür, und seine Stimme wurde zu einem undeutlichen Murmeln.

Ihre Brust schnürte sich zu. Noch mehr Heimlichkeiten. Finn wollte offensichtlich nicht, dass sie hörte, was er sagte. Dabei war es ihm sonst nie peinlich, in ihrer Gegenwart zu telefonieren. Ob mit seiner Freundin oder einem seiner Freunde. Er plapperte immer munter drauflos, während er mit dem Telefon am Ohr durchs Haus lief, und richtete ihr manchmal sogar Grüße aus. Aber was jetzt durch die geschlossene Tür drang, klang wie das Gemurmel eines Menschen, der offensichtlich etwas zu verbergen hatte. Mit wem Finn auch sprach, sie sollte nichts davon wissen.

War es Ethan, der sich vergewisserte, dass Finn ihr nichts erzählt hatte, was auch immer Ethan angestellt hatte?

Oder gab es – noch schlimmer – zwei Geheimnisse unter ihrem Dach? Dinge, die vor ihr verborgen wurden und die vielleicht belanglos waren, vielleicht aber auch wirklich schrecklich?

Drei Geheimnisse, meldete sich ihre innere Stimme zu Wort. Zwei von ihnen und ein ganz großes Geheimnis von mir.

5.

Als Hanson im Kommissariat ankam, war sie gründlich durchgefroren. In der Heide hatte ein eisiger Wind geweht, gegen den ihre Strumpfhose praktisch keinen Schutz bot.

Es hätte noch sehr viel schlimmer kommen können, wenn sie mit der Kleidung hätte überleben müssen, die sie selbst mitgebracht hatte. Schon nach einer ersten kurzen Besichtigung des Tatorts hatte sie vor Kälte gezittert. Und sie wusste, dass sie im Wagen nur noch ein Laufshirt hatte, das nicht annähernd ausreichte, um die Kälte abzuwehren.

Aber als sie zu ihrem kleinen Nissan Micra gegangen war, hatte sie auf der Kühlerhaube einen Mantel entdeckt. Einen mit Fleece gefütterten, blassroten Rab-Mantel. Er sah noch fast neu aus.

Sie hatte sich zu den Constables in der Nähe umgedreht und angenommen, dass einer von ihnen den Mantel auf Anweisung des Chief bereitgelegt hatte. Sie streifte ihn über und hoffte, dass ihn niemand versehentlich liegen gelassen hatte.

Das Zittern hörte beinahe sofort auf, und als sie den Reißverschluss hochzog, war sie zuversichtlich, dass sie trotz des kalten Winds an ihren Beinen durchhalten würde. Aber als sie den Chief nach dem Mantel fragte, wusste er offenbar nichts darüber. Genauso wenig wie O'Malley oder einer der Constables. Wer immer den Mantel abgelegt hatte, sie waren es nicht gewesen.

Und dann war ihr der Abend eingefallen, an dem sie zur Besichtigung des zweiten Scheiterhaufens gefahren waren. Ein Unbekannter hatte ihr Auto von der Böschung zurück auf die Straße geschleppt, wie sie an den Reifenspuren erkannte, als sie zu ihrem

Wagen zurückkehrte. Sonst hätte sie im Schlamm festgesteckt. Jemand hatte offensichtlich beschlossen, ihr zu helfen.

Sie dachte an den Mann, der in der Nähe ihres Wagens herumgelungert hatte, und fühlte sich plötzlich unbehaglich, als könnte das Kleidungsstück irgendwie verseucht sein. Aber die Jacke war sauber, bequem und bestimmt harmlos.

Außer, es war Damian.

Sie hatte seit mehr als einem Monat nichts mehr von ihrem Ex-Freund gehört. Seine Belästigungskampagne war offenbar versandet, während gleichzeitig sein Gerichtstermin immer wieder verschoben worden war.

Damian wartete auf seinen Prozess wegen Brandstiftung. Er war gefilmt worden, als er einen Molotowcocktail durch ihr Küchenfenster geworfen hatte, der krönende Abschluss seiner fortgesetzten Schikanen und mutwilligen Zerstörungen. Er hatte dummerweise angenommen, er würde unentdeckt bleiben, und nicht mit ihren versteckten Sicherheitskameras gerechnet.

Falls man ihm eine Tötungsabsicht nachweisen konnte, drohte ihm eine lebenslange Haftstrafe, deshalb war es kaum überraschend, dass ihr narzisstischer Ex-Freund sich über die gerichtliche Verfügung hinweggesetzt hatte, sich ihr nicht zu nähern. Er hatte sich vielmehr alle Mühe gegeben, Hanson das Leben zur Hölle zu machen. Verglichen mit der Brandstiftung war Stalking ein deutlich geringeres Vergehen, und Damian war offenbar der Ansicht, dass der drohende Prozess Hansons Schuld war.

Aber irgendwann waren die anonymen E-Mails, Anrufe und Beschädigungen an ihrem Wagen weniger geworden. Sie hatte angenommen, dass es Damian langweilig geworden war. Oder war der Psychoterror jetzt einer merkwürdigen Hilfsbereitschaft gewichen? Wollte Damian so tun, als wäre er ein netter Mensch? Und wenn ja, was versprach er sich davon? Versuchte er, sie zu verunsichern, oder wollte er ihre Sympathie gewinnen, damit ihre Zeugenaussage vor Gericht weniger harsch ausfiel?

Sie gab es nur ungern zu, aber es hatte sie tatsächlich beunruhigt, beinahe so sehr wie die Belästigungen. Deshalb war sie erleichtert, als sie den Mantel wieder ausziehen und die Rückfahrt antreten konnte. Nachdem sie sich ein weiteres Mal vergewissert hatte, dass er keinem der Kollegen gehörte, hatte sie kurz überlegt, ob sie es dem Chief gegenüber ansprechen sollte. Aber dann hatte sie das Kleidungsstück einfach vorsichtig an einen Ginsterbusch gehängt und war weggefahren. Wenn die Jacke Damian gehörte, musste er sie selbst dort abholen.

Im CID zog sie die Hose und die Bluse an, die sie in einer Tasche unter ihrem Schreibtisch aufbewahrte. Fürs Erste schob sie alle Gedanken an den Mantel und den Unbekannten beiseite, der ihren Wagen aus dem Schlamm gezogen hatte. Es stand eine Lagebesprechung an, und es konnte auch nicht mehr lange dauern, bis in den Medien die Hölle ausbrechen würde. Ihre eigenen Sorgen konnten warten.

Offiziell war das Opfer von Lyndhurst Heath noch namenlos, aber die Spurensicherung hatte einen Namen durchgegeben, nachdem man in der Kleidung der Toten einen Führerschein gefunden hatte. Noch stand es nicht mit Sicherheit fest, aber höchstwahrscheinlich handelte es sich um Lindsay Kernow, wohnhaft in Totton. O'Malley war bereits damit beschäftigt, ihre Identität zweifelsfrei zu bestätigen.

Dass man überhaupt einen Führerschein gefunden hatte, war ein weiterer Hinweis darauf, dass der Mörder in Eile gewesen war. Offensichtlich war er beim Verbrennen der Beweise gestört worden.

Hanson wappnete sich, mehr über Lindsays Leben zu erfahren. Über die Familie, die sie hinterlassen hatte, und die Dinge, die sie nie mehr tun würde.

Vor drei Monaten hatte sie auch gehofft, mehr über das Leben einer unbekannten Frau herauszufinden. Am 4. Oktober war das

Team zum Fundort einer Leiche in der Nähe des Campingplatzes Longbeech gerufen worden. Es hatte vier Tage gedauert, bis das Opfer zweifelsfrei als die sechsundvierzigjährige Jacqueline Clarke identifiziert worden war, eine Frau, die ihr Leben der Pflege von Tieren gewidmet hatte.

Hanson überlegte, was sie über dieses zweite Opfer zu Jacquelines Töchtern sagen wollte. Denn Pippa und Rosie waren zwar nicht mit Lindsay Kernow verwandt, doch es war wichtig, sie zu informieren, bevor die Medien darüber berichteten. Sie mussten vor dem Rest der Welt erfahren, dass ihre Mutter Opfer eines Serienmörders geworden war.

Hanson hoffte, dass die Öffentlichkeit noch nichts von dem zweiten Scheiterhaufen mitbekommen hatte. Der Tatort in Lyndhurst Heath hatte bestimmt Aufmerksamkeit erregt, und es würde womöglich nicht lange dauern, bis jemand eigene Schlüsse zog.

Hanson suchte bei Google, Twitter und Facebook nach Erwähnungen eines Polizeieinsatzes in der Heide und stellte erleichtert fest, dass es bis auf ein aus großer Entfernung aufgenommenes, körniges Foto von Polizeifahrzeugen, das auf Twitter gepostet geworden war, bislang nichts Konkretes gab. Das war immerhin eine gute Nachricht. Es war mittlerweile fast drei Uhr nachmittags, sodass die Spurensicherung den Großteil ihrer Arbeit erledigt haben dürfte.

Grundsätzlich war es auch nicht verkehrt, die Presse zu beteiligen. Es musste Menschen geben, die den Mörder kannten oder ihn an den Tagen vor der Tat und vielleicht auch an dem Tag selbst gesehen hatten. Die ihm das Kerosin und vielleicht auch das Holz verkauft hatten.

Diese Leute erreichte man am besten mit einer Bitte um Informationen. Hanson war sich mit dem Chief einig, dass die Presse ihr bester Verbündeter sein konnte, wenn man sie richtig behandelte. Wenn es allerdings anders lief, konnte die Einmischung der Medien auch katastrophale Folgen haben.

Hanson richtete auf ihrem Handy Benachrichtigungen für die Suchbegriffe »Scheiterhaufen-Mörder«, »Bonfire-Killer« und »Silvester-Mord« ein und ging dann in die Küche, wo O'Malley, der ältere der beiden Sergeants, bereits drei Becher zubereitet hatte.

»Hier.« Er gab ihr einen Becher.

»Legendär«, sagte sie. Der Tee hatte eine gute Farbe, ein kräftiges Orange, und sie stellte zufrieden fest, dass O'Malley ihr ihren Lieblingsbecher mit der Aufschrift *Kind of a Big Deal* gegeben hatte. Dem Fleck auf der Außenseite nach zu urteilen, hatte er ihn vor der erneuten Benutzung allerdings nicht abgewaschen. O'Malley war ein großer Fan des flüchtigen Ausspülens und hatte immer eine launige Bemerkung über die Gefahren eines sterilen Lebens parat. Aber Hauptsache, es stand ein starker Tee für sie bereit.

»Konntest du die Identität des Opfers bestätigen?«, fragte sie nach dem ersten Schluck.

»Ja, sieht so aus«, sagte O'Malley. »Bei Lindsay Kernow macht niemand die Tür auf, und ihr Wagen steht vor dem Haus.«

»Ich übernehme die direkten Verwandten«, erklärte Hanson spontan. »Nach der Lagebesprechung. Hatte sie Kinder?«

»Ja, einen Sohn«, sagte O'Malley. »Er lebt allerdings in Dublin. Ich kann bei der Passkontrolle nachfragen, ob er sich zufällig in Großbritannien aufhält, aber wahrscheinlich müssen wir ihn über die Gardaí informieren.«

»Oh.« Das war alles andere als ideal, aber es ließ sich nicht ändern. Aus einer Reihe von Gründen wäre es besser, wenn einer von ihnen die Nachricht persönlich überbringen würde. Zum einen, weil die Familie möglicherweise in den Mord an Lindsay verwickelt war, zum anderen, weil das schlicht der Respekt gebot.

Aber in diesem Fall konnten sie nur die Polizei in Dublin bitten, Lindsays Sohn zu benachrichtigen und ihm auszurichten, dass sie ihm hier jede Unterstützung anboten, sollte er sich entschließen, nach Southampton zu kommen.

»Der DCS nimmt auch an der Lagebesprechung teil«, unterbrach O'Malley ihre Gedanken.

»Ooh, okay.« Hanson spürte einen Anflug von Nervosität. Aber in einem Fall wie diesem traten vermutlich zwangsläufig mehr leitende Beamte auf den Plan. Schließlich suchten sie jetzt einen Serienmörder, und das verlangte eine entschlossene Reaktion der Polizei.

Zum letzten Mal hatte sie mit dem Chief Superintendent bei einer offiziellen Befragung gesprochen. Sie war zu den Ermittlungen von DCI Jonah Sheens in einem Fall vernommen worden, der für ihn und sein Team alles andere als perfekt gelaufen war. Es war eine vertrackte Situation gewesen, und der DCS hatte dem Team ein paar harte Fragen gestellt, genau wie die Vertreter der unabhängigen Polizeibeschwerdestelle.

Dabei hatte Hanson den Eindruck gewonnen, dass DCS Wilkinson durch und durch fair war. Er mochte den Chief, das hatte sie gespürt, doch das würde ihn nicht daran hindern, ein unvoreingenommenes Urteil zu treffen. Und so lobenswert diese Objektivität sein mochte, war sie auch ein wenig einschüchternd.

DCS Wilkinson traf ein paar Minuten später ein, sonnengebräunt, gepflegt und gut gekleidet, unverkennbar ein Vertreter der Oberschicht. Er gehörte zu der Handvoll wirklich vornehmer Beamter, die in den Neunzigern als Absolventen von teuren Privatschulen auf der Überholspur in leitende Positionen aufgerückt waren.

Hanson beobachtete, wie Wilkinson den Chief freundlich, aber ernst begrüßte. Sein Ton und seine Haltung schienen dem Umstand, dass sie es nun mit einem Serienmörder zu tun hatten, perfekt angemessen. Der DCS war sich der Außenwirkung seiner Position in jedem Moment bewusst, dachte Hanson. Wahrscheinlich lernte man so etwas in Eton. Oder Wilkinson war einfach ein von Natur aus empathischer Mensch.

Sie drehte sich um und wollte eine entsprechende Bemerkung

zu Ben machen, als ihr einfiel, dass er noch bei der Trauerfeier war. »Guck dir diesen Teint an«, flüsterte sie stattdessen O'Malley zu. »Ich frage mich, wo er Weihnachten verbracht hat. Auf Barbados? Oder den Malediven?«

»Oh, warte, das weiß ich«, antwortete O'Malley. »Der Chief hat es erwähnt ... Auf den Seychellen.«

»Gott«, sagte Hanson. »Ich würde morden für die Seychellen. Eigentlich für jeden Ort, wo es wärmer ist als hier. Von mir aus auch Südfrankreich oder Ibiza.«

»Auf Ibiza würde man den DCS auch gern mal sehen, was?«, fragte O'Malley. »Ich stell mir gerade vor, wie er in den Clubs aufschlägt.«

Über dieses Bild lachte Hanson immer noch, als der Chief sie zu der Lagebesprechung abholte. Als er fragend eine Braue hochzog, sagte sie: »Wir versuchen bloß, den Teint des DCS neidlos hinzunehmen.«

»Sagen Sie Bescheid, wenn Sie es geschafft haben«, sagte der Chief und lächelte schief.

»Zunächst möchte ich mit Ihnen noch einmal kurz unsere bisherigen Ermittlungsergebnisse im Mordfall Jacqueline Clarke rekapitulieren und mit dem vergleichen, was wir bis jetzt über den heutigen Fund wissen.« Der Chief stand neben einem Whiteboard und nickte DCS Wilkinson zu, der sich entspannt auf seinem Stuhl zurücklehnte. Er saß Hanson direkt gegenüber, sodass sie ihn unbemerkt beobachten konnte, aber das galt andersherum genauso, wenn er wollte.

Der Chief drückte auf die Fernbedienung des Beamers und projizierte ein Bild des Tatorts unweit des Campingplatzes Longbeech an die Wand. Es war von der anderen Seite der kleinen Lichtung aufgenommen, auf der sie Überreste von Jacqueline Clarke gefunden hatten, und zeigte den Scheiterhaufen, in dem man geschwärzte Knochen zwischen der weißen Asche ausmachen konnte.

»Jacqueline Clarke starb am Abend oder in der Nacht des dritten Oktober«, sagte der Chief. »Ihre Überreste wurden am nächsten Mittag nördlich des Campingplatzes Longbeech von einer Familie im Wochenendurlaub gefunden, die ein Picknick machen wollte.« Hanson sah etwas über die Miene des DCS huschen und hätte ihm gern gesagt, dass es nicht so schlimm war, wie es sich anhörte. Jacquelines Leiche war so vollständig verbrannt, dass sie für die Kinder unkenntlich gewesen war. Ein paar verkohlte Knochen, die aussahen wie eine Halloween-Dekoration und nicht wie die Überreste einer Frau.

Der Chief scrollte zu einem Foto von Jacqueline weiter, das am einundzwanzigsten Geburtstag ihrer Tochter aufgenommen worden war. Ihre rotblonden Locken und die strahlend blauen Augen wirkten genauso markant wie beim ersten Mal, als Hanson das Bild gesehen hatte. Jacqueline machte den Eindruck einer lebensklugen, attraktiven und besonnenen Frau. Sie wirkte keineswegs hilflos. Überhaupt nicht wie ein Opfer.

»Jacqueline war sechsundvierzig Jahre alt und arbeitete in einem Tierheim in der Nähe des Stadtzentrums«, berichtete der Chief. »Sie lebte allein mit ihrem Hund am Ortsrand von Brockenhurst. Sie war geschieden und Mutter zweier erwachsener Töchter, die beide nicht in der Nähe wohnen.«

Hanson nickte und dachte, dass es dazu noch sehr viel mehr zu sagen gäbe. Jacquelines Mann hatte sie für eine Freundin von ihr verlassen, die deutlich jünger war als sie. Über diesen Vertrauensbruch beider Seiten war sie nicht hinweggekommen, und auch die Beziehung zu ihren Töchtern war in die Brüche gegangen, sodass Jacqueline komplett einsam gelebt hatte. Hanson hatte viele Parallelen zu der Geschichte ihrer eigenen, nur wenig älteren Mutter erkannt. Das hatte sie traurig gemacht, aber auch dankbar dafür, dass ihre Mutter und sie ein starkes Team geworden waren, anstatt sich voneinander zu entfremden.

»Nach Kenntnis ihrer Töchter und der Kolleginnen in dem Tierheim«, fuhr der DCI fort, »hatte sie sich in letzter Zeit nicht mit einem Mann getroffen und auch keine Freundschaften zu anderen Frauen gepflegt. Ihre Telekommunikationsunterlagen verzeichnen nur Nachrichten an ihre Töchter sowie hin und wieder kurze Telefonate mit den Angestellten des Tierheims, von denen niemand besonders eng mit Jacqueline befreundet war. Deshalb war es auch schwierig, ihre Aktivitäten an den Tagen vor ihrem Tod zu rekonstruieren. Sie wurde erst vier Tage später vermisst gemeldet, als ein Nachbar, der ein paar hundert Meter entfernt an der Straße nach Lyndhurst wohnt, sich über das beharrliche Hundegebell in ihrem Haus beschwerte.«

Der bellende Hund war ein English Springer Spaniel namens Merlot. Er war Jacquelines engster Freund und ihre wahre Liebe gewesen. »Sie hatte ein so weiches Herz«, berichteten ihre Kolleginnen. »Aber nur für alles mit Fell.«

Merlot hatte vier Tage auf ihre Rückkehr gewartet. Darauf, dass sie ihn mit Zuneigung überschüttete und mit ihm im Wald spazieren ging. Bei dieser Vorstellung brach Hanson jedes Mal schier das Herz.

Am härtesten getroffen hatte sie allerdings ein anderes Detail. Das Einzige, was das lodernde Feuer überstanden hatte, waren zwei geschmolzene Füllungen und ein Herzschrittmacher. Mithilfe von dessen Seriennummer hatten sie die Identität der Toten schließlich zweifelsfrei bestätigen können. Die Tatsache, dass das alles war, was von Jacqueline übrig geblieben war, hatte Hanson getroffen wie ein Schlag in die Magengrube. Sie war von ihrem Schreibtisch auf den Parkplatz geflohen, hatte die kalte Luft eingeatmet und versucht, nicht an ihre eigene Mutter zu denken und daran, was sie vielleicht hinterlassen würde.

»Jacquelines Wagen parkte neben ihrem Haus«, berichtete der Chief weiter. »Wir haben keine Einbruchspuren gefunden, keine Reifenspuren in der Einfahrt. Es ist trotzdem möglich, dass der Mörder sie abgeholt und zu dem Ort gefahren hat, an dem sie getötet wurde.« Er hielt kurz inne. »Leider haben die Nachbarn nichts gesehen oder gehört, sodass wir nur mutmaßen können.«

Er schaltete weiter zu einer Luftaufnahme von Jacquelines Haus, die das Problem deutlich machte. Das Grundstück war von Bäumen umgeben, ein gutes Stück von den nächsten Nachbarn entfernt und auch von der Straße. Der DCI wechselte zum nächsten Bild, einer Frontansicht des hübschen, gut erhaltenen Hauses mit weiß gestrichener Fassade und Kletterpflanzen.

»Ihr Handy hat zum letzten Mal am Nachmittag des dritten Oktober einen Funkmast angepingt, als sie bei ihrer Arbeitsstelle aufgebrochen ist«, fuhr der Chief fort. »Danach war es vermutlich abgeschaltet. Ihre Töchter haben uns berichtet, dass das ziemlich normal war. Ihre Mutter benutzte ihr Handy nur im Notfall, wenn es sich gar nicht vermeiden ließ. Telefoniert hat sie fast ausschließlich übers Festnetz.«

Das war für Hanson immer noch einer der seltsamsten Aspekte des Falles: eine Frau von sechsundvierzig Jahren, die sich der Welt der Smartphones komplett verweigert hatte.

Der Chief fuhr fort, die Maßnahmen aufzuzählen, die sie in Gang gesetzt hatten. Der Aufruf an mögliche Zeugen, sich zu melden. Die Tür-zu-Tür-Befragungen. Die ergebnislose Durchsicht der Aufnahmen von Überwachungskameras. Der Ausschluss ihres Ex-Mannes als Täter, der sich zum Tatzeitpunkt nachweislich in Südfrankreich aufgehalten hatte, sowie der beiden Töchter, die in Aberdeen beziehungsweise in Loughborough gewesen waren.

Das hörte sich relativ leicht an, doch es war zähe und mühselige Arbeit gewesen. Allein die Erinnerung machte Hanson müde.

Das Team hatte bis zur Erschöpfung versucht, Zeugen zu finden, die den Mord oder die Entsorgung der Leiche beobachtet hatten. Vergeblich. In der Umgebung war kein Fahrzeug gesehen worden, und der Forstweg in der Nähe der Lichtung war so trocken, dass sie keine frischen Reifenspuren hatten ausmachen können. An den feuchteren Tagen davor hatten Spaziergänger und geführte Ponywanderungen zahlreiche Abdrücke hinterlassen, doch sie fanden keinen schlüssigen Hinweis darauf, wie der Mörder Jacqueline Clarke an dem fraglichen Abend dorthin gebracht und das Holz und das Kerosin transportiert hatte, mit denen er sie verbrannt hatte. Aber die Tatsache, dass eine Frau in den Wald gebracht und auf einem Scheiterhaufen verbrannt worden war, ließ zu neunundneunzig Prozent darauf schließen, dass sie nach einem männlichen Verdächtigen suchten.

Hanson, O'Malley und Lightman hatten sich ganz auf diesen Fall konzentriert, und der Chief hatte sie angetrieben, noch intensiver als üblich zu ermitteln.

Natürlich sollte es bei Mordermittlungen keine Prioritäten geben, daran glaubte der Chief ebenso fest wie Hanson selbst. Eine Schießerei zwischen verfeindeten Gangs sollte mit dem gleichen Nachdruck untersucht werden wie ein Attentat auf einen Politiker. Trotzdem hatten alle eine fiebrige Anspannung gespürt, Jacquelines Mörder zu finden, und das nicht nur, um den Töchtern das Gefühl zu geben, ihrer Mutter würde Gerechtigkeit widerfahren.

Alle hatten befürchtet, dass dies nicht das Ende, sondern der Anfang von etwas war. Der erste Tatort war makellos frei von verwertbaren Spuren gewesen, der Scheiterhaufen deutete auf eine rituelle Handlung hin. Und dann folgten all die anderen Feuer, brennende Holzstöße ohne Opfer, die das Team vor ein Rätsel stellten.

Der erste war in der Heide unweit von Hale Purlieu entdeckt worden, fünf Meilen von der Stelle entfernt, wo Jacquelines Leiche verbrannt worden war. Errichtet offenbar am späten Abend, ohne dass jemand etwas bemerkt hatte, und dann von zwei jungen Männern entdeckt, die auf dem Heimweg von einem Grillabend waren. Sie wirkten fast ein wenig enttäuscht, dass es keine Leiche gab. Hanson und das Team hingegen waren erleichtert.

Seitdem waren zwei weitere Scheiterhaufen aufgelodert und

niedergebrannt, der eine im Kingston Great Common, zehn Meilen vom Fundort von Jacquelines Leiche entfernt, der andere südlich vom Milkham-Parkplatz, nur drei Meilen entfernt. Beide Holzstöße waren perfekt geschichtet gewesen, beide mit Kerosin als Brandbeschleuniger angezündet worden. Und in beiden Fällen war nichts übrig geblieben, was zu einer Identifizierung des Täters hätte beitragen können. Keine deutliche Reifenspur, keine Fußabdrücke. Nichts, was versehentlich zurückgelassen worden war.

Unklar blieb auch, warum diese Scheiterhaufen überhaupt errichtet worden waren. Entweder der Täter wollte die Ermittler verhöhnen, oder der Mörder hatte sie aufgeschichtet und vergeblich auf ein Opfer gewartet. Jedenfalls hatten alle im Team ein Gefühl düsterer Vorahnung gehabt und mit der ständigen Angst gelebt, dass der Täter wieder töten würde.

Natürlich hatten sie sämtliche Berichte über ungeklärte Morde und Angriffe durchgesehen und nach Parallelen zu der Vorgehensweise des Täters gesucht. Sie hatten die Asche niedergebrannter Häuser und explodierter Fahrzeuge untersucht, waren Vermisstenanzeigen durchgegangen und hatten Akten von psychisch auffälligen jungen (und nicht ganz so jungen) Menschen studiert, die Tiere gequält oder Objekte und Gebäude angezündet hatten. Aber eine konkrete Spur hatte sich daraus nicht ergeben, keine exakte Übereinstimmung, kein Hinweis auf einen Verdächtigen.

Und nun hatte ihr Versagen, den Schuldigen zu fassen, sie hierhergeführt. In einen beengten Raum an einem Neujahrstag, an dem sie eigentlich alle freihatten.

»Die Identität des heutigen Opfers ist inzwischen inoffiziell bestätigt«, sagte der Chief noch ernster. »Ihr Führerschein ist auf den Namen Lindsay Kernow ausgestellt, wohnhaft in Totton. Die Frau wurde nicht zu Hause angetroffen, die Nachbarn haben sie seit gestern nicht mehr gesehen. Lindsay war verwitwet. Ihr Sohn lebt in Dublin. Er muss noch informiert werden, auch für die offizielle Identifizierung der Toten.«

Der Chief rief das Profilfoto eines Social-Media-Kontos von Lindsay auf. Es zeigte dasselbe Gesicht, das Hanson heute Morgen auf dem Scheiterhaufen betrachtet hatte, und sah doch vollkommen anders aus. Nicht nur weil Lindsay auf dem Foto das Haar länger und eine Brille trug. Im Tod waren ihre Züge erschlafft, ihr Gesicht war ausgehöhlt und zur Maske erstarrt.

»Es gibt eine Reihe von Ähnlichkeiten, sowohl was die Tatorte als auch was die beiden Opfer betrifft«, sagte der Chief etwas lauter. »Lindsay war achtundvierzig, nur zwei Jahre älter als Jacqueline, und arbeitete als freie Lektorin. Sie lebte ebenfalls allein, allerdings nicht mit einem Hund, sondern mit einer Katze. Auch ihre Angehörigen wohnen weiter entfernt, und ihr Haus steht auf einem schlecht einzusehenden Grundstück.«

Er rief das Bild eines verwunschen aussehenden kleinen Häuschens auf, das aus einem der letzten verbliebenen Waldstücke um Totton ragte. Ein zweites Foto zeigte den gepflasterten Privatweg von der Straße zum Haus.

»Der Privatweg geht von einer Nebenstraße ab, die parallel zur A35 verläuft. An der Straße gibt es nur drei Häuser, und Lindsays ist das abgelegenste. Trotzdem denke ich, dass eine Befragung der Nachbarn ein wichtiger Ausgangspunkt unserer Ermittlungen sein sollte.«

»Ich nehme an, wir wissen noch nichts über Freundinnen oder Freunde des Opfers?«, fragte der DCS.

Der Chief blickte zu O'Malley, der sich aufrichtete und sagte: »Jedenfalls nicht viel. Sie war nicht besonders aktiv in den sozialen Medien und hat wenig Reaktionen auf ihre Posts bekommen. Es gibt keine Fotos von Lindsay mit Personen, die uns weiterhelfen könnten. Ihr Handy ist auch verschwunden. Aber wir sind wegen einer möglichen Ortung an ihrem Provider dran.«

In diesem Moment klopfte es. Hanson blickte sich um und konnte sich ein Grinsen nicht verkneifen. Ben Lightman betrat den Raum. Er hatte immer noch den hellgrauen Anzug an, den er zur Beerdigung seines Vaters getragen hatte, und sah natürlich filmstarmäßig perfekt aus.

»Sir«, sagte er und nickte dem DCS zu, der ihn mit hochgezogener Braue ansah.

»Ben«, sagte der Chief, dem es für einen Moment die Sprache verschlagen hatte, wie Hanson amüsiert beobachtete. Er hatte offensichtlich nicht damit gerechnet, dass sein zweiter Detective Sergeant sich heute an seinem Arbeitsplatz blicken lassen würde, selbst wenn Ben sich bekanntermaßen von Arbeit magnetisch angezogen zu fühlen schien.

Die Arbeit war Bens Art, Dinge zu bewältigen. Hanson hatte erst vor kurzem erfahren, dass diverse extrem problematische, ja traumatische Kindheitserlebnisse die treibende Kraft hinter seiner Selbstdisziplin und seiner emotionalen Verschlossenheit waren.

Aber er hatte endlich eine Therapie begonnen, angestoßen zum Teil durch den zusätzlichen Leidensdruck, den die tödliche Krankheit seines Vaters verursacht hatte. Ein weiterer Auslöser war die Arbeit an einem Fall gewesen, der seine schmerzhaften Kindheitserinnerungen wieder wachgerufen hatte. Und vielleicht war er auch einfach an einen Punkt gekommen, an dem er bereit dafür war. Hanson hoffte, dass die Gespräche mit einem Psychologen ihm helfen würden, sich auch ihr gegenüber mehr zu öffnen. Aber es verletzte sie nicht mehr, wenn er nicht über seine Gefühle reden wollte.

»Ich ... Niemand hat ernsthaft erwartet, dass Sie heute herkommen«, sagte der Chief, als Ben an der Tür stehen blieb. »Ich meine, Sie sind natürlich immer willkommen. Aber wenn Sie bei Ihrer Familie sein wollen ...«

»Ehrlich gesagt ist meine Familie der Ansicht, dass sie gut und gerne eine Weile ohne mich auskommt«, erwiderte Ben trocken.

Er blickte zu Hanson, die den Kopf schüttelte, dann aber lächelnd mit ihrem Stuhl ein Stück zur Seite rückte, damit Ben sich einen Platz suchen konnte.

»Okay«, sagte der Chief. »Aber wenn Sie uns wieder verlassen wollen, müssen Sie das nicht erklären. Gehen Sie einfach.«

»Merkst du das?«, murmelte Hanson Ben zu, als er sich auf den Stuhl neben ihr setzte. »Er versucht auch, dich loszuwerden.«

»Gut, dass ich so ein dickes Fell habe«, erwiderte Ben leise.

Der DCI nickte den beiden mit einem knappen Lächeln zu und fuhrt fort: »Bei dem Mord an Lindsay Kernow konnten wir nicht nur eine ähnliche Vorgehensweise des Täters feststellen wie bei dem Mord an Jacqueline Clarke, es gibt auch Gemeinsamkeiten zwischen beiden Opfern. Beide lebten relativ zurückgezogen, was eine Rekonstruktion ihrer Aktivitäten schwierig macht. Noch dazu an einem Silvesterabend, dem einen Abend im Jahr, an dem niemand dort ist, wo er sich sonst aufhält, und die meisten Leute, die auf den Straßen unterwegs sind, nur noch eingeschränkt zurechnungsfähig sind.« Er seufzte. »Was wir allerdings haben, und das unterscheidet diesen Tatort von dem letzten, ist eine DNA.«

Er scrollte zu einer Nahaufnahme des Scheiterhaufens. Am Bildrand war gerade noch Lindsays Arm zu sehen, und auf ihrer Haut und auf den Holzscheiten waren Blutspritzer zu erkennen.

»Hmm«, sagte der DCS, als wäre diese Information endlich durch seine Fassade höflichen Interesses gedrungen. »Ich nehme an, es handelt sich nicht um das Blut des Opfers?«

»Nein, wir haben keine äußeren Verletzungen festgestellt. Und ein Schnellprofil der DNA-Probe hat ergeben, dass es das Blut eines Mannes ist.«

Hanson richtete sich ein wenig auf.

»Sobald eine vollständige Probe vorliegt, gleichen wir sie mit unseren Datenbanken ab und suchen nach einer Übereinstimmung«, erläuterte der Chief weiter. »Wenn das keinen Treffer ergibt, werden wir alles tun, um weitere Verdächtige zu ermitteln, bei denen wir einen DNA-Vergleich durchführen können.«

Hanson vernahm das mit einer Mischung aus Aufregung und Skepsis. In den wenigen Jahren, die sie jetzt als Detective Constable arbeitete, hatte sie schon gelernt, dass die Wahrscheinlichkeit einer Übereinstimmung mit einer bereits gespeicherten Probe gering war. Den Kreis möglicher Verdächtiger so weit einzuengen, dass sich ein Abgleich ihrer DNA-Proben lohnte, konnte Monate mühsamer Arbeit bedeuten.

Das einzig Gute daran: Eine Verurteilung des Täters war praktisch garantiert, wenn sie ihn fassen konnten. Heutzutage wurde kaum noch ein Fall ohne Sachbeweise entschieden. Aber wenn es ihnen gelang, einen Verdächtigen zu ermitteln, dessen DNA mit der am Tatort gesicherten übereinstimmte, und sie keine Fehler machten, würde der Schuldige ziemlich sicher wegen dieses Mordes verurteilt werden – und auch wegen des Mordes an Jacqueline Clarke.

Sie fragte sich, warum der sonst so umsichtig und planvoll vorgehende Mörder eine so offensichtliche Spur hinterlassen hatte. Hatte das Blut eine rituelle Bedeutung? Hatte er am ersten Tatort ebenfalls Blutspuren hinterlassen, die vom Feuer ausradiert worden waren? Und vielleicht noch wichtiger: Warum hatte der Scheiterhaufen diesmal nicht richtig gebrannt?

Wenn jemand vorbeigekommen war und ihn erschreckt hatte, wusste derjenige auch etwas über die Tat, dachte Hanson.

»Wir dürfen nicht vergessen«, fügte der Chief hinzu, »dass es sich bei dem Blut auf dem Scheiterhaufen nicht zwingend um das des Täters handelt. Die Spurensicherung ist jedoch ziemlich sicher, dass das Blut auf den bereits errichteten Scheiterhaufen mit der aufgebahrten Leiche getropft ist. Das legt nahe, dass der Täter von jemandem gestört wurde. Vielleicht stammt das Blut am Tatort von dieser zweiten Person. Aber solange sich kein Zeuge meldet, gehen wir davon aus, dass es das Blut des Mörders ist.«

Alle schwiegen einen Moment. Dann meldete sich Ben Lightman zu Wort. »Sir, ich möchte einen Vorschlag machen.«

Hanson sah ihn überrascht an. Sie hatte angenommen, er würde nur mit halbem Ohr zuhören, während er versuchte, sich von der

Beerdigung seines Vaters abzulenken. Aber Ben war hellwach und wirkte so kühl und gefasst wie immer, vielleicht sogar enthusiastisch, als der Chief ihm zunickte.

»Für den Fall, dass der Vergleich der DNA-Probe keine Übereinstimmung mit einer uns bekannten Person ergibt«, sagte Ben und stützte die Ellbogen auf den Tisch, »möchte ich vorschlagen, dass wir auch andere Herangehensweisen in Erwägung ziehen.« Er räusperte sich leise. »Ich habe vor einer Weile einen Podcast darüber gehört und denke, wir sollten eine Methode ausprobieren, die in den USA angewandt wird.«

6.

Achtundvierzig Stunden waren seit der Entdeckung von Lindsay Kernows Leiche vergangen. Achtundvierzig Stunden, in denen sie der Ergreifung des Mörders keinen entscheidenden Schritt näher gekommen waren, wie Jonah sich schmerzhaft bewusst war. Trotzdem war seitdem viel geschehen. Noch am Neujahrstag um achtzehn Uhr hatten Jonah, der DCS und der stellvertretende Chief Constable auf einer Pressekonferenz darüber informiert, dass man in der Heide eine Frauenleiche gefunden hatte. Bis dahin waren Lindsays Sohn und Jacquelines Töchter benachrichtigt worden. Lindsays Name war noch nicht veröffentlicht worden. Das würde erst geschehen, wenn man sicher war, ihre gesamte Verwandtschaft erreicht zu haben.

Der DCS hatte der versammelten Presse erklärt, dass es womöglich einen Zusammenhang mit dem Mord an Jacqueline Clarke gab. Danach ermahnte Jonah die Öffentlichkeit, Kontakt zu Verwandten zu halten, vor allem zu allein lebenden Frauen, und sich zu vergewissern, dass sie entsprechend vorsichtig waren.

»Bisher haben wir keine Hinweise darauf, wie der Mörder sich den Opfern genähert hat«, erläuterte Jonah den Medienvertretern. »Wir können ausschließen, dass es eine Verbindung zwischen den beiden Frauen gab. Das heißt, die Opfer sind unabhängig voneinander zum Ziel des Täters geworden. Wir wollen in keiner Weise andeuten, dass sie die Tat provoziert haben, raten jedoch allen zur Vorsicht, bis wir den oder die Täter gefasst haben.«

Keine zwanzig Minuten nach der Pressekonferenz hatte der *Herald* im Netz einen Artikel über die Entdeckung der zweiten Leiche veröffentlicht. Die Schlagzeile lautete:

Der Bonfire-Killer schlägt wieder zu!

Bis jetzt war das Medieninteresse an Jacquelines Tod scheinbar gering gewesen, aber die Journalistin hatte die Entwicklungen offensichtlich eng verfolgt. Sie berichtete von den drei leeren Scheiterhaufen, die die Polizei seit dem ersten Mord untersucht hatte, und zeichnete ein unheimliches Bild. Dort draußen sei ein Stalker unterwegs, erklärte sie den Lesern. Ein Jäger, der auf der Lauer lag. Niemand konnte sich sicher fühlen.

Mit diesem Artikel und dem Namen »Bonfire-Killer« hatte die Geschichte eine neue Dynamik bekommen. Nun interessierte sich nicht nur die Presse in Southampton für den Fall; überregionale Zeitungen griffen die Story auf mit Berichten über Frauen, die »rituell« auf Scheiterhaufen gelegt worden seien.

Die Auswirkungen auf das alltägliche Leben waren sofort spürbar. Als Jonah um elf Uhr am selben Abend tankte, war die Angst der beiden Frauen, die an der Zapfsäule neben ihm tankten, mit Händen zu greifen. Beide blickten ungeduldig zwischen der Tankanzeige und den beiden Männern im Außenbereich der Tankstelle hin und her und hasteten dann zum Bezahlen nach drinnen.

Die gleiche Nervosität sah er auch bei den Gruppen von Frauen, an denen er auf dem Weg nach Ashford vorbeikam. Auch wenn sie erkennbar alkoholisiert waren, rückten sie enger zusammen.

Ihr Anblick weckte zwiespältige Gefühle bei Jonah. Er wünschte, sie wären vorsichtiger oder würden am besten gar nicht mehr ausgehen, bis der Mörder gefasst war, damit keine von ihnen das Risiko einging, sein nächstes Opfer zu werden. Er fürchtete, der Mörder könnte schon bald ein weiteres Leben brutal beenden. Aber diese Frauen hatten das Recht, ihr Leben so zu leben, wie sie es wollten. Sie hatten das Recht auf einen ganz normalen Alltag – feiern, Freunde treffen, draußen unterwegs sein –, ohne bedroht zu werden. Dass Jonah ihnen das nicht garantieren konnte, machte ihn wütender, als er sich eingestehen wollte.

Mit dieser Mischung aus Furcht und Wut kam Jonah an jenem ersten Abend nach Hause. Dort traf er eine angetrunkene Michelle an, und seine Angst gewann allmählich die Oberhand. Michelle war nur ein Jahr jünger als Jacqueline Clarke und ebenfalls eine sehr attraktive Frau. Sie hatte im Gegensatz zu Jacquelines rotblonder Mähne dunkles Haar wie Lindsay Kernow. Und seit sie ihr früheres geselliges Leben wiederentdeckt hatte, traf sie sich mehrmals in der Woche mit Freundinnen in Bars.

Immerhin war sie nie allein unterwegs, aber Jonah kannte so viele Fälle, bei denen eine betrunkene Gruppe jemanden aus den Augen verloren hatte. Außerdem fuhr sie immer mit einem Taxi nach Hause. Aber bis dahin lauerten alle möglichen Gefahren.

Er hatte die Obduktionsergebnisse noch im Kopf, als er Michelle unsicher mit einem Glas Wein herumstolpern sah, das sie sich unbedingt noch hatte einschenken müssen, obwohl sie schon sichtlich angeschickert war. Der Bericht hatte bestätigt, dass Lindsay erstickt war. Außerdem hatte man eine hohe Dosis Ketamin in ihrem Blut nachgewiesen. Genug, um sie bewusstlos zu machen, hatte der Gerichtsmediziner gesagt. Das hatte Jonah in seinem Verdacht bestärkt, dass die Entführung in einer Bar ihren Ausgang genommen hatte. Jemand hatte Lindsays Drink mit einer Droge versetzt, die sie dazu verleitet hatte, zu einem Mann ins Auto zu steigen, dem sie niemals hätte vertrauen dürfen.

Aber darüber konnte Jonah mit Michelle erst reden, wenn sie wieder nüchtern war. Morgen früh würde er sie bitten, ein paar Abende lang zu Hause zu bleiben. Nur eine Woche oder so, bis er diesen Typen verhaftet hatte. Sie würde das bestimmt verstehen und ihr wiederentdecktes Sozialleben zu ihrer eigenen Sicherheit eine Zeit lang auf Eis legen.

Aber als er am nächsten Morgen aufstand und Milly fütterte, wurde ihm auf deprimierende Weise klar, dass er dieses Gespräch mit Michelle auch jetzt nicht führen konnte. Sie war verkatert und ein bisschen mitgenommen, erzählte jedoch lebhaft davon, was sie und die Mädels am Abend zuvor unternommen hatten. Er konnte sie nicht bitten, das Einzige in ihrem Leben aufzugeben, bei dem sie ganz bei sich war, in einem Moment, wo sie es am dringendsten brauchte.

Bei aller Sorge um ihre Sicherheit hatte er noch mehr Angst, Michelle aufzufordern, zu Hause zu bleiben, wie ihm jetzt klar wurde. Er fürchtete, dass sie wieder in die Depression verfallen könnte, aus der sie sich gerade herausgekämpft hatte. Und er hatte ehrlich gesagt Angst, dass sie wütend werden und es ihm übel nehmen würde.

Deswegen lächelte er nur, als sie ihm, kurz bevor er zur Arbeit aufbrach, erzählte, dass sie sich am Abend mit Sabrina eine Komödie im Wheatsheaf anschauen wollte.

»Klingt super«, sagte er bloß. »Passt bloß gut aufeinander auf.«

Michelle verdrehte die Augen. »Große unheimliche Mörder unterwegs, ja?«

Jonah konnte nur nicken, doch Michelle hatte sich bereits abgewandt, um sich anzukleiden.

Er hatte Milly umarmt, sie an Rhona übergeben, die bei ihnen lebende Kinderfrau, und war in seinen Wagen gestiegen, erleichtert, auf der Fahrt in seine professionelle Rolle schlüpfen zu können und sich auf die am Vormittag angesetzte Pressekonferenz zu konzentrieren.

Auf dieser Pressekonferenz hatte er die Identität des zweiten Opfers bekannt gegeben und außerdem mitgeteilt, dass Lindsay Kernow aller Wahrscheinlichkeit nach mit Drogen betäubt oder willenlos gemacht worden war. Er hatte Betroffene, die in den vergangenen Monaten ähnliche Erfahrungen gemacht hatten, aufgefordert, sich zu melden. Über alles zu informieren, was ein abgebrochener Versuch gewesen sein könnte, ein weiteres Opfer zu betäuben.

Binnen Stunden war eine Flut von Meldungen eingegangen, viel mehr, als Jonahs Team bearbeiten konnte. Unklar war, ob Fälle, in denen Drinks mit Drogen versetzt worden waren, massiv zugenommen hatten oder das schon immer passiert war. Die Zahl der Frauen, die angerufen hatten, hatte ihn jedenfalls alarmiert. Wenn er an diesem Tag an einer Bar oder einem Pub vorbeigekommen war, hatte er unwillkürlich abgebremst und versucht, einen Blick hineinzuwerfen, als könnte er jemanden dabei ertappen, wie er gerade ein weiteres Opfer betäubte.

Und auch wenn dieser Impuls an sich völlig irrational war, war die zugrunde liegende Schlussfolgerung durchaus logisch: Ihr Mörder war noch nicht fertig. Das war mit dem zweiten Opfer und den Bränden offensichtlich geworden, die er zwischen dem ersten und dem zweiten Mord im New Forest gelegt hatte. Zwar kam es vor, dass Serienmörder inaktive Phasen hatten oder manchmal sogar ganz aufhörten zu töten, aber Jonah war überzeugt, dass der Bonfire-Killer gerade erst loslegte.

Mit diesem Gedanken im Hinterkopf trieb er sich und die anderen an, noch härter zu arbeiten. Nur mit seinem Drei-Personen-Team wäre es unmöglich gewesen, die gesamte Ermittlung im Griff zu halten, aber der Superintendent hatte ihm eine Gruppe von Constables zugestanden, und der DCS hatte zusätzlich genehmigt, dass vorübergehend mehrere Detective Constables von DCI Acharya aus Portsmouth für ihre Ermittlung abgestellt wurden. Jonah hatte sie beauftragt, allen gemeldeten Fällen einer angeblichen Betäubung oder bedrohlichen Verhaltens nachzugehen, auch wenn viele schon Monate zurücklagen.

Gleich zu Beginn hatte Jonah mit dem DCS besprochen, dass sein Team von allen mühsamen Routinearbeiten befreit werden sollte, damit es sich ganz auf die vielversprechendsten Spuren konzentrieren und vordringlich Lindsay Kernows Aktivitäten rekonstruieren konnte. Deshalb hatten seine Leute an dem Tag, als man ihre Leiche gefunden hatte, vor allem damit begonnen, Lindsays Wege mithilfe ihres Handys nachzuverfolgen und die Menschen zu befragen, die sie am besten gekannt hatten. Wenn sich aus den parallel laufenden Ermittlungen der hinzugezogenen Beamten konkrete neue Spuren ergaben, würde Jonahs Team übernehmen und ihnen nachgehen.

Wie Jonah seine Leute schon bei der ersten Besprechung gewarnt hatte, bestand das größte Problem bei der Suche nach Lindsays Mörder darin, dass die Tat in der Silvesternacht geschehen war, einer Nacht, in der allgemeines Chaos herrschte. Aus Erfahrung wusste er, wie unglaublich schwierig es war, einigermaßen verlässliche Zeugenaussagen über Ereignisse in Kneipen oder auf Feiern zu bekommen. Und an Silvester waren vermutlich die meisten Menschen auf den Straßen angetrunken gewesen. Kneipenpersonal und Taxifahrer, die hoffentlich nüchtern gewesen waren, würden sich allein wegen der schieren Menge von Leuten, die sie bedient, chauffiert oder beobachtet hatten, kaum an einzelne Personen erinnern.

Deswegen hatte Jonah sein Team zur Eile angetrieben. Die Daten der Funkmasten, die sie erhalten hatten, bestätigten, dass Lindsay bis 22:05 Uhr in Totton gewesen war, wahrscheinlich sogar länger, wie das Funksignal ihres Handys nahelegte, das um kurz vor elf einen weiteren Mast angepingt hatte. Der erste Mast lag auf dem Weg von ihrem Haus in die Stadt, der weitere Kurs ihres Signals legte nahe, dass sie eine von mehreren Kneipen, einen Weinladen oder einen von zwei Seven-Eleven-Supermärkten besucht hatte. Aber achtundvierzig Stunden später hatten sie noch keinen einzigen Angestellten, Gast oder Kunden gefunden, der sich erinnern konnte, Lindsay gesehen zu haben. Auch Freunde, die sie in der Gegend besucht haben könnte, in der das Funksignal ihres Handys empfangen wurde, hatten sie nicht ermitteln können.

Während das Team seine Arbeit machte, hatte Jonah seinen Leuten im Hintergrund den Weg geglättet und Community Impact Assessments durchgeführt, um sicherzugehen, dass sich keine Panik in der Bevölkerung ausbreitete. Obwohl er wusste, wie wichtig beides war, spürte er eine brennende Ungeduld, endlich das zu tun, was er am besten konnte: den Fall zu lösen und die Bedrohung ganz zu beenden.

Zwei Tage waren vergangen, seit sie Lindsay gefunden hatten, und ihr Mörder lief immer noch frei herum. Deshalb war Jonah froh, dass er einen Videoanruf mit Cassie Logan vereinbart hatte.

Cassie war keine Polizistin und nicht einmal speziell kriminalistisch qualifiziert, doch sie war in den letzten Jahren direkt für die Ergreifung einiger der meistgesuchten Killer in den USA verantwortlich gewesen. Gelungen war ihr dies nicht durch klassische Ermittlungsarbeit, sondern mithilfe der DNA-Matching-Technologie und eines weltweit operierenden Online-Ahnenforschungsportals. Angefangen hatte sie als Amateurin, inzwischen war sie die führende Expertin für forensische Genealogie an der amerikanischen Ostküste.

Sowohl was die forensische Genealogie als auch was die Gesetze betraf, die ihre Anwendung erlaubten, hinkte Großbritannien hinterher. Theoretisch war der Einsatz dieser Technologie bei der Ergreifung von Mördern illegal. Aber das würde sich vielleicht bald ändern. Denn vor kurzem war mit der Seite Globalry das erste Ahnenforschungsportal mit Sitz in Großbritannien gegründet worden, das sich in seinen Geschäftsbedingungen eine mögliche Nutzung von Kundendaten für derartige Zwecke erlauben ließ. Und der Crown Prosecution Service war an einem Präzedenzfall interessiert.

Möglicherweise war ihre Ermittlung dafür perfekt geeignet. Aber nur, wenn der Chief Constable sie mit der nötigen Überzeugung unterstützte.

Gegen Mittag klopfte Ben Lightman an Jonahs Tür, eine gute

Zeit, um Cassie zu erwischen, die in Saratoga lebte, wo es fünf Stunden früher war.

»Ich habe den Teams-Anruf vorbereitet, und Cassie ist bereit«, berichtete Ben.

»Danke«, sagte Jonah und stand mit einem Anflug von echtem Optimismus auf. »Hören wir uns an, was sie zu sagen hat.«

Eine Viertelstunde später war Jonah nicht mehr ganz so zuversichtlich. Wenn er Cassies kluge, aber wortreiche Erläuterungen richtig verstanden hatte, dann vermochte sie ihm nicht mehr zu bieten als ein entferntes DNA-Match. Einen Cousin vierten oder fünften Grades, was so viele Treffer bedeutete, dass es den Kreis der Verdächtigen nicht ausreichend einengen würde.

»Ich fürchte, der Chief Constable wird sich nicht für ein Testverfahren einsetzen, das nur vage Ergebnisse liefert«, sagte er, nachdem Cassie ihren Bericht beendet hatte.

Cassies welliges brünettes Haar wippte auf und ab, als sie lächelnd den Kopf schüttelte. »Ein entfernter Verwandter ist nicht automatisch gleichbedeutend mit einem vagen Ergebnis«, entgegnete sie. »Es kommt darauf an, die Daten richtig zu lesen. Nehmen wir an, wir bereiten die von Ihnen gesicherte DNA auf, laden sie hoch und bekommen zwei Matches mit Ihrem Täter. Die betreffenden Personen sind im Grunde gar nicht miteinander verwandt, weil der eine aus der mütterlichen und der andere aus der väterlichen Linie des Täters stammt. Dann lassen sich die sehr wenigen gemeinsamen Verwandten im Handumdrehen finden. Es spielt keine Rolle, ob sie nur Cousins dritten oder vierten Grades sind. Der eine Punkt, wo sich ihre Linien kreuzen, hilft uns weiter. Bei einem Einzelkind wäre das eine einzige Person.«

Jonah grinste, froh, ihr bisher noch einigermaßen folgen zu können. »Okay«, sagte er. »Aber was passiert, wenn wir nur ein Match haben? Oder ein Match mit zwei Personen aus derselben Linie der Familie?«

Cassie zuckte unbekümmert mit den Schultern. »Dann macht es noch mehr Spaß. Die Globalry-Tests zeigen uns, in welchem Verwandtschaftsverhältnis diese Personen zu dem Täter stehen. Cousin ersten oder zweiten Grades, Halbbruder ... Meine Aufgabe ist es, mithilfe der Seite die genaue Familienkonstellation herauszufinden. Dann nehme ich Kontakt mit allen Mitgliedern auf und finde heraus, wo sie wohnen. Sie suchen einen Serienmörder, das heißt, wenn wir jemanden finden, der im richtigen Verwandtschaftsverhältnis zu Ihrem DNA-Match steht und in der Nähe der beiden Tatorte wohnt, möchten Sie diese Person doch bestimmt genauer unter die Lupe nehmen, richtig?«

Als Jonah sich umsah, bemerkte er, dass die Mitglieder seines Teams sich anstrengten, nicht zu grinsen. Cassie sprach offensichtlich nicht zum ersten Mal mit Polizisten und wusste genau, wie sie tickten. »Klingt ziemlich vernünftig«, sagte er nach einer kurzen Pause.

Tatsächlich klang es mehr als vielversprechend. Je länger er darüber nachdachte, desto überzeugter war er, dass die Ermittlungsarbeit der Polizei dieser Richtung folgen sollte. Wenn so viele Menschen ihre DNA freiwillig auf Seiten hochluden, die große Abschnitte der Sequenz testeten, könnte man mit diesen Daten zahlreiche Menschenleben retten und den Familien der Opfer vielleicht auch Antworten geben, die ihnen halfen, ihr Trauma zu bewältigen.

Der DCS hatte allerdings bereits deutlich gemacht, dass die Ermittlungsergebnisse, die sich aus einem DNA-Match ergaben, mit besonderer Vorsicht zu behandeln waren, um eine mögliche Anklage nicht zu gefährden. Das DNA-Match durfte lediglich Hinweise auf Personen geben, gegen die sie ermittelten, jedoch nicht Teil der Beweisführung sein. Die Indizien, die sie zur Überführung des Täters zusammentrugen, durften nicht direkt Bezug darauf nehmen, damit die Anklagebehörde des Crown Prosecution Service das Verfahren akzeptierte.

All das musste gegen die Tatsache abgewogen werden, dass die

Zeit gegen sie arbeitete. Je länger der Mörder frei herumlief, desto wahrscheinlicher würde er das Leben einer weiteren Frau nehmen.

»Was passiert, wenn die Verwandten es ablehnen, mit Ihnen zu sprechen?«, fragte O'Malley und tippte mit einem Stift auf sein Knie. »Sie können sie ja schlecht zur Vernehmung vorladen.«

»Nein. Aber ich habe gehört, dass es Polizisten gibt, die das können«, erwiderte Cassie lachend.

Hanson grinste O'Malley an. »Du weißt, dass sie auf der Seite eine Einwilligungserklärung unterschrieben haben, die die Verwendung ihrer DNA für solche Zwecke erlaubt, oder?«

»Aahh, das Kleingedruckte«, sagte O'Malley. »Das lese ich nie.«

»Deshalb habe ich die Infos, wie Globalry funktioniert, in meinem Bericht auch in extra großer Schrift formatiert.«

»Die Berichte lese ich auch nie«, sagte O'Malley und zuckte mit den Schultern. »Ich möchte schließlich nicht voreingenommen in eine Ermittlung gehen.«

»Ich würde mich gern von meinem gesamten Team distanzieren«, sagte Jonah zu Cassie.

»Hey«, protestierte Hanson. »Ich habe eine richtige Frage.«

»Schießen Sie los«, sagte Jonah mit einem angedeuteten Lächeln.

»Sie sagen, dass Sie die DNA präparieren müssen. Wie lange würde das dauern, wenn wir Ihnen die Probe zusenden?«, fragte Hanson.

»Bei Blut? Ein paar Stunden im Labor«, antwortete Cassie. »Haare und andere Proben dauern länger.«

Hanson sah Jonah fragend an. Er nickte. »Von mir aus können wir loslegen. Wenn Sie in der nächsten Stunde die entsprechenden Unterlagen unterzeichnen, sorge ich dafür, dass Sie die Probe per Express zugesandt bekommen. Das heißt, sie sollte spätestens in achtundvierzig Stunden bei Ihnen sein.« Er hielt nachdenklich inne. »Es sei denn, Sie kennen ein freundliches Labor, das die Analyse hier bei uns durchführen kann.«

Cassie lächelte. »Ich glaube, ich wüsste da vielleicht jemanden.«

7.

Aisling hatte das Gästezimmer und alles, was darin verborgen war, seit zwei Tagen bewusst gemieden. Es war eine Insel in ihrem zugefrorenen See vorsätzlichen Vergessens, und sie hatte gespürt, wie das Eis unter ihren Füßen brach, während sie darum herumschlich. Hatte gespürt, wie sie zuweilen im eiskalten Wasser all dessen versunken war, was sie so lange verdrängt hatte. Sie hatte sich in Erinnerungen verloren, auch wenn die Menschen, denen sie im Alltag begegnete, mit einer sehr aktuellen Angst beschäftigt waren.

Ihr fiel es schwer, den frei herumlaufenden Serienmörder nicht immer wieder zu vergessen. Es gab so vieles, was sie in Schach halten musste, dass es ihr partout nicht gelingen wollte, sich diese Bedrohung unentwegt zu vergegenwärtigen. Als sie am 2. Januar im Co-op-Laden die Schlagzeile der *Daily Mail* sah, zuckte sie zusammen. Jetzt interessierte die Geschichte bereits die gesamte Nation? Doch während des Einkaufs vergaß sie es schon wieder, und erst als sie an der Kasse die Frau vor ihr mit der Kassiererin darüber sprechen hörte, leise und voller Angst, kam es ihr schlagartig wieder in den Sinn.

Unwillkürlich drehte sie sich zu dem Mann um, der in der Schlange hinter ihr stand. Sie musste vorsichtig sein. Was war nur mit ihr los? Sie schien fast vergessen zu haben, wie man funktionierte! Aber trotz dieses Vorsatzes fand sie sich wenig später in ihrem Wagen wieder, ohne sich zu erinnern, wie sie dorthin gekommen war. Erst im Nachhinein wurde ihr bewusst, dass sie in der Dämmerung so verwundbar gewesen war wie ein Kind.

Aufgebrochen war alles mit Jack O'Keanes Namen. Und der Tatsache, dass sie sich am Montag im selben Gebäude aufhalten und sich fast sicher begegnen würden.

Der Gedanke, dass sie ihm gegenübertreten und sich vielleicht sogar erklären müsste, hatte die Barriere durchbrochen, die sie sorgfältig zwischen sich und ihrer Vergangenheit errichtet hatte. Sie schaffte es nicht mehr, alles unter Verschluss zu halten.

Sie hatte es durchaus probiert. An jenem ersten Tag hatte sie alles Mögliche versucht, um ihre Erinnerungen wieder wegzuschließen und normal zu funktionieren. Nicht zuletzt deshalb, weil ihr älterer Sohn in letzter Zeit so untypisch distanziert und sogar übellaunig war, dass es sie schmerzte.

Am Neujahrstag war Ethan ohne Matthew Downing in seinem eigenen Wagen und in finsterer Stimmung von der Bandprobe zurückgekommen. Aisling fragte sich, ob Matthew trotzdem der Grund für Ethans Laune war. Vielleicht hatte er die Probe gesprengt oder – noch wahrscheinlicher – Ethan wegen der Ereignisse am Silvesterabend zugesetzt, was auch immer passiert war.

Trotzdem war es so ungewöhnlich, Ethan düster vor sich hin brüten zu sehen, dass sie ihn instinktiv umarmte und gekränkt war, als er sie schroff zurückwies.

»Ich brauch was zu essen«, hatte er gesagt, und sie hatte genickt und gedacht, dass es bloß sein abklingender Kater war.

Aber Ethans finstere Laune hatte angedauert. Es war, als lebte sie plötzlich unter einem Dach mit einem schmollenden Teenager. Beim Abendessen hatten sie und Finn das Gespräch in Gang gehalten, obwohl auch sie abgelenkt war, während Ethan meist mürrisch geschwiegen hatte. Schließlich hatte Finn seinen Bruder spitz gefragt, ob er nicht ein bisschen kommunikativer sein könnte. Danach hatte Ethan sich zumindest zwanzig Minuten lang ein wenig Mühe gegeben.

Zwei Tage später wirkte er immer noch deprimiert, beinahe wütend. Aisling wusste, dass sie versuchen sollte, der Sache auf den

Grund zu gehen, aber sie sah alles wie durch einen Nebel. Sosehr sie für ihren Sohn auch da sein wollte, fand sie sich doch immer wieder dreißig Jahre zurückversetzt, in eine Zeit, als Jack und ihre Eltern noch Teil ihres Lebens gewesen waren.

Verblüfft stellte sie fest, dass alle Erinnerungen scharf und klar waren, als hätte sie sie liebevoll eingepackt und auf dem Speicher gelagert, damit sie so frisch und kristallhell blieben wie an dem Tag, als es passiert war.

Erinnerungen an Jack. An die Schule. Aber es waren vor allem die Erinnerungen an ihren Vater, die ihr den Atem raubten.

Ihr sanfter, über alles geliebter Daddy. Der bärtige, aufrechte Mann, der sie gegen das strenge Urteil ihrer Mutter verteidigt hatte, der nicht nur Vater, sondern auch ein Freund gewesen war. Der sie umarmt und getröstet hatte. Den sie für perfekt gehalten hatte – bis ihr Leben zerbrochen war. Vielleicht sogar noch, nachdem er sie in einem Akt unsagbarer Gefühllosigkeit verlassen hatte.

Nach dem Tod ihrer Mutter hatte sie es nicht über sich gebracht, den Nachlass ihrer Eltern zu sichten. Es war alles zu viel für sie gewesen. Sie hatte einen Anwalt bezahlt, der sich um die Vollstreckung des Testaments gekümmert hatte, und blind jedes Dokument unterschrieben, das er ihr zugesandt hatte. Sie hatte ein Umzugsunternehmen bestellt, das die wenigen beweglichen Besitztümer eingepackt hatte, und eine wohltätige Einrichtung gebeten, die restlichen Möbel abzuholen. Dann hatte sie die verbliebenen Kartons im Gästezimmer gelagert und sich mit aller Kraft bemüht, nicht daran zu denken, so wie sie versucht hatte, die Umarmungen ihres Daddys und den endlosen Kummer ihrer Mammy zu vergessen.

Aber solange sie schon um diesen Raum kreiste, hatte sie immer gewusst, dass sie ihn am Ende betreten würde. Und die Zeit dafür war jetzt gekommen. Sie musste sich dem Schmerz und ihrer Sehnsucht nach allem stellen, was sie verloren hatte. Deshalb goss sie sich am 3. Januar um ein Uhr ein großes Glas Wein ein, stieg zu dem spartanischen kleinen Zimmer hinauf, zog die Kartons aus dem Schrank, setzte sich aufs Bett und begann, den Inhalt durchzusehen.

Im ersten Karton befanden sich sorgfältig eingewickelte Gegenstände, vermutlich Porzellanfiguren, die sie unangerührt ließ. Stattdessen zog sie den nächsten Karton hervor, der voller Fotoalben war.

Die Begegnung mit ihrem alten Ich war traurig und schmerzhaft. Sie als Baby. Als kleines Mädchen. Sie sah sich von Foto zu Foto heranwachsen. Sie mit ihrem Vater. Sie steif neben ihrer Mutter stehend, oft in einer Kirche oder bei einer Zusammenkunft der Gemeinde.

Sie betrachtete die Bilder unglücklich und mit einem seltsamen Hunger. Sie zog ein anderes Album mit späteren Aufnahmen hervor, die nach ihrem Umzug nach England gemacht worden waren. Mammys Blick war härter geworden, ihre Lippen schmaler. Grimmiger. Und Daddy lächelte nicht mehr. Sein Gesicht wirkte angespannt, sein Blick leer. Er sah aus wie ein gebrochener Mann.

Aisling versuchte, nicht zu genau hinzusehen, wenn sie sich auf einem Foto entdeckte, doch manchmal blieb sie an ihrem eigenen gequälten Gesichtsausdruck hängen. Mit sechzehn oder siebzehn hatte sie sich in ein melancholisches, abwesendes Wesen verwandelt.

Nachdem sie die Alben durchgeblättert hatte, spürte sie die Tränen auf ihren Wangen. Unter den Alben lagen weitere gebündelte Stapel von Fotos, die es nicht in ein Album geschafft hatten. Sie wusste, was für Bilder das waren.

Mit großem inneren Widerstand öffnete sie das erste Bündel, um die Fotos zu betrachten, die sie selbst gemacht hatte. Sie stammten aus den Jahren, nachdem Daddy weggegangen und nie zurückgekehrt war. Herzzerreißende Bilder von freudlosen Weihnachtsfesten und Sommerferien, in denen sie nur die Zeit rumgebracht hatten. Einige wenige von Aisling, aber auf allen ihre

Mammy. Eine Frau, die immer noch jeden Tag ihr Haar hochgesteckt und frisch gebügelte Blumenkleider getragen hatte, sich und ihren Lebensmut jedoch in jeder anderen Beziehung verloren hatte.

Ohne nachzudenken, nahm Aisling sich den nächsten Karton vor. Aus einer fast widerwilligen Neugier war ein brennendes Verlangen geworden, alles zu sehen.

Erst eine ganze Weile später und nach einem zweiten Glas Wein konnte sie sich eingestehen, was sie eigentlich suchte. Fast dreißig Jahre später versuchte sie irgendeinen Beweis dafür zu finden, dass ihr Vater sie wirklich geliebt hatte. Etwas, das ihre Mutter wegen ihres eigenen Schmerzes vielleicht vor ihr verborgen hatte.

Schließlich stieß sie auf einen Karton voller Briefe und entdeckte gleich zuoberst mit stockendem Atem den letzten Brief, den sie von ihrem Vater gelesen hatte.

Meine geliebten Dymphna und Aisling,

es tut mir leid. Aber ich muss euch verlassen. Ich liebe euch von Herzen, aber ich kann dieses heuchlerische Leben nicht weiterführen. Ich muss mich entscheiden. Und jede Faser meines Körpers sagt mir, dass ich gehen soll.

Euer
Dara und Daddy

Sie legte den Brief rasch beiseite, weil sie wusste, dass sie sonst weinen müsste und vielleicht nie wieder aufhören könnte. Unter dem Brief lagen die Urkunden für das Haus, das ihr Vater ihrer Mutter vollständig überschrieben hatte, seine eine freundliche Tat. Aisling schob die Dokumente beiseite. Sie hatte keine Ahnung, warum sie die Papiere aufbewahrt hatte. Nach dem Tod ihrer Mutter hatte das Haus ihr gehört. Und danach irgendeinem Fremden.

Stattdessen nahm sie die anderen Briefe zur Hand und betrachtete jedes Dokument in dem vollen Karton. Verzweifelt suchte sie nach einem Beleg, dass ihr Vater ihr vielleicht irgendwann später geschrieben hatte. Oder wenn nicht ihr, dann wenigstens ihrer Mutter, um deren Leiden vor ihrem Tod ein wenig zu lindern. Sie versuchte sich einzureden, dass das besser wäre als Schweigen.

Aber als sie sich bis zum Boden des Kartons vorgearbeitet hatte, hatte sie nach wie vor nichts gefunden.

Zunehmend verzweifelt ging sie die Sachen durch, die ihre Mutter in der Kommode aufbewahrt hatte. Aber nichts davon gehörte ihrem Vater. Aisling erkannte sie aus ihrer Kindheit wieder.

Danach gab es tatsächlich nur noch bittere Wahrheiten zu entdecken, die ordentliche Dokumentation ihres Anwalts über das Erbe, das ihr nach dem Tod ihrer Mutter vor zwanzig Jahren zugefallen war. Sie betrachtete ihre eigene Unterschrift auf einer der Seiten und fragte sich, wie sie es geschafft hatte, so deutlich zu schreiben.

Und das war das Ende. Mehr gab es hier nicht.

Aisling starrte eine Weile ins Leere. Ihr wurde klar, dass sie schon früher mehr hätte tun können. Dass sie mehr tun musste.

Sie erhob sich von dem beigefarbenen Teppich, auf dem sie unbequem zwischen den Kartons gesessen hatte, ging in ihr Arbeitszimmer und fuhr ihren Laptop hoch.

Sie erinnerte sich an einen Artikel über ein neues britisches Ahnenforschungsportal namens Globalry, den sie vor kurzem gelesen hatte. Sie gab den Namen bei Google ein und klickte die Seite an.

Wir bieten eigene Tests sowie eine Plattform an, auf der Menschen ihre Daten mit anderen Ahnenforschungsportalen teilen können …

Sie studierte die detaillierteren Informationen zu den Tests. Wie viele Abschnitte der Sequenz untersucht wurden und mit welcher Sicherheit sich damit Verwandte identifizieren ließen.

Sie wollte sich gerade registrieren, als sie hörte, dass Ethan von seiner Schicht im Plattenladen zurückkam. »Hi!«, rief sie. »Ich arbeite noch, aber ich bin gleich fertig.«

Sie könnte es ihm einfach erzählen, dachte sie. Sie könnte es ihm und Finn erzählen und sie daran teilhaben lassen. Sie könnte das Eis durchbrechen.

Und wenn sie ihre Vergangenheit offenlegte, würde das vielleicht auch Ethan ermutigen, darüber zu sprechen, was ihn bekümmerte. Es könnte das Richtige für sie alle sein.

Aber das würde bedeuten, dass sie ihnen *alles* erzählen musste, und sie musste sich schließlich eingestehen, dass sie dazu immer noch nicht bereit war. Auch nach dreißig Jahren nicht.

8.

Jonah wachte voller Zuversicht auf und fragte sich, warum, bis ihm Cassie Logans Hilfsangebot wieder einfiel und das Labor, das die Probe noch am selben Tag per Kurier erhalten hatte.

Mittlerweile war die DNA, die sie bei Lindsay Kernows Leiche gesichert hatten, bei Globalry hochgeladen. Wenn die übrigen Ermittlungen ergebnislos blieben, würden sie also binnen zwei Wochen zumindest eine Liste aller verwandten Personen bekommen, die bei Globalry auftauchten. Das Material, das Cassie Logan brauchte, um ihren Zauber zu wirken.

Blinzelnd blickte er auf seinen Wecker. Es war fast sieben, Milly hatte ausnahmsweise verschlafen. Das passierte leider selten: Sie verzichtete auf ihre erste Mahlzeit um halb sechs, schlief bis zur regulären Frühstückszeit durch. Ihr Frühstück bestand genau genommen aus einem Fläschchen Milch. Der Übergang zu fester Nahrung wurde in ihrem Alter noch nicht empfohlen.

Er überlegte, die rare Gelegenheit zu nutzen und im Bett liegen zu bleiben, bis Milly aufwachte. Aber sein Verstand arbeitete bereits auf Hochtouren. Lindsay Kernow. Jacqueline Clarke. Sein Privatleben. Das waren die Themen.

Am Abend zuvor war Michelle zu Hause geblieben. Ihre Kinderfrau Rhona hatte einen freien Abend, und Jonah hatte das Kommissariat unmöglich verlassen können, nicht in dieser Woche. Also hatte Michelle ihren Wein auf dem Sofa getrunken und auf Milly aufgepasst.

Rhona war mit einundsechzig bereits Großmutter, doch ihre Familie lebte in Übersee. Und für Jonah und Michelle war sie die Rettung. Kompetent, unerschütterlich und liebevoll schenkte sie Milly all die Aufmerksamkeit, die Jonah ihr gern selbst gewidmet hätte. Es war gut für seine Tochter, dass Rhona im Haus lebte, ohne Zweifel, aber manchmal fragte sich Jonah doch, ob Milly nicht ein engeres Verhältnis zu ihrer Kinderfrau hatte als zu ihren Eltern. Ob Millys erstes Wort nicht »Rhona« lauten würde.

Doch das ließ sich in seinem Job nicht vermeiden. Es gab ruhigere Zeiten, und es gab Zeiten wie diese: wenn für einen dringenden Fall alles andere zurückstehen musste. Und dringender als ein Serienmörder wurde es nicht.

Gestern Nachmittag hatten sie endlich einen Zeugen gefunden, der Lindsay Kernow gesehen hatte: ein Barkeeper in einem Pub in Totton. Seine Angaben über die ungefähre Uhrzeit, zu der sie das Lokal betreten hatte, entsprachen dem, was Lindsays Handydaten ergeben hatten, und er wirkte wie ein nüchterner Mann, der nicht zu Ausschmückungen neigte. Leider hatte er nicht mitbekommen, wann sie gegangen war.

»Soweit ich mich erinnere, war sie zum ersten Mal in unserem Pub«, hatte er sich entschuldigt. »Es war, kurz nachdem wir aufgemacht hatten, die echt ruhige Zeit, wenn noch niemand unterwegs ist. Sie war definitiv allein und hat eine Zeit lang an einem Ecktisch gesessen. Aber dann wurde es voller, und ich habe sie nicht mehr gesehen.«

Jonahs Team hatte sofort den Pub aufgesucht und die Aufnahmen der umliegenden Kameras auf eine Spur von Lindsay durchgesehen. Um zehn Uhr abends hatten seine Leute schließlich vorgeschlagen, dass er nach Hause gehen sollte. Sie hatten versprochen, ihn anzurufen, falls sich ein konkreter Hinweis ergeben sollte. Der Funkstille auf seinem Telefon nach zu urteilen, war das nicht passiert.

Heute würden sie sich wieder im Kommissariat versammeln,

und Jonah war sich sicher, dass alle früher zur Arbeit kommen würden als sonst. Sie wollten sich um neun in dem großen Besprechungsraum treffen, sodass ihm Zeit für ein Frühstück mit Milly blieb. Ein kleiner Trost für die vielen Abende, an denen sie schon schlief, wenn er nach Hause kam.

Er blickte zu der schlafenden Michelle. Um diese Zeit am Morgen war sie nur schwer zu wecken, obwohl sie in der Nacht einen leichten Schlaf hatte. Heute wünschte er sich aus irgendeinem Grund, dass sie sich rührte, auch wenn er in den letzten Monaten darauf geachtet hatte, dass sie ihre Ruhezeiten bekam. Er wusste, dass Schlafmangel zu ihrer postnatalen Depression beigetragen hatte.

Deshalb waren die ersten Wochen nach Jacquelines Ermordung auf seltsame Weise ein Segen gewesen. Bei seinem strapaziösen Arbeitsrhythmus war klar geworden, dass sie eine Kinderfrau brauchten. Das hatte Michelle von dem Gefühl befreit, dass sie sich allein um ihre Tochter kümmern musste. Sie hatte ohne schlechtes Gewissen wieder angefangen, in Vollzeit zu arbeiten. Befreit von dem Druck permanenter Zuständigkeit, hatte sie das erdrückende Gefühl von Unzulänglichkeit überwunden, dass sie das Muttersein weder angemessen genoss noch so gut bewältigte, wie sie gehofft hatte.

Auf ihre Beziehung hatte sich das zunächst positiv ausgewirkt. Er hatte in Michelle erneut die Frau gesehen, der er einst einen Heiratsantrag gemacht hatte. Sie war wieder gut gelaunt. Zuversichtlich. Sie sprach wieder über alles, was sie früher interessiert hatte – ihre Arbeit oder Zeitungsartikel über Naturwissenschaften, Astronomie und Medizin. Außerdem hatte sie ihr Sozialleben wiederentdeckt. Es hatte sich angefühlt, als wäre ihre Beziehung nach all den Problemen, die sie gehabt hatten, wieder auf dem Gleis.

Aber dann waren die Dinge irgendwie ins Stocken geraten. Michelle hatte immer weniger Lust, mit ihm zu reden, wenn er abends nach Hause kam. Und der körperliche Aspekt ihrer Beziehung, angefangen bei einer einfachen Berührung, war nicht wieder erwacht. Zumindest noch nicht.

Jonah hatte versucht, sich noch mehr anzustrengen. Ihr mehr Komplimente zu machen, sie zu ermutigen, sich schick anzuziehen und auszugehen. Denn wie seine Freunde Roy und Sophie immer sagten, kam Michelle sich gerade wahrscheinlich vor wie eine Milch- und Muttermaschine. Er achtete darauf, dass sie gemeinsam Zeit verbrachten, egal wie stressig es bei der Arbeit zuging. Er war entschlossen, das Problem zu beheben, was immer es sein mochte. Er würde es lösen.

Aber als er sie heute tief und fest schlafen sah, erinnerte er sich unvermittelt an Vormittage aus einem vergangenen Leben, an denen sie gemeinsam langsam aufgewacht waren. Als sie sich noch eine Menge zu sagen hatten und Michelle gelächelt hatte, wenn sie ihn ansah.

Er schlüpfte leise aus dem Bett und ließ sie schlafend zurück. Ihr Wohlbefinden hatte Vorrang, aber manchmal träumte er von einem anderen Leben, das er schmerzlich vermisste.

Er schob solche Gedanken beiseite und zog sich im Gästezimmer an. Er hatte Arbeit zu erledigen. Musste einen Mörder fassen, seinem Team helfen.

Und dann war da noch Milly, die ihm immer wieder ein Lächeln entlockte, auch wenn sie ihn oft in hilflose Verzweiflung trieb.

Er hatte schon einen Kaffee und zwei Scheiben Toast verschlungen, als seine Tochter wenig später bekannt machte, dass sie wach war. Grinsend ging er in ihr Zimmer. Sie hatte sich bereits an den Stäben ihres Gitterbettchens in den Stand hochgezogen und quiekte begeistert, als er auftauchte. Ein Anblick reinen Glücks, der in keiner Weise davon getrübt wurde, dass sie dringend eine frische Windel brauchte.

»Hey, Millsybobs«, sagte er und hob sie aus ihrem Bettchen. Er hätte sich selbst nie für einen Menschen gehalten, der ein Baby mit niedlichen Kosenamen anreden würde, aber es war ohne Zweifel passiert. Er nannte sie Millsybobs, Dodo, Boonut und was ihm sonst gerade einfiel.

Bei den Spitznamen fiel ihm in einem dunklen Gedankensprung der Bonfire-Killer ein, und er ärgerte sich über sich selbst. Nicht nur, weil es die Zeit mit seiner Tochter überschattete. Er hatte sich auch immer vehement dagegen gewehrt, einen Mörder zur Legende zu machen. So viele Serienkiller suchten nach dieser Art von Bestätigung durch die Presse. Aber es war praktisch unmöglich, den Namen nicht aufzugreifen. Er tauchte inzwischen überall auf, in jedem Artikel und jeder Anmoderation der Nachrichtensprecher. Und wenn die Leute sich diesen Namen einprägten, würden sie zumindest wachsam bleiben. Vielleicht sogar aufeinander achten.

Bevor er es ins Kommissariat schaffte, hatte er zwei Milchflecken von seinem Hemd gewischt und dreimal Millys Windeln gewechselt, die offensichtlich einen produktiven Vormittag hatte. Er hatte fast alles gut gelaunt genossen.

»Bringen Sie mich auf den Stand der jüngsten Entwicklungen«, sagte er, sobald sich sein Team in dem großen Besprechungsraum versammelt hatte. Unbeschränkter Zugang zu dem größten und bequemsten Raum mit Fenstern war einer der wenigen Vorteile, wenn man an einem Sonntag arbeiten musste.

»Bis jetzt keine großen Fortschritte«, berichtete Ben. »Wir waren in dem Pub und haben mit dem Barkeeper gesprochen, der seiner Aussage am Telefon nichts hinzuzufügen hatte. Aber eine Kollegin von ihm hat bestätigt, dass am früheren Abend eine dunkelhaarige Frau Mitte vierzig an einem der Tische gesessen hat. Überwachungskameras gibt es in diesem Teil der Stadt eher wenige. Aber wir haben eine an einem Geldautomaten und eine zweite vor einer Apotheke gefunden.«

Das glaubte Jonah gerne. Er kannte Totton recht gut, weil er auf der Fahrt zur Arbeit täglich durch das Städtchen kam und häufig in dem großen Supermarkt dort einkaufte. Totton erstreckte sich vom Ufer des River Test bis an die Ränder des New Forest. Zwischen den Hauptstraßen gab es ein Gitternetz von Nebenstraßen, die von überwiegend in den dreißiger und vierziger Jahren erbauten Häusern gesäumt waren.

Totton bestand vor allem aus Wohngebiet. Der Pub, in dem man Lindsay gesehen hatte, lag zum New Forest hin, einem Teil der Stadt, in dem es nur einige wenige Geschäfte gab. Die Chance, dass Lindsay von einer Kamera erfasst worden war, war frustrierend gering. Auch wenn sie eine ordentliche Distanz zurückgelegt hatte.

»Ist ein gutes Stück zu laufen von dem Pub bis zu Lindsays Haus«, sagte er.

»Etwas mehr als eine halbe Meile«, bestätigte Lightman.

Jonah grinste. Natürlich hatte Ben das nachgesehen und sich gemerkt. Auch wenn die Beerdigung seines Vaters erst drei Tage zurücklag, war er ganz er selbst.

»Das heißt, der Täter könnte sie in seinem Wagen mitgenommen haben«, sagte Jonah.

»Dylan hat gesagt, dass sie oft gewandert ist«, wandte Hanson ein. »Für jemanden, der viel zu Fuß geht, ist eine halbe Meile nicht weit. Auch für einen Pub-Besuch nicht.«

»Stimmt«, sagte Jonah. »Und wenn sie zu Fuß gekommen ist und jemanden getroffen hat, war das vielleicht ein Vorwand, ihr anzubieten, sie nach Hause zu fahren.«

Sie gingen davon aus, dass Lindsay irgendwann im Laufe des Abends zu ihrem Mörder ins Auto gestiegen war. Die letzte Nachricht an ihren Sohn Dylan hatte sie um 22:58 Uhr geschickt. Sie hatte den Funkmast in Southampton angepingt, aber aus einer etwas anderen Richtung als zuvor, näher zum Fundort ihrer Leiche und südlicher. Möglicherweise ganz in der Nähe von Jonahs Haus, das fast direkt an der Straße nach Lyndhurst lag. Der Gedanke frustrierte ihn.

Der Standort, von dem Lindsay ihre Nachricht geschickt hatte, lag jedenfalls nicht auf ihrem Heimweg. Trotzdem hatte sie in keiner Weise alarmiert geklungen, was darauf hindeutete, dass sie mit dem Täter freiwillig irgendwohin gefahren war. Das hatte Dylan sehr überrascht.

»Mum hat sich nur selten mit anderen Menschen getroffen«, hatte er ihnen ein paar Minuten nach seiner Ankunft im Kommissariat erklärt. Er sah grau aus. Gebrochen. Konfrontiert mit der grausamen Realität eines jungen Mannes, der seine Mutter in den letzten Jahren zu selten gesehen, jetzt beide Elternteile verloren hatte und sich einer feindlichen und einsamen Welt gegenübersah. »Ich habe mir Sorgen um sie gemacht, aber sie meinte, dass sie sich in ihrer eigenen Gesellschaft am wohlsten fühlte. All die einsamen Wanderungen, und meistens hat sie auch alleine gearbeitet.« Er holte abgerissen Luft. »Siobhan und ich hatten immer geplant, irgendwann nach England zurückzukehren. Wir wollten erst eine Zeit lang in der Nähe ihrer Familie leben und dann in die Nähe von Mum ziehen.« Er hatte mehrmals geschluckt, trotzdem waren ihm Tränen in die Augen geschossen.

Das war mit das Schlimmste, was Mörder anrichteten, dachte Jonah. Die Schuld, die sie den Hinterbliebenen aufluden. Leuten, die noch nicht bereit waren, einen geliebten Menschen zu verlieren, weil so vieles unerledigt und ungesagt geblieben war.

Er würde Dylan am späteren Vormittag noch einmal treffen, um ihn über den Stand der Ermittlungen zu informieren, die seit dem Vortag allerdings kaum weitergekommen waren. Lindsays Telefondaten zeigten, dass sie im Laufe des vergangenen Jahres kaum telefoniert und nur sehr wenige Nachrichten geschrieben und erhalten hatte. Nichts deutete darauf hin, dass sie einen neuen Freund oder eine Freundin kennengelernt hatte. Offenbar hatte sie ihre Zeit entweder zu Hause oder beim Wandern verbracht. Und auch wenn sich nicht beweisen ließ, dass sie das immer allein getan hatte, legten es die wenigen Selfies, die sie Dylan geschickt hatte, zumindest nahe.

»Gut«, sagte Jonah, nachdem sie festgestellt hatten, dass es im

Moment nichts weiter zu besprechen gab. »Sieht so aus, als sollte ich Sie alle weiter Ihre Arbeit machen lassen und uns derweil Gebäck besorgen.«

Jonah bereitete sich gerade darauf vor, um kurz vor elf noch einmal mit Dylan Kernow zu sprechen, als Hanson an seine Tür klopfte.

»Wir haben Lindsay auf einer Überwachungskamera entdeckt«, sagte sie sichtlich zufrieden. »An dem Geldautomaten. Der Winkel ist nicht perfekt. Sie ist in Begleitung.«

Jonah folgte ihr eilig. O'Malley saß mit nachdenklicher Miene zurückgelehnt auf seinem Stuhl, während Lightman sich hinter Hanson auf die Kante eines leeren Schreibtischs hockte.

Hanson setzte sich und startete das angehaltene Schwarz-Weiß-Video auf ihrem Bildschirm. Es zeigte den Bürgersteig vor dem Geldautomaten, allerdings aus einem sehr spitzen Winkel, weil die Kamera offensichtlich in der Ecke einer Nische montiert war. Jonah sah im Hintergrund zwei Personen von rechts nach links durchs Bild laufen. Wegen des Kamerawinkels waren nur ihr Kopf sowie ihre Schultern und Hüften sichtbar. Eine der Personen hatte kurzes, dunkles Haar und trug eine schwarze Hose und ein Oberteil, wie sie sie auch an Lindsays Leichnam gefunden hatten.

Jonah hatte kaum Zeit, die zweite Person anzuschauen, die weiter von der Kamera entfernt war. Beide waren zu schnell aufgetaucht und wieder vom Bildschirm verschwunden.

Hanson stoppte das Video, scrollte ein Stück zurück und startete es erneut. Diesmal konzentrierte Jonah sich ganz auf die zweite Gestalt.

Es war definitiv ein Mann, dachte er. Soweit zu erkennen, trug er Jeans und einen dunklen Pullover. Er ging auf der anderen Seite neben Lindsay und wurde zum Teil von ihr verdeckt, obendrein war sein Gesicht fast vollständig von einer Mütze verborgen.

Hanson hielt das Video an und klickte Bild für Bild rückwärts, bis der Mann deutlicher zu erkennen war. Deutlicher bedeutete, dass ein Stück seines Kiefers und sein Hals sichtbar waren. Genug, um zweifelsfrei festzustellen, dass er weiße Haut hatte. Außerdem trug er vielleicht einen Bart, aber das konnte genauso gut der Schatten vom hohen Kragen seines Pullovers sein.

»Können wir seine Haarfarbe bestimmen?«, fragte Jonah. »Eher hell?«

»Hellbraun vielleicht«, erwiderte Hanson. »Aber das meiste ist unter der Mütze verborgen.«

»Größe?«, fragte Jonah. »Neben Lindsay sieht er nicht besonders groß aus.«

»Wir sollten Berechnungen anstellen«, stimmte Lightman ihm zu. »Wobei aus dem Winkel nicht deutlich zu erkennen ist, ob er auf der Straße oder auf dem Bürgersteig geht. Der Bürgersteig ist an der Stelle sehr schmal. Je nachdem müssten wir die Höhe des Bordsteins einrechnen. Vielleicht ist der Mann größer, als es den Anschein hat.«

Jonah seufzte. »Also gut. Wir sollten zumindest eine ungefähre Spanne ermitteln und dann die Constables losschicken, um die Anwohner zu befragen. Ist jemandem ein Fahrzeug aufgefallen, das vor seiner Tür oder in der Nähe geparkt hat? Hat jemand Lindsay und diesen Mann vorbeigehen sehen? Und überprüfen Sie auch die automatische Nummernschilderkennung auf dem Parkplatz des Co-op. Wenn wir eine Liste bekommen, dann können die Constables die auch abarbeiten.«

Es war wirklich Pech, dass es an der Straße nach Lyndhurst keine Kameras der automatischen Kennzeichenerkennung gab. Selbst wenn sie nur ein grobes Zeitfenster bestimmen konnten, wann Lindsay mit ihrem Mörder dort entlanggefahren war, hätte ihnen das eine Liste von verdächtigen Fahrzeugen geliefert.

Aber all das war ein Anfang. Es war immerhin ein Anfang.

9.

Aisling hatte überlegt, sich krankzumelden und das Meeting bei VePlec zu schwänzen. Einfach jede Chance zu vermeiden, Jack O'Keane zu begegnen.

Sie hatte auch darüber nachgedacht, ihren Posten im Vorstand des Unternehmens ganz aufzugeben. Es gab eine Reihe von Gründen, warum das vielleicht keine schlechte Idee war. Ein paranoider CEO war schon mal ein ziemlich schlechter Start, oder? Damit wollte sie nichts zu tun haben, oder?

Aber immer, wenn sie beschlossen hatte zu kneifen, hatte sich Widerstand in ihr geregt, und sie hatte sich gesagt, dass sie sich albern benahm. Dies war ihr *Job*, und sie würde nicht zulassen, dass ihr ein Mann in die Quere kam.

Und dann gab es noch diese verräterische kleine Sehnsucht, ihn zu treffen, zum ersten Mal seit Jahren sein Gesicht zu sehen – und die ganze Vergangenheit über sich hereinbrechen zu lassen.

Das war natürlich genauso lächerlich wie ihr Impuls, sich zu verstecken. Was wollte sie von ihm? Absolution? Oder hoffte sie, dass ihm immer noch etwas an ihr lag?

Einmal war sie schwach geworden und hatte sich sein Facebook-Profil angeschaut. Danach hatte sie sich geschworen, es dabei zu belassen. Ihre Gefühle beim Betrachten eines Hochzeitsfotos von ihm und einer wunderschönen Frau mit blonden Locken hatten ihr unmissverständlich zu verstehen gegeben, dass sie diese Neugier ein für alle Mal begraben musste.

Deshalb gab sie erst am späten Sonntagabend der Versuchung nach, erneut im Netz nach ihm zu suchen. Drei Tage lang waren ihre Gedanken um ihren Vater, um ihre Mutter, um Tullamore gekreist. Und um Jack ... Am Ende war es einfach zu viel.

Also hatte sie sich unter ihrem Decknamen bei Facebook angemeldet, wo sie einen Zugang zu Jack hatte, den sie eigentlich nicht haben sollte. Vor Jahren hatte sie einer partyfreudigen Freundin aus der Schulzeit eine Freundschaftsanfrage geschickt, die diese angenommen und dann wieder vergessen hatte, wahrscheinlich ohne zu wissen, wer sie eigentlich gestellt hatte. So konnte Aisling als Freundin einer Freundin auch Jacks Profil einsehen.

Sie ertappte sich dabei, sein Profilbild zu betrachten, und stellte fest, dass er inzwischen sehr viel strengere Privatsphäre-Einstellungen hatte. Das war bei seinem Job als Privatermittler vermutlich nur logisch. Sie seufzte. Es gab nur wenige Fotos: das Profilbild sowie ein paar ältere Profil- und Titelbilder zur Auswahl.

Auf allen Fotos war Jack alleine zu sehen, aber das hatte nicht viel zu bedeuten. Als sie auf das aktuellste klickte, füllte es den halben Bildschirm. Der Anblick traf sie wie ein Schlag in die Magengrube.

Jack hatte sich kaum verändert. Zugegeben, er hatte mehr Falten, seine Haut sah rauer aus, und sein Haaransatz war nach oben gewandert. Außerdem waren seine Wangen etwas eingefallen, und er hatte einen Bartschatten und eine Ray-Ban-Brille, die er früher nie getragen hätte. Aber er war immer noch Jack, immer noch der fröhliche Junge mit den Grübchen, der sich trotz ihrer schäbigen Kleidung und ihrer mangelnden Erfahrung mit Fernsehen, Alkohol und Zigaretten für sie interessiert hatte. Der Junge, der sie an Computerspiele herangeführt hatte. Der erste Junge, den sie geliebt und dann verlassen hatte, in jener schrecklichen Nacht, die ihr das Herz gebrochen hatte.

Sie scrollte durch die anderen Bilder, um einen Hinweis auf seine Frau zu entdecken. Vielleicht auf Kinder. Aber die wenigen

Fotos zeigten hauptsächlich irgendwelche Lauf-Events oder malerische Landschaften.

Es spielt keine Rolle, dachte sie. Sein Beziehungsstatus geht dich nichts an.

Das alles hatte sie nur noch nervöser gemacht, sodass sie in der Nacht kaum geschlafen hatte und sich heute total erledigt fühlte. Sie wusste nicht, was sie angetrieben hatte, sich in ihrer schicken schwarzen Hose und der gestreiften Jacke auf den Weg nach Holborn zu machen. Aber hier war sie nun in den Büros von VePlec. Als ein Mitarbeiter des Sales-Teams ihr die Tür aufdrückte, war ihr regelrecht schwindelig.

Sie ließ ihren Blick durch das offene Großraumbüro schweifen, aber Jack war nirgendwo zu sehen. Auch nicht in dem Konferenzzimmer, in das sie geführt wurde. Offenbar nahm er nicht an dem Meeting teil, und als die Tür des Besprechungsraums geschlossen wurde, erlaubte Aisling sich, wieder durchzuatmen.

Während des Meetings war sie nicht ganz in Form und auch zu langsam im Kopf, trotzdem hatte sie eine entschiedene Meinung dazu, wie man das Spiel am Markt positionieren sollte, und äußerte diese auch. Der CEO fühlte sich von ihren Vorschlägen offensichtlich angegriffen, doch die anderen Vorstandsmitglieder nickten, und der junge Mann, der für das Marketing verantwortlich war, lächelte sogar freundlich. Dann war das Meeting plötzlich zu Ende, und sie war frei zu gehen. Sie musste nur noch einmal unbeschadet durch das Büro kommen.

Sie spürte, wie ihr Adrenalinspiegel erneut anstieg, als der Marketing-Direktor ihr die Tür aufhielt. Aber ein flüchtiger Blick auf die Leute an den Schreibtischen ergab nach wie vor keine Spur von Jack. Die Menschen waren alle jünger.

Erleichtert, aber seltsamerweise auch ein wenig enttäuscht, wollte sie sich gerade von den anderen Vorstandsmitgliedern verabschieden, als sie unvermittelt den unverkennbaren Tullamore-Dialekt vernahm.

»Hey, Nick, ist die Planungssitzung immer noch um zwei?«
Aisling wandte sich panisch ab.

»Ja, um zwei«, hörte sie den CEO antworten und dann die Worte, die sie befürchtet hatte: »Haben Sie schon Aisling kennengelernt, unser externes Vorstandsmitglied?«

Sie zog hektisch ihr Handy aus der Tasche, presste es ans Ohr und drehte sich mit einem entschuldigenden Lächeln zu dem CEO um. Dabei zeigte sie auf die Tür, als ob es sich um einen Notfall handelte, und setzte sich hastig in Bewegung.

Sie erhaschte nur einen flüchtigen Blick auf Jacks Gestalt, seinen festen Stand und den leicht überraschten Gesichtsausdruck. Bitte mach, dass er mich nicht erkennt, dachte sie.

Er konnte ihr Gesicht nur ganz kurz gesehen haben, nicht lange genug, um zu begreifen, wer sie war.

»Aaah …«, hörte sie ihn sagen. »Aisling, haben Sie gesagt?«

»Ja, vielleicht kennen Sie ihren Namen. Sie hat *Survive the Light* entwickelt …«

Die Tür schwang auf, und Aisling rannte förmlich hinaus. Ihr Herz klopfte wie wild.

Sie konnte es nicht glauben, dass sie Jack O'Keane dreißig Jahre später wieder ohne Erklärung stehen ließ. Aber ihr wurde trotz ihrer Schuldgefühle klar, dass sie in keiner Hinsicht stark genug war, ihm in die Augen zu sehen.

10.

16. Januar, zwölf Tage später

In dem Moment, als Ben Lightman an seine Tür klopfte, wusste Jonah, dass die DNA-Ergebnisse da waren.

Selten war ihm eine Nachricht willkommener gewesen.

Es fühlte sich an, als würde die Ermittlung des Mordes an Lindsay Kernow den gleichen Verlauf nehmen wie ihre Bemühungen, die Ermordung von Jacqueline Clarke aufzuklären. Eine Spur nach der anderen hatte sich als falsch oder unfruchtbar erwiesen. Offenbar hatte niemand Lindsay oder den Mann, der sie mutmaßlich getötet hatte, durch Totton gehen sehen. Ihrer Vermutung nach hatten die beiden den Pub zwischen 22:40 und 22:50 Uhr verlassen, und wer um diese Zeit nicht noch in einer Bar oder auf einer Party gewesen war, hatte zu Hause im Fernsehen *Jools Holland's Annual Hootenanny* oder den Countdown bis zum Feuerwerk geschaut, kaum jemand war auf den Straßen unterwegs gewesen. Es gab keinen Hinweis auf das Fahrzeug des Täters und ärgerlicherweise auch keine weitere Überwachungskamera, die ihnen weiterhelfen konnte.

Nachdem die vor dem Bankautomaten aufgenommenen Bilder veröffentlicht worden waren, hatte es etliche Hinweise aus der Bevölkerung gegeben, doch alle Verdächtigen hatten sich am Silvesterabend nachweislich anderswo aufgehalten oder nicht über ein Fahrzeug verfügt. Einige Namen blieben auf ihrer Liste stehen, aber niemand aus dem Team glaubte ernsthaft an ihre Tatbeteiligung. Die Hinweise waren alle anonym, vage und wenig fundiert.

Heute jedoch würde es ein Ergebnis geben. Ein DNA-Match für das am Tatort gesicherte Blut. Einen konkreten Beweis.

Als Jonah von seinem Schreibtisch aufstand, um zu seinem Team zu gehen, spürte er, wie nervös er war. Vielleicht war das der Durchbruch, den sie brauchten.

Ben hatte in einem der kleineren Konferenzräume alles vorbereitet. Auf O'Malleys Laptop war die Globalry-Website aufgerufen, und Ben hatte auf seinem Rechner die Microsoft-Teams-App geöffnet. Erfreut sah Jonah, dass Cassie Logan bereits wartete. Sie trug eine Brille mit einer dicken schwarzen Fassung und wirkte so kompetent und tatkräftig wie immer.

Hanson und O'Malley stellten sich neben ihn, und Ben bedeutete Cassie mit einem Nicken, dass sie anfangen konnte.

»Okay«, sagte Cassie. »Die wichtigste Nachricht lautet: Die Seite hat einen Cousin vierten Grades und einen Großcousin dritten Grades identifiziert.«

Jonah nickte, ein wenig enttäuscht, dass kein engerer Verwandter gefunden worden war.

»Stammen sie aus unterschiedlichen Seiten der Familie?«, fragte er, weil er sich an Cassies Erklärung erinnerte, dass man eine Person bei einem Match zwischen einem Verwandten väterlicherseits und einem Verwandten mütterlicherseits relativ leicht finden konnte.

»Leider sind beide auf der mütterlichen Seite«, sagte Cassie. »Aber das bedeutet nur ein bisschen mehr Arbeit, um unsere Person von Interesse enger einzukreisen.«

Jonahs Mut sank weiter. Diese Arbeit würde Zeit brauchen. Sehr viel mehr Zeit als die paar Stunden, die sie gebraucht hätten, wenn beide identifizierten Personen aus unterschiedlichen Linien der Familie stammen würden.

»Lebt einer von ihnen in der Nähe?«, fragte O'Malley. »Von uns, meine ich.«

»Tatsächlich lebt einer nicht weit entfernt von mir in Syracuse im Staat New York«, antwortete Cassie. »Das ist der Großcousin dritten Grades.«

Jonah nickte, unschlüssig, was er davon halten sollte.

»Der andere lebt in Limerick in Irland«, sagte Cassie und blickte auf ihren Bildschirm. »Aber das heißt nicht, dass er keinen Kontakt zu Verwandten in Ihrer Nähe hat. Schauen wir, was er zu sagen hat.«

»Okay«, sagte Jonah. »Danke.«

Nachdem Cassie sich abgemeldet hatte, wandte Jonah sich mit einem schmalen Lächeln an sein Team. »Selbst wenn am Ende eine sehr lange Liste mit Namen dabei rauskommt, könnte es nützlich sein«, sagte er. »In der Zwischenzeit müssen wir mit Nachdruck allen anderen Hinweisen nachgehen. Haben die Uniformierten weitere Anrufe abgearbeitet?«

»Ein paar«, sagte Hanson. »Einer klingt vielleicht nicht völlig verrückt, aber auch nicht unbedingt hilfreich. Eine Frau glaubt, dass sie Lindsay gegen sieben auf der Monkton Lane gesehen hat. Sie ist sich sicher, dass sie allein war. Das heißt, Lindsay ist entweder kurz danach in der Briarwood Road aufgetaucht, oder sie hat einen Umweg genommen, der sie irgendwann zum Gradigge Way geführt hat. Wir können überprüfen, ob jemand sie auf einer der beiden Routen gesehen hat. Und ob Lindsay vielleicht unterwegs jemanden getroffen hat. Aber nach der Aussage des Barkeepers ist es unserer Meinung nach immer noch wahrscheinlicher, dass sie jemanden in dem Pub kennengelernt hat.«

Jonah nickte. »Trotzdem sollten wir die Aussagen aufnehmen.«

Das war nicht viel, dachte er bedrückt. Er hoffte immer noch, dass Cassie einen entscheidenden Hinweis liefern würde.

Um kurz nach sechs tauchte Lightman erneut an der Tür von Jonahs Büro auf. In der Zwischenzeit hatte Jonah mit Dylan Kernow gesprochen. Selbst die kleine Hoffnung auf Ermittlungsfortschritte durch den DNA-Abgleich hatte Lindsays Sohn wieder ein wenig

Leben eingehaucht. Danach hatte Jonah O'Malleys Bericht über Verbrechen gelesen, die gewisse Ähnlichkeiten mit dem Mord an Jacqueline Clarke aufwiesen, und sich nervös gefragt, ob sie womöglich frühere Opfer des Täters übersehen hatten. Er hatte es auch geschafft, Michelle anzurufen und vorsichtig optimistisch anzudeuten, dass er wahrscheinlich bald nach Hause kommen würde.

»Wenn nicht, ist es auch kein Weltuntergang«, hatte Michelle ihm erklärt. »Sabrina hat heute Abend Zeit. Rhona übernimmt Milly, das heißt, wenn du es nicht schaffst, lassen wir uns volllaufen und hassen uns dann morgen dafür.«

Es hatte einen kurzen Moment gegeben, in dem er sie hätte bitten können, vorsichtig zu sein. Ohne neue Entwicklungen war die Geschichte des Bonfire-Killers zwangsläufig aus den Schlagzeilen verschwunden, weil sich bereits Bekanntes nur begrenzt lange aufwärmen ließ. Die Leute wurden allmählich wieder gelassener, wie er beobachtet hatte. Und das war nur natürlich. Wenn ihnen niemand sagte, dass sie Angst haben sollten, fanden die Menschen schnell wieder Ablenkung in anderen Dingen.

Das machte Jonah Sorgen, weil seine eigene Furcht immer größer wurde. Je mehr Zeit verstrich, desto wahrscheinlicher wurde ein weiterer Mord. Jonah hatte nie viel auf Ahnungen gegeben, trotzdem hatte er das Gefühl, dass ein weiterer Anschlag unvermeidbar war. Er rechnete jederzeit damit, von einem neuen Todesfall zu erfahren, der ihnen ihr Versagen brutal vor Augen führen würde, weil sie nicht genug getan hatten. Gleichzeitig war er erschöpft und hatte immer noch genauso viel Angst, Michelle zu bedrängen, wie kurz nach der Entdeckung von Lindsays Leiche. Er wollte freundlich empfangen werden, wenn er nach Hause kam, und das würde am ehesten geschehen, wenn er Michelle die Dinge tun ließ, die sie glücklich machten.

Deshalb hatte er Michelle nach einem Moment des Zögerns viel Spaß gewünscht, aufgelegt und sich wieder seiner Arbeit zugewandt.

Als Ben an seine Tür klopfte, hatte er gerade überlegt, Feierabend zu machen. Aber seine Müdigkeit verflog schlagartig, als er in Bens normalerweise unergründlichen Miene ein aufgeregtes Leuchten sah.

»Cassie hat noch einmal angerufen«, sagte Ben. »Es gibt eine neue Entwicklung.«

Jonah folgte ihm mit einem Gefühl schwankender Hoffnung, bemühte sich jedoch, eine möglichst ausdruckslose Miene aufzusetzen, falls sich das Ganze als bedeutungslos erweisen sollte. Wieder versammelten sich alle in dem kleinen Besprechungszimmer; Cassie war bereits zugeschaltet, saß diesmal ein Stück näher am Bildschirm und wirkte noch wacher als am Mittag.

»Hi noch mal«, sagte sie mit einem trockenen Grinsen. »Ich hatte nicht erwartet, so bald wieder mit Ihnen zu sprechen, aber während ich mich an die Arbeit mit den beiden Cousins gemacht habe, wurde ich über ein neues Match auf der Seite benachrichtigt.«

Sie blickte eine Weile in die Runde, um sicherzugehen, dass alle sie verstanden hatten.

»Das heißt, es geht … um die DNA von einer Person, die erst vor kurzem hochgeladen wurde?«, fragte Hanson.

»Genau«, sagte Cassie. »Und zwar nur wenige Tage nachdem wir unsere Probe eingeschickt haben, was ziemlich erstaunlich ist.«

»Stammt diese Person aus der anderen Seite der Familie? Der väterlichen?«, fragte Jonah und beugte sich vor.

»Nein«, sagte Cassie. »Aber das ist nicht die Schlagzeile. Die sensationelle Nachricht ist, dass es sich um eine enge Verwandte handelt. Eine sehr enge. Die Person, die diese DNA hochgeladen hat, ist entweder die Mutter, die Schwester oder die Tochter des Täters.«

11.

»Wir haben also drei Personen im Blick«, sagte Jonah, als Ben eine Pause machte.

Es war ihnen am Morgen erneut gelungen, den großen Konferenzraum zu besetzen. Die meisten Beamten, die an diesem Samstag arbeiteten, waren ohnehin die DCs und Constables, die für ihren Fall abgestellt waren. Vier Mitglieder ihres erweiterten Teams nahmen an der Lagebesprechung teil, zwei machten sich eifrig Notizen, die anderen beiden nickten.

Es lag eine greifbare Erregung in der Luft. Dreieinhalb Monate nach dem Tod von Jacqueline Clarke hatten sie endlich eine Liste von Verdächtigen.

»Richtig, drei Personen«, bestätigte Ben. »Soweit wir wissen, nur ihr Vater und ihre beiden Söhne. Die Söhne leben bei ihr. Wir haben zwei Constables zu der Adresse geschickt, die die beiden im Auge behalten, bis ich Gelegenheit hatte, persönlich mit der Mutter zu sprechen.«

Jonah nickte, ein wenig überrascht, wie schnell seine Leute vorangekommen waren. Als er am Abend zuvor nach Hause gegangen war, hatten sie nur den vollständigen Namen der Frau gehabt, die die DNA hochgeladen hatte. Er war stolz auf sein Team, fühlte sich ehrlich gesagt aber auch ein bisschen überflüssig.

»Interessantes Altersprofil«, murmelte O'Malley. »Ein zweiundsechzigjähriger Mann sowie ein neunzehnjähriger und ein siebzehnjähriger Teenager.«

»Nicht der Typ Mann, von dem man annehmen würde, dass er Frauen Mitte vierzig in einer Bar aufgabelt, was?«, sagte Hanson. »Am ehesten noch der zweiundsechzigjährige Vater. Frauen verabreden sich generell häufiger mit Männern, die älter sind. Vor allem, wenn diese Männer wohlhabend oder kultiviert wirken.«

»Was ist mit dem Siebzehnjährigen?«, fragte Jonah. »Glauben wir wirklich, dass er eine Achtundvierzigjährige dazu überreden konnte, mit ihm zu gehen?«

»Das scheint eher unwahrscheinlich, hängt aber vermutlich davon ab, ob sie ihm vertraut hat«, sagte Hanson achselzuckend. »Und davon, wie er vorgegangen ist. Vielleicht hat er überzeugend den Eindruck erweckt, Hilfe zu brauchen. Oder er hat ihr erzählt, dass seine Mutter nicht da ist und er sich einsam fühlt ...«

Jonah nickte nachdenklich. »Okay. Das sind verschiedene Möglichkeiten.«

O'Malley hob die Hand. »Nur um sicherzugehen, dass ich das mit der DNA richtig verstanden habe«, sagte er. »Ein Halbbruder würde nicht für ein Match reichen, oder? Wenn Aisling Cooleys Vater einen unehelichen Sohn hätte, von dem sie nichts weiß, wäre der für uns nicht von Interesse. Es sind nur diese drei.«

»Genau«, bestätigte Ben. »Für Halbgeschwister ist das DNA-Match zu stark. Infrage kommen nur Vollgeschwister. Es kann also nur ein Bruder, ein Sohn oder ihr Vater sein.«

»Wie kommen wir bei dem Vater voran? Konnten wir ihn ausfindig machen?«, fragte Jonah.

»Nicht ganz so gut«, räumte Ben ein. »Aisling Cooley hat ihn auf der Seite des Ahnenportals als Dara Cooley eingetragen, ihre Mutter als Dymphna. Wir wissen, dass bis zu Dymphnas Tod 1989 zwei Menschen mit diesem Nachnamen in Hordle gelebt haben. Das Haus war auf den Namen der Mutter eingetragen. Es gibt keine Unterlagen darüber, dass Dara irgendwo in der Nähe eine neue Immobilie erworben hat. Wir haben den Radius der Suche ausgeweitet, doch im Moment gibt es keine Spur von ihm. Sein

Tod ist auch nirgendwo verzeichnet, also lebt er vermutlich noch. Vielleicht müssen wir warten, bis wir die Tochter danach fragen können.«

»Wir haben Cassie Logan gebeten, Aisling Cooley nicht zu interviewen, bis wir sie persönlich getroffen haben«, unterbrach Jonah und blickte in die Runde seines erweiterten Teams. »Aisling weiß im Moment nur, dass die DNA im Namen eines gewissen Ben hochgeladen wurde, der sie sprechen möchte. Sonst besteht die Gefahr, dass sie die drei warnt.«

»Wir können aber ziemlich sicher davon ausgehen, dass sie nicht weiß, dass einer von ihnen an der Tat beteiligt war«, bemerkte O'Malley. »Sonst wäre sie nicht das Risiko eingegangen, die DNA hochzuladen.«

»Es sei denn, sie will, dass er gefasst wird«, erwiderte Hanson, »und musste einen Weg finden, bei dem diese Absicht nicht offensichtlich wird. Aus Furcht vor Vergeltung.«

»Ich würde weder von dem einen noch von dem anderen ausgehen«, sagte Jonah.

»Klar«, sagte Hanson grinsend. »Die Vermutung ist der Vater allen Murkses.«

»So ist es«, stimmte Jonah ihr zu. »Wissen wir etwas über die häusliche Situation?«, fragte er Ben. »Über das Verhältnis zwischen der Mutter und ihren beiden Söhnen?«

»Ben hatte mich gebeten, mir das anzusehen«, sagte O'Malley. »Ich habe einen Bericht in die Datenbank hochgeladen, aber knapp zusammengefasst lebt sie als alleinerziehende Mutter mit ihren zwei Söhnen, seit der Vater die Familie wegen einer anderen Frau verlassen hat. Aisling ist vermutlich ziemlich wohlhabend. Sie hat ein Videospiel namens *Survive the Light* entwickelt, das sie 2002 an Sony verkauft hat.«

»Echt jetzt?«, sagte Hanson. »Davon habe sogar ich schon gehört.«

»Ich nicht«, sagte O'Malley fröhlich, »aber nehmen wir an, ich hätte davon hören müssen. Der Vater, Stephen Pagonis, lebt offenbar im Ausland. Er hat die Familie verlassen, als der ältere Sohn vier und der jüngere Sohn zwei Jahre alt war. Die Scheidung wurde drei Jahre später ausgesprochen. Wenn man im Netz nach ihm sucht, stößt man auf Verbindungen zu mehr als zwielichtigen Partnern. Könnte also sein, dass er in krumme Geschäfte verwickelt ist.«

»Interessant. Hat er aktuell Kontakt zu seiner Familie?«, fragte Jonah.

»Schwer zu sagen«, antwortete O'Malley. »Aber ihre Social-Media-Konten sprechen eher dagegen. Es gibt keine gemeinsamen Fotos, und weder die Mutter noch die Söhne sind mit ihm befreundet.«

»Gibt es Hinweise darauf, dass Aisling einen neuen Partner hat?«, fragte Hanson.

»Ich habe nichts gefunden«, antwortete O'Malley.

»Was ist mit den Söhnen? Was wissen wir über sie?«

»Beide haben eine Privatschule in der Nähe besucht. Ethan, der ältere, arbeitet jetzt in einem Schallplattenladen. Er spielt in einer Band, was offensichtlich die berufliche Zukunft ist, für die er sich entschieden hat. Der jüngere geht noch zur Schule. Er ist Vertrauensschüler und außerdem County-Tennis-Champion.«

»Hmm«, sagte Hanson. »Privilegierte Jungen sind es gewohnt, mit allem Möglichen durchzukommen, noch dazu mit einem Vater als Vorbild, der offensichtlich keine Verantwortung für seine Taten übernimmt.«

»Eine Menge Stoff zum Nachdenken«, stimmte Jonah ihr zu. »Okay. Wir halten die beiden weiter eng im Auge und schauen, was wir noch ausgraben können.«

12.

Hanson meldete sich freiwillig für die Beschattung von Finn Cooley auf dem Heimweg von seinem Tennistraining. Wenn die beiden Jungen im Laufe des Tages aktiv verfolgt werden mussten, wurde das nicht von den Constables, sondern von Detectives übernommen. Eine rein praktische Maßnahme. Beamte in Zivil waren weniger auffällig.

Der DCI hatte vorgeschlagen, dass die für ihren Fall abgestellten DCs die Aufgabe übernehmen sollten, aber Hanson wollte einen persönlichen Eindruck von zumindest einem der beiden Jungen bekommen. Sie wollte unbedingt wissen, ob einer von ihnen wirklich imstande schien, einen Mord zu begehen. Und so saß sie jetzt mit einer der sympathischeren DCs von DCI Acharyas Team in einem bequemen BMW mit Sitzheizung und fragte sich, warum offenbar alle ein schickeres Auto besaßen als sie.

Die Fahrt hatte bei ihr ein Gefühl von Frustration hinterlassen. Zwei Wochen nach dem Mord an Lindsay schienen die Menschen die Gefahr schon wieder vergessen zu haben. Hanson hatte mehrere Frauen allein durch die Dämmerung laufen sehen, zwei von ihnen mit Kopfhörern.

In ein paar Tagen war das vielleicht wieder sicher, zumindest soweit es den Bonfire-Killer betraf. Womöglich stand er ja schon unter ihrer Beobachtung. Aber selbst wenn sie diesen Mörder jetzt auf dem Radar hatten, gab es dort draußen noch andere. Es gab immer irgendwas. Das hatte Hanson erst wirklich begriffen, seit sie bei der Polizei war. Aktuell stellte der Bonfire-Killer vielleicht die größte Bedrohung dar, und es war ihr oberstes Ziel, ihn zu verhaften, um die Straßen wieder sicher zu machen. Aber im Grunde konnte sich niemand je in Sicherheit wähnen.

Während Casho den Wagen parkte, dachte Hanson, dass dieses Gefühl permanenter Bedrohung vielleicht auch etwas mit den Aktionen ihres Ex-Freunds im vergangenen Jahr zu tun hatte. In der Zeit hatte sie weiß Gott allen Grund gehabt, vor jedem Schatten zu erschrecken.

Sie verdrängte den Gedanken und plauderte mit ihrer Kollegin. Sie sprachen über die DNA und dann über den Chief. Casho hatte beschlossen, dass sie auf lange Sicht auch gerne für ihn arbeiten würde. Das konnte Hanson verstehen, machte sie aber auch ein wenig eifersüchtig. Dann überlegten sie, ob man versuchen sollte, sich als Team öfter privat zu treffen. Und direkt danach fragte Casho beiläufig nach Ben und ob er Single war.

Ohne langes Nachdenken antwortete Hanson spontan: »Oh, er ist gerade in eine etwas komplizierte Sache verwickelt, glaube ich. Wahrscheinlich lässt man ihm im Moment am besten ein wenig Raum für sich.«

»Oh, cool«, sagte Casho. »Also, ich meine, ich hab eigentlich nicht für mich gefragt.« Nach einer Pause grinste sie Hanson an und sagte: »Aber er ist doch fit, oder?«

Hanson lachte und wechselte das Thema, unsicher, ob sie das Richtige getan hatte. Ben hatte im Moment nicht den Kopf frei für Annäherungsversuche, oder? Nicht mal von der netten, fröhlichen Casho. Er hatte eine Menge zu bewältigen, nicht nur den Tod seines Vaters vor ein paar Wochen, sondern auch das sehr viel ältere Trauma, sexuell missbraucht worden zu sein, wie sie inzwischen wusste.

Ben hatte noch viel Arbeit vor sich, dachte sie, bis er sich in einer Beziehung wohlfühlen würde. Eine Frau – seine Klavierlehrerin –, die er zu lieben glaubte, hatte sein Vertrauen massiv ausgenutzt, und er war völlig außerstande gewesen, jemandem davon zu erzählen. Er brauchte Zeit, um all das in einer Therapie zu sortieren. Oder etwa nicht?

Diese Fragen gingen ihr noch im Kopf herum, als Finn Cooley von den Tennisplätzen kam, beleuchtet vom Schein der Flutlichtmasten am Rand der Anlage. Er hatte eine enge Radfahrerjacke über sein Tennishemd gezogen und trug eine lange Thermounterhose unter seinen Tennisshorts, aber seine Wangen waren gerötet, und er machte nicht den Eindruck, als würde er frieren.

»Er sieht kräftig aus«, murmelte Casho.

»Stimmt«, sagte Hanson und musterte seine drahtige, sportliche Gestalt.

Aber war er auch kräftig genug, die Leiche einer Frau zu einem Scheiterhaufen zu tragen? Ein totes Gewicht war schwerer, als man dachte, und sie hatten keine Schleifspuren gefunden.

Auf dem Rasenstück zwischen den Tennisplätzen und dem Bürgersteig blieb Finn stehen, zog sein Handy aus der Tasche, drückte auf ein paar Knöpfe und hielt es ans Ohr.

Hanson wünschte, sie wäre nahe genug, um zu hören, was er sagte. Sie beugte sich auf ihrem Sitz vor – und zuckte heftig zusammen, als Finn den Kopf wandte und sie direkt ansah.

»Hat er uns gesehen?«, hauchte Casho.

Finn war am ganzen Körper erstarrt. Er stand reglos da und blickte in ihre Richtung. Dann drehte er sich plötzlich um, ging über den Rasen und betrat ein Stück vor ihnen die Straße.

»Hat er uns gesehen?«, fragte Casho noch einmal.

»Ich weiß nicht«, antwortete Hanson, obwohl sie es eigentlich für praktisch unmöglich hielt. In der Windschutzscheibe spiegelte sich das Flutlicht, und im Wagen war es dunkel.

Trotzdem hatte Hanson das Gefühl, in der Falle zu sitzen wie ein Wild im Visier des Jägers. Der Gedanke verursachte ihr eine Gänsehaut.

Als der Anruf einging, war Hanson schon zurück im Kommissariat. Das Telefon klingelte, als sie gerade Tasche und Schal auf ihrem Stuhl ablegte.

Sie beobachtete Bens Miene, als er abnahm, und bemerkte eine winzige Veränderung, die ihr verriet, dass es etwas Wichtiges war. Der Chief, der in diesem Moment aus seinem Büro kam, schien es ebenfalls zu spüren, denn er blieb neben dem Schreibtisch stehen, bis Ben aufgelegt hatte.

»Der Sergeant am Empfang hat einen Anruf wegen eines Scheiterhaufens weitergeleitet«, sagte er. »Klang nach mehr als bloßer Zeitverschwendung. Der Anrufer sagt, der Scheiterhaufen sei in der Nähe seines Gestüts errichtet worden und fast vollständig heruntergebrannt. Er hat die örtliche Polizei benachrichtigt, die bei der Besichtigung des Tatorts die Reste eines ordentlich geschichteten Holzstoßes vorfand, der mit einem Brandbeschleuniger entzündet worden war. Die Kollegen haben nicht gleich eine Verbindung zu unserem Fall hergestellt, weil diesmal keine Frau, sondern ein Pferd verbrannt wurde.« Er machte eine kurze Pause und fügte hinzu: »Eine Stute.«

13.

Die Besitzer des Gestüts achteten offensichtlich streng auf Sicherheitsmaßnahmen. Ben stoppte den Qashqai vor einem großen Metalltor, das die Straße versperrte. Hundert Meter weiter konnte Hanson ein zweites massives Stahltor ausmachen, das vermutlich den Eingang zum Stallhof schützte.

Eine große bärenartige Gestalt in Gummistiefeln, Fleecejacke und Jeans kam auf sie zu und schirmte die Augen gegen das grelle Licht der Autoscheinwerfer ab, bis Ben abblendete. Als er die Hand sinken ließ, wurden ein dunkler Haarschopf und ein gestutzter Vollbart sichtbar. Eher *Herr der Ringe* als Hipster, dachte Hanson.

»Wir sind von der Hampshire Constabulary«, rief Ben. »Soweit ich weiß, haben Sie hier einen Tatort, den wir uns ansehen sollten.«

Der Bär von einem Mann nickte und drückte auf einen Knopf neben dem Torpfosten. Das Tor schwang langsam nach innen auf, Ben nahm wieder auf dem Fahrersitz Platz und fuhr hindurch. Die Gestalt ging neben dem Wagen her und machte ihnen ein Zeichen, auf dem breiten gepflasterten Bereich neben dem zweiten Tor zu parken. Dieses Tor stand offen und gab den Blick auf den Hof dahinter frei.

Zur Rechten erkannte Hanson ein großes Bauernhaus, auf der anderen eine Reihe von flachen Stallungen. Das Tor befand sich zwischen einem vorstehenden Teil des Bauernhauses und den Ställen. Wäre das Tor geschlossen gewesen, hätte man ein Pferd nur mit großer Mühe hinein- oder herausbringen können.

»DS Lightman«, stellte Ben sich vor, als sie ausstiegen. »Wir haben miteinander telefoniert. Das ist DC Juliette Hanson.«

»Danny Murphy«, sagte der große Mann und schüttelte kurz ihre Hand, ohne ihnen in die Augen zu blicken. »Danke, dass Sie gekommen sind.« Er warf einen skeptischen Blick auf ihre glänzenden schwarzen Schuhe. »Haben Sie noch festeres Schuhwerk?« Hanson grinste ihn an. »Wir haben feste Schuhe, Taschenlampe und Mäntel dabei. Die Mitarbeiter der Spurensicherung sollten in ein paar Minuten hier sein. Sie stellen Scheinwerfer auf und sammeln Beweismittel. Aber wir würden gern kurz darüber sprechen, wie der Täter hereingekommen ist, und einen Blick auf den Tatort werfen.«

»In Ordnung«, sagte Danny.

»Gab es Einbruchsspuren?«

»Aah, nein«, sagte Danny und klang ein wenig zögerlich. Hanson bemerkte den flüchtigen Blick, den er in Richtung Stallhof warf, bevor er sagte: »Ein Mitarbeiter hat die Tür zu den Ställen auf dieser Seite versehentlich unabgeschlossen gelassen. Sieht so aus, als wäre jemand über das Tor geklettert, in den Stall gegangen und hätte einfach die Tür zur Koppel auf der anderen Seite entriegelt.«

»Ist dies der am nächsten gelegene Block?«, fragte Hanson und wies mit dem Kopf zu den Ställen auf der linken Seite.

»Ja«, sagte Danny. »Das ist der Fohlen-Block. Dort bringen wir die trächtigen Stuten unter, die kurz davor sind zu fohlen.«

Hanson wollte gerade nach Überwachungskameras fragen, als sie hörte, wie eine Tür geöffnet wurde. Ungleichmäßige Schritte hallten über den Hof.

»Ich dachte, wir hätten jetzt Ruhe vor Ihnen und Ihren Leuten«, rief eine heisere Stimme, bevor eine kleinere, schmächtigere und viel ältere Version von Danny aus der Tür trat. Der Mann humpelte, als hätte er sich den Knöchel verstaucht, kam jedoch erstaunlich flink auf sie zu.

Ben trat einen Schritt vor, doch bevor er sich vorstellen konnte, blieb der alte Mann stehen und sagte laut: »Es ist spät, und meine Angestellten müssen schlafen.«

Danny drehte sich erkennbar verängstigt zu ihm um.

»Freut mich, Sie kennenzulernen«, sagte Ben und streckte die Hand aus. »Mr …«

»Murphy«, sagte der ältere Mann. »Ich bin Michael Murphy, und als ich zum letzten Mal nachgesehen habe, war ich der Besitzer von dem verdammten Laden hier. Ich habe nicht darum gebeten, dass noch mehr von Ihrer Sorte hier aufkreuzen.«

»Es ist okay, Dad«, sagte Danny besänftigend. »Sie sind aus einer anderen Abteilung. Sie glauben, dass es vielleicht einen Zusammenhang mit anderen Verbrechen gibt.«

»Was für andere Verbrechen?« Dannys Vater sah seinen Sohn scharf an. Dann wandte er sich an Ben. »Sind weitere Pferde getötet wurden?«

»Es hat mehrere Morde gegeben«, antwortete Ben ruhig. »Und wenn für diese Morde und die Tötung Ihres Pferdes dieselbe Person verantwortlich ist, ist es wichtig, dass wir uns den Tatort sehr genau ansehen.«

»Oh, verstehe«, sagte Michael Murphy mit triefender Ironie. Trotz des Gegenlichts und seines dichten Vollbarts konnte Hanson sein humorloses Lächeln erkennen. »Solange es bloß um Diebstahl und die Tötung von Tieren geht, lohnt es Ihre Zeit wohl nicht.«

»Unser Team ist im Augenblick leider ausschließlich mit dieser speziellen Ermittlung beschäftigt«, erwiderte Ben, gefasst wie immer. »Die Leute, die vorher bei Ihnen waren, gehören zu einem anderen Team. Aber wir wollen auf jeden Fall weitere Angriffe auf Ihre Tiere verhindern.«

Mr Murphy warf Ben einen bohrenden Blick zu, aber dessen unerschütterliche Ruhe nahm ihm offenbar ein wenig Wind aus den Segeln.

»Sie sollten sich die Ställe ansehen«, knurrte er, »um herauszufinden, wie sie reingekommen sind.«

Hanson blickte zu Danny. Der schien ganz genau zu wissen, wie es passiert war. Hatte er es seinem Vater nicht erzählt?

Ben nickte. »Das machen wir.«

Mr Murphy trat schweigend von einem Fuß auf den anderen, drehte sich dann ohne ein weiteres Wort um und ließ sie stehen. Danny wartete, bis sein Vater die Tür zu dem Bauernhaus hinter sich geschlossen hatte, bevor er den beiden Polizisten sichtlich erleichtert zunickte.

»Ziehen Sie Ihre festen Schuhe an. Und dann lassen Sie uns gehen, bevor er wieder rauskommt.«

Wenig später setzte ein feiner Regen ein. Hier draußen war es beeindruckend dunkel, dachte Hanson. In der Stadt konnte man leicht vergessen, wie sich echte Dunkelheit ohne Straßenbeleuchtung am Horizont anfühlte. Weit genug von Minstead und dem größeren Lyndhurst entfernt, gab es hier kaum Lichtverschmutzung, vor allem weil das Gestüt in einem Waldgebiet lag. Selbst mit Taschenlampe konnte man nur mit Mühe erkennen, ob man mit dem nächsten Schritt auf ebenem Boden oder in einem Loch landen würde.

Unter den Bäumen war es noch dunkler. Im Licht von drei schwankenden Taschenlampen nahm Hanson die Umgebung nur als eine Folge von Schnappschüssen wahr. Wahrscheinlich hätten sie auf die Spurensicherung warten sollen.

Viel zu sehen gab es ohnehin nicht. Das Feuer hatte ganze Arbeit geleistet. Nur die Hufe und Hufeisen des Pferdes waren intakt geblieben, ein herzzerreißender Anblick. Das Feuer war nicht groß genug gewesen, um den ganzen Körper zu erfassen.

Pferde waren große Tiere, dachte Hanson. Größer, als sie vermutet hätte, und vielleicht auch größer, als die Person, die das Feuer gelegt hatte, gedacht hatte. »Wie leicht lässt sich ein Pferd wegführen?«, fragte sie, den Blick auf die verkohlten Überreste gerichtet. »Würde es freiwillig mit jedem mitgehen?«

»Manche Pferde schon«, antwortete Danny und schien dann zu überlegen. Hanson hatte den Eindruck, dass Danny Murphy über alles ziemlich sorgfältig nachdachte. »Einige Tiere würden ein großes Theater machen, aber Merivel war ziemlich umgänglich. Wahrscheinlich wurde sie deshalb ausgewählt.« Er schüttelte den Kopf. »Den Aufnahmen der Überwachungskamera nach zu urteilen, ist sie ihm freiwillig gefolgt. Aber bevor sie verbrannt wurde, muss sie betäubt worden sein. Sonst hätte sie sich so heftig gegen die Flammen gewehrt, dass kein Mann sie hätte bändigen können.«

Hanson nickte und dachte an das Ketamin in Lindsay Kernows Blutkreislauf. Sie mussten sich die Aufnahmen der Überwachungskamera ansehen und sie auch allen Mitarbeitern des Gestüts vorführen. Danny hatte auf dem Weg über die Koppel berichtet, dass man den Pferdedieb auf den Bildern nicht deutlich erkennen konnte. Er hatte unauffällige Kleidung und eine Kapuze getragen.

Aber es war schon ein merkwürdiger Zufall, dass der Täter just an diesem Tag eine unabgeschlossene Tür vorgefunden hatte. Hanson hielt es für wahrscheinlicher, dass die Tat von jemandem begangen worden war, der das Gestüt und vielleicht sogar die Pferde kannte. Vielleicht würde ein Mitarbeiter ihn erkennen, auch wenn Danny ihn nicht identifiziert hatte.

»Aber sie wäre auch nicht mit jedem mitgegangen?«, bohrte sie nach. »Man würde annehmen, dass der Täter wusste, wie man mit Pferden umgeht.«

Danny nickte. In seinen dunklen Augen lag Wut. »Der Täter musste sie vorher halftern, und er hat sie aus dem Stall geführt, als würde er das nicht zum ersten Mal machen. Die Hände an den richtigen Stellen, selbstbewusster Gang.«

»Könnte man das auch im Reitunterricht lernen? Oder muss der Täter dafür mit Pferden gearbeitet haben?«

»Nein, mit Pferden gearbeitet haben nicht unbedingt. Aber ich würde sagen, dass er zumindest ein einigermaßen erfahrener Reiter sein muss.«

Hanson erkannte, dass ihm diese Tatsache keine Ruhe ließ. Vermutlich kam es ihm vor wie ein Verrat. Oder er dachte das Gleiche wie sie: Die Tat war von einer Person begangen worden, die das Gestüt gut kannte.

»Hat der Täter Handschuhe getragen?«, fragte Lightman, der ein Stück abseits stand. »Konnten Sie das auf dem Video erkennen?«

»Oh … ja, hat er«, sagte Danny. »Schwarze. Das konnte man auf den Aufnahmen deutlich sehen. Fragen Sie wegen Fingerabdrücken?«

Ben nickte.

»Okay, vermutlich keine.«

Hanson zog ihr Handy aus der Tasche und tippte alles, was Danny ihnen erzählt hatte, in eine kurze Notiz für den Chief. Dann kam ihr ein anderer Gedanke. »Sie haben hier draußen keine unbekannten Fahrzeuge gesehen?«, fragte sie. »Vielleicht früher am Abend?«

Danny schüttelte den Kopf, fügte dann aber hinzu: »Ich … ich habe das schon den Polizisten erzählt, die vor Ihnen hier waren … Das Holz für den Scheiterhaufen wurde nicht heute Abend hergebracht. Es liegt schon seit einer Weile dort.«

Hanson, die gerade etwas notieren wollte, stutzte. »Es war schon vorher hier?«

»Ja«, sagte Danny. »Aufgetaucht ist es so Anfang Januar. Ich habe draußen jemanden mit einer Taschenlampe rumlaufen sehen und bin raus, um nachzusehen. Aber als ich ankam, war er schon weg, nur das Holz hatte er liegen lassen. Danach habe ich ein Auge auf den Stoß gehalten, aber die Person ist nicht zurückgekommen, und das Land hinter dem Zaun gehört uns eigentlich auch gar nicht.«

Hanson bemerkte, dass Ben vorsichtig um die Asche herumging, den Strahl seiner Taschenlampe und den Blick auf den Boden gerichtet.

Das war keine Gelegenheitstat, dachte sie. Diese Stelle ist sorgfältig ausgewählt worden.

Aber hatte sich ihr Täter wirklich all die Mühe für die Tötung eines Pferdes gemacht? Sie hielt es für wahrscheinlicher, dass das Pferd ein Ersatz für die Ermordung einer Frau gewesen war, die misslungen war. Trotzdem war der Täter offenbar so vertraut mit den Örtlichkeiten, dass er in den Stall gelangen und die Stute entführen konnte.

»Es wäre super, wenn wir uns die Aufnahmen der Überwachungskamera anschauen könnten«, sagte sie zu Danny. »Wir können ja im Haus kurz einen Blick darauf werfen und sie dann in unser System hochladen.«

»Ich ... klar«, sagte Danny.

Irgendwo jenseits des Lichts ihrer Taschenlampen bewegte sich etwas. Hanson fuhr herum. Ihr Strahl fiel auf einen jungen Mann, der etwa so groß war wie Danny und ähnlich muskulös. Mit einer Hand schirmte er seine Augen ab.

»Sorry, ich bin's nur.«

Hanson ließ die Taschenlampe sinken, und Danny sagte: »Mein Bruder. Antony.«

Hanson fand, dass er Danny bis auf den Körperbau nicht besonders ähnlich sah. Im Gegensatz zu Dannys pechschwarzem Schopf hatte er helles Haar und war glatt rasiert.

»Alles okay?«, fragte Danny.

»Ja«, sagte Antony. »Alles gut. Ich wollte bloß ... sehen, was los ist.«

»Ist Henning noch auf dem Hof?«

»Ja. Er sagt, er wartet auf irgendwelche Typen von der Spurensicherung.« Antony blickte zu dem niedergebrannten Scheiterhaufen und wieder weg. Hanson sah, dass er zitterte.

»Alison bleibt auf dem Hof und passt auf, wenn er die Leute hierherführt.«

Danny nickte und schien sich ein wenig zu entspannen. Hanson fragte sich, ob er sich Sorgen um seinen Vater oder um die Pferde machte.

»Gott, da ist ... da ist ja nicht viel übrig geblieben, was?«, sagte Antony, der immer noch auf den Scheiterhaufen starrte.

Hanson hielt ihre Taschenlampe wieder auf den Boden gerichtet und konnte deshalb nicht viel von Antonys Gesicht erkennen, doch Dannys Bruder wirkte zutiefst erschüttert. Als sie ihre Taschenlampe bewegte, sah sie, dass seine Augen glänzten.

»Du musst hier nicht sein«, sagte Danny barsch, auch wenn es wahrscheinlich freundlich gemeint war.

»Nein. Ich weiß. Tut mir leid.« Antony atmete zitternd ein. »Ich wollte bloß ... Ich bin froh, dass Sie das untersuchen.«

»War sie ein Lieblingspferd von Ihnen?«, fragte Hanson sanft.

»Ach, am Ende liebt man sie alle«, sagte Antony. »Aber sie hatte eine ziemlich schwere Geburt hinter sich. Und ... Probleme mit dem Fohlen. Es ist traurig zu wissen, dass das Fohlen jetzt nicht bemuttert wird.«

»Außer von Antony«, sagte Danny trocken.

»Ich geb mir alle Mühe«, erwiderte sein Bruder.

In diesem Moment tauchte Ben wieder in Hansons Sichtfeld auf, der sich langsam weiter nach innen bis zum Rand der Asche vorgearbeitet hatte. »Sie sagten, das Pferd sei gehalftert weggeführt worden, aber ich kann keine Spur eines Halfters erkennen. Man sollte annehmen, dass ein paar Metallstücke übrig geblieben wären, aber nichts dergleichen. Hat der Täter das Halfter zurück in den Stall gebracht?«

Danny schüttelte den Kopf. »Nein, er ist nicht zurückgekommen, nachdem er Merivel weggeführt hatte.«

»Warum sollte er das Halfter mitnehmen?«, fragte Ben.

Hanson runzelte die Stirn. »Hat er es vielleicht mitgebracht? Konnte man das auf dem Video erkennen?«

Danny blickte suchend zu der Brandstelle. »Er – oder sie – trug einen Beutel über einer Schulter, in dem ein Halfter verstaut gewesen sein könnte.«

Hanson atmete langsam aus. Dies war kein Ersatz für ein

menschliches Opfer, sondern genau so geplant gewesen. Aus irgendeinem Grund hatte der Mörder sich diesmal dafür entschieden, ein Pferd zu töten.

Vielleicht hat ihm der Mord an Lindsay einen Schrecken eingejagt, dachte sie. Vielleicht hat es ihm Angst gemacht, dass der Scheiterhaufen nicht gebrannt hat.

Wenn man ständig den Impuls hatte, Frauen zu töten und zu verbrennen, bot eine Zuchtstute womöglich eine gewisse Ersatzbefriedigung. Vielleicht war es ein Weg, den Trieb zu kontrollieren, während man darüber nachdachte, wie man beim nächsten Mal Fehler vermeiden konnte.

Vorausgesetzt natürlich, es war derselbe Täter gewesen und dies war wirklich ein weiterer Scheiterhaufen des Bonfire-Killers. Dafür sprach allerdings einiges. Die angewandte Sorgfalt. Die Hitze, die das Feuer entwickelt haben musste. Der Ort des Geschehens.

Ein weiterer Scheiterhaufen nur ein paar Meilen von Aisling Cooleys Haus entfernt, dachte Hanson plötzlich fröstelnd.

Sie machte sich rasch eine weitere Notiz und ging dann zu Ben. »Haben die Uniformierten das Haus der Cooleys weiter im Auge?«, fragte sie.

Ben nickte. »Sie werden die beiden Söhne beschatten, bis die Proben genommen und analysiert sind.«

»Gut«, sagte Hanson. »Das ist gut.«

Schade bloß, dass sie in der vergangenen Nacht noch nicht unter Beobachtung gestanden hatten, als Merivel entführt und verbrannt worden war. Sonst hätten sie jetzt bei zweien ihrer Verdächtigen Gewissheit. Trotz Bens beruhigender Worte konnte Hanson ihre Nervosität nicht abschütteln. Dazu wurde es immer kälter, und der Regen war selbst durch die Outdoorkleidung gedrungen, die sie diesmal trug.

Es wäre nett gewesen, wenn sich Michael Murphy ein wenig gastfreundlicher gezeigt hätte. Danny hatte versucht, heiße Getränke für alle zu machen, war jedoch offenbar von seinem Vater aus dem Haus gejagt worden.

Als sie fertig waren, war es fast ein Uhr nachts. Hanson wusste nicht, ob sie sich in ihrem Job je so durchgefroren und elend gefühlt hatte.

»Wo ist die nächste Raststätte?«, fragte sie Ben, als sie zurück zu seinem Qashqai gingen. »Ich würde töten für ein verdammtes Starbucks.«

»Wir können bei dem an der Autobahn vorbeifahren«, bot Ben an. »Das hat rund um die Uhr geöffnet.«

Erst als sie zu dem Stallblock kamen und eine Außenlampe mit Bewegungsmelder aufleuchtete, erkannte Hanson, dass etwas auf der Kühlerhaube des Qashqai stand. Eine glänzende, neu aussehende Starbucks-Thermosflasche.

Aus irgendeinem Grund war sie nicht überrascht, als sie den Starbucks-Aufkleber sah. Er war vom Regen durchgeweicht, doch das mit dickem Filzstift geschriebene Wort *Juliette* war trotzdem noch klar und deutlich zu lesen. Darunter stand ein wenig mühsamer zu entziffern: *Von deinem Schutzengel.*

14.

Hanson kam um sieben Uhr ins Kommissariat, nachdem sie die drei Meilen von zu Hause gelaufen war. Sie hatte praktisch keinen Schlaf gefunden, auch nach einem großen Glas Wein nicht. Ihre Gedanken waren immer wieder zu der Thermosflasche mit der Nachricht und zu Damian zurückgekehrt. Sie hatte sich gefragt, ob das wirklich sein Stil war. Und wenn sie all das für einen Moment vergessen konnte, waren ihr Bilder von dem feuchten elenden Scheiterhaufen vor Augen getreten, und sie hatte an Lindsay Kernow und Jacqueline Clarke denken müssen.

Und natürlich war zwangsläufig auch die Frage aufgetaucht, ob nicht Damian, sondern ein anderer hinter diesen seltsamen kleinen Aufmerksamkeiten steckte. Auch wenn ihre rationale Seite diese Idee als lächerlich abtun wollte, musste sie sich eingestehen, dass es noch jemanden gab, der ein Interesse haben könnte, ihr zu einer Reihe von Tatorten zu folgen: die Person, die diese Tatorte geschaffen hatte.

Dieser Gedanke war offenbar auch Ben gekommen. Er hatte Handschuhe übergestreift, die Thermoskanne in einen Beweisbeutel gepackt und darauf bestanden, sie bis in ihr Haus zu begleiten. Er hatte sogar angeboten, im Erdgeschoss zu übernachten. Hanson hatte ihm daraufhin eilig versichert, dass sie zurechtkommen würde. Außerdem bräuchte er seinen Schlaf, hatte sie hinzugefügt und war erleichtert gewesen, dass er das akzeptierte. Bevor er gefahren war, hatte er jedoch noch die Schlösser an allen

Türen kontrolliert und darauf bestanden, dass sie auf ihrem Handy eine Kurzwahl für ihn einrichtete.

Hanson hatte zum ersten Mal in ihrer Laufbahn das Gefühl, mit ihrer Arbeit nicht nur andere zu schützen. Es war, als würde sie sich der Gefahr diesmal persönlich in den Weg stellen.

Aber warum sollte einer der drei Verdächtigen ihr solche Aufmerksamkeit widmen? Würde einer von Aislings Söhnen so etwas tun? Oder war das Ganze das Werk von Aislings Vater, den sie bisher noch nicht aufgespürt hatten?

Am Morgen zur Arbeit zu laufen war natürlich riskanter, als mit dem Wagen zu fahren. Ihre Route führte durch weitgehend leere Straßen, und vor Anbruch der Dämmerung war ihre Stirnlampe die einzige Beleuchtung. Ihr selbst ernannter Schutzengel wusste höchstwahrscheinlich, wo sie wohnte. Aber Hanson hatte monatelang das Stalking ihres Ex-Freundes ertragen müssen und damals gespürt, wie ihr Leben immer weiter zusammengeschrumpft war. Sie hatte aufgehört, zu joggen oder auch nur einkaufen zu gehen, und war bei dem kleinsten Geräusch zusammengezuckt. Nachdem sie den Spieß gegen Damian schließlich umgedreht hatte, hatte sie sich vorgenommen, dass sie diese ängstliche Person nicht mehr sein wollte. Sie hatte sich lange genug einschüchtern lassen.

Und wenn es der Bonfire-Killer ist, dachte sie atemlos, dann können wir ihn vielleicht bald überführen.

Das war zumindest ein tröstlicher Gedanke. Heute sollte Ben Aisling Cooley treffen. Und heute sollten auch Aislings Söhne und hoffentlich auch ihr Vater freundlich und diskret festgenommen werden, um von ihnen eine Speichelprobe zu nehmen.

Dieses Muster von Festnahme, Abstrich und Entlassung je nach Ergebnis wurde in der modernen Ermittlungsarbeit immer mehr zum Normalfall. Inzwischen wurden zahlreiche Verbrechen mittels forensischer Beweise aufgeklärt und immer weniger aufgrund von Zeugenaussagen oder Befragungen. Während man früher jeden Tatverdächtigen vernommen und schon lange vor einer Festnahme Beweismittel gegen ihn gesammelt hatte, reichte heute oft eine DNA-Probe oder ein anderer Tatsachenbeweis.

Binnen vier Stunden würden sie zweifelsfrei wissen, welches Mitglied von Aislings Familie ihr mutmaßlicher Täter war. Deshalb war es sehr viel sicherer, sie vor der Entnahme der Speichelprobe festzunehmen und unter strenger Beobachtung zu halten, bis das Ergebnis vorlag. Und wenn einer der drei sich einer Festnahme zu entziehen versuchte, würde er als flüchtiger Straftäter gelten.

Aber zunächst wollte Hanson herausfinden, ob nicht einer der Cooleys eine Verbindung zu dem Gestüt in Minstead hatte. Sie war mit der Gewissheit zu Bett gegangen, dass die Zuchtstute von dem Bonfire-Killer getötet worden war und dass es irgendetwas zu bedeuten hatte.

Sobald der Chief ins Büro kam, würde er eine Lagebesprechung abhalten. Dabei würden auch die Thermosflasche, der Mantel und die Tatsache zur Sprache kommen, dass ein Unbekannter ihren Wagen aus dem Schlamm gezogen hatte. Bis dahin wollte Hanson sich konzentriert an die Arbeit machen. Ohne sich lange mit ihrer Erleichterung darüber aufzuhalten, dass sie heil im Kommissariat angekommen war, ging sie sofort in die Umkleide und warf auf dem Rückweg aus den Duschräumen bewusst keinen Blick aus dem großen Fenster. Sie wollte gar nicht wissen, ob sie beobachtet wurde, die Zeiten waren vorbei.

Als Ben eintraf, sah er sie eindringlich an und fragte: »Keine weiteren seltsamen Vorkommnisse?«

»Keine, außer dass ich mysteriöserweise keine sauberen Socken finden konnte«, erwiderte sie sarkastisch.

Ben betrachtete stirnrunzelnd ihr feuchtes Haar. »Bist du zur Arbeit gelaufen?«

»Ich brauchte das Kardiotraining«, sagte sie mit brennenden Wangen.

Ben zögerte. »Meinst du nicht, es wäre vielleicht gut … nicht alleine zu joggen? Nur für den Moment?«

Hanson seufzte. »Kann sein. Aber das nervt schon ein bisschen, oder?«

»Falls du das Joggen meinst, ja«, sagte Ben. »Das nervt ein bisschen.«

Hanson lachte kurz, wurde dann aber sofort wieder ernst. »Morgen probiere ich den Kraftraum, wenn wir ihn bis dahin nicht erwischt haben.«

»Guter Plan.«

Nachdem sie für sie beide einen Tee gekocht hatte, fuhr sie ihren Desktop-Computer hoch und nahm das Gestüt, wo der Scheiterhaufen entdeckt worden war, genauer unter die Lupe. Sie kam immer wieder auf den Gedanken zurück, dass der Mörder sich dort ausgekannt haben musste. Er hatte gewusst, wo die Pferde untergebracht waren und wie man eins von ihnen wegführte. Und er war zielsicher an dem einen Abend gekommen, an dem die Tür zu den Stallungen nicht abgeschlossen gewesen war. Mittlerweile hatten sie auch die Aufnahmen der Überwachungskamera gesichtet. Hanson fand, dass die Gestalt, die über den Zaun gesprungen und zu der Stalltür gegangen war, große Entschlossenheit ausstrahlte.

Als Erstes schrieb sie eine kurze Mail an Danny Murphy, um ihn zu fragen, ob er weitere Überwachungsvideos aus den vergangenen Wochen gespeichert hatte, die er ihr schicken konnte. Außerdem bat sie ihn um eine Liste aller aktuellen und ehemaligen Mitarbeiter des Gestüts. Sie überlegte, ob sie ihr Ansinnen begründen sollte, und entschied dann, dass es wahrscheinlich besser war, gar keine Erklärung zu geben. Es war eine professionelle Anfrage, die Danny deuten konnte, wie er wollte.

Ihre nachfolgende Internetrecherche über mögliche Verbindungen von Finn und Ethan Cooley zu dem Gestüt blieb leider ebenso ergebnislos wie die Suche nach einem Hinweis, dass einer der beiden je geritten war. Aber dass kein Beweis für etwas existierte, war kein Beweis dafür, dass es nicht existierte.

Als Nächstes nahm Hanson sich die Mitarbeiter des Gestüts vor.

Ihre Nervosität hatte sich spürbar gelegt. Arbeit war immer die beste Ablenkung.

Die Namen der Gestütbesitzer kannte sie bereits: Michael Murphy, seine Söhne Antony und Danny sowie einen der Pferdepfleger, ein gewisser Henning Andersen. Könnte es sein, dass Michael Murphy oder Henning Andersen in Wahrheit Dara Cooley war?

Die Identität der beiden ließ sich zum Glück ohne große Mühe abklären. Henning Andersen, der Pferdepfleger, der die Tür unabgeschlossen gelassen hatte, war in der Nähe von Newbury geboren und in Dänemark aufgewachsen. Ein Teil seiner Familie stammte aus England, wodurch er das Recht auf einen britischen Pass besaß. Mit dem war er vor zwei Jahren zurück nach England gezogen. Er war dreiunddreißig, nicht annähernd alt genug, um Dara Cooley zu sein, und sein Stammbaum bewies schlüssig, dass er auch kein unehelicher Sohn von Dara war, der seinem Vater half, Pferde zu stehlen.

Alles sprach dafür, dass Henning nichts mit der Sache zu tun hatte. Aber sie war genau wie der Chief davon überzeugt, dass man bei einer Ermittlung niemanden kategorisch als Verdächtigen ausschließen sollte.

Als Nächstes nahm sie sich Michael Murphy vor, und ihr Herz begann ein wenig schneller zu schlagen, als sie herausfand, dass Michael Murphy gebürtiger Ire war und 1981 die britische Staatsbürgerschaft erlangt hatte. Sie hätte es an seinem Akzent hören können, als er sie angeknurrt hatte. Und Michael Murphy hatte ganz offensichtlich nicht gewollt, dass sie sich den Scheiterhaufen genauer ansahen. So viel war klar geworden.

Aber als sie den Mann genauer unter die Lupe nahm, legte sich ihre Aufregung rasch wieder. Michael war 1981 nach Großbritannien gezogen, zusammen mit seiner Frau Celine. Nicht mit Dymphna Cooley und Aisling, die erst vier Jahre später eingewandert waren.

Damals hatte Michael das Gestüt gekauft, das er seitdem leitete.

1986, ein Jahr vor Daras Verschwinden, war sein Sohn auf die Welt gekommen. Da hatte der frischgebackene Vater neben einem Job, in dem er in aller Herrgottsfrühe auf den Beinen sein musste und häufig erst spät ins Bett kam, wohl kaum Zeit gehabt, ein unentdecktes Doppelleben zu führen.

Sie seufzte. Allem Anschein nach war auch Michael nicht Dara Cooley. Aber vielleicht hatte Dara irgendwann für ihn gearbeitet? Das würde die Liste von Angestellten zeigen, die Danny Murphy schicken sollte.

Sehr lange musste sie nicht darauf warten. Wenig später gingen zwei E-Mails von Danny ein, eine mit einer Liste der Angestellten mit Geburtsdatum und Sozialversicherungsnummer, eine zweite mit einem Link zu einer bei WeTransfer hochgeladenen Datei – die Videos der Überwachungskamera aus den letzten zwei Monaten.

Sie blickte zu dem Bereich des Großraumbüros, der von DCI Acharyas Team belegt wurde. Dort hatten die drei für ihren Fall abgestellten DCs einen vorübergehenden Arbeitsplatz, und Hanson war froh zu sehen, dass die stets gut gelaunte Casho schon an ihrem Schreibtisch saß. Und noch besser: Jason Walker war nirgends in Sicht. Hanson war eine Zeit lang mit ihm zusammen gewesen, bevor die Geschichte dank Damians Intervention unschön zu Ende gegangen war. Es bereitete ihr immer noch ein bisschen Stress, in seiner Nähe zu arbeiten, aber zum Glück saß er jetzt zumindest auf Cashos Seite des Raumes statt an dem Schreibtisch direkt neben ihrem. Sie war sich ziemlich sicher, dass der Chief diese kleine Versetzung veranlasst hatte, bevor sie ihn darum bitten musste.

Bewaffnet mit der inzwischen halb leeren Packung Fox's Biscuits, die sie am Tag zuvor mit zur Arbeit gebracht hatte, ging sie zu Cashos Schreibtisch. »Ich hab Kekse und brauche Hilfe bei den Videos der Überwachungskamera«, sagte sie.

Casho lachte. »Nicht mal ich mag morgens um halb acht Kekse essen. Aber ich kann mir ja ein paar für später nehmen.«

»Ich bewundere deine Selbstbeherrschung«, sagte Hanson, nahm sich selbst einen und schlang ihn herunter. Es war schätzungsweise der fünfte an diesem Morgen. Aber wenn die Ermittlung wirklich kurz vor dem Abschluss stand, würde sie bald wieder sehr viel mehr Sport machen können.

Vorausgesetzt, mein Schutzengel ist wirklich der Mörder, fügte sie stumm hinzu.

Zurück an ihrem Schreibtisch, öffnete sie die Liste mit den Angestellten des Murphy-Gestüts und sortierte die Namen nach Geburtsdatum. Zunächst suchte sie nach einem Hinweis, dass Ethan oder Finn Cooley dort vielleicht einen Ferienjob gehabt hatten, dann nach jemandem, der Dara Cooley sein könnte.

»Verdammt«, sagte sie nach ein paar Minuten. »Keiner passt.«

»Was ist los?«, fragte Ben höflich, und Hanson erklärte ihm, dass ihre Ahnung, einer der Cooleys könnte etwas mit dem Gestüt zu tun haben, sich bisher nicht bestätigt hatte.

»Dort können sie jedenfalls nicht reiten gelernt haben«, fügte sie hinzu. »Das Gestüt bietet keinen Unterricht an, sondern betreibt nur Pferdezucht.«

Sie nahm eine Bewegung in ihrem Rücken wahr, drehte sich um und sah Casho hinter sich stehen.

»Hey«, sagte die Detective Constable, »ich hab da was. Sieht so aus, als hätte euer Pferdemörder es schon vorher probiert.«

Hanson stand eilig auf und freute sich, dass Ben ihnen zu Cashos Schreibtisch folgte.

»Okay«, sagte Casho und startete ein Video.

Die Aufnahmen schienen identisch mit denen, die Hanson sich auf dem Gestüt und an ihrem Schreibtisch angesehen hatte. Der Blick auf den Hof war derselbe, und die Gestalt, die auftauchte und über das Tor zum Hof kletterte, glich ihrem Täter geradezu unheimlich. Wieder war Hanson sich ziemlich sicher, dass es ein Mann war. Laut Timecode war das Video vor einer Woche aufgenommen worden, am 10. Januar.

Diesmal landete der Mann, ohne zu stolpern, auf den Beinen. Aber anstatt wie vorgestern Nacht zu den Ställen zu gehen, wandte er sich der kleinen Tür zu, die in das große Tor eingelassen war, über das er gerade geklettert war, und drückte auf die Klinke. Die Tür öffnete sich, wie Hanson erwartet hatte. Danny hatte ihnen erklärt, dass sie ein Sicherheitsschloss besaß, das man von außen nur mit einem Schlüssel, von innen jedoch problemlos öffnen konnte.

Der Mann schloss die Tür wieder, blickte sich vorsichtig um und ging dann zum Stall, wo er auf die Klinke drückte und offenbar überrascht war, die Tür verschlossen vorzufinden. Er probierte es mehrmals, wandte sich dann, sichtlich frustriert, ab und ging zurück zu dem Tor, wo er die kleinere Tür öffnete, hinter sich wieder zuzog und aus dem Blickfeld verschwand.

»Er hat den Tatort ausgecheckt, oder?«, sagte Casho. »Aber der Stall war abgeschlossen, deshalb ist er noch mal zurückgekommen.«

Hanson runzelte die Stirn. »Aber warum hat er es an einem anderen Abend erneut riskiert? Er musste doch davon ausgehen, dass der Stall wieder abgeschlossen sein würde.«

»Es sei denn, er hat vor dem zweiten Versuch die ganze Zeit vor dem Tor herumgelungert«, sagte Casho, »und hat beobachtet, dass die Tür diesmal nicht abgeschlossen worden war.«

»Oder er hat beim zweiten Mal einen Dietrich mitgebracht«, bemerkte Lightman.

Hanson nickte langsam. »Auf diesem Video wirkt er sportlicher, oder?«, sagte sie. »Auf den Aufnahmen von neulich abends ist er kurz gestolpert, als er über das Tor geklettert ist. Aber hier sieht er ziemlich beweglich aus. Ist es denkbar, dass er in Dara Cooleys Alter ist? So wie er das Tor überwindet?«

»Wie alt ist Dara Cooley? Zweiundsechzig?«, sagte Lightman. »Eher unwahrscheinlich.«

»Du vergisst Tom Cruise«, sagte Casho grinsend.

»Dara könnte jemanden geschickt haben, der das Pferd für ihn geholt hat«, sagte Hanson. »Vielleicht seinen Sohn.«

Als sie sich das Video erneut ansahen, bekam Hanson eine Gänsehaut. Etwas an der ruhigen Gelassenheit, mit der die Gestalt sich entfernte, war zutiefst beunruhigend. Das war kein planloser Mann, der große Fehler gemacht und dafür gelitten hatte. Er sah vielmehr aus wie ein umsichtiger Räuber.

»Guck, ob du ihn noch auf weiteren Videos entdeckst«, sagte sie zu Casho und kehrte zu ihrem Schreibtisch zurück.

Wenig später hatte sich ihr Viererteam in dem großen Konferenzraum versammelt. Der Chief wollte wenig überraschend alles über die Thermosflasche hören, die auf der Kühlerhaube des Qashqai abgestellt worden war. Hanson fand es erniedrigend, dass ihre Ermittlung davon überschattet wurde, besonders weil es trotz allem Damian gewesen sein konnte.

»Hat Ihr Ex-Freund so etwas schon mal gemacht?«, fragte der Chief.

Hanson verzog das Gesicht. »Es ist … Manchmal erwies er Leuten seltsame kleine Gefälligkeiten. Ich hatte eine ältere Nachbarin, und irgendwann hat er aus heiterem Himmel beschlossen, sie immer zum Supermarkt zu fahren. Einen Monat lang hat er sich aufgeführt wie Mutter Teresa und erwartet, von mir *und* der Nachbarin rund um die Uhr gelobt zu werden. Bis es ihm langweilig geworden ist.« Sie schüttelte den Kopf.

»Aber nicht anonym?«, bohrte der Chief nach. »Nichts, was ihm nicht sofort angerechnet werden würde?«

Hanson überlegte und schüttelte den Kopf. »Er hatte fast immer Hintergedanken«, sagte sie. »Die wenigen netten Dinge, die er für mich getan hat, hat er bei nächster Gelegenheit als Waffe gegen jegliche Kritik benutzt und, Gott behüte, wenn man sich nicht ausgiebig genug bedankt hatte.« Sie sah den Chief nicken und fühlte sich gedrängt hinzuzufügen: »Aber vielleicht hat er seine Taktik geändert. Er belästigt mich schon seit einer Weile nicht mehr. Vielleicht ist das bloß eine neue Masche. Ich meine, es ist schon ziemlich beunruhigend, oder?«

»In der Tat«, sagte der Chief. »Ich möchte, dass Sie vorsichtig sind. Ich kann veranlassen, Sie für ein paar Tage anonym in einem Hotel unterzubringen. Mir wäre ehrlich gesagt wohler dabei. Und bis wir wissen, womit wir es zu tun haben, sollten Sie meiner Meinung nach auf keinen Fall alleine irgendwohin gehen.« Er starrte in die Ferne. »Wenn ich das durchkriege, würde es sich vielleicht sogar lohnen, Sie von einigen der anderen DCs unauffällig beschatten zu lassen und Ihren Wagen und Ihre Sachen im Auge zu behalten. Wenn es wirklich unser Mörder war, könnte das der bequemste Weg sein, ihn in die Falle zu locken. Und es wäre verdammt nützlich, wenn wir ein DNA-Match bekommen könnten, ohne uns auf den Globalry-Kram zu verlassen.«

Hanson grinste Ben von der Seite an. »Sagen Sie das nicht vor Ben! Es ist sein Lieblingsprojekt.«

»Ja, als Nächstes wird er auf der Toilette weinen«, meinte O'Malley.

»Ihr kennt mich so gut«, sagte Ben mit todernster Miene.

Kurz danach löste sich ihre Runde in lockerer Stimmung auf, doch Hanson bemerkte, dass der Chief sie beobachtete, von alldem offenbar genauso beunruhigt wie sie selbst.

15.

Aisling hatte es am Morgen kaum geschafft, sich normal mit ihren Söhnen zu unterhalten. Wie auf Autopilot hatte sie auf Ethans Frage reagiert, ob sie ihn mit dem Auto mitnehmen könne, und auf eine Bemerkung, die Finn zu den Nachrichten über den Bonfire-Killer gemacht hatte. Die Morde schienen nach wie vor nichts mit ihrer Realität zu tun zu haben, obwohl sie in unmittelbarer Nähe von ihrem Zuhause passiert waren.

»Du bist doch vorsichtig, oder, Mummo?«, hatte Finn sie gefragt. »Ich kann dich begleiten, falls du irgendwohin musst. Nach London ... oder wohin auch immer.«

»Ich fahre nicht nach London«, hatte sie sich bemüht, ihn zu beruhigen. Und dann hätte sie Barks beinahe zum zweiten Mal an diesem Morgen gefüttert, wenn Finn nicht gesagt hätte: »Er braucht wirklich kein zweites Frühstück, Mum.«

In Wahrheit war sie geistig kaum anwesend gewesen, so sehr war sie in Gedanken mit dem Profil beschäftigt, das Globalry zurückgemeldet hatte, die Matches, die man gefunden hatte. Vor allem das eine große Match. Mit jemandem, der auf der Website nur unter dem Namen New Forester bekannt war.

Diese Person ist entweder Ihr Vater, Ihr Bruder oder Ihr Sohn.

Sie erinnerte sich an das Gefühl schwindelnder Erregung, die rauschhafte Freude und dann das Erschrecken.

Was sollte sie zu diesem Mann sagen, der vielleicht ihr Vater war?

Darüber hatte sie immer noch nachgedacht, als eine von seinem Konto abgeschickte Nachricht einging. Aber sie war nicht von ihm gewesen.

Hi, mein Name ist Cassie. Ich wollte Sie kontaktieren, um Ihnen mitzuteilen, dass ich mich eigentlich im Auftrag eines gewissen Ben melde. Wären Sie bereit, ihn zu treffen? Er würde wirklich gerne mit Ihnen sprechen und glaubt, dass Sie ihm helfen können.

War es also doch nicht ihr Vater? War es ein Bruder, von dem sie nichts wusste? Oder hatte ihr Vater eine neue Identität angenommen, als er sie verlassen hatte? Jedenfalls hatte er sich ihren Versuchen, ihn zu finden, als ihre Mutter krank war, erfolgreich entzogen. Vielleicht war das die Erklärung.

Seit dem gestrigen Vormittag hatte sie endlos darüber gegrübelt, wer diese Cassie sein könnte. Aus irgendeinem Grund hatte sie das Gefühl, sie nicht einfach fragen zu können.

Sie muss ihm nahestehen, dachte sie immer wieder. Eine enge Verwandte. Seine Freundin. Seine Ehefrau. Wem würde man sonst eine solche Aufgabe anvertrauen?

Sie stand wie erstarrt im Flur und stellte sich diese Fragen zum zigsten Mal, als Ethan, gefolgt von dem bellenden Barks, die Treppe heruntergepoltert kam.

»Alles in Ordnung, *maman*?«

Er klang geradezu rührend besorgt. Sie lächelte ihn kurz an und erkannte, dass er wieder ganz der Alte war. Nicht mehr der mürrische Teenager, mit dem sie es gut zwei Wochen lang zu tun gehabt hatte.

»Mir geht es super«, sagte sie und zerzauste ihm das Haar. »Du, mein Schatz, bist dagegen eine Viertelstunde zu spät und noch nicht einmal aus der Tür. Ich habe echt schon Gletscher gesehen, die sich schneller bewegt haben.«

Er grinste sie an, hakte den zweiten Riemen über seine Schulter und beugte sich vor, um sie zu umarmen. »Genau genommen bin ich wegen meiner gletscherhaften Eigenschaften engagiert worden. Weil ich so *megacool* bin. Haha.«

»Ganz schlechter Witz«, sagte sie. »Wirklich grauenvoll.«

Sie ließ sich in die Umarmung sinken, einen Moment lang erleichtert, dass sie ihren unbeschwerten Sohn zurückhatte.

»Ethan, hast du mein verdammtes Sandwich geklaut?«, hörte sie Finn aus der Küche rufen. Seine Stimme klang so viel entschlossener und konzentrierter als die seines Bruders. Es war die Stimme von jemandem, der es weit bringen würde und wollte, dass die Welt davon erfuhr. Viel mehr die Stimme seines Vaters als ihre.

Ethan löste sich mit nachdenklicher Miene aus der Umarmung.

»Ähm, ich hab mir *ein* Sandwich genommen«, rief er zurück.

»Herrgott!« Die Kühlschranktür wurde unüberhörbar zugeschlagen, und Finn tauchte mit einem Ausdruck irgendwo zwischen Belustigung und Verzweiflung im Flur auf. »Gib es wieder her! Was glaubst du, wie es in den Kühlschrank gekommen ist, Bro? Denkst du, es wäre da drinnen gewachsen, oder was?«

Seufzend nahm Ethan seinen Rucksack wieder von den Schultern und kramte darin herum. »Ich hab bloß gedacht, dass das Mutterschiff einmal Mitleid mit mir hatte und mir was zu essen gemacht hat.«

»Aaah, ich schätze, ich liebe dich einfach nicht genug«, sagte Aisling und schüttelte reumütig den Kopf.

»Also, *mir* würde sie ein Mittagessen machen, wenn ich sie darum bitte«, sagte Finn und nahm triumphierend das in Folie verpackte Sandwich entgegen. »Sie hat mich lieber.«

»Ich kann euch beide gleich wenig leiden«, sagte sie und umarmte auch Finn.

»Du wirst mich auf jeden Fall lieber haben, wenn du hörst, was Ethan mit seinem Teppich angestellt hat«, sagte Finn mit einem breiten Grinsen.

»Neeeiiin, du Verräter!«, rief Ethan, aber auch er lächelte, als er die Haustür öffnete.

»Gott, ich kann es kaum erwarten, bis ihr beide auszieht«, sagte sie. »Bau keinen Mist bei der Arbeit!«

»Du auch nicht, *Mutter*«, rief Ethan.

»Willst du mich nicht nach dem Teppich fragen?« Ihr jüngerer Sohn klang fast ein wenig enttäuscht. »Ich meine, mir ist es egal. Ich hab ihn ja nicht bezahlt …«

»Petze, Petze, ging in'n Laden …«, erwiderte sie, fügte dann aber doch hinzu: »Sag schon. Was hat er gemacht?«

»Ein kleines kontrolliertes Feuer, das dann doch nicht so kontrolliert war.«

Aisling fasste sich an die Stirn. »Himmel, es ist, als wäre er auf Zerstörung programmiert. Warum muss er ständig Sachen verbrennen? Was war es diesmal?«

»Ein paar alte Prüfungsnotizen und eine Dose Deo, soweit ich weiß«, sagte Finn.

»Na toll.«

Der Gedanke, sich um den Teppich kümmern zu müssen, stresste sie augenblicklich. Nicht bloß wegen des Geldes, obwohl das Problem genug war, sondern vor allem wegen des Aufwands. Die Vorstellung, einen neuen Teppich aussuchen und dann Ethans Chaos und alle Möbel aus seinem Zimmer räumen zu müssen, damit er verlegt werden konnte – das war im Moment einfach zu viel.

»Du kannst eben nicht zwei perfekte Söhne haben«, sagte Finn grinsend. »Außerdem ist ihm ein verbrannter Teppich egal. Du kannst es einfach so lassen.«

»Ja, vielleicht«, sagte sie und fügte stumm hinzu: Bis wir verkaufen müssen. Und dann fragte sie sich, ob man die Stelle vielleicht einfach mit einem billigen Läufer verdecken konnte.

Finn zog seinen Blazer an und richtete seine ohnehin schon gerade Krawatte. Dann war er weg, und sie blieb allein zurück, mit ihrer Angst und einer Stunde Zeit bis zum Aufbruch.

Aber diese Zeit verging absurd schnell, raste vorbei, riss sie mit sich und spuckte sie um zwanzig nach zehn in der Lyndhurst Road wieder aus.

Auf dem Weg zu dem Café fühlte sie sich irgendwie abwesend, beinahe unwirklich. Sie blickte im Vorbeigehen in jedes Schaufenster, nicht um ihr Aussehen zu überprüfen, sondern um sich zu vergewissern, dass sie tatsächlich hier war. Dass sie es war, die tat, was sie tat.

Und jedes Mal starrte eine Frau mit aufgerissenen Augen zurück, deren glänzender Schweißfilm sogar in den undeutlichen Spiegelungen zu erkennen war. Eine leicht veränderte Version ihrer selbst, nicht ganz der Anker, den sie gebraucht hätte.

Real fühlte sich nur der Knoten von Angst an, der sich in ihrem Brustkorb zusammenzog. Eine Nervosität, wie sie sie zuletzt an dem Tag gespürt hatte, an dem in der Schule die Prüfungsergebnisse verkündet wurden. Und das schien durchaus angemessen, denn sie fühlte sich unvermittelt in jene Zeit zurückversetzt. In die Zeit, bevor alles zerbröselt war.

Dann stand sie plötzlich vor dem Café, dessen Tür im Rhythmus ihres Herzschlags zu pulsieren schien, und im nächsten Moment war sie hindurchgegangen.

Ihr Blick zuckte zu den Tischen, auf der Suche nach jemandem, der ihrem Dad ähnelte. Kräftige Stirn und ein breites Kinn. Dabei war ihr bewusst, dass der Mensch, den sie traf, vielleicht vollkommen anders aussah.

Ein großer Mann stand auf, filmstarmäßig attraktiv, mit dunklem Haar und hellen Augen. »Aisling?«, fragte er. Doch sie dachte, dass er es nicht sein konnte. *Unmöglich.*

»Ich … sind Sie … Ben?«

Er nickte und wies auf den Latte, den er bereits für sie bestellt hatte, wie sie es mit Cassie ausgemacht hatte. Als sie einen der gepolsterten Hocker heranzog und Platz nahm, fühlte sie sich noch abgekoppelter von ihrem Ich als vorher.

»Bevor ich irgendetwas anderes sage, muss ich Ihnen mitteilen, dass ich nicht mit Ihnen verwandt bin«, erklärte er leise. »Es tut mir sehr leid, wenn das eine Enttäuschung für Sie ist, aber es ist unglaublich wichtig, dass ich mit Ihnen spreche, und ich hoffe, Sie werden gleich verstehen, warum.«

Zunächst empfand sie gar nichts, sondern betrachtete nur sein schönes Gesicht. Dann war es, als hätte jemand in ihr Inneres gepackt und die Luft aus ihren Lungen gepresst.

»Sie sind nicht …? Aber ich dachte …«

»Cassie, mit der Sie gesprochen haben, hat die DNA auf dem Portal hochgeladen, um einen Verwandten zu finden«, sagte er. »Ich bin bei der Polizei, und wir brauchen verzweifelt Hilfe bei der Aufklärung eines Verbrechens.«

Sie starrte ihn unvermittelt an, und ein bleischweres Gewicht in ihrem Bauch rang mit ihrer Nervosität.

»Was wollen Sie damit sagen?«, fragte sie ihn. »Stammt … stammt die DNA von einem Tatort?«

Ben – oder wie immer er mit richtigem Namen heißen mochte – nickte. »Ja. Es ist ein sehr wichtiger Tatort. Wir konnten bisher keine Verbindung zu einer bei uns aktenkundigen Person finden, deshalb schien das der einzige Weg zu sein.« Er schlug den Blick nieder. »Es tut mir leid. Ich weiß, dass das nicht leicht für Sie ist.«

Sie wandte den Blick ab und versuchte, ihre verstreuten Gedanken zu ordnen und zu etwas Sinnvollem zusammenzufügen.

»Es muss sich um ein schweres Verbrechen handeln«, sagte sie. »Worum geht es?«

»Um einen Mord«, sagte er leise. »Die Sache ist die: Diese Art von Beweisführung wird von der Polizei normalerweise nicht angewandt. Zumindest nicht hierzulande. Ich musste mich sehr anstrengen, um eine Genehmigung zu erhalten. Wir brauchen dringend Ihre Hilfe, um bei der Aufklärung weiterzukommen.«

Sie brachte es nicht über sich, noch irgendetwas zu sagen. Es kostete sie schon genug Kraft, nur auf dem Hocker sitzen zu bleiben und weiter zu atmen.

Ben zögerte erneut. »Wir wissen nur, dass jemand, der mit Ihnen verwandt ist, während oder nach dem Verbrechen am Tatort war. Die Nähe des Verwandtschaftsgrads legt nahe, dass die DNA entweder von einem Geschwister, einem Elternteil oder einem Kind von Ihnen stammt.« Er sah sie aus seinen hellblauen Augen eindringlich an. »Sie haben auf dem Portal nur zwei Söhne und Ihren Vater als Verwandte angegeben.«

Da begriff sie, was er wollte, auch wenn sie sich dagegen wehrte. Und sie war sich nicht sicher, ob das Gefühl, dass alles in ihr zu Staub zerbröselte, daher rührte, dass sie vielleicht niemals die Wahrheit über ihren Vater erfahren würde, oder daher, dass die Polizei glaubte, einer ihrer Jungen könnte ein Mörder sein.

16.

Jonah wartete ungeduldig darauf, endlich aktiv zu werden. Und das lag nicht nur an den Monaten, in denen sie praktisch keine Fortschritte erzielt hatten. Er sorgte sich auch, dass Aisling Cooley loyal zu ihrer Familie stehen und die drei Verdächtigen warnen könnte. Und dass einer von ihnen oder auch alle drei flüchteten, war das Letzte, was sie gebrauchen konnten.

Die Tatsache, dass die beiden Söhne unter Beobachtung standen, beruhigte ihn ein wenig, doch einer Beobachtung konnte man sich auch entziehen, wenn man wusste, wie. Sehr viel größere Sorgen bereitete ihm dagegen Aislings nach wie vor unauffindbarer Vater. Es war ungewöhnlich, dass sein Team sich dermaßen schwertat, eine Person aufzuspüren, noch dazu jemanden mit einem relativ seltenen Namen. Schon deshalb hatte er ein ungutes Gefühl wegen Dara Cooley.

Er hatte gehofft, dass der Täter bei dem Angriff auf die Zuchtstute Indizien hinterlassen hatte, mit dem sie die Anklage gegen einen der drei Verdächtigen auch ohne die DNA untermauern konnten, doch bisher hatte sich nichts ergeben. Die Tat erinnerte nicht an die Ermordung von Lindsay Kernow, sondern viel mehr an den Mord an Jacqueline Clarke: eine geduldig ausgeführte und sorgfältig inszenierte Tat, bei der praktisch nichts auf den Mörder hinwies.

All das machte Aisling Cooleys Informationen umso wichtiger. Sobald Ben ins Kommissariat zurückkehrte, rief Jonah sein Kernteam in einem Konferenzraum zusammen. Die für ihren Fall abgestellten Detectives sollten weiter nach Dara Cooley fahnden, bis Ben ihnen vielleicht mehr erzählen konnte.

»Okay«, sagte er, sobald sie die Tür hinter sich zugezogen hatten. »Was wissen wir über Aislings Vater?«

»Leider nicht sehr viel«, erwiderte Lightman trocken. »Dara Cooley ist 1987 verschwunden, gut zwei Jahre nachdem die Familie in den New Forest gezogen ist. Er ist einfach gegangen und hat nur eine schriftliche Entschuldigung und die notarielle Bescheinigung hinterlassen, dass er das Haus seiner Frau überschrieben hatte. Seine Vollmacht für das gemeinsame Bankkonto hatte er offenbar schon vorher gekündigt. Seitdem hat Aisling nichts mehr von ihm gehört.«

Jonah seufzte. »Natürlich nicht.«

»Wenn er sein Verschwinden inszeniert hat, würde das zu dem passen, was wir bisher wissen«, sagte Hanson. »Wir haben einen Dara Cooley in den Daten der Steuerbehörde gefunden, der bei einem kleinen spezialisierten Musikverlag in Swindon angestellt war. Sein Arbeitgeber hat von Anfang 1985 bis März 1987 Steuern für ihn abgeführt. Das passt zu der Spanne von seinem Umzug in den New Forest bis zum Verlassen der Familie.«

»Und wo hat die Familie vor 1985 gewohnt?«, fragte Jonah.

»Laut Aisling in Tullamore in Irland«, antwortete Lightman. »Aber was diese Phase ihres Lebens betrifft, war sie äußerst wortkarg. Ich würde vermuten, dass es irgendeine Geschichte mit ihrem Vater gibt, über die sie nicht sprechen möchte.«

»Klingt so, als könnte er nach seinem Verschwinden nach Irland zurückgegangen sein, zumindest anfangs«, sagte Jonah. Er wollte sich lieber auf weitere Überlegungen konzentrieren, als sich der Frustration darüber hinzugeben, dass einer ihrer drei Verdächtigen wahrscheinlich keinen Kontakt zu seiner Familie hatte. »Wir sollten Aisling nach der alten Adresse und Arbeitsstelle fragen, nach Fotos von ihm.«

»Ich setze mich mit ihr in Verbindung«, sagte Ben.

Jonah nickte. »Was ist mit den Söhnen? Wissen wir, wo sie am Silvesterabend waren?«

Bei seinem Gespräch mit Aisling hatte Ben vor allem in Erfahrung bringen wollen, was mit ihrem Vater war und was ihre Söhne an dem Abend gemacht hatten, als Lindsay Kernow gestorben war. Nach dem 3. Oktober, dem Tag der Ermordung von Jacqueline Clarke, hatte er gar nicht gefragt. Die mögliche Verbindung zu einem Tatort war schlimm genug, ließ Aisling jedoch zumindest die Hoffnung, dass derjenige, der sich dort aufgehalten hatte, bloß in einen Streit oder einen schrecklichen Unfall verwickelt gewesen war. Die Andeutung, ein Mitglied ihrer Familie könnte ein Serienmörder sein, wäre zu viel gewesen.

»Sie sagt, sowohl Ethan als auch Finn waren auf Silvesterpartys«, antwortete Lightman. »Ethan in Lyndhurst und Finn in einem Pub in Totton.«

Das erregte Jonahs Interesse. Lindsay Kernow hatte in Totton gewohnt. Und Finns Heimweg von dem Pub in den zum New Forest hin gelegenen Teil von Totton hatte ihn sicher über die Route geführt, die Lindsay höchstwahrscheinlich genommen hatte, bevor sie tot in Lyndhurst Heath gelandet war.

Damit konnten sie die Festnahme der beiden Jungen rechtfertigen, ohne sich auf die Matches bei Globalry zu beziehen.

»Wir sollten möglichst diskret versuchen, ihre Alibis zu überprüfen«, sagte Jonah. »Und für beide ein gründlicheres Profil erstellen. Hat einer von ihnen Erfahrung mit dem Schichten von Feuerholz? Hat einer von ihnen Ketamin gekauft? Das hat schließlich nicht jeder zu Hause rumstehen.« Er sah die Mitglieder seines Teams nacheinander an. »Ich schlage vor, jeder von Ihnen übernimmt einen Verdächtigen und arbeitet mit den anderen DCs daran.«

»Ooh, geben Sie mir den verschwundenen Vater«, sagte O'Malley sofort. »Ich liebe es, mich an einem Vermisstenfall festzubeißen.«

»Ich schätze, aus naheliegenden Gründen übernehme ich wohl am besten den Vertrauensschüler«, sagte Ben, bevor einer der beiden anderen sich melden konnte.

»Nun, mir ist jeder der beiden überprivilegierten Jungen recht«, sagte Hanson grinsend. »Und derjenige, der die Schule verlassen und festgestellt hat, dass die Welt ihm nicht zu seinen ach so talentierten Füßen liegt, ist ein guter Tipp.«

»Okay«, sagte Jonah. »Ich habe in einer Dreiviertelstunde eine Etatbesprechung. Also machen Sie um Himmels willen irgendwelche Fortschritte.«

Als Jonah in sein Büro zurückkehrte, spürte er gleich mehrere Probleme auf seinen Schultern lasten. Trotz der dringlichen Ermittlung und des unvermeidlichen Rückstaus bei anderen Fällen wanderten seine Gedanken immer wieder zu seinem häuslichen Privatleben.

Der DCS hatte ihn früh am Morgen angerufen, und Jonah war zum Telefonieren zu seinem Wagen gejoggt, um dem Lärm zu entkommen, den Milly mit ihrer Kinderfrau in der Küche veranstaltete. Danach hatte er eigentlich gleich losfahren wollen, dann aber gemerkt, dass er seine Thermosflasche vergessen hatte. Deshalb war er noch einmal ins Haus zurückgekehrt.

Michelle, die häufig zunächst im Homeoffice arbeitete, bevor sie nach der Rushhour in die Stadt fuhr, telefonierte gerade in ihrem Arbeitszimmer. Ins Gespräch vertieft, hatte sie offensichtlich nicht gehört, dass er noch einmal zurückgekommen war.

Den ersten Teil dessen, was sie sagte, hatte er gar nicht richtig mitbekommen, aber dann war er doch hellhörig geworden, als Michelle sagte: »Es ist bloß … ich bin die ganze Zeit so reizbar. Einfach immer. Es kommt mir vor, als hätte ich eine Art allergische Reaktion gegen ihn entwickelt. Als hätte ich Antikörper oder so. Wenn er hier ist, bin ich immer wütend und irgendwie gereizt. Ich … ich habe wirklich Angst, dass ich ihn irgendwann hasse. Und was passiert dann mit Milly?«

Das war ziemlich niederschmetternd gewesen. Jonah hatte leise die Tür geöffnet, war wieder hinausgegangen und hatte seine

Thermosflasche im Haus zurückgelassen, zusammen mit seinem vagen Optimismus über die Zukunft ihrer Beziehung.

Auf der Fahrt zur Arbeit hatte er gegen das Gefühl angekämpft, verraten worden zu sein. Er hatte sich trotz allem für Michelle entschieden. Er hatte wegen ihr eine neue Beziehung aufgegeben, in die er schon viel investiert hatte, noch dazu eine mit Jojo Magos, einer Frau, für die er schon seit langem geschwärmt hatte. Das alles nur, weil es in dieser frühen Phase seiner neuen Beziehung zu diesem einen betrunkenen Treffen mit Michelle gekommen war, mit der Folge, dass sie schwanger geworden war, das aber zu spät bemerkt hatte, um noch irgendwelche Optionen zu haben.

Er hatte das Richtige getan, oder nicht? Er hatte sich für den schwersten Weg entschieden, den Weg, von dem er im tiefsten Herzen gewusst hatte, dass er ihn gehen musste. Er konnte Michelle nicht mit dem Kind alleinlassen. Aber das schlug jetzt irgendwie auf ihn zurück. Sie hatten ihre Beziehung vor weniger als einem Jahr wieder aufgenommen, und doch war sie so genervt von ihm, dass sie fürchtete, es könnte in Hass umschlagen.

Ohne es zu wollen, ließ er ihr Miteinander in den letzten Monaten Revue passieren und suchte nach Zeichen von Antipathie. Sicher, in den ersten Wochen nach Millys Geburt war Michelle sehr unglücklich gewesen. Er hatte versucht, ihr Dinge abzunehmen und sich selbst mehr einzubringen, doch er hatte auch begriffen, dass letztendlich sie den schwersten Teil der Last schulterte und dazu noch unter starken hormonellen Schwankungen litt. Aber hatte er ihr Verhalten zumindest teilweise auch falsch gedeutet? Die Distanz, die sie zu ihm wahrte? Die Abwehr jeder körperlichen Nähe? Ihre Weigerung, mit ihm im selben Zimmer zu schlafen?

Er erinnerte sich daran, was seine Freundin Sophie gesagt hatte: dass er von Anfang an halbherzig in die Beziehung gegangen sei, weil er immer noch mit Jojo Magos und nicht mit Michelle zusammen sein wollte. Und dass die Mutter seines Kindes das vielleicht auf irgendeiner Ebene gespürt und sich verletzt und betrogen gefühlt habe.

War es also seine Schuld? Hatte er die falsche Entscheidung getroffen? Oder hatte er diese Entscheidung nicht konsequent genug gelebt, um Michelle das Gefühl zu vermitteln, geliebt zu werden?

Als Jonah im Büro ankam, hatte er keine dieser Fragen für sich beantwortet. Und obwohl er sonst sehr gut darin war, bei der Arbeit alles Private beiseitezuschieben, ertappte er sich jetzt dabei, an seinem Schreibtisch zu sitzen und Michelles Worte wieder und wieder in seinem Kopf abzuspielen.

Er wollte dringend mit jemandem darüber reden, aber er wusste nicht, mit wem. Sein einziger männlicher Freund Roy äußerte nie eine Meinung zu irgendwas, sondern zog es vor, Jonah zuzustimmen – genau wie seiner Frau Sophie. Sophie hingegen war unverblümt rechthaberisch. Sie hatte Michelle zwar noch nicht kennengelernt, neigte jedoch dazu, Jonah zu verurteilen, wenn seine Partnerin unglücklich war. Und im Moment fühlte er sich nicht stark genug, sich den Vorwurf anzuhören, das Ganze sei eigentlich seine Schuld.

Es war ein inneres Ringen, sich einzugestehen, dass die eine Person, die er anrufen wollte, auch die Person war, die er absolut nicht anrufen durfte. Jojo würde genau wissen, was Michelle gemeint hatte. Sie hatte die unheimliche Gabe, den Menschen ins Herz zu schauen. Und brachte einen dabei zum Lachen. Sie hatte ihn sogar noch zum Lachen gebracht, als er sich von ihr getrennt hatte.

Der Drang, ihr eine kurze »Wie geht's?«-Nachricht zu schicken, war beinahe überwältigend. Aber das konnte er nicht machen.

Jojo zu fragen wäre nicht nur zutiefst unfair gegenüber Michelle gewesen, sondern auch gegenüber Jojo. Als er sie zum letzten Mal getroffen hatte, hatte sie ihm erzählt, dass sie sich seit kurzem mit jemand Neuem traf und er sie in Ruhe lassen solle, damit sie nach vorne schauen konnte.

Er wollte *auf gar keinen Fall* der Ex sein, der wieder im Chatverlauf auftauchte, wenn es in seiner neuen Beziehung schlecht lief. Ein kleiner nostalgischer Ausflug, um sein Ego streicheln zu lassen und dann besser gelaunt weiterzumachen und alles wieder zu vergessen. Dafür respektierte er Jojo zu sehr.

Und es war durchaus möglich, dass die Sache mit Michelle nur ein Ausreißer gewesen war. Oder er maß einer kleinen Alltagstirade zu viel Bedeutung bei.

Also schob er sein Handy beiseite und verfasste für die Pressestelle eine E-Mail über zwei erfolgte Festnahmen, die er abschicken wollte, sobald sie die Cooley-Brüder abgeholt hatten. Er hoffte, bis dahin konnte er hinzufügen, dass sie außerdem einen zweiundsechzigjährigen Mann zur Befragung abgeholt hatten.

17.

»Genau. Detective Sergeant«, sagte O'Malley mit seinem dick aufgetragenen, leutseligen irischen Akzent in den Hörer. »Mein Team und ich prüfen, ob Dara Cooley nach all der Zeit noch als Vermisstenfall behandelt werden sollte. Ich würde gern ein wenig mehr über ihn erfahren. Um zu sehen, ob ich ihn auf meine Liste setzen muss oder seinen Namen streichen kann.«

O'Malley hatte erfreut festgestellt, dass Leatherwaites, der Verlag, für den Aislings Vater gearbeitet hatte, nach wie vor existierte. Das winzige Unternehmen hatte sich auf den Vertrieb von kirchenmusikalischer Literatur und Gesangbüchern spezialisiert und in dieser Nische überlebt.

Die Website war stilistisch nur gut zehn Jahre veraltet und damit deutlich moderner, als O'Malley erwartet hatte. Der junge Mann, der seinen Anruf entgegengenommen hatte, hatte ihn zu seinem Chef durchgestellt, der der Stimme nach zu urteilen nicht älter als fünfzig war.

»Hmm. Dara Cooley«, sagte der Chef jetzt mit einer Mischung aus Enttäuschung und genüsslicher Vorfreude. Das hörte O'Malley gern, denn es bedeutete, dass hier eine Geschichte schlummerte. »Ich kann Ihnen ein paar Sachen über ihn erzählen.«

»Aah, das wäre hilfreich«, sagte O'Malley. »Darf ich fragen, ob Sie der Inhaber oder ...«

»Ich bin der Geschäftsführer«, antwortete der Mann. »Seit dreißig Jahren. Dara war einer der Ersten, die ich angestellt habe. Und anfangs war ich auch stolz auf ihn.«

»Darf ich einen Namen notieren?«

»Was? Oh, verstehe. Terry Lyons«, sagte er ungeduldig, offenbar erpichter darauf, die Geschichte zu erzählen, als dafür gewürdigt zu werden.

»Wann hat Dara bei Ihnen angefangen?«

»Im Januar 85«, antwortete Terry sofort. »Ich habe ihn ein halbes Jahr nach der Übernahme der Geschäftsführung eingestellt.«

»Und was war sein Job?«

»Pflege des Kundenstamms. Im Grunde ein Vertreter. Aber in unserer Branche ist es ... freundlicher. Es geht darum, eine Beziehung zu den einzelnen Gemeinden aufzubauen.«

»Ah, er ist also von Gemeinde zu Gemeinde gereist und hat sich darum gekümmert, dass sie mit allem Nötigen versorgt waren?«, fragte O'Malley, bemüht, so zu klingen, als würde ihn das Thema brennend interessieren.

»Ja«, bestätigte Terry. »Außerdem hat er neue Gemeinden als Kunden gewonnen. Er rief einen Geistlichen an und verabredete einen Termin. Besprach, was fehlte und welche Noten die Gemeinde brauchen könnte. Wies auf persönliche Favoriten hin und so weiter. Was ihn so gut machte, war die Tatsache, dass er bei Katholiken genauso gut ankam wie bei Anglikanern. Er hatte eine so große Leidenschaft für Kirchenmusik aller Art, dass er die meisten überreden konnte, den neuen Satz einer Messe für besondere Anlässe oder des zweiundfünfzigsten Psalms anzuschaffen. Am weniger ambitionierten Ende des Spektrums sogar mal einen Schwung Weihnachtslieder für Kirchenchöre.«

O'Malley murmelte zustimmend, obwohl er keine Ahnung hatte, wovon die Rede war. Er hatte genauso wenig Bezug zu Kirchenmusik wie zu seiner protestantischen Erziehung. Während Terry sprach, dachte er an zwei Morde und fragte sich, ob ein Mann, der Noten für Kirchenmusik verkaufte, dem Profil eines Serienmörders entsprach. Es wäre jedenfalls die perfekte Tarnung gewesen, wenn er sie gewahrt hätte. Und eine wunderbare Gelegenheit, Frauen kennenzulernen.

Er nahm sich vor zu überprüfen, ob Jacqueline Clarke oder Lindsay Kernow Kirchgängerinnen gewesen waren, auch nur gelegentliche, und fragte dann: »Er war also beliebt? Er konnte Menschen mit seinem Charme gewinnen?«

»Ja«, sagte Terry. »›Beliebt‹ trifft es. Er war nicht direkt ein Charmeur. Dafür war er zu still. Aber ich habe in ihm eine Sanftheit und eine Bereitschaft zum Zuhören erkannt, die mir sofort sympathisch war. In seiner Gegenwart haben sich die Menschen entspannt, und dann wollten sie auch etwas von ihm kaufen. Das heißt, von uns.«

»Aber dann ist irgendwas schiefgelaufen«, vermutete O'Malley.

»Ja, nun«, sagte Terry gepresst, und O'Malley stellte sich vor, dass er die Lippen schürzte, bevor er weitersprach. »Die meisten Menschen haben eine Schwäche. Aber ich war überrascht, dass Daras Schwäche Frauen waren.«

»Eine Affäre?«, fragte O'Malley.

»Oh, es war allzu offensichtlich«, sagte Terry seufzend. »Wenn ein Vertreter plötzlich darauf drängt, den Kundenkontakt in einem bestimmten Gebiet zu intensivieren, steckt in der Regel ein amouröses Interesse dahinter. Aber meistens sind diese Vertreter nicht verheiratet, im Gegensatz zu Dara Cooley.«

Diese Neuigkeit fand O'Malley äußerst interessant. Aisling Cooley hatte keine Affäre erwähnt. Konnte es sein, dass ihr Vater einfach zu Hause aus- und bei seiner neuen Frau eingezogen war?

»Welches Gebiet war das?«

»Newbury und die kleinen Dorfkirchen in der Umgebung«, sagte Terry müde.

»Haben Sie herausgefunden, mit wem er die Affäre hatte?«

»Wir hatten einen ziemlich konkreten Verdacht«, sagte Terry. »Einer unserer Buchbinder hat ihn mit einer jungen Frau gesehen und ist ihm persönlich bis zu ihrem Haus gefolgt.«

O'Malley grinste. Gott segne die Leute, die sich in die Angelegenheiten anderer Menschen einmischten. »Das heißt, Sie können mir einen Namen und eine Adresse nennen?«

»Ich könnte sie wahrscheinlich ausgraben«, sagte Terry. »Aber dort werden Sie Dara vermutlich nicht finden. Ich bin kurz nach seinem Verschwinden selbst dorthin gefahren. Ich hatte gehofft, ihn überreden zu können, zumindest noch ein paar Wochen weiterzumachen. Aber er war nicht dort, und die fragliche junge Frau wirkte verzweifelt und fühlte sich von meinem Besuch bedrängt. Sie sagte, sie habe Dara seit Wochen nicht gesehen und würde auch nicht davon ausgehen, noch einmal von ihm zu hören.«

»Ah, womöglich eine weitere Sackgasse«, stimmte O'Malley ihm zu. »Aber wenn Sie die Adresse trotzdem für mich finden könnten, kann ich das auch abhaken, verstehen Sie?«

Im Stillen dachte er, dass eine junge Frau auch für ihren Geliebten gelogen haben könnte, wenn der Ärger gehabt hatte. Und selbst wenn Dara Cooley nicht mehr im Haus seiner Geliebten wohnte, konnten sie seiner Spur vielleicht von dort aus weiter folgen.

»Wenn Sie kurz warten, kann ich wahrscheinlich einen Blick in die Akte werfen, die wir über Dara geführt haben«, sagte Terry. »Unsere Anwälte haben uns damals geraten, alles zu dokumentieren. Ich bin gleich wieder da.«

O'Malley vertrieb sich die Zeit damit, bei Google Maps die Entfernungen zwischen Swindon, Newbury und Hordle nachzusehen – wo Dara Cooley sich mit seiner Frau und Aisling niedergelassen hatte. Alles ein bis zwei Autostunden voneinander entfernt. Dara Cooley hätte seine Geliebte treffen können und dafür nicht einmal über Nacht bleiben müssen, zumal er einen Vorwand für seine Fahrten hatte.

Es raschelte, als Terry den Hörer wieder aufhob. Dann sagte er: »Ich hab es gefunden. Die Adresse ist ein Pferdegestüt in West Gradley.«

West Gradley? Das kam O'Malley seltsam vertraut vor. Wann war ihm diese Adresse in letzter Zeit untergekommen?

»Vielen Dank«, sagte er und notierte die Angaben. »Das ist wirklich unglaublich hilfreich.«

Noch während er den Anruf beendete, gab er die Adresse in die Datenbank ein und spürte einen Adrenalinschub, als die Suche nur einen einzigen Treffer ergab.

Anneka Foley, Manor Farm Cottage, West Gradley

Natürlich war ihm die Adresse bekannt vorgekommen. Er hatte sich diesen ungeklärten Todesfall mehr als einmal angesehen und sich wiederholt gefragt, ob es einen Zusammenhang zwischen dem Tod dieser Frau und dem Mord an Jacqueline Clarke gab. Nun hatte er offenbar seine Antwort.

18.

Laut Aisling Cooley war Ethan am Silvesterabend auf einer Party im Haus seines Freundes Matthew Downing gewesen. Hanson rief Matthew an, um das Alibi zu überprüfen, doch er nahm nicht ab. Sie hinterließ eine Nachricht, bemüht, nicht so ungeduldig zu klingen, wie sie war, und machte sich daran, mehr über Ethan herauszufinden.

Bis zum Nachmittag hatte sie nur das nackte Gerippe von Ethan Cooleys Leben recherchiert und nichts gefunden, was Aufschluss darüber hätte geben können, ob er womöglich zwei Frauen Mitte vierzig ermordet hatte.

Ethan war Mitglied einer Band namens The Great Unsaid, einer vierköpfigen, rein männlichen Gruppe mit Seiten bei Facebook und Bandcamp sowie einem YouTube-Kanal. Auf ihrer Facebook-Seite waren eine Reihe von Gigs in Southampton, Portsmouth und Bournemouth aufgelistet – außerdem in London, Dublin und sogar auf dem europäischen Festland. Jeder Post wurde von begeisterten weiblichen Fans kommentiert und gelikt. Manchmal von Hunderten.

Objektiv betrachtet konnte Hanson verstehen, warum Ethan so beliebt bei diesen Frauen war. Er war ein großer, attraktiver, alternativ aussehender Neunzehnjähriger, der auch locker als Mitte zwanzig hätte durchgehen können. Und auf jedem Foto und in jedem Video hatte er etwas Versunkenes. Entrücktes.

Sie klickte die Website der Band an und überlegte, ob Lindsay Kernow und Jacqueline Clarke womöglich Konzerte von Ethan besucht hatten und vielleicht sogar Fans gewesen waren. Hatten sie sich, angezogen von seiner Musik, in den Tod locken lassen?

Aber warum hätte Ethan aus dem Heer seiner Bewunderinnen ausgerechnet die beiden auswählen sollen? Sie waren so alt wie seine Mutter.

Was wiederum gar nicht so abwegig war. Aus ihrem Psychologiestudium wusste Hanson, dass ungesunde Gefühle gegenüber Frauen häufig davon geprägt waren, welches Verhalten Väter ihren heranwachsenden Söhnen vorgelebt hatten. Oder davon, was für eine Beziehung diese Söhne selbst zu ihrer Mutter hatten. Das Verhältnis konnte von einer Vaterfigur beeinflusst sein, aber auch aus sich heraus toxisch sein.

Hatte Ethan eine stark dysfunktionale Beziehung zu seiner Mutter? Hatte Aisling Cooley ihm ein Gefühl von Unzulänglichkeit vermittelt oder ihn in irgendeiner Weise misshandelt, sodass er nun einen ähnlichen Typ Frau auswählte, um sie zu bestrafen?

Sie würde die beiden gern zusammen erleben, die Dynamik ihrer Beziehung beobachten und einschätzen. Durch solche Einsichten wurden zwar selten Fälle gelöst, aber wie der Chief oft sagte, waren sie wie Wetterfahnen, die die Richtung wiesen. Wenn man ihnen folgte, würde man irgendwann auf Beweise stoßen.

Hanson scrollte sich durch die Website von The Great Unsaid, las eine Zusammenfassung ihrer künstlerischen Vision und betrachtete eine Reihe von Fotos von Ethan und den anderen Bandmitgliedern auf der Bühne. Bei SoundCloud konnte man sich auch einige ihrer Songs anhören.

Sie stöpselte ihre Kopfhörer in den Desktop-Computer, setzte sie auf und klickte den ersten Track an, »The One Bright«.

Sie war auf laute Gitarren oder unruhiges Elektro-Geblubber gefasst, doch stattdessen hörte sie eine warme Klangfläche, über der sich eine schwermütige Gitarrenmelodie erhob. Hanson war seltsam berührt, was ihr mitten im Kommissariat ein bisschen peinlich war.

Dann setzte Ethans Stimme ein, in mittlerer Lage, weich, aber mit rauen Kanten. Er sang über den Verlust des einzigen Menschen, der ihm etwas bedeutet hatte, und es lief Hanson kalt den Rücken herunter. Sie konnte sich gut vorstellen, dass das Lindsay Kernow und Jacqueline Clarke angesprochen hatte.

Sie erinnerte sich an etwas, das Pippa Clarke über ihre Mutter gesagt hatte. Am glücklichsten sei sie gewesen allein mit ihrem Hund und mit Musik, von der kein Mensch je gehört hatte.

Hanson öffnete ihre Outlook-App und schickte den beiden Clarke-Töchtern eine kurze Nachricht, in der sie fragte, ob ihre Mutter Livekonzerte besucht hatte, obwohl sie das vermutlich erwähnt hätten, wenn sie davon wussten.

Anschließend sah sie sich die anderen Mitglieder von The Great Unsaid genauer an. Zwei der drei hatten rein private Social-Media-Konten und keine Website, aber Dan Olwe, der Keyboarder der Band, hatte eine eigene Seite, auf der er Musikunterricht anbot.

Hanson schickte ihm eine kurze Mail, in der sie ihn bat, ins Kommissariat zu kommen, um sich ein paar Fotos anzusehen. Dann nahm sie die Kopfhörer ab und blickte zu Ben, der an dem gegenüberliegenden Schreibtisch saß und sich nachdenklich auf seinem Stuhl zurücklehnte.

»Gibt's irgendwas Neues?«, fragte sie

»Nicht viel«, antwortete Lightman. »Finns Freunde können vage bestätigen, dass er am Silvesterabend mit ihnen in einem Pub in Totton war. Einige meinen, er sei bis spät geblieben, andere sind sich nicht sicher. Vom möglichen Täterprofil her ist er allerdings ziemlich interessant.«

»Erzähl.«

»Okay«, antwortete Ben und blickte zu O'Malleys chaotischem Schreibtisch. »Aber ich kann diesen Anblick wirklich nicht länger ertragen. Ein kritisches Stadium ist erreicht. Während ich berichte, räume ich O'Malleys Schreibtisch auf.«

»Oh, ich helfe dir«, sagte Hanson fröhlich. »Er wird ausflippen, aber das geschieht ihm recht, nach dem Streich mit den vertauschten Computermäusen.«

Sie machten sich an die Arbeit, ordneten O'Malleys Stifte und Unterlagen und warfen leere Einwegbecher und Verpackungen in eine Einkaufstüte. Hanson eröffnete einen weiteren Stapel mit Pfandbechern, in denen mehr oder weniger verschimmelte Flüssigkeitsreste standen. Die Arbeit war ein bisschen eklig, aber eigenartig beruhigend.

»Finn ist ein ziemliches Musterexemplar«, erklärte Ben. »Ich habe zahlreiche Artikel über seine sportlichen Erfolge gefunden, vor allem im Tennis. Er ist Landesmeister der Unter-Siebzehnjährigen, startet bei Laufwettbewerben und vertritt seine Schule bei Debatten.«

»Okay, also intelligent und durchtrainiert«, sagte Hanson. »Kräftig.«

»Imstande, die Ermordung einer erwachsenen Frau zu planen und ihre Leiche zu bewegen?« Ben entsorgte einen Stapel alter Zeitungen im Papierkorb. »Ich würde sagen, ja.«

»Außerdem überprivilegiert«, fügte Hanson hinzu. »Vertrauensschüler an einer Privatschule. Attraktiv und sportlich. Er ist es bestimmt gewohnt, sich aus allem rauszureden. Und würde davon ausgehen, dass er mit dieser Sache durchkommt.«

»Kann sein«, stimmte Ben ihr zu. »Allerdings haben wir ihn noch nicht persönlich kennengelernt.«

»Wenn er wirkt wie ein netter Junge, ist es noch wahrscheinlicher, dass er mit Sachen durchkommt«, gab Hanson grinsend zurück. »Irgendwelche Online-Fehden oder fragwürdige frauenfeindliche Ansichten?«

»Nein, und das bringt mich ins Grübeln«, gab Ben zu. »Sein Social-Media-Auftritt ist perfekt. Respektvoll gegenüber Frauen, Minderheiten und Menschen anderen Glaubens.« Er hielt inne und hob ein Plastiktablett hoch. »Wow. Das könnte tatsächlich lebendig sein.« Hanson sah ein Behältnis, auf dem sich ein zentimeterdicker Schimmelpelz gebildet hatte. »Das werde ich in der Küche vernichten.« Er stellte das Tablett vorübergehend auf seinem eigenen Schreibtisch ab und fuhr fort: »Finn mischt sich gerne in Debatten ein, aber immer auf eine ruhige, höfliche ›Wir sollten Mitgefühl zeigen‹-Art. Keine Hetze, keine unangemessenen Witze, keine groben Sticheleien.«

»Das heißt … du glaubst, er könnte einfach bloß ein netter Junge sein, der dazu erzogen wurde, andere Menschen zu respektieren?«, fragte Hanson und nahm die Tüte mit Einwegbechern. Ben folgte ihr mit dem Tablett. »Wo bleibt da der Spaß?«

»Ich weiß«, sagte Ben und lächelte schwach. »Nicht direkt das Profil eines Serienmörders, oder?«

»Aber wie der Chief immer sagt«, wandte Hanson ein, »Profiling ist …«

»Kompletter Schwachsinn, ja«, stimmte Ben ihr zu.

Hanson musste lachen. »Ich glaube, normalerweise spricht er von ›unbewiesener statistischer Signifikanz‹, aber ja, im Prinzip.« Sie blieb nachdenklich in der Küche stehen und ging dann zum Waschbecken. Die Getränkebecher waren alle recycelbar, wenn man sie gründlich ausspülte. »Aber an Ketamin kommt er bestimmt problemlos ran. Reiche Privatschulen wie seine sind auf jeden Fall die Zielgruppe von Drogendealern.«

»Wenn er bereit war, das Risiko einzugehen«, sagte Ben. »Als Vertrauensschüler und so. Er hatte viel zu verlieren.«

»Mal vorausgesetzt, dass Profiling doch kein Schwachsinn ist, dann gibt es einen klassischen Typ des Perfektionisten, dessen Fassade unter starkem Druck rissig wird.« Sie grinste schief. »Vielleicht ist er aber auch ein ausgemachter Psychopath, der ununterbrochen eine Rolle spielt.«

»Davon laufen eine Menge herum«, stimmte Ben ihr zu und warf den letzten Deckel in den Plastikmüll.

Sie kehrten an O'Malleys Schreibtisch zurück und arrangierten die verbliebenen Gegenstände, darunter auch seinen irischen

Rugbyschal, den Hanson gefaltet über die Lehne seines Stuhls drapierte. Dabei fiel ihr auf, wie viele Menschen, die in diesen Fall verwickelt waren, Verbindungen nach Irland hatten. Aislings Familie war von dort eingewandert, genau wie Michael Murphy, der Besitzer des Gestüts, und Dylan Kernow war nach Dublin gezogen.

»Wo genau liegt der Ort, aus dem Aislings Eltern stammen?«, fragte sie Ben, als sie wieder an ihren Schreibtischen Platz nahmen.

»Tullamore? Fast genau in der Mitte«, antwortete er. »Eine kleine Stadt, traditionell sehr katholisch. Viel Industrie, darunter Whiskey-Destillerien.« Er lächelte. »Wikipedia ist mein Freund.«

»Ich hab mich bloß gefragt – und O'Malley ist ja nicht hier, um sich deswegen über mich lustig zu machen –, ob es nicht vielleicht eine Verbindung zwischen Aisling Cooleys Vater und Dylan Kernow gibt«, sagte sie. »Oder zwischen ihnen und der Familie Murphy. Und ja, ich weiß. Es ist, als würde man einen Amerikaner treffen und ihn fragen, ob er einen Bekannten von einem kennt, nur weil der Bekannte auch in Amerika lebt.«

»Stimmt«, sagte Ben. »Aber hab ich dir schon erzählt, dass mir genau das mal in Kalifornien passiert ist?« Er schüttelte bedächtig den Kopf. »Ein Typ, der uns zu einer Touristenattraktion gefahren hat, sagte: ›Oh, ich kenne jemanden aus England. Er heißt Harris Cornwallis.‹ Und ich kannte ihn tatsächlich! Ein ehemaliger Kollege meines Vaters. Es war sehr ärgerlich, das zugeben zu müssen.«

Hanson lehnte sich lachend zurück. »Neeeiin! Das ist echt verrückt.«

»Willkürliche, sinnlose Zufälle gibt es überall«, sagte Ben mit einem Nicken.

»Du solltest Geburtstagskarten texten«, erwiderte Hanson grinsend.

19.

Aisling war erschöpft. Emotionen waren durch sie hindurchgeflossen wie ein steter Strom, und das Schlimmste stand ihr noch bevor. Sie würde ihren Söhnen erklären müssen, dass die Polizei da gewesen war. Und dass die Polizisten dachten, einer von ihnen sei ein Mörder.

Das würde sie ihnen am Anfang natürlich nicht sagen. Sie weigerte sich – rundweg – zu akzeptieren, dass einer ihrer Söhne ein Mörder sein könnte. Es waren ihre Kinder. Sie waren zwei wundervolle, mitfühlende menschliche Wesen. Aber die grausame Wahrheit war, dass sie entweder annehmen musste, dass einer ihrer Söhne die Tat begangen hatte – oder ihr Vater. Ihr wunderbarer, geliebter Daddy sollte nur ein paar Meilen von ihrem Haus entfernt eine Frau ihres Alters ermordet haben.

Sie klammerte sich immer noch an den Glauben, dass die DNA auf irgendeine andere Weise an den Tatort gelangt war. Dabei wusste sie, was Ben wirklich gemeint hatte, als er gesagt hatte, die Polizei wolle mit den dreien »sprechen«. Ben, der nun kein potenzieller Verwandter mehr war, sondern DS Ben Lightman, wie sie sich immer wieder erinnern musste, hatte ihr trotzdem Mut gemacht.

»Wir wissen nur, dass einer von ihnen dort war«, hatte er gesagt. »Und das heißt, dass er wahrscheinlich weiß, was passiert ist, und uns Hinweise zu dem Mörder geben kann.«

Das Gefühl, ihre Welt würde zusammenbrechen, war ein wenig abgemildert worden. Nicht wegen seiner Worte, sondern weil er offenbar ein Mensch war, der gewissenhaft und logisch vorging und nicht zu vorschnellen Schuldvermutungen neigte. Genau das brauchte sie jetzt dringend.

Dank dieses minimalen Hoffnungsschimmers war ihr Adrenalinspiegel gesunken, sodass ihr Gehirn wieder einigermaßen normal funktionierte.

»War es Blut?«, hatte sie gefragt. »War das die DNA, die Sie gesichert haben? Oder ein Haar? Es war doch nicht ...« Sie brachte es nicht über sich, den Gedanken auszusprechen. Nicht so sehr wegen der Implikationen, sondern weil es unangenehm war, den attraktiven DS danach zu fragen.

Aber sie wusste, dass es durchaus möglich war. Viele Frauen wurden erst vergewaltigt und dann ermordet, die meisten Verbrechen gegen Frauen waren sexuell motiviert. Als Selbstständige hatte Aisling genug Stunden prokrastinierend auf Nachrichtenportalen zugebracht, um das zu begreifen.

»Es tut mir wirklich leid«, hatte DS Lightman nach einer kurzen Pause gesagt, »aber ich darf Ihnen keine Details über den Tatort nennen, ohne die Ermittlung zu kompromittieren.« Er sah sie mitfühlend an. In seinem Job war er bestimmt geübt darin, Verständnis vorzutäuschen, aber zumindest bemühte er sich. »Ich kann mir vorstellen, dass das frustrierend für Sie ist«, fügte er hinzu.

Die DNA-Probe konnte also alles Mögliche gewesen sein. Es war ihr kalt den Rücken heruntergelaufen. Sie hatte sich gedrängt gefühlt, ihre beiden Söhne zu verteidigen.

»Ich glaube nicht eine Sekunde lang, dass einer der beiden jemals einen anderen Menschen verletzen würde.« Sie hatte vehement den Kopf geschüttelt. »Sie ... Sie werden es verstehen, wenn Sie sie kennenlernen. Keiner der beiden könnte irgendjemandem auch nur ein Haar krümmen. Ich weiß, wahrscheinlich haben alle Mütter einen verzerrten Blick auf ihre Kinder, aber ich kenne die beiden. Ich habe sie mehr oder weniger alleine großgezogen. Sie sind gut. Freundlich. Mitfühlend. *Glücklich.*« Sie hatte ihm direkt in die Augen geblickt. »Sie waren das nicht.«

Er hatte genickt, als hätte ihre Gewissheit ihn ins Grübeln gebracht.

Aber auch wenn sie entschlossen geklungen hatte, spürte Aisling einen nagenden Zweifel. Kurz waren Erinnerungen an Momente aufgeblitzt, in denen es ... nicht so gut gewesen war. Nicht glücklich. Nicht mitfühlend. Zum ersten Mal seit Jahren fiel ihr das hysterische Schreien ihres Kindes ein und ihr verzweifeltes, rasendes Verlangen, ihm zu entkommen. Ihr Mut sank weiter, als ihr Ethans grässliche Laune nach Silvester einfiel. Und Finns Telefonat. Es kam ihr vor, als würde all das auf ihrer Stirn geschrieben stehen.

»Ich bin sicher, alles wird gut«, hatte DS Lightman versichert und sie jäh in die Gegenwart zurückgerissen.

Sie hatte sich wieder auf DS Lightman und seine ruhige Professionalität konzentriert und genickt, als würde alles gut werden. Als würden keine Polizisten in Bereitschaft vor ihrem Haus warten, bis Ben zurückkehrte. Offensichtlich befürchtete man, dass einer der Jungen fliehen könnte, was aus der Sicht der Polizei wohl verständlich war. Rein logisch bestand eine Zwei-Drittel-Wahrscheinlichkeit, dass einer ihrer Söhne der Mörder war.

Logik bedeutet gar nichts. Ein neuer, beinahe beängstigender Gedanke. Aisling hatte immer an Logik geglaubt. Daran, dass man das Rätsel lösen und durchkommen konnte. Vielleicht war es das, was sie anfangs zu Videospielen hingezogen hatte, und in schweren Zeiten hatte sie sich stets an diesen Glauben geklammert. Aber wie konnte man in diesem Fall Logik anwenden? Mit dem Wissen, dass ein Mensch, den man liebte, wahrscheinlich einen Mord begangen hatte?

Mit einer Zentnerlast auf den Schultern war sie nach Hause zurückgekehrt. Auf dem Weg hatte sie wieder ihr Spiegelbild in den Schaufenstern gesehen und den Eindruck gehabt, sie wäre ein weiteres Mal durch eine vollkommen andere Person ersetzt worden. Die selig ahnungslose Aisling vom Vormittag war eine Version ihrer selbst, die nur kurz existiert hatte. Eine Version, die geglaubt hatte, dass sie vielleicht endlich ihren Vater gefunden hatte, nur um jetzt unter dem Absatz des hohläugigen Zombies zermalmt zu werden, der ihr entgegenblickte.

Zu Hause war sie unwillkürlich in das Gästezimmer mit den Kartons gegangen. Sie hatte erneut jedes Foto ihres Vaters betrachtet und sich zum ersten Mal erlaubt, ihn wirklich, von ganzem Herzen zu vermissen.

Als er sie verlassen hatte, war Mammy krank vor Wut und Demütigung gewesen. Ihre Haut hatte einen Monat lang weiß geglänzt. Sie hatte jeglichen Appetit verloren und ihre Stimme vor Zorn und Trauer gezittert.

Aisling durfte nicht über ihren Vater sprechen, zumindest nicht liebevoll. Sie musste aufhören, ihn Daddy zu nennen. Wenn sie ihn überhaupt erwähnte, dann mit seinem Vornamen. Dara. Als würde er nicht mehr zur Familie gehören. Und natürlich durfte man seinen Namen nur mit Empörung sagen. Mit gerechter Verachtung.

Und selbst in den Grenzen dieser Regeln hatte ihre Mutter es manchmal nicht ertragen, seinen Namen zu hören. Es kam vor, dass Mammy mitten in einem leidenschaftlichen Monolog von Aisling plötzlich fauchte: »Das reicht!« Mit loderndem Blick und Tränen in den Augen, die Hände erstarrt über der Aufgabe, mit der sie gerade beschäftigt war, und am ganzen Körper zitternd.

Traurigerweise war der Glaube ihrer Mutter ihr keine Stütze gewesen. Er hatte sie nicht getröstet und ihr auch nicht geholfen, verzeihen zu können. Sie war bis zu ihrem Tod wütend geblieben. Der Zorn hatte sogar ihre ersten beiden Herzinfarkte überdauert und war erst von dem dritten, finalen geglättet worden. Damals war Aisling im siebten Monat schwanger gewesen.

Sie hatte heftig über den Tod ihrer Mutter getrauert und tief im Innern gewusst, dass es dabei auch um den unausgesprochenen Schmerz über das Verschwinden ihres Vaters und den Verlust ihres Lebens in Irland ging. Die komplizierte Beziehung, die Aisling zu ihrer Mutter gehabt hatte, machte es ihr noch schwerer, deren

Tod zu verarbeiten. Schuldgefühle, weil sie ihr nicht nähergestanden hatte, rangen mit Erinnerungen daran, wie ihre Mutter sie auf Distanz gehalten hatte. An die Ermahnungen, leise zu sein und sie nicht zu stören. Oder, schlimmer noch, an Vorhaltungen, sie sei *eine Schande in Gottes Augen*. Oder ein *bösartiges Kind*.

Aisling wusste, dass ihre Trauer noch weitere Aspekte gehabt hatte, Anteile eines komplexen Traumas, das sie aus ihrem früheren Leben mitgeschleppt hatte, außerdem die markerschütternde Gewissheit, dass ihr eigenes Kind die Familie seiner Mutter nie kennenlernen würde, weder mütterlicher- noch väterlicherseits.

Erneut konfrontiert mit dem Verlust ihres Vaters dachte Aisling an die ersten schrecklichen Wochen nach der Geburt ihres Sohnes zurück und fragte sich, ob es anders gewesen wäre, wenn sie nicht Stephens leere Plattitüden, sondern die Umarmungen ihres Vaters gehabt hätte. Seinen mitfühlenden Blick und seine leise gebrummten Zuneigungsbekundungen.

Die Sehnsucht, ihn noch einmal zu umarmen, schmerzte beinahe körperlich. Doch sollte sie ihren Vater je wiedersehen, das musste sie sich klarmachen, würde sie womöglich dem Menschen begegnen, der er wirklich war. Nicht dem gütigen, geduldigen Vater, sondern dem kaltherzigen Mann, der sie verlassen hatte.

Dem Mörder.

Überwältigt von dem Gedanken stand sie abrupt auf und suchte Zuflucht im sicheren Hafen ihres Arbeitszimmers, ließ sich in den gepolsterten schwarz-roten Gaming-Stuhl sinken und drehte sich mit dem Stuhl hin und her, bis sie wieder ruhig atmen konnte. Dann startete sie den Computer, ihre übliche Ablenkung. Auf dem Bildschirm war der Posteingang des Mailprogramms geöffnet – das Letzte, was sie sich angesehen hatte.

Am Vormittag waren ein paar neue E-Mails eingegangen. Die dritte von oben betraf die neuen Kühlschränke, die in der Küche von VePlec installiert worden waren, Absender Jack O'Keane.

Aisling öffnete die Mail mit einem seltsam voyeuristischen Ge-

fühl. Es entbehrte nicht einer gewissen Ironie, dass Jack als Privatdetektiv, von dem nur der Vorstand wusste, verdeckt in der Firma
ermittelte und sie seine E-Mails las, ohne dass er es ahnte.

Es war keine lange Mail. Und sie hatte eigentlich auch nichts mit
der Arbeit zu tun.

*An denjenigen, der mein Hähnchen-Sandwich geklaut hat: Da-
mit kommt man nur so lange ungeschoren davon, bis irgendwann die Armee der wütenden Hähnchen-Sandwiches anrückt.
Sage niemand, er sei nicht gewarnt worden.*

J. O'K.

Und plötzlich war sie zurück in Tullamore. Nicht in dem ruhigen,
stillen, mit Porzellan vollgestellten Haus ihrer Eltern, sondern in
Jacks Zimmer, wohin sie sich geschlichen hatte, um *Mario Kart*
zu spielen. Einmal hatte Jack ihr von einem Spiel erzählt, das sein
Cousin in Amerika gespielt hatte.

»Es heißt *The Legend of Zelda*, und es wird die Gaming-Welt re-
volutionieren«, hatte er ihr erklärt, während sie ihren Wagen zum
zehnten Mal zurück auf die Rennstrecke lenkte.

Jack war ziemlich einzigartig darin gewesen, ihr nie das Gefühl
zu geben, sie sei dumm oder eine schlechte Spielerin. Er hatte sie
vielmehr öfter gelobt, als sie es verdient hatte, und ihr versichert,
dass er rund um die Uhr trainiert hatte, während sie ein echtes
Naturtalent sei.

»Was ist so toll an dem neuen Spiel?«, hatte sie gefragt.

»Die Story«, hatte er geantwortet. »Stell dir eine Mischung aus
Prince of Persia und *Dungeons & Dragons* vor. Es wird der absolute
Wahnsinn.«

Danach wollte sie dieses Spiel unbedingt spielen. Zu Hause
hatte sie in ihrem Kalender das Veröffentlichungsdatum von *The
Legend of Zelda* mit einem Stern markiert.

Aber natürlich war sie schon lange vor diesem Datum aus Tullamore weggegangen, und als sie das Spiel schließlich hatte spielen können, war es keine Neuveröffentlichung mehr gewesen. Monate später hatte Daddy ihre Mutter davon überzeugt, dass ihre Tochter einen eigenen Computer und die Gelegenheit bekommen sollte, um zu spielen, was sie wollte.

»Sie braucht etwas, Dymphna, um sie aus dem Loch rauszuholen, in dem sie steckt«, hatte er gesagt. Aisling hatte seine Stimme bis in den ersten Stock gehört. Er hatte ausnahmsweise einmal nicht eingeschüchtert und zaghaft geklungen, sondern entschlossen. Unerschütterlich.

Sie hatte also einen Computer bekommen und durfte sich ein Spiel aussuchen. *Zelda* zu spielen hatte ihr tatsächlich geholfen. Auch wenn sie dabei an Jack gedacht und immer wieder geweint hatte.

Jacks Hähnchen-Sandwich-Mail bezog sich direkt auf genau dieses Spiel. Darin gab es Cuccos, kleine hühnchenartige Wesen, die harmlos waren, bis man zu viele von ihnen tötete. Dann attackierten sie im Schwarm. Die Cuccos waren erst Jahre später in dem Spiel aufgetaucht, als sie schon lange versuchte, nicht mehr an Jack zu denken. Trotzdem hatte sie gewusst, dass er diese Cuccos lieben würde.

Sie las seine E-Mail noch einmal und brach in lautes Gelächter aus. Wie konnte es sein, dass er sie so zum Lachen brachte? Dreißig Jahre nachdem sie ihn verlassen hatte und an einem Tag wie diesem?

Aisling hatte nie viel auf Zeichen und Omen gegeben, doch dieser Zufall erschien ihr plötzlich bedeutungsvoll. Ihr Privatdetektiv-Ex-Freund hatte ihr, ohne es zu wissen, eine Mail geschickt. Genau in dem Moment, in dem sie jemanden brauchte, der ihr half, herauszufinden, was mit ihren Jungen geschehen war, und ihre Unschuld zu beweisen.

Sie kopierte seine Adresse in eine neue E-Mail und fing mit zitternden Fingern an zu tippen.

20.

Was für ein Glück, dachte O'Malley, dass das Haus zu abgelegen und zu klein war, als dass sich irgendjemand darum gekümmert hätte. Wenn es innerhalb der ordentlichen, gepflegten Ortschaft West Gradley gestanden hätte, wäre es mittlerweile wahrscheinlich abgerissen oder zumindest umgebaut und weiterverkauft worden.

Aber Manor Farm Cottage lag, abgeschirmt von Kiefern, Birken und Ahornbäumen, gut eine Viertelmeile von dem eigentlichen Dorf entfernt am Ende eines Feldweges. Zu der Farm selbst führte eine nach links abzweigende asphaltierte Straße, und die Zufahrt zu dem Cottage war kopfsteingepflastert und stellenweise mit hohem Unkraut überwuchert, das knirschte, als O'Malley darüberfuhr.

O'Malley war nicht persönlich hier gewesen, als dieser Fall im vergangenen Jahr in ihren Ermittlungen aufgetaucht war, das hatten Juliette und Ben übernommen. Er hatte ihren Bericht gelesen und ihrer zögerlichen Schlussfolgerung zugestimmt, dass Anneka Foleys Tod wahrscheinlich nichts mit dem Mord an Jacqueline Clarke zu tun hatte.

Anneka war vor drei Jahren nicht im Wald, sondern in ihrem Haus gestorben. Es lag fünfundvierzig Meilen vom Fundort von Jacqueline Clarke entfernt. Und ein Untersuchungsrichter hatte letztendlich einen Tod durch Unfall festgestellt.

Es hatte allerdings mehrere Faktoren gegeben, die ihre Aufmerksamkeit geweckt und sie hatten zögern lassen, den Fall ganz auszuschließen.

Erstens war der Brandherd vermutlich ein mit Kerosin übergossener Holzstoß gewesen, der im Kamin im Wohnzimmer entzündet worden war. Man hatte Anneka – oder ihre spärlichen Überreste – in der Nähe der Feuerstelle gefunden, zusammen mit einer verbogenen Dose Kerosin.

Zweitens war Anneka zum Zeitpunkt ihres Todes siebenundvierzig Jahre alt gewesen, also etwa so alt wie Jacqueline Clarke.

Und drittens hatte sie den Beschreibungen nach ein isoliertes Leben geführt. Wäre das Haus nicht in Flammen aufgegangen, wäre ihr Tod womöglich tagelang unbemerkt geblieben.

Und hätte man das Kerosin und den Brandherd an irgendeiner anderen Stelle im Haus gefunden, hätte das Urteil wahrscheinlich auf Brandstiftung gelautet. Die Tatsache, dass das Feuer in ihrem Kamin ausgebrochen war, ließ die Sache weniger eindeutig erscheinen. Der Untersuchungsrichter war der Ansicht gewesen, dass Anneka das Feuer durchaus selbst entzündet und versucht haben könnte, es mit Kerosin zu beschleunigen, ohne die gewaltigen Gefahren zu erkennen. Es wäre nicht der erste tragische Unfall dieser Art, den der Untersuchungsrichter gesehen hatte.

Trotzdem warf das Ausmaß des Feuers weitere Fragen auf. Offensichtlich war eine sehr große Menge Holz verbrannt, und sie hatten auch außerhalb des Kamins Spuren von Kerosin gefunden. Es ließ sich unmöglich sagen, ob Anneka schon vor dem Brand tot gewesen war, doch Juliette und Ben hatten vermutet, dass sie erst ermordet und dann verbrannt worden sein könnte.

Womöglich hatte Anneka aber auch beschlossen, sich in einem Feuerball das Leben zu nehmen. Vielleicht war ihr die Gefahr durchaus bewusst gewesen, hatte der Untersuchungsrichter in dem drei Jahre alten Abschlussbericht festgehalten.

Dem Urteil war eine sehr gründliche Untersuchung vorangegangen: Man hatte – vergeblich – versucht, Beweise dafür zu finden, dass Anneka das Kerosin selbst gekauft hatte. Und man hatte mit Menschen gesprochen, die sie gekannt hatten – in Ermangelung von Verwandten ausschließlich Bewohner von West Gradley –, um sie nach Annekas Geisteszustand zu fragen. Wie sich herausstellte, war sie, obwohl sie kaum Freunde hatte, im Dorf allgemein bekannt gewesen – als die »Dorf-Irre«, wie man es dort genannt hätte, wo O'Malley aufgewachsen war.

Zuletzt war Anneka immer häufiger durch die Straßen des Ortes stolziert und hatte den Bewohnern Tod und Verderben prophezeit. Dabei war sie immer bizarr, manchmal auch nur spärlich bekleidet gewesen, offenbar ohne Bewusstsein für die herrschenden Wetterbedingungen. Wenn sie nicht irgendjemanden mit ihren Tiraden überzog, hatte sie häufig Selbstgespräche geführt, war manchmal wegen nichts zusammengeschreckt oder hatte sich umgedreht, um Dinge zu betrachten, die gar nicht da waren.

Was für den Untersuchungsrichter schließlich den Ausschlag gab, war die Tatsache, dass man sie häufig mit Brandnarben gesehen hatte. Offensichtlich hatte sie bisweilen einen glühenden Schürhaken auf ihre Haut gepresst, lange genug, um eine Blase zu hinterlassen, die vernarbte.

Es machte O'Malley traurig, noch einmal über das Leben einer Frau zu lesen, die dringend psychologische Hilfe gebraucht hätte. Als medizinischer Laie vermutete O'Malley, dass sie unter Schizophrenie gelitten hatte, aber in den Berichten fand sich keine Erwähnung, dass sie Hilfe oder Unterstützung bekommen hatte, außer von ihren Nachbarn, die ihr manchmal Essen und Altkleider brachten. Wovon sie abgesehen davon gelebt hatte, war unklar.

Aber die große Frage, die sich jetzt stellte, war, ob Dara Cooley etwas mit ihrem Tod zu tun gehabt hatte. In dem Bericht des Untersuchungsrichters war kein Lebensgefährte erwähnt worden, was nicht bedeuten musste, dass niemand etwas von einem Freund wusste. Und wenn Dara Cooley mit Anneka Foley zusammengelebt und sie getötet hatte, dann war es sehr wahrscheinlich, dass er auch Jacqueline Clarke und Lindsay Kernow ermordet hatte.

O'Malley wusste, dass es in den niedergebrannten Ruinen von Annekas Haus wahrscheinlich nichts zu entdecken gab. Außer zwei geschwärzten Wänden, ein paar Haufen Ziegelsteinen, einem verbogenen Heizkessel und einem Herd war nur wenig mehr als eine grobe Andeutung des ehemaligen Grundrisses auszumachen. Juliette und Ben waren hier gewesen und hatten kaum etwas Berichtenswertes gefunden. Sie hatten nicht noch einmal die Spurensicherung angefordert, weil sie sich einig gewesen waren, dass es ein ziemlich hoffnungsloser Fall war.

Neben dem Haus stand eine Badewanne, die wahrscheinlich bei der ersten Untersuchung des Tatorts herausgetragen worden war, gusseisern, rauchschwarz, aber ansonsten intakt, ein seltsames, beinahe komisch aussehendes Andenken.

So sinnlos die langwierige Expedition auch sein mochte, O'Malley war entschlossen, alles noch einmal gründlich durchzusehen. Wenn er einen Zusammenhang zwischen Dara Cooley und der Ermordung von Anneka Foley nachweisen konnte, wäre das Grund genug, ihn zu verhaften, ohne dass sie sich auf das problematische Globalry-Match stützen mussten. Vielleicht konnte er sogar herausfinden, wohin Dara als Nächstes gegangen war, damit er den Typen festnehmen konnte.

Und natürlich wollte O'Malley auch sichergehen, dass sie wirklich all seine Verbrechen aufgedeckt hatten. Wenn Dara Cooley tatsächlich Anneka Foley getötet hatte, sollte er auch dafür zur Rechenschaft gezogen werden.

O'Malley stieg über eine Distel, die so groß war, dass sie fast dekorativ wirkte, und über das, was einmal die Schwelle von Annekas Haus gewesen war. Die Grundfläche war durchaus großzügig, aber mit all den Bäumen, von denen das Cottage umringt war, musste es drinnen ziemlich dunkel gewesen sein. O'Malley stellte es sich jedenfalls deprimierend vor.

War Anneka die Düsternis aufgefallen, oder war sie schon zu weit von der Realität entrückt gewesen, um sie zu bemerken? Ihrer Psyche hatte es bestimmt nicht geholfen.

In den drei Jahren, die das Haus nun leer stand, war es genau wie die Auffahrt von der Pflanzenwelt zurückerobert worden.

Schösslinge waren durch den Boden gebrochen, große Flächen von Moos bedeckt. Das Grün milderte das Bild der Zerstörung, ohne es ganz verbergen zu können. Der Fußboden war von Asche bedeckt, Brandspuren überzogen die Ziegelsteine der noch stehenden Wände.

O'Malley trottete eine Weile durch die Ruine und hob hier und da mit dem Fuß behutsam ein herabgestürztes Metallteil an. In diesen Trümmern waren die Fragmente von Annekas Leben begraben, viele rußschwarz oder geschmolzen: eine vermutlich rein dekorative Metalltasse, die er in einen verschließbaren Beweisbeutel packte; ein geschmolzener Kessel, ein verbogenes Besteck, möglicherweise antik. Die Sachen waren offensichtlich als irrelevant für die Untersuchung befunden worden und einfach liegen geblieben. Zu Recht, wie O'Malley stark vermutete. Trotzdem machte er zahlreiche Fotos.

Zwanzig Minuten später, nachdem er unzählige Ziegelsteine und die verbrannten Reste des Küchentresens beiseitegeräumt hatte, kam er auf die Idee, den Herd von der Wand zu schieben, und tatsächlich entdeckte er dahinter etwas: einen Bilderrahmen aus Metall, der zwischen Herd und Wand geklemmt hatte.

O'Malley hob ihn behutsam auf. Selbst durch die Handschuhe spürte er körnige Asche, aber der Rahmen selbst war nicht verbogen, geschützt durch den Herd und am Ende gerettet durch die Feuerwehr, die irgendwann eingetroffen war und den Brand gelöscht hatte.

Im Licht erkannte O'Malley, dass es sich um ein gerahmtes Foto handelte, das offenbar an der Wand gehangen hatte. Das Bild einer auffallend schönen, dunkelhaarigen jungen Frau in einer typischen Achtziger-Jahre-Bluse neben einem kleinen, aber attraktiven Mann in einem Tweedjackett. Beide sahen frisch und hoffnungsvoll aus. Sie hatten die Arme umeinandergelegt, und die Frau war ein paar Zentimeter größer als er, was offenbar keinen der beiden störte.

O'Malley war zufrieden, aber auch beunruhigt. Wenn das Foto aus den Achtzigern stammte, war die junge Frau im richtigen Alter, um Anneka Foley zu sein. Aber sollte sie wirklich diese Schönheit mit den strahlenden Augen gewesen sein? Oder handelte es sich vielleicht um eine Schwester mit ihrem Mann?

Aber dann fiel ihm ein, dass Anneka keine Geschwister gehabt hatte. In dem Haus hatten nur sie und ihre Eltern gelebt, die Ende der Siebziger kurz nacheinander gestorben waren. Danach hatte sie fünfunddreißig Jahre allein hier gewohnt.

Wenn die Frau auf dem Bild wirklich Anneka war, könnte es sich bei dem Mann um Dara Cooley handeln, von dem sie bis jetzt immer noch kein Foto hatten, weil er weder vorbestraft noch im Internet präsent war.

Aber damit konnte Aisling ihnen bestimmt behilflich sein, wenn sie zu ihr fuhren, um die Jungen festzunehmen. O'Malley schickte Hanson eine kurze Nachricht, um sie daran zu erinnern. Dann fiel ihm noch etwas ein, und er bat sie in einer weiteren Nachricht zu überprüfen, ob in West Gradley ein Mann gemeldet war, der so ähnlich hieß wie Dara Cooley.

Danach stöberte er noch ein wenig herum, bevor er das gerahmte Foto nahm und zu seinem Wagen ging. Er wollte es ein paar Einheimischen zeigen. Vielleicht erinnerte sich doch jemand, ihn im Dorf gesehen zu haben. Und wenn jemand wusste, wo er jetzt lebte, war ihre Suche beendet.

O'Malley war nie ein schreckhafter Mensch gewesen, aber als er jetzt über den von Unkraut überwucherten Pfad zurückfuhr, war er froh, die verbrannte Hülle von Anneka Foleys Leben hinter sich zu lassen.

Um halb fünf traf Jonah sich mit Hanson und Lightman in einem der kleineren Konferenzräume, um sich auf den neuesten Stand der Dinge bringen zu lassen.

»Wegen der Bestätigung von Ethans Alibi warten wir noch auf

den Rückruf von diesem Matthew Downing«, sagte Hanson. »Ich versuche gleich noch mal, ihn zu erreichen. Außerdem habe ich für Domnall über Dara Cooley recherchiert. Er wollte wissen, ob er sich in der Gegend von West Gradley niedergelassen hat. Interessant ist, dass er nicht als Dara Cooley geboren wurde.«

Jonah richtete sich überrascht auf. »Er hat seinen Namen geändert?«

Hanson nickte. »Ich habe das über die Meldebehörde geprüft. Sein Geburtsname ist Patrick Horan. Als er nach England gekommen ist, hat er seinen Namen geändert, genau wie seine Frau und seine Tochter. Aisling wurde als Martha Horan geboren.«

Jonah blickte nachdenklich aus dem Fenster. »Aisling Cooley hat ihre frühere Identität mit keinem Wort erwähnt«, sagte er. »Und sie hat sich auch bei Globalry mit ihrem neuen Namen angemeldet.«

»Meinem Eindruck nach wollte sie am liebsten gar nicht über ihre Familie sprechen«, sagte Ben. »Und sie hat uns auch immer noch kein Foto von ihrem Vater gegeben.«

»Interessant«, murmelte Jonah. »Wenn man in der neuen Umgebung weniger auffallen wollte, würde man sich nicht in Dara Cooley umbenennen, oder? Damit ist man genauso als Ire erkennbar wie vorher.«

»Das dachte ich auch«, sagte Hanson. »Für mich hört es sich eher so an, als wollten sie sich vor irgendwas verstecken. Oder vor irgendwem.«

21.

Jacks Antwort war nach fünfundvierzig Minuten eingegangen. Fünfundvierzig Minuten, in denen Aisling mit dem Telefon in ihrer zitternden Hand im Haus herumgelaufen war, unsicher, ob sie mehr Angst vor seiner Reaktion hatte oder davor, was die Polizei später sagen würde. Und das war lächerlich. Absolut lächerlich.

Sie hatte ihre eigene Mail mittlerweile zehn- bis zwölfmal durchgelesen und jeden einzelnen Satz bereut. Dabei hätte sie kaum etwas anderes schreiben können.

Jack, vielleicht erinnerst du dich nicht an mich, aber hier ist Martha Horan aus Tullamore. Ich bin im Vorstand der Firma, für die du arbeitest. Die Welt ist schon klein, was?
Wie du siehst, bin ich nicht mehr unter dem Namen Martha bekannt. So heiße ich seit unserem Umzug nach England nicht mehr. Ich habe ziemlich große Probleme und könnte wirklich deine (natürlich rein professionelle) Hilfe gebrauchen.
Können wir uns morgen treffen? Wenn nötig, kann ich auch nach London kommen.
Ich hoffe, es geht dir gut.
Liebe Grüße
Aisling (Martha)

Ihr Telefon summte schließlich – zwei Minuten nachdem sie es aufgegeben hatte, es mit sich herumzutragen, und nach unten gegangen war, um den bereits sauberen Küchentisch abzuwischen.

Sie griff danach und geriet sofort in Panik. Was, wenn es nicht

Jacks Antwort war, wie sie spontan gedacht hatte, sondern die Polizei, die ihr mitteilen wollte, dass sie unterwegs waren, um einen der Jungen zu verhaften, und damit die Zeit für ihre dreiköpfige Familie abgelaufen war.

Aber es war keine Textnachricht, sondern eine E-Mail, und der Absender war Jack. Abgeschickt hatte er sie nicht von der Adresse, die er bei VePlec hatte, sondern von einem offenbar privaten Gmail-Account.

Mit zitternden Händen klickte Aisling die Mail an. So nervös zu sein, was ihr ein Mann schreiben könnte, den sie seit dreißig Jahren nicht gesehen hatte, war wirklich absurd.

Nach dem ersten Satz schossen ihr Tränen in die Augen.

Martha/Aisling,

wie schön, von dir zu hören. Es freut mich sehr, dass wir wieder in Kontakt sind, und es ist noch besser, wenn ich dir irgendwie helfen kann.
Wohnst du in London oder weiter weg? Ich kann dich heute Abend nach einem Meeting mit dem CEO treffen. Ich nehme auch gern den Zug. (Ich stell es dir einfach als Spesen in Rechnung.)
Sag mir Bescheid, und ich freue mich zu hören, was du so gemacht hast,

Jack

PS: Das mit den Spesen war ein Witz. ☺

Ihr Blick war leicht tränenverschleiert, als sie ihm antwortete, dass sie in Lyndhurst wohnte und heute vielleicht nirgendwohin kommen könne. Auch das würde sie ihm später erklären, aber es habe mit der Polizei zu tun, und sie würde es ihm lieber persönlich sagen. Sie wolle ihm aber nicht extra den weiten Weg zumuten, deshalb könnten sie auch skypen oder so.

Nachdem sie die Mail abgeschickt hatte, fiel ihr ein, dass sie vielleicht mit den Jungen zur Polizeistation fahren musste, wo man die Speichelproben nehmen würde. Wie lange würde das dauern? Sollte sie eine Stunde einplanen? Oder besser zwei?

Sie schickte eine kurze weitere Mail, in der sie ihm mitteilte, dass sie nach dem, was die Polizei gesagt hatte, wahrscheinlich nicht vor acht Uhr zu Hause sein würde.

Jacks Antwort traf eine Minute später ein.

Ich kann heute Abend um halb zehn bei dir sein. Überhaupt kein Problem. Sag mir einfach die Adresse. Polizei klingt stressig, aber lass uns sehen, was wir machen können.

Es war seltsam, aber ausgerechnet an diesem Tag lächelte sie, wie sie seit Jahren nicht gelächelt hatte.

22.

Als Hanson um Viertel nach fünf gerade zum Haus der Cooleys aufbrechen wollte, geruhte Matthew Downing endlich, ihren Anruf zu erwidern.

»Tut mir leid, dass Sie warten mussten«, sagte er unbekümmert.

»Ach, schon okay«, erwiderte Hanson. »Die Menschen sind halt schwer erreichbar, wenn sie bei der Arbeit sind.«

»Oh, ich arbeite in keinem Büro«, sagte Matthew. »Ich war am Aufnehmen und so voll in der *zone*, da wollte ich meinen Kopf nicht mit all diesen negativen *vibes* belasten, indem ich zurückrufe, verstehen Sie?«

Hanson blinzelte. »Ich wollte Sie bloß nach Ihrer Silvesterparty fragen.«

»Hören Sie, es gab keinen Ärger«, sagte Matthew sofort und klang ein wenig gekränkt. »Wenn sich irgendjemand beschwert hat ...«

»Im Moment überprüfe ich bloß, wer dort war«, sagte Hanson. »Wir untersuchen einige Aktivitäten im Umfeld, die nicht direkt was mit der Party zu tun haben.«

»Oh.« Matthew atmete aus. »Alles klar.«

Sie begann mit ein paar einfachen Fragen zur Anfangszeit und Zahl der Gäste. Matthew antwortete mit einer seltsamen Mischung aus Unwillen und Angeberei. »Bly Palmer war da, die Schauspielerin«, prahlte er, um dann zu grummeln, dass es bei einer Liste von zwanzig bis dreißig Gästen schwierig sei, sich daran zu erinnern, wann jeder Einzelne gekommen war.

Zumindest was Ethan Cooley betraf, fiel seine Antwort jedoch ziemlich eindeutig aus. Ethan war auf jeden Fall dort gewesen.

»Obwohl er beinahe unhöflich spät gekommen ist«, sagte Matthew.

»Ach ja? Wann denn?«, fragte sie.

»Um fünf vor zwölf.«

»Okay …« Hanson spürte ihr Herz bis in den Hals pochen. »Auf gar keinen Fall früher?«

»Definitiv nicht«, sagte Matthew noch einmal kategorisch und klang, als wäre seine Gesprächsbereitschaft damit beendet. Doch dann behielt seine Arroganz doch die Oberhand, denn er fügte hinzu: »Buchstäblich fünf Minuten vor Mitternacht. Er hat sich entschuldigt, und ich habe ihm gesagt, dass er die Gelegenheit verpasst hätte, ein Set für uns alle zu spielen. Er war ziemlich sauer, glaube ich, aber es war seine eigene Schuld.«

»Ein Set, bei dem er seine Songs singen sollte?«

»Ja.«

Das war alles, was Matthew unaufgefordert preisgab, deshalb hakte Hanson nach: »Hat er erklärt, warum er so spät gekommen ist?«

»Er hatte sich schon vorher in einer Textnachricht entschuldigt«, antwortete Matthew. Mehr sagte er natürlich nicht. Nicht freiwillig.

»Was hat er geschrieben?«

»Nur, dass er seinem Bruder bei irgendwas helfen musste.« Hanson war sich nicht sicher, aber sie hatte plötzlich den Eindruck, dass Matthew es in Wahrheit genoss, ihr all das zu erzählen. Als wüsste er genau, warum sie diese Fragen stellte.

23.

O'Malley parkte in einer Straße, die allem Anschein nach das Zentrum von West Gradley ausmachte. Es war nicht groß. In einem allein stehenden Gebäude war das örtliche Lebensmittelgeschäft untergebracht, das auch als Postamt fungierte. Des Weiteren gab es eine Kirche und einen Pub.

Obwohl es noch nicht fünf war, waren die Rollläden des Einkaufsladens heruntergelassen. An der Tür klebte ein Zettel, der auf die neuen verkürzten Öffnungszeiten hinwies.

Der Pub hatte dagegen offensichtlich geöffnet. Vor dem Lokal parkten zwei Autos. Das passte O'Malley gut. Erfahrungsgemäß konnte man das Personal in einem Pub am besten zum Reden bringen, solange es noch ruhig war.

Als er die Tür aufzog und über die Schwelle trat, schlug ihm eine wohlige Wärme entgegen. Der Januar war zwar untypisch mild, doch nach Sonnenuntergang wurde es immer noch frisch. O'Malley blickte aus dem Fenster und dachte, dass es draußen schon heller war als noch vor einer Woche. Ihm war, als würde er den Frühling in diesem Jahr besonders ungeduldig erwarten. Nicht zuletzt, weil er sich dringend um seine Gesundheit kümmern musste, was ihm bei wärmerem Wetter deutlich leichter fiel.

Er blickte zu den beiden Gästen, die am Tresen saßen, einem älteren Herrn mit Schiebermütze und ein paar Plätze weiter einer Frau um die vierzig. Er hätte darauf gewettet, dass beide schon länger im Dorf lebten, und das würde sich sicher als nützlich erweisen.

Als O'Malley an die Bar trat, richtete sich ein Mann Mitte fünfzig auf, der die Regale unter dem Tresen aufgefüllt hatte. Er strahlte die entspannte Autorität des Wirtes aus und lächelte O'Malley freundlich an.

»Was kann ich Ihnen bringen?«

»Ach, nur einen Orangensaft«, sagte O'Malley. »Wenn ich Sie damit behelligen darf. Ich bin im Dienst.«

Das stimmte, aber O'Malley hatte es auch schon oft als Entschuldigung benutzt, um keinen Alkohol zu trinken. Er war jetzt seit fünfzehn Jahren trocken, die einzige Wahl, die er gehabt hatte, um sein Leben zurückzubekommen und einen Job zu finden.

Mittlerweile fiel es ihm deutlich leichter als am Anfang, doch wenn er über die Schwelle eines Pubs trat, packte ihn immer noch ein vorfreudiger Kitzel. Sein Unterbewusstsein hatte ihm bereits gemeldet, dass dies ein großartiger Ort wäre, um ein paar neue Ales zu probieren und die Zeitung zu lesen, ausgebreitet auf einem der großen Eichentische.

»Dann einen Orangensaft.« Der Wirt nahm ein Glas und musterte O'Malley. »Polizei, oder?«

»Ich fürchte, ja.« O'Malley legte das gerahmte Foto mit dem Gesicht nach unten und stützte die Ellbogen auf den Tresen, während der Wirt eine Flasche Orangensaft aus dem Kühlschrank nahm. »Ich bin bloß hier, um Informationen über eine ehemalige Bewohnerin zu sammeln. Genau genommen wollte ich Sie nach ihr fragen.«

»Klar, schießen Sie los«, sagte der Wirt und nahm das Geld entgegen. »Ich helfe gerne, wenn ich sie kannte.«

»Ihr Name war Anneka Foley«, sagte O'Malley.

An der Art, wie der Wirt seufzte und zu dem älteren Gast blickte, wurde deutlich, dass er sie gut kannte, und der alte Mann vermutlich auch.

»Ja, da kann ich Ihnen helfen.« Er warf O'Malley einen stechenden Blick zu. »Aber Sie wissen, dass sie vor ein paar Jahren gestorben ist?«

»Ja, das weiß ich«, sagte O'Malley. »Ich würde gern ein bisschen mehr über ihr Leben erfahren.«

Der Wirt nickte. »Besonders heiter ist ihre Geschichte nicht. Sie hat seit ihrer Geburt im Dorf gelebt.« Er wies mit dem Kopf zur Tür. »Ihre Eltern hatten früher ein Gestüt hier draußen. Das neben dem Cottage. Heute ist da nur noch ein Milchbauernhof, plus ein paar beengte Wohnhäuser. Eine Schande. Das Gestüt war ein toller Arbeitgeber für die jungen Leute im Dorf, für mich auch. Die beiden haben ordentlich Geld verdient und die Leute gut behandelt.«

Der Wirt nahm ein Tuch und begann, den Tresen abzuwischen. O'Malley hatte den Eindruck, dass er die Geschichte nicht zum ersten Mal erzählte. Sie klang routiniert. »Der andere Anziehungspunkt, dort zu arbeiten, war Anneka. Sie war … also, sie war eine Schönheit. Anders kann man sie nicht beschreiben. Außerdem war sie vollkommen anders als alle Menschen, die ich je getroffen hatte. Wild, mutig, aufregend. Sie hatte keine Angst – nicht vor den Pferden und nicht davor, irgendwo hochzuklettern oder nachts draußen rumzulaufen. Wir waren alle halb verliebt in sie. Aber sie hat sich nicht für uns interessiert.«

»Hatte sie nie einen Freund?«, fragte O'Malley.

»Später schon«, räumte der Wirt ein. »Als ich schon nicht mehr dort gearbeitet habe, hab ich sie mal mit einem gut aussehenden Typen gesehen. Gott, es hat mich rasend gemacht. Sie war offensichtlich total vernarrt in den Kerl. Aber dann stellte sich raus, dass er verheiratet war und sie hingehalten hat.« Er zuckte mit den Schultern. »Ich glaube, ab da ist ihr Leben langsam aus der Spur geraten. Dann sind ihre Eltern kurz nacheinander gestorben, und wir haben sie nicht mehr so oft gesehen, und wenn, dann schien sie … nicht mehr ganz richtig im Kopf zu sein. Sie hat Dinge erzählt, die überhaupt keinen Sinn ergaben. Oder sie tauchte nur mit einem Slip bekleidet im Dorf auf. Oder einmal in einem Ballkleid.« Er schüttelte den Kopf.

»Sie glauben, sie war psychisch krank?«

»Ja, auf jeden Fall. Ich hab versucht, ihren Hausarzt und dann ein Team des National Health System für akute psychische Krisen zu alarmieren, aber die haben Anneka immer wieder aufgefordert, selbst anzurufen und einen Termin zu vereinbaren, was sie nicht konnte oder nicht wollte. Einmal sind wir mit ihr zur Notaufnahme gefahren, nachdem sie sich übel verbrannt hatte und dann bei Gewitter draußen rumlief, aber dort hat man bloß ihre Wunden verbunden. Als wir darauf hingewiesen haben, dass sie eine Gefahr für sich selbst darstellt, hat man uns geraten, das Krisen-Team anzurufen.« Er seufzte. »Es war vollkommen nutzlos.«

O'Malley nickte. Der schreckliche Zustand des Sozialsystems war ein bekanntes Problem. Staatliche Hilfsangebote waren verschwunden, und das hatte auch seinen Job verändert. Manchmal wurden ihnen Fälle zugeschoben, in denen gar keine Ermittlung notwendig war, bloß weil die uniformierten Kollegen überfordert waren. Das hatte zum einen damit zu tun, dass die Polizei selbst unter Personalkürzungen litt, zum anderen mit der Schließung von Einrichtungen für psychiatrische Versorgung. Es fehlte an Hilfsangeboten, wenn die Leute am dringendsten Hilfe brauchten. Und weil es sonst niemanden gab, der einschreiten konnte, blieb es immer häufiger an der Polizei hängen, psychisch gestörte Menschen davon abzuhalten, Gewalttaten zu begehen oder sich selbst zu töten.

»Klingt so, als hätte man sie übel im Stich gelassen.«

»Allerdings«, stimmte der Wirt ihm zu. »Als sie gestorben ist, waren viele im Dorf wütend. Wütend, aber nicht überrascht. Das kommt davon, wenn Haushaltspläne wichtiger sind als hilfsbedürftige Menschen.«

»Und was ist mit ihrem Freund passiert?«, fragte O'Malley. »Ist er geblieben?«

»Nein, der ist nach einer Weile nicht mehr aufgekreuzt.«

»Wissen Sie, wann das ungefähr war?«

Der Wirt stieß ein kurzes Lachen aus. »Also, das Ganze ist Jahrzehnte her, verstehen Sie? Ich meine … eine ganze Weile nachdem ich aufgehört habe, in den Ställen zu arbeiten.« Er überlegte. »Mitte der Achtziger? Er ist etwa vierundachtzig oder fünfundachtzig von der Bildfläche verschwunden. Ich glaube nicht … Mehr weiß ich eigentlich auch nicht.«

O'Malley nickte und dachte, dass die Daten nicht ganz passten. Aisling Cooley hatte gesagt, ihr Vater sei 1987 verschwunden. Vielleicht erinnerte sich der Wirt falsch. Oder Dara Cooley hatte West Gradley schon besucht, lange bevor er nach England gezogen war.

O'Malley drehte das Foto aus dem Haus um. »Ist er das?«

Der Wirt verdrehte ein wenig den Kopf. »Ja. Das ist er.« Er schüttelte den Kopf.

»Wissen Sie, wie er heißt?«

»Sie hat ihn Mikey genannt.« Der Wirt rümpfte die Nase. Es war eigenartig, wie lange Menschen eine alte Kränkung und alten Groll mit sich herumtragen konnten. Dieser scheinbar so sanftmütige Mann war auch dreißig Jahre später offenbar immer noch wütend auf Annekas Liebhaber.

O'Malley grübelte über den Namen. War Dara Cooley hier mit einer vollkommen anderen Identität aufgetreten? Mit einer anderen Tarnung? War Mikey ein Name, den sie weiterverfolgen sollten, oder war Dara danach an einem anderen Ort wieder in eine völlig neue Identität geschlüpft?

»Und Sie sind sich sicher, dass Sie ihn nicht noch mal gesehen haben?«, bohrte er nach. »In letzter Zeit vielleicht? Oder vor ihrem Tod?«

Der Wirt schüttelte den Kopf. »Nein. Ich schätze, sie ist vor allem deshalb so traurig geworden, weil er sie verlassen hat. Erst der Tod ihrer Eltern, und dann entpuppt er sich als Betrüger … Ich war wütend, dass die Welt ihr das zugemutet hat. Aber noch wütender auf ihn.«

O'Malley spürte einen Stich der Enttäuschung. Es wäre vermutlich zu leicht gewesen, Dara Cooley auf Anhieb zu finden. Aber O'Malley hatte wenigstens auf eine neue Spur gehofft. Einen Hinweis, wo er weitersuchen sollte.

»Du solltest ihm von dem Kind erzählen«, sagte plötzlich der ältere Mann mit heiserer Stimme. »Das gehört auch zur Familie.«

»Ein Kind?«

»Aah, das ist noch so eine traurige Geschichte«, sagte der Wirt. Er zögerte kurz. »In der Zeit, als sie sich immer mehr zurückgezogen hat, hat eine Nachbarin, die sie besucht hat, einen kleinen Jungen gesehen. Wie sich herausstellte, war es Annekas Kind. Der Vater war wohl ihr Freund.«

»Erzähl ihm von dem Zustand des Jungen«, sagte der ältere Gast.

»Aah, ich hab ihn nur das eine Mal gesehen«, erwiderte der Wirt. »Ich hatte geräucherten Schinken vorbeigebracht und hab den Kleinen im Garten gesehen. Er sah schmutzig aus und viel zu dünn. Da hab ich zum ersten Mal versucht, ihren Doktor anzurufen. Ich hab mir Sorgen um den Jungen gemacht.« Er drehte sich um und nahm ein Glas. O'Malley begriff, dass er sich selbst einen Drink einschenkte. »Und das Einzige, was sie gemacht haben, war, ihr das Kind wegzunehmen, verstehen Sie? Sonst nichts. Sie haben keinen Finger gerührt, um ihr zu helfen. Und ich ... ich fühlte mich verantwortlich, denn sosehr mir das Wohl des Kleinen am Herzen lag, muss es für sie schrecklich hart gewesen sein, auch noch ihn zu verlieren.«

Er zapfte ein Pint Lager und trank einen großen Schluck.

O'Malleys Gedanken waren sofort zu den DNA-Ergebnissen gewandert. Cassie hatte zwar gesagt, dass die DNA von einem Vollbruder stammen musste, aber war das in Stein gemeißelt? War ein Kind, das Aislings Vater mit einer anderen Frau als mit Aislings Mutter hatte, womöglich doch eng genug mit ihr verwandt für ein DNA-Match? Vielleicht, wenn Anneka Foley irgendwie entfernt mit den Cooleys verwandt war?

»Was glauben Sie, in welchem Jahr der Junge geboren ist?«, fragte er.

»Aah, schwer zu sagen«, sagte der Wirt, nachdem er sein Glas abgesetzt hatte.

»Das muss so fünfundachtzig oder sechsundachtzig gewesen sein, denke ich«, meldete der ältere Herr sich noch einmal überraschend zu Wort. »Ein paar Jahre nach dem Verkauf des Gestüts. Siebenundachtzig habe ich Anneka das Weideland abgekauft. Als ich dann hinterher von dem Kind erfahren habe, habe ich es verstanden, das weiß ich noch. Sie wollte das Geld, um den Jungen großzuziehen, und keinen Bauernhof, um den sie sich kümmern musste.«

O'Malley nickte. »Und wissen Sie irgendetwas darüber, wer den Jungen abgeholt hat?«

»Ich denke, das muss das Jugendamt gewesen sein«, antwortete der Wirt. »Neunundachtzig. Der Kleine war ungefähr drei oder vier. Sie hat mir davon erzählt, sofern man das so nennen kann. Sie hat geschrien, ein verräterischer Dreckskerl im Anzug wäre gekommen, um ihr Kind zu holen.«

O'Malley bedankte sich. Auf dem Weg zum Wagen grübelte er über dieses Kind nach und fragte sich, ob sie jetzt einen vierten Verdächtigen finden mussten.

24.

Hanson und Lightman trafen um kurz vor sechs bei Aisling Cooleys Haus ein. Nachdem sich das Alibi keiner der Cooley-Brüder definitiv hatte bestätigen lassen und sie nun wussten, dass Ethan nicht den ganzen Abend auf der Party gewesen war, wie er seiner Mutter erzählt hatte, wollten sie die beiden verhaften und von ihnen eine Speichelprobe nehmen.

Hanson versuchte ihre Verlegenheit darüber zu überspielen, dass ihr zwei uniformierte DCs unauffällig folgen sollten. Eine der beiden war Casho, was das Ganze irgendwie noch demütigender machte.

Es hätte schlimmer kommen können, dachte sie, als sie durch das Kommissariat zu der vorgebeugten Gestalt ihres letzten Freundes blickte. Sie hätten auch Jason schicken können.

Aber selbst diese kleine Erleichterung wurde zunichtegemacht, als sie sah, wie einer der anderen für ihren Fall abgestellten DCs sich vorbeugte und mit ihrem Ex redete. Jason hob den Kopf, starrte den aufbrechenden DCs hinterher und drehte sich dann zu ihr um. Er wirkte besorgt.

Sie hatte nicht übel Lust, zu ihm zu gehen und ihm fröhlich zu erklären:»Mach dir keine Sorgen. Ich werde wahrscheinlich bloß von dem Ex-Freund gestalkt, dem du mehr geglaubt hast als mir. Kein Grund zur Beunruhigung.« Aber das wäre sowohl kleinlich als auch ungerecht gewesen. Sie hatte sich nicht nur deshalb von Jason getrennt, weil er Damians schreckliche Geschichten über sie bereitwillig geglaubt hatte. Sie hatte auch erkannt, dass Jason für sie zwar Sicherheit und Normalität verkörpert hatte, aber keine Liebe.

Sie folgte Ben zum Parkplatz und stellte erleichtert fest, dass Casho und ihr Kollege schon weg waren. Wahrscheinlich saßen sie in einem Wagen, um Hanson in einigem Abstand zu folgen und zu sehen, ob sie die Person erwischen konnten, die sie stalkte.

Zwanzig Minuten später öffnete Aisling Cooley ihnen die Haustür. Sie war sichtlich angespannt, im Gegensatz zu ihrem übertrieben enthusiastischen Terrier. Der Hund folgte ihnen ins Wohnzimmer und wollte auf Hansons Schoß springen.

»Gott, entschuldigen Sie«, sagte Aisling und zerrte ihn am Halsband weg.

»Wie heißt er?«, fragte Hanson grinsend. Zum Glück war sie eine große Hundefreundin, auch wenn sie sich ein wenig Sorgen um einen ihrer besten Hosenanzüge machte.

»Barks«, antwortete Aisling und wiederholte dann noch einmal scharf »Barks!«, als der Terrier sich losriss und auf Bens Beine zurannte.

Ben blieb vollkommen gefasst. Er streckte die Hand aus und kraulte den Kopf des Terriers, worauf der Hund so heftig mit dem Schwanz wedelte, dass sein gesamtes Hinterteil rotierte.

»Guter Name«, bemerkte Ben.

»Es ist die Abkürzung für Count Barku Barco of Barkchester«, sagte Aisling, zerrte den Hund zur Tür und schob ihn mit dem Fuß hinaus. »Das kommt dabei raus, wenn man Teenagern erlaubt, einen Namen für den Hund auszusuchen.«

»Großartig«, sagte Ben. »Meine Schwester und ich haben unseren Labrador als Kinder immer Secret Spaniel genannt. Unsere Eltern waren überhaupt nicht begeistert.«

Hanson unterdrückte ein Lachen. Diese Geschichte kannte sie noch nicht. Einen kurzen Moment lang wurde sie eigenartig traurig, als sie sich vorstellte, wie albern und unbeschwert Ben hätte sein können. Wäre er nicht seiner Klavierlehrerin begegnet. Hätte er nie den Missbrauch erleiden müssen und die Scham, die damit einherging.

»Auch nicht schlecht«, sagte Aisling und lachte verhalten.

»Meistens wurde sie ehrlich gesagt einfach Span genannt«, gab Ben zu.

Aisling Cooley lachte erneut, leicht hysterisch diesmal. Hanson fragte sich, ob sie einen besonderen Grund hatte, nervös zu sein. Natürlich war die Situation an sich schon stressig, aber vielleicht hatte sie auch konkrete Zweifel, was ihre Söhne betraf.

»Möchten Sie etwas trinken?«, fragte Aisling. »Tee? Kaffee?«

»Danke, für mich im Moment nichts«, antwortete Hanson.

»Ja, ich kann auch noch warten«, stimmte Ben ihr zu.

»Okay«, sagte Aisling. »Ethan wird als Erster nach Hause kommen. Von Beat and Press fährt man zwanzig Minuten bis zu uns, und er hat um halb sechs Feierabend. Meistens ist er um zehn nach sechs hier. Das sagt vermutlich einiges darüber, wie gründlich die Jungs nach ihrer Schicht sauber machen.«

Sie hielt inne und wirkte ein wenig ratlos. Hanson sah sie mitfühlend an. Sie konnte sich vorstellen, was Aisling durch den Kopf ging: die Unsicherheit, ob irgendetwas, was sie über ihre Söhne sagte, diese verdächtiger erscheinen ließ, eine Frau ermordet zu haben.

Nachdem Aisling in die Küche gegangen war, schlenderte Hanson durch das Wohnzimmer. Bevor sie geklingelt hatten, waren sie einmal ums Haus herumgegangen, und ihre professionelle Neugier war ziemlich schnell in Neid umgeschlagen. Abgesehen von dem Küchenanbau war das Haus nicht besonders groß, aber von der Sandsteinfassade bis zu dem naturbelassenen Garten war es genau ihr Geschmack.

Das galt auch für die Inneneinrichtung. Das Haus war überraschend geräumig, geschmackvoll beleuchtet und wirkte auf eine sympathische Weise bewohnt. Jacken hingen an Haken, Decken waren über die Sofas geworfen. Im Flur standen haufenweise

Schuhe herum, und überall hingen Fotos, vor allem im Wohnzimmer.

Hanson betrachtete die Bilder an den Wänden genauer. Die meisten zeigten die beiden Jungen, wie sie im Laufe der Jahre herangewachsen waren, erst grinsend, dann stirnrunzelnd, dann wieder grinsend. Es gab Aufnahmen von Aisling mit den beiden auf einem Floß, bei einer Comic Con und an einem Strand.

Die drei sahen immer so aus, als würden sie gerade über einen Witz lachen, und ihr Lachen wirkte ansteckend. Dazwischen gab es ältere Bilder von einem bärtigen Mann mit hellbraunem Haar und einer kleinen schmächtigen Frau, die die gleichen runden Wangen und Lippen hatte wie Aisling, jedoch einen strengeren Gesichtsausdruck. Auf einem oder zwei Fotos stand neben dem Paar noch ein kleines Mädchen, die junge Aisling, nahm Hanson an.

Sie betrachtete die Bilder mit Interesse. Der Mann musste Aislings Vater sein, Dara Cooley – oder Patrick Horan –, die Frau ihre Mutter Dymphna. Hanson machte ein Handyfoto von Daras Gesicht und schickte es O'Malley.

Sie durften Dara Cooley als Verdächtigen nicht aus den Augen verlieren. Er war in einem Alter, in dem Frauen Mitte vierzig ein plausibles Beuteschema waren, und die Umstände, unter denen er Irland verlassen und seinen Namen geändert hatte, waren äußerst undurchsichtig. Allem Anschein nach neigte er zu impulsiven Reaktionen; das legte zumindest die Art und Weise nahe, wie er seine Familie verlassen hatte. Hanson vermutete, dass er sich im Verborgenen ein neues Leben aufgebaut hatte. Heimlichtuerei und Impulsivität waren jedenfalls erkennbare Verhaltensmuster.

Als sie weiter durch den Raum schlenderte, fiel ihr mit einiger Verspätung auf, dass es überhaupt keine Fotos vom Vater der Jungen gab. Als hätte der Mann nie existiert. Das erlaubte womöglich Rückschlüsse auf die Psyche der Jungen. Ihre Mutter war offensichtlich die zentrale Bezugsperson in ihrem Leben. War eine solche Beziehung gesund?

Hanson ließ den Blick über das topmoderne, hochwertige Mobiliar schweifen und registrierte den Kontrast zwischen den hellen freiliegenden Balken und den Fantasy-orientierten Kunstwerken und gerahmten Filmplakaten an den Wänden.

»Behalten«, murmelte sie Ben zu.

Ben grinste. »Definitiv. Aber das Haus braucht einen Tennisplatz. Es wundert mich, dass sie noch keinen angelegt haben, vor allem bei Finns Sportlerkarriere.«

»Ähm ... vielleicht weil sie keine Millionäre sind?«, gab Hanson zu bedenken.

Es kam selten vor, dass ein Haus, das sie besuchten, es auf die »Behalten«-Liste schaffte. Bei ihrem Behalten-Verkaufen-Abreißen-Spiel waren schon etliche Objekte in der Kategorie »Abreißen« gelandet, andere hätte man ihrer Meinung nach möglichst profitabel verkaufen sollen. Aber sowohl Ben als auch sie waren so wählerisch, dass nur wenige Häuser ihnen richtig gut gefielen.

Noch ungewöhnlicher war es, dass sie beide gleichermaßen von einer Immobilie angetan waren. In der Rubrik »Abreißen« waren sie sich meistens einig, aber Hanson hatte eine Vorliebe für große Häuser mit viel Platz, während Ben kleine Cottages bevorzugte. Was sie bei seiner Größe unerklärlich fand.

»Ich mag sogar die Einrichtung«, sagte sie und nahm neben ihm Platz. »Dieses Sofa ist einfach herrlich.«

»Aber man würde es nie zur Arbeit schaffen«, entgegnete Ben. »Deshalb hab ich ein hartes, abweisendes Sofa, damit ich nicht in Versuchung gerate, zu lange darauf sitzen zu bleiben.«

»Und ich dachte immer, es sei bloß, damit es zu deiner Persönlichkeit passt«, sagte Hanson und grinste ihn an.

»Das auch.«

Sie saßen in einvernehmlichem Schweigen nebeneinander und checkten neue Nachrichten auf ihrem iPad und Handy, bis sie hörten, wie jemand mehrmals vergeblich versuchte, den Schlüssel in das Schloss der Haustür zu stecken.

Hanson sah Lightman amüsiert an, als die Tür im geschätzt fünften Anlauf endlich geöffnet wurde. Aisling hatte gesagt, dass Ethan als Erster nach Hause kommen würde. Der Musiker. War er betrunken?

Aber seine Stimme klang ganz normal, als er rief: »Hey, *maman*.«

»Hey, Schurke«, antwortete Aisling aus der Küche.

Hanson zog eine Braue hoch und blickte Ben an. Wahrscheinlich nur ein Spitzname, aber trotzdem eine seltsame Anrede, wenn man wusste, dass die Polizei zuhörte.

»Ich hab den Wagen abgeholt«, sagte Ethan. »Hat nur unwesentlich mehr gekostet als ein neuer.«

Seine Stimme wurde leiser, als er in die Küche ging, und Aislings Antwort war nicht mehr zu verstehen, aber vermutlich erklärte sie ihm, warum im Wohnzimmer zwei Polizeibeamte warteten.

Hanson spitzte die Ohren. Auf den ersten Blick schienen Mutter und Sohn ein gutes Verhältnis zu haben, aber sie wusste praktisch nichts über den wahren Ethan. Es bestand die realistische Chance, dass er der Bonfire-Killer war und in diesem Moment begriff, dass er in der Falle saß.

Sie hörte Gemurmel, dann war es lange still. Hanson saß kerzengerade auf dem bequemen Sofa und spürte ihr Herz in der Brust pochen. Würde Ethan versuchen zu fliehen?

Dann ging die Tür leise auf. Hanson und Ben erhoben sich.

Ethans Haare waren von den kurzen Locken auf den Fotos zu einer zotteligen, aber coolen Mähne gewachsen. Er war unverkennbar nervös, aber welcher neunzehnjährige Junge, der vorher nie mit dem Gesetz in Konflikt geraten war, wäre das nicht? Ansonsten wirkte er vollkommen nüchtern. Die Fehlversuche mit dem Schlüssel waren offenbar bloß Ungeschicklichkeit gewesen, was nicht direkt zu ihrem umsichtigen Mörder passte.

»Das ist Ethan«, sagte Aisling hinter ihm.

»Detective Sergeant Ben Lightman«, sagte Ben und streckte die Hand aus. »Und das ist Detective Constable Juliette Hanson.«

Hanson lächelte Ethan aufmunternd an. Ethans Finger waren so kalt, dass es sie beinahe fröstelte, als sie seine Hand schüttelte. Ob von der Kälte draußen oder vor Angst, wusste sie nicht. »Mum sagt, wir müssen mit Ihnen ins Kommissariat kommen? Finn und ich?«

»Das ist richtig«, sagte Ben ruhig. »Wir haben an einem Tatort eine Spur gesichert, die laut DNA-Match von einem Verwandten Ihrer Mutter stammt. Das heißt, wir müssen bei Ihnen beiden eine Speichelprobe machen, um Sie als Täter auszuschließen.« Er sah erst Ethan und dann seine Mutter mitfühlend an. »Dafür müssen wir Sie festnehmen. Das wird möglichst unauffällig geschehen. Das heißt, wir werden Sie eigentlich nur ins Kommissariat begleiten, Ihnen ein paar Fragen stellen und Sie bis zum Eingang der Ergebnisse auf Kaution freilassen. Sollte sich der Verdacht gegen Sie als gegenstandslos erweisen, werden Sie in keiner Weise aktenkundig sein und können ganz normal weiterleben.«

Das war gut formuliert. Es sollte Ethan beruhigen, damit er ohne viel Aufhebens mit ihnen kam. Aber Hanson konnte auch die unausgesprochene Einschränkung hören: *Sollte sich der Verdacht jedoch bestätigen …*

Ethan sah verkniffen aus. Blass. »Wie akkurat ist dieser Test?«, fragte er. »Könnte ein … Fehler passieren, sodass man irrtümlich denkt, ich war es?«

»Der Test ist sehr verlässlich«, antwortete Hanson lächelnd. »Die am Tatort gesicherte DNA war sehr frisch und wurde perfekt für moderne Testverfahren aufbereitet. Das Labor wird eine sehr gründliche Analyse durchführen, mit genug Markern für die Feststellung eines Matches. Die Ergebnisse werden in Kürze vorliegen. Vielleicht noch heute Abend.«

Sie sah, dass Ethan nachdachte und die Information verarbeitete. Aus irgendeinem Grund wirkte er nicht besonders beruhigt.

25.

Jonah hatte es nicht geschafft, sich um das letzte Meeting des Tages zu drücken, das monatliche dezernatsübergreifende Treffen mit den sozialen Agenturen vor Ort, bei dem Maßnahmen zur Bekämpfung der Jugendkriminalität diskutiert wurden.

Diesem Ziel hatte sich Jonah aus Überzeugung verschrieben und vor zwei Jahren auch mit großem Enthusiasmus begonnen, seinen Beitrag zu einem koordinierten Vorgehen zu leisten. Aber irgendwann hatte ihn ein schleichendes Gefühl von Nutzlosigkeit erfasst. Während sie sich einmal im Monat trafen, wurden gleichzeitig alle sozialen Dienste zusammengekürzt, die bei der Bewältigung des Problems helfen könnten. Programme der mobilen Jugendarbeit wurden gestrichen. Und es gab viel zu wenig polizeiliche Community Support Officers vor Ort, die Kontakt zu den Jugendlichen pflegen und entsprechend beurteilen konnten, welche eventuell zum Ausstieg aus den kriminellen Banden bereit waren.

Es gelang ihm heute einfach nicht, sich auf die Tagesordnung zu konzentrieren. Dafür waren seine eigenen Sorgen zu präsent und die laufende Ermittlung zu wichtig, außerdem war es schrecklich deprimierend, sich ein weiteres Mal die Klage der Sozialarbeiter anzuhören, dass sie die Kids an ein Leben verloren, das diese eigentlich gar nicht wollten, alle getrieben von der Angst vor der Alternative – oder der Angst davor, was bei ihnen zu Hause geschah.

Jonah musste unwillkürlich an Milly denken. Er war immer davon ausgegangen, dass sie glücklich und ohne Probleme heranwachsen würde, weil er sie liebte und entschlossen war, alles für

sie zu tun. Aber was würde geschehen, wenn Michelle ihn irgendwann wirklich hassen sollte? Wenn Milly zwischen zwei verbitterten, unglücklichen Elternteilen hin- und hergerissen wurde?
Würde sie dann immer noch das sonnige Kind sein, das er jetzt in
ihr sah? Oder würde sie beschädigt daraus hervorgehen? Unglücklich?

Als er das Meeting um fünf in ungewohnt deprimierter Stimmung verließ, wartete eine Nachricht von Michelle auf ihn, die
ihm knapp mitteilte, dass sie am Abend mit ihrer Kollegin Kathryn ausgehen würde. Rhona würde zu Hause die Stellung halten.

Normalerweise hätte Jonah etwas Freundliches und Aufmun-
terndes erwidert, aber heute brachte er nicht die Kraft dazu auf.
Er schickte ihr ein kurzes *Ok. Bis später.* Dann vergrub er sich in
seinem Büro und versuchte etwas Positives zu finden, an das er
denken konnte.

O'Malley saß schon wieder an seinem Schreibtisch, als Hansons
Nachricht mit dem Foto einging. Nur ein einzelnes Bild mit der
Unterzeile *Dara Cooley.*

O'Malley richtete sich überrascht auf. Das war nicht der relativ
kleine, attraktive Mann auf dem Foto mit Anneka Foley. Er hatte eine breitere Stirn und helleres Haar, und seine Gesichtszüge
waren im Ganzen viel weniger klassisch schön. Nicht einmal die
Farbe von Daras Augen passte: ein Mittelbraun im Kontrast zu
seinem hellblonden Haar. Die einzige Ähnlichkeit zwischen den
Männern bestand darin, dass beide einen Bart trugen.

O'Malley blickte konsterniert vom einen zum anderen, bis
ihm klar wurde, dass die einfachste Antwort wahrscheinlich die
logischste war: Anneka hatte sich vor Dara Cooley mit einem anderen Mann getroffen. Das passte auch zu dem, was die beiden
Männer in dem Pub gesagt hatten, die meinten, dass der attraktive
Bursche fünfundachtzig verschwunden war.

Wenn der Mitarbeiter von Leatherwaites, der Dara mit Anneka gesehen hatte, sich nicht geirrt hatte, dann hatte Anneka zwei Freunde gehabt, die ihr erst etwas vorgemacht und sie dann verlassen hatten. Dazu hatte sie noch den Tod ihrer Eltern bewältigen müssen, ohne einen Menschen, mit dem sie reden konnte. Für ihre psychische Gesundheit war das bestimmt verheerend gewesen.

Praktisch bedeutete es jedoch auch, dass es sich noch schwieriger gestalten würde, Dara Cooley über seine Verbindung nach West Gradley aufzuspüren. Vermutlich war er seiner Affäre subtiler nachgegangen als der Mann auf dem Foto. Aber auch nicht so subtil, dass sein Kollege ihm am Ende nicht doch auf die Schliche gekommen wäre.

O'Malley stand seufzend auf, um sich noch einen Kaffee zu machen, während er erneut darüber nachdachte, wie er einen Mann finden konnte, der seit achtundzwanzig Jahren vermisst wurde.

26.

Als Hanson und Lightman Ethan förmlich festnahmen – so freundlich und informell wie möglich –, zitterte der ältere der Cooley-Brüder sichtlich. Aber das durfte man nicht überinterpretieren. Für die meisten jungen Menschen war eine Festnahme stressig. Irreal. Beängstigend. Aber für die Schuldigen eben auch.

Hanson brannte darauf, Ethan zu fragen, wo er am Silvesterabend gewesen war, aber das sollte laut interner Absprache erst bei der förmlichen Vernehmung im Kommissariat geschehen, in Anwesenheit des Chief.

Während sie auf seinen Bruder warteten, versank Ethan in Schweigen. Er setzte sich auf einen Sessel, senkte den Kopf und wippte rhythmisch mit dem linken Bein.

Hanson war erleichtert, als sie Geräusche im Flur hörte. Es dauerte nur wenige Minuten, bis Aisling draußen mit ihrem jüngeren Sohn gesprochen hatte, dann öffnete sie die Tür, und Finn trat ins Zimmer.

Der jüngere der Cooley-Brüder wirkte ein wenig gefasster. Sein hellblaues Tennisshirt und sein dunkles Haar waren feucht, aber er strahlte eine gepflegte Vitalität aus.

Hanson erinnerte sich, wie er am Tag zuvor zu ihrem Wagen gestartet hatte, und suchte in seiner Miene nach einem Zeichen von Wiedererkennen, konnte jedoch keine Reaktion bemerken.

Finn schüttelte ihnen beiden fest die Hand und erklärte, bevor Hanson und Lightman irgendetwas sagen konnten: »Es ist wirklich bedauerlich, dass ein Mord geschehen ist. Ich helfe gerne, wenn ich kann.«

»Vielen Dank«, erwiderte Ben. »Die größte Hilfe wird es sein, wenn wir einen Wangenabstrich bei Ihnen machen können, um Sie beide als Verdächtige auszuschließen oder zu bestätigen. Dafür müssen wir Sie leider festnehmen.«

Finn runzelte die Stirn. »Wird das öffentlich gemacht?«

»Nein, wir möchten alles so unauffällig wie möglich durchführen«, antwortete Ben. »Und wie ich bereits Ihrem Bruder erklärt habe, werden Sie, wenn sich Ihre Unschuld erweist, in keiner Weise aktenkundig sein.«

»Okay«, sagte Finn und atmete aus. »Wann ist es passiert? Das ... Verbrechen? Vielleicht können Sie uns direkt als Verdächtige ausschließen, wenn wir gar nicht in der Nähe waren.«

Hanson warf Ben einen Seitenblick zu, bevor sie antwortete. »Am Silvesterabend.«

Finn nickte und sah rasch zu seinem Bruder.

Ethans Gesichtsausdruck veränderte sich. Seine Brust hob sich leicht, und er öffnete den Mund.

Aber dann sah Hanson aus dem Augenwinkel, wie Finn den Kopf schüttelte, minimal, aber sichtbar, und sie wusste, dass mehr dahintersteckte.

Dieser kurze Blickwechsel beschäftigte sie immer noch, als sie zu Bens Qashqai zurückkehrten. Erst als Ben sagte: »Diesmal keine Geschenke für uns«, fiel Hanson wieder ein, dass sie eigentlich wachsam sein sollte, weil ihr unbekannter Stalker noch immer dort draußen lauerte.

»Es sei denn, man zählt einen Wagen mit Heizung dazu«, sagte sie, nachdem sie sich zurück in die Gegenwart gerissen hatte.

Vielleicht war es doch nicht so verkehrt, dass diese DCs sie beschatteten.

27.

Hanson erschien auf der Schwelle von Jonahs Büro und verkündete, dass die Cooley-Brüder – und Aisling – eingetroffen waren. Es war mittlerweile zwanzig nach sieben, das Kommissariat war jetzt ruhiger. Auf ihrer Etage arbeiteten nur noch eine Handvoll Detectives, in der Spätschicht oder an eigenen dringenden Fällen. Vielleicht wollten sie auch bloß nicht nach Hause gehen, dachte Jonah plötzlich.

»Aisling ist im Empfangsbereich. Bei den beiden Jungen wird gerade eine Speichelprobe genommen«, erklärte Hanson. »Wir haben ihre Handys beschlagnahmt. Ich kann das Cyber-Team anrufen, um die Daten auslesen zu lassen.« Sie warf ihm einen bedeutungsvollen Blick zu. »Außerdem war Ethan nicht den ganzen Abend auf der Party, wie er seiner Mutter erzählt hat. Ich glaube, die beiden Brüder wissen irgendetwas über Silvester. Ich habe einen wortlosen Austausch zwischen den beiden beobachtet. An dem Punkt könnte es sich lohnen weiterzumachen.«

»Interessant«, sagte Jonah. »Zunächst spreche ich mit der Mutter. Wir müssen sie nach der Namensänderung fragen, und ich möchte auch noch mal wegen der Jungen nachhaken. Könnten Sie sie in Raum drei führen, wenn er noch frei ist, und Ben bitten, sich bereitzuhalten? Ich mache auf dem Weg Kaffee.«

»Alles klar, Chief«, sagte Hanson munter.

Jonah musste lächeln. Hanson war noch nicht annähernd so lange bei der Polizei wie er und erst seit gut achtzehn Monaten Detective. Aber in dieser Zeit hatte sie schon eine Menge zermürbende und kleinteilige Ermittlungsarbeit geleistet, inklusive der stundenlangen, Kopfschmerzen verursachenden Durchsicht von Überwachungsvideos. Aber das hatte ihrer Begeisterung nichts anhaben können, nicht einmal in den aufreibenden vergangenen Monaten. Umso beeindruckender, wenn man bedachte, dass sie in dieser Zeit auch noch auf den Beginn des Prozesses gegen ihren Ex-Freund gewartet hatte.

»Juliette«, sagte er, als sie gerade gehen wollte. »Ich … wollte mich entschuldigen, dass ich vorhin so öffentlich über Ihren … ähm … Ex sprechen musste. Ich weiß, es ist ein zusätzliches Eindringen in Ihre Privatsphäre, Sie von zwei DCs beschatten zu lassen, aber ich glaube, dass es sich lohnen wird. Neben allem anderen müssen wir die unwahrscheinliche Möglichkeit im Blick behalten, dass die DNA am Tatort von einem Zeugen des Mordes und nicht von dem Mörder selbst stammt.« Er lächelte knapp. »Und wenn sich herausstellt, dass es bloß Damian ist, der den Schutzengel spielt, liefert das zusätzliches Beweismaterial für den Prozess.«

»Oh.« Hanson stieß ein kurzes verlegenes Lachen aus. »Mittlerweile habe ich mich ziemlich daran gewöhnt, beschattet zu werden. Keine große Sache also.«

Jonah nickte und lächelte. »Gut. Halten Sie mich über alles darüber Hinausgehende auf dem Laufenden. E-Mails, Anrufe … Sie wissen schon. Ich möchte helfen.«

Juliette erwiderte sein Lächeln knapp. »Mach ich. Wenn Sie mir versprechen, dass Sie Damian diskret die Kniescheiben zertrümmern lassen.«

Sie verabschiedete sich mit einem breiteren Lächeln. Jonah lehnte sich zurück und fühlte sich wie ein besserer Chef. Und wie ein besserer Freund, was ebenfalls wichtig war.

Während er in der Küche Kaffee kochte, überlegte er, was er mit Aisling besprechen wollte. Am wichtigsten war es herauszufinden, wo Finn und Ethan am Silvesterabend und am 3. Oktober gewesen waren.

O'Malley hatte seine Ermittlungen in einem Bericht zusammengefasst, der viele interessante Erkenntnisse enthielt. Jonah hatte bereits eine E-Mail an Cassie geschickt, um zu fragen, ob das DNA-Match auch einen Halbbruder einschließen könnte, wenn Anneka Foley und die Cooleys entfernt miteinander verwandt waren. Sie wussten noch nicht, ob Anneka Foley wirklich ein Kind von Dara Cooley bekommen hatte, aber die problembeladene Kindheit des Jungen würde zu einem Menschen passen, der als Erwachsener gewalttätig gegenüber Frauen geworden war.

Dann war da noch der überstürzte Aufbruch von Dara Cooley aus seiner Heimatstadt. Jonah wollte Aisling fragen, was dazu geführt hatte. Und ob sie Zweifel daran hatte, wo ihre Söhne sich am Silvesterabend aufgehalten hatten.

Es würde eine schwierige Vernehmung werden. Aisling hatte in alle Richtungen persönliche Interessen, obwohl er vermutete, dass ihre Loyalität eher bei ihren beiden Söhnen als bei ihrem Vater liegen würde, den sie seit Ewigkeiten nicht mehr gesehen hatte. Zumindest würden sie bald ein paar konkrete Antworten bekommen, an denen sie sich festhalten konnten. Es sollte nicht lange dauern, bis Cassie sich wegen des möglichen Halbbruders zurückmeldete. Und nachdem bei beiden Jungen eine Speichelprobe genommen worden war, sollte das Ergebnis bis elf Uhr vorliegen. Das bedeutete, in ein paar Stunden konnten sie Ethan und Finn als Täter ausschließen – oder einen von ihnen als dringend tatverdächtig identifizieren.

Er trank einen Schluck Kaffee und war froh, dass seine Gedanken wieder bei der Arbeit waren. Solange er seinen Job gut erledigte, würde alles andere auch okay werden. Darauf musste er vertrauen.

Aisling lief nervös im Vernehmungsraum auf und ab, als Jonah und Ben hereinkamen. Sie trug Jeans und Schlabberpullover und hatte die Haare achtlos hochgesteckt, doch ihre Haltung wirkte alles andere als lässig entspannt. Sie fuhr herum und blickte sie frustriert und ängstlich an.

»Ich bin DCI Jonah Sheens«, sagte Jonah und streckte die Hand aus. Aisling zuckte kurz zusammen, machte dann einen Schritt nach vorn und ergriff sie. »Ich leite die Ermittlung des Falles, über den Sie mit meinem Kollegen DS Lightman gesprochen haben. Ich denke, es ist an der Zeit, dass wir über einige Dinge reden.«

Jonah zog einen der Stühle heran und setzte sich. Ben tat leise das Gleiche. Aisling sah aus, als könne sie sich nicht vorstellen, je wieder zu sitzen. Aber dann sagte sie: »Ich ... gut. Okay«, und setzte sich Ben gegenüber.

Sie hockte ein gutes Stück vom Tisch entfernt auf der äußersten Kante ihres Stuhls, bereit, jeden Moment wieder aufzuspringen. Jonah dachte, dass sie nicht aussah wie ein Mensch, der seine Arbeitszeit vor dem Computer verbrachte.

»Also«, begann er, nachdem er für die Videoaufnahme alle Anwesenden vorgestellt hatte, »DS Lightman hat Ihnen schon erklärt, dass die von uns sichergestellte DNA am Tatort eines Mordes gefunden wurde. Aber das ist nicht alles. Ich weiß nicht, ob Sie das Thema in den Nachrichten verfolgt haben, aber wir ermitteln eigentlich in zwei Mordfällen. Bei beiden Opfern handelt es sich um Frauen Mitte vierzig, die auf frisch errichtete Scheiterhaufen gelegt wurden.«

Jonah beobachtete, wie alle Farbe aus Aislings Gesicht wich, als wäre ihr übel. Das war offensichtlich eine Neuigkeit für sie. Sie hatte keine Ahnung gehabt, dass sie die Morde des Bonfire-Killers untersuchten.

»Das ist ... Ich habe darüber gelesen ...« Sie schüttelte den Kopf und stieß ein kurzes, gepresstes Lachen aus. »Niemals im Leben hatten meine beiden Söhne etwas damit zu tun. Und ich glaube nicht ...« Sie schluckte. »Mein Dad war kein Psychopath.«

Jonah nickte. »Es ist bestimmt schwierig, darüber zu sprechen. Sie glauben, Ihre eigene Familie zu kennen, und das tun Sie wahrscheinlich auch. Aber Sie wären überrascht, wie oft sich herausstellt, dass Jugendliche eine verborgene Seite haben, von der ihre Familie nichts weiß. Sei es, dass sie in der Schule brutal gemobbt werden oder dass sie psychische Probleme haben.«

»Aber die Jungen reden mit mir«, protestierte Aisling. »Sie brummen nicht einsilbig vor sich hin. Wenn ihnen etwas Kummer bereitet, kommen sie zu mir und sprechen darüber. So sind sie. So waren sie schon immer. Also habe ich ihre Probleme immer zu hören bekommen. Zum Beispiel, als Ethan Ärger an seiner ersten Schule hatte.« Sie blickte zu Lightman. »Ich wusste alles darüber, weil er mir erzählt hat, wie unglücklich er war, und wir ... ich habe etwas dagegen unternommen. Erst über die Schule, und als die nicht geholfen hat, indem ich ihn an einer Schule angemeldet habe, wo so etwas nicht passierte.«

»Natürlich«, sagte Jonah besänftigend. »Aber Ihr Vater hatte Geheimnisse, oder?«

Aisling runzelte die Stirn. »Ich denke nicht ... nun ja, vielleicht. Aber wir wissen nicht, worum es ging. Vielleicht steckte er in finanziellen Schwierigkeiten oder hatte Probleme bei der Arbeit oder ...«

»In der Firma, für die er gearbeitet hat, glaubt man, dass er eine Affäre hatte«, sagte Jonah leise. »Mit einer Frau, die in der Nähe von Newbury lebte.«

Ein paar Sekunden lang sagte Aisling gar nichts. Dann wandte sie sich zu Jonahs Überraschung ab und schluckte schwer. Sie versuchte, die Tränen zurückzuhalten.

»Es tut mir leid, wenn Ihnen diese Nachricht zusetzt«, sagte er.

»Ach, es war immer die naheliegendste Erklärung«, sagte sie mit belegter Stimme und rieb sich mit dem Ärmel ihres Pullovers die Augen. »Es ist bloß ... Zu hören, dass es wirklich so war ...« Sie schüttelte den Kopf. »Dann wissen Sie, wo er ist?«

»Wir konnten ihn bisher nicht aufspüren«, gab Jonah zu. »Wir haben die Adresse der fraglichen Frau ermittelt, aber sie ist in der Zwischenzeit verstorben. Sie hieß Anneka Foley.« Er hielt inne. »Sagt Ihnen der Name irgendetwas?«

Aisling schüttelte den Kopf. Aus ihren Augen quollen immer noch Tränen. »Nein. Hat sie … war sie eine Kollegin von ihm?«

Jonah verneinte. »Aber es ist möglich, dass er sie über die Arbeit kennengelernt hat.« Er machte eine längere Pause und fragte dann: »Aisling, Ihre Familie hat einen anderen Namen angenommen, als sie nach England gekommen ist. Können Sie mir erklären, warum?«

Diese Frage machte Aisling offensichtlich zu schaffen, beinahe so sehr wie die Enthüllung der Affäre ihres Vaters. Sie erstarrte am ganzen Körper und verschränkte die Arme.

»Das … es hat nichts mit dieser Sache zu tun.«

»Es wäre trotzdem nützlich, mehr darüber zu erfahren«, sagte Lightman sanft, seine ersten Worte seit Beginn der Vernehmung. »Wenn Ihr Vater etwas getan hat, das … nun, das auf eine bestimmte Geistesverfassung hindeuten könnte …«

Aisling sah ihn an, und ihre Anspannung löste sich ein wenig. »Das war es nicht. Es war … wir mussten uns vor jemandem verstecken, das ist alles. Vor einem Cousin, der gedroht hat, uns die gesamte erweiterte Verwandtschaft auf den Hals zu hetzen.« Sie seufzte. »Es war wegen Donagh.«

Jonah runzelte die Stirn. »Hatte Ihr Vater etwas getan, das diesen Donagh wütend gemacht hatte?«

»Nein, es … eigentlich nicht.« Aisling wirkte erneut verlegen. »Donagh wollte mich heiraten. Das war alles. Er wollte mich heiraten, und ich wollte nicht. Es war also meine Schuld.«

Jonah betrachtete sie schweigend, unsicher, ob er weiter nachbohren sollte. Er hatte nicht den Eindruck, dass sie ihn offen anlog, doch vielleicht wollte sie mit diesem Geständnis ein anderes Geheimnis ihrer Familie verbergen.

Seine Gedanken kehrten zurück zu den beiden Jungen, die auf

ihre Vernehmung warteten. »Gut. Können Sie mir etwas über das Verhältnis von Finn und Ethan zu ihrem Vater erzählen?«

Aisling wurde rot. »Sie haben überhaupt kein Verhältnis zu ihm.« Sie richtete sich kerzengerade auf und hob den Kopf, ihre Augen glänzten. »Er hat uns drei sitzenlassen, weil er es langweilig fand, Vater zu sein. Er hat die Frau, wegen der er uns verlassen hat, nicht mal geliebt. Sie war bloß ein bequemer Vorwand.« Sie schüttelte den Kopf, weniger wütend als vielmehr resigniert.

»Die Jungen haben also keinen Kontakt zu ihm?«, fragte Lightman.

»Nein. Sie halten ihn für ein Arschloch, obwohl ich ihnen das so nie gesagt habe. Aber das heißt nicht, dass sie zu verbitterten jungen Männern herangewachsen sind. Es bedeutet, dass sie über gute Menschenkenntnis verfügen. Und wissen, wie man Frauen und Kinder behandelt.«

Jonah konnte ein knappes Lächeln nicht unterdrücken. »Okay. Das ist eine sehr nützliche Information, vielen Dank. Als Letztes muss ich Sie fragen, ob einer Ihrer Söhne jemals Knochenmark oder Stammzellen gespendet hat. Dafür müsste er als Spender ausgewählt worden sein und sich im Krankenhaus einer Operation unterzogen haben. Ich frage das nur, um die Möglichkeit auszuschließen, dass ihre DNA irrtümlich im Blut einer anderen Person auftaucht.«

Aisling riss die Augen auf und schüttelte den Kopf. »Ich ... Nein. Haben sie nicht. Ich glaube, Ethan wollte sich mal als Knochenmarkspender melden, aber dann hat Barks auf dem Päckchen mit der Probe rumgekaut, sodass die verunreinigt war. Wir haben uns schon vorgestellt, dass Ethan zum Spenden aufgefordert wird, und dann ist es für einen Schäferhund oder so.«

Darüber musste Jonah tatsächlich lachen. »Okay. Und Ihr Vater? Wissen Sie, ob er in der Zeit, als Sie noch mit ihm zusammengelebt haben, eine solche Spende gemacht hat?«

Aisling schüttelte den Kopf. »Das hat er nie erwähnt. Und für später kann ich das nicht beantworten.«

»Okay, das ist sehr hilfreich, vielen Dank. Ich würde mich noch gern kurz mit Ethan und Finn unterhalten, vielleicht nachdem alle einen Kaffee getrunken haben. Bei Finns Vernehmung sollten Sie dabei sein, weil er noch minderjährig ist, auch wenn es sich nur um eine informelle Befragung handelt.«

»Oh ... ja, okay. Sehr gern.« Sie hielt kurz inne. »Ich kann auch bei Ethan dazukommen. Vielleicht hilft das.«

»Ich glaube, für den Moment ist es nicht notwendig, dass Ethan begleitet wird«, erwiderte Jonah. »Aber wir können Sie hinzuholen, wenn er sich in irgendeiner Weise unwohl fühlt.« Er lächelte sie an. »Es ist wirklich nur ein erstes Gespräch. Und wenn einer von beiden uns etwas mitteilen will, können wir jederzeit einen Anwalt hinzuziehen.«

Er sah die Wirkung seiner Worte auf Aisling. Sie rutschte ein Stück zur Seite und stützte sich mit einer Hand auf dem Tisch ab, als wäre ihr schwindelig.

28.

Sobald die beiden Polizisten gegangen waren, ließ Aisling die Schultern sacken. Sich die ganze Zeit über zusammenzureißen, während ihre Angst und das Gefühl von Trauer immer größer wurden, hatte sie maßlos erschöpft.

Die Begegnung mit dem Detective Chief Inspector war beruhigend, aber auch besorgniserregend gewesen. Wie sein Sergeant Ben schien er sehr sorgfältig vorzugehen. Doch sie hatte auch eine harte Seite in ihm gesehen. Außerdem war er offensichtlich extrem intelligent, was entweder sehr gut oder sehr schlecht sein konnte.

Zwangsläufig hinterfragte sie rückblickend jedes einzelne Wort, das sie gesagt hatte, und auch die Dinge, die sie weggelassen hatte. Sie fragte sich, ob sie ihm einfach die ganze Wahrheit über sich und ihre Familie erzählen sollte, damit er ihr irgendwie half.

Als er einen Anwalt erwähnt hatte, war ihr ernsthaft übel geworden, und seine Fragen nach Tullamore und den Gründen für ihren Wegzug hatten sie zutiefst beunruhigt. Es gab dort so vieles, an das sie nicht denken wollte. Jene schreckliche Nacht, der schmallippige Zorn ihrer Mutter, die Art, wie sie selbst, Aisling, ihren Vater angefleht hatte.

Unwillkürlich stellten sich Erinnerungen ein, die beinahe in Zeitlupe vor ihrem inneren Auge abliefen. Erinnerungen daran, wie Donagh bei ihnen angekommen war. Seine Gestalt und sein attraktives Gesicht hatten so viel Zuversicht ausgestrahlt, als er aus dem Wagen gestiegen war. Aber dann hatte das Ganze blutig geendet.

Nein, dachte sie und hätte es beinahe laut ausgesprochen. Du kannst es dir nicht leisten, jetzt daran zu denken.

Aber woran sollte sie sonst denken? Sollte sie sich fragen, ob einer ihrer Söhne sie angelogen hatte? Ob einer von ihnen in all das verwickelt war?

Den ganzen Tag hatte sie die winzigen Fragmente von Zweifeln beiseitegeschoben. Hatte sie in Schach gehalten mit dem Gedanken, dass einer ihrer Jungen sich in irgendwas verstrickt, vielleicht *aus Versehen* etwas unendlich Dummes getan und dann versucht hatte, es zu vertuschen. Aber ihre kleine Insel von sorgfältig eingehegten Zweifeln konnte dem plötzlichen Tsunami von Wissen nicht trotzen. Die Erkenntnis, dass es um den Bonfire-Killer ging, stürzte wie eine Wand aus Wasser auf sie ein.

Sie zog ihr iPhone aus der Tasche und öffnete Safari. Einen Moment lang starrte sie auf das Display, unwillig, den Gedanken weiterzuverfolgen. Aber dann tippte sie »Bonfire-Killer Morde« in das Suchfeld.

Zweites Mordopfer im New Forest entdeckt – Polizei geht von Serienmörder aus

Es war der relevanteste Artikel, den die BBC anzubieten hatte. Sie sah, dass der Link violett war. Sie hatte den Artikel schon einmal gelesen.

Als sie ihn jetzt erneut las, fielen ihr zahlreiche Details wieder ein, die ihr zwischenzeitlich entfallen waren. Lindsay Kernow hatte genau wie Jacqueline Clarke allein gelebt. Sie war seit dem Besuch ihres Sohnes über Weihnachten nicht mehr gesehen worden. Sie hatte in Totton gewohnt und als freie Lektorin gearbeitet.

Aisling spürte, wie ihr ein kalter Schauer den Rücken hinunterlief, als sie sich erinnerte, wie Finn seinen Bruder am Silvesterabend angehauen hatte.

Hast du Lust, mich in deiner Schrottkarre mit nach Totton zu nehmen, Bruderherz? Im Beekeepers steigt ein shubz.

Ethan hatten den Kopf geschüttelt und seinem Bruder erklärt, dass er viel zu bürgerlich war, um ein Wort wie *shubz* zu benutzen, und dass es nicht mal als *shubz* zählte, wenn es in einer Kneipe stattfand. Eine Hausparty gehörte schließlich in ein privates Zuhause. Außerdem hatte er gemurrt, dass er keine Lust habe, den Chauffeur zu spielen. Aber am Ende hatte er Finn doch gefahren. Aisling hatte den beiden einen schönen Silvesterabend gewünscht und ihnen hinterhergewinkt, bevor sie es sich mit einer Flasche Chablis auf dem Sofa bequem gemacht hatte.

Beide ihrer Söhne waren in Lindsay Kernows Heimatstadt gewesen, Finn vielleicht sogar im selben Pub wie sie. Und Ethan war womöglich auf dem Nachhauseweg an ihr vorbeigefahren ...

Aber bestimmt hätte keiner von beiden länger mit ihr gesprochen. Das Foto zeigte eine Frau, die die vierzig sichtlich überschritten hatte. Eine Frau mit dunkelblondem welligem Haar mit einem Stich von künstlichem Rot. Sie war hübsch, aber nicht so attraktiv wie Ethans diverse Freundinnen oder Finns Fernbeziehung. Und auch nicht so attraktiv wie die jungen Frauen, die Ethan nach jedem Auftritt in Scharen umringten.

Obwohl zu den Konzerten manchmal auch ältere Frauen kamen, dachte Aisling. Einige waren so fixiert auf das Talent und die Schönheit ihres Sohnes, dass sie offenbar vergaßen, wer sie waren und was sie zu bieten hatten. Ethan hatte ihr von einigen dieser Frauen erzählt.

Sie stellte sich plötzlich vor, dass Lindsay versucht haben könnte, Ethan zu verführen. Sie könnte ihn nach einem Gig an einen privateren Ort gelockt haben. Und weil Ethan zu sanft und gut erzogen war, Nein zu sagen, könnte er ihr am Ende gefolgt sein, bis alles viel zu weit gegangen war.

Sie schob hastig ihren Stuhl zurück und stand auf, um das Bild abzuschütteln.

Nichts dergleichen ist passiert, dachte sie. Du hast sie erzogen, Frauen respektvoll zu behandeln. Sie sind Feministen. Und sie lieben dich abgöttisch. Sie würden einer Frau nie so etwas antun. Niemals.

Aber das widerliche Gefühl von Zweifel wollte nicht verschwinden.

29.

Jonah stand im Observationsraum vor Raum vier und beobachtete Ethan Cooley. Der Junge saß lässig und scheinbar unbekümmert auf einem Stuhl, doch sein unaufhörlich wippendes Bein, das Haar, das seine Augen halb bedeckte, und seine Hände, die auf dem Tisch vor ihm tippten, verrieten seine Nervosität.

Finn war in Raum drei und bot ein vollkommen anderes Bild. Er saß gerade und hatte den Kopf zur Seite gelegt. Hin und wieder blickte er sich um, doch im Ganzen wirkte er, als würde er an etwas relativ Angenehmes denken.

Sah einer von ihnen aus wie der Typ Mann, der zwei Frauen betäuben, erwürgen und dann auf einen Scheiterhaufen legen konnte?

Ja, dachte Jonah. Denn Mörder sahen aus wie jeder andere. Absolut jeder.

»Danke, dass Sie der Speichelprobe zugestimmt haben«, sagte Jonah zu Finn, nachdem er, Aisling und Lightman am Tisch Platz genommen hatten. Finn war aufgesprungen, um ihm die Hand zu schütteln, und hatte sich dann sofort wieder ordentlich hingesetzt.

Sein Handschlag war fest, sein Blick direkt. Jonah hatte den Eindruck, dass der Junge das Ganze betrachtete wie eine Übung für ein Bewerbungsgespräch an einer Universität. Eine Situation, deren Ausgang er durch sein Auftreten in seinem Sinne beeinflussen konnte.

»Die Ergebnisse sollten in ein paar Stunden vorliegen«, fuhr Jonah fort. »Ich wüsste gern, ob Sie glauben, dass es sich als Ihre DNA herausstellen wird.«

»Ganz sicher nicht«, erwiderte Finn sofort. »Ich habe mit so etwas nichts zu tun.«

»Soweit ich weiß, hat mein Sergeant Ihnen bereits erklärt, dass die Leiche mit der DNA am Neujahrstag gefunden wurde.« Jonah beobachtete Finns Gesichtsausdruck. »Können Sie uns sagen, was Sie am Abend zuvor gemacht haben?«

»Sicher.« Finn lächelte bereitwillig. »Ich habe mich mit ein paar Freunden in einem Pub getroffen, aber er war total überfüllt. Nachdem wir anderthalb Stunden versucht hatten, einen Sitzplatz zu ergattern, haben wir aufgegeben. Also, zumindest einige von uns. Ich glaube, ein paar sind geblieben.«

»Wann sind Sie aufgebrochen?«

»Gegen halb elf, glaube ich. Ungefähr.«

»Wo war der Pub?«, fragte Lightman. Er machte sich auf seinem iPad wie immer sorgfältig Notizen.

»Im diesseitigen Teil von Totton. Das Beekeepers.«

»Sind Sie mit öffentlichen Verkehrsmitteln dorthin gekommen?«

»Nein, mein Bruder hat mich gefahren.«

Also sind beide Brüder an dem Abend in Totton gewesen, dachte Jonah.

»Ethan ist nicht in dem Pub geblieben?«, fragte er.

»Nein, er wollte auf eine andere Party«, antwortete Finn scheinbar unbesorgt.

»Wie sind Sie nach Hause gekommen?« Lightman ließ sich nie davon ablenken, die Details festzuhalten. Diese Arbeitsweise fand Jonah, der selbst dazu neigte, die Stoßrichtung seiner Fragen plötzlich zu ändern, durchaus nützlich, auch wenn sie ihn manchmal ausbremste.

»Ich bin gejoggt«, sagte Finn und fügte hinzu: »Das nächste Taxi wäre erst in gut einer Stunde frei gewesen, deshalb bin ich einfach an der A35 entlanggejoggt.«

»Sie sind *gelaufen*?«, fragte Jonah, unsicher, ob er das glauben sollte. Er traute Finn durchaus zu, die Strecke zu laufen, hielt es jedoch für unwahrscheinlich, dass er das am Silvesterabend nach ein paar Drinks noch getan hatte. Aisling starrte ihren Sohn ebenfalls an, mit einer Spur von Entsetzen, wie Jonah zu erkennen glaubte.

»Ja, das mache ich ziemlich oft.« Finn zuckte mit den Schultern, halb abschätzig, halb selbstzufrieden, und offenbar ohne die Reaktion seiner Mutter zu bemerken. »Bis nach Hause sind es nur vier Meilen, und es ist ein gutes Training. Ich achte in der Regel darauf, einen Laufrucksack mitzunehmen, damit ich hinterher über den Asphalt joggen kann.«

»Aber es war spät am Abend«, sagte Jonah. »Ist Ihre Mutter damit einverstanden?«

Er blickte zu Aisling, die ertappt wirkte.

»Ich …« Sie räusperte sich. »Nein, ich … ich wäre nicht einverstanden gewesen, wenn ich davon gewusst hätte.«

»Aber es war okay«, sagte Finn leicht gereizt.

»Wie lange brauchen Sie für eine Strecke von vier Meilen?«, fragte Jonah.

»Im lockeren Dauerlauf? Etwa zweiunddreißig Minuten.«

Jonah musste lachen. »Das ist ein ganzes Stück schneller als ich, selbst wenn ich nüchtern bin.«

»Aah, wahrscheinlich müssten Sie einfach so viel trainieren wie ich«, sagte Finn mit einem echten Lächeln. »Bevor man mir beigebracht hat, wie man richtig läuft, war ich auch viel langsamer.«

»Das werde ich mir merken«, erwiderte Jonah. »Also die A35 … dann sind Sie auf dem Rückweg direkt an Lyndhurst Heath vorbeigekommen, oder nicht?«

»Am Rand, ja«, bestätigte Finn, und sein Lächeln wurde schmaler.

»Und Sie haben zwischendurch keine Pause eingelegt?«, schaltete Lightman sich ein. »Um sich zu erleichtern oder ein paar zu früh abgefeuerte Raketen zu betrachten?«

»Nein, ich bin einfach gelaufen.« Finn blickte zu Aisling. »Ohrhörer rein, Lauflampe an und los. Das war der Plan.«

»Erinnern Sie sich, unterwegs jemandem begegnet zu sein?«, hakte Jonah nach. »Oder jemanden bemerkt zu haben, der aussah, als hätte er Probleme oder würde Probleme machen?«

Finn schien zu überlegen, schüttelte dann jedoch langsam den Kopf. »Sorry. Ich glaube nicht, dass ich viele Leute gesehen habe. Ich kann mir vorstellen, dass ich vielleicht jemandem begegnet bin, der seinen Hund ausgeführt hat, denn das passiert ziemlich häufig, wissen Sie? Aber ich habe keine Ahnung, ob das wirklich Silvester war. Könnte auch ein anderer Abend gewesen sein. Ich laufe die Strecke ziemlich oft.«

»War Ihre Mutter noch wach, als Sie nach Hause gekommen sind?«, fragte Jonah.

Finn schüttelte den Kopf und blickte zu seiner Mutter. »Ich glaube nicht. Die Lichter waren aus, oder? Entweder du hast schon geschlafen, oder du bist auf dem Sofa eingedöst.«

»Ich kann mich nicht erinnern, dass du nach Hause gekommen bist«, sagte Aisling langsam. »Ich bin ziemlich früh weggenickt. Zu viel Wein. Also lag ich wohl schon im Bett, als du gekommen bist. Wann war das? Um elf?«

»Ja, oder ein bisschen später«, sagte Finn. »Wenn ich mich draußen noch gedehnt habe.«

Jonah sah, dass Aisling darüber nachdachte, bevor sie nickte. War sie verärgert über Finns unvorsichtiges Verhalten, oder zweifelte sie daran, dass er um die Zeit nach Hause gekommen war?

Er nickte. »Gut. Kennen Sie eine Frau namens Lindsay Kernow oder sind ihr schon einmal begegnet?«

Jonah schob ein Foto von Lindsay über den Tisch, das ein Jahr vor ihrem Tod gemacht worden, laut ihrem Sohn aber noch ziemlich aktuell war. Ihr dunkles, welliges Haar war kurz geschnitten; genauso hatten sie sie in der Heide gefunden. Ihre Miene wirkte ein wenig unsicher, was laut Dylan ebenfalls normal für sie war.

Finn senkte den Blick, betrachtete das Bild und schien die Frage ernsthaft zu bedenken.

»Nein, ich glaube nicht.« Er schüttelte den Kopf. »Außer ein paar Lehrern kenne ich ehrlich gesagt auch niemanden in diesem Alter.« Er warf seiner Mutter ein kurzes Lächeln zu. »Ma ist der einzige uralte Mensch, den ich ertragen kann.«

Jonah nickte und dachte, dass Finn genug Zeit gehabt hatte, seine Nichtreaktion einzuüben. Aber zumindest hatte Jonah die Frage gestellt. »Okay, vielen Dank. Ich würde gerne auf den größeren Zusammenhang zu sprechen kommen.« Er blickte zu Aisling, die kurz, aber verräterisch schauderte. »Tatsächlich untersuchen wir nicht nur einen Mord«, erklärte er Finn so behutsam wie möglich, »sondern zwei, wie ich Ihrer Mutter bereits erläutert habe. Wir sind uns ziemlich sicher, dass sie von derselben Person begangen wurden. Wenn Sie uns also irgendetwas sagen können …«

Jonah bemerkte genau, wie Aislings Blick zwischen ihrem Sohn und ihm hin- und herzuckte. Sie war offensichtlich genauso gespannt auf seine Reaktion wie er.

Finn wirkte überrascht. Er öffnete den Mund und starrte Jonah ein paar Sekunden mit leerem Blick an. Dann wurden seine Gesichtszüge hart, und ein Ausdruck von Angst oder vielleicht Ärger trat in seine Augen.

»Gott, das ist furchtbar«, sagte er mit einem übertriebenen Privatschul-Akzent. Jonah fragte sich, ob er den reichen Jungen spielte, um unschuldiger zu wirken, oder ob es eine unbewusste Reaktion auf eine Autoritätsperson war, weil er sich bedroht fühlte. »Ich würde Ihnen wirklich gern helfen. Das Problem ist bloß, dass ich beim Laufen nichts gesehen habe. Jedenfalls nicht, dass ich wüsste. Ich meine, ich kann versuchen, mich detailliert zu erinnern, aber viel fällt mir nicht ein. Ich könnte mir nicht mal die Zeit merken, wenn ich sie nicht in meiner Lauf-App speichern würde.«

Finn lächelte ihn offen und selbstironisch an.

»Könnten wir auf der App auch die Strecke sehen?«, fragte Jonah.

Finn sah ihn erstaunt an. »Ich … glaube schon.« Er blickte zu Aisling. »Wenn Sie mir mein Handy zurückgeben. Vorausgesetzt, ich habe dran gedacht, es aufzunehmen.«

Wieder betrachtete Jonah ihn eine Weile, bevor er ein weiteres Foto über den Tisch schob.

»Erkennen Sie diese Frau?«, fragte er und beugte sich vor. »Sie heißt Jacqueline Clarke. Sie wohnte in Brockenhurst.«

Finns Miene spannte sich ein wenig an, als er auch dieses Foto sorgfältig betrachtete. Er studierte Jacquelines hübsches, beinahe elfenartiges Gesicht und ihre strahlend blauen Augen, ihre aufgeweckten, ein wenig harten Züge. »Es tut mir leid, aber ich glaube, auch diese Frau habe ich noch nie gesehen.« Kopfschüttelnd blickte er auf. »Wir kommen nicht oft nach Brockenhurst.«

Jonah nickte und fragte nach einer kurzen Pause: »Können Sie sich erinnern, was Sie am dritten Oktober gemacht haben?«

»Ähm, also … Ich bin mir ehrlich gesagt nicht sicher.« Er lächelte knapp. »Was für ein Wochentag war das?«

»Ein Freitag«, sagte Lightman.

»Okay …« Finn versuchte sich zu erinnern oder tat zumindest überzeugend so, als ob. »Oh.« Plötzlich hellte sich seine Miene auf. »Das war das Wochenende, an dem ich Marian zum ersten Mal besucht habe.«

»Marian ist …?«, fragte Lightman.

»Meine Freundin«, antwortete Finn stolz.

»Sie führen also eine Fernbeziehung?«, erkundigte Jonah sich.

»Ja, sie wohnt in Harrogate. Wir haben uns im Sommer bei den Landesmeisterschaften kennengelernt«, sagte Finn. »Sie ist eine wirklich gute Tennisspielerin, nationale Nummer eins der Junioren.«

Jonah fand es interessant, dass Finn es nicht für nötig hielt, in diesem Zusammenhang auch seine eigenen Erfolge zu erwähnen.

Er hatte weder betont, dass sie Ranglistenerste der *Damen* war, noch angedeutet, dass der Wettbewerb der Männer viel härter war, wie es deprimierend viele Sportler, die Jonah kannte, bei jeder Gelegenheit taten.

»Sie wohnen also ziemlich weit voneinander entfernt«, sagte er.

»Ja, es ist ehrlich gesagt ein bisschen kompliziert.«

»Und wann sind Sie zu diesem Besuch bei ihr aufgebrochen?«, fuhr Jonah fort.

»Das war ... am Freitag. Mittags.«

Finn wirkte auf einmal angespannt. Ein Muskel neben seinem Mund zuckte rhythmisch.

»Wann sind Sie losgefahren?«

»Am Nachmittag«, sagte Finn. »Ich hatte ein paar Stunden freies Lernen. Ich hab den Zug genommen.«

»Und wann sind Sie bei Ihrer Freundin angekommen?«

»Oh, ähm ...« Er räusperte sich. »Genau genommen habe ich die Fahrt in zwei Etappen unterteilt. Ich habe unterwegs in einem Hostel übernachtet. In London.«

Jonah bemerkte, wie Aisling sichtlich überrascht zu ihrem Sohn hinübersah.

»Okay ...« Jonah blickte zu Lightman. »Nach Harrogate fährt man wie lange? Fünf Stunden?«

»Kommt auf die Zugverbindung an«, sagte Finn ein wenig defensiv. »Manchmal auch fünfeinhalb.«

»Aber Sie hätten es locker an einem Nachmittag schaffen können«, bohrte Jonah weiter.

»Ja, aber das wollte ich nicht.« Finn räusperte sich erneut. »Ich bin kein großer Fan von langen Reisen, und ich wollte nicht, dass ihre Eltern mit dem Abendessen warten müssen oder so.«

»Aber Sie hatten nur ein Wochenende Zeit, sie zu sehen«, bemerkte Jonah. »Wollten Sie nicht möglichst schnell dort sein?«

»Wir hatten jede Menge Zeit«, erwiderte Finn mit fester Stimme.

Seine Mutter sah aus, als wollte sie etwas sagen. Ihre Stirn war gerunzelt, ihr Gesichtsausdruck mehr als besorgt.

»Wann sind Sie dann am Samstag angekommen?«

»Am späten Vormittag.« Finn hatte den Kopf gesenkt, sein Blick war auf seine Hände konzentriert.

»Was haben Sie in London gemacht?«, fragte Lightman.

»Nicht viel.« Finn zuckte wieder mit den Schultern. »Ich habe in einem italienischen Restaurant gegessen und bin früh schlafen gegangen.«

»Ihre Freundin hat Sie nicht in London getroffen«, sagte Lightman, eher eine Feststellung als eine Frage.

»Nein.« Finns Stimme war ein wenig heiser.

»Und dafür haben Sie das Training verpasst? Um am Freitag loszufahren?«

Nach kurzem Schweigen sagte Finn leise: »Manchmal ist es nett, eine Entschuldigung dafür zu haben. Ich trainiere sechs Tage die Woche und habe nur einen Tag frei. Manchmal ... ist es schön, einfach ein ganz normaler Teenager zu sein und kein Sportstar. Verstehen Sie?«

Das klang beinahe glaubwürdig. Aber aus irgendeinem Grund war Jonah nicht überzeugt.

30.

Das Schweigen, in dem Aisling und Finn zurückblieben, war tief, angespannt und erstickend. Aisling hatte das Gefühl, als würde es sich wie ein dünner Plastikfilm über ihren ganzen Körper ziehen und jedes Wort auffangen, bevor es hörbar wurde.

Sie betrachtete ihren Sohn wie zum ersten Mal. Als wüsste sie nichts von seinem Humor, seinen wunderbaren Manieren auf dem Tennisplatz und seiner zwanghaften Ordnungsliebe. Als würde sie sich nicht daran erinnern, wie er schreiend auf die Welt gekommen war und wie er bis zu seinem fünfzehnten Geburtstag unter nächtlichen Angstattacken gelitten hatte. Wie er mit seiner Legasthenie gekämpft und nach dem Tod ihres ersten Hundes Charlton tagelang geweint hatte.

Sie fragte sich, ob diese Dinge wichtig waren, um zu erkennen, wie er wirklich war, oder ob sie ihr Urteilsvermögen trübten. Ob siebzehn Jahre gemeinsamer Erlebnisse sie daran hinderten, den jungen Mann zu sehen, zu dem Finn herangewachsen war.

Sie dachte unvermittelt an eine Dokumentation über Ted Bundy, die sie gesehen hatte. Teds Mutter hatte jahrelang darauf beharrt, dass ihr Sohn kein Mörder war. Erst als er mehrere Morde gestanden hatte, war sie schließlich davon zu überzeugen gewesen, dass sie sich in ihm getäuscht hatte. Aisling erinnerte sich, wie wütend sie auf die Frau gewesen war. Sie musste diese Seite ihres Sohnes doch gesehen haben.

War sie selbst nicht besser?

Herrgott noch mal, dachte Aisling. Er ist nicht Ted Bundy. Er ist Finn. Du würdest es wissen. Du weißt alles über ihn.

Aber das stimmte offensichtlich nicht. Sie hatte nichts von seiner Übernachtung in London gewusst. An dem Abend hatte sie sich nicht bei ihm gemeldet, und er hatte nie erwähnt, dass er nicht in Harrogate gewesen war. Er musste sie angelogen oder zumindest nicht die ganze Wahrheit gesagt haben. Denn sie hatte ihn gefragt, wie es Marian ging und wie ihr Haus war. Daran erinnerte sie sich auf jeden Fall.

Die Polizei hatte er auch angelogen. Da war sie sich sicher. Er hatte nichts gegen das viele Training.

Und da war noch etwas, was sie beunruhigte.

Ich trainiere sechs Tage die Woche ...

Aber es waren jetzt doch sieben Tage, oder? Er hatte eine regelmäßige zusätzliche Einheit angenommen, die sein Trainer ihm kostenlos angeboten hatte. Das hatte Finn doch gesagt, oder?

Sie erschauderte am ganzen Körper.

Was, wenn er dienstags nicht zum Training gegangen war?

Aber sie hätte doch gewiss bemerkt, dass irgendwas nicht stimmte, wenn er eine Frau getötet hätte? Er hätte am Morgen danach doch nicht munter plaudernd mit ihr die Frühstückseier zubereiten können, oder?

Dann fiel ihr die Schnittwunde an seinem Bein wieder ein, die sie vorher nicht bemerkt hatte, und die Erinnerung traf sie wie ein Schlag.

Es war, als würde sich der Boden unter ihren Füßen auftun. Sie wollte ihn dringend, so dringend danach fragen. Sie wollte, dass er die Augen verdrehte und ihr erklärte, dass er über einen Ast gestolpert war, als er mit Barks gespielt hatte, oder sich das Bein an einem Brombeerstrauch aufgekratzt hatte. Dass sie sich doch daran erinnern müsse, weil er es ihr erzählt hatte.

Gleichzeitig machte sich ein flaues Gefühl in ihrem Magen breit. Denn Finn war immer der Kompetente von ihnen. Derjenige, der alle Antworten wusste. Der irgendwie immer alles unter Kontrolle hatte.

Es war eine schreckliche, schwindelerregende Erfahrung, all ihre Gespräche plötzlich mit anderen Augen zu betrachten und sich zu fragen, ob Finn sie und Ethan vielleicht die ganze Zeit manipuliert hatte.

An der Stelle wandte sie sich abrupt von ihm ab.

Sei nicht albern. Du kennst deinen Sohn!

Es musste einen Grund geben, warum er gelogen hatte. Einen anderen Grund.

Was verschweigt er mir?, dachte sie wütend. Warum hat er mir nicht die verdammte Wahrheit erzählt, als es passiert ist? Ich hätte ihm helfen können. Ich könnte ihm auch jetzt helfen.

Ihre Wut kochte still vor sich hin. Wut darüber, dass er sie angelogen hatte, obwohl sie sich so angestrengt hatte, eine offene, unvoreingenommene Atmosphäre zu schaffen, in der ihre Söhne immer ehrlich sein konnten.

Dann fiel ihr ein, wie sie ihre Eltern wieder und wieder belogen hatte, um Jack O'Keane zu sehen.

Kann ich heute bei Siobhan übernachten, Daddy? Sie hat den Film Am grünen Rand der Welt *geschenkt bekommen, und es wäre für den Englischunterricht echt nützlich, ihn zu sehen …*

Kann ich heute Abend zum Jugendkreis gehen?

Hättet ihr etwas dagegen, wenn ich bis zum Abend in der Schule bleibe, um mir einen Vortrag über Chemie anzuhören?

Sie blickte Finn an und erkannte sich plötzlich selbst in ihm wieder. Trotz allem, was sie getan hatte, damit ihre Jungen sich frei fühlten, offen über alles zu sprechen, gab es Dinge, die er ihr nicht hatte erzählen können. Und das war ebenso ihre Schuld wie seine.

Sie wollte ihm sagen, dass es okay war, wenn er etwas getan hatte, wofür er sich schämte. Sogar etwas Illegales. Und wenn er seine Freundin mit jemandem in London betrog, könnten sie das irgendwie klären.

Alles war besser als Mord. Alles.

Einen kurzen Moment lang fragte sie sich, ob sie vielleicht auch damit klarkommen könnte. Ob sie Finn – oder Ethan – lieben könnte, wenn einer von ihnen zwei Frauen getötet hatte.

Unwillkürlich streckte sie den Arm aus, ergriff die Hand ihres Sohnes und drückte sie.

Als er den Händedruck nach dem Bruchteil einer Sekunde erwiderte, empfand sie eine große unerschütterliche Liebe für ihn.

Was immer du getan hast, dachte sie, du bist mein Sohn. Mein Sohn.

31.

Cassie Logan rief an, als O'Malley gerade nach Variationen des Namens »Michael« und »Mikey« in der Gegend um Newbury suchte. Es war eine zermürbende Arbeit und möglicherweise nutzlos. Dara Cooley wechselte seinen Namen offensichtlich nach Belieben und verwandte wahrscheinlich längst einen anderen.

»Entschuldigen Sie, dass ich Sie habe warten lassen«, sagte Cassie. »Aber ich hatte eine Besprechung mit dem FBI, ob Sie es glauben oder nicht.«

»Das glaube ich gern«, sagte O'Malley. »Und kein Problem. Wir sind ungeheuer dankbar für Ihre Hilfe.«

»Sie wollten wissen, was mit einem möglichen unehelichen Kind von Dara Cooley ist«, sagte sie geschäftsmäßig. »Das ist ein wenig kompliziert, deshalb wollte ich es Ihnen genau erklären.«

»Okay«, sagte O'Malley.

»Der prozentuale Anteil der gemeinsamen DNA von Aisling Cooley und Ihrem Täter liegt in dem Bereich, in den auch ein Halbbruder fallen könnte«, sagte Cassie. »Er beträgt zweitausendzweihundert Centimorgan, ein Wert, unter den sowohl ein Geschwister als auch ein Halbgeschwister fallen würde.«

»Das heißt, es *könnte* auch ein Halbbruder sein?«, fragte O'Malley. »Hat der Bericht das zu stark vereinfacht?«

»Nein, ich stimme den Schlussfolgerungen des Globalry-Berichts uneingeschränkt zu«, antwortete Cassie. »Denn es geht nicht nur um die prozentuale Übereinstimmung, sondern darum, wie viele Abschnitte vollständig identisch sind und wie viele halb identisch. Aisling Cooley und Ihr Täter haben mehrere voll identische Abschnitte.« Sie zog die Augenbrauen hoch. »Das kann unmöglich die Folge einer weiteren, zusätzlichen Blutsverwandtschaft sein. Das heißt, Aisling muss eine Vollschwester des Täters sein. Oder wie gesagt seine Mutter oder seine Tochter.«

»Okay«, sagte O'Malley. »Ich glaube, das habe ich kapiert. Annekas Kind scheidet definitiv aus. Das bedeutet, unser Täter ist nach wie vor entweder ihr Vater oder einer ihrer Söhne.«

Tatsächlich hielt O'Malley es für zunehmend wahrscheinlich, dass es nur Aislings Vater sein konnte. Dara Cooley hatte als Einziger Kontakt mit Anneka Foley gehabt, der ersten Frau, die auf einem Scheiterhaufen gestorben war.

32.

Weil er zufällig sechzehn Monate vor seinem Bruder geboren war, musste Ethan sich der Vernehmung ohne Begleitung seiner Mutter stellen. Und auch wenn Jonah ihn heute Abend nicht hart bedrängen wollte, hatte er es durchaus darauf abgesehen, dass Ethan sich selbst ein Bein stellte.

»Ich weiß nicht mehr genau ... wie lange ich aus war«, sagte Ethan mit einem Schweißfilm auf der Oberlippe, als sie ihn nach dem Silvesterabend fragten. Er räusperte sich. »Ich war ein bisschen betrunken, deshalb ... ist nicht mehr alles ganz klar, verstehen Sie? Ich bin auf jeden Fall bis nach Mitternacht geblieben, aber danach ist mir langweilig geworden. Ich bin noch etwa eine Stunde geblieben. Vielleicht auch zwei. Dann bin ich nach Hause.«

»Auf der Party wurde also viel Alkohol konsumiert?«, fragte Jonah.

Ethan zuckte mit den Schultern. »Es war Silvester. Also, ja.«

»Das heißt, Sie sind nicht mit Ihrem Wagen nach Hause gefahren.«

»Nein, ich habe Finn in Totton abgesetzt und den Wagen dann bei der Party stehen lassen«, sagte Ethan. »Matt hat eine riesige Auffahrt, deshalb ...«

»Und Sie haben Ihren Wagen am nächsten Morgen abgeholt?«

»Ähm, am Nachmittag«, sagte Ethan und lächelte zum ersten Mal. »Ich hatte einen fetten Kater. Ich bin erst ziemlich spät aufgestanden. Gerade rechtzeitig zum Brunch.«

»Es war also ein ziemlich wilder Abend«, kam Jonah auf seine vorherige Frage zurück. »Wurden auch Drogen konsumiert?«

»Es war bloß eine Privatparty, verstehen Sie? Kein Rave«, erwiderte Ethan sichtlich defensiv.

Jonah nickte. »Aber Sie sind nicht direkt zu der Party gefahren, oder?«

Ethans Augen weiteten sich ein wenig. »Verzeihung?«

»Nachdem Sie Ihren Bruder in Totton abgesetzt haben«, sagte Jonah, »sind Sie nicht direkt zu der Party bei Matthew Downing gefahren.«

Ethan runzelte die Stirn und stieß ein kurzes Lachen aus. »Doch, da bin ich mir ziemlich sicher.«

»Matthew hat uns erzählt, dass Sie erst um fünf vor zwölf angekommen sind«, sagte Jonah.

Er beobachtete, wie Ethan schluckte und dann sagte: »Also, im Ernst, da liegt Matthew wirklich komplett falsch. Er war betrunken und hat draußen eins von seinen Videos gedreht ... Er muss vergessen haben, dass ich schon vorher da war.«

»Okay.« Jonah blickte auf seine Notizen. »Aber er hat uns erzählt, dass er sie ausdrücklich gefragt hat, wo Sie waren. Und sie haben gesagt, Sie hätten Ihrem Bruder bei irgendwas geholfen.«

Ethan schnaubte. »Ich glaube wirklich nicht, dass wir diese Unterhaltung geführt haben.«

»Sie denken also, dass andere Gäste der Party bestätigen werden, dass Sie schon früher dort waren?«

Es entstand eine kurze Pause, bevor Ethan sagte: »Ja. Ja, das denke ich.«

»Und Sie und Ihr Bruder haben in Totton nichts gemeinsam unternommen«, schaltete Lightman sich ein.

Ethan zuckte mit den Schultern. »Ich hab ihn bloß hingefahren.«

»Okay«, sagte Jonah lächelnd. »Das ist hilfreich.«

Als er die Fotos von Lindsay Kernow und Jacqueline Clarke über den Tisch schob, schien Ethan plötzlich die Geduld zu verlieren.

»Ich kenne sie nicht«, sagte er wütend. »Ich habe ehrlich nichts damit zu tun. Ich verstehe nicht, warum DNA von mir, Finn oder meinem Großvater am letzten Tatort gefunden wurde. Ich kannte diese Frauen nicht.«

»Halten Sie es für möglich, dass die DNA von Ihnen stammt?«, fragte Jonah.

»Nein. Ich meine, wenn sie nicht irgendjemand dort deponiert hat. Ich wüsste nicht … warum jemand so etwas tun sollte. Oder wie er in den Besitz gekommen sein könnte. Aber ich war nicht mal in der Nähe dieser Frauen, und ich bin nicht in der Heide gewesen, okay?«

Jonah nickte, bemüht, unterstützend und verständnisvoll zu wirken. Manchmal musste man einem Verdächtigen hart zusetzen, manchmal musste man sich als sein bester, zuverlässigster Freund präsentieren, und Jonah wusste instinktiv, dass in diesem Fall Letzteres gefragt war.

»Wir müssen diese Fragen stellen. Es tut mir leid, Ihnen Unbehagen zu bereiten. Aber es ist wichtig, die Aussagen von Ihnen und Ihrem Bruder aufzunehmen, bevor die Ergebnisse kommen. Also, können Sie mir helfen?«

»Warum legen Sie mir dann diese Bilder vor, als hätte ich die Frauen getötet?«, fragte Ethan ein wenig schriller.

»Wir sind lediglich daran interessiert, ob diese Fotos vielleicht irgendwelche Erinnerungen wachrufen«, sagte Jonah leise. »Wenn Sie etwas gesehen haben, was Sie womöglich vergessen oder für unwichtig gehalten haben, ist es entscheidend, dass wir davon erfahren. Wir müssen herausfinden, was diesen beiden Frauen zugestoßen ist.«

Ethan senkte den Blick und ließ ein paar Strähnen in seine Augen fallen. Nach kurzem Schweigen nickte er. »Okay. In Ordnung.«

Obwohl er ruhiger klang, zuckte sein linkes Bein weiter vor innerer Anspannung. Die Situation nahm ihn sichtlich mit.

Jonah betrachtete die Hände des Jungen. Er war anscheinend so kräftig wie sein Bruder, wenn auch weniger muskulös. Es war die

Art Kraft, die man wahrscheinlich entwickelte, wenn man jeden Tag mehrere Stunden lang Gitarre spielte.

Dennoch: Ob einer der Jungen wirklich stark genug war, um eine Leiche allein durch die Natur zu tragen? Das war schwieriger, als sich irgendjemand vorstellen konnte. Und selbst wenn die Frauen nicht tot, sondern durch die Betäubung nur bewusstlos gewesen waren, wären sie genauso schwer gewesen.

Es bestand eine Zwei-Drittel-Wahrscheinlichkeit, dass einer von ihnen Lindsay Kernow auf den Scheiterhaufen gelegt hatte oder zumindest direkt daran beteiligt gewesen war. Und wenn einer von ihnen am Tatort gewesen war, war es nicht ausgeschlossen, dass sich sein Bruder ebenfalls dort aufgehalten hatte.

»Was denken Sie darüber, dass die DNA von Ihrem Bruder stammt?«, fragte Jonah abrupt.

»Was?« Ethan blickte durch seine Strähnen auf und sah Lightman an. »Es ist nicht … Ich dachte, die Ergebnisse liegen noch nicht vor.«

Jonah lächelte. »Es ist eine hypothetische Frage. Wenn Sie sagen, dass die DNA nicht von Ihnen stammt, könnte Sie immer noch von Ihrem Bruder stammen. Wenn wir Sie ausschließen, beträgt die Wahrscheinlichkeit fünfzig Prozent.« Er blickte Ethan erwartungsvoll an. »Also, was glauben Sie, wie sie dann dorthin gelangt ist? Glauben Sie, dass Ihr Bruder auf dem Heimweg in einen Streit geraten ist?«

»Verdammte Scheiße.« Ethan wandte sichtlich aufgebracht den Blick ab. »Nein, das glaube ich nicht. Und ich glaube auch nicht, dass er jemanden umgebracht hat. Er ist ein guter Mensch. Da können Sie verdammt noch mal jeden fragen.«

Jonah beobachtete ihn lange, doch nichts veränderte sich an Ethans empörter Miene.

»Gut«, sagte er. »Wir brauchen nur noch die Kontaktdaten aller Gästen auf Matthew Downings Party, dann werden Sie auf Kaution entlassen und dürfen nach Hause gehen.«

»Okay«, sagte Ethan. Aber Jonah erkannte, dass der Verstand des Jungen weiterarbeitete, als würde er versuchen, einen Ausweg zu finden.

Jonah und Lightman blieben neben Hansons Schreibtisch stehen. Sie drehte sich zu ihnen um.

»Die Vernehmungen sind beendet«, erklärte Jonah ihr. »Wir müssen die Entlassung der Jungen auf Kaution vorbereiten. Wenn Sie unten anrufen könnten, um das zu klären. Und wir sollten die Uniformierten benachrichtigen, die die Beobachtung für heute Abend übernehmen.«

Die Cooley-Brüder durften zwar nach Hause fahren, aber das würden sie unter enger Beobachtung tun. Sie machten immer noch zwei Drittel ihres Kreises von Verdächtigen aus, deshalb war es wichtig, dass die Polizei zu jeder Zeit wusste, wo sie sich aufhielten – und was sie taten –, bis die DNA-Ergebnisse vorlagen. Ein weiterer Mord, während sie kurz davor waren, den Mörder zu überführen, war das Letzte, was sie wollten.

Aber solange Dara Cooley immer noch dort draußen herumlief, hätte Jonah gern genug Beamte zur Verfügung gehabt, um die Straßen zu fluten. Genug, um jede Frau im New Forest zu beschützen.

»Ich kann mich um die Überwachungsteams kümmern«, bot Hanson an.

»Cassie Logan hat sich wegen des unehelichen Kindes gemeldet«, rief O'Malley. »Kommt nicht in Frage. Selbst wenn Dara Cooley der Vater von dem Kind aus West Gradley ist, hätte der Junge nicht so viel identische DNA mit Aisling Cooley wie unser Täter.«

»Ich schätze, damit bleibt die Sache simpel«, sagte Jonah. »Wir müssen bloß Dara Cooley finden.« Er zögerte kurz. »Ich würde auch gern die lokalen Taxiunternehmer fragen, ob sie Finn am Abend des dritten Oktober irgendwohin gefahren haben. Er behauptet, dass er an dem Abend, an dem Jacqueline Clarke gestorben ist, in London übernachtet und Southampton entsprechend am Nachmittag verlassen hat, aber das klingt äußerst fragwürdig. Die Überwachungskameras am Bahnhof könnten bestätigen, ob er überhaupt einen Zug genommen hat. Er behauptet, er sei am Nachmittag losgefahren.«

Hanson kritzelte etwas auf die große Schreibtischunterlage unter ihrer Tastatur, die bereits voller Notizen in ihrer schrägen Handschrift war, die nur sie selbst entziffern konnte.

O'Malley hingegen lehnte sich nachdenklich auf seinem Stuhl zurück. Jonah stellte amüsiert fest, dass der Schreibtisch, den Hanson und Lightman – zu O'Malleys großer Empörung – aufgeräumt hatten, schon wieder mit Zetteln übersät war.

»Wir sollten bei der automatischen Kennzeichenerkennung nach den Daten für Ethan Cooleys Wagen im Oktober nachfragen«, sagte O'Malley. »Er könnte Jacqueline oder vielleicht sogar Jacqueline und seinen Bruder zu dem Campingplatz Longbeech gefahren haben.«

»Gute Idee«, sagte Jonah.

»Die Anfrage für Aisling und Ethan Cooleys Wagen für Silvester ist bereits raus«, sagte Lightman. »Ich kann eine Anfrage für den dritten Oktober hinterherschicken.«

»Danke«, sagte Jonah. »Außerdem haben wir die Kontaktdaten von einigen der Gäste der Silvesterparty bekommen, auf der Ethan Cooley war.«

»Das kann ich nachverfolgen«, bot Hanson an.

»Überlassen wir das einem der anderen DCs«, sagte Jonah. »Sie sollen auch die Verbrennung des Pferdes weiter untersuchen und nach möglichen Verbindungen suchen. Ich denke, es wäre gut, wenn einer von Ihnen Domnall bei der Suche nach Dara Cooley unterstützt. Im Moment wissen wir zumindest, wo Finn und Ethan sich aufhalten, und beide stehen unter Beobachtung.« Nach einer kurzen Pause fügte er hinzu: »Wir sollten auch alle anderen Entwicklungen verfolgen. Ich werde die anderen DCs bitten, sämtliche eingehenden Meldungen aufmerksam zu sichten. Ob über Frauen oder über Tiere.«

Er musste nicht hinzufügen, was ihnen allen bewusst war: Sechs für den Fall abgestellte DCs und eine Handvoll Constables würden nicht verhindern, dass noch jemand starb, wenn Dara Cooley ihr Mörder war und sie ihn nicht finden konnten.

33.

O'Malley lehnte sich müde auf seinem Stuhl zurück und überlegte, wie sie Dara Cooley sonst noch aufspüren konnten. Dabei kreisten seine Gedanken wieder um Fahrzeuge, und in diesem Fall um das von Dara Cooley.

Die Daten der automatischen Kennzeichenerkennung wurden drei Jahre lang aufbewahrt, sofern sie nicht im Zusammenhang mit einer prominenten Ermittlung standen. Danach mussten sie aus datenschutzrechtlichen Gründen vernichtet werden. Auf den ersten Blick also eine Sackgasse. Es war absolut unwahrscheinlich, dass Dara Cooley noch immer denselben Wagen fuhr wie vor achtundzwanzig Jahren, zum Zeitpunkt seines Verschwindens.

Eine kurze Überprüfung ergab, dass Dara einen Ford Orion gefahren hatte, den er weder verkauft noch als verschrottet gemeldet hatte. Vermutlich hatte er ihn schrottreif gefahren und nie jemanden benachrichtigt, weil das Fahrzeug – genau wie sein Halter – so schwerer aufzuspüren war.

Wahrscheinlich hatte Dara diesen Wagen also noch ein paar Jahre gefahren, vorausgesetzt, er hatte nicht einfach die Nummernschilder abgeschraubt. Wenn sie diesen Wagen zu einem anderen Ort verfolgen könnten, würde ihnen das vielleicht einen Hinweis geben, wo sie nach Dara suchen sollten. Und darüber dachte O'Malley nach.

Die Daten der automatischen Kennzeichenerkennung würden mittlerweile vernichtet worden sein, nicht jedoch Einzelmeldungen, die zur statistischen Analyse aufbereitet worden waren, wie etwa Berichte über Fahrzeugkontrollen. Irgendein stellvertretender Chief Constable könnte seine Leute angewiesen haben, alle Fälle von Fahrzeugen zusammenzustellen, die wegen illegaler Reifenprofile oder defekter Bremslichter angehalten worden waren, um zu sehen, ob es einen signifikanten Anstieg solcher Verstöße gab. All diese Berichte existierten noch, und O'Malley konnte sie herunterladen und durchsuchen, auch wenn die Ergebnisse nicht als einzelne Einträge in der Datenbank auftauchen würden. Es waren lediglich statistische Daten und keine Berichte über Straftaten, die gezielt im Zusammenhang mit einer bestimmten Person oder einem Kennzeichen gespeichert worden waren. O'Malley musste sich also fragen, ob er bereit war, mehrere Stunden seiner Zeit damit zu vergeuden, Hunderte dieser Berichte zu öffnen, um zu sehen, ob Dara Cooley irgendwann in eine Verkehrskontrolle geraten war.

Seufzend suchte er nach allen landesweit zusammengefassten Meldungen vom 2. Februar 1987, dem Tag, an dem Dara Cooley verschwunden war, bis zum selben Datum 1992. Er würde die beschwerliche Suche fürs Erste auf fünf Jahre beschränken.

Die Suche ergab sechshundertachtzehn Treffer.

O'Malley widerstand der Versuchung, die Seite gleich wieder zu schließen, und öffnete den ersten Bericht, der nur vier Tage nach Dara Cooleys Verschwinden zusammengestellt worden war.

Nur die ersten fünfzig, sagte O'Malley sich, dann kannst du dir einen Kaffee und ein paar Haferkekse gönnen.

Die Durchsicht der einzelnen Berichte sollte nicht allzu lange dauern. Man musste sie nur öffnen, das Kennzeichen ins Suchfeld eingeben, auf Enter drücken und wieder schließen.

Für den ersten Bericht, der Fälle von defekten Rücklichtern zusammenfasste, brauchte er dreißig Sekunden. Kein Ergebnis.

Er öffnete den zweiten Bericht, ohne auf die Überschrift zu achten – irgendwas mit dem Verdacht auf Drogenhandel –, zusammengestellt eine Woche nach Daras Verschwinden. Er kopierte Daras Kennzeichen in das Suchfeld, drückte auf die Return-Taste und spürte, wie seine Kinnlade herunterklappte, als die Suche einen Treffer ergab.

»Mein Gott«, sagte er, als er auf dem Bildschirm die Zeile mit dem hervorgehobenen Kennzeichen sah.

Er las die Zusammenfassung der Fahrzeugkontrolle. Der Wagen war nicht angehalten, sondern überprüft worden. Am 3. Februar 1987 um ein Uhr nachts war ein weißer Nordeuropäer am Glenridding Beck in Cumbria kontrolliert worden, der damals von Drogenhändlern als Umschlagplatz benutzt worden war. Die patrouillierenden Beamten hatten sich dem Insassen des Fahrzeugs, der einen desorientierten Eindruck gemacht hatte, genähert und ihn befragt. Er hatte erklärt, dass er nichts mit Drogen zu tun, sondern lediglich ein paar häusliche Probleme habe. Er habe nur aufs Wasser geschaut und überlegt, was er machen solle. Die Beamten hatten ihn höflich aufgefordert weiterzufahren, was der Mann auch getan hatte.

O'Malley las den Bericht noch einmal und lehnte sich dann mit einem Gefühl, das er nicht benennen konnte, auf seinem Stuhl zurück. Dann öffnete er Google Maps und suchte nach Glenridding. Es war ein kleines Dorf am Rand des Ullswater, eines Sees im Lake District, sechs Autostunden von Dara Cooleys Zuhause entfernt. Die Beamten hatten ihn just in der Nacht dort angetroffen, als er verschwunden war.

Mit einem kalten Gefühl in der Magengrube griff O'Malley nach dem Telefon. Eine Ahnung stieg in ihm auf, was mit Dara Cooley passiert war.

34.

Während der Heimfahrt schaffte Aisling es kaum, ihren beiden Söhnen ein Wort aus der Nase zu ziehen. Dabei brannte sie darauf, die Antwort auf so viele Fragen zu erfahren. Zum Beispiel, warum Finn gelogen und ob Ethan über den Silvesterabend ebenfalls nicht die Wahrheit gesagt hatte.

Sie brachte es nicht über sich, danach zu fragen. Stattdessen versuchte sie, zumindest herauszufinden, wie Ethans Vernehmung gelaufen war, doch er schien unfähig oder unwillig, ihre Neugier zu befriedigen. Ihr normalerweise sonnig gelaunter und redseliger Sohn erklärte nur, die Vernehmung sei »gut« gewesen.

Vorsichtig hakte sie nach, ob er ihnen erzählt hätte, was er Silvester gemacht hatte und auch Anfang Oktober. »Hast du ihnen gesagt, dass du keine der Frauen auf den Fotos erkannt hast?«

»Ja, natürlich«, sagte er leicht trotzig, was so untypisch für ihn war, dass sie es beinahe ganz aufgegeben hätte. Aber es gab so vieles, was sie wissen musste, dass sie ihn unwillkürlich weiter bedrängte.

»Das heißt, dir fällt auch kein Grund ein, warum es deine DNA sein könnte?«

»Selbstverständlich nicht«, fauchte Ethan sie an. »Herrgott, *Mutter*! Es ist schließlich nicht so, als würde ich meine Abende damit verbringen, Frauen mittleren Alters zu stalken.« Er drehte sich zur Rückbank um, wo Finn wieder auf seinem Handy herumscrollte. »Warum fragst du nicht Finn?«

»Was?« Sein jüngerer Bruder hatte offensichtlich nicht zugehört. Auch wenn Aisling beim Blick in den Rückspiegel nicht viel von ihm sah, machte er einen abgelenkten Eindruck, als wäre er mit seinen Gedanken weit weg gewesen.

»Die DNA könnte von jedem von uns sein oder von keinem, verdammt noch mal. Weshalb bin ich derjenige, der ins Kreuzverhör genommen wird?«, fragte Ethan, jetzt eher jammernd.

»Herrgott«, machte Aisling ihrer Frustration für einen Moment Luft. »Ich versuche doch nur zu helfen, Ethan. Und das kann ich nicht, wenn du mir nicht erzählst, was los ist!«

Ethan wandte sich ab, und Aisling musste sich beherrschen, ihn nicht so lange anzuschreien, bis er irgendwas sagte. Sie atmete tief durch. »Ich war bei der Vernehmung deines Bruders dabei. Er ist nicht mein Liebling. Ich kann euch beide gleich wenig leiden, schon vergessen?« Sie tätschelte kurz Ethans Arm, bevor sie die Hand wieder ans Lenkrad legte.

»Ich *sollte* aber dein Liebling sein«, bemerkte Finn.

»Nee«, sagte Aisling und grinste ihn an. »Du bist ein verwöhnter Bengel.«

»Heftig.«

Nach einer kurzen Pause sagte Ethan mit herablassender Ironie: »Du kannst *mein* Liebling sein, wenn du magst, Finny.«

Bei ihrem Geplänkel fühlte Aisling sich sofort besser. So sollte es sein. Sie sollten sich necken, darüber lachen und einander insgeheim abgöttisch lieben.

Ethan grinste und dehnte und reckte sich ausgiebig. Ein paar Minuten fuhren sie in behaglichem Schweigen. Aisling beschloss, alles andere fallen zu lassen, obwohl eigentlich keine ihrer Fragen beantwortet war.

Erst als sie Lyndhurst erreichten, fragte Ethan: »Was, wenn jemand unsere DNA dort platziert hat? Meine oder Finns?«

Aisling spürte ein neues Stechen der Angst. Das war etwas, worüber nachzudenken sie sich verboten hatte: eine Situation, in der sie ohnmächtig waren. So unwahrscheinlich es war, allein der Gedanke ließ sie in kalten Schweiß ausbrechen. Denn wenn jemand die DNA eines ihrer Jungen am Tatort deponiert hatte, konnte vielleicht nichts einen Prozess verhindern. Genau genommen war das der Hauptgrund, warum sie Jack kontaktiert hatte. Er wüsste vielleicht, was zu tun war.

Aber mit dieser unwahrscheinlichen Möglichkeit wollte sie sich jetzt nicht befassen. Wichtig war in diesem Moment nur, Ethan zu trösten.

»Dann werden wir dafür sorgen, dass die Polizei herausfindet, wer das getan hat«, sagte sie entschieden. »Sie sind nicht dumm, und ich werde nicht zulassen, dass sie irgendwelche Mutmaßungen anstellen.«

»Aber was ist, wenn die Polizei die Probe dort selbst deponiert hat?«, drängte Ethan weiter. »Ich meine, wie in *Making a Murderer*. Wenn das passiert, bist du am Arsch. Sogar wenn du wirklich teure Anwälte hast, die wir uns nicht leisten können.«

Aisling seufzte. »Das ist hier in England weniger wahrscheinlich, denke ich. Wir haben nicht dieselbe tief sitzende Überzeugung, dass die Polizei unfehlbar ist. Und ... die Beamten scheinen ganz anständige Menschen zu sein. Ich glaube nicht, dass sie irgendjemandem etwas anhängen wollen, am allerwenigsten dir.« Wieder streckte sie die Hand aus und rieb diesmal seine Schulter. »So nervig du auch bist, ein Krimineller bist du nicht, und du versuchst auch nicht, die Polizei zu verklagen.«

»Stimmt«, sagte Ethan nach einem Moment. »Wohl nicht.«

»Wir sollten über Opa sprechen«, sagte Finn plötzlich von der Rückbank. »Du hast erklärt, es ist einer von uns dreien. Also, was denkst du?«

An einer roten Ampel sah Aisling ihn im Rückspiegel an. Der Gesichtsausdruck ihres jüngeren Sohnes war starr. Entschlossen.

»Fragst du mich, ob ich glaube, dass er jemanden umgebracht hat?«

»Ja. Du hast gesagt, er wäre ein sanfter Mann gewesen«, sagte Finn und beugte sich vor. »Aber war er das immer? Du hast nie gesehen, wie er gewalttätig oder aggressiv geworden ist? Vielleicht nicht dir gegenüber, aber gegenüber jemand anderem?«

Aisling dachte unwillkürlich an jenen einen schrecklichen Abend zurück. Und an den Teil ihres Lebens, an den sie sich nicht erinnern wollte – *sie wollte sich nicht erinnern* –, bevor sie gepresst sagte: »Nur ein Mal. Und es war ... es war nicht seine Schuld. Er wurde provoziert.«

Nach kurzem Schweigen sagte Finn: »Aber er wäre dazu imstande, oder nicht? Wenn er es dieses eine Mal gewesen ist.«

Aisling fand nicht die Kraft zu widersprechen. Um Viertel vor neun bog sie in ihre Einfahrt. Sie hatte das Gefühl, der Tag hätte Wochen gedauert, und war sich gleichzeitig bewusst, dass er noch Stunden weitergehen würde. Sie war ausgelaugt. Erschöpft. Und trotzdem voller kribbelnder Angst.

Einen Moment lang weigerte sie sich auszusteigen. Es war alles zu viel. Viel zu viel. Die Speichelproben, deren Ergebnisse in den nächsten zwei Stunden vorliegen würden. Jack O'Keanes bevorstehende Ankunft. Die Fragen über ihre Familie, die ihre sorgfältig errichteten Verteidigungswälle einrissen. Und fast am schlimmsten von allem die Tatsache, dass all das sie schließlich zwang, an Donagh zu denken. An den einen Menschen, an den zu denken sie nicht ertrug.

Wie war es möglich gewesen, dass er mit solch lächelndem Glanz in ihr Leben gekommen war, dass sie ihn so begeistert empfangen hatten?

Sie konnte sich bis heute an das Gefühl erinnern, an die Stimme ihres Vaters, als er ihr zum ersten Mal erzählte, dass Donagh kommen würde.

Er ist ein Cousin deiner Mutter ... Er hat sich geläutert und folgt jetzt einem gottgefälligen Weg. Er kommt für ein paar Wochen zu uns ...

Es war schwindelerregend gewesen. Fantastisch. Die Vorstellung, dass ihre einsame, abgeschottete Mammy einen jungen

Cousin hatte, der nur zehn Jahre älter war als Aisling. Endlich ein Mensch, der zur *Familie* gehörte, nach einem Leben der Entfremdung von den einzigen anderen Verwandten, die Aisling hatte.

Es sind keine guten Menschen, hatte ihre Mutter vorher immer gesagt, *sie sind weltliche, sündhafte Leute. Solchen Menschen kann man nur begrenzt oft die Hand der Freundschaft und Vergebung reichen.*

Aber nun hatte sich einer von ihnen offenbar geändert und war ein guter Mensch geworden. Und damit endlich würdig.

Was für eine Ironie. Sie wünschte, sie hätte die Aisling von damals irgendwie warnen können. Aber selbst wenn sie es gewusst hätte, wäre sie womöglich machtlos gewesen. Denn auch ihre Eltern hatten sich von Donagh verführen lassen.

Ihr Daddy war von dem Moment an verloren, als er von ihm hörte. Als sie eines Abends nur zu zweit gewesen waren, hatte er Aisling anvertraut, wie sehr er sich fast sein Leben lang nach einer eigenen Familie gesehnt hatte, weil er sich als Einzelkind, dessen Eltern früh gestorben waren, lange in der Welt alleine gefühlt hatte.

Nicht dass ich je gedacht hätte, du und deine Mammy, ihr wärt nicht genug, hatte er mit einem sanften Lächeln hinzugefügt. *Aber eine große, freundliche, lärmende Familie ... Das fände ich schön. Und das ist jetzt vermutlich meine Chance. Er ist ein angeheirateter Blutsverwandter. Ebenso sehr mein Cousin wie der deiner Mammy. Und wenn er zu einem guten Leben bekehrt worden ist, dann kann er die anderen bestimmt auch überzeugen.*

Sie hatten ihn bereitwillig akzeptiert, von jener ersten Begegnung in ihrem mit Porzellan vollgestellten Wohnzimmer an bis zu dem Punkt, an dem die Wahrheit über Donagh so krass zutage getreten war, dass nicht einmal sie beide sie ignorieren konnten.

Unwillkürlich fand Aisling sich in die schlimmste aller Erinnerungen zurückversetzt. Sie saß nicht mehr zusammengesunken in ihrem Wagen in der Auffahrt, sondern auf einer Mauer vor ihrer Schule, ihren Klarinettenkoffer in der Hand, und ihre baumelnden

Füße stießen gegen das Mauerwerk. Eine geschmeidige, attraktive Gestalt hatte sich neben ihr niedergelassen.

»Hey.«

Sie zuckte zusammen, als sie eine Hand auf ihrer Schulter spürte. Es war Finn, bloß Finn, der sich an der Fahrertür in den Wagen beugte. Sie war zu Hause. In Sicherheit.

»Kommst du mit rein, oder soll ich dir ein Kissen bringen?«, fragte er und zog ironisch eine Braue hoch.

»Puh«, sagte Aisling und versuchte zu lächeln. »Muss ich mich wirklich bewegen?«

Sie stieg langsam aus, unsicher, ob sie ein fünfzehnjähriges Mädchen in einer Schuluniform war oder eine fünfundvierzigjährige Mutter in Jeans.

»Sollen wir was zu essen machen?«, fragte Finn, als sie schwerfällig den Hausflur betrat. Ethan war bereits auf dem Weg in die Küche, vermutlich um irgendwelche Snacks aus den Schränken zu plündern.

»Ich denke, wenn es je einen Abend für eine Bestellung beim Lieferdienst gab, dann heute«, antwortete Aisling.

Sie ließ die Jungen nach oben gehen und zog ihr Handy aus der Tasche. Normalerweise bestellten sie gemeinsam, was beinahe das Beste daran war. Vor ein paar Jahren hatten sie gemeinsam entdeckt, dass man sich auf der Website von Milo's, der lokalen Pizzeria, alle Zutaten selbst zusammenstellen konnte, einschließlich einer bizarren Auswahl von Saucen und zusätzlichem Käsebelag. Außerdem konnten sie bestimmen, welche Hälfte der Pizza womit belegt werden sollte. Von da an hatten sie es zu ihrer Mission gemacht, die bizarrsten Pizzen zu komponieren, wobei Finns zur Hälfte mit Pickles, Banane, Pesto sowie einer Auflage von sechs zusätzlichen Portionen Käse belegte und zur anderen Hälfte vollkommen nackte Pizza bisher der Sieger war.

Manchmal hatten sie offen gestanden Mühe, die Kreationen zu verzehren, die geliefert wurden, und doch war es das wert – allein schon, um zu entdecken, wie köstlich Erdbeeren auf einer herzhaften Pizza schmeckten. Und auch für das Kopfschütteln der Lieferboten, die sie jedes Mal fassungslos fragten, was sie in Herrgottsnamen diesmal bestellt hatten.

Heute Abend ging sie allerdings lieber auf Nummer sicher und wählte ein paar Geschmacksnoten aus, die tatsächlich zueinander passten. Doch es erschien ihr beinahe unmöglich, die Bestellung abzuschließen. Hin- und hergerissen zwischen Vergangenheit und Gegenwart, brauchte sie zehn Minuten, um drei Pizzen in den Warenkorb zu packen.

Erst als sie gerade bezahlen wollte, fiel ihr ein, dass sie vielleicht auch etwas für Jack bestellen sollte. Er würde ungefähr zur selben Zeit eintreffen wie das Essen.

Nach kurzem Zögern fügte sie eine Stuffed Crust-Pizza Hawaii hinzu und klickte auf den Bestellknopf. Sie musste einfach darauf vertrauen, dass Jack, sosehr er sich auch verändert haben mochte, immer noch Schinken und Ananas mochte.

Im selben Moment fiel ihr brühend heiß ein, dass er schon in einer halben Stunde eintreffen würde und sie ihn Ethan und Finn gegenüber noch mit keinem Wort erwähnt hatte. Wo war sie nur mit ihren Gedanken gewesen?

Wahrscheinlich bei DNA-Ergebnissen, Serienmördern und ihrem von ihr entfremdeten Vater, gestand sie sich ein. Trotzdem war es ein gewaltiges Kommunikationsversagen.

Sie blickte die Treppe hoch. Sollte sie es ihnen jetzt erklären, falls Jack zu früh kam? Sie hatte gehofft, noch schnell unter die Dusche springen und sich etwas Ordentlicheres anziehen zu können, bevor die Pizza in zwanzig Minuten eintraf, aber es würde knapp werden.

Dabei hatten ihre Söhne auch ohne das unerwartete Auftauchen eines Fremden für einen Tag genug Stress gehabt. Aisling streifte ihre Schuhe ab und stieg eilig die Treppe hinauf.

Ethans Tür, die der Treppe am nächsten lag, stand offen und

bot einen unverstellten Blick auf das Chaos aus Technik und Müll dahinter.

Ein Stück den Flur hinunter vernahm sie murmelnde Stimmen. Aus irgendeinem Grund näherte sie sich nicht wie üblich mit lauten Schritten, um ihr Kommen anzukündigen, sondern verhielt sich still. Etwas am Tonfall der Stimmen machte sie misstrauisch. Die wenigen knarrenden Dielen umschiffte sie mit müheloser Routine. Sie hatte sie schon gemieden, als ihre Jungen noch klein und unruhige Schläfer gewesen waren. Und nachdem ihr klar geworden war, dass irgendetwas an Stephens spätabendlichen Telefonaten nicht stimmte. Aber sie hätte nie erwartet, dass sie einmal durch den Flur schleichen würde, um ihre Söhne zu belauschen.

Sie waren in Finns Zimmer, so viel war klar. Ethan war offensichtlich zu seinem jüngeren Bruder gegangen.

»... sage ich ja gar nicht«, hörte sie ein wenig lauter.

Ihr pochendes Herz setzte für einen Schlag aus, und sie hätte beinahe das Gleichgewicht verloren. Nur mit Mühe wahrte sie die Balance, ohne zu stolpern.

Es war Finn, der gesprochen hatte, und er hatte wütend geklungen. Energisch. Als er weiterredete, klang er beherrschter, aber sie konnte ihn immer noch hören.

»Du weißt, dass es um mehr geht als um uns beide und diesen ... Kram.«

»Was könnte mehr sein als das?«, fragte Ethan mit harscher Stimme, die so gar nicht nach ihm klang.

Sie stellte sich vor, wie Finn ihm gestikulierend bedeutete, die Stimme zu senken, bevor er leiser antwortete: »Ich sage nicht, dass es nichts ist, aber es bedeutet *eventuell* großen Ärger im Gegensatz zu *garantiertem* Ärger. Du weißt, was passieren würde, wenn du es ihnen erzählst. Das wissen wir beide.«

Für eine Weile war es still, und Finns geschlossene Tür schien im Rhythmus von Aislings Herzschlag zu pulsieren. Dann sagte Ethan: »Was für ein scheiß Schlamassel.«

Nach kurzer Pause erwiderte Finn: »Alles wird gut. Versprochen.«

Dann bewegte sich einer der Jungs, sodass eine Diele knarrte, und Aisling trat hastig den Rückzug an, weg von den beiden und allem, was sie gehört hatte.

35.

Um halb neun rief Jonah zu Hause an, um Michelle noch zu erreichen, bevor sie schlief. Weil sie in der Nacht garantiert mindestens zweimal geweckt wurde, legte sich seine Partnerin, wenn sie zu Hause war, in der Regel um Viertel vor zehn ins Bett. Und wenn sie ausging, war das normalerweise die Zeit, zu der sie heimkam, obwohl es in den letzten Wochen eher später geworden war, wie Jonah festgestellt hatte.

Er hätte seinen gewohnten Anruf heute Abend ehrlich gesagt gern ausgelassen. Nachdem er gehört hatte, wie reizbar er Michelle machte, fragte er sich, ob seine Anrufe in Wahrheit eher Ärgernis als Unterstützung waren.

Er nahm sein Handy, seufzte tief und drückte die Anruf-Taste für ihre Festnetznummer. Während er wartete, dass sie abnahm, überlegte er, was er ihr Positives sagen könnte. Aber dann war es ihre Kinderfrau, die das Telefon abnahm.

»Ist Michelle schon zurück?«, fragte er, nachdem Rhona ihm versichert hatte, dass Milly fest schlief.

»Nein, sie ist noch aus«, antwortete Rhona. »Sie hat vor einer halben Stunde angerufen, und ich habe ihr erklärt, dass ich alles im Griff habe und die erste abendliche Fütterung gern übernehmen kann.«

»Das ist furchtbar nett, vielen Dank«, sagte Jonah. Früher hatte er ein schlechtes Gewissen gehabt, Rhona um zusätzliche Dienste zu bitten, aber sie schien jedes Mal ehrlich entzückt, wenn sie einspringen und sich nützlich fühlen konnte. Sie war ein wahrer Glücksfall.

Als er auflegte, fühlte er sich erneut hin- und hergerissen. Einerseits wollte er unbedingt, dass Michelle ausging und sich selbst wiederentdeckte. Aber neben der nach wie vor existierenden Gefahr machte er sich heute ganz neue Sorgen. War sie mit ihren Freundinnen unterwegs und erzählte ihnen, wie sehr sie die Nase von ihm voll hatte? Würden sie sie ermutigen, ihn zu verlassen, oder Vorschläge machen, was sie tun konnte, damit die Beziehung besser funktionierte? Traf sie sich vielleicht sogar mit anderen Männern und fragte sich, warum sie ihre Zeit mit Jonah vergeudete? Erinnerte sie sich daran, dass sie attraktiv und interessant war und sich nicht mit dem Zweitbesten zufriedengeben musste?

Er wünschte von ganzem Herzen, dass er am Morgen nicht gehört hätte, was er gehört hatte. Hätte er nichts davon gewusst, hätte er sich für sie gefreut.

Er überlegte kurz, Michelle eine Nachricht zu schicken, wie froh er war, dass sie sich mal so richtig amüsierte. Das hätte er früher auch getan, aber nachdem er nun wusste, wie unglücklich sie war, kam ihm das irgendwie manipulativ vor. Also steckte er sein Handy wieder ein und weckte seinen Desktop-Computer aus dem Ruhezustand.

Der heutige Abend bestand hauptsächlich aus Warten, was in seiner aktuellen Stimmung auch nicht hilfreich war. Die DNA-Ergebnisse würden wahrscheinlich frühestens in einer Stunde vorliegen, und bis O'Malley die Spur von Dara Cooley aktiv weiterverfolgen konnte, würde es auch noch etwas dauern. Hanson und Lightman waren vordringlich damit beschäftigt herauszufinden, wo Finn und Ethan Cooley sich am Silvesterabend aufgehalten hatten, aber es war schon spät, und er rechnete nicht damit, dass Ethans und Finns Freunde noch heute Abend antworten würden.

Als Jonah seine neuen E-Mails abrief, war er froh zu sehen, dass das IT-Team von den Mobilfunkbetreibern die Daten für die Handys der Cooley-Brüder erhalten hatten. Sich darum zu kümmern war absolut nicht sein Job, und er würde gegenüber dem DCS auch nie zugeben, dass er es manchmal trotzdem machte. Aber im Moment war Routinearbeit, bei der man nicht denken musste, genau das, was er wollte. Und weil der Rest seines Teams bereits beschäftigt war, hatte er die perfekte Ausrede.

36.

Aisling hatte unter der Dusche Zuflucht gesucht. Eine feige Entscheidung, das wusste sie, aber sie war nicht in der Verfassung, sich irgendetwas anderem zu stellen.

Bitte, gib mir wenigstens heißes Wasser, saubere Kleidung und ein bisschen Make-up im Gesicht, bevor Jack hier ist, dachte sie. Wenigstens das, und ich schaffe es vielleicht irgendwie, mich zusammenzureißen.

Tatsächlich war sie gefährlich kurz davor, sich in Gänze aufzulösen. Oder sich einfach ins Bett zu legen und zu weigern, das erdrückende Durcheinander von Gefühlen zu bewältigen.

Die Schnittwunde an Finns Bein am Neujahrstag. Der Blick, den die beiden gewechselt hatten. Ethans Angst, sie könnte sich mit Matthew unterhalten, und die schreckliche Laune, die er für ein paar Tage gehabt hatte. Sie wussten etwas über den Mord an Lindsay Kernow. Gott, in was hatten sie sich verstrickt?

Aber was sie auch getan hatten, sie brauchten sie trotzdem. Sie hatten schreckliche Angst davor, was passieren könnte, und fürchteten genau wie Aisling selbst, dass ihr Trio auseinandergerissen würde. Sie musste es zusammenhalten. Für ihre Söhne.

Also zog sie sich ihre schickste Jeans und einen Pullover an, föhnte sich die Haare und zog ihren Eyeliner nach. Dann kramte sie eine Flasche Weißwein aus dem Schrank unter der Treppe und leerte sie gleich zu einem Drittel. Der Wein hatte Zimmertemperatur, war aber zum Glück einigermaßen trinkbar.

Schon bevor der Wein wirken konnte, ebbte das Gefühl wegzudriften langsam ab. Das Gefühl, in der Vergangenheit zu zersplittern. Sie drückte den Korken auf die Flasche, stopfte sie für später in den Gefrierschrank und redete sich beinahe erfolgreich ein, dass sie das irgendwie hinkriegen würde.

Als es zum ersten Mal klingelte, ging sie ohne Eile zur Haustür, weil sie annahm, dass es der Pizzabote war. Aber schon durch die Mattglasscheibe konnte sie Jacks Gestalt erkennen.

Der Flur dehnte sich unvermittelt, der Weg zur Haustür kam ihr meilenweit vor. Ihre Hand zitterte, als sie die Tür öffnete.

Die Luft, die in den Flur wehte, war kühl und feucht und schien einen Hauch der Torfmoore um Tullamore mit sich zu tragen.

»Martha.«

Das Wort klang nach lang erwarteter Ankunft. Vielleicht wie die Antwort auf ein Rätsel. Und sie wusste, dass all das auch in ihrem »Jack« lag.

Bevor sie noch irgendetwas anderes sagen oder Jack überhaupt in Ruhe ansehen konnte, fragte Ethan von oben, ob das die Pizza sei. »Nein, noch nicht«, rief sie zurück.

Der Mann, der vor ihr stand, war der Jack, an den sie sich erinnerte, und auch wieder nicht. Die dunkle Kurt-Cobain-Mähne war deutlich gestutzt, das Haar hier und da grauer geworden. Dadurch wirkten seine Augen irgendwie heller, wie von hinten beleuchtet, strahlend.

Außerdem hatte er Falten bekommen und war nicht mehr schlaksig, sondern fast ein bisschen stämmig – als hätte es all das Essen nach Jahren erfolglosen Bemühens doch noch geschafft anzusetzen.

Einige dieser Veränderungen hatte sie auf den Online-Fotos gesehen, doch als er jetzt in Person vor ihr stand und diese unabänderliche Fröhlichkeit und absolute Verlässlichkeit ausstrahlte, war er genau der Junge, den sie damals gekannt hatte. Und sie ertappte sich dabei, ihn trotz allem anzustrahlen.

Diesen Moment wählte Barks, um seine Anwesenheit bekannt zu machen, und stürzte sich ausgelassen auf Jack. Der grinste, bückte sich, streichelte Barks und streifte sich den Rucksack von der Schulter.

»Na, dann komm rein«, sagte sie und hörte, wie sie zum ersten Mal seit Jahrzehnten in den Akzent verfiel, den sie als Kind gesprochen hatte. »Pizza ist unterwegs. Kann ich dir irgendwas anbieten? Wein? Bier?«

»Ein Bier wär fantastisch.«

Da war sie, seine Stimme. Jack O'Keanes Stimme, durch und durch der Junge aus Tullamore.

Er betrat das Haus, und sie sah, dass er außer dem Rucksack auch noch eine kleine Reisetasche dabeihatte.

»Kann ich die hier stehen lassen?«, fragte er. »Ich war noch nicht im Hotel.«

»Klar«, sagte sie. »Es ist ... wirklich nett von dir, dass du so schnell gekommen bist.«

Sie spürte seine physische Präsenz, als er ihr in die Küche folgte. Vielleicht lag das an dem Wein. Auch ihres eigenen Körpers war sie sich bewusst. Wie er sich verändert hatte. Doch das war okay, sie fühlte sich wohl damit.

Erst als sie Jack ein Glas Bier eingeschenkt und vor ihm auf den Tisch gestellt und er den ersten Schluck getrunken hatte, begann sie zu sprechen.

Der erste Satz war der schwerste. »Meine Söhne stecken vielleicht in Schwierigkeiten ...« Aber danach redete sie mit panischer Dringlichkeit weiter. Sie wusste, dass sie vielleicht nur sehr wenig Zeit haben würde, ihm all das zu erzählen, bevor der Pizzabote klingelte und sie ihren Söhnen alles erklären musste.

Also sprudelte sie los, erzählte von ihrem Vater, der sie zwei Jahre nach ihrem Umzug verlassen hatte, vom Tod ihrer Mutter. Von Stephen, der sie genauso alleingelassen hatte wie ihr Vater, und von ihrem Leben mit ihren beiden Söhnen. Von der DNA und dem Treffen mit einem gewissen Ben. Und was seither geschehen war.

Dann von dem Gespräch ihrer Söhne, das sie belauscht hatte, und ihrer Angst, keine hinreichend gute Mutter gewesen zu sein. Von ihrem Zusammenbruch nach Ethans Geburt.

»Es ist … schrecklich, das heute zuzugeben«, sagte sie. »Aber meine Liebe zu ihnen war immer ein bisschen distanziert. Vielleicht sogar ein bisschen widerwillig. Bevor Stephen gegangen ist, war ich den Jungen nie wirklich nahe.« Sie stand auf, um sich noch ein Glas einzuschenken, etwas, damit dieses leicht verschwommene Gefühl anhielt. Sie stand mit dem Rücken zu ihm und kramte im Gefrierschrank nach der angebrochenen Weinflasche. »Ich war ihnen keine gute Mutter, bis er weg war und mir klar wurde, dass ich für sie da sein musste, weil sie nur mich hatten. Und ich habe beschlossen, einen Schritt aus mir herauszutreten, statt mich zurückzuziehen.« Sie fand die Flasche und wandte sich ihm wieder zu. »Aber da waren sie schon lange auf der Welt. In Ethans Fall vier Jahre. Manche Sachen … manche Sachen hatten sich bestimmt schon ausgeprägt, oder?«

»Ich glaube, es gibt keine Mutter auf der Welt, die nicht Angst hat, es mit ihren Kindern verbockt zu haben«, sagte Jack sanft.

Er hatte alles, was sie gesagt hatte, mit mitfühlendem Blick angehört. Mit Interesse. Mit einem ruhigen Gesichtsausdruck, der sagte, dass das jetzt auch *sein* Problem war. Und das war unerklärlich. Wie konnte er nach allem so hilfsbereit sein?

Bei dem Gedanken kam sie ins Stocken. Sie setzte sich ihm wieder gegenüber und sagte: »Mein Gott, Jack, ich erzähl das alles in der falschen Reihenfolge. Denn es gibt etwas, was ich dir sagen muss. Das … das … das ich dir schon vor dreißig Jahren hätte sagen sollen. Es geht um den Grund, warum meine Eltern mich weggebracht haben und warum … warum ich mich nie bei dir gemeldet habe. Es tut mir furchtbar leid, Jack.«

Jack fasste ihre Hand, eine Berührung, die sie schockierend oder beängstigend, vielleicht sogar ein wenig übergriffig hätte finden können, die sich jedoch nur vertraut und sicher anfühlte.

»Es ist okay«, sagte er. »Ich wusste schon vorher … dass irgendwas nicht stimmte.« Er seufzte kurz. »Es hatte mit deinem Vetter Donagh zu tun, oder?«

Es war wie ein Stromschlag, diesen Namen aus seinem Mund zu hören.

Donagh … Der junge, charismatische und unbestreitbar attraktive Cousin, den ihre Eltern in ihr Haus eingeladen und dem sie ihre fünfzehnjährige Tochter für Bibelstunden anvertraut hatten.

Im Kopf war sie wieder an diese Wand gedrängt und spürte, wie Donaghs Hand ihren Schenkel hinaufwanderte. Spürte ihren Impuls zu fliehen.

Ich dachte, du wärst ein so braves Mädchen. Aber jetzt verstehe ich. Du bist gar nicht brav, was? Du bist eine Hure.

An dieser Stelle riss sie sich aus der Erinnerung und dachte stattdessen an das, was viel später in derselben Nacht passiert war.

Sie war von zu Hause zu Jack gerannt, hatte an sein Fenster geklopft, um ihm alles zu erzählen.

Und nachdem sie dann irgendwie in sein Zimmer geklettert war, hatte sie diesen Jungen angesehen, diesen verstrubbelten, verschlafenen, wundervollen, guten Jungen, und ihn leidenschaftlich geküsst. Sie hatte sich und die Erinnerung an Donaghs Berührung in Jack vergraben, in der Berührung ihrer Körper, und überhaupt keine Angst mehr gehabt.

Mit einem seltsamen, aufgeladenen Kribbeln wurde sie in die Gegenwart zurückgerissen. Als sie Jack ansah, spürte sie das Gefühl von damals noch in sich widerhallen. Spürte, wie ihre Wangen heiß wurden, und erkannte in seiner Miene das Gleiche.

Aber bevor sie sich genug sammeln konnte, um etwas – irgendetwas – zu sagen, tauchte plötzlich Finn auf und blickte sie verwirrt an.

»Ähm, ist die Pizza wirklich noch nicht da?«

»Oh.« Aisling schluckte, und ihre Wangen wurden noch heißer. »Wahrscheinlich … ich habe nicht in der App … Das ist Jack.«

Ethan polterte die Treppe herunter, als Finn Jack gerade fragte: »Sind Sie von der Polizei?«

»Nein«, sagte Aisling rasch. »Tut mir leid. Ich hatte keine Gelegenheit ... Jack ist jemand, den ich früher in Tullamore kannte. Er arbeitet als Privatermittler. Ich dachte, er könnte uns vielleicht helfen. Obwohl das Ganze eigentlich nicht sein Problem ist.« Sie blickte zu ihm, sah seine spöttische Miene und fing an zu lachen. »Gott, so mies hab ich noch nie jemanden vorgestellt.«

»Ich meine, ganz ehrlich, ich hatte schon bessere Trommelwirbel«, sagte Jack.

Finn blickte mit gerunzelter Stirn zwischen ihnen hin und her, Ethan war hinter ihm stehen geblieben.

»Moment mal«, hakte Finn nach. »Wenn du sagst, jemand, den du früher kanntest ...«

»Hast du gesagt ›Privatermittler‹?«, wollte Ethan wissen.

Praktisch gleichzeitig fragte Finn: »Meinst du *Ex-Freund*?«

Und natürlich machte genau in diesem Moment der Pizzabote seine Ankunft mit einem lauten Klopfen an der Haustür bekannt.

37.

O'Malley wartete erneut auf den Rückruf einer Kollegin bei der Cumbria Constabulary. Er hatte in den letzten zweieinhalb Stunden schon zweimal mit ihr telefoniert und war sich bewusst, dass es diesmal etwas länger dauern könnte.

O'Malley kannte niemanden bei der Polizei in Cumbria persönlich, sodass er zuerst den Sergeant am Empfang angerufen hatte, der ihn für eine Weile in die Warteschleife geschickt hatte. Die Zeit hatte O'Malley genutzt, um sich den Glenridding Beck und die Umgebung auf einer Karte genauer anzuschauen.

Irgendwann war er zu einer Inspector Karen Douglas durchgestellt worden, die anfangs ziemlich skeptisch geklungen hatte.

»Soweit ich weiß, brauchen Sie Hilfe wegen einer uralten Fahrzeugkontrolle«, sagte sie unlustig.

»Ah, eigentlich nicht«, sagte O'Malley, bemüht, sich seinen Ärger darüber nicht anmerken zu lassen, dass der Sergeant am Empfang sein Anliegen offensichtlich nicht kapiert hatte. »Ich möchte, dass Sie mir helfen, eine vermisste Person aufzuspüren, und diese uralte Fahrzeugkontrolle hat uns vielleicht einen konkreten Hinweis geliefert, wohin der Mann verschwunden ist.«

»Ah«, sagte Inspector Douglas. »Okay, ich höre.«

»Es geht um einen vermissten Mann namens Dara Cooley, der damals vierzig Jahre alt war«, erläuterte O'Malley. »Er hat seine Familie verlassen und in einem Brief erklärt, dass er sein heuchlerisches Leben nicht mehr weiterführen könne. Seitdem hat niemand etwas von ihm gehört, aber als ich einen Sammelbericht Ihrer Constabulary durchgesehen habe, habe ich entdeckt, dass er, wenige Stunden nachdem er seine Familie verlassen hatte, um ein Uhr nachts von einem Streifenwagen am Glenridding Beck kontrolliert wurde. Er saß in einem parkenden Ford Orion. Die Beamten dachten, dass er etwas mit dem Drogenhandel dort zu tun hatte, über den es Beschwerden gegeben hatte, aber es stellte sich heraus, dass er nur in seinem Wagen saß und auf den See blickte. Er gab an, dass er familiäre Probleme habe. Drogen wurden nicht gefunden.«

»Okay …«, sagte Inspector Douglas.

»Zurzeit versuchen wir zu klären, ob der Wagen im Laufe der nächsten Jahre erneut angehalten oder kontrolliert wurde, aber bisher haben wir nichts gefunden, und das Fahrzeug wurde auch nicht verkauft oder abgemeldet.«

»Gut.«

»In den letzten Tagen haben wir herausgefunden, dass Dara Cooley aller Wahrscheinlichkeit nach eine Affäre mit einer jungen Frau hatte, die er offenbar ebenfalls verlassen hat«, fuhr O'Malley fort. »Also denke ich, der Ullswater ist tief genug, dass ein Mann – sagen wir, ein frommer Mann, mit unerträglichen Schuldgefühlen – seinen Wagen hineinfahren und achtundzwanzig Jahre lang unentdeckt bleiben könnte.«

Nach einem kurzen Schweigen sagte Karen Douglas: »Nicht an der Stelle. Nicht am Glenridding Beck. Da ist das Wasser nicht tief genug, und gleich nebenan liegt ein Segelclub. Er wäre gesehen worden.«

»Sicher«, stimmte O'Malley ihr zu. »Aber er hat die Stelle verlassen, nachdem die Polizei ihn dazu aufgefordert hatte. Ich glaube, er ist woandershin gefahren.«

Inspector Douglas lachte kurz auf. »Wollen Sie, dass wir den ganzen verdammten See absuchen?«

»Nein, natürlich nicht«, besänftigte O'Malley sie. »Ich hab mir bereits ein paar Gedanken dazu gemacht. Wenn ich mir die Karte anschaue, gibt es ein Stück weiter nördlich auf der A 592 einen Abzweig zu einer Farm. Von der Glencoyne Bridge. Ich schätze, von dort könnte man einen Wagen in hohem Tempo in den See fahren.«

Es entstand eine Pause. Den Geräuschen nach zu urteilen, überprüfte Inspector Karen Douglas seine Angaben auf ihrem Computer.

»Ich meine ... möglich ist es, aber ich frage mich, wie wahrscheinlich es ist.«

»Ich hab gedacht«, sagte O'Malley, »dass Sie vielleicht in Ihren auf Microfiche gespeicherten Akten nachsehen könnten, ob es damals Berichte über Reifenspuren oder Fahrzeuge gab, die von der Straße abgekommen sind. Wenn dem so ist, glaube ich, würde es sich lohnen, ein Team von Tauchern zu dem See zu schicken. Auch weil die DNA des Vermissten vielleicht am Tatort eines Serienmordes gefunden wurde.«

Wieder entstand eine Pause. »In Ordnung.« Karen klang jetzt ein wenig enthusiastischer. »Ich kann jemanden in den Microfiche-Akten nachsehen lassen. Das sollte binnen einer Stunde machbar sein.«

»Danke«, sagte O'Malley erleichtert.

»Aber was ist, wenn es keine entsprechenden Berichte gibt?«, fragte Karen. »Ich meine, wenn nichts gemeldet wurde?«

»Nun«, antwortete O'Malley so freundlich wie möglich, »dann würde ich Sie trotzdem bitten, ein paar Taucher runterzuschicken und den See abzusuchen.«

Aber O'Malleys seltsames Glück an diesem Abend hatte gehalten. Er hatte gar nicht drängeln müssen, denn in den auf Microfiche gespeicherten Akten aus der Zeit vor der Digitalisierung war die Meldung eines besorgten Bürgers aufgetaucht, dass nördlich von Norfolk Island ein Wagen in den See gefahren sei. Die Cumbria Constabulary hatte Reifenspuren untersucht, die ihrer Meinung nach nicht eindeutig waren. Man hatte ein Polizeiboot auf den See geschickt, doch kein Fahrzeug war gesichtet worden, deshalb hatte man angenommen, dass die Reifenspuren von einem Wagen stammten, der bis an die Kante gefahren war und im letzten Moment zurückgesetzt hatte.

Karen Douglas hatte auf eine trockene Art belustigt geklungen, als sie ihm die Neuigkeit mitteilte.

»Darüber wird bestimmt niemand glücklich sein, aber wir fahren raus und starten eine erneute Suche«, hatte sie gesagt. »Ich nehme an, es ist dringend.«

»Ja«, hatte O'Malley erwidert und gedacht, dass alles davon abhing, ob Dara Cooley mit dem Wagen dort unten war oder nicht. »Es ist die Bonfire-Killer-Ermittlung, und wir müssen wissen, ob dieser Verdächtige noch lebt.«

»Wir sind an der Sache dran«, hatte Inspector Douglas ihm versichert.

Dieser zweite Anruf lag gut zwei Stunden zurück, und O'Malley war sich bewusst, dass er womöglich noch viel länger auf eine Antwort warten musste. Allein ein Team Taucher zu mobilisieren und vor Ort zu bringen, konnte mehrere Stunden in Anspruch nehmen. Und die Suche selbst konnte sich ebenfalls hinziehen und würde durch die Dunkelheit zusätzlich erschwert werden. Es kam auf die Gegebenheiten des Sees und die exakte Tiefe an dieser Stelle an. Darauf, wie weit sie die Suche ausdehnen mussten und wie gut ihre Ausrüstung war. Es war durchaus möglich, dass sie bei Tageslicht einen zweiten Versuch unternehmen mussten.

Deshalb überprüfte er in der Zwischenzeit jeden anderen alten Bericht, der von 1987 bis 1992 gespeichert worden war, und wand sich innerlich bei dem Gedanken, dass er auf eine viel spätere Erwähnung des Fahrzeugs stoßen könnte, die seine ganze Theorie widerlegen würde. Und selbst wenn er in diesen Berichten keinen Hinweis auf das Fahrzeug fand, hieß das nicht, dass Dara nach 1987 noch quicklebendig damit herumgefahren war.

O'Malley hatte sich ergebnislos durch die Berichte bis Mitte 1990 gewühlt, als Inspector Karen Douglas wieder anrief.

»Die Taucher haben ein Fahrzeug geborgen«, sagte sie. »Es ist in ziemlich üblem Zustand, sodass wir bis auf weiteres weder das Kennzeichen noch andere Details bestätigen können, aber laut meinem Sergeant, der – Gott schütze ihn – im Moment dort unten ist, sieht es aus wie ein Ford Orion aus den Achtzigern.«

»Sie haben unglaubliche Arbeit geleistet«, sagte O'Malley gefühlvoll. »Vielen Dank.«

»Auf dem Fahrersitz sind sterbliche Überreste«, fuhr Karen Douglas fort. »Angeschnallt. Logischerweise wird es noch längere Zeit dauern, bis eine Identifizierung möglich ist. Der Gerichtsmediziner ist unterwegs, und wir werden sehen, ob wir morgen einen Termin für eine Obduktion bekommen.«

»Sie sind wirklich legendär.«

»Ich kann immer noch nicht ganz glauben, dass Ihre inspirierte Spekulation sich ausgezahlt hat«, sagte Karen trocken. »Aber gut gemacht, okay? Das war echt saubere Arbeit.«

O'Malley legte mit dem seltenen und besonderen Gefühl auf, das jeder Polizist bisweilen hatte, dem Gefühl, etwas wirklich Brillantes geleistet zu haben. Natürlich durften sie keine endgültigen Schlüsse ziehen. Es war nach wie vor möglich, dass die sterblichen Überreste in dem Wagen nicht Dara Cooleys waren. Aber aller Wahrscheinlichkeit nach hatte sein Verschwinden vor achtundzwanzig Jahren in einem Suizid geendet, und ihr Mörder befand sich in Aisling Cooleys Haus – unter Beobachtung.

Genau in diesem Moment tauchte der DCI auf, sodass O'Malley seine Neuigkeiten gleich allen verkünden konnte. »Cumbria hat ein Fahrzeug mit sterblichen Überresten aus dem Ullswater gezogen. Höchstwahrscheinlich die von Dara Cooley, und es sieht so aus, als wäre er seit 1987 dort.«

Er sah Hansons aufgeregtes Grinsen und Lightmans beifälliges Nicken. Nur der Chief wirkte verwirrt.

»Gut. Also, das … wirbelt alles ein bisschen durcheinander.«

»Ich glaube, Dinge durcheinanderzuwirbeln ist mein einziges echtes Talent«, erwiderte O'Malley grinsend.

»Ich möchte Ihnen Ihren Theaterdonner bestimmt nicht nehmen, aber ich habe auch Neuigkeiten«, sagte der Chief. »Gerade hat das Labor angerufen und die DNA-Ergebnisse der Cooley-Brüder durchgegeben. Keiner von beiden ist ein Match.«

38.

Nur Minuten nach Erhalt des Ergebnisses rief Lightman Aisling Cooley an und fragte, ob er trotz der späten Stunde noch einmal mit seiner Kollegin vorbeikommen könne.

»Wir haben bloß noch ein paar weitere Fragen«, sagte er besänftigend in den Hörer. Die Frau war sicher gestresst, dachte Hanson, und es kam ihr grausam vor, sie bis zu ihrem Eintreffen im Ungewissen über die DNA-Ergebnisse zu lassen. Aber der Chief wollte, dass Hanson und Lightman die Nachricht persönlich überbrachten und auch noch ein paar schwierige Fragen stellten.

O'Malley wollte unbedingt im Kommissariat bleiben, bis festgestellt war, ob Dara Cooley in dem Wagen gestorben war. Denn wenn kein weiteres, bisher völlig unbekanntes Familienmitglied existierte, das Aisling zu erwähnen vergessen hatte, war ihre einzige – zugegebenermaßen fadenscheinige – Theorie, dass Dara Cooley seinen eigenen Tod nur vorgetäuscht hatte. Aber das fand keiner von ihnen besonders überzeugend. Wozu sollte man so tun, als wäre man tot, wenn niemand einen für tot hielt?

Hanson bot an, diesmal zu fahren, war jedoch erleichtert, als Ben sagte, dass sie lieber seinen Qashqai nehmen sollten. Sein Wagen war sehr viel größer und wärmer als ihr Nissan, und sie hatte Kopfschmerzen, weil sie am Abend zu viel Kaffee getrunken hatte. Es war schon elf, und sie pumpten sich alle mit Koffein voll, um notfalls auch noch länger durchhalten zu können.

Erst als sie im Wagen saßen und zum zweiten Mal an diesem Tag von zwei DCs verfolgt wurden, fiel Hanson auf, dass sie keine Ahnung hatte, wie Ben sich aufrecht hielt. Bei dem ganzen Stalker-

Kram war er auf stille Art hilfsbereit gewesen, wie zu der Zeit, als Damian besonders widerwärtig gewesen war. Aber er hatte selbst so vieles zu verarbeiten, und ihr wurde bewusst, dass sie ihn danach fragen sollte.

Im Auto konnte man ihn manchmal am besten zum Reden bringen, deshalb fragte sie nach ein paar Minuten: »Wie läuft die Therapie?«

Ben dachte einen Moment darüber nach. »Ganz gut, glaube ich.« Er wandte den Blick ein wenig ab und schaute auf einen Wegweiser nach Lyndhurst. »Es ist … sonderbar, mit einer lebenslangen Gewohnheit zu brechen. Aber ich glaube, über Sachen zu reden ist … vielleicht doch nicht das Schlimmste, was einem passieren kann.«

Hanson lächelte zustimmend und ließ ihm Zeit fortzufahren. Sie musste ihn zum Reden ermutigen und gleichzeitig akzeptieren, dass er oft nicht dazu in der Lage war.

»Ich würde … Sie denkt, es wäre eine gute Idee, es dir zu erzählen«, sagte Ben nach einer Minute. »Den ganzen Mist, der passiert ist, als ich jung war.« Er zögerte kurz, dann fügte er hinzu: »Wenn das okay ist.«

»Unbedingt«, sagte Hanson sofort. »Du weißt doch, wie neugierig ich bin.« Sie spürte, wie ihre Wangen heiß wurden. »Hat sie gesagt, speziell mit mir oder einfach mit … jemandem?«

»Mit dir«, antwortete Ben schlicht. »Ich hab ihr erzählt, dass wir manchmal tatsächlich über Sachen reden.« Nach einer Pause fügte er hinzu: »Und natürlich auch, dass du eine kolossale Nervensäge bist.«

Hanson grinste. »Gut zu wissen.«

Nach einem Moment des Schweigens sagte Ben: »Ich freu mich wirklich drauf, diesen Fall abzuschließen. Nicht bloß, weil es gut wäre, einen Serienmörder aufzuspüren, sondern auch, damit wir wieder normale Sachen machen können. Du weißt schon. In den Pub gehen. Unsinn reden.«

»Ich hab *auch so* ziemlich viel Unsinn geredet«, erwiderte Hanson.

»Stimmt«, sagte Ben. »Aber du weißt, was ich meine.«

»Ja, ich weiß«, sagte sie, obwohl sie sich nicht sicher war, ob sie das wirklich wusste. »Wir müssen halt alle einfach durchhalten, was?«

Ben nickte. »Und danach müssen wir uns total besaufen.«

Hanson lachte. »Ja, das auch.«

Danach fuhren sie in einvernehmlichem Schweigen, während Hanson im Kopf zu sortieren versuchte, dass Finn und Ethan darüber gelogen hatten, wo sie am Silvesterabend gewesen waren, dass Dara Cooley möglicherweise tot war und dass sie eine DNA hatten, die nicht zu dem Bericht des Globalry-Tests passte. Sie landete immer wieder bei derselben Frage:

Wie konnte das Blut von Aislings Sohn, Bruder oder Vater stammen und trotzdem kein Match mit den noch lebenden Blutsverwandten ergeben?

Außerdem war sie neugierig, was bei Aisling los war. Die DCs, die ihr Haus beobachteten, hatten gemeldet, dass vor einer Stunde ein Mann mittleren Alters mit einem Taxi eingetroffen war. Sie waren sich ziemlich sicher, dass es nicht Aislings Ex-Mann war, konnten darüber hinaus jedoch nichts Genaueres sagen.

Das Haus der Cooleys war noch hell erleuchtet, als sie in die gekieste Einfahrt bogen. Sobald Hanson die Wagentür öffnete, hörte sie Barks im Flur wie verrückt bellen.

»Typisch Terrier«, murmelte sie.

Sie stand hinter Ben, als er in dieser ganz speziellen Polizei-Manier an die Haustür klopfte: ein unnachgiebiges Pochen, von dem niemand behaupten konnte, er habe es nicht gehört oder sei gerade unter der Dusche gewesen.

Aisling öffnete ihnen mit kalkweißem Gesicht. Trotz der harten Fragen, die sie ihr stellen mussten, tat sie Hanson unendlich leid.

Fünf Minuten später saßen sie alle im Wohnzimmer; Ben hatte freundlich vorgeschlagen, dass sie die Küche verließen. Befragungen sollte man generell lieber in einem Raum durchführen, der nicht voller waffenfähiger Haushaltsgegenstände war.

Der mysteriöse späte Gast war ihnen schlicht als »Jack, ein sehr alter Freund« vorgestellt worden, und die nächsten paar Minuten hatte Hanson ihn unauffällig, aber eingehend gemustert.

Er war etwa in Aislings Alter oder jünger, dem dunklen Teint nach zu urteilen womöglich ein Verwandter. Aber Hanson wusste, dass Aisling nur sehr wenige Verwandte hatte, und die Art, wie die beiden miteinander umgingen, wirkte auch nicht verwandtschaftlich. Sie sahen eher aus wie ein Paar oder ein angehendes Paar.

Jack war offenbar völlig unbeeindruckt von ihrem plötzlichen Eintreffen, was Hanson ein wenig verdächtig fand. Finn, Ethan und Aisling waren sichtlich nervös, als sie sich im Wohnzimmer versammelten – und dazu hatten sie bei der Ungewissheit über das Ergebnis der DNA-Tests auch alles Recht. Aber selbst wenn Jack nichts von dieser Sorge wusste, zeigte er keine der üblichen Stresssymptome, mit denen gewöhnliche Bürger in der Regel auf das Auftauchen von zwei Detectives reagierten.

Als sie auf den diversen Sofas und Sesseln Platz nahmen, ertappte Jack sie bei einem Blick und warf ihr ein knappes, wissendes Lächeln zu. Einen Moment lang war Hanson verlegen, dann fragte sie spontan: »Sind Sie ein Kollege?«

Er schien ihr die Frage nicht übel zu nehmen.

»Ex-Kollege«, antwortete er mit demselben knappen Lächeln. »Detective bei der Metropolitan Police. Aber es ist ehrlich nicht so schlimm, wie es sich anhört. Ich habe gekündigt, weil ich meine Ehe retten wollte.«

Hanson bemerkte, dass sowohl Ben als auch Aisling ihn scharf ansahen. Die Information war offenbar für alle eine Neuigkeit. Sie nickte, zufrieden, dass sie richtiggelegen hatte. Sie wusste, wodurch sich Polizisten und Ex-Polizisten verrieten, vor allem wenn sie sich plötzlich ehemaligen Kollegen gegenübersahen.

Mittlerweile saßen alle, die beiden Cooley-Brüder und ihre Mutter aufgereiht auf einem Sofa, Ethan direkt neben ihr, einen Arm um seine Mutter gelegt. Wahrscheinlich mehr zu seinem eigenen Trost als zu ihrem, dachte Hanson.

Jack hatte sich auf die Lehne neben Aisling gehockt, ohne sie zu berühren, aber trotzdem nah genug. Eine enge, leicht defensive Anordnung. In dem Sessel gegenüber fühlte Hanson sich definitiv außen vor und war froh, dass Ben in ihrem Team war, falls es hitzig werden würde.

»Wir haben Neuigkeiten für Sie, die zu weiteren Fragen geführt haben«, sagte Ben, ruhig wie eh und je. »Sind Sie auch bestimmt damit einverstanden, dass alle Anwesenden sie hören, Ms Cooley?«

»Ja«, sagte Aisling heiser. »Wir müssen sie hören.«

Ben nickte. »Also, die gute Nachricht ist, dass die DNA weder mit Ethans noch mit Finns übereinstimmt.«

Hanson beobachtete die um eine halbe Sekunde verzögerte Reaktion. Aislings Körper sackte in der Mitte zusammen. Ethan zog den Arm weg und rieb sich den Kopf. Finn wandte den Blick von allen ab. Sie waren offensichtlich alle sehr erleichtert.

»Siehst du, *maman*?«, sagte Ethan einen Moment später. »Doch nicht der bösartige Killer, wie du dachtest.«

Aisling lachte angespannt. »Sie haben gesagt, das war die gute Nachricht ...«

Ben nickte. »Es tut mir leid, Ihnen auch die traurigere Nachricht überbringen zu müssen. Auf der Suche nach Ihrem Vater sind wir auf Hinweise gestoßen, dass er am Abend seines Verschwindens in den Lake District gefahren ist. Vor einer Stunde haben Taucher auf dem Grund des Ullswater ein Fahrzeug gefunden, das aussieht wie sein Wagen. In dem Wagen befinden sich sterbliche Überreste. Wir bemühen uns, so schnell wie möglich herauszufinden, von wem sie stammen, aber es handelt sich aller Wahrscheinlichkeit nach um die Ihres Vaters. Mein aufrichtiges Beileid, Ms Cooley.«

Kein Polizist der Welt überbringt gern schlechte Nachrichten, und Hanson empfand ein vertrautes, gefährliches Mitgefühl für Aisling Cooley. Hansons eigener Vater hatte sie und ihre Mutter verlassen, und sie wusste, dass unter all dem Zorn und der wütenden Entschlossenheit, ohne ihn klarzukommen, ein Teil von ihr immer noch darauf hoffte, dass er zurückkommen und sagen würde, dass es ihm leidtat. Dass er einen Fehler gemacht hatte und sie nach wie vor liebte. Deshalb gab sie sich alle Mühe, emotionale Distanz zu wahren, als Tränen über Aislings Wangen flossen. Sie sah, wie Ethan den Arm wieder um sie schlang und sie fest drückte und nach einer Weile auch Jack eine Hand auf ihre Schulter legte.

»Nehmen Sie sich ein paar Minuten Zeit, wenn Sie möchten. Das ist alles nicht leicht für Sie«, sagte Ben. »Ich weiß, dass Sie jetzt bestimmt als Letztes unsere Fragen beantworten wollen. Aber das ändert die Sachlage für uns komplett.«

Hanson sah, wie Finn Ben anblickte, wach und mit rascher Auffassungsgabe.

»Es bedeutet, dass die DNA von jemand anderem stammt, oder?«, fragte er. »Wenn Daideo Cooley nach seinem Verschwinden gestorben ist und es weder ich noch Ethan waren, was wir Ihnen hätten sagen können … dann muss es trotzdem ein enger Verwandter sein.« Er wandte abrupt den Kopf zu seiner Mutter. »Wie ein Cousin oder so. Und es muss ein Verwandter von Mum sein, richtig? Und männlich?«

»Es muss ein enger männlicher Verwandter sein«, bestätigte Hanson und beugte sich vor. »Das heißt, es kann kein Cousin sein. Nur Vater, Bruder oder Sohn.« Sie blickte zu Aisling. »Deswegen müssen wir, wenn Sie so weit sind, von Ihnen wissen, ob es sein könnte, dass Sie einen Bruder hatten, der nicht mit Ihnen zusammen aufgewachsen ist.«

Aisling sah beide verwirrt und mit aufgerissenen Augen an.

»Was? Nein, hatte ich nicht. Meine Eltern haben sich erst zwei Jahre vor meiner Geburt kennengelernt. Es gab keinen Bruder.«

»Und Sie haben keine Kinder aus einer früheren Beziehung?«, bohrte Hanson nach.

»Nein.« Aisling schüttelte den Kopf.

»Keine vorherigen Schwangerschaften?«

Im selben Moment schoss ein Ruck durch Aisling, als würde ihr Körper wegzucken. »Ja, doch … aber ich habe das Kind verloren … Ich möchte nicht …« Sie blickte flehend zu Jack. »Wenn ich etwas hätte tun können, dann hätte ich es getan.«

»Sie haben ein Kind verloren?«, fragte Hanson.

Aisling sah sie kurz und beschwörend an. »Wenn ich in einem Krankenhaus gewesen wäre, hätte er es vielleicht geschafft, aber …« Dann wurde ihr Blick glasig, und sie schlug sich die Hand vor den Mund. »O mein Gott.«

Hanson blickte zu Ben und erkannte in seiner Miene einen Spiegel ihrer eigenen Gefühle. Endlich standen sie unmittelbar vor einer Antwort.

»Können Sie das erklären, Aisling?«, fragte sie so leise wie möglich.

Aisling schüttelte wieder und wieder den Kopf. »Sie haben gesagt, er sei gestorben. Sie haben gesagt, er sei gestorben. Ich habe monatelang an seinem Grab geweint.« Sie beugte sich vor und erhob die Stimme plötzlich zu einem lauten Klagen. »Wie konnten sie mir das antun?«

»Wer war gestorben, Aisling?«, fragte Ben.

»Mein … mein … mein Sohn.« Sie drehte sich um und sah Jack an. »Unser Sohn, Jack. Unser Sohn.«

TEIL ZWEI

39.

Eine eigenartige Taubheit hatte Aisling erfasst. Vermutlich konnte man an einem Tag nur begrenzt viele Emotionen empfinden.

Dieser Gefühlsverlust war ein Segen. Hätte sie sich nicht abgeschottet, hätte die Art, wie Jack sie kalt angestarrt hatte, bevor er gegangen war, sie womöglich innerlich zerrissen. Es hätte sie nach all den schrecklichen Dingen, die sie heute Abend erfahren hatte, vielleicht erdrückt. Stattdessen hatte sie ihm aus ihrem Kokon aus Nichts nur hinterhergesehen.

DS Ben Lightman und seine Kollegin Juliette waren unglaublich nett zu ihr gewesen, als sie danach alles durchgesprochen hatten. Die Polizisten hatten sie gefragt, ob sie zunächst ein wenig Zeit für sich allein mit ihren Söhnen haben wollte, doch irgendwie schien es ihr leichter, wenn sie die Wahrheit alle gemeinsam zum ersten Mal hörten: die Wahrheit über ihr Leben und die furchtbare Scham, die man ihr deswegen eingeredet hatte.

»Meine Eltern waren Katholiken«, begann sie. »Glühende, strenge Katholiken von der Art, die man für ausgestorben hält, aber das sind sie in Wahrheit nicht. Zumindest war meine Mammy so.« Sie blickte zu ihren Söhnen. »Daideo Cooley liebte sie und war selbst sehr gläubig, aber es hat ihn nicht auf dieselbe Weise geprägt. Es war nicht der Kern seines Wesens, glaube ich. Deshalb war er viel nachsichtiger mit mir. Er ließ es mir manchmal durchgehen, dass ich mich mit Freundinnen traf, und plädierte zu meinen Gunsten, wenn Mammy wieder wegen irgendwas auf dem Kriegspfad war. Aber es gab kein Fernsehen, keine Bücher mit heidnischen Botschaften, keine Partys. Und absolut definitiv keine Jungs.«

Aisling zögerte, atmete tief ein und dachte daran, wie es mit Jack geschehen war. Wie die Zeit, die sie als Laborpartner in der Schule und dann bei gemeinsamen Hausaufgaben miteinander verbracht hatten, nach und nach ein so klares und leuchtendes Gefühl in ihnen beiden freigelegt hatte, dass ihr die Warnungen ihrer Mutter irgendwann egal gewesen waren. Sie wollte bloß mit ihm zusammen sein.

»Jack und ich haben angefangen, uns heimlich zu treffen. Ich musste permanent lügen, um ihn zu sehen. Ich wusste, dass ich nicht einmal meinem Dad die Wahrheit anvertrauen durfte. Er hätte sich verpflichtet gefühlt, es meiner Mutter zu sagen, glaube ich. Oder es hätte ihn zumindest innerlich zerrissen. Und er hätte sich Sorgen um mich gemacht. Ich glaube, er hat zumindest halb geglaubt, meine unsterbliche Seele sei gefährdet, wenn ich einen Jungen berühre. Verstehen Sie?«

Aisling schluckte und bekam von Juliette unvermittelt einen Tee gereicht. Ihr war gar nicht aufgefallen, dass die Polizistin das Zimmer verlassen hatte.

»Nachdem diese heimliche Beziehung schon mehr als ein Jahr so gegangen war, wurde plötzlich verkündet, dass Donagh, ein Cousin meiner Mutter, uns besuchen würde. Ich war fasziniert. Mammy hatte eigentlich komplett mit ihrer Familie gebrochen, weil sie eine Sippe von Sündern war, wie sie immer sagte. Sie waren schrecklichen Lastern verfallen, darunter auch echte Verbrechen. Gangster-Kram. Sie konnte sie nicht ertragen, deshalb hat sie ihre Familie direkt nach der Hochzeit verlassen und ist mit meinem Vater nach Tullamore gezogen.«

»Wo haben sie gewohnt?«, fragte Ben. »Die Verwandten Ihrer Mutter?«

»In Limerick«, sagte Aisling. »Und Umgebung.« Sie trank einen Schluck Tee und war überrascht, dass er so schmeckte wie immer. Aus irgendeinem Grund hatte sie gedacht, er müsse so fade sein, wie sie sich innerlich fühlte.

Dann erzählte sie ihnen, wie Donagh eingetroffen und sie von ihm hingerissen gewesen war. Sie war eine schlanke, linkische Fünfzehnjährige, die manche hübsch fanden, wie sich herausstellte. Donagh hatte jedenfalls deutlich gemacht, dass er dieser Meinung war, und anfangs hatte sie sich geschmeichelt gefühlt.

»Wir waren alle wie Knete in seinen Händen«, sagte sie. »In den Händen dieses fünfundzwanzigjährigen, umwerfend attraktiven, die Bibel zitierenden Charmeurs. Er hat mit uns allen geflirtet, meinen Vater eingeschlossen, und wir sind alle darauf hereingefallen. Der Einzige, der ihn durchschaute, war Jack, weil er seinem Charme nicht ausgesetzt war. Jack kam natürlich nie zu uns, und wir trafen uns nicht in der Öffentlichkeit. Er sah nur die Wirkung, die Donagh auf mich hatte. Wie er mir den Kopf verdrehte, wenn er sagte, ich sei klug und einfühlsam oder eine wahrhaft schöne Seele.«

Bei dem Gedanken wurde ihr übel. Als Donagh ihr Bibelstunden angeboten hatte, hatte sie die Gelegenheit begierig ergriffen, entzückt von der Vorstellung, an der Quelle seines Wissens sitzen und beten zu dürfen. Noch schlimmer war die Erinnerung daran, dass sie Jacks Argwohn als lächerlich und unangebrachte Eifersucht abgetan hatte, während sie gleichzeitig wusste, dass die Gefühle, die sie für ihren Cousin empfand, heiß, verwirrend und kompliziert waren.

»Und dann«, sagte sie, selbst überrascht, dass ihre bis dahin feste Stimme zitterte, »hat Donagh das mit Jack rausbekommen. Er hat gesehen, wie wir uns von den Feldern hinter dem Schulgelände zurück auf den Schulhof geschlichen haben. Wir hatten nur Händchen gehalten und geredet. Aber er … er erklärte mir, ich sei eine Hure. Und er benutzte es – dieses Wissen –, um mich zu zwingen …«

Aisling musste abbrechen. Sie sollte das nicht in Anwesenheit ihrer Söhne erzählen. Das war schrecklich.

»Es tut mir leid«, sagte sie und wandte sich an Finn und Ethan, die beide angewidert aussahen. »Ihr müsst das alles nicht mit anhören. Ihr solltet ... ihr könnt hochgehen.«

»Kommt nicht infrage«, sagte Ethan empört. »Der Typ war ganz offensichtlich ein absolutes Arschloch. Ich will es wissen. Und ich denke, die Polizei sollte es auch hören.«

»Ja«, stimmte Finn ihm zu. »Es gibt da draußen viel zu viele Typen, die mit so einem Mist davonkommen, und wir helfen dir dabei, dafür zu sorgen, dass ihm das nicht gelingt.«

Aislings Augen brannten. Wie hatte sie es geschafft, zwei so wunderbare junge Männer großzuziehen? Wo sie so oft bloß irgendeine bequeme Lösung gesucht hatte, wenn ein Problem aufgetaucht war?

Sie fasste die Hände von beiden und drückte sie.

»Das kann man sich auf jeden Fall noch mal genauer ansehen«, sagte Juliette. »Ich würde vorschlagen, dass Sie darüber nachdenken, ob Sie bei der Gardaí Anzeige gegen ihn erstatten wollen.«

»Danke«, sagte Aisling.

»Darf ich dann fragen, ob Sie sich sicher sind, dass das fragliche Kind ... nicht von Ihrem Cousin war?«, fragte Juliette als Nächstes.

Aisling schüttelte den Kopf. »Er hat nicht ... er war vorsichtig ... Und außerdem ... das war nicht sein Ding. Er mochte es, mich zu demütigen.« Sie war überrascht, dass sie daran denken konnte, ohne in Panik auszubrechen. »Aber wegen ihm, habe ich ... haben Jack und ich ... Ich glaube, ich brauchte das Gefühl, die Kontrolle über mich und meinen Körper zu haben. Und dann haben wir ...«

Wieder fiel ihr ein, dass sie das auch ihren Söhnen erzählte.

»Sorry«, sagte sie. »Mein Gott. Es ist ... Jedenfalls, als ich drei Monate später gerade erst kapiert hatte, dass ich schwanger war, hatte es auch schon meine Mammy begriffen. Und sie ist ... sie ist ausgerastet. Total ausgerastet. Sie hat mich beschuldigt herumzuhuren. Und ich war so wütend, dass ihr kostbarer Donagh mir all diese Dinge antat, während ich als Hure beschimpft wurde.

Also habe ich ihr und meinem Daddy erzählt, was er getan hatte. Ich hatte nichts zu verlieren. Ich ließ sie in dem Glauben, das Kind sei von ihm, und habe Jack erst mal nicht erwähnt.«

Aisling atmete tief durch. Zum ersten Mal seit Jahrzehnten erlaubte sie sich die Erinnerung an jenen Abend.

»Meine Mutter wollte nichts davon hören«, fuhr sie fort. »Sie sagte, ich wäre eine Lügnerin und solle zur Hölle fahren. Sie war selbst halb verliebt in Donagh. Aber mein Daddy wurde ganz still. Und als Donagh ein paar Minuten später nach Hause kam, ging Daddy ihm auf der Einfahrt entgegen und hat ihn verprügelt. Es war ein grässliches Geräusch. Wie ein Metzger, der Fleisch klopft.«

»Hat er ihn umgebracht?«, fragte Ethan.

Aisling sah ihn an und erkannte, dass er insgeheim hoffte, ihr Vater könnte Donagh getötet haben. Der Gedanke tat weh.

»O Gott, nein. Nein«, sagte sie. »Aber er hat sein Gesicht übel zugerichtet, und als er fertig war, hat Donagh laut gekeucht. Daddy hat ihn angebrüllt, dass er verschwinden solle, was Donagh auch tat. Aber im Gehen erklärte er meinem Dad, dass wir alle tot seien. Seine Familie würde uns das Leben zur Hölle machen. Er würde ihn und meine Mutter umbringen und mich zwingen, ihn zu heiraten und seine Kinder zu bekommen, weil niemand mehr da wäre, der mich beschützen konnte.«

Dann war es für eine Weile still. Aisling blickte auf und bemerkte, dass Finn irgendwann verschwunden war. Eine Minute später tauchte er mit Barks im Arm wieder auf. Irgendjemand musste den Hund herausgelassen haben, denn sein Fell war schlammbedeckt und feucht. Finn sah auch ziemlich durchnässt aus. Gott sei Dank war ihr Sohn in einem Moment wie diesem geistesgegenwärtig genug, an den Hund zu denken.

»Er ist an einem Zaun hängen geblieben«, sagte Finn kopfschüttelnd. »Irgendein Hundespaziergänger hat ihn befreit.«

»Jemand, der seinen Hund ausgeführt hat?«, fragte Ben Lightman.

»Ja«, bestätigte Finn. »Ein Mann, der auf dem Weg hinter dem Haus vorbeigekommen ist.«

»Jemand, den du kennst?«

Finn schüttelte den Kopf. »Ich konnte ihn eigentlich gar nicht richtig erkennen. Sobald er Barks befreit hatte, ist er weitergegangen.«

Aisling bemerkte die Art, wie Ben zu Juliette blickte und aufstand.

»Ich melde mich kurz im Kommissariat und bin gleich zurück«, sagte er.

Aisling wurde unvermittelt nervös. War es besorgniserregend, dass dort draußen ein Mann seinen Hund ausführte?

Juliette lächelte sie beruhigend an, und Aislings Angst legte sich wieder.

»Und wegen alldem«, sagte Ethan nach einer Pause, »seid ihr aus Irland weggegangen und hierhergekommen.«

Aisling lächelte trocken. »Das war *ein* Grund. Der andere war die Scham meiner Mutter. Und, Gott, sie hat sich geschämt. Wie sollte sie den Mitgläubigen in ihrer Kirchengemeinde je wieder in die Augen blicken? Mit einer schwangeren Fünfzehnjährigen, deren Cousin der Vater war?«

»Hast du deinen Eltern irgendwann erzählt, dass das Baby nicht von ihm war?«, fragte Ethan.

»Ich habe es Daideo erzählt«, antwortete Aisling. »Nachdem wir hierhergezogen waren, mit unseren neuen Namen und unter furchtbaren Drohungen, auf keinen Fall Kontakt zu jemandem in der alten Heimat aufzunehmen … Ich habe es ihm erzählt, weil ich hoffte, er würde verstehen, dass ich dieses Kind liebte und es behalten wollte. Ich hatte Angst, man würde es mir wegnehmen.«

Sie versuchte, jetzt nicht an Jack zu denken. An seinen wütenden Gesichtsausdruck, als er gegangen war.

»Ich habe es ihm erzählt und ihn angefleht, es Mammy nicht zu verraten.« Sie schüttelte den Kopf. »Ich habe gesehen, was es ihn gekostet hat, das Geheimnis zu wahren. Es war schmerzhaft für ihn. Aber er hat geschwiegen. Ich war ihm dankbar. Er stimmte mir zu, dass wir das Kind behalten und als mein kleines Geschwisterchen großziehen könnten, und er hat Mammy überzeugt. Das dachte ich zumindest. Ich war ihm so dankbar. Aber ... als dann die Geburt nahte ... sagten sie, sie müsste daheim stattfinden. Damit wir so tun könnten, als wäre es mein kleiner Bruder. Eine befreundete Hebamme kam zu uns nach Hause. Nachdem ich das Baby nach der Geburt ein paar Minuten im Arm gehalten hatte, gab sie mir eine Spritze, um die Ausstoßung der Plazenta zu beschleunigen. Davon wurde ich benommen und müde.«

Zu Aislings Schrecken schien ihre Taubheit abzuklingen. Sie erlebte all diese Gefühle ein weiteres Mal ungefiltert. Und das wollte sie nicht. Aber sie musste es erzählen.

»Als ich aufgewacht bin, haben sie mich angesehen – so, wie sie mich angesehen haben, dachte ich, ich dachte bloß, nein ... nein ...« Sie rieb sich erneut die Augen. »Sie haben gesagt, das Baby hätte aufgehört zu atmen. Sie hätten versucht, ihn wiederzubeleben. Aber er wäre gestorben. Sie hätten ihn begraben müssen.«

Dann erinnerte sie sich daran, was ihre Mutter gesagt hatte – ihre eigene Mutter –, nachdem sie es ihr erzählt hatte. Der Satz hatte auch das letzte bisschen an Beziehung zwischen ihnen für immer zerstört.

Vielleicht ist es das Beste so, Martha ...

Sie blickte zu Juliette auf. »Wie konnten sie das nur tun? Wie konnten sie?«

40.

Hanson seufzte laut, als sie wieder in den Qashqai stiegen.

»Mein Gott, die arme Frau.«

Ben nickte. »Man erwartet ja durchaus, ein paar harte Geschichten zu hören, oder? Aber auf so etwas war ich nicht gefasst ...« Er schüttelte den Kopf.

»Ich hoffe, der Chief hat ein paar Ideen dazu, wie wir das Kind finden können«, sagte Hanson. »Denn ich hab nicht mehr das Gefühl, dass wir auf der Zielgeraden sind.«

Sie war mit Aisling mögliche Hinweise durchgegangen, bevor Ben das Zimmer wieder betreten hatte. Das waren kaum überraschend nur sehr wenige, weil Aisling ihren Sohn neunundzwanzig Jahre lang für tot gehalten hatte. Aber sie hatte versprochen, alle Unterlagen hervorzukramen, die ihre Mutter ihr hinterlassen hatte.

»Was ist, wenn ich etwas Wichtiges weggeworfen habe, ohne es zu ahnen?«, hatte Aisling Hanson verzweifelt gefragt. »Vieles habe ich einfach entsorgen lassen. Ich kann mich nicht mal erinnern, was ...«

»Es besteht eine gute Chance, dass wir ihn trotzdem finden«, hatte Hanson ihr versichert. Das war in dem Moment das Richtige gewesen, doch eigentlich war sie eher frustriert. So viele vermisste Kinder blieben wegen fehlender Dokumente unauffindbar. In diesem Fall war es dringend. Lebenswichtig. Wie sollten sie ihn finden, bevor er ein weiteres Opfer tötete?

»Was war mit dem Typen mit dem Hund?«, fragte sie Ben, als sie den Sicherheitsgurt anlegte.

Lightman schüttelte den Kopf. »Das Feld nach hinten raus ist stockfinster. Auf dem nächsten Abzweig haben unsere Leute niemanden gesehen, aber es gibt offenbar viele Wege zurück in die Stadt. Jede Menge kleiner Durchgänge und Fußwege zwischen den Häusern.« Er zuckte mit den Schultern. »Könnte sein, dass es wirklich bloß jemand war, der seinen Hund ausgeführt hat …«

Hanson blickte raus in den schmuddeligen, kalten Regen. Sie war schon auf dem Weg zum Wagen halb durchnässt worden. Wer ging um diese Nachtzeit auf einem dunklen matschigen Feldweg spazieren? »Muss ja ein großer Tierliebhaber sein.«

»Da hast du recht«, stimmte Ben ihr zu und fügte nach einer Weile hinzu: »Ich will keine Spekulationen anstellen, aber wenn es Aislings Sohn war und er dein Schutzengel ist, dann könnte er uns schon beim ersten Mal hierher gefolgt sein. Und wenn er hier war, könnte er auch wissen, wer Aisling ist. Die kleine Hilfeleistung – die Befreiung ihres Hundes – könnte alles Mögliche bedeuten, darunter auch, dass er sie als sein nächstes Opfer ausgeguckt hat.«

»Ich denke, wir sollten besser den Chief auf Stand bringen«, sagte Hanson.

41.

Es war fast Mitternacht. O'Malley hatte dem Chief gesagt, er solle nach Hause gehen. Normalerweise war es nicht seine Rolle, seinen Vorgesetzten herumzukommandieren, aber der Mann sah ausgezehrt aus, und O'Malley wollte sich gar nicht vorstellen, dass er bei alldem noch von einem fünf Monate alten Säugling geweckt wurde.

»Die Routinearbeit ist für die Arbeitsknechte«, sagte Domnall. »Juliette und Ben sind auf dem Rückweg, und ich bin hier.«

Der Chief hatte sich trocken bedankt und war gegangen. Anschließend hatte O'Malley sich darangemacht, ein Kind aufzuspüren, das offiziell vielleicht nie existiert hatte.

Dabei war er zwangsläufig auf den Jungen zurückgekommen, den man Anneka Foley abgenommen hatte. Vielleicht hatte Dara Cooleys Firma dessen Interesse an Anneka Foley völlig falsch gedeutet. Hatte er sie in Wahrheit so oft besucht, weil er seinen Enkelsohn sehen wollte? Ein Kind, das sie für ihn großzog?

Der Brief, den Dara hinterlassen hatte, sprach von Schuldgefühlen wegen eines heuchlerischen Lebens. Damit könnte er eine Affäre gemeint haben, aber vielleicht auch die Tatsache, dass er das Kind seiner Tochter vor ihr versteckte.

Oder beides, dachte O'Malley. Er hatte eine Frau gebeten, das Kind großzuziehen, und sich dann bei seinen Besuchen in sie verliebt.

Die Schilderung des Wirts über die Verwahrlosung und Vernachlässigung des Jungen sprach ebenfalls für die Theorie, dass Annekas Kind in Wahrheit Aislings Sohn war. Und ein Kind, das von seiner vermeintlichen Mutter misshandelt worden war, würde als Erwachsener sehr viel wahrscheinlicher dazu neigen, Gewalt gegen Frauen auszuüben.

Bei der Polizei wurden häufig Vorträge von forensischen Psychologen angeboten, und O'Malley erinnerte sich an einen Psychologen, der mit schweren Gewalttätern arbeitete. Fast alle seiner Patienten waren Männer, die Frauen vergewaltigt oder ermordet hatten. Der Psychologe hatte berichtet, dass die große Mehrheit seiner Insassen als Kinder missbraucht worden war, manchmal von ihren Eltern. Fast keiner dieser Täter war verurteilt worden. Die Missbrauchten wurden selbst zu Missbrauchern und manchmal zu Mördern, ein Kreislauf, der immer weiterging.

O'Malley war schockiert gewesen, aber es hatte ihm auch die Augen geöffnet und ihn in seinem Glauben an Erlösung bestärkt. So viel Leiden könnte verhindert werden, wenn man den Menschen helfen würde, solange sie noch jung genug waren. Natürlich würde es nach wie vor geborene Narzissten und Psychopathen geben. Arschlöcher, die dachten, ihnen stünde alles zu, sie könnten jede Frau haben, die sie wollten, und würden mit allem davonkommen. Aber wenn die Gesellschaft einen Weg finden würde, sich um jede und jeden Einzelnen zu kümmern, würde die Arbeit der Polizei im Großen und Ganzen überflüssig, da war O'Malley ziemlich zuversichtlich.

Er seufzte und versuchte, die Suche systematisch anzugehen. Sie hatten ein Kind, das plötzlich in Anneka Foleys Haus aufgetaucht war – ein Kind, das offiziell nicht existierte, da Anneka nach ihrem Tod keine offiziellen Erben hinterlassen hatte. Die fehlenden Unterlagen machten es besonders schwer. Er musste herausfinden, ob das Kind wirklich vom Jugendamt abgeholt worden war, wie der Wirt in West Gradley angedeutet hatte. O'Malley hatte weder einen Namen noch ein Datum. Er hatte nur die Adresse und die Identität der Mutter.

Trotzdem rief er bei dem für West Berkshire zuständigen Jugendamt an und erklärte, wonach er genau suchte.

»Okay«, sagte der Typ am anderen Ende, der ziemlich jung klang. »Wir können nachsehen, aber außerhalb der Bürozeiten wird das vermutlich schwierig. Wahrscheinlich bekommen wir erst morgen Vormittag eine Antwort. In der Verwaltung ist niemand mehr. Zurzeit ist nur die Bereitschaft für Notfälle besetzt.« O'Malley seufzte. »Sind Sie gerade arg beschäftigt?«, fragte er. »Ich will Ihnen das Leben nicht schwer machen, aber wenn Sie oder ein Kollege vielleicht zwischendurch mal einen Moment Luft haben, wäre ich Ihnen wirklich sehr dankbar, wenn Sie nachschauen könnten. Es handelt sich um die Ermittlung gegen einen Serienmörder, der allem Anschein nach gestern Abend einen weiteren Mordversuch unternehmen wollte. Wir müssen herausfinden, was mit diesem Kind passiert ist.«

Nach einer Pause sagte der junge Mann: »Na ja, ich kann es versuchen … Ich bin eigentlich nicht … Ich meine, es gibt Leute, die sich da viel besser auskennen. Aber … klar. Ich probier's mal.«

»Danke«, sagte O'Malley. »Das ist wirklich sehr freundlich von Ihnen.«

»Haben Sie ein Geburtsdatum oder irgendwas?«

»Wenn es das Kind ist, für das ich es halte, wurde es am zwanzigsten Januar 1986 geboren«, sagte O'Malley. »Aber ich würde nicht davon ausgehen, in irgendwelchen Unterlagen das genaue Datum zu finden. Ich würde alle Daten in einer Zeitspanne davor und danach überprüfen. Das Kind wurde in die Obhut einer gewissen Anneka Foley gegeben, wohnhaft in West Gradley, und ihr schlussendlich wieder abgenommen. Die Dorfbewohner behaupten, einer von Ihren Leuten habe das Kind abgeholt, weil es misshandelt wurde. Die Mutter hatte schwere psychische Probleme und war nachweislich nicht in der Lage, sich zu kümmern.«

»Okay«, sagte der Mann. »Mit dem Namen und der Adresse ist es möglicherweise nicht so schwer. Geben Sie mir ein bisschen Zeit, ich werde sehen, was ich machen kann.«

»Vielen, vielen Dank«, sagte O'Malley freundlich. Er gab seine

Durchwahl und seine Handynummer an und begann, auf den Bildschirmschoner seines Desktop-Computers zu starren.

Anneka Foley war ihre einzige Spur. Wenn die sich als Sackgasse erweisen sollte, mussten sie auf Informationen von Aisling Cooley warten. Oder es auf die langsame, schmerzhafte Art versuchen und sämtliche registrierten Geburten von Kindern im passenden Alter sowie alle Anmeldungen an Grundschulen in einem sehr weiten Umkreis durchgehen. Er hoffte inständig, dass es dazu nicht kommen würde.

Eine Weile recherchierte er online, wie man Kinder im System der Kinder- und Jugendhilfe aufspürte. Er war gerade in die Küche gegangen, als sein Handy summte. Der Mitarbeiter vom Jugendamt hatte nur fünfundzwanzig Minuten gebraucht.

»Eigentlich war es gar nicht so schwierig«, sagte er und klang ziemlich zufrieden mit sich. »Ich habe bloß die Schlüsselbegriffe benutzt und auch jeden einzeln probiert. Es hat nur eine Weile gedauert, weil ich gründlich sein wollte.«

»Aah, heißt das, Sie haben nichts gefunden?«, fragte O'Malley resigniert.

»Nein, ich fürchte nicht«, sagte junge Mann. »Wir haben bei dieser Adresse oder dieser Person seit den Fünfzigern definitiv kein Kind abgeholt. Tatsächlich wurden in dieser Zeitspanne insgesamt überhaupt nur sehr wenige Kinder abgeholt. Es passiert viel seltener, als man annimmt. Die Unterlagen wurden alle 2003 digitalisiert, das heißt, sie müssten komplett vorliegen. Ich hoffe, das hilft Ihnen weiter.«

»Danke, ja«, sagte O'Malley höflich, obwohl er in Wahrheit das Gefühl hatte, dass seine Glückssträhne für diesen Abend zu Ende gegangen war.

Der Wirt und seine Stammgäste waren sich einig gewesen, dass man Anneka das Kind abgenommen hatte. Wenn es nicht das Jugendamt gewesen war, wer dann? Und wie zum Teufel sollte er ihn aufspüren?

42.

20. Januar, in den frühen Morgenstunden

Es war schon deutlich nach Mitternacht, als Jonah durch die Haustür trat. Im Erdgeschoss war alles still. Überrascht – und auch ein wenig besorgt – stellte er fest, dass Michelle nicht in ihrem Bett lag, sondern offensichtlich noch unterwegs war.

Es durchfuhr ihn heiß. Der Mörder war noch auf freiem Fuß.

Jonah öffnete *Find My Friends* und checkte zum ersten Mal seit Ewigkeiten ihren Aufenthaltsort. Das Punktsymbol für ihr Handy tauchte auf der Ortsumgehung von Totton auf und bewegte sich südwestlich. Offenbar war sie auf dem Nachhauseweg.

Voller Angst dachte er an Lindsay Kernow, die über dieselbe Straße gefahren und dann irgendwo am Rand von Ashurst und Lyndhurst Heath gestorben war.

Er starrte konzentriert auf den Punkt. Saß Michelle in einem Taxi? War es ein echtes Taxi? Könnte sich jemand als Fahrer ausgegeben haben?

Schweiß stand auf seiner Stirn, als er sah, dass der Punkt auf der A 35 nach Hunters Hill vorrückte. Was würde Jonah machen, wenn das Fahrzeug an dem Abzweig zu ihrem Haus vorbeifahren würde? Sollte er schon vorher etwas unternehmen? Sie anrufen? Oder warten und einen Streifenwagen alarmieren?

Er sah, wie der Punkt sich auf Ashurst zubewegte, und war mit einem Mal sicher, dass er den Abzweig nicht nehmen würde.

Und dann war der Punkt plötzlich ein Stück die Whartons Lane heruntergerutscht. Der Wagen war abgebogen.

Jonah verfolgte seinen Weg die Straße hinunter und verkleinerte das Fenster der App erst, als das Taxi auf den letzten Metern war. Er war ganz schwach vor Erleichterung. Und kam sich gleichzeitig albern vor.

Er ging zum Kühlschrank und nahm sich eine Flasche Corona heraus. Als Michelles Schlüssel sich im Sicherheitsschloss der Haustür drehte, hatte er sie halb geleert und fühlte sich immer noch idiotisch. Er hörte, wie Michelle beim Betreten des Flures stolperte und sich auf den Weg in die Küche machte, wo er wie ein Lemming wartete. Er ging zu dem Sofa im Wohnzimmer, unsicher, wie er sie begrüßen sollte.

Ihre Schritte kamen zum Stehen. »Guten Abend«, sagte sie. Ihre Stimme klang schelmisch. Fröhlich. Vielleicht auch zum Streiten aufgelegt.

Jonah nahm auf dem Sofa Platz, drehte sich zu ihr um und versuchte zu lächeln. Wenn sie fast wieder ganz die Alte war und ihn betrunken und herausfordernd anfunkelte, fiel es ihm irgendwie noch schwerer, sie direkt anzusehen.

Sie hatte sich heute Abend die Haare gelockt, und obwohl einige der Locken sich gelöst hatten und ihr Lidschatten verschmiert war, sah sie wunderschön aus. Strahlend.

»Hi«, sagte er. »Hast du dich amüsiert?«

»Du hast mich ignoriert«, sagte sie und schwankte auf ihn zu. »Wo sind all die liebevollen kleinen Textnachrichten geblieben?«

Jonah verzog unwillkürlich das Gesicht. »Ach, die sind doch so und so nur nervig, oder? Ich dachte, ich lass dir mal ein bisschen Zeit für dich.«

Michelle kniff die Augen zusammen. »Ich glaube dir nicht. Du hast irgendwas im Sinn.«

»Nur die Arbeit, leider«, sagte er.

Michelle schwankte auch noch den Rest des Weges bis zu ihm und setzte sich unvermittelt rittlings auf seinen Schoß, sodass ihr Kleid nach oben rutschte. Es war überwältigend sexy und vollkommen anders als alles, was im letzten halben Jahr zwischen ihnen passiert war.

»Ich glaub dir nicht«, sagte sie und blickte auf ihn herunter, immer noch halb lächelnd, halb provozierend. »Deine Arbeit kann unmöglich interessanter sein, als mir Nachrichten zu schicken.«

Er war unglaublich erleichtert und gleichzeitig tieftraurig, als sie anfingen, sich zu küssen, und Michelle an ihrem Kleid zerrte. Er versuchte, sein Hemd abzustreifen, blieb an den Ärmeln hängen und lachte. Sie musste ihm helfen, es ganz auszuziehen.

»Wir sollten wahrscheinlich besser hochgehen«, sagte er leise, während er am Verschluss ihres BHs herumfummelte. Der Gedanke, von Rhona überrascht zu werden, war alles andere als sexy.

Michelle zögerte, stieg mit einem Nicken von ihm herunter, bückte sich, hob ihr Kleid auf und drehte sich zu ihm um. Er stand auf und nahm sein Hemd.

»Nach dir«, sagte er.

Aber er sah, wie sie ihn jetzt anblickte. Verwirrt. Und irgendwie traurig.

»Mist, tut mir leid«, sagte sie. »Ich bin ein bisschen zu betrunken. Wahrscheinlich sollte ich ...«

Dann drehte sie sich um, zog ihr Kleid fast ein wenig beschämt wieder an und ging nach oben. Jonah sah ihr nach, setzte sich wieder aufs Sofa und trank sein Bier leer.

43.

Aisling wusste, dass sie garantiert nicht einschlafen würde. Noch Stunden nicht. Trotz ihrer Müdigkeit konnte sie sich nicht einfach ins Bett legen, wenn die Antwort über den Verbleib ihres Sohnes in den Kartons im Gästezimmer verborgen sein könnte.

Sie hatte angefangen, sie in die Küche zu schleppen. Als sie an Ethans Zimmer vorbeigekommen war, war er wortlos aufgestanden und hatte ihr die letzten Kartons heruntergetragen.

»Soll ich dir suchen helfen?«, hatte er sie mit schweren Lidern gefragt, nachdem er sie auf dem Tisch abgestellt hatte.

»Ach, nein«, hatte sie gesagt. »Hinterher bin ich bestimmt ein emotionales Wrack, und es ist schon peinlich genug, das mit mir selbst auszumachen. Geh du schlafen und mach mir morgen früh lieber Pfannkuchen.«

Ethan schnaubte. »Da fragst du definitiv das falsche Kind, *madre*.«

»Nein, ich bin bloß eine unverbesserliche Optimistin.« Sie umarmte ihn. Als er sich nach oben verzog, fragte sie sich, ob ihre Söhne gute Männer bleiben würden, Männer, die für ihre Lieben da waren.

Denn irgendwie schienen alle anderen Männer in Aislings Leben zur anderen Sorte zu gehören. Zu der Sorte, die wegging. Ihr Vater. Stephen.

Sogar Jack, dachte sie.

Vielleicht war es unangemessen, mehr zu erwarten. Zu hoffen, dass er das mit ihr durchstand. Sie hatte ihn auch sitzenlassen. Das hatte ihn bestimmt tief verletzt.

Aber sie hatte nie eine Wahl gehabt. Und nun war ihr Leben in Fetzen, vor Trauer und einer schrecklichen Enthüllung nach der anderen. Und anstatt zu bleiben und sie zu unterstützen, war er gegangen. Er hatte sie damit allein gelassen.

Sie stützte sich mit einer Hand auf dem Tisch ab.

Du bist stark genug, das zu schaffen, dachte sie. Die können dich alle mal.

Und das war irgendwie der belebendste Gedanke, den sie seit Tagen gehabt hatte.

Sie hatte Juliette und Ben erklärt, dass sie Zeit bräuchte, um die Unterlagen ihres Vaters durchzugehen. Die beiden wollten am Vormittag wiederkommen. Heute Nacht würden sie ohnehin nichts mehr in der Sache unternehmen. Aisling hatte also bis zum Morgen Zeit für die Durchsicht.

Sie zog erneut den Papierstapel aus dem alten Aktenschrank ihres Vaters, darunter auch die nach Jahren unterteilten Mappen mit seiner runden Handschrift. *Grundsteuer. Quittungen. Reisen. Gas und Strom. Kreditkarte. Auto.*

Die meisten hatte sie schon am Sonntag oberflächlich durchgeblättert. Es waren hauptsächlich Kontoauszüge und Quittungen, doch dazwischen hatte sie auch das eine oder andere Erinnerungsstück entdeckt. Alte Zeugnisse von ihm und von ihr. Briefe von wichtigen Gemeindemitgliedern und von seiner Firma in Irland. Belobigungsschreiben für hervorragende Leistungen.

Aber vieles war unpersönlich und banal. Trotzdem könnte es ihr mehr verraten, als sie je gewusst hatte. Denn wenn ihr Daddy ihr Kind irgendwo versteckt hatte, musste es eine Spur geben. Einen Hinweis.

Ihr wurde klar, dass er so viele Gelegenheiten gehabt hatte, das Kind zu verstecken. Sein Job hatte ihm große Freiheiten gegeben, zu reisen und Menschen zu treffen – hatte ihn in die Lage versetzt, ein Doppelleben zu führen.

Aber auch dabei hatte ihr Daddy womöglich Dokumente

hinterlassen, Spesenabrechnungen für Geschäftsreisen, Quittungen, die ihr helfen würden zu rekonstruieren, wo er gewesen war.

Sie zog den Ordner für 1986 hervor, das Jahr, in dem ihre Eltern ihr in einer bitterkalten Winternacht den Sohn weggenommen hatten. Sie stutzte, und ihr Herz zog sich zusammen, als ihr bewusst wurde, dass der 20. Januar bereits begonnen hatte. Heute war der Geburtstag ihres Sohnes.

Heute wurde er neunundzwanzig Jahre alt, und sie hatte ihn in all der Zeit nicht ein einziges Mal gesehen.

Dann kam ihr der Gedanke, dass sie ihn womöglich irgendwann im Vorbeigehen gesehen haben könnte. Vor fünfundzwanzig Jahren hätte sie bei einem Spaziergang einem Kind im Wald begegnen können. Einem Kind, das schrecklich unglücklich war. Das von seiner Familie misshandelt worden war. Verletzt. Beschädigt. Eins der Kinder, die ihr irgendwo aufgefallen und um die sie sich Sorgen gemacht hatte, um sie dann – wie man es ihr beigebracht hatte – zurückzulassen und weiterzugehen.

Er könnte einer der problembeladenen Teenager gewesen sein, die sie in Lyndhurst und Southampton beobachtet, aber gemieden hatte. Oder einer der unglücklich aussehenden jungen Männer Anfang zwanzig, die sich in einer Kneipe bis zur Bewusstlosigkeit betranken, ohne dass ihnen jemand sanft das Glas aus der Hand genommen und gesagt hätte, dass es an der Zeit war, nach Hause zu gehen.

Es war erstaunlich, dass ihr der Gedanke erst jetzt kam: Es hätte jeder von ihnen sein können, und sie hätte ihn retten können, ohne zu ahnen, dass er es war, wenn sie nur irgendwas getan hätte. Sie hätte ihn retten können, und damit auch diese Frauen.

Es war beinahe unmöglich, sich auf die Quittungen zu konzentrieren, die sie aus den Ordnern rupfte. Vor ihrem inneren Auge sah sie nur verzweifelte Gesichter.

Ein leises Klopfen drang durch ihre Gefühle. Einen Moment

lang war sie beunruhigt. Es war fast ein Uhr. Wer klopfte um diese Zeit an ihre Haustür?

Dann wurde ihr klar, dass es nur Jack sein konnte. Natürlich musste er es sein.

Ihre Wut auf ihn loderte kurz wieder auf. Wie hatte er einfach so weggehen können?

Aber als sie ihren Stuhl zurückschob und durch den Flur ging, dachte sie, dass er immer noch nicht alles wusste. Er war gegangen, bevor sie es wirklich erklären konnte.

Ihre Wut ebbte ab, als sie begriff, dass es zum Teil ihre eigene Schuld war. Er hatte das Recht, die ganze Wahrheit zu erfahren.

Die Gestalt vor der Scheibe war dieselbe, doch sein Lächeln, als sie ihm die Tür öffnete, war viel trauriger. Er wirkte besiegt und geschlagen, aber er war hier.

»Tut mir leid«, sagte er praktisch gleichzeitig mit ihr. Beide senkten mit einem angedeuteten Lächeln den Kopf.

»Kommst du rein?«, fragte sie.

Sie gingen in die Küche. Jack stellte seinen Rucksack auf den Stuhl neben sich. Seine Reisetasche hatte er nicht mehr dabei. Er musste in der Zwischenzeit in seinem Hotel gewesen sein.

Diesmal ließ sie die Beleuchtung gedämpft; nur die Lampe über dem Küchentisch warf Licht auf die Unterlagen, mit denen der Tisch zur Hälfte bedeckt war. Eine nächtliche Stimmung hing über dem Raum, und das fühlte sich genau richtig an.

Jack blickte auf die Dokumente und nickte.

Sie drehte sich um und nahm die angefangene Flasche Wein aus dem Kühlschrank.

»Ich hätte nicht einfach abhauen sollen«, sagte er, nahm am freien Ende des Tisches Platz und ließ sich von ihr ein großes Glas Wein eingießen. »Es war bloß … Beim Zerbrechen meiner Ehe ging es eigentlich nicht um die Arbeit. Der wahre Grund war, dass wir keine Kinder bekommen konnten. Aber vielleicht hat das auch nur die Risse bloßgelegt und vertieft, die schon da waren. Ich weiß es nicht.«

Aisling sah ihn voller Mitgefühl an. »O Jack. Das tut mir so leid.«

»Ich habe mich damit abgefunden«, sagte er. »Wirklich. Anfangs waren die Ärzte der Ansicht, dass Stress einer der Hauptgründe war, warum meine Frau nicht schwanger werden konnte, und nach langen Diskussionen mit Stella habe ich meinen Job bei der Met aufgegeben und mit diesem Privatermittler-Kram angefangen. Nur hat das auch nicht geholfen.« Er lachte kurz und trank einen großen Schluck Wein. »Nachdem wir uns ewige Liebe geschworen hatten, hat es nur fünf Jahre gedauert, bis wir uns nie mehr wiedersehen wollten. Schnelle Arbeit. Und nebenbei, dieser Wein ist fantastisch.«

Aisling lachte. »Für den teuren Geschmack kannst du meinen Ex-Mann verantwortlich machen«, sagte sie. »Er war immer ein anspruchsvoller Trinker.« Sie nahm ihm gegenüber Platz. »Du hast also heute Abend erfahren, dass du einen Sohn hast, von dem du nichts wusstest. Und als Erstes hörst du, dass er wegen Mordes an zwei Frauen gesucht wird ...«

»Ja«, sagte Jack und verzog den Mund zu einem bitteren Lächeln, »das fasst es in etwa zusammen. Ein beschissener Albtraum, was?«

»Mein Gott, Jack«, sagte sie, ergriff seine Hand und drückte sie. »Ich hätte es dir schon vor so langer Zeit erzählen sollen.«

»Aisling«, sagte er mit Nachdruck, »wenn es zwei Worte gibt, die ich gern aus der Sprache tilgen würde, dann sind es die Worte ›hätte‹ und ›sollte‹. Wir benutzen sie bloß, um andere Menschen zu kontrollieren oder um uns selbst fertigzumachen, weil wir etwas nicht getan haben. Es gibt kein ›Hättesollen‹ in dem, was du getan hast. Wie wir alle, die wir bloß versuchen, aus unserem Leben schlau zu werden, hast du getan, was du getan hast, weil du damals nicht wusstest, was du heute weißt. Und was hätte es geholfen, wenn du es mir erzählt hättest? Wo du geglaubt hast, dass das Kind gestorben war?« Er erwiderte ihren Händedruck. »Ich verstehe sehr gut, warum du dachtest, du könntest es mir nicht sagen. Ich bedauere es nur, weil ich dich hätte unterstützen können.« Er schüttelte den Kopf. »So eine Geschichte allein durchzustehen. Mein Gott.«

Sie griff wieder nach ihrem Weinglas, froh, dass es diesen kurzen Moment der Berührung gegeben hatte. »Mein Dad war ... lieb«, sagte sie. »Ich meine, ich glaube, nachdem ich ihm erzählt habe, dass das Kind von dir war, hat das seine Meinung von mir geändert. Als er dachte, es wäre von Donagh und die Schwangerschaft damit seine Schuld, war ich wenigstens noch sein kleines Mädchen. Unschuldig und missbraucht. Aber als ich ihm dann die Wahrheit gesagt habe ...«

»Alles, was die Kirche ihn gelehrt hat, war toxisch«, sagte Jack leise, mit unverhohlener Wut. »Das ist kein Glaube. Ich habe seither so viele Menschen kennengelernt, die sehr fromm und trotzdem nachsichtig sind. Gütig. Verständnisvoll. Die dich unterstützt hätten.«

Aisling nickte. »Ich weiß trotzdem nicht, was ich heute für ihn empfinde. Was er mir angetan hat, war schrecklich. Aber Mammy muss es so gewollt haben. Sonst hätte er mir die Wahrheit gesagt, nachdem er uns verlassen hat. Und er musste all diese Versprechen halten, all diese Geheimnisse wahren. Mammy musste er schwören, mir nicht zu erzählen, wo unser Sohn war. Mir musste er schwören, ihr nicht zu erzählen, dass das Kind von dir war. Und vielleicht hatte er selbst auch noch eine Affäre.« Sie schüttelte den Kopf. »Ich bin so wütend auf ihn, dass er das getan und uns verlassen hat, aber ich frage mich auch, ob es ihn zerbrochen hat, so zwischen mir und meiner Mutter hin- und hergerissen zu sein.«

Sie schwiegen, bis sie ihre Gläser geleert hatten. Dann fragte Jack: »Wirst du der Polizei helfen, ihn zu finden?«

Aisling wusste, dass er ihren verlorenen Sohn meinte, und erkannte, dass sie dasselbe dachten. Es ging um ihr Kind, einen

Menschen, der ohne die Chance aufgewachsen war, so geliebt zu werden, wie er es verdient hätte.

»Ich werde alles tun, um ihn zu finden«, sagte sie. »Vor der Polizei.«

Jack lächelte sie an. »Ich bin dabei.«

44.

Es war schwer, die Stimmung des Teams an diesem Morgen zu beschreiben. Sie hatten sich um halb acht verabredet, was sich nach so vielen Abenden, an denen sie erst spät ins Bett gekommen waren, brutal früh anfühlte.

Hansons Gefühle waren zusätzlich erschüttert worden, als sie um 06:41 Uhr eine weitere E-Mail von Damian erhalten hatte. Natürlich war der Absender ein anderer gewesen. Alle seine E-Mails waren getarnt, damit sie sie überhaupt las, viele von einem jeweils neu eröffneten Konto abgeschickt worden.

Diese spezielle Mail stammte scheinbar von einem gewissen Daniel Conlon, Betreff: *Zeugenaussage 03/01*. Aber der Inhalt hatte sofort klargemacht, was los war. Hanson war der Magen bis in die Knie gesackt.

Juliette,

bitte entschuldige die List, zu der ich greifen musste, damit du dies liest. Ich wollte dir sagen, dass ich in den letzten Monaten viel Zeit zum Nachdenken hatte und eingesehen habe, dass ich mich wie ein Vollidiot verhalten habe. Ich weiß nicht, warum ich gedacht habe, irgendetwas an meinem Verhalten wäre akzeptabel.

Ich glaube, ich wollte bloß deine Aufmerksamkeit oder irgendeine Reaktion, aber rückblickend treibt es mir den kalten Schweiß auf die Stirn. Es ist, als würde man aus einem bösen Traum aufwachen. Es tut mir wirklich sehr leid.

Ich weiß, dass es schwer wird, mir zu verzeihen, aber ich hoffe ehrlich, dass wir irgendwann wieder auf derselben Seite sind. Ich wünsche dir wirklich alles Gute.

Wenn es irgendeinen Weg gibt, wie wir all das hinter uns lassen und einfach von vorn anfangen könnten, wäre ich unendlich dankbar. Mir ist klar geworden, dass du nur versuchst, dein Leben weiterzuleben, und ich dich lassen sollte. Ich möchte dich auch nicht durch dieses Gerichtsverfahren zerren.

Wenn du dich irgendwann auf einen aufrichtig freundschaftlichen Kaffee mit mir treffen möchtest, melde dich. Ich habe totales Verständnis dafür, wenn du das nicht willst, aber das Angebot steht und ist ernst gemeint.

Alles Gute
Damian

Juliette stieß einen langen, müden Seufzer aus. Wie absolut typisch für Damian, dass er plötzlich entschieden hatte, dass nichts von alldem in seinem Interesse war. Und wie klassisch, dass er versuchte, ihr einzureden, dass sie das Gerichtsverfahren eigentlich gar nicht durchziehen wollte.

Er hatte offensichtlich nicht begriffen, dass der Prozess in jedem Fall stattfinden würde, egal was sie darüber dachte. Kläger in dieser Sache war die Staatsanwaltschaft, nicht Juliette Hanson.

Mittlerweile kannte sie die Routine, und ihr Anwalt hatte sie angewiesen, wie sie zu reagieren hatte. Sie schrieb rasch eine knappe Antwort:

Damian,

danke für deine E-Mail, aber ich kann leider nicht mit dir kommunizieren, bis der Prozess vorbei ist.

Danke für dein Verständnis
Juliette

Sie hatte die Mail abgeschickt, seine neue Adresse blockiert und gefrühstückt.

Bemüht, nicht weiter daran zu denken, hatte sie sich für einen Arbeitstag fertig gemacht, der im Fall des Bonfire-Killers vielleicht den Durchbruch bringen würde. Wie verabredet holte Ben sie um sieben Uhr ab. Sie wusste, dass sie nach wie vor von zwei DCs beschattet wurde, die schon auf ihrem Posten gewesen waren, bevor Hanson aufgestanden war. Bei dem Gedanken, dass die Kollegen ihren Schlaf für sie opferten, verzog sie das Gesicht. Bisher hatte keiner der für ihre Beobachtung eingeteilten DCs etwas Verdächtiges bemerkt, und sie bekam allmählich das Gefühl, dass sie sich ihren Schutzengel nur eingebildet hatte.

Immerhin konnte sie sich bei Ben mit der universalen Währung von frischem Gebäck für seine Fahrdienste bedanken. Sie hatte am Vorabend einen Plätzchenteig ihrer Mutter aufgetaut und direkt nach dem Aufwachen in den Ofen geschoben. Das noch frühere Aufstehen hatte sich schon deshalb gelohnt, um aus Bens Mund zu hören, das sei vielleicht das Beste, was je jemand für ihn getan habe.

Als sie um Viertel nach sieben im Kommissariat eintrafen, mussten sie an einem Pulk von Pressevertretern vorbei, der seit der Bekanntgabe der Festnahmen durch die Pressestelle am Abend angewachsen war. So verständlich die Fragen der Journalisten auch sein mochten, sie trugen nicht gerade zur Besserung von Hansons Laune bei, weil sie sich zusätzlich unter Druck gesetzt fühlte.

»Was ist mit den beiden festgenommenen jungen Männern?«

»Gibt es einen Durchbruch in dem Fall?«

»Wann wird der Bonfire-Killer gefasst?«

Hanson hätte am liebsten geantwortet, dass sie das genauso wenig wusste wie die Reporter. Immerhin war es ein kleiner Trost, hinterher gemeinsam mit Ben und Domnall in der Küche ein wenig über den Stress zu jammern.

»Hoffen wir, dass wir es nicht komplett vermasseln«, hatte O'Malley fröhlich gesagt.

Als sie jetzt in dem großen Besprechungsraum saßen, spürten alle diesen Druck. Der Chief nahm am Kopf des Tisches Platz und sah einen Moment lang aus wie ein Mann, auf dessen Schultern das Gewicht der ganzen Welt lastete.

Hanson fühlte mit ihm. Man vergaß leicht, dass am Ende alles bei ihm landete, und zu Hause musste er obendrein das Leben mit einem Säugling und einer offenbar komplizierten Beziehung bewältigen.

»Kurzer Lagebericht«, sagte er und wirkte trotz allem sehr konzentriert. »Cumbria hat bestätigt, dass der Wagen im Ullswater Dara Cooleys war. Man hat persönliche Gegenstände von Aislings Vater gefunden, und die sterblichen Überreste – die heute Vormittag obduziert werden – entsprechen denen eines Mannes in seinem Alter.« Er blickte sie alle an. »Wir werden diese Spur nicht komplett vergessen, aber erst mal nicht in der Richtung weiterermitteln. Wir sind uns vermutlich einig, dass der Mörder höchstwahrscheinlich Aisling Cooleys vermisster Sohn ist.«

Hanson nickte, genau wie Ben und Domnall.

»Plan für heute: Sie beide sollen heute Unterlagen bei Aisling Cooley abholen, oder?«, fragte der Chief sie und Ben.

»Wir sind um halb zehn verabredet«, bestätigte Hanson.

»Wir müssen nicht nur die Dokumente abholen«, sagte der Chief, »sondern meines Erachtens auch mit ihr darüber sprechen, dass sie möglicherweise in Gefahr schwebt.«

»Ich denke, das wäre gut«, sagte Hanson. »Von dem seltsamen Hundespaziergänger gestern Abend einmal abgesehen, entspricht sie auch altersmäßig dem Opferprofil und wohnt in der richtigen Gegend. Und vielleicht geht es bei alldem ja ohnehin um sie.«

Der Chief nickte. »Ich habe veranlasst, dass regelmäßig ein

Streifenwagen vorbeifährt. Ich denke, wir sollten sie außerdem bitten, das Haus nicht allein zu verlassen.« Nach einer kurzen Pause fügte er hinzu: »Außerdem möchte ich, dass O'Malley mit einem der anderen DCs noch mal zu dem Murphy-Gestüt fährt.«

»Klar«, sagte O'Malley. »Soll ich noch mal den Tatort inspizieren oder ...?«

»Ich interessiere mich mehr für die Angestellten«, sagte der Chief. »Nach Sichtung der Videoaufnahmen und dem, was wir über die Ställe wissen, halte ich es für unwahrscheinlich, dass jemand ohne Vorwissen dort eingebrochen ist.«

»Hat die Spurensicherung irgendwelche Erkenntnisse vom Tatort gemeldet?«, fragte O'Malley.

»Nicht viel«, sagte der Chief mit einem Seufzer. »Abdrücke von Hunter-Gummistiefeln, Größe fünfundvierzig, die zu keiner der Personen passen, die sich unserer Kenntnis nach dem Tatort genähert haben. Möglicherweise relevant oder auch nicht.«

Das weckte Hansons Interesse. Hunter-Stiefel waren ziemlich teuer und wurden häufiger von Möchtegern-Landmenschen getragen als von Leuten, die wirklich auf dem Land lebten und arbeiteten. Damian hatte in seiner Country-Gentleman-Phase, wie sie sie genannt hatte, auch ein Paar besessen. War der Mörder in Wahrheit vielleicht ein Vertreter der bürgerlichen Mittelschicht, der nur gelegentlich eine Landpartie unternahm, und kein Mensch, der viel Zeit in Ställen verbrachte?

Seltsamerweise war sie automatisch davon ausgegangen, dass Aislings Sohn in Armut aufgewachsen war. Bei der Vorstellung eines Kindes, das genug gelitten hatte, um zum Mörder zu werden, hatte sie sofort diesen Schluss gezogen. Dabei wusste sie aus der Erfahrung eines kürzlich abgeschlossenen Falles, dass schlimmster Missbrauch auch in gutbürgerlichen Familien vorkam.

»Den Aufnahmen der Überwachungskamera nach zu urteilen, könnte der Pferdedieb tatsächlich Hunter-Stiefel getragen haben«, bemerkte Lightman. »Wo wurden die Abdrücke gesichert?«

»Zwanzig Meter vom Scheiterhaufen entfernt«, antwortete der Chief. »Ein einzelner Abdruck näher beim Hof, der vielleicht hinterlassen wurde, als der Dieb den Kaffee auf dem Qashqai abgestellt hat«, fügte er hinzu und nickte in Hansons Richtung. »Der Bericht ist in der Datenbank, jede Theorie ist willkommen. Die Reifenspuren auf den umliegenden Waldparkplätzen sind komplizierter. Viele von ihnen wurden in den vierundzwanzig Stunden nach dem Brand von anderen Fahrzeugen überfahren. Es ist möglich, dass der Täter mit dem Wagen gekommen ist, ihn ein Stück entfernt abgestellt hat und den Rest gelaufen ist. Vielleicht wohnt er aber auch irgendwo auf dem Gestüt. Oder hat früher dort gewohnt.«

»Ich habe eine Liste aller Angestellten«, bot Hanson an. »Ich hatte eigentlich nach Dara Cooley gesucht, aber vielleicht ist einer von ihnen Aislings Sohn.«

Wenig später war die Besprechung beendet, und Hanson ging mit Ben zum Parkplatz. Er hatte ihr Angebot zu fahren erneut abgelehnt.

»Du kannst uns in deinem Minikühlschrank rumkutschieren, wenn es wärmer ist«, sagte er grinsend.

45.

Für Aisling war es ein seltsamer Morgen. Sobald sie die Augen aufschlug, stürzten die Gefühle des gestrigen Tages wieder auf sie ein, leicht gedämpft nur durch ihre Schlaftrunkenheit. Wie die kleineren Wellen, die an Land rollen, wenn man von einer großen umgeworfen worden ist, das taumelnde Ziehen und Zerren, das auf jede Enthüllung folgt.

Mein Vater ist tot.

Mein Erstgeborener lebt, ist aber vielleicht ein Mörder.

Finn und Ethan sind unschuldig.

Jack O'Keane ist hier, in meinem Haus.

Letzteres erschien ihr von allen am seltsamsten, deshalb musste sie es überprüfen.

Sie stand auf. Es war erst zwanzig vor acht und noch fast dunkel draußen. Sie schlich auf den Flur und sah, dass die Tür zum Gästezimmer offen stand.

Für eine Sekunde fühlte sie sich wie im freien Fall.

Er war nicht hier. Es war nicht passiert.

Aber dann erkannte sie, dass jemand in dem Bett geschlafen hatte und Jacks Jacke noch über dem Stuhl hing, und alles schien wieder in Ordnung.

Aisling ging vorsichtig die Treppe hinunter. Sie hoffte, dass Finn und Ethan noch schliefen, hörte dann aber Stimmengemurmel aus der Küche. Als sie den Raum betrat, standen Finn und Jack am Tresen, einer bestrich Toastbrot mit Butter, der andere machte Kaffee, während sie in eine ernste Diskussion über verschiedene Strategien, *The Sims 4* zu spielen, vertieft waren.

Jack trug eins von Ethans kleineren Basement-Jaxx-T-Shirts. Wieder fiel Aisling auf, wie kraftvoll und kompetent er wirkte. Wie sehr es ihr gefiel, dass er hier war.

»Guten Morgen«, unterbrach er Finns Tirade darüber, wie leicht es in dem Spiel sei, als Künstler Geld zu verdienen. »Kaffee?«

»Aaah ... ja, sehr gern.« Aisling schüttelte kurz den Kopf. Wie konnte Jack in ihrer Küche Kaffee kochen, als wäre es völlig normal? Nachdem sie sich vor zwölf Stunden zum ersten Mal seit dreißig Jahren gesehen hatten und nun versuchten, ihr gemeinsames Kind aufzuspüren – ein Kind, das zwei Frauen ermordet hatte?

Natürlich hatten sie sich in der vergangenen Nacht über vieles aus den letzten dreißig Jahren auf Stand gebracht. Ein großer Teil dieser Lücke war in den Stunden geschlossen worden, in denen sie gemeinsam Quittungen, Rechnungen und Briefe durchgegangen waren. Sie hatten zu zweit im Halbdunkel der Küche gesessen, in ihren Händen die Vergangenheit und die Zukunft ihres Sohnes.

Sie hatten versucht, die Wege ihres Vaters anhand der Unterlagen zu rekonstruieren, mögliche Hinweise entdeckt und sich Notizen gemacht, was sie weiterverfolgen wollten.

Jack hatte sie immer wieder gefragt, ob sie sich an weitere Details erinnerte.

»Vielleicht hat dein Vater unabsichtlich etwas erwähnt«, hatte er gesagt. »Oder der Schlüssel zu allem liegt irgendwo in einer deiner Alltagserinnerungen verborgen.«

Zu irgendeiner verrückten Nachtzeit war ihr der Gedanke gekommen, dass sie versuchen sollten, die Hebamme zu finden, die geholfen hatte, ihren Sohn zur Welt zu bringen.

»Sie muss doch irgendwo registriert gewesen sein, oder nicht?«, fragte sie.

Jack nickte langsam. »Vorausgesetzt, dass sie wirklich eine Hebamme gewesen ist«, sagte er. »Hört sich so an, als hätte sie sich mit Entbindungen ausgekannt, also hoffen wir das mal. Wir sollten es jedenfalls überprüfen. Ich setze jemanden im Büro darauf an. Erinnerst du dich an einen Namen?«

Aisling schüttelte den Kopf und versuchte, Bilder aus jenen Stunden wachzurufen. »Nein. Ich hab bloß … Sie war einfach die Hebamme. Eine Frau, deren Kommen mein Vater arrangiert hatte.«

»Er muss sie bezahlt haben«, sagte Jack nachdenklich. »Aber in den Kontoauszügen gab es keine entsprechende Überweisung. Vielleicht sollten wir uns auch die Unterlagen vom Ende des Vorjahres durchsehen. Vielleicht hat er sie im Voraus bezahlt. Oder in bar.«

Sie hatten sich die Dokumente von Oktober bis Dezember 1985 angeschaut, jedoch auch dort nichts gefunden.

»Erinnerst du dich an Freunde deiner Eltern aus der Zeit?«, fragte Jack. »Menschen, die sie vor der Geburt getroffen haben? Sie haben das Kind bestimmt nicht einfach irgendwem übergeben. Es muss vorbereitet worden sein. Vielleicht schon bevor sie Irland verlassen haben.«

»Ich weiß nicht«, sagte Aisling. »Wir sind ziemlich überhastet aufgebrochen. Am Tag, nachdem alles losgegangen war.«

Jack nickte. »Okay. Dann hat dein Dad vielleicht einen Weg gefunden, mit Leuten Kontakt aufzunehmen. Irgendeine Art von Kontakt. Es gibt garantiert Netzwerke von Menschen, die Kinder verloren haben oder die keine Kinder bekommen können.« Er runzelte die Stirn. »Wenn sie nicht hierhergekommen wären, hätte ich vielleicht an die Kirche selbst gedacht. Sie hat schließlich Erfahrung darin, uneheliche Kinder verschwinden zu lassen.«

Aisling nickte. Er dachte an die berüchtigten Magdalenenhäuser, Heime für gefallene Mädchen. »Aber sie sind doch bestimmt nicht hierhergezogen und haben das Kind dann zurück nach Irland geschickt, oder?«, sagte sie. »Wenn er diese Taten im New Forest begeht, wurde er wahrscheinlich von jemandem adoptiert, der in der Nähe lebt.«

Darüber dachte Jack eine Weile nach. »Vielleicht sind sie sogar extra in den New Forest gezogen, weil hier jemand das Kind übernehmen wollte. Kannst du dich an Freunde erinnern, die sie vor der Geburt getroffen haben?«

Aisling kam es vor, als *müsse* ihr irgendetwas aus dieser Zeit einfallen, aber da war nichts. »Ich wüsste nicht, dass sie überhaupt Freunde hatten, nachdem wir hierhergekommen sind«, sagte sie. »Wir waren monatelang immer nur zu dritt. Ich hatte keinen Kontakt zur Außenwelt: Wir taten so, als wäre ich krank, damit niemand etwas von meinem Sündenfall erfuhr. Und für die Nachbarn spielten die beiden die Eltern eines gebrechlichen Kindes.«

»Aber die Hebamme war eine Freundin, haben sie gesagt?«

»Ja«, antwortete Aisling langsam. »Ja, das haben sie ausdrücklich gesagt. Sie sei eine Freundin, die unser Geheimnis wahren würde.«

Jack nickte. »Ich überprüfe alle Hebammen in der Umgebung. Und ich sollte auch mit den Nachbarn reden. Wenn sie nur selten andere Menschen getroffen haben, hat vielleicht einer der Nachbarn den Kontakt zu der Hebamme oder der Familie hergestellt, der sie das Kind übergeben haben. Außerdem schaue ich mir an, ob es in der Gegend Selbsthilfegruppen für trauernde Eltern und für Eltern mit Fruchtbarkeitsproblemen gab. Ihr habt in Hordle gewohnt, oder? Das ist nicht weit von hier.«

Eine Stunde lang suchten sie weiter ergebnislos in den Unterlagen ihres Vaters für das Jahr 1986. Als sie alles durchgesehen hatten, überfiel Aisling mit einem Mal eine tiefe Traurigkeit. Nun waren nur noch Dokumente für zwei weitere Monate aus dem Leben ihres Vaters übrig. Nur noch der Januar und ein paar Tage im Februar, bevor er mit seinem Wagen in den Ullswater gefahren war.

»Wahrscheinlich sollten wir ein paar Stunden schlafen«, sagte sie schließlich. Es war fast vier Uhr morgens, und sie hatte schon in der Nacht zuvor kaum ein Auge zugetan. Sie würde am nächsten Tag zu nichts nutze sein.«Ich habe das Gästebett bezogen, falls du hierbleiben willst«, fügte sie ein wenig verlegen hinzu.

»Danke«, sagte Jack mit einem müden Lächeln. »Das wäre super. Nachdem ich hier rausgestürmt bin, habe ich in einem Hotel in Southampton eingecheckt. Ich habe meine Reisetasche dagelassen, aber wenn du mir mit einer Zahnbürste aushelfen kannst ...«

»Natürlich«, erwiderte Aisling grinsend. »Und du kannst die Schubladen im Gästezimmer plündern, in denen Ethan den Überschuss von Klamotten aus seinem Chaos aufbewahrt. Nimm dir, was du brauchst.«

»Super«, sagte er, stand auf und streckte sich. »Ich versuche, früh aufzustehen. Es gibt viel zu tun.«

»Musst du morgen nicht arbeiten?«, fragte sie. »Bei VePlec, meine ich?«

Jack schüttelte den Kopf. »In deiner Firma gibt es vertraglich zugesichert flexible Arbeitszeiten. Und der CEO kann sich nicht beschweren, dass ich von zu Hause aus arbeite, ohne Verdacht zu erregen. Außerdem werde ich andeuten, dass ich einer Spur zu einem anderen Entwickler nachgehe. Alles okay.«

Er folgte ihr zum Gästezimmer und wartete, während sie ihm ein Handtuch holte und ihm das Gästebad zeigte.

»Es ist auch Finns Badezimmer«, sagte sie. »Dein Glück, dass er nicht ganz so widerlich ist wie sein Bruder.«

»Das ist schon okay«, sagte Jack grinsend. »Ich war selbst mal ein Teenager.«

Sie stand vor ihm und spürte, wie sich die Trauer um den Sohn, den sie nie gekannt hatte, auf sie herabsenkte. Jack tat einen Schritt auf sie zu und umarmte sie.

»Wir werden ihn finden«, hatte er gesagt. Aisling war noch eine ganze Weile so stehen geblieben, und sie hatten einander gehalten, fest umschlungen, bevor sie sich in ihr Zimmer zurückgezogen hatte.

An diese Umarmung dachte sie jetzt, während sie beobachtete, wie Jack Kaffee machte. Als er schließlich einen Cappuccino mit frisch geschäumter Milch vor ihr auf den Tisch stellte, sah er ihr das vermutlich auch an. Er erwiderte ihren Blick mit einem Lächeln, langsam und zögernd, und sie war froh, dass Finn gerade mit dem Toaster beschäftigt war.

»Gehst du heute zur Schule?«, fragte sie Finn nach einer Weile. Wenn er noch pünktlich kommen wollte, müsste er sich beeilen.

»Ich dachte, ich bin heute vielleicht krank«, sagte Finn leichthin. Aisling musste grinsen. Krankfeiern war so untypisch für ihn. Sie konnte sich nicht erinnern, wann er zum letzten Mal einen Tag in der Schule verpasst hatte. Es musste Jahre her sein.

»Vielleicht kann ich dich bei dieser Unwahrheit decken«, sagte sie.

Zu ihrer Überraschung betrat in diesem Moment Ethan die Küche, in Begleitung des überschwänglichen Barks. Ethan war zwei Stunden früher dran als normalerweise an einem freien Tag. Und er sah auch nicht so verquollen aus wie sonst, allerdings immer noch wie jemand, der sich nicht ganz sicher ist, was eigentlich los ist.

»Wer hat den Balrog geweckt?«, fragte sie.

»Barks hauptsächlich«, antwortete er. »Entweder ich hab meine Tür nicht richtig zugemacht, oder Barks ist insgeheim ein Türen öffnender Raptor: Ich bin mit einem kleinen hechelnden Hund auf meiner Brust aufgewacht. Unnötigerweise.«

»Kannst du Türen aufmachen, kleiner Barks?«, fragte Finn und bückte sich, um den Hund zu tätscheln. »Fein gemacht. Fein gemacht, Barku.«

Während sie den Frühstückstisch deckten, drehte der Terrier ein paar Runden durch die Küche und sprang schließlich auf Jacks Schoß.

»Ich würde ja gern behaupten, dass er über gute Menschenkenntnis verfügt«, sagte Aisling, während Jack versuchte, über Barks' Kopf einen Toast mit Marmelade zu essen, »aber ehrlich gesagt ist er der beste Freund von jedem, der gerade etwas zu essen hat. Der beschissenste Wachhund, den man sich vorstellen kann.«

»Hör nicht auf sie, Barks«, sagte Finn zu dem Hund.

Nachdem Ethan Frühstücksflocken und einen Toast herunter-geschlungen hatte, legte er sein Messer ab und sagte: »Können wir ... dir etwas erzählen?«

Finn stutzte, den Mund voller Toast, und kaute dann langsam weiter.

»Klar«, sagte Aisling. »Was denn?«

»Bloß zur Sicherheit«, sagte Ethan und blickte Jack an. »Wenn wir dir etwas erzählen, und jemand würde Probleme bekommen, wenn du es der Polizei erzählst, würdest du dich dann als privater Ermittler verpflichtet fühlen, es ihnen zu sagen?«

Jack blinzelte ihn an und grinste. »Mit das Beste daran, bei der Polizei aufgehört zu haben, ist, dass ich niemandem irgendwas erzählen muss. Tatsächlich kommt es bei meiner Arbeit meistens drauf an, die Klappe zu halten.« Er sah zu Finn hinüber. »Wenn es um ein schweres Verbrechen geht, würde ich vielleicht versuchen, euch zu überreden, mit der Polizei zu sprechen, aber ich würde es nicht an eurer Stelle tun.«

»Ethan«, flehte Finn. »Du weißt, dass es alles ruinieren könn-te!«

»Mummo muss selbst entscheiden, was sie deswegen unterneh-men will«, erwiderte Ethan sehr viel entschlossener als gewohnt. »Wir haben sie gestern Abend gezwungen, uns alles über ihr Le-ben zu erzählen. Und es ist verdammt noch mal nicht fair, wenn wir, du weißt schon, das nicht auch tun.«

Aisling blickte von einem zum anderen. Ihr war mit einem Mal speiübel. Sie wusste nicht, ob sie noch mehr hören wollte.

Finn wirkte nicht überzeugt. »Komm schon, Bro. Damit wür-den wir sie –«

Aber Ethan schnitt ihm das Wort ab. »Wir haben die Polizei dar-über angelogen, was wir Silvester gemacht haben. Weil wir Dad getroffen haben.« Seine Stimme klang trotzig, doch er hielt den Blick auf den Tisch gerichtet, sah Aisling nicht an.

Aisling kam es vor, als hätte man ihr einen Tritt versetzt. Sie war verletzt. Sie fühlte sich verraten. Und sie spürte eine schwindelerregende Angst.

»Wie …?«

»Er hat sich vor etwa anderthalb Jahren gemeldet«, fuhr Ethan fort. »Er hat uns beschworen, es niemandem zu erzählen, weil er … also, um es mit seinen Worten zu sagen … weil er sich mit Auftraggebern eingelassen hatte, die sich im Nachhinein als halbkriminell herausgestellt haben. In letzter Zeit war er meistens in Lettland, wo er untergetaucht ist und sich ein neues Geschäft aufgebaut hat.« Ethan beobachtete nervös ihre Miene. »Im Moment ist er in England, deshalb hatten wir solche Panik, es irgendwem zu erzählen. Einschließlich der Polizei.«

Sie blickte von Ethan zu Finn und zurück. Beide waren offensichtlich verlegen. Sie war perplex, dass sie es geschafft hatten, es ihr so lange zu verheimlichen. Und entsetzt, dass sie das Gefühl gehabt hatten, es wäre notwendig.

»Ich bin … ihr hättet mir sagen können, dass ihr ihn treffen wollt.«

»Wie hätten wir das machen sollen?«, fragte Finn. Er richtete sich gerader auf und blickte sie direkt an. »Wenn wir etwas gesagt hätten, hättest du dich verpflichtet gefühlt, es der Polizei zu erzählen. Du wärst so etwas wie eine Mitwisserin oder Komplizin gewesen. Und ich denke, er übertreibt nicht, wenn er sagt, dass er Riesenärger bekäme. Ich glaube ehrlich gesagt, dass er mit ihrem Geld abgehauen ist.«

»Wir *wollten* ihn nicht treffen«, unterbrach Ethan ihn. »Es ging nicht darum, dass wir ihn vermisst haben oder irgendwas.« Er atmete geräuschvoll aus. »Aber Finn hat mitgekriegt, dass du, na ja, du weißt schon, praktisch pleite bist. Wir haben uns ausgerechnet, dass du das Haus aufgeben müsstest, deshalb dachten wir … Dad schuldet dir doch eigentlich noch Geld, und uns auch. Unterhalt und so.«

Für einen Moment herrschte Stille. Dann fragte Aisling: »Er hat euch Geld gegeben?«

Ethan verzog das Gesicht und nickte. »Fahrstunden für Finn – das hat er immer dienstags gemacht, wenn er angeblich zusätzliche Trainingsstunden hatte – und einen Synthesizer für mich … Und ziemlich viel Bargeld. Wir haben die Wahrheit vielleicht … ein bisschen … gedehnt.« Er blickte zu seinem Bruder und wurde rot. »Wir haben ihm erzählt, dass du ihn offensichtlich immer noch vermisst und ihn respektierst und dass du ihm keine Vorwürfe machst, weil er seinem Herzen gefolgt ist. Dass es wirklich schwer für dich war … so halt.«

Aisling starrte ihn bloß an und wusste nicht, welchem ihrer Gefühle sie nachgeben sollte.

»Bis jetzt habe ich drei Riesen auf meinem Konto«, murmelte Finn. »Für Geburtstags- und Weihnachtsgeschenke für uns beide und etwas, ähm, für dich zu Weihnachten.«

»Aber die Sache ist die …«, fuhr Ethan fort. »Er ist jetzt steinreich. Absolut steinreich. Und er hat gesagt, er will nicht, dass wir das Haus verlieren. Er hat versucht, einen Weg zu finden, dir eine große Summe Geld zukommen zu lassen, deshalb haben wir uns Silvester getroffen. Er wollte uns das Geld persönlich übergeben. Aber dieses Riesenarschloch ist blank aufgekreuzt.« Ethan sah wütend aus. Verletzt. »Er hat gesagt, er habe eine Investition vorziehen müssen, weil die Chance dafür zeitlich befristet war. In ein paar Wochen würde er das Geld haben. Und auch wenn Finn denkt, wir können durchhalten und die Kohle kassieren, glaube ich ehrlich gesagt inzwischen, dass er der totale Arsch ist und uns noch mal hängen lässt.«

In dem Moment erreichte Aisling den Punkt emotionaler Überforderung. Sie beugte sich vor und vergrub das Gesicht in den Händen. Sie wusste selbst nicht genau, ob sie lachte oder weinte, als sie sagte: »O Gott.«

46.

Hanson stellte erfreut fest, dass Aisling Cooley offenbar vorbereitet war, auch wenn sie sie in Schlafanzug und Bademantel empfing. Im Flur standen vier Kartons, und Aisling erklärte ihnen, was sie enthielten.

Mit Interesse bemerkte Hanson, dass Jack O'Keane im Flur direkt hinter ihr stand und unverkennbar so aussah, als hätte er hier übernachtet. Sie fragte sich, ob sie sich wegen seiner Verwicklung Sorgen machen sollte. Ein Ex-Beamter der Metropolitan Police, der jetzt als privater Ermittler arbeitete, konnte ernsthaft stören, wenn er es darauf anlegte.

»Vielen Dank«, sagte Hanson mit einem höflichen Gesichtsausdruck, als sie den letzten Karton nahm. »Wir werden alles genau katalogisieren. Ich weiß, dass es Ihnen viel bedeutet.« Sie zögerte. »Sind Sie sich sicher, dass das alle relevanten Unterlagen sind? Es gibt nicht noch etwas …?«

»Ja, das ist alles«, erwiderte Aisling rasch. » Wissen Sie, was auch immer mit ihm passiert ist … das ist nicht … seine Schuld.« Sie sah Hanson und Ben eindringlich an. »So wie meine beiden Jungen jetzt sind – glücklich, verantwortungsbewusst und freundlich –, so hätte er auch sein können, wenn er eine Chance bekommen hätte. Wenn jemand schuld am Tod dieser Frauen ist, dann sind das wir. Nicht er.«

Hanson seufzte unwillkürlich. Sie konnte Aislings Gefühle sehr gut verstehen. Die Schuld. Die Liebe. Das Gefühl, dem verlorenen Baby die Hand reichen zu wollen. Aber er war kein Baby mehr. Er war ein Mann, der zwei oder vielleicht sogar mehr Frauen sinnlos das Leben genommen hatte. Aisling hatte die Trauer von Lindsays und Jacquelines Kindern nicht mit ansehen müssen. Sie hatte die herzzerreißenden Einzelheiten nicht erfahren. Und sosehr Aislings Sohn auch gelitten haben mochte, er hatte trotzdem noch eine Wahl gehabt, dachte Hanson. Seine Taten waren ihm nicht aufgezwungen worden.

»Während wir uns das ansehen«, sagte Lightman hinter ihr, »möchten wir, dass Sie besonders auf Ihre Sicherheit achten. Sie sind nicht nur im Alter der Opfer des Bonfire-Killers, es ist auch möglich, dass Ihr Sohn irgendwann erfahren hat, wer seine Eltern sind.«

Aisling blinzelte ihn an. »Aber hätte er dann nicht versucht, Kontakt aufzunehmen?«

»Das kommt darauf an, was man ihm erzählt hat, würde ich denken«, sagte Ben leise. »Fällt Ihnen irgendjemand ein, der in letzter Zeit neu in Ihr Leben getreten ist? Jemand, dem Sie mehr als einmal begegnet sind?«

Aisling dachte eine Weile nach, doch dann schüttelte sie den Kopf. »Nein, Jack ist der Einzige, und er zählt nicht. Ich bin eigentlich ziemlich ungesellig.«

Ben nickte. »Es wäre uns lieber, wenn Sie fürs Erste nicht allein ausgehen. Und sorgen Sie dafür, dass immer noch jemand mit Ihnen im Haus ist.«

Aisling nickte langsam. »Die Jungs sind heute beide da.«

»Das ist gut«, sagte Lightman. »Und wenn Sie wegen irgendetwas beunruhigt sind, rufen Sie uns an. Wenn es dringend ist, auch den Notruf.«

Dann gingen sie und nahmen die Überbleibsel von Dara Cooleys Leben mit.

47.

O'Malley betrat den Stallhof, froh, an der kalten Luft und weg von dem Papierkram zu sein. Obwohl er einige seiner besten Ermittlungen vom Schreibtisch aus geführt hatte, sträubte er sich innerlich immer dagegen. Auf den Beinen zu sein, nach Beweisen zu suchen, mit Menschen zu sprechen – das fühlte sich für ihn an wie echte Polizeiarbeit.

Der Hof war leer, aber auf einem Schild über einer der Türen stand: *Gestütsbüro*. Er schlenderte hinüber und wollte sie gerade öffnen, als jemand hinter ihm rief: »Kann ich helfen?«

O'Malley drehte sich um und sah einen Bären von einem Mann mit dunklem Haar und Bart, der den Hof überquerte. Für einen so großen Mann mit robusten Schuhen bewegte er sich überraschend leise.

»DS Domnall O'Malley«, sagte er und streckte lächelnd die Hand aus. »Ich verfolge nur die Sache mit Ihrem Pferd weiter.«

Er sah, wie der Blick des großen Mannes zu dem Block mit den Ställen zuckte.

»Ich bin Danny Murphy. Ist es noch viel, was Sie brauchen? Dad ist auf dem Kriegspfad gegen alles, was die Arbeit stört.«

»Hoffentlich nicht allzu viel«, sagte O'Malley beruhigend. »Ein paar kurze Fragen.«

Danny wies auf das Büro, aber O'Malley sagte: »Ach, vielleicht schlendern wir lieber ein bisschen herum. Es ist immer gut, eine Vorstellung von den Örtlichkeiten zu haben.«

Danny schien kurz beunruhigt, nickte dann aber. »In Ordnung.«

»Können Sie mir als Erstes sagen«, begann O'Malley, als sie auf die Stallungen neben dem Tor zugingen, »ob auf dem Gestüt Ketamin aufbewahrt wird?«

Danny blieb abrupt stehen und starrte O'Malley an. »Das ist ein Narkosemittel, das dürfen wir nicht aufbewahren.«

»Ja, schon klar«, sagte O'Malley und winkte ab. »Mir ist bewusst, dass das offiziell nicht gemacht wird. Und ich frage nicht, um Sie bei irgendwas zu ertappen. Aber ich weiß auch, dass der Tierarzt nach einer Operation oder so manchmal eine Dosis dalässt. Vielleicht haben Sie noch ein paar Reste.«

Danny runzelte die Stirn, dann schüttelte er den Kopf. »Unter meiner Aufsicht ist das nie passiert.«

O'Malley nickte. »Was ist mit Kerosin? Könnte der Pferdedieb das von Ihrem Grundstück gestohlen haben?«

»Ich ... auf dem Überwachungsvideo war nichts davon zu erkennen«, sagte Danny.

»Aber Sie haben welches hier?«

Danny blieb an der Tür zu den Ställen stehen. »Ja. Der Heizkessel wird mit Kerosin betrieben. Wir haben ein paar Fässer in dem Schuppen draußen.« Er wies mit dem Kopf auf das offene Stahltor.

»Warum schauen wir nicht mal nach?«, schlug O'Malley vor. »Um sicherzugehen, dass es noch da ist.«

Danny protestierte nicht, schwieg jedoch, als er O'Malley durch das Tor zu einem Schuppen mit Schrägdach führte, der an das Farmhaus angebaut worden war. Er zog einen großen Satz Schlüssel aus seiner Steppweste, schloss das überdimensionierte Vorhängeschloss auf und öffnete die Holztür. Sie war mehrere Zentimeter dick, nicht leicht aufzubrechen.

In dem Schuppen war es dunkel, bis Danny ein sehr grelles Neonlicht an der Decke einschaltete, das noch aus den Neunzigern stammen musste. O'Malleys Blick wanderte über die Umrisse eines Sitzmähers zu den gestapelten Holzscheiten an der gegenüberliegenden Wand. Kerosin konnte er auf Anhieb nicht entdecken.

Dann bemerkte er, dass Danny auf etwas starrte, und folgte seinem Blick. Auf der linken Seite des Schuppens waren drei runde Abdrücke auf dem Boden, die nicht verstaubt und beschmutzt waren.

»Sollte da eigentlich das Kerosin sein?«, fragte O'Malley leise.

Danny starrte weiter auf die Stelle und sagte dann: »Ich muss mit Dad reden.«

48.

Hanson und Lightman teilten die Unterlagen aus Aisling Cooleys Haus gleichmäßig unter sich und weiteren Mitgliedern des Ermittlungsteams auf. Als sie die Dokumente auf ihren Schreibtischen stapelten, stellten sie fest, dass diese nur Dara Cooleys Zeit in Großbritannien abdeckten. Unterlagen, die früher datiert waren als Juni 1985, gab es nicht. Aber sie würden auch so Stunden brauchen, um allein das vorliegende Material zu sichten.

»Wenigstens ist alles ziemlich ordentlich abgeheftet«, sagte Hanson, schlug den ersten Ordner auf und begann, ihn durchzublättern. »Kein Vergleich mit meiner Ablage. Damit meine ich den Papierstapel auf meinem Küchentisch, um den ich mich immer erst kümmere, wenn er umzukippen droht.«

Ben grinste sie kopfschüttelnd an. »Unbegreiflich.«

Sie hatten gerade erst begonnen, die Unterlagen durchzuwühlen, als der Sergeant am Empfang anrief und einen Besucher für Hanson meldete.

»Ein Daniel Olwe?«

Hanson fielen mit einem Schlag die Anfragen wieder ein, die sie am Abend zuvor an die Mitglieder von Ethans Band geschickt hatte, um herauszufinden, ob Jacqueline Clarke oder Lindsay Kernow bei einem von Ethans Konzerten gewesen war.

Aber das war vor dem Erhalt der DNA-Ergebnisse gewesen, vor der Enthüllung, dass Aisling Cooley einen dritten, älteren Sohn hatte. Die Faktenlage hatte sich so schnell geändert, dass Hanson vergessen hatte, eine weitere Mail zu schicken, um mitzuteilen, dass sich die Sache erledigt hatte.

Aber gute Ermittlungsarbeit bedeutete häufig, jedes Kästchen abzuhaken, und sie wussten nach wie vor nicht, wie der Täter seine beiden Opfer getroffen hatte. Wenn Dan Olwe einer der beiden Frauen irgendwo begegnet war, konnten sie vielleicht Menschen finden, die den Mörder gesehen hatten.

»Ah, danke«, sagte sie, als hätte sie auf diese Nachricht gewartet. »Können Sie ihn hochschicken?«

Ben zog eine Braue hoch, als sie auflegte, und sie lächelte ihn trocken an. »Kleiner Schnitzer. Ich hab vergessen, einem Bekannten von Ethan Cooley abzusagen. Aber vielleicht weiß er ja etwas über die Opfer, deshalb ...«

Ben nickte nachdenklich. »Möchtest du, dass ich noch einige der anderen sieben Milliarden Menschen auf dem Planeten zur Befragung vorlade? Würde es dir in alphabetischer Reihenfolge passen?«

»Verpiss dich«, sagte sie fröhlich.

Dan Olwe war ein großer, kräftiger Typ, der sich in seiner Haut jedoch offenbar unwohl fühlte. Blickkontakt schien er auch nicht zu mögen, was für jemanden, der als Musiker auf der Bühne stand, ein wenig seltsam war. Aber vielleicht musste er, über seine Keyboards und Synthis gebeugt, das Publikum nie direkt ansehen.

»Es sollte nicht lange dauern«, sagte sie, als sie in einem der Vernehmungsräume gegenüber von Dan Platz nahm, um seine Reaktion auf die Fotos der Opfer festzuhalten. So sinnlos diese Übung auch sein mochte, sie würde sie korrekt durchführen.

»Danke«, sagte Dan, den Kopf geduckt.

Sie zog die Mappe mit den Fotos hervor und zeigte ihm zunächst ein Bild von Lindsay Kernow.

»Erkennen Sie die Frau auf dem Foto?«

Dan nahm sich einen Moment Zeit für die Betrachtung und zuckte dann mit den Schultern. »Ich glaube nicht.«

»Sie erinnern sich nicht, sie auf einem Ihrer Konzerte gesehen zu haben?«

Dan atmete tief ein. »Nein, tut mir leid. Ich meine … Es ist nicht leicht, die Menschen von der Bühne aus zu sehen. Sie könnte … Sie sollten wahrscheinlich besser auch die anderen fragen.«

»Okay, danke. Und was ist mit dieser Frau?«

Sie schob das Bild der attraktiven rotblonden Jacqueline Clarke über den Tisch, und Dan richtete sich auf.

»Ooh, ich glaube … Ja, die hab ich schon mal gesehen.« Er stieß ein kurzes Lachen aus. »An sie erinnert man sich leichter. Ja. Sie war definitiv bei einem unseren Gigs.«

Hansons Puls beschleunigte sich. »Erinnern Sie sich, bei welchem Gig das war?«

Dan zupfte an seiner Unterlippe, während er das Foto nachdenklich betrachtete. »Es ist schon eine Weile her, glaube ich … vielleicht bei einem der Auftritte im Porterhouse.«

»Könnten Sie die Daten nachsehen?«

»Ja«, sagte Dan. »Klar. Einen Moment.«

Er öffnete sein Handy und scrollte sich durch eine Kalender-App. Er stutzte, scrollte weiter, hielt schließlich inne, blickte kurz in die Ferne und nickte dann.

»Ja, okay. Ich glaube, das muss bei dem Gig im Oktober gewesen sein. Denn da war Nick krank.«

»Haben Sie das genaue Datum?«

»Freitag, der dritte Oktober«, sagte Dan.

Hanson notierte es mit freudiger Erregung.

Der Abend, an dem Jacqueline gestorben ist, dachte sie. Er hat sie am Abend ihres Todes gesehen. Wie konnte er all die Nachrichten und Presseberichte über sie verpasst haben?

Und dann kam ihr ein weiterer Gedanke. *Wie konnte Ethan Cooley sie verpasst haben?*

»Haben Sie mit ihr gesprochen?«, fragte sie, bemüht, ihre Gedanken zu ordnen und sich an die Fragen zu erinnern, die sie in

einer Vernehmung stellten sollte, mit der sie gar nicht mehr gerechnet hatte.

»Neee, ich nicht«, sagte Dan lachend. »Aber Matt. Ich meine, sie
hat mit ihm geredet, verstehen Sie? Er hat versucht, sich zu ver-
drücken, ohne dass es unhöflich wirkte, nachdem sie gerade drei
Alben und ein T-Shirt gekauft hatte. Sie war … sie war eine von
denen, die ein bisschen besessen sind.«

»Verzeihen Sie … Matt ist …?«

»Oh«, erklärte Dan grinsend. »Er ist eigentlich kein Mitglied der
Band. Er ist für Nick eingesprungen, weil der eine Grippe hatte.
Matthew Downing. Ein Freund von Ethan.«

49.

»Nicht dass es dich etwas angehen würde«, sagte Michael Murphy schroff, »aber ich habe sie umgelagert.«

»Du hast sie umgelagert?«, fragte Danny, offensichtlich irritiert. »Warum?«

»Weil sich irgendjemand hier um den Brandschutz kümmern muss!«, brüllte Dannys Vater beinahe. O'Malley fragte sich, ob der Mann sich angegriffen fühlte oder ob wütendes Knurren zu seinem Alltagsrepertoire gehörte.

Sie waren auf einer kleineren Koppel hinter der Fohlenscheune, wo Michael Murphy gerade eines der älteren Fohlen trainiert hatte. Nach O'Malleys Eindruck stand er allerdings vor allem rum und sah zu, wie das Fohlen im Kreis lief.

»Wohin hast du sie gebracht?«, hakte Danny nach.

»In den Keller«, sagte Michael.

»Wann?«

Michael schnaufte ungeduldig, den Blick weiter auf das Fohlen gerichtet. »Irgendwann nach dem Brand im letzten Sommer.«

»Fehlte eins von den Fässern?«, schaltete O'Malley sich ein. »Haben Sie sich deswegen Sorgen gemacht?«

Michael zog die Brauen zusammen. »Ja, ich dachte, dass vielleicht eins fehlte.«

»Und das war im letzten Sommer?«, fragte O'Malley.

Michael wandte sich ihm mit grimmiger Miene zu. »Ja.«

»Wer hatte sonst Zugang zu dem Schuppen?«

Danny antwortete, bevor sein Vater etwas sagen konnte. »Der Schlüssel hängt im Büro, außerdem haben Dad und ich einen.«

»Im Prinzip also jeder auf dem Gestüt?«, bohrte O'Malley nach. »Und jeder dahergelaufene Strauchdieb, der zufällig vorbeigekommen ist, wenn Dannys Schwachkopf von einem Bruder wieder vergessen hatte, den Schuppen abzuschließen.«

»Ah«, sagte O'Malley. »Der Schuppen wurde irgendwann offen gelassen?«

»Mehr als einmal«, erwiderte Michael finster. »Weiß der Himmel, was der Junge mich an Ausrüstung und Material gekostet hat. Und jetzt eine Zuchtstute.«

»Dad ...«, sagte Danny leise und besänftigend.

»Nimm ihn nicht in Schutz«, fauchte Michael. »Es gibt hier nur einen, der dumm genug ist, diese Tür offen zu lassen, und ich bin der Mann, der das Pech hat, ihn seinen Sohn zu nennen.«

Er stapfte aufs Feld hinaus. O'Malley sah ihm interessiert nach. Auch Danny Murphy verfolgte den Abgang seines Vaters sichtlich verlegen, drehte sich dann um und ging, ohne ein Wort zu sagen, in Richtung Stall.

O'Malley entschied, ihm trotzdem zu folgen.

»Es war nicht Antony«, sagte Danny unvermittelt, als sie den Stall betreten hatten. Um sie herum waren nur die leisen Geräusche der Pferde zu hören. »Der den Stall neulich abends nicht abgeschlossen hat. Es war einer der Pferdepfleger. Antony will nicht, dass ich es Dad erzähle.«

O'Malley zog die Brauen hoch. »Hört sich nicht so an, als hätte das ihr Verhältnis verbessert.«

Danny lächelte müde. »Schlechter geht es eh kaum. Und ihn wird Dad nicht rauswerfen.«

»Mich vielleicht auch nicht«, sagte eine Stimme in der Nähe.

O'Malley schreckte buchstäblich zusammen, was ihm fast nie passierte. Er hatte fest angenommen, dass sie mit den Tieren allein waren. Aber aus der zweiten Box am Ende des Ganges trat ein leicht untersetzter Mann mit blauen Augen und stechendem Blick. Er hatte eine Fleecejacke, Steppweste und Jeans an – praktisch das gleiche Outfit wie Danny, nur dass er statt Wanderschuhen Gummistiefel und eine Wollmütze über seinem offenbar kurz geschorenen Haar trug.

Er schenkte O'Malley ein weltmännisches Lächeln und streckte die Hand aus.

»Ich bin Henning Andersen«, sagte er. »Der Mann, den die Brüder gedeckt haben.«

Danny nickte, und O'Malley sah, dass der große Mann zum ersten Mal richtig lächelte. »Nur weil das Gestüt ohne ihn zusammenbrechen würde.«

»Freut mich, Sie kennenzulernen«, sagte O'Malley. »Und was ist Ihr Job hier?«

»Handlanger für alles«, sagte Henning und schob die Hände wieder in die Taschen seiner Steppweste.

»Henning ist als leitender Mitarbeiter für das Abfohlen verantwortlich«, erklärte Danny. »Das heißt, dass er um diese Jahreszeit praktisch keinen Schlaf bekommt.«

»Sie … Sie holen die Pferdebabys auf die Welt?«, fragte O'Malley.

»Genau«, bestätigte Henning lachend.

»Außerdem füttert und trainiert er sie und kennt sie überhaupt in- und auswendig«, fügte Danny hinzu.

»Haben Sie auch mit der Leitung und Verwaltung des Gestüts zu tun?«, fragte O'Malley und blickte unwillkürlich auf Hennings dunkelblaue Gummistiefel.

Henning lachte wieder. »Davon, dass man mir so etwas anvertraut, bin ich noch mindestens zehn Jahre entfernt.«

»Entschuldigen Sie«, sagte O'Malley. »Ich war bloß abgelenkt von Ihren Stiefeln. Die sehen viel besser aus als alles, was ich je besessen habe. Woher haben Sie die?«

»Oh, die Hunters?«, fragte Henning leicht verlegen. »Ein Geschenk meiner wunderbaren Mutter. Aber seien Sie gewarnt: Wenn Sie die an einem Ort wie diesem tragen, machen sich alle lustig über Sie.«

»Nur ein bisschen«, sagte Danny.

O'Malley nickte. Es waren also Hunter-Stiefel. Wie die Stiefel, deren Abdrücke sie in der Nähe des Scheiterhaufens gesichert hatten. Er überlegte noch, wie er Hennings Schuhgröße in Erfahrung bringen könnte, als ein Schatten die Tür zum Hof verdunkelte.

»Sind Sie ... von der Polizei?«

O'Malley sah das Gesicht des großen, kräftig aussehenden Mannes erst richtig, als er den Stall betreten hatte. Er ähnelte Danny, ohne Frage, aber er hatte blondes Haar und war glatt rasiert.

»Antony ...«, sagte Danny und machte unsicher einen Schritt auf ihn zu.

»Ich muss Ihnen etwas erzählen«, sagte der andere Murphy-Bruder verzweifelt. »Es ist wichtig.«

50.

Die Neuigkeit, dass Jacqueline Clarke im Porterhouse gewesen war und mit Matthew Downing geflirtet hatte, versetzte das gesamte Team in hektische Aktivität. Sie machten sich sofort daran, ein komplettes Profil von Matthew zu erstellen, und forderten von dem Pub die Aufnahmen der Überwachungskameras an.

Anfangs erschien es ihnen seltsam und auch ungerecht, dass sie es erst jetzt geschafft hatten, Jacqueline Clarkes Aktivitäten zu rekonstruieren, zwei Wochen nachdem Lindsay Kernow ihr Leben verloren hatte. Aber als die Videos von der Überwachungskamera am Eingang des Porterhouse in gefühlter Rekordzeit eintrafen, wurde deutlich, warum sich niemand an Jacqueline Clarke erinnert hatte. Nachdem drei Beamte zwanzig Minuten durch die Aufnahmen gescrollt hatten, war es schließlich Ben, der Jacqueline entdeckte.

Er drehte seinen Bildschirm und zeigte auf eine Gestalt in Jeans, Converse, einem Off-Shoulder-T-Shirt und Kunstlederjacke. Ihr rotblondes Haar war unter einer Baseball-Kappe verborgen.

»Alle Achtung, Ben«, sagte Jonah. »Sie haben recht. Wenn ich mir die Gestalt angeschaut hätte, hätte ich einfach weitergespult. Sie sieht kein bisschen so aus wie auf den Fotos, die wir haben.«

»Man kann sie an der Form ihres Gesichtes erkennen«, erklärte Ben sachlich. »Mir ist aufgefallen, dass sie besonders markante Wangenknochen hat, und danach habe ich Ausschau gehalten.«

Auf dem Video waren der Eingang des Pubs und die Straße davor zu sehen. Jacqueline war offensichtlich allein gekommen.

»Allerdings hat sie sich während des Konzerts auf Matthew

Downing fixiert«, sagte Jonah leise, »und ist vermutlich nicht allein gegangen.«

Sie schauten die Aufnahmen mehrmals an. Jonah fragte sich, ob Jacqueline sich mit jemandem hatte treffen wollen, denn sie ließ den Blick immer wieder suchend über die Menge schweifen.

Nach dem, was Dan Olwe ausgesagt hatte, war es allerdings unwahrscheinlich, dass sie mit Matthew Downing verabredet gewesen war. Sie hatte sich ihm erst nach dem Auftritt aufgedrängt, ihm eine Visitenkarte gegeben und erklärt, sie arbeite in der Musikbranche und könne ihm bei seiner Karriere helfen.

Das waren merkwürdige, überraschende Neuigkeiten. Ein solches Verhalten passte überhaupt nicht zu dem, was sie bisher über Jacqueline erfahren hatten. Aber als Hanson Jacquelines Tochter Rosie anrief und fragte, ob ihre Mutter Livekonzerte besucht hatte und vielleicht daran interessiert gewesen sei, Bandmitglieder zu treffen, sagte sie: »Oh. Mum hat Musik geliebt. Ich meine, irgendwas lief immer im Hintergrund. Ich hätte nie gedacht, dass sie zu Livegigs gehen würde, aber … Ich meine, sie war einsam, oder? Also, vielleicht …«

Jacquelines Kontoauszügen zufolge hatte sie sich das Outfit, das sie getragen hatte, einige Monate zuvor gekauft. Und der Suchverlauf auf dem Desktop-Computer, den die Spurensicherung bei ihr abgeholt hatte, förderte eine deprimierende Wahrheit zutage: Jacqueline war offenbar besessen gewesen von The Great Unsaid. In ihrer Playlist tauchte ein Video der Band nach dem anderen auf. Das hatte bei der Ermittlung vor drei Monaten keine Rolle gespielt, weil sie nach Chat-Nachrichten, Verabredungen und Dating-Apps gesucht hatten. Nicht nach privaten Obsessionen.

Zwei der für ihre Ermittlung abgestellten Constables hatten zwischen den Fotos und Unterlagen aus Jacquelines Haus einen ganzen Stapel Visitenkarten gefunden. Schwarz mit Jacquelines Namen in weißer Schrift, so stylish minimalistisch, dass es tatsächlich die Karte einer Musikproduzentin hätte sein können.

Vielleicht war Jacqueline an dem Abend mit der Absicht zu dem Konzert gegangen, eins der Bandmitglieder unter falschem Vorwand zu einem Drink zu überreden. Das passte nicht zu dem Bild, das sie sich von ihr gemacht hatten, aber so war das mit Opfern. Sie waren nicht immer nur unschuldig. Sie waren komplizierte, vielschichtige Wesen, die manchmal auch sonderbare oder unmoralische Dinge taten. Aber deshalb hatten sie es nicht verdient zu sterben.

Jonah überlegte, warum Jacquelines Aufmerksamkeit sich auf Matthew Downing konzentriert hatte. War er vielleicht als Einziger darauf angesprungen? Hatte er die Geschichte von der Musikproduzentin überzeugend genug gefunden, um mit ihr zu gehen, und war dann wütend geworden, als sie sich als Lüge entpuppte?

»Ich schaue, ob ich sie später noch mal entdecken kann«, sagte Ben und spulte das Video vor.

Hanson und Lightman waren aufgebrochen, um Matthew Downing zur Vernehmung abzuholen. Als Erstes wollte Jonah wissen, ob Matthew vielleicht Aisling Cooleys Sohn sein konnte. Und als Zweites, was passiert war, nachdem Jacqueline Clarke ihm ihre Visitenkarten aufgedrängt hatte.

51.

O'Malley saß mit den beiden Murphy-Brüdern in Antonys chaotischer Wohnung. Im Wohnbereich lagen Dutzende von Büchern, ungeöffnete Briefe, Taschenlampen, Klammern und unidentifizierbare Geräte herum. In der Kochnische stapelten sich schmutzige Teller und Pfannen. O'Malley fühlte sich gleich ein wenig heimisch.

Danny hatte ihnen allen einen Becher Tee aus Antonys Vorrat von Twinings-Teebeuteln gemacht, die O'Malley in der Küche eines Bauernhofs nicht erwartet hätte. Aber die herumliegenden Gegenstände ließen erkennen, dass Antony wahrscheinlich kein durchschnittlicher Stallbursche war. Neben Büchern über Astronomie gab es einige Klassiker und Werke französischer Philosophen. Antony war offensichtlich ein eifriger Leser, allerdings nicht unbedingt der praktischste Mensch, wie diverse zerbrochene Objekte nahelegten.

Nun wartete O'Malley, dass Antony zu sprechen begann, doch der schien aus irgendeinem Grund blockiert zu sein.

»Also«, sagte O'Malley sanft, »wenn Sie so weit sind.«

»Gut.« Antony wandte einen Moment den Blick ab, öffnete den Mund und klappte ihn wieder zu.

»Geht es um Merivels Tod?«, schlug O'Malley vor.

Antony sah ihn mit leerem Blick an. »Nein, ich … Scheiße.« Er verlagerte sein Gewicht. »Ich hätte es sagen sollen, als Sie letztes Mal hier waren.«

»Es ist okay«, sagte Danny, bevor O'Malley antworten konnte. »Niemand verurteilt dich.«

»Doch, das wirst du«, sagte Antony zu seinem Bruder und lachte gepresst. »Ich … Also, am Silvesterabend bin ich heimlich raus, um die Quadrantiden zu beobachten. Den Meteorstrom, wissen Sie? Ich bin mit dem Land Rover losgefahren und hab in der Heide den Himmel beobachtet, als plötzlich ein … Feuer aufloderte.« Er rieb sich mit dem Handballen das rechte Auge. »Ich hab es aus dem Augenwinkel wahrgenommen. Kein kleines Lagerfeuer, sondern ein richtiger Brand, versteht ihr? Ganz in der Nähe vom Wald und von dem trockenen Ginster. Ich musste daran denken, wie nah das Feuer letztes Jahr an unser Haus herangerückt ist. Deshalb hab ich mir den Feuerlöscher geschnappt, bin hingerannt und … hab das Feuer gelöscht.«

O'Malley sah eine Ader an Dannys Stirn pulsieren, im Gegenrhythmus zu seinem eigenen Herzschlag.

»War es wirklich bloß ein Feuer?«, fragte er leise.

Antony schüttelte mit elender Miene den Kopf. »Da war … da war eine Frau.« Er blickte mit großen Augen zu O'Malley auf und wandte sich dann flehend an seinen Bruder, als könnte der ihm irgendwie helfen. »Sie … als ich die Handy-Taschenlampe angemacht habe, habe ich erkannt, dass sie … tot war.«

Antony zitterte am ganzen Oberkörper. Er ballte die Fäuste, doch das konnte das Zittern nicht stoppen. O'Malley beobachtete ihn und fragte sich, ob das Symptome von heftigen Schuldgefühlen oder von einem Trauma waren.

»Es tut mir wirklich leid«, sagte Antony nach einer Weile. »Ich hätte … Ich dachte bloß … Jeder hätte geglaubt, dass ich es war. Dad hätte …« Er atmete tief ein. »Und es war verdammt grauenvoll, sie so zu sehen. Danach konnte ich irgendwie nicht mehr klar denken.«

O'Malley nickte und wahrte weiter eine verständnisvolle Miene, obwohl Antony ihn gar nicht ansah. »Haben Sie irgendjemanden gesehen? Jemanden, der das Feuer gelegt haben könnte?«

Antony blickte ihm starr in die Augen, machte ein paarmal den

Mund auf und zu und sagte schließlich: »Ich hab gar nicht ... Ich konnte nicht mehr denken. Ich hab mich nicht umgesehen.«

O'Malley atmete langsam aus, bemüht, sich die diversen Gedanken, die ihm durch den Kopf gingen, nicht anmerken zu lassen. Dann sagte er: »Ich möchte, dass Sie mit ins Kommissariat kommen und all das meinem Chef erklären.«

52.

Hanson und Lightman stiegen vor Matthew Downings großem, gepflegtem Haus am Rand von Lyndhurst aus dem Qashqai. Hanson wies mit dem Kopf auf eine kleine Koppel hinter dem Haus, auf der zwei grasende Pferde den Kopf gehoben hatten und sie beobachteten.

»Sieht so aus, als wüsste er vielleicht doch, wie man mit Pferden umgeht«, murmelte Hanson Lightman zu.

Beide betrachteten das Haus, einen sehr klotzigen Bau aus den Neunzigern mit viel Platz und wenig Charakter.

»Abreißen«, sagte Hanson beinahe gleichzeitig mit Ben, und sie hatte Mühe, eine ernste Miene zu wahren, als sie an die Haustür klopfte.

Nachdem sie ein paar Minuten gewartet hatten, war es Matthew persönlich, der ihnen die Tür öffnete. Als sie sich vorstellten, schlug der Ausdruck in seinen mit dickem Kajalstrich umrandeten Augen von neugierig in verärgert um.

»Ich bin mitten in einer Aufnahme«, sagte er. »Das müssen wir auf später verschieben.«

»Das kann leider nicht bis später warten«, sagte Hanson entschieden. »Versuchen wir doch, es schnell hinter uns zu bringen.«

Seufzend führte Matthew sie in ein sehr großes Wohnzimmer, das von einer langen Wand aus unverputzten Backsteinen beherrscht wurde, an der eine signierte elektrische und diverse akustische Gitarren hingen.

Die andere, weiß gestrichene Wand war mit Fotos dekoriert, denen Hanson sich interessiert zuwandte. Viele zeigten Matthew

bei Auftritten, aber auf einer Seite hingen auch etliche Familien-
porträts.

Hanson trat näher heran und betrachtete das gestellt wirkende
Bild eines Kleinkinds, bei dem es sich um Matthew handeln musste, vor einem Mann und einer Frau, die auch auf anderen Fotos
auftauchten. Der Vater war klein und untersetzt mit hellem Haar,
die Mutter war kurvenreich mit honigblondem Haar und einem
runden, freundlichen Gesicht.

Obwohl Matthew auf den Fotos noch klein war, hatte man den
Eindruck, dass er seine Eltern eines Tages überragen würde. Er
hatte eine viel schlankere Gestalt, und sein Teint war deutlich
dunkler.

Tatsächlich sah er kein bisschen so aus wie seine Eltern.

Hanson drehte sich um und fragte: »Wurden Sie adoptiert?«

Matthew, der sich gerade in einen Sessel gelümmelt hatte, wandte den Kopf und starrte sie erst überrascht und dann beleidigt an.
»Was geht Sie das an?«

»Es könnte seltsamerweise wichtig sein«, antwortete Hanson
ernst. »Sie sehen Ihren Eltern nicht besonders ähnlich.«

Matthews Kiefer malmte leicht, bevor er sagte: »Das spielt keine
Rolle. Meine Mum und mein Dad haben mich viel mehr geliebt als
die Arschlöcher, die mich aufgegeben haben.«

53.

»Sie sind also in Panik geraten?«

Antony Murphy nickte verzweifelt. »Ja.« Er räusperte sich. »Ich weiß nicht, was ich gedacht habe. Ich hatte bloß riesige Angst, Sie würden glauben, dass ich es war.«

Sein Mund zuckte, während er Jonah weiter anstarrte, der seinen Blick kühl erwiderte.

»Nur um das noch mal klarzustellen«, sagte Jonah und richtete sich ein wenig auf. »Sie waren in Lyndhurst Heath, um was zu beobachten?«

»Die Quadrantiden,« antwortete Antony und nickte. »Sorry. Das ist ein Meteorstrom« erklärte er, als Jonah die Brauen hochzog. »Man kann ihn immer nur an den ersten Januartagen sehen und nur in klaren Nächten nach Monduntergang. Der Höhepunkt ist meistens am ersten und zweiten Januar. Dieses Jahr sollte es besonders spektakulär werden, weil wir fast Neumond hatten, also praktisch unverstellte Sicht. Deshalb hab ich mir gedacht, was soll's, das macht mehr Spaß, als in einem blöden Pub rumzuhängen, und bin rausgefahren, um sie zu beobachten.«

Jonah nickte langsam. Antony schien sich mit diesem Kram wirklich auszukennen. Aber er hatte auch reichlich Zeit gehabt, es nachzuschlagen. »Wo haben Sie geparkt?«

»Am Nordrand der Heide, kurz vor dem Wald. Ich wollte sichergehen, dass die Lichtverschmutzung von Lyndhurst von dem Hügel verdeckt wurde. Ich hatte mir die Stelle genau ausgeguckt.« Antony lächelte schief.

»Und wann sind Sie dort angekommen?«

»Halb zehn«, sagte Antony prompt.

»Und Sie haben den Himmel aus Ihrem Wagen beobachtet?«

»Nein, ich hab mich auf die Kühlerhaube gesetzt. Ich hatte mir mehrere warme Decken und Kaffee und so mitgebracht.«

»Alkohol?«

Antony lächelte schwach. »Vielleicht zwei Kurze in dem Kaffee, von dem ich allerdings nur die Hälfte getrunken habe. Ich trinke keinen Alkohol, wenn ich noch fahren muss.«

Jonah hielt ihn weiter im Blick. Antony sprach leise, doch er schien an keiner Stelle ins Stocken zu geraten.

»Wie sehen sie aus?«, fragte er.

»Verzeihung?«

»Die Quadrantiden«, sagte Jonah mit einem möglichst entwaffnenden Lächeln. »Sind sie hell?«

»Nein, die meisten sind sehr blass«, sagte Antony und rutschte auf seinem Stuhl hin und her. »Deswegen sind sie nicht so bekannt. Sie sind leicht zu übersehen. Aber in guten Jahren kann man fantastische Effekte beobachten. Wie Feuerbälle, die über den Himmel wandern. Und ohne Mond waren sie ziemlich spektakulär.«

»Haben Sie sie fotografiert?«

Antony schüttelte den Kopf. »Das hab ich mal versucht, aber ich konnte sie nicht mal im Sucher erfassen. Dafür braucht man eine viel bessere Kamera als die, die ich besitze. Und eigentlich würde man auch besser ein Video drehen. Das Beste ist, wie sie sich bewegen.«

»Um wie viel Uhr haben Sie das Feuer bemerkt?«, kam Jonah auf den Scheiterhaufen zurück.

Antony schüttelte wieder leicht den Kopf. »Ich weiß nicht genau. Wenn ich schätzen müsste … vielleicht ein paar Stunden später? Ich hatte schon mehrere Cluster gesehen, und der Kaffee war nur noch lauwarm. Ich hab schon überlegt, nach Hause zu fahren.«

»Und Sie dachten, es könnte ein außer Kontrolle geratenes Feuer sein?«

»Es sah heftig aus«, sagte Antony.

»Wann ist Ihnen klar geworden, dass eine Leiche darauf lag?«

»Erst als ich näher rangegangen bin«, sagte er. »Und dann ... dann dachte ich, ich hätte sie gerettet.« Er atmete zitternd aus. »Aber als ich meine Handy-Taschenlampe angemacht habe, hab ich gesehen ... dass sie tot war.«

Jonah nickte. »Wenn Sie sagen, Sie dachten, dass Sie sie gerettet hätten, wie meinen Sie das?«

»Ich hab den ... Schaum über alles gesprüht«, sagte er. »Bevor ich die Taschenlampe angemacht habe.«

»Und das hat gewirkt?«

»Ja, es war ... eigenartig effektiv.« Er runzelte die Stirn. »Das Feuer war in null Komma nichts gelöscht.«

»Keine Missgeschicke?«, bohrte Jonah nach.

Antony sah ihn verwirrt an und schüttelte den Kopf.

Jonah blickte auf seine Notizen. Das war interessant. Er hätte erwartet, dass Antony erzählen würde, er habe sich irgendwann geschnitten. Aber es ging ihm offenbar nicht darum, eine unschuldige Erklärung dafür anzubieten, wie sein Blut an den Tatort gekommen war.

Vielleicht sagte er tatsächlich die Wahrheit, dachte Jonah, und das Blut stammte nicht von ihm. O'Malley hatte gesagt, dass der Vater Antony offensichtlich nicht leiden konnte und Danny bevorzugte. Antony könnte also durchaus Aisling Cooleys vermisster Sohn sein, der erst adoptiert und später in der Zuneigung seiner Eltern von seinem Bruder verdrängt worden war.

Wenn Antony die Wahrheit sagte, war er am perfekten Ort gewesen, um den Mörder zu sehen, deshalb fragte Jonah: »Und Sie sind sich sicher, dass Sie niemanden in der Nähe bemerkt haben?«

»Absolut«, antwortete Antony. »Ich glaube ... wenn ich jemanden gesehen hätte, wäre ich vielleicht nicht so eifrig losgestürmt? Ich weiß nicht.«

»Und früher?«, hakte Jonah nach. »Als Sie dorthin gefahren sind und nachdem Sie den Wagen geparkt hatten. War da niemand in der Heide unterwegs?«

Antony sah starr geradeaus, als würde er nachdenken. Er schüttelte bereits leicht den Kopf, doch dann sagte er:»Auf der Hinfahrt bin ich tatsächlich an einer Gruppe junger Männer vorbeigekommen. Ich glaube, sie wollten bloß draußen was trinken, und das war ein paar hundert Meter entfernt. Vielleicht können Sie die fragen, ob sie etwas gesehen haben.« Er setzte sich aufrechter hin. »Einen von ihnen habe ich auf jeden Fall erkannt. Matthew Downing. Ich bin mit ihm zur Schule gegangen.«

Jonah bemühte sich, keine Reaktion zu zeigen. Er überlegte, ob Antony Murphy wissen konnte, dass Matthew Downing als tatverdächtig galt. Wenn er ihn wirklich gesehen hatte, würde das vielleicht für einen Haftbefehl gegen Matthew reichen.

»Matthew Downing ... der wohnt in Lyndhurst, oder?«, fragte er möglichst beiläufig.

»Ja«, sagte Antony. »Ich hab ihn ein paarmal gesehen.«

»Waren Sie mal auf einem seiner Konzerte?«

»Von seiner Band?«, fragte Antony mit einem dünnen Lächeln. »Nein. Das ist nicht so mein Ding. Und Matthews Bands sind immer ... Also, sie sind eine Katastrophe. Davon hab ich in der Schule genug gehört.«

Jonah lächelte ihn gutmütig an. »Was für Musik mögen Sie denn?«

»Ich höre ehrlich gesagt lieber Klassik«, sagte Antony und verzog das Gesicht. »Sie können sich denken, wie beliebt mich das auf Partys macht.«

»Okay.« Jonah nickte. »Wir nehmen bloß eine Speichelprobe, um Sie als Verdächtigen auszuschließen. Und dann dürfen Sie gehen.«

»Sicher«, sagte Antony und nickte halb nervös, halb erleichtert. »Das wäre super, danke.«

»Ich habe Jacqueline Clarke beim Verlassen des Pubs entdeckt«, sagte Ben leise. Er hatte Jonah abgefangen, als er aus dem Vernehmungsraum kam. »Aber die Aufnahmen geben nicht viel her. Der Mann neben ihr könnte das Lokal gemeinsam mit ihr verlassen haben oder auch nicht. Er geht ein paar Schritte hinter ihr, und sie dreht sich nicht zu ihm um. Wenn es unser Mörder ist, gibt es kaum markante Erkennungszeichen. Er trägt eine gewöhnliche dunkle Jacke mit hochgeschlagenem Kragen und eine tief in die Stirn gezogene Mütze. Die Kamera ist ziemlich weit oben montiert, sodass man außer seiner muskulösen Gestalt nicht viel erkennen kann. Es gibt nichts, was *ausschließt*, dass es sich um denselben Mann handelt, mit dem Lindsay Kernow an dem Bankomaten vorbeigegangen ist, aber auch nichts, um das zu bestätigen.«

Jonah seufzte kurz. »Schauen Sie, ob Sie seine ungefähre Größe schätzen können. Und suchen Sie auch nach weiteren Kameras, die die beiden erfasst haben könnten.«

Lightman nickte und ging.

Jonah schaute noch einmal bei Danny Murphy vorbei, bevor er im Vernehmungstrakt fertig war. Es interessierte ihn, was der jüngere Bruder über die Sache dachte.

Danny Murphy war ein stiller Mann, so viel war schon klar geworden, als Jonah bei der Ankunft der beiden Brüder versucht hatte, ein Gespräch mit ihm anzuknüpfen. Trotzdem hatte er eine starke Präsenz. Jonah wollte ihn instinktiv um seine Meinung fragen, und das ging ihm nur selten so bei einem Mann, der höchstens Anfang dreißig sein konnte.

»Diese Meteorbeobachtung …«, begann er. »Würden Sie sagen, dass das typisch für Ihren Bruder war?«

Danny lächelte knapp. »Ja, er beschäftigt sich mit Astronomie, Biologie, Wettergeschehen, Klassikern und dem ganzen Kram. Schon immer.«

»Er hat erwähnt, dass er mit Matthew Downing zur Schule gegangen ist«, sagte Jonah. »Kennen Sie ihn auch?«

Danny sah ihn amüsiert an. »Jeder in Lyndhurst kennt Matthew«, sagte er. »Sein Dad zahlt Tausende, damit er mit seiner Band in Clubs in der Gegend auftreten darf, und dann pflastert er alles mit Plakaten zu, um Zuschauer anzulocken. Aber die Gigs sind trotzdem immer nur halb voll. Matthew ist bestenfalls eine lokale Berühmtheit, schlimmstenfalls eine Witzfigur.«

»Sie sagen, sein Dad zahlt für ihn«, sagte Jonah. »Ist seine Mum nicht mehr da?«

»Nein, es ist wie bei uns«, antwortete Danny. »Er hat sie ziemlich jung verloren. Ich weiß nicht, ob es Krebs war oder so. Einer der Lehrer hat Antony damals aufgefordert, ihm als Freund zur Seite zu stehen, aber davon wollte Matthew natürlich nichts wissen.«

»Wieso natürlich?«

Danny zuckte mit den Schultern. »Wer will schon mit dem Klassen-Nerd, der nach Pferdestall stinkt, befreundet sein, wenn man selbst zu Größerem bestimmt ist?«

»Halten Sie es für möglich, dass er etwas mit der Tötung Ihres Pferdes zu tun hatte?«, fragte Jonah geradeheraus.

Danny sah ihn überrascht an. »Matthew? Darauf wäre ich nicht gekommen. Ich meine, ich weiß nicht, ob er je geritten ist. Während der Schulzeit jedenfalls nicht, dass ich wüsste.« Er atmete nachdenklich aus. »Aber seine Eltern hatten vermutlich genug Geld dafür. Vielleicht hat er es nebenbei gemacht. Wir kannten ihn eigentlich nur als den Typen, der allen erklärt hat, dass er berühmt werden wird.«

Jonah nickte und fragte dann, als wäre es nicht weiter wichtig: »Sie sagten, dass es bei Matthew gewesen sei wie bei Ihnen. Sind Antony und Sie Vollbrüder?«

Danny verzog ein wenig das Gesicht. »Aah … Nein, sind wir nicht.«

Jonah beobachtete ihn eindringlich. »Ist einer von Ihnen adoptiert oder …«

»Nein, wir sind … wir sind Halbbrüder«, sagte Danny.

»Ah.« Jonah nickte. »Unterschiedliche Väter?«

Danny stieß ein kurzes Lachen aus. »Nein. Derselbe Vater. Unterschiedliche Mütter.«

Jonah merkte, dass er Mühe hatte, diese Information zu verarbeiten. Alles, was O'Malley über Michael Murphys Verhältnis zu Antony berichtet hatte, deutete darauf hin, dass er nicht sein eigen Fleisch und Blut war.

»Ich weiß«, sagte Danny leise. »Man sollte meinen, dass Dad ein bisschen freundlicher sein könnte, oder? Aber Antony ist … er verkörpert einen unmoralischen Fehltritt unseres Vaters.«

Jonah nickte langsam. »Er hatte also eine Affäre.«

Danny nickte. »Und dann ist Antonys Mutter gestorben, also musste er sich den Sünden der Vergangenheit stellen und ihn aufnehmen.«

»Wie alt war er, als Sie ihn aufgenommen haben?«

»Sechs«, sagte Danny.

Damit schied die Möglichkeit aus, dass die Murphys ihn von Dara Cooley angenommen hatten, dachte Jonah. Obwohl es sich vielleicht lohnen würde, das von seinem Team noch einmal überprüfen zu lassen.

»Danke«, sagte er und stand auf. »Das ist fürs Erste alles. Ich melde mich, wenn uns noch etwas einfällt.«

Danny erhob sich ebenfalls. »Und ist … ist mit meinem Bruder alles in Ordnung?« Er sah von Jonah zu Hanson. »Sie wissen, dass er kein Psycho ist, oder?«

Jonah lächelte knapp. »Bis jetzt scheint seine Aussage stimmig zu sein, doch ich würde gern das Ergebnis der DNA-Probe abwarten, bevor ich mich endgültig festlege. Bis dahin kann er nach Hause fahren. Aber sorgen Sie dafür, dass er das Gestüt nicht verlässt. Wir müssen vielleicht noch einmal mit ihm sprechen.«

Danny nickte langsam. »Okay«, sagte er. »Vielen Dank.«

54.

Matthew Downing traf um Viertel nach drei im Kommissariat ein. Offenbar war der Prozess, ihn dorthin zu bringen, nicht reibungslos verlaufen. Jonah hatte Mitleid mit Hanson und Lightman, als sie berichteten, dass sie Matthew am Ende festnehmen und gewaltsam zum Wagen eskortieren mussten.

»Er hat sich einfach geweigert, mit uns zu kommen, und immer wieder erklärt, dass er ein Alibi habe«, sagte Hanson. »Er hat mir einen Laptop zugeworfen, auf dem sich angeblich der Beweis seiner Unschuld befindet, und sich dann in seinem Aufnahmestudio verbarrikadiert. Zum Glück war die Tür nicht abschließbar. Ich bin rein und hab versucht, ruhig mit ihm zu reden. Ich hab ihn gewarnt, wenn er nicht freiwillig mitkommen würde, müssten wir ihn festnehmen.«

»Und dann hat er versucht, sie zu schlagen«, sagte Lightman und zog eine Braue hoch. »Deshalb mussten wir ein wenig handgreiflich werden.«

Am Ende hatten sie ihn nicht wegen Mordverdacht, sondern wegen versuchter Körperverletzung festgenommen, was nach seinem Angriff auf eine Beamtin absolut gerechtfertigt war.

Aber als sie an der Polizeistation ankamen, mussten sie es ertragen, dass Matthew den wartenden Pressevertretern erzählte, er sei zu Unrecht wegen Mordes verhaftet worden, nur weil er der Typ Mensch war, den die Polizei nicht mochte.

»Er hat erklärt, wir würden Künstler für Abschaum halten«, sagte Hanson, die Wangen immer noch heiß vor Zorn. »Er hat wortwörtlich gesagt: ›Ich bin Matthew Downing. Mein einziges

Verbrechen ist, dass ich Musik mache, und sie wollen, dass wir still sind.‹«

Jonah schnaubte. »Gute PR.« Dann fügte er hinzu: »Sie haben offensichtlich alles getan, um eine Eskalation zu vermeiden. Was er der Presse erzählt, ist seine Ansicht. Und Sie haben ihn nicht wegen Mordes, sondern wegen des körperlichen Angriffs auf eine Polizeibeamtin festgenommen. Klingt so, als hätten wir ihn einiges zu fragen.«

»Solange Sie ihn dabei in Stücke reißen«, sagte Hanson.

Nach zehn Minuten der Vernehmung wurde Jonah skeptisch. Es war nicht Matthew Downings vernichtender Zorn, der ihn beeindruckte. Auch nicht die Ankunft der Staranwältin Kathleen Maddox, mit der Jonah schon ein- oder zweimal zu tun gehabt hatte. Er machte sich nicht einmal allzu große Sorgen über die Presseberichte. Sein Team hatte gute Gründe gehabt, Matthew zu befragen und auch festzunehmen.

Beunruhigend fand er indes, dass Matthew unbeirrbar behauptete, er sei von dem Moment an, in dem er Lyndhurst Heath betreten hatte, bis zur Rückkehr auf seiner Party mit seinen Bandkollegen zusammen gewesen. Und das meiste davon hätten sie auf Video aufgenommen.

»Schauen Sie nach«, sagte er, beugte sich auf seinem Stuhl vor und blickte von ihm zu Lightman und zurück. »Die ganzen unbearbeiteten Dateien sind auf meinem Laptop. Gucken Sie sich das einfach an und hören Sie auf, meine Zeit zu verschwenden.«

Jonah kannte bei Vernehmungen eine ganze Bandbreite von Reaktionen, von Angst über Selbstgefälligkeit bis hin zu Wut. Aber dieses frustrierte Beharren auf einer Aussage war normalerweise, *normalerweise*, ein Zeichen dafür, dass jemand sich sicher war, im Recht zu sein.

Aber manchmal auch dafür, dass er es sehr überzeugend vortäuschen konnte.

»Meine Leute sind mit der Überprüfung beschäftigt«, sagte Jonah mit einem dünnen Lächeln. »Und das Ergebnis der Speichelprobe sollte ebenfalls in ein paar Stunden vorliegen. Aber lassen Sie uns über einen anderen Abend sprechen. Den dritten Oktober, als Sie mit The Great Unsaid gespielt haben.«

»Warum?«, feixte Matthew. »Wollen Sie ein Autogramm?«

Jonah schob ein Foto von Jacqueline Clarke über den Tisch. »Am dritten Oktober wurden Sie von dieser Frau angesprochen, oder?«

Matthew starrte ihn ungläubig an. »Natürlich nicht! Ich glaube nicht, dass ich weiß, wer das ist.«

Seine Anwältin beugte sich vor und murmelte ihm etwas zu. Matthew machte den Mund zu, obwohl er so aussah, als wollte er unbedingt noch mehr sagen. Aber im Moment wäre es für ihn zweifellos das Beste, wenn er jeden Kommentar verweigern würde. Sie hatten die Videos noch nicht überprüft, und das DNA-Ergebnis lag auch noch nicht vor.

»Wir haben mindestens einen Zeugen, der bestätigen kann, dass sie mit Ihnen geredet hat, nachdem sie Ihre Stücke beendet hatten«, sagte Jonah mit Bedacht.

»Nach dem *Set*«, sagte Matthew sofort.

»Verstehe«, sagte Jonah. »Entschuldigen Sie. Also hat sie Sie angesprochen. Nach dem *Set*.«

»Herrgott noch mal.« Matthew ballte die Fäuste. »Nein, sie hat mich nicht angesprochen. Ich bin ihr noch nie begegnet.«

Jonah blickte auf seine Notizen. »Sehen Sie, unser Zeuge sagt, die Frau habe Sie nicht nur angesprochen, sondern Ihnen auch eine Visitenkarte überreicht. Sie hat Ihnen erzählt, sie wäre Musikproduzentin.«

Matthew klappte blinzelnd den Mund auf und wieder zu. »Das war *sie*?«

»Wir konnten sie anhand von Videoaufnahmen identifizieren«, bestätigte Lightman.

»Nun, ich hatte … ich hatte keine Ahnung, dass sie die Tote war.«

Seine Anwältin flüsterte ihm erneut etwas zu, diesmal drängender.

Jonah beobachtete, wie sich Matthews Gesichtsausdruck veränderte. Es war, als würde man dabei zusehen, wie sich jemand einen neuen Satz Kleider anzog, und es war irritierend. Matthew lächelte ihn unvermittelt entwaffnend an und hob die Hände.

»Entschuldigen Sie. Ich sollte nicht auf Sie wütend sein. Sie machen nur Ihren Job.« Er legte beide Hände flach auf den Tisch, eine beschwichtigende Geste. »Mir war nicht klar, dass das … Es tut mir wirklich leid, aber ich habe ihren Namen vergessen.«

»Jacqueline Clarke«, soufflierte Lightman.

»Jacqueline. Das wusste ich nicht, sonst hätte ich mich früher gemeldet. Sie hat mich angesprochen.«

»Das kommt bestimmt häufig vor«, bemerkte Jonah eher plaudernd. »Nach Auftritten.«

Matthew zuckte selbstironisch mit den Schultern. »Ich glaube, es ist Teil des Business. Die Leute fixieren sich auf dich, weil sie dir zusehen und deine Kunst mögen. Es geht eigentlich nicht um einen selbst.«

»Glauben Sie, dass Jacqueline so eine Fixierung entwickelt hatte?«

»Sie war bloß ein bisschen … übertrieben begeistert.«

Jonah bemerkte, dass die Anwältin buchstäblich die Augen verdrehte. Sie tat ihm beinahe leid. Was konnte sie schon tun, wenn ihr Mandant sich immer tiefer reinredete und lauter Dinge sagte, die er nicht sagen sollte?

»Und wie haben Sie reagiert?«, fragte Jonah.

»Wie üblich«, antwortete Matthew. »Ich habe Ihre Karte entgegengenommen und ihr erklärt, ich würde mich melden, ohne die Absicht, das auch zu tun.«

Seine Anwältin schwieg.

Jonah nickte. Überlegte. »Sie haben sich nicht später mit ihr getroffen? Sie sind nicht mit ihr nach Hause gegangen?«

»Natürlich nicht«, sagte Matthew gereizt. »Sie war alt genug, um meine verdammte Mutter zu sein.«

55.

Aisling schlug die Zeit tot, während Jack sich fertig machte, um nach Hordle zu fahren, wo er mit den alten Nachbarn ihrer Eltern sprechen wollte. Sie war niedergeschlagen, weil er wegfuhr, und ärgerte sich deswegen über sich selbst. Wobei sie zum Teil auch so bedrückt war, weil sie Zeit zum Nachdenken haben würde. All die Enthüllungen der letzten vierundzwanzig Stunden schienen noch in der Luft zu hängen wie eine Wolke aus Angst oder Absurdität, in die sie immer wieder geriet.

Die Entschlossenheit ihrer Söhne, ihrem Vater Geld abzupressen, war zumindest lächerlich genug, um amüsant zu sein. Trotzdem machte es sie wütend und verlegen, wenn sie daran dachte, was die beiden ihm über ihre zärtlichen Gefühle für ihn erzählt hatten.

»Wir werden ohne ihn klarkommen«, hatte sie den beiden entschlossen erklärt. »Sich auf jemand Unzuverlässigen zu verlassen nützt überhaupt nichts.« Und nach einer kurzen Pause hinzugefügt: »Aber wenn ihr die drei Riesen unter uns aufteilen wolltet, würde ich nicht Nein sagen ...«

Jack hatte das Ganze erstaunlich gut weggesteckt. Am Ende hatte er mit ihren Söhnen über die Geschichte gelacht und dann eine ziemlich tiefschürfende Unterhaltung über die Veröffentlichung des neuen Spiels in der *Fallout*-Reihe begonnen.

Aber dieses unbeschwerte Geplänkel war nur eine kurze Flucht aus der Realität gewesen, die auf sie wartete, nachdem die Jungen nach oben gegangen und die Polizisten die Kartons mit allen Unterlagen abgeholt hatten. Sie und Jack hatten immer noch ein gemeinsames Kind, das wahrscheinlich zwei Frauen ermordet hatte.

Jack war duschen gegangen und kam jetzt verstrubbelt, aber erfrischt zurück nach unten.

»Überleg weiter«, sagte er, als er sie immer noch am Küchentisch sitzen sah. »Ich glaube, dass du vergrabene Erinnerungen hast, die uns weiterhelfen könnten.«

Aisling blickte zu ihm auf. »Ich denke immer wieder über die Kirche nach und darüber, was du über ihre Netzwerke gesagt hast. Die Magdalenenhäuser ... Ich weiß, dass Mammy sich schrecklich geschämt hat, aber was, wenn der Priester ihnen still und heimlich geholfen hat? Wenn er den Kontakt zu irgendjemandem hergestellt hat? Er wirkte wie der Typ, der das für das Richtige halten würde.«

Jack nickte. »Der alte Fegefeuer-und-Schwefel-Typ ...«

»Ich glaube, er hieß Pater McGrane«, sagte sie. »Er hat uns kurz vor unserem Umzug besucht und ... vielleicht wusste er die Wahrheit.« Mit zusammengekniffenen Augen erinnerte sie sich daran, wie er ihr die Hand zum Segen auf die Stirn gelegt und ihr erklärt hatte, dass dies ihre Chance sei, einen neuen Weg im Leben zu beschreiten. »Vielleicht hat er ...«

Jack tippte bereits auf seinem Handy herum, offensichtlich auf der Suche nach diesem Pater McGrane. Aber Aisling kam eine weitere Erinnerung an eine andere Familie, der Pater McGrane herzlich Lebewohl gesagt hatte. Ihr Umzug war deutlich weniger hektisch vonstattengegangen. Die Kirche hatte zu einem Tee zur Verabschiedung zweier ihrer treuesten Mitglieder geladen. Das musste ein paar Jahre vor dem Umzug ihrer Eltern gewesen sein.

»Es gab ein Ehepaar, das die Gemeinde ein paar Jahre zuvor verlassen hat«, sagte sie langsam. »Sie sind nach England gezogen. Ich weiß noch, dass ich gedacht habe, eines Tages könnte ich vielleicht auch dort leben.« Sie blickte zu Jack auf. »Sie haben hier ein Unternehmen übernommen, das die Frau geerbt hatte. Sie war gebürtige Engländerin. Aber ich erinnere mich, dass meine Mammy gesagt hat, das sei bloß ein Vorwand, um kostenlose Fruchtbarkeitsbehandlungen in Anspruch zu nehmen. Mammy war aus irgendeinem Grund wütend darüber, wie über so vieles. Ich musste Daddy fragen, was eine Fruchtbarkeitsbehandlung ist, weil sie es mir nicht sagen wollte. Ich war damals zehn oder elf. Aber ... das wäre doch eine Familie gewesen, die ein Kind haben wollte, oder?«

Jack hörte auf zu tippen und blickte sie direkt an. »Erinnerst du dich noch an den Namen dieser Familie?«

»Ich ... sie hieß Celine, wie Celine Dion. Das fand ich damals exotisch. Celine und Michael.« Sie presste die Hand an die Stirn. »Ich weiß, dass ihr Nachname irgendwo hier drinnen verborgen ist, aber können wir erst mal damit anfangen?«

56.

Hanson hatte in dem Wust von Dateien auf Matthew Downings Laptop endlich die Videos gefunden. Es waren fünf Clips vom 31. Dezember, alle mit Datum und Uhrzeit als Dateinamen gesichert. Aufgenommen worden waren sie zwischen 22:56 Uhr und 23:25 Uhr. Also direkt in der Spanne, in der der früheste mögliche Todeszeitpunkt von Lindsay Kernow lag.

Sie öffnete die Dateien mit einer Mischung aus Akzeptanz und Skepsis. Wenn diese Videos echt waren und Matthew Downing in allen auftrat, wäre er praktisch entlastet. Aber einen Timecode konnte man auch fälschen. Bevor die IT-Spezialisten überprüft hatten, wann die Aufnahmen wirklich gemacht worden waren, konnten sie Matthew nicht als Verdächtigen ausschließen.

Hanson war froh, dass man trotzdem auch noch eine Speichelprobe genommen hatte. Alle verbliebenen Zweifel über Matthew könnten sich mit dem Ergebnis des DNA-Schnelltests komplett erledigen.

Die ersten beiden Videos waren ziemlich öde Aufnahmen von Matthew, der vor dem Hintergrund von Ginsterbüschen Gitarre spielte und sang. Er war so hell beleuchtet, dass man kaum etwas von der Umgebung erkennen konnte, und es gab wenig konkrete Anhaltspunkte, wo das Video gefilmt worden war. Im Kontrast zu seiner eher gewöhnlichen Stimme wirkte Matthews übertriebene Mimik künstlerischer Versenkung ein bisschen lächerlich.

Die nächsten beiden Videos waren Variationen des ersten mit unterschiedlichem Hintergrund und winzigen anderen Abweichungen.

Das letzte Video war laut Timecode um 23:25 Uhr aufgenommen und mit zwei Minuten Länge das kürzeste. Diesmal stand Matthew auf einem kleinen Hügel, und die Landschaft hinter ihm war besser auszumachen, weil er nicht so krass beleuchtet war. Hanson konnte die sanften Erhebungen der Heidelandschaft erkennen, dunklere Flecken mit Ginsterbüschen und eine Reihe niedriger Bäume. Von der Stelle, wo sie ihren Wagen geparkt hatte, hatte sie einen ähnlichen Blick auf den Scheiterhaufen gehabt.

Sie war noch damit beschäftigt, die Landschaft auf dem Video zu scannen, als nach einer Minute dreißig direkt an der Baumgrenze plötzlich ein helles Licht aufleuchtete.

Hanson beugte sich mit klopfendem Herzen vor. Das war der Scheiterhaufen, dachte sie. Matthew und seine Freunde hatten zufällig gefilmt, wie der Scheiterhaufen entzündet worden war.

Es war nicht Matthew …

Er konnte unmöglich versucht haben, Lindsay zu verbrennen, und gleichzeitig auf dem Hügel gefilmt haben. Er konnte nicht ihr Mörder sein. Es sei denn, die ganze Gruppe wäre beteiligt gewesen, was trotzdem nicht erklären würde, warum das Blut am Tatort von Matthew stammen sollte.

Ein paar Sekunden später war ein rhythmisches Geräusch zu hören, bevor am Horizont blinkende rote und weiße Lichter auftauchten. Sie waren erst wenige Sekunden am Himmel zu sehen, als das kleine Flackern am Waldrand erlosch, offensichtlich der Moment, in dem Antony Murphy das Feuer gelöscht hatte.

Hanson blickte auf den Zeitbalken. Das Video dauerte nur noch wenige Sekunden. Sie unterdrückte einen Fluch. Wenn der Clip länger gewesen wäre, hätte die Kamera vielleicht den Mörder bei seiner Flucht vom Tatort erfasst.

Aber dann wurde deutlich, warum die Aufnahme abgebrochen worden war. Das rhythmische Geräusch entpuppte sich als das laute, alles übertönende Knattern eines Hubschraubers, der die Heide in geringer Höhe überflog.

Matthew hörte auf zu spielen und blickte nach oben. »Verdammte Scheiße! Wie oft fliegt dieser verdammte Rettungshubschrauber hier vorbei?« Und dann endete das Video.

Seufzend zog Hanson ihre Ohrhörer heraus. »Sieht so aus, als wäre er es nicht gewesen«, sagte sie zu O'Malley.

»Zu dem Ergebnis bin ich auch gekommen«, erwiderte Domnall trocken. »Matthew wurde als Baby adoptiert, gut zwei Jahre nach der Geburt von Aislings Sohn. Alles ganz legal mit jeder Menge Papierkram. Ich werde weitersuchen, aber ...«

»Dann ist er wahrscheinlich bloß ein gewöhnliches Arschloch«, sagte Hanson düster. »Und unser Mörder ist immer noch irgendwo da draußen.«

»Das fasst es in etwa zusammen.«

57.

Vier Stunden nach seiner Ankunft im Kommissariat wurde Matthew Downing mit einer Verwarnung wegen versuchter Körperverletzung entlassen, nachdem das DNA-Ergebnis kein Match ergeben hatte. Jonah hatte für den Test die oberste Priorität erbeten, und das Labor hatte das Ergebnis so schnell wie menschenmöglich übermittelt. Auch wenn McCullough nachdrücklich darauf hingewiesen hatte, dass das auf Kosten einer Reihe anderer wichtiger Labortests geschehen würde, darunter auch solchen, die Jonah selbst in Auftrag gegeben hatte.

Zudem hatten seine Leute genug Belege gefunden, die Matthews Anwesenheit in der Heide und anschließend auf der Party bestätigten, und zwar genau in der Zeitspanne, in der Lindsay Kernow in die Heide gefahren und ermordet worden sein musste. Die Videos und Matthews Abstammung bewiesen, dass er unmöglich ihr gesuchter Täter sein konnte.

Eine Entlassung vier Stunden nach erfolgter Festnahme war die Art Kehrtwende, bei der der DCS möglicherweise die Brauen hochziehen würde. Zumal draußen die Presse wartete, der Matthew Downing bestimmt bereitwillig die Geschichte seiner unrechtmäßigen Festnahme erzählen würde. Aber die Pressestelle hatte eine Mitteilung veröffentlicht, dass Matthew lediglich wegen des Angriffs auf eine Polizistin festgenommen worden war, und Jonah fühlte sich innerlich bereit, nach vorn zu schauen.

Dazu ermahnte er auch sein Team. Oberste Priorität hatte nun die Ermittlung der Identität der Person, mit der Jacqueline Clarke am 3. Oktober das Porterhouse verlassen hatte. Außerdem mussten sie weiter versuchen herauszufinden, was die Cooleys mit Aislings Kind gemacht hatten.

»Sind wir bei der Suche nach Videoaufnahmen von Jacqueline Clarke nach Verlassen des Porterhouse weitergekommen?«, fragte er.

»Bis jetzt nicht«, sagte O'Malley. »Aber das Porterhouse liegt direkt am Stadtrand in einer bevorzugten Wohngegend. Vielleicht sollten wir die Nachbarn anrufen und nach Video-Türsprechanlagen und privaten Überwachungskameras fragen.«

»Das klingt ... langatmig«, sagte Jonah seufzend.

»Aber ich bleibe dran«, sagte O'Malley gut gelaunt. »Es besteht immer noch die Chance, dass die beiden weiter ins Stadtzentrum gegangen sind. Und ich halte für alle Fälle auch Ausschau nach Antony Murphy«, sagte er und wies mit dem Kopf auf ein ausgedrucktes Foto von Antony und seinem Vater. Beide lächelten, aber Antony wirkte angespannt. »Nur bis wir ihn per DNA-Abgleich als Verdächtigen ausgeschlossen haben.«

»Danke«, sagte Jonah und blickte auf die Uhr. Antonys Speichelprobe war mit normaler Priorität abgegeben worden. Jonah ging davon aus, dass sie nicht viel länger als die üblichen vier Stunden auf das Ergebnis des Schnelltests warten mussten, selbst wenn das Labor den Test von Matthew Downing vorgezogen hatte. Er überlegte, McCullough anzurufen und Druck zu machen, bezweifelte jedoch, dass das etwas nützen würde. »Irgendwas in den Unterlagen von Dara Cooley?«

»Bis jetzt ist uns noch nichts ins Auge gesprungen«, berichtete Hanson. »Außer, dass er oft in Newbury war. Ich befürchte fast, dass Domnalls erster Verdacht richtig war. Dara Cooley hat das Kind Anneka Foley gegeben. Weiß der Himmel, wie wir den ›Mann in einem Anzug‹ finden sollen, der das Kind abgeholt hat. Vielleicht war es ja auch eine Entführung.«

»Hoffentlich nicht«, sagte Jonah seufzend. »Aber wenn sich aus den Unterlagen nichts ergibt, könnte es sich vielleicht lohnen, noch einmal nach West Gradley zu fahren und weitere Bewohner zu befragen.«

Nach der kurzen Lagebesprechung mit dem DCI merkte O'Malley, dass er sich nicht auf die Überwachungsvideos konzentrieren konnte, die er sichten sollte. Seine Gedanken kehrten immer wieder zu Anneka Foley und dem Kind zurück.

Nach mehreren erfolglosen Anläufen ertappte er sich dabei, wie er mit leerem Blick auf das ausgedruckte Foto von Antony Murphy und seinem Vater starrte. Zum ersten Mal betrachtete er jedoch nicht Antony selbst, sondern seinen Vater.

Dann wischte er plötzlich hektisch eine leere Sandwichverpackung von seinem Schreibtisch, um das gerahmte Foto freizulegen, das er aus Anneka Foleys Haus mitgenommen hatte. Er hielt es neben das Familienfoto der Murphys und zeigte dann beide Bilder Ben.

»Ben, ist das auf den beiden Fotos derselbe Mann?«

O'Malley beobachtete, wie Ben von einem Foto zum anderen blickte, bevor er ohne die Spur eines Zweifels antwortete: »Ja. Das ist derselbe Mann im Abstand von ungefähr dreißig Jahren.«

58.

Heute hatte Aisling zum ersten Mal mit Jack O'Keane in einem Auto gesessen, und obwohl der Anlass ihrer Fahrt ein düsterer war, hatte sie jede der zehn Minuten wirklich genossen. Jack schaffte es, alles, was mit ihrem Sohn zu tun hatte, beiseitezuschieben, und unterhielt sie mit Anekdoten über Bekannte aus ihrer Kindheit. Es war, als wären sie auf dem Weg, all diese Menschen zu treffen, und müssten sich vor der Ankunft nur noch auf den neuesten Stand bringen.

Es war erstaunlich, wie entspannt er klingen konnte. Und wie sehr nach dem alten Jack. Je länger er über die Vergangenheit sprach, desto mehr rutschte er von seinem Londoner Zungenschlag zurück in einen reinen Tullamore-Akzent.

»Barbara verkauft jetzt tatsächlich Schmuck bei einem Teleshopping-Sender«, sagte er. »Insofern hatte sie vermutlich recht, als sie sagte, sie würde eines Tages Model werden. Es ist immer gut, Ziele zu haben.«

»Im Ernst?«, fragte Aisling verblüfft. »Barbara DeMaure, die in unserer gesamten Schulzeit höchstens zweimal mit mir gesprochen hat, weil ich nicht cool genug war? Ich sollte ja nicht spotten, aber was ist geworden aus: ›Meine Mom bringt mich auf das Cover der *Vogue*‹?«

»Nun, Barb hat wahrscheinlich die Oberflächlichkeit des Ruhms erkannt«, sagte Jack mit ausdrucksloser Miene, »und sich für einen nobleren Weg entschieden. Sie leistet großartige Arbeit und sorgt dafür, dass unechte Diamanten ein gutes Zuhause finden.«

Es war eine äußerst merkwürdige Erfahrung, über all das zu

lachen. Dreißig Jahre lang hatte sie nicht ohne Schmerz an ihre Kindheit zurückdenken können, und nun gackerte sie zusammen mit Jack fröhlich vor sich hin. Genoss den Blick zurück.

»Was ist mit dem Typen, mit dem sie zusammen war?«, fragte sie. »Hieß er Noah … Noah Lehane?«

»Oh, über ihn weiß ich ziemlich gute Geschichten«, sagte Jack. »Er hat im irischen U18-Rugby-Team gespielt, vor allem weil er einen Schädel aus Stein hatte. Aber dann ging es bergab, als man merkte, dass ein Stein sich nicht besonders gut an Taktiken halten kann. Deshalb hat er im Lyon Hotel and Restaurant eine Umschulung gemacht. Ich habe gehört, er steht jetzt in der Halle und die Gäste hängen ihre Mäntel an ihn.«

Aisling hatte so heftig gelacht, dass sie kaum noch Luft bekam. »Hör auf! Ich versuche zu fahren.« Und dann war, noch bevor ihr Lachen ganz abgeklungen war, das Hinweisschild zu dem Murphy-Gestüt aufgetaucht, und all die verdrängte Angst hatte sich wieder in ihrem Magen breitgemacht.

Das Tor zum Gestüt stand offen. Nichts hielt sie auf oder bremste sie.

Aisling spürte, dass auch Jack angespannter wurde, als sie den Prius langsam über den asphaltierten Privatweg steuerte. An dessen Ende standen mehrere altmodische Steinhäuser um einen großen Hof. Am Eingang zu diesem Hof gab es ein weiteres solides Metalltor, das wie das erste offen stand und die Menschen zum Kommen und Gehen einlud.

Als sie auf den gepflasterten Bereich vor dem Tor rollten, hielten zwei junge Männer, die damit beschäftigt waren, einen Zaun zu flicken, mit ihrer Arbeit inne und beobachteten sie. Der eine war groß und dunkelhaarig mit der Statur eines Bären, der andere war fast genauso groß, aber mit einer blonden Mähne, die Aisling an Ethan erinnerte.

Sie stoppte den Wagen und atmete tief durch. »Okay.«

Beim Aussteigen zitterten ihre Beine ein wenig. Sie ging auf die beiden jungen Männer zu und fragte: »Ist Michael Murphy da?«

Der Blonde nickte und musterte sie neugierig. »Er muss hier irgendwo sein. Weiß nicht genau, wo.«

»Meinen Sie …? Wir würden gern mit ihm sprechen.« Aisling versuchte zu lächeln. »Ihm ein paar Fragen stellen.«

»Ich such ihn«, murmelte der Dunkelhaarige, wickelte den benutzten Draht sorgfältig um den Zaunpfahl und trottete Richtung Hof davon.

Der Blonde sah ihm nach und wandte sich dann wieder seiner Arbeit zu. Er nahm ein überdimensioniertes Klammergerät und tackerte damit den Draht an den Pfosten.

Aisling beobachtete ihn, obwohl Jack schon Richtung Hof gegangen war. Ihr Blick klebte an den breiten Schultern des jungen Mannes – Schultern, die so kräftig aussahen wie Finns – und an seiner blonden Mähne.

Versunken in ihre Betrachtung, hatte sie mit einem Mal das sonderbare Gefühl, in eine andere Zeit abzugleiten. Irgendetwas an dem Gesicht des jungen Mannes erinnerte sie nicht an Ethan, der Stephens klassisch attraktive Gesichtszüge geerbt hatte, sondern an ihren eigenen Vater.

Sie schätzte den jungen Mann auf etwa dreißig. Ein sonnengebräunter Dreißigjähriger, der offensichtlich viel an der frischen Luft war.

»Sind Sie ein Pferdepfleger?«, fragte sie ein wenig gepresst. Es klang jedenfalls nicht wie die beiläufige Bemerkung, die sie hatte machen wollen.

Er hielt inne und wischte sich mit dem Ärmel seiner Fleecejacke die Stirn ab. »Ja, bin ich.« Er lächelte scheu. »Ich meine, ich bin … also, das Gestüt gehört meinem Dad, und ich bin der älteste Sohn, insofern bin ich auch irgendwie … der Erbe des Hofes. Aber das wird nicht geschehen.«

»Warum nicht?«

Der junge Mann sah aus, als wollte er weiterarbeiten, doch Aisling blickte ihn aufmunternd an und gab ihm so zu verstehen, dass sie hören wollte, was er zu sagen hatte.

»Ach, Pferde, das Gestüt und das alles sind eigentlich nicht gerade meine Stärke«, sagte er und grinste knapp, aber Aisling erkannte die dahinterliegende Verletzung. »Ich glaube, er fühlt sich ein bisschen vom Schicksal betrogen. Hat nicht den Sohn bekommen, den er sich gewünscht hat.« Dann schüttelte er den Kopf, wie verärgert über sich selbst. »Ich sollte nicht ...«

»Bei mir und meiner Mutter war es genauso«, sagte Aisling. »Ich glaube, sie hat sich gefragt, wie sie eine Tochter wie mich bekommen konnte. Sie war so gottesfürchtig und selbstbeherrscht und hatte einen *Plan* für ihr Leben, während ich zerstreut und impulsiv war.« Sie hielt kurz inne. »Entschuldigen Sie. Ich erzähl Ihnen hier meine ganze Lebensgeschichte und hab mich noch nicht mal vorgestellt. Aisling.«

Der junge Mann sah sie unsicher an und ergriff dann ihre Hand. Sein Händedruck war überraschend warm dafür, dass er in der Kälte gearbeitet hatte. »Antony.« Er wies mit dem Kopf in Richtung Hof. »Das war mein Bruder Danny. Wollen Sie kaufen oder ...?«

»Oh, fürs Erste wollen wir nur ein paar Informationen einholen«, sagte sie so locker wie möglich. Mit einem eigenartigen Gefühl des Bedauerns ließ sie seine Hand wieder los.

»Aisling?« sagte Jack plötzlich leise hinter ihr. Sie hatte ihn seltsamerweise fast vergessen, obwohl sie seine Präsenz auf dem Beifahrersitz eben noch so intensiv gespürt hatte.

Sie drehte sich um und sah, dass der andere Pferdepfleger vor einer offenen Tür auf sie wartete. Sie nickte lächelnd. Aber bevor sie Jack durch die Tür folgte, drehte sie sich noch einmal zu Antony um.

59.

»Michael und Celine Murphy sind viereinhalb Jahre vor den Cooleys in den New Forest gezogen«, erklärte O'Malley dem Chief, Hanson und Lightman. Hanson war so aufgeregt, dass sie kaum still sitzen konnte. »Und ratet mal, aus welcher irischen Stadt sie hierhergezogen sind?«

»Tullamore«, antwortete Hanson prompt.

»Volle Punktzahl, Detective Constable Hanson«, sagte O'Malley grinsend. »Außerdem habe ich erfahren, dass Celine Murphy Hebamme gewesen ist und eine Selbsthilfegruppe für Frauen geleitet hat, die keine Kinder bekommen konnten. Die Murphys hatten jedenfalls keine eigenen Kinder, bis sie laut den Unterlagen plötzlich gleich *zwei* Kinder zur Schule anmeldeten, die im Dezember 1985 und im Januar 1986 geboren waren, also im Abstand von einem Monat.«

»Das ist ... unmöglich«, sagte Lightman.

»Gut aufgepasst in Biologie, Ben«, sagte O'Malley. »Also hab ich ein wenig tiefer gegraben und festgestellt, dass nur Dannys Geburt offiziell registriert wurde. Die Dokumente, mit denen Antony an der Schule und dergleichen angemeldet wurde, sind gefälscht.«

Hanson grinste ihn unwillkürlich an. »Antony ist Aislings Sohn.«

»Sieht ganz so aus«, sagte O'Malley. »Ich nehme an, die Cooleys – oder die Horans, wie sie damals noch hießen – sind absichtlich in den New Forest gezogen, um in der Nähe der Murphys zu wohnen. Ich glaube, Dara und Dymphna Cooley hofften, dass ihre kinderlosen Freunde vielleicht bereit sein würden, das Baby anzunehmen und über die Umstände zu schweigen. Womöglich war das Ganze sogar abgesprochen.«

»Aber dann«, sagte der Chief, »hat Celine vermutlich festgestellt, dass sie selbst mit Danny schwanger war.«

»Ich denke, ja«, sagte O'Malley. »Ich glaube, sie sind von der Vereinbarung zurückgetreten. Sie wollten kein fremdes Kind zusammen mit ihrem eigenen aufziehen. Und es wäre auch offensichtlich gewesen. Zwei Kinder in einem Abstand von gut einem Monat? Das war medizinisch unmöglich, und der Altersunterschied war ein bisschen *zu* groß, um zu behaupten, sie seien Zwillinge.«

»Also hat Michael es arrangiert, dass seine Geliebte Antony übernahm«, sagte Hanson fasziniert.

»Offenbar erschien ihm das als die naheliegende Lösung«, sagte O'Malley. »Und für sie hat es sich damals vermutlich so angefühlt, als wäre der Junge ihr gemeinsames Kind. Vielleicht hat sie ihm sogar gesagt, dass sie ein Kind wollte. Schwer zu sagen.«

»Und später hat er dann erkannt, dass sie den Jungen schlecht behandelte«, sagte der DCI langsam. »Also hat er ihn ihr weggenommen und als seinen älteren Sohn großgezogen.«

»Und wie passt Dara Cooley in diese Geschichte?«, fragte Lightman. »Nehmen wir an, dass er von dem Arrangement wusste und seinen Enkelsohn besucht hat?«

»Und sich dabei in Anneka verliebt hat, ja«, antwortete O'Malley. »Das ist jedenfalls meine Vermutung. Die doppelte Schuld, seiner Tochter das Kind vorzuenthalten und dann auch noch eine Affäre mit Anneka anzufangen, war zu viel.« Er hielt für einen Moment inne. »Und ihm war nicht klar, dass er durch seinen Suizid Anneka dem fortschreitenden Wahnsinn und Antony der Misshandlung überlassen würde.«

Hanson sah den Chief an. »Wir müssen eigentlich gar nicht auf das DNA-Ergebnis warten, oder? Antony Murphy war in der Heide, als Lindsay Kernow gestorben ist. Alles, was er über das Feuer erzählt hat, sollte nur vertuschen, was er wirklich getan hat.«

»Ich hätte ihn härter in die Mangel nehmen sollen«, sagte der Chief kopfschüttelnd. »Alle diese Morde wurden im Umkreis von Aisling Cooleys Haus begangen, und es ist durchaus möglich, dass Michael Murphy ihm irgendwann die Wahrheit über seine Eltern gesagt hat. Wenn er seiner Mutter die Schuld für alles gibt, was er durch Anneka erlitten hat, dann verkörpern die getöteten Frauen für Antony vielleicht Aisling.«

60.

Michael Murphy humpelte vor Jack und Aisling in die große Küche des Bauernhauses. »Kaffee?«, fragte er, als ob es ihn etwas kosten würde.

»Ich … nicht nötig, danke«, sagte Aisling und blickte zu Jack. Er sah so angespannt aus, wie sie sich fühlte. »Wir haben zu Hause einen getrunken.«

Michael ging trotzdem zu dem Wasserkessel. Er hatte offensichtlich eine Beinverletzung und war nicht mehr der sportliche Mann, an den Aisling sich vage aus der Kirche erinnerte. Auch sonst hatte er sich stark verändert. Während Michael früher auf eine verschmitzte Art attraktiv und der Liebling aller frommen Kirchendamen gewesen war, war sein Gesicht heute von Falten gezeichnet, und er blickte mürrisch drein. Er sah aus wie ein Mann, der selten lächelte.

Als Aisling den Karton mit einer Marks-&-Spencer-Geburtstagstorte auf dem Tisch stehen sah, von der bereits mehrere Stücke abgeschnitten worden waren, durchzuckte es sie.

Er hat heute Geburtstag …

Sie hatte das Bedürfnis, mehr von dem Leben zu sehen, das ihr Sohn vielleicht geführt hatte, und trat vor die Pinnwand aus Kork, die mit Kassenzetteln und Notizen übersät war. Dazwischen hingen auch einige Fotos von zwei Jungen, die zusammen groß wurden. Sie streckte unwillkürlich die Hand aus und zeichnete mit dem Finger ihre Konturen nach. War einer der beiden wirklich ihr Kind?

Auf vielen Bildern fiel ihr erneut Antonys helles Haar ins Auge, das dem ihres Vaters so ähnelte. Dann entdeckte sie zwei Fotos von ihm mit kahl rasiertem Schädel und stutzte. Eins zeigte ihn in einem Krankenhausbett, auf dem anderen stand er und hatte einen Arm um die Schulter seines Bruders gelegt. Auf diesen Bildern konnte er höchstens vierzehn oder fünfzehn Jahre alt sein, doch er sah blass und abgehärmt aus.

Antony war also krank gewesen. Wirklich schwer krank. War das die letztendliche Antwort? War er als Jugendlicher an irgendeiner Krebsart erkrankt und hatte nicht die Liebe und Unterstützung von Eltern erfahren, denen sein Wohl wirklich am Herzen lag? Hatte ihn das zerstört und in einen Mann verwandelt, der Frauen tötete?

Ihr Blick wanderte weiter zu einem größeren, gestellt wirkenden Foto ganz oben rechts an der Pinnwand. Es zeigte die beiden Jungen mit einer Frau, deren dunkles Haar wellig frisiert war. Der Anblick traf Aisling wie ein Schlag.

Sie kannte diese Frau, kannte die sanfte, beruhigende Stimme, mit der sie ihr erklärt hatte, dass sie mit dem Pressen immer bis zur nächsten Kontraktion warten solle. Dass sie wenn nötig ihre Hand drücken solle.

Dies war die Hebamme, die geholfen hatte, ihren Sohn zu stehlen.

»Ist Ihre Frau ... Hebamme?«, fragte sie und drehte sich zu Michael um.

Michael, der gerade Becher aus einem Schrank holte, erstarrte und sagte dann mit unmissverständlicher Endgültigkeit: »Das war sie.«

Aisling fügte die Information wie einen weiteren Stein in die Mauer der schwer verdaubaren Dinge, die sie erfahren hatte, und fragte sich, wie sie es später verarbeiten würde, dass sie die Frau, die ihren Sohn geraubt hatte, nicht mehr persönlich zur Rede stellen konnte.

»Ich möchte wirklich nicht aufdringlich sein, aber ich muss

Sie fragen …« Aisling wartete, bis Michael einen Löffel löslichen Kaffee in jeden Becher gegeben hatte, schluckte und fuhr fort: »Ist Antony wirklich Ihr Sohn?«

Michael erstarrte, das Glas mit dem Kaffeepulver in der Hand. Er sah sie kurz mit einer dumpfen Verzweiflung an, dann wandte er sich wieder dem Wasserkocher zu. »Das geht Sie nichts an.«

»Bitte«, erwiderte Aisling. »Ich frage, weil ich glaube … dass er vielleicht mein Kind ist.«

Michael fuhr herum. »Was?« Er schien wütend zu sein.

Aisling machte einen Schritt auf ihn zu. »Ich bin Martha Horan. Sie kannten mich und meine Eltern aus der Kirchengemeinde in Tullamore. Jack und ich« – sie wies auf ihn – »hatten einen Sohn, wofür meine Eltern sich sehr geschämt haben. Sie haben mich hierhergebracht und mir versprochen, sie würden das Kind wie ihr eigenes großziehen, aber das haben sie nicht getan. Sie haben ihn weggegeben. Und mir haben sie erzählt, er wäre gestorben.« Sie spürte, wie ihr erneut Tränen in die Augen schossen, als hätte sie in den vergangenen vierundzwanzig Stunden nicht schon genug davon vergossen. Sie hatte erwartet, dass sie wütend auf die Menschen sein würde, die ihr ihr Kind genommen hatten, nicht abgrundtief traurig. »Ich glaube, Ihre Frau hat geholfen, das Baby zur Welt zu bringen, und es dann behalten.«

Sie sah, wie Michaels Gesichtszüge entgleisten. Er machte einen taumelnden Schritt nach vorn und stützte sich auf einem der Esstischstühle ab.

Aisling trat auf ihn zu, weil sie Angst hatte, er könnte fallen. Sie spürte, wie Jack sich neben ihr bewegte, und war erleichtert, dass er hier war.

»Entschuldigen Sie den Schock, Mr Murphy«, sagte Jack und fasste den Arm des Mannes, aber Michael riss sich los.

»Mir … mir geht es gut.« Er zog sich den Stuhl heran und ließ sich schwer darauf fallen. Der Kessel fing an zu pfeifen.

Jack zögerte, ging dann zum Herd, nahm den Kessel und goss

heißes Wasser in die Becher, die Michael auf dem Küchentresen bereitgestellt hatte.

»Nehmen Sie Milch?«, fragte er.

Es war Wahnsinn, dachte Aisling. Sie fühlte sich seltsam losgelöst von allem. Hier waren sie und stellten den Mann zur Rede, der ihren Sohn geraubt hatte, und machten ihm dabei einen Kaffee. Jack war so ruhig, so kompetent und freundlich, sogar zu *ihm*. Sogar zu ihm.

»Einen guten Schuss Milch«, sagte Michael, den Blick auf den Tisch gerichtet. »Und zwei Stückchen Zucker.«

Aisling wartete, bis Jack beides gefunden und Michael den Kaffee gegeben hatte, bevor sie selbst Platz nahm.

»Er ist unser Sohn, nicht wahr?« Sie beugte sich vor und breitete flehend die Arme aus. »Meine Eltern haben es arrangiert, dass Sie ihn übernehmen.«

Michael trank einen großen Schluck Kaffee, wischte sich seinen Schnurrbart ab und sah sie dann endlich an. »Es ist … Sie haben uns erzählt, dass Sie ihn nie wiedersehen wollten.« Er blinzelte sie an, und Ärger huschte über sein Gesicht. »Sie alle beide. Welches Recht haben Sie, es sich jetzt plötzlich anders zu überlegen?«

Aisling erwiderte seinen Blick traurig. »Das war gelogen. Sie waren diejenigen … Ich wollte ihn behalten.« Sie wies mit dem Kopf auf Jack. »Jack wusste nicht mal von der Existenz des Babys. Er hatte keine Gelegenheit, sich zu entscheiden. Aber ich hätte ihn behalten. Egal, was es mich gekostet hätte. Sie haben mir erzählt, er wäre gestorben, Mr Murphy. Ich dachte … ich dachte, er wäre tot. Und dass es vielleicht meine Schuld war, weil ich ihn zu Hause zur Welt gebracht habe, wegen der Schande, die ich meinen Eltern bereitet hatte.«

Michael räusperte sich. »Ich … Davon wusste ich nichts. Ich habe mein Bestes gegeben.«

»Er hat gesagt, Sie würden ihn für einen Versager halten«, sagte Aisling mit loderndem Blick. »Liegt das daran, dass Sie am Ende doch einen eigenen Sohn hatten, mit dem Sie ihn vergleichen konnten? Oder ist es bloß, weil er nicht Ihrer war?«

Michael runzelte die Stirn. »Ich habe ihn nie für einen Versager gehalten. Er ist der Starke. Der ... Er ist besser als alles, was ich je hätte zeugen können.« Er lachte bitter. »Danny ist der Einzige hier, auf den ich mich verlassen kann.«

Erst als Aisling seine Aussage still für sich wiederholte, erkannte sie, was daran nicht stimmte.

»Danny ...?« Sie blickte verwirrt zu Jack. »Unser Sohn ist ... Danny?«

Michael nickte und zückte seine Brieftasche. »Ihr Vater hat gesagt, Ihr einziger Wunsch sei es, dass er Daniel heißt. Deshalb haben wir ihm diesen Namen gegeben.« Mit zitternden Händen klappte er die Brieftasche auf. »Hier ist er mit Celine an dem Tag, an dem sie ihn mit nach Hause gebracht hat.«

Daniel, dachte Aisling und fragte sich, ob sie das in dem Nebel ihrer Betäubung wirklich gesagt hatte. Sie konnte sich beinahe vorstellen, ihn angesehen und erklärt zu haben: »Er sieht aus wie ein Daniel.«

Michael hielt Aisling das abgegriffene Foto hin, und sie nahm es mit demselben seltsamen Gefühl von Losgelöstheit entgegen. Das Bild zeigte ein neugeborenes Kind. Ein Kind mit dunklem Haar wie Jacks und großen braunen Augen wie ihren.

Ihr beider Sohn. Ohne Frage ihr Sohn.

61.

Jonah hatte sich geweigert, im Kommissariat zu warten, und selbst die Führung des Konvois übernommen. Hanson saß auf dem Beifahrersitz neben ihm, Lightman und O'Malley folgten ihnen in Bens Qashqai, dahinter fuhr ein Streifenwagen mit zwei Constables. Nach dreieinhalb Monaten frustrierender Ermittlung waren sie auf dem Weg, ihren Mörder zu verhaften.

Trotzdem widerstand Jonah dem Impuls, vorschnelle Schlüsse zu ziehen. Sie konnten sich immer noch irren. Bis die Speichelprobe aus dem Labor zurückkam, gab es keinen definitiven Beweis dafür, dass Antony Aislings Sohn war. Jonah musste allerdings zugeben, dass die Theorie seines Teams sehr plausibel war. Antony hatte fast auf den Tag genau das richtige Alter, und es schien logisch, dass Michael und Celine Aislings Kind angenommen und aufgezogen hatten. Genauso wie die Vermutung, dass sie sich entschieden hatten, den Jungen wegzugeben, als sie ein eigenes Kind erwarteten.

Und der Wirt in West Gradley hatte gesagt, dass Anneka unfähig gewesen war, sich um das Kind zu kümmern. Bei dem Gedanken, dass sie Antony hatte hungern lassen und ihn vermutlich auch verletzt hatte, spürte Jonah ein komplexes Knäuel an Schmerz. Als Erwachsener hatte Antony grausame Dinge getan, aber als Kind war er hilflos gewesen.

Als sie laut Navi noch zehn Minuten von dem Gestüt entfernt waren, riss ihn das aufleuchtende Display am Armaturenbrett aus seinen Gedanken. Es war ein Anruf von Linda McCulloughs Handy. Er bemerkte, wie Hanson nervös auf ihrem Sitz hin und her rutschte, und war selbst genauso gespannt.

»Linda«, sagte er. »Genau die Frau, mit der ich sprechen wollte.«

»Ja, vielen Dank auch für Ihre Serie von ›Beeilt euch, verdammt noch mal‹-Nachrichten«, erwiderte Linda trocken. »Seltsamerweise hatten sie kaum Einfluss auf das Tempo der Handlanger im Labor und auf die Geschwindigkeit der chemischen Reaktionen und Analysen.«

»Merke ich mir«, sagte Jonah grinsend. »Haben diese chemischen Reaktionen denn jetzt stattgefunden?«

»Haben sie«, sagte Linda. »Und ich fürchte, es ist kein Match. Es handelt sich wieder um einen engen Verwandten, aber wie Sie sicher wissen, sagt uns ein Schnelltest nicht, wie eng genau. Allerdings ist es definitiv nicht dieselbe DNA.«

Jonah musste sich konzentrieren, um den Fuß nicht vom Gaspedal zu nehmen. Er war nicht nur überrascht von dieser Enthüllung, sondern auch immens frustriert.

»Wow, okay«, sagte er. »Danke. Dann fangen wir wohl noch mal ganz von vorn an.«

»Sagen Sie Bescheid, wenn Sie eine weitere Nulpe zum Testen haben«, sagte McCullough, doch Jonah meinte hinter ihrem Sarkasmus einen Hauch von Mitgefühl zu hören.

Er beendete das Gespräch und versuchte, das Gehörte zu begreifen.

»Aisling Cooley ist also irgendwie mit unserem Verdächtigen verwandt«, murmelte er ebenso sehr für sich wie an Hanson gerichtet. »Genau wie Antony Murphy. Und trotzdem ist er es nicht.«

»Es fühlt sich an, als müsste es passen«, sagte Hanson neben ihm enttäuscht. »Michael Murphy und seine Frau sind trotzdem immer noch die wahrscheinlichsten Kandidaten für die Übernahme von Aislings Sohn.«

Jonah sah sie an und dachte unwillkürlich an Danny Murphy, seine ruhige Freundlichkeit, seine Selbstbeherrschung.

»Und wenn …«, begann Hanson im selben Moment, als Jonah

fragte: »Hat O'Malley gesagt, dass Danny Murphy Anfang '86 geboren ist?«

»Ich schaue nach«, sagte Hanson und zog ihr iPad aus der Hülle. Kurz darauf bestätigte sie: »Ja, ist er. Als Geburtstag ist der zwanzigste Januar angegeben. Er hat das richtige Alter.«

Jonah nickte zweimal. »Rufen Sie Domnall und Ben, und sagen Sie ihnen, dass wir uns mit dem anderen Bruder unterhalten wollen.«

62.

»Wir sind nicht hier, um irgendwelche Ansprüche zu erheben«, sagte Jack leise.

Michael Murphy schüttelte den Kopf, als könnte er damit sie – und alles andere – verschwinden lassen. In seiner Miene rang Wut mit einer Reihe anderer Gefühle. Jack hatte es offensichtlich auch gesehen.

»Wir möchten nur mit ihm reden«, fuhr er beschwichtigend fort. »Er ist … Wir glauben, er steckt in Schwierigkeiten.«

»In Schwierigkeiten?«, fragte Michael ehrlich erstaunt. »In was für Schwierigkeiten sollte er stecken?«

»Sein Blut wurde am Tatort eines Verbrechens gefunden«, sagte Aisling. »Und wenn er daran beteiligt war, könnte er auch an anderen Verbrechen beteiligt gewesen sein.« Sie hielt inne und fügte hinzu: »Wir wollten ihn vor der Polizei finden. Was immer er getan hat, wir lieben ihn trotzdem. Wir wollen ihm helfen.«

»*Danny?*«, fragte Michael und sah sie an, als wäre sie wahnsinnig. »Danny hat nie etwas mit irgendeinem Verbrechen zu tun gehabt. Sie irren sich.«

»Ich weiß, es ist schwer zu glauben«, sagte Jack. »Und vielleicht hat er das Verbrechen auch nicht selbst begangen. Aber sein Blut war am Tatort. Und es ist nur eine Frage der Zeit, bis die Polizei das auch kapiert.«

Irgendetwas in Michael Murphy schien zu reißen. Er schob seinen Stuhl zurück. »Danny hat verdammt noch mal gar nichts getan!«, brach es aus ihm heraus. »Er ist nicht … er hat noch nie etwas Böses getan. Gar nichts. Er … schauen Sie. Schauen Sie sich das an.« Er machte ein paar unsichere Schritte und nahm ein Foto von der Pinnwand. »Das ist Danny, nachdem er Knochenmark gespendet hat, um seinen Bruder zu retten. Er wusste, wie schmerzhaft es sein würde und wie ernst die Operation war. Aber er hat es getan, weil er ein guter, freundlicher Junge war. Und jetzt ist er ein guter, freundlicher Mann.«

»Das glaube ich.« Aisling meinte es ernst und hoffte, dass er ihr das auch anhörte. »Ich glaube nicht, dass er schlecht oder bösartig ist. Wenn jemand Schuld hat, dann ich. Und meine Eltern. Ich glaube, wir haben ihn beschädigt, und das ist daraus geworden.« Sie blickte zu der Pinnwand, auf der Celine nur noch auf Fotos anwesend war. »Und vielleicht hat ihn auch der Verlust der Frau verletzt, die er für seine Mutter gehalten hat. Vielleicht hat er … diesen Frauen deswegen Leid angetan.«

Michael starrte sie eine Weile schweigend an. Seine Stimme brach, als er fragte: »Welche Frauen? Was wollen Sie … O mein Gott. Sie glauben …«

Plötzlich bewegte sich etwas an der Tür. Aisling und Jack drehten sich gleichzeitig um und sahen Danny mit düsterer Miene auf der Schwelle stehen. Er wirkte gequält. Gehetzt.

Er hat das Haus nicht wieder verlassen, dachte Aisling. Er hat alles gehört. Alles.

Sie sollte sich vor ihm fürchten, vor diesem großen, starken Mann. Doch stattdessen spürte sie den Impuls, ihn zu trösten.

»Danny«, sagte sie und wusste selbst nicht, ob sie ihn gerade anflehte zu bleiben oder zu fliehen.

Er erwiderte ihren Blick, als würden ihre Worte ihn festhalten. Von draußen waren lauter werdende Motorengeräusche zu hören. Und alle wussten, dass das die Polizei war.

Danny schüttelte den Kopf, wandte sich ab und rannte auf den Hof.

63.

Die Zufahrt zu dem Gestüt war versperrt, zumindest teilweise. Antony Murphy stand mit trotziger Miene in der Mitte der Einfahrt zu dem gepflasterten Hof. Hinter ihm sah Jonah eine junge Pferdepflegerin, die trödelnd einen Eimer Wasser über den Hof schleppte und überrascht stehen blieb.

Jonah parkte den Mondeo ein Stück entfernt und stieg aus.

»Wir suchen Ihren Bruder«, sagte er so leise wie möglich. »Wo ist er?«

Antony starrte ihn schweigend an und kämpfte sichtlich mit seinen Gefühlen. Schließlich sagte er: »Ich weiß es nicht. Und Sie sollten ihn in Ruhe lassen. Er ist ein guter Mann.«

»Im Augenblick wollen wir ihm nur ein paar Fragen stellen«, sagte Jonah, bemüht, sich seine Frustration nicht anmerken zu lassen. Er blickte zu Hanson, die, gefolgt von O'Malley und Lightman, den Hof betrat, während die beiden Constables links und rechts hinter Jonah stehen blieben. Sie würden dafür sorgen, dass niemand das Gestüt einfach durch das Tor verlassen konnte. »Wissen Sie, wer Danny in Wirklichkeit ist?«

Jonah sah aus dem Augenwinkel, wie die Mitglieder seines Teams mit gezücktem Schlagstock durch drei verschiedene Türen verschwanden.

Antonys Gesichtszüge wurden schlaff. »Wie meinen Sie das?«, fragte er verwirrt.

Jonah hörte, wie eine Tür aufgerissen wurde, dann einen Ruf von Lightman. Jonah ließ Antony stehen und rannte durch die offene Tür in den Stall, in dem Lightman gerade verschwunden war.

Er sah gerade noch seinen Detective Sergeant durch die Tür auf der Rückseite sprinten und hörte Hufgetrappel. Da wusste er, dass Danny auf einem Pferd die Flucht ergriffen hatte.

Jonah rannte durch den Stall, zur Koppel auf der anderen Seite, und nahm auf dem Weg dorthin flüchtig eine weitere Gestalt wahr, blieb jedoch nicht stehen. Sie mussten Danny fassen. Er zog sein Handy aus der Tasche und rannte hinter Lightman her, auch wenn er längst wusste, dass die Verfolgung zwecklos war. Das kastanienbraune Pferd war schon halb über die Wiese galoppiert und wurde nicht erkennbar langsamer. Auch Lightman, der schneller war als er selbst, fiel immer weiter zurück.

»Hier ist DCI Jonah Sheens«, meldete Jonah sich keuchend bei der Zentrale. »Wir haben nördlich von Minstead einen flüchtigen Verdächtigen auf einem Pferd. Ich brauche Verfolgung aus der Luft und am Boden.«

Er verlangsamte seine Schritte, als Danny den Zaun auf der anderen Seite der Koppel erreichte. Das Pferd setzte zum Sprung an und überquerte den Zaun mühelos. Kurz darauf waren Pferd und Reiter zwischen den Bäumen verschwunden.

»Scheiße.« Jonah drehte sich um und rief einem ihm folgenden Constable zu: »Laufen Sie zurück zum Wagen und fahren Sie zur anderen Seite des Waldes!«

Lightman war derweil weitergerannt. Jonah zögerte kurz und folgte ihm dann, während er erneut sein Handy zückte. Danny war womöglich unterwegs zu einem Schlupfwinkel in der Nähe. Wenn das passierte, mussten sie vorbereitet sein.

O'Malley war dem Chief und Lightman in die Stallungen gefolgt. Doch jetzt machte er kehrt und rannte über den Hof zu Lightmans Wagen. Zum Glück hatten die Mitglieder des Teams daran gedacht, sich gegenseitig als Fahrer ihrer Autos zu versichern. Hanson stand in der Tür des Bauernhauses. Im Laufen rief O'Malley ihr zu, was er über die Ereignisse wusste.

»Kannst du alle anderen irgendwo versammeln?«, fügte er noch hinzu.

Als er den Qashqai erreicht und ihn rückwärts auf die Privatstraße gesetzt hatte, sah er einen stämmigen jungen Mann aus den Stallungen kommen. Er trug eine Wollmütze und wirkte sichtlich zufrieden.

O'Malley ließ das Fenster herunter und rief Hanson zu: »Sieh zu, dass du auch ihn erwischst.«

Die Verfolgung des Pferdes samt seinem Reiter war mühselig. Der Waldboden war uneben, von Wurzeln durchzogen und mit Laub bedeckt, sodass man Hindernisse nur schwer erkennen konnte. Jonah trug seine ziemlich praktischen schwarzen Arbeitsschuhe, doch es waren beileibe keine Lauf- oder Wanderschuhe. Er hatte sich schon zweimal halb den Knöchel verdreht, als er schließlich auf einen Pfad stieß, der den Wald diagonal durchquerte.

Vor sich sah er Lightman, der sich aus offensichtlichen Gründen für eine bestimmte Richtung entschieden hatte. Im Schlamm waren frische, tiefe Hufspuren, die ein Pferd im Galopp hinterlassen haben musste.

»Finden Sie … nur heraus … wohin der Weg führt«, rief er seinem DS nach, blieb schwer atmend stehen und zog sein Handy aus der Tasche.

O'Malley versuchte, auf ein Satellitenbild auf seinem Handy zu gucken, während er Lightmans Qashqai lenkte, was weder besonders sicher noch im engeren Sinne legal war, auch wenn er das Handy in eine Halterung am Armaturenbrett geklemmt hatte.

Der Chief hatte gemeldet, dass Danny auf einem Weg unterwegs war, der die Straße in etwa einer halben Meile kreuzen sollte. Soweit O'Malley erkennen konnte, verlief der Weg ein ganzes Stück parallel zur Straße, bevor er sich wieder abspaltete, doch es war unmöglich zu sagen, ob Danny ihn bereits überholt hatte oder noch auf die Kreuzung zugaloppierte.

O'Malley hoffte bloß, dass er die Straße nicht schon überquert hatte. Zu seiner Linken erstreckte sich eine offene, nur von wenigen Büschen bewachsene Heidelandschaft, die zu Pferd sehr viel leichter zu durchqueren war als mit einem Fahrzeug.

Der Constable in dem Streifenwagen war mit eingeschalteter Sirene ein Stück vor ihm. Er hatte O'Malley per Funk darüber informiert, dass er bei der nächsten Möglichkeit rechts abbiegen wollte, um zur Rückseite des Waldes zu gelangen.

O'Malley erkannte, dass die Wegkreuzung unmittelbar vor ihm lag. Er fuhr langsamer, um sich zu orientieren, als plötzlich direkt vor ihm ein Pferd mit Reiter quer über die Straße preschte. O'Malley bremste scharf, doch das Tier galoppierte schon weiter in die Heide.

O'Malley brachte den Wagen schlingernd zum Stehen, wendete und bog fluchend auf den Weg ab, der weiter in die Heide führte. Er war mit tiefen Pfützen übersät. Der Qashqai hatte zwar einen Allradantrieb, aber Ben würde bestimmt nicht begeistert sein, dass O'Malley die Federung einem Härtetest unterzog.

Auf dem Display seines Handys leuchtete die Nummer des Chief auf, und er nahm eine Hand vom Lenkrad, um das Gespräch anzunehmen.

»Ich habe die Verfolgung aufgenommen«, rief er über den Motorlärm hinweg. »Quer durch die Heide.«

Er beschleunigte, spürte die ersten Stöße und sah, dass Danny Murphy hinter der Kuppe eines Hügels verschwand.

»Ich habe Luftunterstützung angefordert«, sagte der Chief. »Aber die werden frühestens in ein paar Minuten hier sein. Können Sie ihn im Blick behalten?«

»Ich tue mein Bestes«, sagte O'Malley.

Der Tacho zeigte knapp dreißig Meilen pro Stunde an. Schneller konnte er nicht fahren, ohne auf der hubbeligen Strecke Gefahr zu laufen, sich am Wagendach so heftig den Kopf zu stoßen, dass er eine Gehirnerschütterung davontrug. Das sollte reichen, dachte er, um das Pferd früher oder später einzuholen.

Aber als er die Kuppe des Hügels erreichte, erkannte er, dass die Zeit nicht auf seiner Seite war. Danny hatte den Weg verlassen und galoppierte quer über die Heide auf den großen Wald auf der anderen Seite zu.

O'Malley fluchte. »Wir brauchen jetzt sofort Luftunterstützung! Ich bin kurz davor, ihn zu verlieren.«

64.

»Ich will wissen, wo Danny ist«, sagte Detective Constable Juliette Hanson scharf.

Zunächst war Aisling erleichtert gewesen, dass man sie nicht alle aufs Kommissariat geschleppt, sondern nur ins Esszimmer gebeten hatte. Vermutlich bedeutete das, dass man sie nur als Zeugen betrachtete.

Aber als sie zusammen mit Michael, Antony und einem Pferdepfleger aufgefordert wurde, die Küche zu verlassen, hatte Jack gemurmelt: »Damit keine scharfen Objekte in Griffweite sind.« Das hatte sie dann doch ein wenig beunruhigt.

Und als Juliette einen uniformierten Beamten an der Tür postierte und entschlossen zum Kopf des Tisches marschierte, wurde Aisling regelrecht übel. Juliette hatte einen so freundlichen und hilfsbereiten Eindruck gemacht, als sie zuletzt miteinander gesprochen hatten, doch nun konnte man in ihrer Miene keine Spur von Mitgefühl erkennen.

»Wo ist er?«, wiederholte sie. »Wenn das Ganze zu einer großflächigen Menschenjagd eskaliert, besteht die Gefahr, dass er verletzt wird oder Schlimmeres.«

Sie dürfen ihn nicht erschießen, dachte Aisling panisch. Sie müssen ihm die Gelegenheit geben, sich zu erklären.

»Zum jetzigen Zeitpunkt gibt es keine Rechtfertigung für die Anwendung von Gewalt«, sagte Jack neben ihr scharf. »Sie haben noch nicht einmal zweifelsfrei bewiesen, dass die DNA von ihm stammt. Im Moment ist er nur ein Tatverdächtiger, den Sie mit Ihrem martialischen Auftreten verschreckt haben. Und selbst wenn er sich in irgendeiner Weise schuldig gemacht hat, stellt er nicht unbedingt eine Gefahr für Leib und Leben von anderen dar. Er hat keine Geisel genommen.«

Aisling sah, wie Juliette seufzte und langsam nickte. Ihr Ausdruck veränderte sich. »Wir haben nicht die Absicht zuzulassen, dass Danny etwas zustößt«, sagte sie. »Aber wir brauchen Ihre Hilfe, um ihn zu finden, bevor die Situation eskaliert.«

Sie blickte zu dem Pferdepfleger, der seine Mütze abgenommen und einen kurz rasierten Schädel entblößt hatte. Die Mütze knetete er in seinen Händen, eine Geste, die aus irgendeinem Grund eher gelangweilt als besorgt wirkte.

»Sie. Henning, nicht wahr?«, fragte Juliette. »Sie haben ihm geholfen, das Pferd zu satteln, stimmt's? Hat er Ihnen gesagt, wohin er wollte?«

»Nein«, sagte der Pferdepfleger und walkte weiter seine Mütze.

»Er hat keine Andeutung gemacht?«, fragte Hanson skeptisch.

»Er hat bloß gesagt, dass er das Pferd braucht«, antwortete Henning mit einem Hauch von Trotz. »Alle Pferde gehören ihm und der Familie, also habe ich nicht widersprochen.«

Aisling empfand eine große Sympathie für den Mann: ein Mann, der loyal zu Danny gestanden hatte und ihn jetzt schützte.

Diesen Eindruck hatte offenbar auch Juliette gewonnen, denn sie wandte sich Antony zu. Dannys Halbbruder war blass und hatte noch kein Wort gesagt, seit sie im Wohnzimmer Platz genommen hatten. »Wohin würde Ihr Bruder gehen, Antony?«

Er blickte ein wenig überrascht auf, als wäre er mit den Gedanken woanders gewesen, dann schüttelte er langsam den Kopf. »Ich habe keine Ahnung. Aber Sie können sich sicher sein, dass er niemandem etwas antut.«

»Vielleicht weiß es seine Mutter«, sagte Juliette und wandte sich ihr mit stählernem Blick zu. Aisling fragte sich, wie sie diese Frau je für nicht bedrohlich hatte halten können. »Sie sind ja offenbar gerade rechtzeitig gekommen, um ihn zu warnen.«

»Ich weiß nicht, wo er ist«, sagte Aisling hilflos. »Ich habe ihn nicht gewarnt. Bis heute Vormittag wusste ich nicht einmal, dass er hier ist. Jack hatte die Idee, dass meine Eltern wahrscheinlich jemanden aus der Gemeinde ausgewählt hatten, und ich habe mich erinnert, dass Michael und Celine ein paar Jahre vor uns hierhergezogen waren.«

»Und warum haben Sie uns nichts davon gesagt?«, fragte Juliette mit nach wie vor unerbittlichem Blick.

Aisling spürte eine Aufwallung von Trotz. Sie war hier nicht die Verdächtige. »Ich habe es Ihnen nicht gesagt, weil ich mir nicht sicher war.« Sie blickte Juliette direkt in die Augen. »Ich wollte von Michael erfahren, was geschehen ist. Ich weiß, dass es Ihnen viel bedeutet, Ihren Mörder zu fassen, aber mir bedeutet es auch viel, meinen Sohn zu finden. Ich wollte unbedingt die Wahrheit wissen und wenn möglich meinen Sohn kennenlernen.«

»Den Mörder zu fassen sollte uns allen viel bedeuten«, erwiderte Juliette hart. »Wollen Sie, dass noch eine Familie ihre Mutter verliert? Kinder wie Ethan und Finn?«

Aisling schüttelte den Kopf, ihre Wangen brannten. Sie wusste, dass sie egoistisch gehandelt hatte. Trotzdem war es richtig gewesen.

Juliette wandte sich an Michael. »Hat Aisling Sie gewarnt, dass wir unterwegs sein könnten, um Danny festzunehmen?«

»Ich … nein«, antwortete Michael heiser. »Ich wusste nicht einmal, dass *sie* kommt. Das Ganze hat mich ehrlich gesagt umgehauen. Es ist lange her, dass ich in Danny jemand anderen sehen musste als meinen Sohn.«

Aisling sah, dass Antony den Kopf herumriss und seinen Vater anstarrte.

»Sie wussten nicht, dass Danny nicht Ihr Bruder ist?«, fragte Juliette.

Antony wirkte verwirrt, vielleicht sogar ein wenig entsetzt. »Was … Dad, was hat das zu bedeuten?«

Michael Murphy starrte mit gerunzelter Stirn auf den Tisch und mied den Blick seines Sohnes. »Danny wurde ... adoptiert. Nicht offiziell.« Er schnalzte mit der Zunge. »Nicht durch eine Agentur oder so.« Irgendwie schaffte er es, diese Information so mitzuteilen, als hätte Antony das wissen müssen. »Die Frau ist Dannys Mutter, sie ist auf der Suche nach ihm hierhergekommen. Die ... Freunde ... die ihn mir übergeben haben, haben mir erzählt, dass sie ihn nicht wollte. Aber das stimmte nicht.« Er fing Antonys Blick auf und fauchte: »In Gottes Namen, Junge, guck mich nicht so an! Ich habe versprochen, es niemandem zu sagen. Danny wusste es auch nicht. Er ist in dem Glauben aufgewachsen, er sei unser Sohn.«

Antony starrte ihn weiter mit kalkweißer Miene an. Er tat Aisling leid. Für ein paar kurze Minuten hatte sie ihn für ihren Sohn gehalten. Sie hatte gedacht, dass sie ihm die Liebe und den Respekt geben könnte, die er von seinem Vater offenbar nie bekommen hatte. Sie fragte sich, warum Michael sein eigenes Kind nicht lieben konnte. Die Blutsbande sollten doch reichen.

Aber dann erinnerte sie sich an die ersten Monate mit Ethan, in denen es ihr irgendwie unmöglich gewesen war, ihn zu lieben. Vielleicht hatte Michael der Tod seiner Frau so schwer getroffen wie Aisling der Tod ihrer Eltern. Vielleicht hatte er anders als sie nie psychologische Hilfe in Anspruch genommen und war die Verbitterung all die Jahre nicht losgeworden.

Sie blickte unwillkürlich zu Henning und bemerkte überrascht, dass er wütend war. Total wütend. Als wollte er Michael Murphy schlagen. Galt sein Mitgefühl Antony oder Danny?

Nach einer Minute der absoluten Stille fragte Juliette: »Können Sie mir etwas zu Ihrer Beziehung zu Anneka Foley sagen?«

Vater und Sohn drehten sich verwirrt um und sahen sich zum ersten Mal ähnlich. So als gebe es doch eine Verbindung zwischen ihnen.

»Ich weiß nicht ...« Michael fasste sich mit zittriger Hand an den Kopf. »Das sollten Sie nicht mich fragen.«

Aisling sah, dass Antony den Kopf schüttelte und allmählich auch wütend wurde. »Gibt es über sie auch noch mehr zu erzählen, Dad?«, fragte er. »Du hast uns jahrzehntelang über Danny belogen ... War alles andere auch eine Lüge?«

»Ich habe getan, was ich tun musste«, bellte Michael unvermittelt. »Wage es nicht, mich deswegen zu kritisieren! Die Situation war ... unhaltbar. Unhaltbar.« Beim letzten Wort schlug er mit der flachen Hand auf sein Bein. Aisling fragte sich unvermittelt, wie es gewesen sein musste, Michael Murphy als Vater zu haben. Hatte ihr Sohn Angst vor ihm gehabt?

»Ich muss Sie leider nach Anneka Foley fragen, Mr Murphy«, sagte Juliette.

Michael seufzte schwer. »Anneka ist Antonys Mutter, und das weiß er auch«, sagte er.

»Haben Sie sich kennengelernt, als Sie ein paar Stuten zum Gestüt ihrer Eltern gebracht haben?«, fragte Juliette.

»Ja«, sagte Michael ausdruckslos und fügte, als könne er nicht anders, als sich zu rechtfertigen, nach kurzer Pause hinzu: »Celine und ich hatten damals Probleme. Wir konnten kein Kind bekommen, und ... Sie hat mir das Leben nicht leicht gemacht. Anneka hat mich nur angelächelt und mich getröstet. Sie hat mit mir geredet, als würde sie mich wertschätzen.« Er räusperte sich und verlagerte seine Sitzhaltung so, dass er seinen Sohn nicht ansehen musste. »Aber dann haben wir beschlossen, Danny zu adoptieren, und es war, als hätte Celine wieder zu sich selbst gefunden. Sie plante die Einrichtung des Kinderzimmers und kaufte Kleidung für ihn. Es ... es fühlte sich an, als hätte ich die Liebe meines Lebens zurückbekommen. Ich musste die Geschichte mit Anneka beenden und ein anständiger Vater und Ehemann sein.« Er hüstelte verlegen. »Sobald ich das getan hatte, veränderte Anneka sich. Sie wurde wild. Beinahe wahnsinnig, so kam es mir vor. Ich habe mich natürlich ferngehalten. Ich fand Vorwände, das Gestüt nie mehr zu besuchen.«

»Wussten Sie, dass Anneka ein Kind von Ihnen bekommen hatte?«, fragte Juliette.

»Von Antony habe ich erst fünf Jahre später erfahren«, erwiderte er barsch. »Ich habe es vermieden, dorthin zurückzukehren. Ich wollte das Richtige tun. Aber ... nach einem Pferderennen hatte ich eines Tages plötzlich das Gefühl, ich sollte mal nach ihr sehen. Wie sich herausstellte, hatte sie einen Jungen ...«

Nach einem kurzen Moment der Stille sagte Antony wütend: »Und dann hast du mich ihr weggenommen? Ist das die Wahrheit? Du hast mich ihr weggenommen, so wie du ihnen Danny weggenommen hast?«

»Herrgott, Junge«, sagte Michael. »Du warst ausgehungert und noch dazu verletzt. Ich habe dich gerettet, und es wäre durchaus angemessen, dafür ein wenig Dankbarkeit zu zeigen, wenn man bedenkt, was es mich gekostet hat.«

Antony stand hastig auf und ging zur Tür, wo er sich mit dem uniformierten Polizisten konfrontiert sah.

»Lauf nicht weg, als hätte ich dich irgendwie im Stich gelassen«, rief Michael ihm nach. »Ich habe dir mehr gegeben, als es viele andere Männer getan hätten.«

Am ganzen Leib zitternd starrte Antony den Polizisten an.

»Ist okay«, sagte Juliette und machte dem Beamten ein Zeichen. »Er kann fürs Erste gehen.« Der Constable trat zur Seite. »Aber verlassen Sie nicht das Gestüt«, rief sie Antony nach.

Nach seinem Abgang wandte Juliette sich wieder an Michael Murphy, ihre Miene war nicht mehr ganz so hart. »Fällt Ihnen ein Grund ein, warum Danny vielleicht ... wütend auf Anneka Foley gewesen sein könnte?«

»Wieso?«, fragte Michael, und dann schien irgendetwas in ihm zusammenzubrechen. »O mein Gott.« Plötzlich strömten Tränen über seine Wangen. »Ich habe gehört, dass sie gestorben ist. Danny kann nicht ...«

»Wusste er von ihr?«, bohrte Juliette nach.

»Nein ... Ich habe es ihm nie erzählt. Aber es gibt Sachen im Haus, die ... Ich habe einige Briefe aufbewahrt.« Plötzlich war er nicht mehr der wütende Zuchtmeister, der von seinen Söhnen verlangte, dass sie taten, was er sagte. Er wirkte verloren. »Celine hat einen Brief hinterlassen, in dem sie erklärt, sie habe uns alle an diese Frau verloren. An Anneka.«

65.

Eine Stunde später versuchte Jonah, Henning Andersen zu befragen. Man hatte ihn in das Büro des Gestüts gebracht, während die Constables in Dannys Zimmer Indizien gesichert und nach Haarproben gesucht hatten. Sie brauchten einen Beweis, um die Anklage zu untermauern, ohne sich auf die Globalry-Website verlassen zu müssen. Nun konnten sie Dannys DNA testen, ohne sich auf Cassie Logans Match zu beziehen.

Anstatt Jonahs Fragen zu beantworten, beharrte Henning störrisch darauf, dass er keine Ahnung habe, wohin Danny geritten sein könnte, und dass Danny auch unmöglich die beiden Frauen ermordet haben konnte.

»Anfang Oktober war er ziemlich krank«, sagte er irgendwann. »Es ist ausgeschlossen, dass er das erste Opfer getötet hat. Ich weiß noch, wie ich ihm den Artikel gezeigt habe, als er sich erholt hatte. Er war genauso entsetzt wie ich.«

»Das können wir alles überprüfen, sobald wir ihn gefunden haben«, erwiderte Jonah geduldig. »Wenn er, wie Sie sagen, unschuldig ist, hat er durch seine Flucht nichts zu gewinnen.«

»Außer zu vermeiden, dass man ihm ein paar schwere Verbrechen anhängt, die er nicht begangen hat«, entgegnete Henning unfreundlich.

Jonah hatte den Eindruck, als hege der Mann eine geradezu persönliche Antipathie gegen ihn, aber vielleicht war das auch einfach seine Art. Jonah war jedenfalls noch keinen Schritt weitergekommen, als Lightman die Tür öffnete und darum bat, ihn zu sprechen.

»Danny Murphy hat sich gemeldet«, sagte er leise. Sie standen draußen auf dem Hof, bei eisiger Kälte. »Er hat bei der Zentrale angerufen, und die haben ihn zu mir durchgestellt. Ich dachte, ich spreche lieber direkt mit ihm, anstatt zu warten, bis ich Sie gefunden habe.«

Jonah betrachtete seinen Atem, der im Licht des Bewegungsmelders aufstieg wie Rauch, und versuchte, die Information zu verarbeiten.

»Was hatte er zu sagen?«

»Er will sich stellen«, sagte Lightman. »Wir sollen ihn auf dem Parkplatz eines Travelodge-Hotels treffen. Er sagt, er wird sich friedlich ergeben, wenn seine Familie anwesend ist. Er möchte vor seiner Festnahme mit ihnen sprechen. Seine gesamte Familie, sagt er. Michael, Aisling, Jack und sein Bruder.«

Jonah seufzte. »Wenn er sich eine Waffe besorgt hat, besteht die Gefahr, dass er alle umnietet, sobald sie aussteigen.«

»Wir könnten ein Sondereinsatzkommando anfordern«, sagte Lightman. »Und den vier Familienmitgliedern kugelsichere Schutzwesten verpassen.«

Jonah nickte. »Wann soll das Ganze über die Bühne gehen?«

»In einer Stunde«, antwortete Lightman. »Bei dem Travelodge-Hotel in Stoney Cross an der A 31. Mit dem Wagen keine zehn Minuten entfernt, würde ich sagen.«

»Und wie lassen wir ihn wissen, dass wir kommen?«

»Er hat uns eine Telefonnummer genannt«, sagte Lightman. »Offenbar hat er sich irgendwo ein Einweghandy besorgt.«

Jonah überlegte lange und seufzte dann. »In Ordnung. Rufen Sie ihn zurück und sagen Sie ihm, wir werden dort sein, begleitet von einem bewaffneten Sondereinsatzkommando, das nur eingreifen wird, wenn er sich nicht an die Absprache hält.« Er zog sein Handy aus der Tasche. »Ich rufe das Red Desk an und schaue, was die mobilisieren können.«

66.

Es war zehn nach sieben, als Aisling aus dem Streifenwagen stieg. Die klobige Schutzweste machte jede Bewegung peinlich mühsam.

»Sollen die so eng sein?«, hatte sie Jack gefragt, als sie atemlos auf der Rückbank des Wagens Platz genommen hatte.

»Vermutlich haben sie einfach die Größen mitgebracht, die gerade griffbereit waren«, sagte Jack. »Meine schnürt mir definitiv die Wampe ab.«

Sie sah ihn zärtlich an. »Also, ich finde, deine Wampe sieht noch ziemlich toll aus, mit Schutzweste oder ohne.«

Jack hatte ihre Hand ergriffen und sie erst wieder losgelassen, als sie ein paar Minuten später bei dem Travelodge-Hotel ankamen.

Auf dem Parkplatz war es eisig kalt. Der Himmel war sternenklar, und es wehte ein hartnäckiger Nordwind, kein Wetter, um sich im Freien aufzuhalten, was bedauerlich war, weil sie vermutlich eine ganze Weile warten mussten.

Zwei Streifenwagen und zwei Transporter standen dicht beieinander an einem Ende des Parkplatzes, der weitgehend leer war, weil die Polizei zahlreiche Fahrzeuge geräumt hatte. Das Ganze kam Aisling absurd übertrieben vor. Ein so gewaltiger Aufmarsch wegen eines einzigen Mannes; egal wie groß und stark Danny sein mochte, gegen eine Handvoll Polizisten und vier Mitglieder seiner zerrissenen Familie konnte er nichts ausrichten.

Aber er hat zwei Frauen getötet, dachte sie als Nächstes. Vielleicht war die Wut daran schuld.

Die Polizei befürchtete vermutlich, er könne im Besitz einer Schusswaffe sein. Zitternd blickte Aisling sich auf dem leeren

Parkplatz um und ließ den Blick über die leeren Fenster des Travelodge-Hotels und die Bäume dahinter schweifen. Es gab so viele mögliche Verstecke.

Die Polizei hatte ihnen nicht mitgeteilt, warum Danny auf ihrer Anwesenheit bestanden hatte. Nur, dass er mit ihnen reden wolle. Wenn er den Beamten mehr gesagt hatte, hatten sie es für sich behalten.

Ihr fielen hundert Dinge ein, die er ihr vielleicht sagen wollte. Wahrscheinlich hatte er dieselben Fragen, die ihrem Vater zu stellen sie sich ausgemalt hatte, wenn sie ihn je wiedergesehen hätte.

Wie konntest du mich verlassen? Warum hast du mich nicht mehr geliebt? Wo warst du, als ich dich gebraucht habe?

Das alles war so schrecklich traurig, dass sie ein Schluchzen nur mit Mühe unterdrücken konnte. Sie musste ruhig bleiben für ihn. Ihm Trost geben. Oder was immer er von ihr brauchte.

Sie sah, dass der DCI, Juliette und Ben sie ununterbrochen beobachteten. Das Team hatte die Kontrolle über den Einsatz einem anderen Beamten übertragen, der nicht wie ein Polizist, sondern wie ein Soldat aussah. Trotzdem war die Anwesenheit der drei beruhigend. Danny würde nicht von irgendwelchen gesichtslosen Männern in Schwarz festgenommen werden, sondern von den Leuten, die versucht hatten, ihn zu finden. Von dem Team, das ihr in den letzten anderthalb Tagen vertraut geworden war.

Sie und Jack gesellten sich zu Antony und Michael Murphy. Sie bildeten eine sonderbare kleine Gruppe: zwei Väter, eine Mutter und ein Bruder, die bis heute wenig oder gar nichts voneinander gewusst hatten. Trotzdem hatte sie das Gefühl, sie würde die Murphys schon ein Leben lang kennen. Sie lächelte Antony an, doch sein Blick war düster. Trostlos.

»Er ist immer noch Ihr Bruder«, sagte sie leise. »Oder nicht? Was immer er getan hat. Er ist bestimmt froh, dass Sie hier sind.« Endlich gelang ihr ein echtes Lächeln. »Und ich bin auch froh.«

Antony nickte langsam. »Wissen Sie, dass er heute Geburtstag hat?«, fragte er. »Zumindest ist heute der Tag, an dem wir ihn immer gefeiert haben. So sehr, wie Dad überhaupt irgendwas feiert.«

»Es ist das richtige Datum«, sagte Aisling und fügte mit einem Kloß im Hals hinzu: »Toller Geburtstag.«

Antonys Blick glitt an ihr vorbei zu den Bäumen, und sie fuhr herum.

Es war zweifelsohne Danny, der da auf sie zukam. Seine große, bärenartige Gestalt war unverkennbar. Er hatte eine Leuchtweste über sein kariertes Hemd gezogen, sodass man ihn leicht für einen Bauarbeiter oder Angestellten der Autobahnmeisterei halten konnte, was vermutlich der Sinn der Verkleidung war.

Sie spürte, wie alle Polizisten sich auf ihn konzentrierten. Vier von ihnen trugen Waffen. So viele Leute wegen eines einzigen Mannes.

Sie versuchte, sich nicht auszumalen, wie sie das Feuer eröffneten und er auf dem Asphalt des Parkplatzes zusammenbrach.

Ein paar Meter entfernt blieb Danny stehen und hob langsam die Hände.

»Ich bin nicht bewaffnet«, sagte er laut. »Ich möchte nur ein paar Worte zu meiner Familie sagen. Und dann komme ich mit. Freiwillig.«

Als Erstes wandte er sich an Michael Murphy.

»Dad, ich … Es tut mir leid.« Dannys tiefe Stimme war kratzig. »Ich habe dich enttäuscht. Das ist nicht deine Schuld, wirklich nicht.«

»Hör mal, ich …«, sagte Michael gequält. »Es tut mir leid, mein Junge.«

Und obwohl man ihnen dreimal erklärt hatte, dass sie Danny nicht zu nahe kommen sollten, humpelte er auf seinen Sohn zu und umarmte ihn heftig. Eine Geste, die so wenig zu allem passte, was Aisling bisher von dem Mann gesehen hatte, dass ihr Tränen in die Augen schossen.

»Schsch, alles in Ordnung«, sagte Danny. »Du hast Antony, um den du dich kümmern musst. Mach dir meinetwegen keine Sorgen. Kümmere dich einfach um ihn, Dad.«

Er hielt seinen Vater eine Armlänge auf Abstand und blickte ihn eindringlich an. Dann wandte er sich an seinen Bruder und streckte den Arm aus. Antony zögerte nur kurz, bevor er sich in die Umarmung seiner Familie ziehen ließ.

»Nicht, Danny«, sagte er und schluchzte abgerissen. »Das kann nicht sein. Erklär ihnen, dass du es nicht warst. Du kannst dich wehren. Wir engagieren einen Anwalt.«

Aber Danny murmelte nur: »Jetzt wird alles gut. Das verspreche ich dir.«

Nach ein paar Sekunden ließ er sie los. Aisling hatte das Gefühl, dass sie eigentlich gar nicht hier sein sollte. Aber dann wandte Danny sich an Jack und sie.

»Ich wollte euch nur mal … sehen. So richtig.« Er nickte. »Und … ich wollte wohl auch, dass ihr wisst, dass euer Sohn nicht bloß ein Mörder ist. Bevor das Ganze zu einem Fall vor Gericht wird mit Beweisen und … Menschen, die schreckliche Dinge über mich sagen.« Er stieß ein kurzes, eigenartiges Lachen aus. »Ich bin mehr als das. Wirklich.«

»Natürlich bist du das«, sagte Aisling und trat auf ihn zu, zögerte dann aber. Sie konnte ihn nicht umarmen, einen Mann, den sie noch nie getroffen hatte. Doch es könnte auch ihre einzige Chance sein. Vielleicht war das alles, was sie jemals bekommen würde.

Zweimal lebenslänglich, dachte sie. Du könntest tot sein, bevor er rauskommt.

Deshalb machte sie einen Schritt nach vorn und ließ sich von ihm in eine Umarmung ziehen, die wenig später auch Jack umfasste. Eine nach Pferden riechende, schreckliche, wunderbare Umarmung. »Was immer du getan hast, du bist unser Sohn«, sagte Aisling zu ihm. »Wir werden für dich da sein. Immer.«

Jack, der neben ihr stand, fragte: »Bist du dir sicher, Danny? Bist du dir sicher?«

»Ja, ich bin mir sicher.«

Ein paar Sekunden später sah Aisling sich in einen Abend entlassen, der mit einem Mal noch kälter schien als zuvor. Und Danny hob die Hände, um sich verhaften zu lassen.

67.

Trotz seiner Größe und der Grausamkeit seiner Verbrechen wirkte Danny alles andere als bedrohlich, während er darauf wartete, dass Jonah begann. Er saß zurückgelehnt und ein wenig gebeugt auf dem für ihn zu kleinen Stuhl im Vernehmungsraum, und seine Miene drückte nur Erschöpfung aus.

Jonah hatte Hanson mit zu der Vernehmung genommen. Auf ihre mitfühlende Ausstrahlung würde Danny wahrscheinlich am besten reagieren.

»Vielen Dank, dass wir eine Probe Ihrer DNA nehmen durften«, eröffnete er die Vernehmung, nachdem er alle Anwesenden für die Videoaufnahme vorgestellt hatte. »Während wir auf die Ergebnisse warten, möchte ich Sie fragen, was am dritten Oktober und am einunddreißigsten Dezember des vergangenen Jahres geschehen ist.«

»Sie meinen, an den Tagen, als Jacqueline Clarke und Lindsay Kernow gestorben sind?«, fragte Danny und sah ihn mit festem Blick an. »Sie sollten mich auch nach Merivel fragen.«

»Hatten Sie etwas mit ihrem Tod zu tun?«, fragte Jonah.

»Ja«, sagte Danny.

Jonah blickte unwillkürlich zu Hanson. Hatte sie ein so glattes, unaufdringliches Geständnis erwartet?

»Worin bestand Ihre Beteiligung?«

Nach einer kurzen Pause sagte Danny, den Blick immer noch auf den Tisch gerichtet: »Ich habe die Frauen getötet. Und Merivel habe ich auch getötet.«

»Warum haben Sie Jacqueline und Lindsay getötet?«

Danny zögerte und blickte nachdenklich zu ihm auf. »Ich glaube … weil sie mich an meine Mum erinnert haben. Aber sie waren nicht sie. Ich bin bloß … wütend geworden.«

»Warum sind Sie wütend geworden?«, fragte Hanson. »Haben sie Sie schlecht behandelt? Gemeine Dinge zu Ihnen gesagt?«

Nach einer weiteren Pause sagte Danny: »Ja.«

»Oder war es, weil sie Sie zurückgewiesen haben?«, fragte Jonah. Danny seufzte leise. »Ich weiß es nicht. Vielleicht.« Er blickte von ihm zu Hanson. »Ist das wirklich wichtig?«

»Ich glaube, für die Familien der Opfer ist es sehr wichtig«, sagte Jonah.

»Und für die Geschworenen«, fügte Hanson hinzu.

Danny wandte den Blick ab. »Es ging eigentlich nicht um sie. Sie haben nichts Falsches getan. Ich dachte, ich könnte sie lieben, aber wenn es dazu kam, dass … Ich war nicht gut genug für sie, und das hat mich wütend gemacht. Ich war noch nie so wütend.«

»Heißt das, Sie waren unfähig, sexuelle Handlungen zu vollziehen?«

Danny wirkte überrascht, womöglich sogar angewidert. Aber dann sagte er: »Ja, ich schätze schon.«

Jonah lehnte sich nachdenklich zurück. »Können Sie mir erzählen, wie Sie die beiden getroffen haben?«

Wieder zögerte Danny. »In Bars.« Er zuckte die Achseln. »Wenn man lange genug rumhängt, findet man immer eine, die einsam ist.«

Jonah hatte auf eine Spur von Verachtung gewartet, ein Überlegenheitsgefühl oder die Andeutung, dass diese Frauen auf irgendeine Weise erbärmlich waren. Normalerweise versuchten Täter, die es auf Frauen abgesehen hatten, sich über ihre Opfer zu erheben. Sie zeigten eine fundamentale Missachtung für deren Leben. Aber von dieser Verachtung oder Selbstüberhöhung hatte Jonah nichts gespürt. Danny sprach emotionslos und leise.

»In welcher Bar haben Sie Jacqueline Clarke kennengelernt?«, fragte er.

Danny blickte nachdenklich in die Ferne. »Wissen Sie, daran kann ich mich nicht erinnern. Ich war in so vielen Läden auf der Jagd.«

Jonah spürte, wie Hansons Blick zu ihm und zurück zu Danny Murphy schoss.

»Sie erinnern sich nicht, wo Sie eine der Frauen kennengelernt haben, die Sie später getötet haben?«, fragte sie.

Danny zuckte mit den Schultern. Jonah meinte ein Unbehagen zu erkennen. »Leider nicht.«

»Was ist mit Lindsay Kernow?«, fragte er. »Das ist noch nicht so lange her.«

Danny atmete aus. »In irgendeinem Pub in Totton«, sagte er. »Ich hab den Namen vergessen.«

Jonah betrachtete ihn lange. »Und was ist mit Anneka Foley?«, fragte er schließlich.

Nach einem langen Schweigen fragte Danny zurück: »Was soll mit ihr sein?«

»Erzählen Sie mir von ihr.«

Danny seufzte leise. »Da gibt es nichts zu erzählen.«

»Waren Sie auch für ihren Tod verantwortlich?«

Danny blickte Hanson und dann wieder Jonah an. »Nein«, sagte er. »War ich nicht. Nur die beiden anderen. Und Merivel.«

Jonah hatte den Vernehmungsraum zutiefst beunruhigt verlassen. Er hatte gehofft, mit der Festnahme von Danny Murphy würde das Morden endgültig beendet sein. Sie wussten, dass er Aislings Sohn und die einzige Person war, deren DNA dem Blut entsprechen würde, das sie am Tatort gesichert hatten. Er war geflohen und hatte dann gestanden. Alles sollte ganz eindeutig sein.

Aber Jonah hatte schon vor langer Zeit gelernt, dass die Wahrheit alles andere als eindeutig war. Und im Moment war er überzeugt, dass Danny Murphy sie anlog.

»Ich bekomme eine Menge Anrufe von der Presse«, sagte Lightman, als Jonah an seinem Schreibtisch vorbeikam. »Haben wir eine Erklärung abzugeben?«

Jonah seufzte. »Ein Mann Anfang dreißig wurde festgenommen und hilft uns bei unseren Ermittlungen. Die Herausgabe weiterer Informationen würde die Ermittlung gefährden. Das ist für den Moment alles.«

Lightman nickte nur und begann zu tippen. Aber O'Malley drehte sich auf seinem Stuhl um und fragte: »Sie sind also nicht überzeugt, dass er es war?«

»Ich halte die Wahrscheinlichkeit, dass er diese Morde allein begangen hat, für minimal«, antwortete Jonah. »Sein Blut war am Tatort, also muss er zumindest am Tod von Lindsay beteiligt gewesen sein. Aber ich gehe fast sicher davon aus, dass er die Tat zusammen mit jemand anderem begangen hat – jemandem, der diese Frauen in Wahrheit aufgegabelt hat. Vielleicht war Danny nur ein Komplize.«

»Und er wurde manipuliert, seinen Mittäter zu decken?«, fragte Hanson.

»Oder bedroht«, sagte Jonah. »Oder derjenige, der ihn zu diesen Taten getrieben hat, liegt ihm sehr am Herzen.«

»Den Mord an Anneka Foley hat er geleugnet«, sagte Hanson grübelnd. »Es machte den Eindruck, als wüsste er wirklich nichts davon. Könnte das ein Hinweis sein?«

»Der Coroner ist bei der Suche nach Zeugen oder Personen, die in Anneka Foleys Haus waren, nicht sehr weit gekommen«, sagte O'Malley nachdenklich. »Aber Michael Murphy kannte es.«

Jonah sah ihn an und nickte. »Michael hat eine energische Persönlichkeit, und seine angebliche Reue darüber, dass er Danny von den Cooleys angenommen hat, könnte gespielt sein. Wissen wir, was Michael Murphy am dritten Oktober und an Silvester gemacht hat?«

»Noch nicht«, erwiderte O'Malley. »Aber wir können nachfragen.«

»Das Gleiche gilt vermutlich für Antony Murphy«, sagte Hanson. »Anneka Foley war seine Mutter, sie hat ihn misshandelt. Vielleicht hat er sich daran erinnert.«

»Ich weiß, dass er vielleicht keine direkte Verbindung zu Anneka Foley hatte, aber was ist mit dem Pferdepfleger? Dem Skandinavier? Er hat Danny geholfen, das Pferd zu satteln und zu fliehen.«

Jonah erinnerte sich an die vage Bedrohlichkeit, die Henning Andersen in dem Stall ausgestrahlt hatte, den Unwillen, seine Fragen zu beantworten.

»Er hat angegeben, dass er schon ein paar Jahre bei den Murphys ist«, sagte Jonah langsam. »Aber wo ist er aufgewachsen? Wir wissen, dass er in Newbury gelebt hat, bevor seine Eltern zurück nach Dänemark gegangen sind ... Könnte er auf dem Gestüt in West Gradley groß geworden sein, zu der Zeit, als Anneka Foleys Eltern es geführt haben?«

68.

Henning ging leise zu dem beengten kleinen Büro des Gestüts. Er hatte schon befürchtet, seine Chance verpasst zu haben.

Er hatte geduldig gewartet, bis Alison nach Hause gefahren war, doch bereits kurz darauf waren Michael und Antony mit ernsten Gesichtern von dem Treffen beim Travelodge-Hotel zurückgekommen. Henning war davon ausgegangen, dass man sie mit ins Kommissariat nehmen würde, um ihre Aussagen aufzunehmen, aber das war offensichtlich nicht der Fall. Vater und Sohn waren beim Gestüt abgesetzt und die beiden auf dem Hof postierten Constables abgezogen worden.

Weder Vater noch Sohn hatten irgendetwas von Danny erzählt, als sie auf dem Hof an Henning vorbeigegangen waren. Antony hatte nur kurz Hennings Schulter gedrückt und sich dann bei den Fohlen verkrochen, unter dem Vorwand, dort nach dem Rechten zu sehen.

Zu Hennings großer Erleichterung war Michael, der sonst immer so penibel darauf achtete, dass alles abgeschlossen war, diesmal direkt zum Bauernhaus geschlurft und hatte die Küchentür hinter sich zugezogen, ohne sich darum zu kümmern, dass die Tür zum Gestütsbüro schon den ganzen Nachmittag offen stand.

Henning hatte eine Minute gewartet und war dann eilig über den Hof zum Büro gegangen. Der Bewegungsmelder hatte ihn in gleißendes Licht getaucht, aber weder hinter den Vorhängen des Bauernhauses, die er Stunden zuvor zugezogen hatte, noch im Fohlenstall rührte sich etwas.

Er betrat das Büro und schloss die Tür hinter sich. So lange das Licht des Bewegungsmelders brannte, brauchte er keine zusätzliche Beleuchtung. Er hatte fünf Minuten Zeit, bevor es sich wieder abschalten würde, und er wusste ungefähr, wo er suchen musste.

Er nahm den großen aktuellen Wandkalender ab, um durch die Seiten des Vorjahres zu blättern. Michael Murphy ließ den alten Kalender immer bis zum Ende des neuen Jahres hängen, falls er etwas nachsehen musste.

Als Erstes überflog Henning den Dezember des Vorjahres, ein Monat voller Einträge, dann den November und den Oktober, und riss alle drei Seiten behutsam an der Perforation ab.

In diesem Moment ging das Licht draußen aus. Umständlich faltete er die Blätter im Dunkeln auf A4-Format und drückte sie flach.

Er stopfte sie gerade hinten in seinen Hosenbund, als der Bewegungsmelder erneut aufflammte. Draußen stand Antony, hell erleuchtet, den Blick auf das Büro gerichtet. Der ältere der Murphy-Brüder schirmte mit einer Hand die Augen ab und ging auf die Tür zu.

Mit klopfendem Herzen zog Henning seine Fleecejacke über die gefalteten Seiten, hob die beiden Kalender auf und hängte sie wieder an den Haken. Dann ging er zum Schreibtisch.

Als Antony hereinkam, beugte er sich über eine offene Schublade.

»Hey«, sagte Antony gepresst und ein wenig überrascht.

Henning blickte zu ihm auf und wieder in die Schublade. Er bemerkte die Anspannung des älteren Murphy-Bruders und die schwere LED-Lampe in seiner Hand.

»Was geht?«, fragte Antony jetzt übertrieben locker und offensichtlich argwöhnisch.

»Die Tür war nicht abgeschlossen«, antwortete Henning und schob mit einem Nicken die Schublade zu. »Ich hatte plötzlich den schrecklichen Gedanken, dass irgendjemand alles nur inszeniert haben könnte, um uns von hier wegzulocken. Ich musste nachsehen, dass nichts gestohlen wurde oder verbrannt oder ...« Er schüttelte den Kopf. »Ich hab das Gefühl, ich dreh durch.«

Er richtete sich seufzend auf und legte eine Hand an den Kopf. Er wusste, wie er die Rolle des verzweifelten, leicht neurotischen Angestellten spielen musste, der von den Ereignissen und seinen Gefühlen überfordert war.

»Das ... dachte ich auch«, sagte Antony und lachte etwas entspannter. »Ich hab dich hier drinnen gesehen und dachte, du wärst ein Einbrecher.«

»Gut, dass du dich bewaffnet hast«, sagte Henning und wies mit dem Kopf auf die Taschenlampe. »Ich hab es bereut, nichts mitgebracht zu haben, sobald ich das Büro betreten hatte. Ich weiß, es ist paranoid, aber ... trag immer eine Waffe mit dir, ja? Ich möchte nicht, dass einem von uns etwas passiert, bis wir sicher sind, dass nicht ein anderer hinter diesen Morden steckt.«

»Mach ich«, sagte Antony. Er atmete tief ein und hockte sich auf den Schreibtisch. »Ich glaube nicht ... dass er es war. Ich kenne ihn, verdammt noch mal.«

Henning betrachtete Antony eingehend und versuchte, seine Miene zu deuten, was in dem Gegenlicht des Bewegungsmelders schwierig war.

»Weißt du vielleicht etwas, das ihn entlasten könnte?«, fragte er. »Irgendeine konkrete Information, die du der Polizei mitteilen könntest?«

Antony erwiderte seinen Blick und schüttelte den Kopf. »Ich glaube nicht.«

Henning seufzte. »Es ist auch schwer, sich an das vergangene Jahr zu erinnern. Ich weiß kaum noch, was letzte Woche war.«

Er rieb sich wieder den Kopf. Plötzlich ertönte hinter ihnen ein lauter Knall, der beide zusammenzucken ließ. Henning fuhr herum und sah, dass der Kalender von der Wand gefallen war. Offenbar hatte er ihn in der Eile nicht richtig aufgehängt.

»Mein Gott«, sagte er und versuchte zu lachen. »Das hat mich gerade Jahre meines Lebens gekostet.« Er bückte sich mit klopfendem Herzen, hob den Kalender auf und hängte ihn wieder auf, sorgfältiger diesmal. »Ich muss ihn wohl gestreift haben oder so. Seltsam.«

Er wandte sich wieder zu Antony um und ging Richtung Tür. Antony betrachtete nachdenklich die schwere Taschenlampe in seiner Hand. Als Henning um den Schreibtisch herumging, meinte er Angst im Gesicht des älteren Murphy-Bruders zu erkennen.

»Wir sollten etwas trinken gehen«, schlug Henning unvermittelt vor. »Wie schlimm mein Tag auch gewesen ist, deiner war noch viel schlimmer. Ich fahr dich zum Queen's Head, da können wir den Wagen stehen lassen.«

Antony erhob sich langsam. »Das ist ... nett. Aber ich glaube, ich brauche nur noch einen Tee und mein Bett.« Er zögerte. »Aber danke. Du solltest trotzdem fahren. Du hattest seit Weihnachten keinen freien Abend mehr.«

Henning grinste. »Das muss man mir nicht zweimal sagen.«

Er ging auf den Hof und hörte überrascht einen näher kommenden Wagen. Die Einfahrt war offen, doch Henning hatte angenommen, dass Michael die Zufahrt zu der Privatstraße abgesperrt hatte. Aber alle, die einen Schlüssel zu dem Tor besaßen, waren auf dem Gestüt. Das zweite Tor musste also noch offen sein.

Henning blieb stehen. Licht flutete den Hof. Antony trat aus dem Büro und ging an ihm vorbei. Henning schirmte die Augen ab, aber erst als der Wagen gehalten hatte, der Motor abgeschaltet und die Scheinwerfer ausgemacht worden waren, erkannte er, dass es nicht die Polizei, sondern Aisling war, Dannys Mutter, die zurückgekommen war.

»Es tut mir so leid«, rief sie beim Aussteigen. Henning folgte Antony über den Hof und war nahe genug, um zu verstehen, dass sie leiser hinzufügte: »Wahrscheinlich willst du ins Bett. Aber ich ... ich muss wirklich dringend mit dir und deinem Dad über

Danny sprechen. Ich glaube immer noch nicht, dass er es getan hat, und ich weiß, dass du das auch nicht glaubst. Wir müssen herausfinden, warum er behauptet, dass er es war.«

Hennings Blick schoss zu Antony, der einen Moment lang schwieg und dann sagte: »Okay. Komm. Trinken wir einen Tee und reden darüber.« Er blickte sich zu Henning um und sagte grinsend: »Alles gut. Du kannst trotzdem in den Pub fahren.«

»Na ja ...«, stotterte Henning. »Ich ... ich könnte auch hierbleiben. Vielleicht kann ich helfen.«

»Nein, fahr du ruhig.« Antony seufzte leise. »Du arbeitest zu viel.«

Henning zögerte und suchte nach einer Ausrede, sie in die Küche zu begleiten. Aber sie gingen an ihm vorbei, Aisling bei Antony untergehakt, als wollte sie deutlich machen, dass sie zwar nicht blutsverwandt, aber trotzdem eine Familie waren.

Zögernd ging Henning zu seinem Wagen. Was würde geschehen, wenn er wegfuhr? War es sicher, das Gestüt einfach zu verlassen? Hatte Antony durchschaut, was Henning im Büro gesucht hatte? Und die größte Frage von allen: Wie viel hatte Aisling sich zusammengereimt?

Henning stieg in seinen Wagen und saß, die Hand an der Zündung, noch eine ganze Weile unschlüssig da. Aber dann begriff er, dass Antony und Aisling darauf warteten, dass er fuhr. Außerdem musste er die gefalteten Kalenderblätter von hier wegbringen.

Also drehte er den Schlüssel im Zündschloss und holperte langsam über die private Zufahrt davon.

69.

Aisling kam sich mit einem Mal dumm und taktlos vor. Ihr war Michael Murphys Schmerz erst richtig bewusst geworden, als der Mann mit vor Trauer verhärmtem Gesicht an die Tür des Bauernhauses getreten war.

Michael hatte Danny großgezogen, als Antonys Bruder. Sie waren neunundzwanzig Jahre seine reale leibhaftige Familie gewesen. Seine Verhaftung traf sie viel härter, als sie Aisling je treffen könnte, trotz der Blutsbande. Trotz ihres Gefühls von verlorener Zeit.

Sie erlebten genau den Albtraum, den sie sich für Ethan und Finn ausgemalt hatte. Sie hatte kein Recht, sie jetzt zu stören, selbst wenn sie ihnen irgendwie helfen wollte.

Sie war sich ehrlich gesagt nicht einmal sicher, wie sie hier gelandet war. Sie hatte Jack beim Premier Inn in Southampton abgesetzt, wo er seinen Koffer abholen wollte, bevor er nach London zurückfuhr. Der Abschied war eigenartig schmerzhaft gewesen. Getröstet hatte sie nur sein Versprechen, dass er zurückkommen würde, sobald er sich frische Klamotten angezogen und ein paar unvermeidliche Dinge bei der Arbeit geregelt hatte.

»Ich denke, wir haben noch viel zu bereden«, hatte er gesagt, »und noch viele Jahre aufzuholen. Und wir beide sind … wir müssen für ihn da sein.«

Sie hatte nur nicken und ihn auf die Wange küssen können.

Nachdem sie ihm zum Abschied zugewinkt hatte, hatte sie eigentlich vorgehabt, nach Hause zu fahren. Sie hatte ihre Söhne schon zu lange allein gelassen, vor allem nach dieser Serie von schrecklichen Enthüllungen. Sie brauchten einen gemeinsamen

Abend auf dem Sofa, mit einer Pizza von Milo's, garniert mit seltsamem Belag, und einem guten Film.

Aber als sie Finn über das Bluetooth-System ihres Wagens angerufen hatte, hatte sie ihm stattdessen erklärt, sie müsse noch einmal zum Murphy-Gestüt fahren.

»Ich hab noch ein paar Fragen, was euren Bruder angeht«, sagte sie. »Warum bestellt ihr nicht schon mal eine Pizza für in etwa einer Stunde? Ich bin dann rechtzeitig zum Essen zu Hause.«

»Zwei Abende hintereinander Pizza«, hörte sie Ethan im Hintergrund sagen. »Der Hauptgewinn, Mann.«

Aber Finn, scharfsinnig wie immer, fragte: »Du glaubst nicht, dass er es war?«

»Ich … ich weiß nicht.« Aisling seufzte. »Ich dachte schon, aber die Art, wie er sich ergeben hat, war irgendwie merkwürdig. Ich … ich möchte bloß wissen, was seine Familie davon hält.«

»Okay, aber bleib nicht zu lange«, hatte Finn gesagt, als wäre er der leidgeprüfte Erwachsene. »Was willst du auf die Pizza?«

»Schinken, Pilze, Erdbeeren und siebenmal extra Käse«, sagte sie. »Heute war so ein Tag.«

»Wow. Okay.« Die Tastaturgeräusche im Hintergrund ließen darauf schließen, dass Ethan bereits begonnen hatte, die Bestellung aufzugeben. »Kann sein, dass wir Milo gleich in den Wahnsinn treiben.«

Nachdem das erledigt war, war sie direkt zum Gestüt der Murphys gefahren, den Kopf voller Fragen. Was hatte Danny in den vergangenen Wochen getan? Und gab es in seinem Leben jemanden, der ihn bedrohte? Oder die Menschen, die er liebte?

Aber als sie jetzt in der großen Küche des Bauernhauses saß, erschienen ihr die meisten dieser Fragen lächerlich. Antony war mit der Zubereitung des Tees beschäftigt, Michael saß zusammengesunken auf seinem Stuhl. Sie kam sich vor wie ein Eindringling, eine Ruhestörerin.

Sie setzte sich auf den Stuhl neben dem Platz, auf dem sie am

Nachmittag gesessen hatte. Das Foto von Danny nach seiner Knochenmarkspende, die Antony das Leben gerettet hatte, lag noch auf dem Tisch. Bei dem Anblick fühlte sie sich noch elender.

Du solltest nicht hier sein, dachte sie.

Aber während sie noch überlegte, wie sie sich höflich wieder verabschieden konnte, sagte Michael: »Ich will, dass Sie recht haben. Ich will, dass er es nicht getan hat. Aber was er gesagt hat ...« Er seufzte tief. »Selbst wenn er es getan hat, liebe ich ihn immer noch ...« Plötzlich schluchzte er laut los. » Sosehr ich Sie auch um Verzeihung bitte für das, was ich Ihnen angetan habe, er ist für mich immer noch mein Sohn.«

»Warum?« Antony hatte beim Teekochen innegehalten und sich zu seinem Vater umgedreht. Mit derselben bebenden Wut, die Aisling an ihm beobachtet hatte, bevor er am Nachmittag rausgestürmt war. »Warum liebst du ihn immer noch mehr als mich, obwohl er nicht dein Sohn ist?«

Michael machte zweimal den Mund auf und wieder zu und sagte dann: »Es geht nicht darum, dass ich ihn mehr liebe ... ich ... Du bist auch nicht mein Sohn, Antony. Du bist nicht mein Kind. Und das zu erfahren, war ... Ich glaube, es war beinahe genauso schlimm wie der Verlust von Celine.«

Antony starrte ihn schockiert an. »Was soll das heißen?« Er drückte den Rücken durch. »Natürlich bin ich dein Sohn! Ich bin dein schrecklicher Fehltritt. Ich bin aufgewachsen mit dem Gefühl, dass du dich für mich schämst, weil du mich in Sünde gezeugt hast. Erzähl mir jetzt verdammt noch mal nicht, dass ich nicht dein Sohn bin!«

Aisling wurde kalt. Eiskalt. Sie wollte, dass Michael Murphy Antony tröstete, ihm erklärte, dass er ihn liebte. Aber Michael schüttelte immer noch den Kopf.

»Ich dachte, du wärst mein Sohn. Bis du krank geworden bist und man getestet hat, wer als möglicher Spender für dich infrage käme.« Michaels Gesicht war rot angelaufen. Er wirkte so wütend, als wäre all das erst gestern geschehen. Es war wie bei ihr und dem Verlust ihres Vaters, dachte Aisling. Die Emotion war noch frisch, weil er sich nie erlaubt hatte, darüber zu sprechen. »Man hat mir erklärt, dass ich als Spender nicht infrage komme, obwohl ich dein Vater bin. Damals habe ich mir nicht viel dabei gedacht, als der Test kein Match ergab. Danny konnte für dich spenden, das war schieres Glück, deshalb war alles in Ordnung. Du würdest durchkommen. Aber dann regte sich dieser kleine ... leise Zweifel in meinem Hinterkopf. Schon als ich dich damals abgeholt habe, dachte ich, dass du klein warst für dein Alter. Weil ich ja wusste, wann du empfangen worden sein musstest.«

Aisling machte Anstalten aufzustehen. »Entschuldigt bitte«, sagte sie. »Ich sollte euch beide in Ruhe reden lassen.«

»Nein«, sagte Antony flehend. »Bitte bleib. Du warst heute ... freundlicher zu mir als dieser ... dieser *alte Mann* in Jahren ... Ich weiß nicht, ob ich mir allein noch mehr von diesem Mist anhören kann.«

Aisling sah seinen Schmerz und verspürte ein Mitgefühl, als würde sie ihn schon seit Jahren kennen. Vielleicht ebenso sehr, als wäre dieser missachtete, unglückliche junge Mann wirklich ihr eigener Sohn.

»Natürlich bleibe ich, wenn du möchtest«, sagte sie sanft.

»Erzähl es mir«, wandte Antony sich mit Härte in der Stimme wieder an Michael.

»Schrei mich nicht an«, fauchte Michael. »Ich schulde dir gar nichts. Ich erzähle es dir, weil ich es erzählen *will*.« Er starrte den jungen Mann an, der nicht sein Sohn war, und Aisling erkannte, wie gestört ihre Beziehung war.

Als Antony den Blick abwandte, nickte Michael selbstgerecht und fuhr fort: »Als damals alle möglichen Tests und Untersuchungen bei dir gemacht wurden, habe ich bei dir eine Speichelprobe genommen. Ich habe dir nicht erzählt, wofür das nötig war. Ich war mir fast sicher, sie würde beweisen, dass ich mich lächerlich benahm, und dem Ganzen ein Ende setzen. Ich habe meine und deine Probe zu einem Unternehmen geschickt, das Vaterschaftstests durchführt, und … und das Ergebnis war eindeutig. Du bist nicht mein Sohn.«

Antony schwieg eine Weile. »Und wessen Sohn bin ich dann?«

»Ich habe keine Ahnung«, erwiderte Michael hart. »Wie auch?«

Antony wandte sich ab. Einen Moment lang verharrte er reglos, dann fuhr er fort, Tee zu kochen. Nur noch das Klappern der Becher war zu hören. Aisling wusste nicht, wie sie die beiden trösten sollte: den alten Mann, der trotz seiner harten Fassade von Schuldgefühlen geplagt war, und den jungen Mann, der gerade durch einen vor Jahren gemachten DNA-Test sein letztes Familienmitglied verloren hatte.

»Du hättest es mir erzählen sollen«, sagte Antony nach einer Weile leise, die Stimme zittrig. »Ich hätte meine Zeit nicht damit verschwenden müssen, etwas darauf zu geben, was du denkst.«

»Ich habe dich wie mein eigen Fleisch und Blut großgezogen«, sagte Michael mit erneut aufflackernder Wut. »Ich habe mehr getan, als sonst irgendjemand getan hätte.«

»Du hast mich wie ein Nichts behandelt«, erwiderte Antony und schob lautstark die Besteckschublade zu. »Du hast mir das Gefühl gegeben, wertlos zu sein, die größte Enttäuschung, die man als Sohn nur haben kann.«

Er nahm zwei Teebecher mit zum Tisch und knallte den größeren, ein mit kleinen Traktoren verziertes Ungetüm, vor seinem Vater auf den Tisch, ohne ihn anzusehen. Aislings Becher stellte er behutsam vor ihr ab.

»Was soll ich denn sagen?«, fragte Michael höhnisch. »Dass es mir leidtut?«

»Tut es dir denn leid?«, fragte Antony und blieb stehen. »Dass du mich zu dem jämmerlichen Versager gemacht hast, für den du mich gehalten hast?«

Aisling stand auf, ging um den Tisch zu Antony und umarmte

ihn. Diesen großen blonden Jungen, der so sehr aussah wie ihr Vater auf alten Fotos, obwohl kein Blut von ihr in seinen Adern floss.

»Alles wird gut«, sagte sie. »Alles wird gut, das verspreche ich dir.«

Sie spürte, wie Antony zitterte, bevor er an ihrer Schulter zu schluchzen begann.

70.

Das Team hatte angefangen, über mögliche Komplizen nachzudenken, während der DCI sich darauf vorbereitete, Danny Murphy erneut zu vernehmen. Der Chief hatte deutlich gemacht, dass
er mehr Informationen haben wollte, bevor er den Vernehmungsraum wieder betrat. Etwas, womit er Danny konfrontieren konnte.
Hanson konzentrierte sich darauf zu überprüfen, wer Gelegenheit gehabt hatte, die drei Morde und die Tötung der Zuchtstute
zu begehen. Offenbar lebte Danny zurückgezogen und verließ nur
selten das Gestüt. Er hatte keine engen Freunde, unter deren Bann
er stehen könnte. Hanson erstellte eine Tabelle, in der sie verzeich-
nete, was ihnen über Aktivitäten der Familie Murphy bekannt war,
und markierte die Lücken, von denen es erschreckend viele gab.

Sie wussten, was Antony Murphy am Silvesterabend gemacht
hatte, zumindest laut seinen eigenen Angaben. Hanson notierte
die Details, die er in seiner Vernehmung geschildert hatte. Dabei
stutzte sie wieder bei der Aussage, dass Antony Matthew Downing
gesehen hatte.

Gab es auf den Videos, die Matthew ein paar hundert Meter
vom Tatort gedreht hatte, wirklich keinen Hinweis?

Sie kramte ihren Kopfhörer hervor, stöpselte ihn ein und startete das erste Video noch einmal.

Sobald er in seinem Büro war, rief Jonah den DCS an. Wilkinson
bekam sicher schon Druck vom Chief Constable und seinen Stell-
vertretern, einen Bericht über die Ermittlungsfortschritte zu präsentieren. Jonah war zum mindestens hundertsten Mal in seiner

Laufbahn dankbar, dass der DCS so klug und unvoreingenommen war. Wilkinson hörte sich Jonahs Bedenken an und stimmte ihm zu, dass Vorsicht geboten war.

»Wenn Sie eine Verlängerung der Ingewahrsamnahme beantragen müssen, ist die auf jeden Fall hinreichend begründet«, sagte er nachdenklich. »Ich glaube, es ist richtig, umsichtig vorzugehen. Ich würde mir das Leben des Verdächtigen genauer ansehen wollen.«

»Danke, Sir.«

Das Telefonat hatte nicht einmal zehn Minuten gedauert, sodass Jonah danach noch Zeit hatte, die nächste Vernehmung von Danny Murphy zu planen.

Er wusste nicht, wie er sie angehen sollte. Bei lügenden Verdächtigen lief es oft darauf hinaus, sie durch gutes Zureden gesprächig zu machen oder ihnen gnadenlos die Widersprüche ihrer Aussage vorzuhalten.

Doch bei Danny Murphy würde der gnadenlose Ansatz nicht funktionieren, davon war er überzeugt. Danny wirkte wie ein Mann, der sich selbst aufgegeben hatte. Unter Druck würde er sich wahrscheinlich nur noch weiter hinter seinem Geständnis verschanzen und wohl kaum mit dem Finger auf seinen Komplizen weisen.

Im Grunde hatte er zwei Möglichkeiten, dachte Jonah. Er konnte an Dannys Schuldgefühl wegen der bereits verlorenen Leben appellieren, was jedoch voraussetzte, dass Danny auch Reue empfand. Und das war schwer einzuschätzen.

Oder er führte ihm vor Augen, was er opferte und wen er damit verletzte. Aber auch das war schwierig. Wenn sein Vater, sein Bruder oder Henning, der Pferdepfleger, die treibende Kraft hinter allem war, käme ein Eingeständnis der Wahrheit für Danny einem Verrat gleich, und er würde weiter schweigen.

Jonah brauchte etwas Konkretes, einen klaren Hinweis darauf, wen Danny schützte. Sein Team musste liefern, und zwar schnell.

Mitten in diese Gedanken klingelte das Telefon auf seinem Schreibtisch, und er nahm entnervt ab. Vermutlich war es jemand aus der Polizeiführung oder eine Presseanfrage, die irgendwie bis zu ihm durchgerutscht war.

»Jonah Sheens«, sagte er ungeduldig.

»Ich habe einen Henning Andersen in der Leitung, der sagt, er müsse Sie dringend sprechen«, sagte ein Kollege aus der Telefonzentrale. »Er ist sich sicher, dass Sie seinen Anruf entgegennehmen wollen. Soll ich Sie verbinden?«

»Ja«, sagte Jonah, dessen Ungeduld augenblicklich verflogen war. »Stellen Sie ihn durch. Danke.«

Hanson hatte sich die fünf Videos fast vollständig noch einmal angesehen und war frustriert. Die Nahaufnahmen und der hell erleuchtete Vordergrund machten alles dahinter praktisch unsichtbar. Jedenfalls hatte sie keine Spur einer anderen Person auf den Aufnahmen entdeckt.

Das fünfte Video, in dem das Entzünden des Scheiterhaufens festgehalten worden war, war am vielversprechendsten. Aber aus der Entfernung und bei dem starken Kontrast war sie skeptisch, dass man in dem dunklen Hintergrund selbst bei extremer Vergrößerung etwas von ihrem Mörder erkennen würde.

Sie erschauderte, als sie das Feuer in der Ferne auflodern sah, hörte das Knattern des Hubschraubers und Matthew, der die Aufnahme wütend abbrach.

Das Bild wackelte, das Video endete, aber Hanson starrte weiter auf den Bildschirm.

Wenn man einen Scheiterhaufen anzündete, um eine ermordete Frau zu verbrennen, und plötzlich tauchte ein Helikopter auf, dachte sie, was würde man tun?

Und die Antwort war offensichtlich: Man würde das Feuer löschen und abhauen.

»Sie müssen zu dem Gestüt kommen«, sagte Henning. Seine Angst war selbst am Telefon zu spüren. »Ich bin weggefahren, um Ihnen Beweise zu bringen, die Danny entlasten, aber eben ist Aisling angekommen, und ich glaube, sie ist in Gefahr.«

»Warum glauben Sie, dass sie in Gefahr ist?«, fragte Jonah, der bereits aufgestanden war.

»Sie erzählt Antony und seinem Vater, dass sie nicht glaubt, dass Danny es war. Sie bittet sie um Hilfe dabei herauszufinden, wer der wahre Mörder ist«, sagte er. »Und ich glaube, wenn sie das herausfindet, könnte sie am Ende auch tot sein.«

71.

Irgendwann hatte Antony aufgehört, hilflos zu schluchzen, und erklärt, er brauche frische Luft. Er war auf den Hof gegangen und hatte Aisling in einem unbehaglichen Schweigen mit Michael Murphy zurückgelassen.

Der Gestütsbesitzer konzentrierte sich darauf, geräuschvoll seinen Tee zu schlürfen. Aisling wiederum starrte ihren Becher bloß an und dachte darüber nach, wie die Unfähigkeit ihres Adoptivvaters, sie zu lieben, beide Brüder geprägt hatte.

Bestimmt hatte Danny sich nach Menschen in seinem Leben gesehnt, die für ihn so etwas wie Eltern waren. Die vielleicht den Platz der Frau einnehmen konnten, die er für seine Mutter gehalten hatte, und den des lieblosen Mannes, von dem er geglaubt hatte, es wäre sein Vater. Mit Lob und Ermutigung wäre Danny leicht manipulierbar gewesen.

Sie blickte zu Michael hoch und geriet ins Grübeln. War nicht Michael Murphy der Mann, dessen Anerkennung Danny am meisten wollte? Hätte Danny nicht bedenkenlos jedem seiner Befehle gehorcht?

Sie malte sich aus, wie der alte Mann es hätte anstellen müssen. Gelegentlich ein Lob, dann wieder Geringschätzung, wenn Danny den Anweisungen nicht folgte. Und plötzlich kam sie sich nicht mehr vor wie ein Eindringling. Vielmehr hatte sie das Gefühl, in Gefahr zu sein. Wenn Michael Murphy diese Art von Macht über Danny hatte, wie viel größer war sein Einfluss dann auf den labilen Antony? Einen Mann, von dem sie wusste, wie viel ihm die Meinung seines Adoptivvaters bedeutete.

Die Härchen an ihren Unterarmen sträubten sich. Sie musste hier weg. Und für den Fall, dass die beiden versuchten, sie daran zu hindern, musste sie dafür sorgen, dass die Polizei wusste, wo sie war.

Sie steckte die Hand in die Tasche ihrer Jeans, als wollte sie sich kratzen, und tastete nach ihrem Handy. Doch sie hatte ihr Telefon auf den Beifahrersitz ihres Wagens geworfen, wie ihr wieder einfiel.

»Es ist schon nach halb zehn«, sagte Michael plötzlich. »Ich muss bald ins Bett.«

»Ich auch«, erwiderte Aisling erleichtert. Sie stand auf und streckte sich. »Nochmals Entschuldigung, dass ich so spät noch vorbeigekommen bin. Bitte richten Sie das auch Antony aus.«

Aber kaum hatte sie das gesagt, wurde die Tür zum Hof geöffnet. Antony trat in die Küche und blieb niedergeschlagen und enttäuscht auf der Schwelle stehen. »Du willst doch nicht schon gehen, oder?«

»Ich sollte wirklich los«, sagte Aisling. »Ich bin ziemlich müde.«

»Du kannst hierbleiben«, sagte Antony mit flehendem Blick, wie ein Kind. »Dannys Zimmer ist frei«, bot er an.

»Das geht nicht.«

»Du hast deinen Tee gar nicht getrunken.«

»Tut mir leid. Ich hab ihn kalt werden lassen.«

»Warte.« Antony nahm ihren Becher vom Tisch, stellte ihn eilig in die Mikrowelle, schaltete sie ein, drehte sich wieder zu Aisling um und wusste dann offenbar nicht, was er sagen sollte.

Aisling nahm langsam wieder Platz. Sie musste möglichst unbedrohlich wirken. Doch sie brachte keinen Satz heraus, nur das Summen der Mikrowelle war zu hören.

Das Schweigen wurde schließlich von Michael gebrochen, der leise und ein wenig undeutlich sagte: »Ich hatte Angst … dass du vielleicht gehen würdest.« Er blickte zu seinem Sohn. »Und … wenn du nicht mein Sohn wärst, hättest du das ja machen können, oder? Vielleicht war es das. Vielleicht konnte ich es dir deswegen nicht erzählen.«

Sie erkannte die Wirkung der Worte auf Antony. Er erstarrte und reagierte auch nicht, als die Mikrowelle piepte.

Aisling wandte sich ab und blickte unwillkürlich auf das Foto auf dem Tisch. Das Bild des erschöpften Danny, der offensichtlich noch unter den Schmerzen einer schweren Operation litt, der er sich unterzogen hatte, um das Leben seines vermeintlichen Bruders zu retten.

Sie dachte zurück an den gestrigen Abend, als sie mit Finn und Ethan auf dem Kommissariat gewesen war. Der DCI hatte sie gefragt, ob ihre Söhne jemals Knochenmark gespendet hatten.

Ich frage das nur, um die Möglichkeit auszuschließen, dass ihre DNA irrtümlich im Blut einer anderen Person auftaucht ...

Sie spürte, wie sich eine Kälte in ihrer Brust ausbreitete. Eine reale, eisige Kälte, die sie beinahe lähmte.

»Es ... es tut mir leid. Ich glaube, ich muss jetzt ins Bett«, sagte Michael Murphy. Als Aisling zu ihm aufblickte, saß er mit schweren Lidern zusammengesunken in seinem Stuhl. »Das ist alles zu ... Ich bin völlig fertig.«

»Ich helfe dir«, sagte Antony und trat an den Tisch. Er hatte Aislings Becher mit Tee in der Hand, aufgewärmt und trinkfertig. »Ich bring ihn ins Bett«, sagte er lächelnd. »Trink du deinen Tee.«

Aisling bemühte sich, sein Lächeln zu erwidern. Ihres fühlte sich brüchig an. Falsch. Aber er wirkte zufrieden, als sie den Becher zum Mund führte und so tat, als würde sie einen Schluck trinken.

Ketamin, dachte sie. Lindsay Kernow wurde mit Ketamin betäubt.

Sie gab vor weiterzutrinken, während Antony sich einen Arm von Michael Murphy um die Schulter legte und ihn auf dem Weg zur Treppe stützte. Es dauerte eine gefühlte Ewigkeit, bis die beiden den oberen Absatz erreicht hatten und langsam den Flur hinunterschlurften.

Aisling verlor keine Zeit. Sie stellte den Becher ab, stand auf und schlich zur Haustür, die sich beinahe geräuschlos öffnen ließ. Die Nachtluft war kalt und stank nach Benzin. Hatte es vorher auch schon danach gerochen?

Sie rannte jetzt beinahe. Ihre Schlüssel mussten noch im Wagen liegen, dachte sie. Sie brauchte bloß einzusteigen, den Motor zu starten und loszufahren.

Sie packte den Griff der Fahrertür und zog daran. Aber die Tür ging nicht auf. Sie war sich sicher, dass sie den Wagen nicht abgeschlossen hatte, aber jetzt war er fest verriegelt.

Panisch schob sie die Hand in ihre Jeanstaschen. Was hatte sie getan? Hatte sie den Schlüssel auf den Küchentisch gelegt? War sie wirklich so dumm gewesen?

Dann fiel ihr ein, dass Antony zwischendurch nach draußen gegangen war, um frische Luft zu schnappen. Er war ein paar Minuten weg gewesen und hatte bei seiner Rückkehr viel gefasster gewirkt.

In dem Moment wurde ihr klar, dass sie in ernsten Schwierigkeiten steckte.

72.

Jonah und sein Team waren mit heulenden Sirenen und Blaulicht unterwegs. Diesmal gab es keine Heimlichtuerei. Antony Murphy sollte wissen, dass sie kamen.

Henning hatte Jonah gerade erklärt, dass Antony an den Abenden der Morde nicht auf dem Gestüt gewesen war, als Hanson in sein Büro platzte.

»Sir«, sagte sie, bevor sie bemerkte, dass er telefonierte. »Entschuldigung.«

»Nein, alles okay«, erwiderte Jonah. »Mr Andersen, darf ich Ihnen eine andere Nummer geben, unter der Sie mich anrufen können? Wir machen uns jetzt auf den Weg.«

Er ratterte seine Handynummer herunter, legte auf und griff seinen Wagenschlüssel.

»Wir fahren zum Murphy-Gestüt«, sagte er.

»Gut«, erwiderte sie. »Denn ich glaube nicht, dass Danny Murphy irgendwas mit alldem zu tun hat. Das Blut, das wir gefunden haben, stammt von Antony. Danny hat ihm 1999 Knochenmark gespendet. Dannys gesundes Knochenmark hat die Blutbildung übernommen, was bedeutet, dass Antonys Blut jetzt Dannys DNA hat. Aber wie bei den meisten Empfängern von Knochenmarkspenden sind die bei seiner Speichelprobe gesicherten Körperzellen unverändert. Ich glaube, das Blut am Tatort stammte von Antony, nicht von Danny.«

»Mist«, sagte Jonah, als sie das Kommissariat verließen. »Warum sind wir nicht früher über die Spende gestolpert?«

»Sie taucht in unseren Unterlagen nicht auf«, sagte Hanson.

»Ich habe nach Zeitungsartikeln über Knochenmarkspenden mit ihren Namen gesucht. Außerdem«, fügte sie hinzu, »glaube ich, dass Antony das Feuer in Lyndhurst Heath gelöscht hat, weil ein Rettungshubschrauber über die Heide geflogen ist. Er ist in Panik geraten, weil er dachte, es wäre die Polizei. Er hat die Flammen schnell wieder erstickt, ohne zu merken, dass er geblutet und seine DNA am Tatort hinterlassen hat.«

»Und dann hatte er das Riesenschwein, dass sein Blut scheinbar Dannys war«, sagte Jonah und blieb neben Lightman und O'Malley stehen.

»Kann man wohl sagen«, stimmte Hanson ihm nachdrücklich zu.

Die beiden Sergeants seines Teams blickten erwartungsvoll zu ihm auf und griffen bereits nach ihren Wagenschlüsseln. Hanson hatte ihnen ihre Erkenntnisse offensichtlich schon mitgeteilt.

»Wir fahren zu dem Gestüt«, erklärte er. »Hoffentlich kommen wir an, bevor Antony beschließt, Aisling Cooley etwas anzutun. Ich möchte, dass einer von Ihnen anruft und ankündigt, dass wir auf dem Weg sind, um mit Aisling zu sprechen, weil wir wissen, dass sie dort ist. Sorgen Sie dafür, dass er den Eindruck bekommt, unser Interesse gilt ihr. Ich möchte nicht, dass er denkt, seine Lage sei aussichtslos.«

»Bin schon dabei«, sagte O'Malley und zog sein Handy aus der Tasche.

Zehn Minuten später waren sie etwa auf halber Strecke nach Lyndhurst. Außerdem hatten sie einen Streifenwagen in der Nähe alarmiert, der vielleicht ein paar Minuten vor ihnen auf dem Gestüt eintreffen würde.

Aber niemand hatte die Anrufe auf dem Festnetztelefon der Murphys und auf Antonys Handy angenommen, und Jonah machte sich immer größere Sorgen.

Aisling war in doppelter Hinsicht gefährdet, dachte er. Sie teilte viele Eigenschaften mit Antonys Opfern. Wahrscheinlich waren sie für ihn zunächst Mutterfiguren gewesen, bevor sie ihn irgendwie enttäuscht oder seine Rachegelüste geweckt hatten. Noch schlimmer war, dass Aisling Dannys leibliche Mutter war. Jonah konnte sich gut vorstellen, wie sehr Antony es seinem Bruder neidete, dass der eine Mutter hatte, die Liebe und Verständnis für ihn empfand.

Er hat seine eigene Mutter getötet, weil sie ihn zurückgewiesen hat, dachte Jonah, als ihm einfiel, wie Anneka Foley gestorben war. Wie leicht könnte er da die Mutter eines anderen töten?

Ein paar Minuten später rief Henning zurück. Er war nur ein paar Meilen von dem Gestüt entfernt und bereit umzukehren.

»Ich kann Sie nicht auffordern, sich in Gefahr zu begeben«, erklärte Jonah entschieden.

»Immer noch besser, als zuzulassen, dass er ihr etwas antut«, widersprach Henning.

»Wir sind in ein paar Minuten da«, beharrte Jonah. »Rufen Sie ihn an und sagen Sie ihm, dass wir kommen, aber nähern Sie sich ihm bitte nicht. Wir wissen nicht, ob er bewaffnet ist, und nach allem, was Sie berichtet haben, glaube ich, dass er Sie für eine Bedrohung hält.«

Nach kurzem Zögern stimmte Henning zu. Jonah wusste nicht genau, was er mehr fürchtete: dass der Pferdepfleger trotzdem auf eigene Faust losstürmen oder dass er Jonahs Anweisung befolgen und Aisling sich selbst überlassen könnte.

73.

Aisling stand immer noch wie erstarrt neben ihrem Wagen, als die Tür des Bauernhauses aufging.

»Alles in Ordnung?«

Antonys Stimme klang plötzlich höflich besorgt. Nichts deutete darauf hin, dass der Mann etwas Böses getan hatte. Oder es ihr wünschte.

»Ja«, sagte sie nach kurzem Zögern. »Also … ich hab mein Handy im Wagen liegen lassen, und ich muss den Jungs eine Nachricht schicken, sonst machen sie sich Sorgen. Ich habe gesagt, ich wollte nur kurz mit euch reden. Aber jetzt kann ich meinen Autoschlüssel nicht finden.«

»Wahrscheinlich liegt er irgendwo drinnen«, sagte Antony. »Komm, wir suchen ihn.«

»Danke«, erwiderte sie so leichthin wie möglich. »Ich hoffe wirklich, dass sie sich keine Sorgen machen. Ich hab gesagt, ich bleibe nicht lange.«

Antony lachte. »Das sind Teenager, oder? Die machen sich nur Sorgen, wenn sie nichts zu essen kriegen.«

Aisling bemühte sich, ebenfalls zu lachen, und folgte ihm langsam zum Haus. Der Benzingestank wurde stärker, und sie musste plötzlich an all die Brände denken.

Ihr Blick fiel auf eine große Metalltonne neben der Tür, und ihre Knie wurden weich.

Sie hörte ein Telefon klingeln. Nicht ihr Handy, sondern ein altmodisches Festnetztelefon. »Ist das dein Telefon?«, fragte sie in der Hoffnung, ihn lange genug abzulenken, um zu fliehen. Auf dem

Gestüt gab es bestimmt Orte, wo sie sich verstecken konnte, wenn er ihr bloß kurz den Rücken zuwandte.

»Wahrscheinlich nur jemand, der was verkaufen will«, sagte Antony und lächelte sie über die Schulter an. Seine aalglatte Antwort ließ sie schaudern, doch als er sich ganz zu ihr umwandte, erkannte sie hinter seinem Lächeln eine Traurigkeit. Er wirkte verängstigt. Überhaupt nicht wie ein Psychopath.

In dem Licht, das von oben auf sein Gesicht fiel und die untere Hälfte im Schatten ließ, konnte man meinen, er trüge einen Vollbart, und auf einmal sah er ihrem Vater so frappierend ähnlich, dass sie alles andere vergaß. Für einen Moment sogar ihre Angst.

»Antony«, sagte sie. »Mein Dad ... Er hatte eine Affäre mit deiner Mutter. Mit Anneka. Direkt nachdem Michael, dein Dad, die Beziehung mit ihr beendet hatte.«

Antony blieb stehen und drehte sich verwirrt zu ihr um. »Was? Dein Dad?«

Sie nickte und legte eine Hand auf seinen Arm. Ihre Finger zitterten.

»Michael hat meinen Dad gebeten, ein Auge auf Anneka zu haben. Und Daddy hat sich in sie verliebt. Das war einer der Gründe, warum er uns verlassen hat. Er hat das Doppelleben, das er am Ende geführt hat, nicht mehr ausgehalten.« Sie blickte zu ihm auf, um die Bedeutung ihrer Worte zu vermitteln. »Er hat sie seit 1985 getroffen und uns zwei Jahre später verlassen, als er es nicht mehr ertragen konnte. In welchem Jahr bist du geboren?«

»Ich ... fünfundachtzig«, sagte er langsam. »Im Dezember 1985. Aber in Wahrheit ... Dad hat mal zu Mum gesagt, dass er sich geirrt habe und ich ein paar Monate jünger sei. Er hat gesagt, eigentlich wäre ich jünger als Danny, aber das ließe sich jetzt nicht mehr ändern. Ich habe nicht wirklich verstanden, warum.«

Natürlich hat er das gesagt. Es war das Einzige, was er bereit war zuzugeben, als er begriffen hatte, dass du nicht sein Sohn warst. Du warst zu jung. Er konnte dir nicht erzählen, dass er getäuscht

worden war und das Kind eines anderen Mannes großgezogen hatte,
aber er konnte dir sagen, dass man ihn über dein Alter belogen hatte.

Aisling drückte Antonys Arm und versuchte, ihn anzulächeln.

»Du bist nicht Michaels Sohn, du bist der Sohn meines Vaters«, sagte sie. »Ich weiß nicht, warum ich das nicht vorher erkannt habe. Er hat deine Mum geliebt, und du … du siehst ihm so ähnlich. Unglaublich ähnlich.« Sie lächelte ihn vorsichtig an. »Du bist mein Bruder. Meine Familie.«

Antony starrte sie eindringlich an. »Dann wollte er mich auch nicht«, sagte er ausdruckslos.

»Doch, ich glaube, das wollte er schon«, entgegnete Aisling. »Genauso, wie er mich wollte. Aber er hat sich so sehr geschämt für das, was er getan hatte. Er hat sich das Leben genommen, aber nicht, weil er uns nicht geliebt hat. Sondern aus Verzweiflung, Schuld und schrecklicher Scham.«

Etwas in Antony veränderte sich, und er sagte leise: »Du … Jetzt redest du nett mit mir. Aber später dann nicht mehr. Du bist auch nicht anders als all die anderen.« Er atmete zitternd ein. »Du tröstest mich, und dann … dann weist du mich zurück, so wie es jede Einzelne von euch am Ende getan hat. Meine Mum. Jackie … Lindsay.«

Ihre Angst kehrte schlagartig zurück. Er hatte sie getötet. Er hatte sie wirklich getötet. Sie hatte recht. Aber sie versuchte, weiter zu lächeln, und zwang sich, seinen Arm gedrückt zu halten.

Du musst ihn davon überzeugen, dass du ihn liebst, dachte sie. Wenn er dein Sohn wäre, würdest du ihn trotz allem lieben.

»In dir ist eine Menge Schmerz, aber du bist ein guter Mensch, Antony.« Und das glaubte sie tatsächlich. Daran musste sie sich klammern.

Antony starrte sie unsicher an.

Aisling atmete ein. »Ich möchte nicht, dass du tust, was auch immer du vorhattest. Ich möchte, dass du lebst. Und ich werde da sein und bei alldem an deiner Seite stehen.« Sie blickte zu dem

Bauernhaus. »Und weißt du, ich glaube, Michael wird vielleicht auch an deiner Seite stehen.«

Er verzog das Gesicht, und ihr Herz setzte einen Schlag lang aus. Sie hatte das Falsche gesagt.

»Wird er nicht«, erwiderte Antony. »Wird er nicht. Er ist … schlimmer als alle anderen.«

Plötzlich ging er an der Haustür vorbei zu dem großen Metallfass.

»Antony«, sagte sie drängend. »Bitte, bitte sei der Bruder, den ich mir immer gewünscht habe.«

Er hatte das Fass gepackt. Aisling schrie auf, warf die Arme über den Kopf und wandte sich ab.

Aber sie spürte kein zähflüssiges Kerosin, keine Feuchtigkeit. Schaudernd blickte sie zwischen ihren Armen hindurch. Er stand wie erstarrt da, das Fass halb angehoben. Farblose Flüssigkeit tropfte auf die Beine seiner Hose. Einige Spritzer erreichten auch sie, doch sie wich nicht zurück.

Zögernd streckte sie eine zitternde Hand zu ihm aus. »Kommst du und trinkst einen Tee mit mir? Setzt du dich einfach eine Weile zu mir?«

In diesem Moment sah er so jung aus. So zerrissen.

»Wenn ich … wenn ich ins Gefängnis muss, dann … Das schaffe ich nicht«, sagte er. »Das überstehe ich nicht.«

»Du bist stärker, als du denkst«, erwiderte sie.

Das Kerosin tropfte immer noch aus dem Fass auf seine Jeans, seine Schuhe und den Boden drum herum. Die Lache erreichte ihre Füße.

Antony schüttelte ganz langsam den Kopf und ließ das Fass plötzlich fallen.

»Bin ich nicht«, sagte er. »Bin ich nicht.«

Er griff in seine Tasche. Sie wusste, dass er ein Feuerzeug herausziehen würde. Er würde alles in Brand setzen. Ihre einzige Chance war die Flucht. Sofort.

Aber sie stand wie erstarrt da. Sie konnte es nicht einfach so geschehen lassen, dass er sein Zuhause, seinen Vater und sich selbst verbrannte.

Weiß er überhaupt, dass er voller Kerosin ist?, dachte sie, als er einen blitzenden Metallgegenstand aus der Tasche zog.

Aber dann wurde der Hof plötzlich von Licht überflutet. Sie hörte das Dröhnen eines Motors, und ein kleiner blauer Ford raste durch das Tor und kam schlitternd zum Stehen. Aus dem Wagen sprang Finn und rannte auf sie zu. Er schien die Situation auf einen Blick zu begreifen und zerrte sie von Antony weg.

»Das Feuerzeug«, keuchte sie. »Wir müssen ihn aufhalten.«

Antony stand reglos da. Das Fass war umgekippt, und ein feines Rinnsal öliger Flüssigkeit floss über seinen Fuß.

Aisling hörte, wie Ethan ebenfalls ausstieg. Sie wurde losgelassen, und Finn und Ethan liefen auf Antony zu.

Sie sah ihn mit dem Gegenstand in seiner Hand herumfummeln. Es war bestimmt ein Feuerzeug, und er wollte es benutzen.

O Gott, nein, dachte sie, und ihr wurde eiskalt. Sie waren so dicht beieinander. Nicht alle drei. Gott, nein.

Aber bevor Antony irgendetwas tun konnte, stürzte Finn sich auf ihn und riss ihn zu Boden. Als er aufschlug, packte Ethan Antonys Arm und löste dessen Faust.

In seiner Hand lag kein Feuerzeug. Es war der Schlüssel für ihren Prius, den er ihr wie eine Opfergabe präsentierte.

Aisling ging durch die Wolke aus Kerosingestank zu ihnen und nahm den Schlüssel behutsam entgegen. Antony nickte, und dann ließ er den Kopf in den Nacken fallen und begann zu schluchzen.

74.

»Das muss jemand anderes machen«, sagte Hanson. Ihre Stimme war ein wenig unsicher, doch ihre Miene wirkte entschlossen.

Jonah hatte noch nie erlebt, dass sie vor einer Vernehmung zurückschreckte, geschweige denn vor dem Verhör eines überführten Verbrechers. Normalerweise war sie die Erste, die sich freiwillig meldete. Sie liebte den Vernehmungsraum ebenso sehr wie er.

»Sicher«, sagte er nickend. »Gibt es ... einen bestimmten Grund?«

»Ich kann einfach nicht da reingehen und so tun, als wäre ich seine verständnisvolle Freundin«, sagte sie. »Nicht nach dem, was er Jacqueline und Lindsay angetan hat. Wie schwer sein Leben auch gewesen sein mag, er hatte eine Wahl. Ich weiß, dass es Teil des Jobs ist und dass ich einfach damit klarkommen sollte«, fügte sie hinzu. »Das weiß ich. Und ich bin mir sicher, das werde ich auch irgendwann. Ich bin bloß ... noch nicht so weit.«

Jonah nickte erneut. Er verstand sie nur zu gut. Es würde ein sehr unaufrichtiges Verhör werden. Sie würden so tun, als hätte Antony nichts Falsches getan, und Mitgefühl vortäuschen, um ihm ein volles Geständnis zu entlocken.

Er konnte es Juliette nicht verdenken, dass ihr das zutiefst zuwider war. Und eigentlich freute er sich über ihre moralische Stärke. Man brauchte Mut, um einem Vorgesetzten in dieser Form entgegenzutreten.

»Ich kann es machen«, bot O'Malley an. »Was seine Taten angeht, bin ich derselben Meinung wie Juliette, aber ich glaube, das Leben hat ihm ein grausames Blatt zugeteilt, und ich weiß nicht, ob ich unter solchen Umständen ein guter Mensch geworden wäre. Mit dem Gedanken komme ich da drinnen schon klar.«

»Danke«, sagten Jonah und Juliette gleichzeitig.

Antony ignorierte die Ermahnungen seines Anwalts und erzählte ihnen alles, was er getan hatte. Oder zumindest seine Version davon. Es war der umfassende und erschütternde Bericht über den Tod dreier Frauen und eines Pferdes.

»Am Anfang wollte ich nicht ... Ich wollte niemandem wehtun«, sagte er, den Blick auf Jonah gerichtet. »Ich möchte, dass Sie das wissen. Es war bloß ... zwischen mir und meinem Dad war irgendwas zerbrochen. Also, zwischen mir und dem Mann, den ich für meinen Dad gehalten habe. Das hat mich angetrieben, mehr über meine Mutter und ihren Tod herauszufinden. Ich hatte bruchstückhafte Erinnerungen daran, dass sie freundlich zu mir gewesen war und dann wieder ... grausam.« Er schüttelte den Kopf. »Dad hatte nur gesagt, dass sie bei einem tödlichen Unfall ums Leben gekommen war, also bin ich seine Briefe durchgegangen und habe auch einige von ihr gefunden. Mir wurde klar, dass er mich angelogen hatte. Es gab jede Menge Briefe, die sie ihm geschickt hatte, nachdem er mich zu sich genommen hatte, wütende Anklagen, dass er mich ihr gestohlen hätte und dass sie mich zurückhaben wollte.«

»Das muss ein echter Schock gewesen sein«, sagte O'Malley mitfühlend.

»Es war ... Ich hatte plötzlich das Gefühl, dass es da draußen jemanden gab, der mich wollte. Mein Dad wollte mich damals jedenfalls ganz offensichtlich nicht ...« Antony stieß ein kurzes bitteres Lachen aus. »Also hab ich sie heimlich besucht. Und am Anfang war es, Gott, es war ... als hätte ich eine echte Mutter.« Seine Augen leuchteten im hellen Licht des Vernehmungsraums. »Sie hat mich umarmt und mir erklärt, wie sehr sie mich vermisst hatte. Sie war ... ein bisschen durcheinander und verwirrt, aber ich dachte, ich könnte ihr vielleicht helfen. Wir haben zusammengesessen, und dann, ich weiß nicht, warum ... Es war, als wäre irgendein Schalter in ihr umgelegt worden. Sie ist ... einfach auf mich losgegangen. Sie hat ein Messer vom Tresen genommen und wollte auf mich einstechen. Ich bin stolpernd zurückgewichen. Sie sagte, ich wäre ein Kind des Teufels und hätte ihr Leben ruiniert. Ich wäre Abschaum, und sie wünschte, ich wäre bei der Geburt gestorben.« Seine Stimme zitterte, und Jonah erkannte, dass er diese Szene zum ersten Mal schilderte. »Ich kann mich wirklich nicht an viel von dem erinnern, was passiert ist, aber was ich getan habe, war ... keine Absicht. Ich habe bloß versucht, sie aufzuhalten. Und am Ende steckte das Messer in ihr.« In Antonys Augen standen jetzt Tränen. »Ich weiß nicht, ob Sie ... Sie haben vielleicht schon mal einen Menschen so sterben sehen, nehme ich an, aber ich ... ich musste zusehen, wie sie mich weiter gehasst hat, sogar als ...« Er schluchzte auf. »Ich wollte bloß ... Ich wusste nicht, was ich tun sollte. Ich wusste es einfach nicht.«

Antony rieb sich mit dem Handrücken die Augen.

»Also haben Sie ihren Tod mit dem Feuer vertuscht?«, fragte Jonah.

»Ja«, sagte Antony mit belegter Stimme. »Mit Feuer war ich schon immer gut. Ich dachte, vielleicht könnte ich das Ganze wie einen Unfall aussehen lassen. Und dann habe ich ... Ich weiß nicht. Ich wollte ihr auch irgendwie Respekt erweisen. Mit einem Scheiterhaufen. Ich habe ihn sorgfältig aufgeschichtet und mit Kerosin übergossen. Dann habe ich ihn angezündet und bin abgehauen.« Er verzog das Gesicht. »Meine Kleidung habe ich auch verbrannt. Ich bin nur mit einem Ersatzmantel bekleidet nach Hause gefahren und habe gewartet, bis alle geschlafen haben, bevor ich in meine Wohnung geschlichen bin.«

Antony atmete langsam aus. Jonah überlegte, ob er weiter nachhaken sollte. Ob er die Darstellung, dass die Gewalt von Anneka Foley ausgegangen war, in Zweifel ziehen sollte. Aber dafür blieb noch genug Zeit, und er merkte, dass er Antony Murphys Bericht glaubte, zumindest für den Augenblick.

»Erzählen Sie uns von Jacqueline«, sagte er stattdessen.

Antony wandte den Blick ab. »Ich bin ihr zufällig begegnet, als ich in Lyndhurst Heu abgeholt habe. Sie parkte in der Nähe, als ich meinen Wagen beladen habe. Sie ist zu mir gekommen und hat sich mit mir unterhalten. Ich war ... Ich war total hin und weg. Sie war eine schöne, starke, kluge Frau. Ganz anders als die Frauen, mit denen ich sonst ausgegangen bin. Also hab ich sie aus einer Laune heraus gefragt, ob sie am Abend etwas mit mir unternehmen wollte. Ich hatte frei und nichts vor.«

»Sie hatten nicht oft einen freien Abend, oder?«, fragte O'Malley.

»Man hat uns den Kalender des Gestüts für diese Monate überlassen. Sie hatten nur eine Handvoll Abende zur freien Verfügung.«

»Es ist schwer, sich freizunehmen, wenn man jemandem gefallen will, der nie zufrieden ist.« Antonys Kiefer mahlten eine Weile, bevor er weitersprach. »Jedenfalls meinte Jacqueline, es gebe in der Gegend ein Konzert, das sie sich gern ansehen würde.« Antony lachte. »Als sie das gesagt hat, hätte ich wissen müssen, dass es nicht funktionieren würde. Aber in dem Moment war ich so eingenommen von ihr, dass ich zugesagt habe. Ich habe sie vor dem Konzert getroffen, und am Anfang war es fantastisch. Sie hat mir das Gefühl gegeben ... ich weiß nicht. Als wäre ich etwas wert. Aber dann fing die Hauptband des Abends an zu spielen, und die echte Jacqueline kam zum Vorschein.« Er runzelte wütend die Stirn. »Sie hatte nur noch Augen für diesen Musiker und nicht für mich, sie hat ihn mit dermaßen ... hungrigen Blicken verfolgt. Es war demütigend. Ich habe darauf gedrängt, dass wir gehen, und sie hat mich plötzlich ausgelacht. Sie hat gesagt, ich solle nicht überreagieren. Dass ich einfach nur jämmerlich wäre.«

Darüber geriet Jonah ins Grübeln. Hatte Jacqueline einen Teil ihrer Wut auf ihren Ex-Mann an Antony ausgelassen? Ihre Töchter hatten berichtet, wie schwierig die Beziehung ihrer Eltern gewesen war. War das eine Erklärung für Jacquelines Verhalten? Und hatte diese Wut Antonys Minderwertigkeitsgefühle noch verstärkt, mit all den schrecklichen Folgen? Oder versuchte er nur, Gründe für seine undenkbare Tat zu erfinden?

»Am Ende habe ich es geschafft, sie zum Aufbruch zu bewegen, aber auf der Heimfahrt hat sie die ganze Zeit gezetert, dass ich lächerlich wäre. Dass wir uns gerade erst kennengelernt hätten und dass mein Verhalten kontrollfixiert wäre, vollkommen schräg und kindisch. Ob ich deswegen Single wäre. Irgendwann hab ich es nicht mehr ertragen. Ich hab den Wagen angehalten und gesagt, dass sie aussteigen soll. Da ist sie ... Sie ist auf mich losgegangen. Und ich hab ... einfach zugedrückt.« Er wandte den Blick ab.

»Wie haben Sie sich danach gefühlt?«, fragte O'Malley.

»Ich hatte panische Angst. Ich wusste, dass man denken würde, ich hätte sie ermordet, obwohl ich das nicht ... Und Gott, was würde mein Dad sagen?« Seine Stimme brach, und er räusperte sich. »Ich hab an den Scheiterhaufen gedacht, den ich für Mum geschichtet hatte, und es schien die einzige Möglichkeit. Ich wusste, dass wir Holz und alles auf dem Gestüt hatten. Also bin ich in den Wald gefahren, hab sie zwischen den Bäumen versteckt und bin später mit einer Dose Kerosin und einem Haufen Brennholz zurückgekommen. Die anderen haben geschlafen.«

»Das heißt, Sie haben es alleine getan?«, fragte O'Malley.

»Ja«, sagte Antony. »Niemand durfte es sehen. Können Sie sich vorstellen, was passiert wäre, wenn Dad es erfahren hätte?« Er schlang schaudernd die Arme um seinen Körper. »Es hat eine Weile gedauert. Ich wusste, dass ich den Scheiterhaufen ein ganzes Stück von dem Land Rover entfernt aufschichten musste. Ich hatte die ganze Zeit Angst, erwischt zu werden, aber dann hat der Holzstoß gebrannt.«

»Also war nichts von alldem vorgeplant?«, hakte Jonah nach.

Antony schüttelte den Kopf. »Nein«, sagte er. »Natürlich nicht. Ich dachte, ich würde sie lieben. Und Lindsay ... Ich habe wirklich …« Er brach ab und blickte zur Decke. Seine Gesichtszüge wurden hart, bevor er den Blick wieder senkte. »Aber am Ende haben sie sich alle gegen mich gewandt. Alle.«

Jonah beobachtete die Veränderung und erkannte zum ersten Mal einen Mann, der eine Frau töten könnte. Drei Frauen. Einen Mann, der zu der Überzeugung gekommen war, dass ihn jede verraten würde. Und das hatte ihn rachsüchtig gemacht.

»Nach Jacqueline hatte ich meine Lektion gelernt«, fuhr Antony leise fort. Ich habe immer Ketamin mitgenommen, wenn ich ausgegangen bin. Damit ich sie beruhigen konnte und die Dinge nicht außer Kontrolle gerieten.

»Sie wollten die Frauen handlungsunfähig machen?«, fragte Jonah.

»Nein«, beharrte Antony. »Ich wollte bloß … dass sie nicht gemein werden.«

Jonah spürte sein Herz bis in den Hals pochen. »Gab es … noch andere?«

Antony starrte ihn eine Weile an und schüttelte dann langsam den Kopf. »Eine … hat ihre Freundin angerufen, damit sie sie nach Hause bringt. Sie fühlte sich nicht wohl …« Er blickte wieder nach oben, seine Züge immer noch angespannt. Jonah war sich nicht sicher, ob er ihm glaubte, als er hinzufügte: »Ich hätte ihr nichts getan.«

Jonah dachte an ihre Ermittlungen über die kriminelle Betäubung von Frauen. Hatte in der Flut von gemeldeten Fällen auch jemand von einem gescheiterten Versuch berichtet? Könnten sie diese Frau eventuell aufspüren, um auch ihren Fall zur Anklage zu bringen?

Er sah, dass O'Malley offenbar das Gleiche gedacht und sich eine Notiz gemacht hatte, und fuhr fort: »Lindsay haben Sie auch betäubt, oder?«

Antony nickte langsam. »Nur … ein ganz kleines bisschen am Anfang. Es schien gut zu laufen. Ich hatte die Idee, dass wir das

Feuerwerk und die Quadrantiden anschauen könnten. In der Heide. Dorthin wollte ich nach ein paar Drinks sowieso fahren. Mit ihr würde es so viel besser sein, dachte ich.« Er lächelte hohl. »Ich wollte nicht, dass sie es sich plötzlich anders überlegt, also hab ich ein bisschen Ketamin in den heißen Grog getan. Für alle Fälle.«

»Trotzdem ist etwas schiefgelaufen«, sagte O'Malley leise.

Antonys Gesichtszüge zuckten. »Ich ... ich wollte ein Feuer machen. Ich hatte es mir angewöhnt, immer Holz und Kerosin dabeizuhaben. Seit ... seit Jacqueline hatte ich schon mehrere Feuer gemacht. Wenn ich danebengesessen und zugesehen habe, wie sie herunterbrannten, hab ich mich irgendwie besser gefühlt. Jedenfalls hat Lindsay das ganze Holz und die Dose mit Brennstoff gesehen. Sie hat versucht, es zu überspielen, aber es war absolut offensichtlich. Sie ist total ausgeflippt. Und als ich den Wagen angehalten habe, hat sie mich mit einem Holzscheit geschlagen, die Tür aufgerissen und ist losgerannt.«

Es entstand eine Pause, deshalb fragte Jonah sanft: »Und haben Sie sie verfolgt?«

Wieder mahlten Antonys Kiefer. »Ich musste. Sonst wäre ich am Arsch gewesen. Ich hatte ihr alles über mich erzählt, und sie hatte das Holz gesehen. Wir waren an Matthew Downing und seiner bescheuerten Band vorbeigefahren, und wenn sie es irgendwie bis zu ihnen geschafft hätte ...« Er fing an zu zittern, als ihn ein Schauder durchfuhr. »Ich hatte solche Angst. Und sie ... sie hatte mich verraten.«

Jonah musste den Blick abwenden. Er konnte sich auch Lindsay Kernows Angst vorstellen. Die Panik in ihren letzten Augenblicken.

Ungeachtet aller Strategie spürte er den Impuls, Antony mit seinen Taten zu konfrontieren. Er wollte ihn fragen, ob er wirklich glaubte, dass seine Freiheit mehr wert war als das Leben einer dynamischen, fröhlichen Frau und Mutter. Hatte sie tatsächlich den Tod verdient, nur weil sie versucht hatte, ihr Leben zu retten?

Und hatte er wirklich Angst gehabt oder nicht vielmehr beweisen wollen, dass er stärker war, als Lindsay dachte?

Aber das Wichtigste war jetzt Antonys Geständnis. Um Pippas, Rosies und Dylans willen.

»Sie musste nicht leiden«, sagte Antony leise, als könnte er einige von Jonahs Gedanken lesen. »Ich habe ihr das restliche Ketamin gewaltsam eingeflößt. Sie ist in tiefen Schlaf gesunken, bevor ich … Sie wissen schon.«

Jonah betrachtete ihn eine Weile und grübelte über die seltsame Widersprüchlichkeit dieses Mannes. Anwandlungen von Zärtlichkeit schienen mit eiskalten Rachegelüsten zu ringen. So wie er erst versucht hatte, Aisling Cooley zu betäuben, und sie dann hatte gehen lassen.

»Und das Blut?«, fragte Jonah leise. »Haben Sie sich geschnitten?«

»Das ist passiert, als sie mich geschlagen hat«, antwortete Antony. »Ich habe es gar nicht gemerkt. Vermutlich war ich so auf Adrenalin. Ich habe die Wunde an meinem Kopf erst später ertastet. Auf den Gedanken, dass ich Blut hinterlassen hatte, bin ich gar nicht gekommen.« Er fuhr sich mit einer Hand durch sein dichtes blondes Haar. »Alles wäre okay gewesen, wenn nicht der Hubschrauber über die Heide geflogen wäre. Dann hätte ich den Scheiterhaufen runterbrennen lassen können. Danach wollte ich mich keinen weiteren Frauen mehr nähern.«

Jonah bemühte sich, keine Reaktion zu zeigen. Er wusste, dass O'Malley neben ihm das genauso unglaubhaft fand wie er selbst.

Nach einem Schweigen fragte O'Malley: »Aber was war mit Merivel?«

Antony schüttelte den Kopf, seine Traurigkeit schlug in eine Art verwirrte Wut um. »Sie … sie hat ihr Fohlen zurückgewiesen. Sie hat versucht, es zu töten. Es war schrecklich mit anzusehen. Ich war so wütend auf sie.« Er blickte von Jonah zu O'Malley und zurück. »Es war das Richtige, um des Fohlens willen. Oder nicht?«

Das ließ Jonah unkommentiert und fragte stattdessen: »Was ist mit Ihren Aktivitäten in jüngster Zeit?« Er hob ein wenig das Kinn. »Haben Sie unser Team verfolgt? Haben Sie uns beschattet?«

Antony blinzelte ihn ausdruckslos an. »Was? Ich weiß nicht, was Sie meinen.«

»Sie haben uns an den Tatorten bei der Arbeit beobachtet, oder nicht?«, fragte O'Malley. »In Lyndhurst Heath und bei einigen anderen Scheiterhaufen.«

Antony runzelte die Stirn. »Nur auf dem Gestüt. An der Stelle ... wo ich Merivel verbrannt hatte. Ich dachte, ich könnte Ihnen bei der Arbeit zusehen, aber ich hatte zu viel Angst, dass Sie etwas finden würden. Ich musste gehen.«

»Haben Sie Kaffee geholt?«, fragte Jonah. »Kaffee für unser Team?«

»Was? Nein«, sagte Antony. »Nein, ich hab mich in meiner Wohnung eingeschlossen und den Fernseher eingeschaltet.«

Jonah beobachtete ihn und fragte sich, ob Antony es aus einem bestimmten Grund leugnete. Oder ob seine Verwirrung vielleicht echt war.

»Was ist mit der Stelle, wo Sie Lindsay getötet haben?«, hakte er nach. »Haben Sie dort etwas für uns hinterlassen? Speziell für eine von uns?«

Antony schüttelte erst langsam und dann heftiger den Kopf. »Ich weiß nicht ... Meinen Sie das Blut? Sonst habe ich nichts zurückgelassen.«

»Und Sie würden sich auch nicht als einen Schutzengel bezeichnen?«, bohrte Jonah nach.

Antony blickte ihn weiter verständnislos an und sagte matt: »Ich bin niemandes Engel. Meine Mutter hat mich immer eine Ausgeburt des Teufels genannt, wissen Sie? Vielleicht ... vielleicht hatte sie recht.«

Wenig später ließen Jonah und O'Malley ihn allein. Sie wollten Danny Murphy dazu bewegen, dass er aufhörte, seinen Bruder zu decken.

»Ab jetzt steht uns die DNA zur Seite«, erklärte Jonah sanft, nachdem er Danny von Antonys Geständnis berichtet hatte. »Wir haben eine Blutprobe genommen und werden beweisen, dass Antonys Blut dem am Tatort gesicherten entspricht. Außerdem hat Henning Andersen uns Dokumente zur Verfügung gestellt, die belegen, dass Sie an dem Abend, an dem Jacqueline Clarke gestorben ist, in einer Notfallambulanz waren, wegen einer Grippeerkrankung. Antony hingegen hatte an dem Abend frei und das Gestüt so früh verlassen, dass er von Ihrem Krankenhausbesuch nichts mitbekommen hatte.«

Danny saß eine Weile schweigend da und atmete dann langsam und vernehmlich aus. »Also gut«, sagte er. »Also gut.«

Er gab zu, dass er gelogen hatte, weil Antony seiner Meinung nach noch nie im Leben eine Chance bekommen habe.

»Ich weiß, was er getan hat, ist schrecklich«, sagte er. »Aber was ihm passiert ist, war auch schrecklich. Als ich geflohen bin, habe ich bloß daran gedacht, wie es ihm im Gefängnis ergehen würde. Antony würde daran zerbrechen. Ich hatte das Gefühl, dass ich ihn noch einmal retten musste. Als hätte mir das Schicksal diese Pflicht zugeteilt, mit dem Blut.« Er sah Jonah mit festem Blick an. »Warum hätte die Spende, die ich damals geleistet habe, es sonst so aussehen lassen, als wäre ich der Täter?«

»Es war Ihr Leben«, sagte Jonah sanft.

Danny zuckte die Achseln. »Ich glaube nicht, dass ich daran zerbrochen wäre. Ich würde so was durchstehen. Mir hat nie jemand das Gefühl vermittelt, dass ich wertlos bin.« Er sah Jonah flehend an. »Was immer er getan hat, im Kern ist er ein guter Mensch. Ich dachte, wenn ich weg bin und Dad ihn endlich respektiert ...«

»Er braucht darüber hinausgehende Hilfe«, erklärte Jonah ihm freundlich, aber entschieden. »Das Gefängnis mag einem nicht als ein freundlicher Ort erscheinen, aber dort wird er von Psychologen behandelt werden. Wirklich guten Psychologen. Er kann anfangen, all die schrecklichen Dinge zu verarbeiten, die ihm im Leben widerfahren sind.«

Er fügte nicht hinzu, dass auch das womöglich nicht reichen würde.

Danny nickte und beantwortete dann all ihre Fragen, darunter auch die, ob Antony theoretisch die Möglichkeit gehabt hätte, ihrem Team zu den Tatorten zu folgen. Danny war skeptisch, dass Antony die Zeit dafür gehabt hatte, räumte jedoch ein, dass er sich nachts, als die anderen geschlafen hatten, aus dem Haus hätte schleichen können.

Am Ende der Befragung sah Danny älter und müder aus als zuvor. Er wurde aus dem Gewahrsam entlassen und durfte nach Hause gehen, was er langsam und zögerlich auch tat.

Die Aussage von Aisling Cooley und ihren beiden Söhnen wollten sie am kommenden Nachmittag aufnehmen. Michael Murphy wurde derzeit noch wegen der Ketamin-Vergiftung behandelt, die Antonys Tee bei ihm ausgelöst hatte. Womöglich würde er einen Blasenschaden davontragen, aber zumindest würde er überleben, und dafür war Jonah dankbar – neben vielem anderen. Er hatte befürchtet, dass für Michael und Aisling jede Hilfe zu spät kommen könnte.

Stattdessen hatte Antony zwischen Finn und Aisling gesessen. Mutter und Sohn hatten den Arm um ihn gelegt und mit ihm gewartet, bis Jonah und die Constables eingetroffen waren, um ihn festzunehmen. Ethan und Henning Andersen hatten danebengestanden, und alle hatten nach Kerosin gestunken.

»Es ist okay. Ich komme mit Ihnen«, hatte Antony erklärt, bevor Jonah irgendetwas sagen konnte.

Überrascht hatte Jonah Aisling Cooleys Tränen bemerkt und sich gefragt, wie sie für einen Mann weinen konnte, der beinahe das Leben ihrer drei Söhne zerstört hätte.

»Bitte passen Sie auf ihn auf«, sagte sie, als sie ihn zum Wagen führten. »Er hat sich dafür entschieden, mir nichts anzutun. Er ... er ist mein Halbbruder, wissen Sie?«

»Ja, ich weiß«, erwiderte Jonah. »Es hat nur eine Weile gedauert, bis ich es mir zusammengereimt hatte.«

Erst auf der Fahrt zu dem Gestüt hatte sich das letzte Puzzleteil ins Bild gefügt: Das Blut am Tatort stammte von Antony, auch wenn die DNA auf Danny verwies; Antonys Speichelprobe wiederum belegte das Verwandtschaftsverhältnis zu Aisling.

Aisling und Antony könnten einen formellen DNA-Vergleich durchführen lassen, wenn sie wollten, aber das schien im Grunde unnötig. Antony Murphy war dem jungen Dara Cooley (oder Patrick Horan, wie er damals noch hieß) wie aus dem Gesicht geschnitten. Jonah fragte sich, ob es Annekas Schwangerschaft gewesen war, die Dara Cooley über den Rand des Abgrunds gestoßen und bewogen hatte, die lange kalte Fahrt in den Ullswater anzutreten.

Um halb zwölf informierte Jonah in einem der Räume für Angehörige die Töchter von Jacqueline Clarke und sprach direkt danach auch mit Dylan Kernow, um ihm dieselbe Neuigkeit mitzuteilen. Wenn er irgendwelche Zweifel daran gehabt hatte, dass es richtig war, Antony mit der vollen Härte des Gesetzes zu verfolgen, waren sie nach dem Wiedersehen mit den dreien verflogen. Er sah, wie erleichtert sie darüber waren, dass die Sache zu einem Abschluss gekommen war, wie viel es ihnen bedeutete, dass Gerechtigkeit geschehen würde, und er konnte sie gut verstehen.

Schließlich war er in das fast leere Kommissariat gekommen. Nur sein Team und die vier Constables des Red Desk, die bei der Festnahme geholfen hatten, standen noch zusammen in dem Großraumbüro. Offensichtlich hatten sie das Bedürfnis, die Ereignisse des Abends noch einmal gemeinsam zu rekapitulieren.

Es war schon Mitternacht, und Jonah war hundemüde. Der

Papierkram konnte bis morgen warten. Alle brauchten ein paar Stunden in ihren eigenen vier Wänden und eine Mütze Schlaf.

Aber Jonah musste sich eingestehen, dass sich etwas in ihm dagegen sträubte, nach Hause zu gehen, weil er sich der neuen, deprimierenden Realität seiner Beziehung nicht stellen wollte.

Während er noch so dastand und ihm davor graute, sich zu Michelle ins Haus zu schleichen, klingelte sein Handy. Es war ihre Nummer. Mit zwiespältigen Gefühlen nahm er ab.

»Hey«, sagte er bemüht neutral.

»Jonah.« Er hörte den Verkehr im Hintergrund. Sie war also wieder unterwegs. Offensichtlich passte Rhona auf Milly auf. Er hatte nicht gewusst, dass Michelle ausgehen wollte. Dabei hatte er ihr eine Nachricht geschickt, wann er vermutlich heimkommen würde. Er war ein wenig gekränkt.

Bis auf Verkehrsrauschen und eine laute Unterhaltung in einiger Entfernung war es still.

»Ist alles in Ordnung?«, fragte er. »Soll ich dich irgendwo abholen?«

»Nein, ich bin … Ich komme ein bisschen später.« Er hörte jetzt die Unsicherheit in ihrer Stimme. Sie war sehr betrunken. Vielleicht sogar noch betrunkener als am Abend zuvor. Sie atmete geräuschvoll ein. »Ich bin mit Siobhan unterwegs.«

»Okay.«

Nach einer weiteren Pause sagte Michelle: »Ich glaube, wir haben die falsche Entscheidung getroffen.« Sie schniefte und fügte hinzu: »Wir hätten es … nicht noch mal versuchen sollen.«

Der Satz traf Jonah wie ein Schlag in die Magengrube. Trotz der emotionalen Erschöpfung nach diesem Tag schmerzte er gewaltig. Körperlich.

»Ich … Es tut mir leid, dass du nicht glücklich bist.«

»Das bin ich wirklich nicht«, sagte Michelle. »Und das ist nicht deine Schuld. Wir sind einfach … Ich liebe dich nicht so, wie ich dich lieben sollte. Es tut mir leid, Jonah.«

Und bevor er Gelegenheit hatte, etwas zu erwidern, beendete sie das Gespräch.

Eine Weile konnte Jonah nur dasitzen und sich darauf konzentrieren, weiter zu atmen. Er wollte das Ganze als Symptom ihrer postnatalen Depression abtun. Als betrunkenen Ausreißer. Aber er wusste, dass das nicht stimmte.

Wie sollte er das wieder reparieren?

Nach zehn Minuten musste er sich eingestehen, dass er ratlos war. Das Einzige, was er tun *konnte*, war das, was er jetzt tun *musste*.

Er atmete tief ein und betrat das Großraumbüro des Kommissariats.

»Es ist zwanzig nach zwölf«, sagte er laut. »Was zum Teufel machen Sie noch hier?«

Alle lachten und begannen, ihre Sachen zu packen.

Jonah ging zu Hanson und sagte so gefasst wie möglich: »Es ist nicht ganz klar geworden, ob Antony Murphy derjenige war, der Ihnen die Präsente hinterlassen hat.« Sie blinzelte zweimal und wandte beunruhigt den Blick ab. »Vielleicht leugnet er es, weil ihn das wie einen systematischen Stalker aussehen ließe und nicht wie einen Mann, der nur die Kontrolle verloren hat. Aber bis wir sicher sind … Vielleicht halten Sie sich einfach weiter daran, nicht ohne Begleitung auszugehen, okay?«

Hanson nickte langsam und seufzte theatralisch. »Das kommt meinem unglaublich aktiven Sozialleben natürlich voll in die Quere.«

Jonah grinste sie an. Sein Lächeln verblasste, als er sah, wie Antony Murphy, flankiert von zwei uniformierten Constables, in der Tür des Vernehmungsraums auftauchte. Er war auf dem Weg zu seiner ersten Nacht in einer Verwahrzelle der Polizeistation. Jonah hoffte, dass viele weitere Tage Haft folgen würden, bevor er entlassen wurde.

»Was er getan hat, ist schrecklich«, sagte O'Malley, der neben

Jonah stehen geblieben war. »Aber das Leben hat ihm auch weiß Gott ein übles Blatt zugeteilt. Und mit ›das Leben‹ meine ich Menschen. Kann die Gesellschaft sich nicht darauf einigen, dass die Leute sich verdammt noch mal *nicht* gegenseitig fertigmachen?«

Jonah war sich seiner Gefühle diesbezüglich nicht sicher. Jacqueline und Lindsay hätten ein langes und erfülltes Leben verdient gehabt. Aber Anneka und Antony vielleicht auch. Und sie hatten nie eine Chance bekommen. Alle beide nicht.

Er wandte den Blick von Antony, winkte resigniert ab und machte sich auf den Heimweg.

75.

Aisling erwachte an einem weiteren Morgen zusammen mit Jack O'Keane, und dieses Mal musste sie nicht den Flur hinunter zum Gästezimmer tapsen, um sich zu vergewissern, dass er da war. Trotz allem anderen empfand sie nichts als Freude, als sie den Kopf wandte und ihn neben sich liegen sah, seine kräftige Brust im Morgenlicht. Wie war sie dreißig Jahre ohne ihn ausgekommen?

Zugegeben, am Abend zuvor war Jack »angefressen« gewesen, wie Ethan es genannt hätte. Er war stinksauer auf dem Gestüt eingetroffen und hatte sie gefragt, was zum Teufel sie sich dabei gedacht hatte, alleine zu den Murphys zu fahren.

Ihre beiden jüngeren Söhne – eine Bezeichnung, an die sie sich würde gewöhnen müssen – hatten sich nach einer Weile doch Sorgen gemacht, weil ihre Mutter Dannys Familie allein besuchen wollte. Nachdem sie vergeblich versucht hatten, sie auf ihrem Handy zu erreichen, hatten sie schließlich entschieden, Jack anzurufen, dessen Nummer sie erst googeln mussten.

Jack hatte ihnen aufgetragen, sich in Ethans Wagen zu schwingen, zu den Murphys zu fahren und ihn auf dem Laufenden zu halten. Dann war er aus dem Zug gestiegen und hatte ein kleines Vermögen für ein Taxi ausgegeben, das ihn direkt zu dem Gestüt gebracht hatte.

Natürlich hatte er den ganzen Spaß verpasst. Als er besorgt und wütend angekommen war, hatte er die drei in der Küche des Bauernhauses angetroffen, wo man ihnen einen Tee gekocht hatte – rein und ungetrübt, ohne Ketamin.

»Mein Gott«, hatte Jack gesagt, als er hereingebeten worden war. »Ich bin gerade an einem beschissenen Krankenwagen vorbeigegangen und dachte …« Er hatte innegehalten und Aisling mit bebender Brust angestarrt. »Was hast du dir dabei gedacht?«

Aisling war ziemlich zerknirscht, aber auch unendlich dankbar für diesen Mann, dem offenbar immer noch etwas an ihr lag. Sie war aufgestanden und hatte seine Hand gefasst. Sie war mit ihrer ausführlichen Entschuldigung fast fertig gewesen, als er sich vorgebeugt und sie geküsst hatte – direkt vor ihren Söhnen sowie einem Detective und einem Constable.

»Jesses, nehmt euch ein Zimmer«, hatte Ethan gerufen.

»Sei nicht so unromantisch, du Blödmann«, hatte Aisling erwidert, nachdem sie sich aus der Umarmung gelöst hatte.

Am Ende hatten sie sich ein Zimmer genommen – dieses Zimmer –, obwohl Aisling zunächst Anstalten gemacht hatte, noch einmal das Gästezimmer für Jack herzurichten. Als sie nach Hause gekommen waren, war ihnen beiden nicht nach Schlafen zumute gewesen. Sie hatten sich lange über alles Mögliche unterhalten – von ihrem Leben in den vergangenen dreißig Jahren über Aislings Hoffnungen wegen ihres neuen Spiels bis hin zu Gedanken über *Halo 5*. Dabei hatten sie sich zunächst schüchtern berührt, dann geküsst und waren schließlich entschlossen in ihr Schlafzimmer im ersten Stock umgezogen.

Am Morgen hatte Aisling gut zehn Minuten Zeit gehabt, Jack zu betrachten, bevor er aufwachte. Die Romantik dieser zehn Minuten wurde nur dadurch etwas getrübt, dass sie aus dem Bett schlüpfen und pinkeln gehen musste. Danach rutschte sie wieder neben ihn und legte vorsichtig einen Arm um ihn, bemüht, ihn noch nicht zu wecken, entschlossen, Momente wie diesen festzuhalten.

Aber irgendwann schien Jack ihren Blick zu spüren und öffnete ein Auge weit genug, um sie anzusehen.

»Okay«, sagte er. »Ich glaube, du bist dran mit Kaffeekochen.«
»Aah, gerade sind meine Träume von einem Dienstmädchen zerplatzt«, sagte sie und gab ihm einen Kuss.

Weder Finn noch Ethan schienen sich in irgendeiner Weise daran zu stören, dass Jack mit am Frühstückstisch saß. Es war beunruhigend, wie schnell er sich an ihre seltsame Alltagsroutine anpasste. Barks war nach wie vor ein großer Jack-Fan und schaffte es, sich auf seinen Schoß zu drängen, auch wenn er sich dafür halb unter den Tisch klemmen musste. Dann richtete er sich auf und leckte Jacks Gesicht ab, der gerade versuchte, die Eier auf seinem Teller zu essen.

»Ich kann nicht glauben, dass er dein Gesicht etwas Fressbarem vorzieht«, sagte Finn.

»Mein Gesicht ist offensichtlich köstlich«, erwiderte Jack.

Niemand sagte etwas zu dem fünften Platz, den Aisling gedeckt hatte. Er war für Danny. Sie hatte ihm am Abend zuvor eine Nachricht geschickt und ihn eingeladen vorbeizukommen, wenn er konnte.

Dass Danny in ihrem Haus willkommen war, bedurfte keiner Diskussion. Finn und Ethan fanden es selbstverständlich. Sie waren fasziniert von ihrem neuen Bruder und wollten genauso wie sie selbst möglichst viel über sein Leben erfahren.

»Er sollte hier einziehen«, hatte Finn vorgeschlagen, als er den Tisch deckte. »Er könnte ein bisschen Miete zahlen, und du könntest das Haus behalten.«

»Ich kann mir vorstellen, dass er es ein bisschen nervig finden würde, jeden Morgen zum Gestüt zu fahren, um nach den Pferden zu sehen«, erwiderte Aisling. Aber sie hoffte trotzdem, dass Danny zumindest Teil ihres Lebens werden würde. Es würde Zeit und Anstrengung brauchen, ihren Sohn kennenzulernen, doch sie war bereit, beides zu investieren.

»Ich sollte wohl auch besser in die Nähe ziehen«, sagte Jack mit vollem Mund. »Was ein bisschen peinlich ist, weil du denken könntest, ich würde auf dich stehen.«

»Ha, ich weiß, dass du das tust«, sagte sie und gab ihm einen Klaps auf den Arm. »Du warst schon immer ein Mann mit Geschmack.«

Aus irgendeinem Grund war sie kein bisschen beunruhigt über das Tempo, in dem sie wieder zu einem Paar wurden. Das geschah zum Teil wegen Danny, aber zum Teil auch wegen ihnen selbst. Trotz des Lebensdurcheinanders, das dazwischengekommen war, fühlten sie sich immer noch zueinander hingezogen, spürten, dass sie miteinander funktionierten, eigentlich so gut, wie sonst nie etwas funktioniert hatte.

Ihre Zuversicht schwand, als Dannys Platz auch im weiteren Verlauf des Frühstücks leer blieb. Auf ihre Nachricht hatte er nur mit einem »Danke« geantwortet, und sie hatte gehofft, dass das eine Zusage war.

Irgendwann musste sie sich eingestehen, dass sie sich geirrt hatte. Als sie das Geschirr im Becken abspülte, spürte sie ein Paar starker Arme um ihren Körper, und Finn legte das Kinn auf ihre Schulter. »Irgendwann kommt er bestimmt. Es ist halt eine Menge, sich an all das zu gewöhnen, weißt du? Neue Familie ... zwei tolle jüngere Brüder ...«

Sie zerzauste sein Haar. »Danke, Finny.«

»Zeigst du uns jetzt das Spiel, an dem du gearbeitet hast? Ich denke, wir waren lange genug geduldig.«

»Davon solltet ihr gar nichts wissen«, erwiderte sie empört.

»Ach, komm schon. Du hattest es ungefähr fünfzehnmal auf dem Bildschirm geöffnet, als ich hereingekommen bin. Und ich sehe Dinge, wenn ich den Schreibtisch deines Computers aufräume, weißt du?«

»Na gut«, sagte sie. »Aber seid nett. Für ein brutales Feedback bin ich noch nicht bereit.«

Danny hatte nicht vorgehabt, eine Stunde zu spät zum Frühstück bei den Cooleys zu kommen. Er wusste, dass es schwierig werden würde, den Besuch in seine morgendliche Routine einzupassen, zumal sein Vater sich zurzeit eher schleichend als in seinem üblichen humpelnden Getrampel vorwärtsbewegte. Aber Danny war entschlossen gewesen, trotzdem pünktlich um zehn Uhr da zu sein. Er war extra zwanzig Minuten früher aufgestanden als sonst, um die Tiere zu füttern, mit seinem Vater und vielleicht auch dem Tierarzt zu sprechen und zu duschen, bevor er zu den Cooleys fuhr.

Es war Henning gewesen, der ihn aufgehalten hatte, was ungewöhnlich war. Aber heute war alles ungewöhnlich. Mehr als ungewöhnlich.

Danny war nicht mehr Michaels Sohn, und Antony war nicht mehr sein Bruder. Antony lag auch nicht schlummernd in seinem Bett, als der Morgen anbrach, sondern schlief – oder schlief vielleicht auch nicht – in einer Zelle der Polizeistation Southampton Central. Bei dem Gedanken fiel es Danny schwer, sich zu konzentrieren. Und manchmal auch schwer, den Schwung zu bewahren.

Er hatte den Sternen zum hundertsten Mal dafür gedankt, dass es Henning gab, als der Däne um sechs Uhr morgens aufgetaucht war, bereit zu helfen, wo immer es nötig sein würde. Ohne großes Gewese hatte er eine Aufgabe nach der anderen übernommen und war jedes Mal eingesprungen, wenn Danny zu schwächeln begonnen hatte. Als der Tierarzt eintraf, waren sie dem Zeitplan sogar voraus. Danach gingen sie gemeinsam zu dem hinteren Stall, um die nicht fohlenden Stuten auszuführen. In der Tür blieb Danny stehen.

»Ich hätte mich schon gestern Abend bedanken sollen«, sagte er. »Für deine Hilfe bei meiner Flucht. Und dafür, dass du versucht hast, mich zu entlasten, obwohl ich das gar nicht wollte.«

Henning trat in den Stall und grinste ihn breit an. »Entschuldige, dass ich genau das getan habe, was du nicht wolltest«, sagte er. »Aber eigentlich tut es mir nicht leid.«

Danny nickte. »Manchmal denke ich zurück an die Zeit, als du noch nicht hier warst und … Ich weiß nicht, wie ich es ohne dich geschafft habe.«

Henning zuckte mit den Schultern und lachte verhalten. »Ich bin mir sicher, du hast es prima hingekriegt. Ich misch mich halt nur gern ein.«

»Nein«, sagte Danny und legte eine Hand auf Hennings Arm. »Nein, ich … ich bin froh, dass du da bist.«

Henning nickte nachdenklich. »Weißt du, ich bin … nicht froh, dass du hier bist.« Danny verzog das Gesicht, doch Henning hob eine Hand. »So meine ich das nicht. Ich bin gerne in deiner Gesellschaft. Es ist bloß … Ich möchte, dass du begreifst, dass du es niemandem schuldig bist, dein Leben in einem Käfig zu verbringen. Nicht in einer Gefängniszelle für deinen Bruder und auch nicht hier für deinen Dad. Deinen … Irgendwie-Dad.«

Danny atmete langsam aus. Er spürte, dass Henning recht hatte. Er hatte zum ersten Mal das Gefühl, dass er einfach … gehen konnte. Sicher, wegen seines Vaters würde er noch eine Weile bleiben, bis der Antonys Inhaftierung verkraftet hatte. Und dann könnte er einfach *nicht* mehr da sein. Und sein Vater würde damit klarkommen. Vielleicht sogar aufblühen.

»Mag sein«, sagte Danny und nickte. »Aber … ich würde euch alle vermissen, wenn ich gehe.«

Er sah Henning weiter fest an, der grinsend erwiderte: »Vielleicht würden wir anderen auch gern reisen.«

»Das wäre …«, sagte Danny. »Das würde viel mehr Spaß machen.«

Als die beiden an diesem Vormittag die übrigen Pflichten auf dem Gestüt erledigten, geschah das mit einer solchen Leichtigkeit, dass Danny gar nicht bemerkte, wie die Zeit verging, und erstaunt feststellte, dass er das Frühstück komplett verpasst hatte.

»Es ist verdammt genial, Mutter«, sagte Ethan. »Das wird ein … Megahit.«

Es war bloß ihr Sohn, der das sagte. Nicht direkt eine unvoreingenommene Meinung. Aber Aisling war trotzdem zum Lachen und Hüpfen und Weinen zumute.

»Ja, nicht wahr?«, sagte sie. Und Jack lachte sie an.

»Das würde ich bestätigen«, sagte er. »Es ist … ein weiteres *Survive the Light*.«

Sie blickte ihn überrascht an. »Ja, ich … ich hatte keine Ahnung, dass du wusstest, dass das meine Entwicklung war.«

»Sagen wir einfach, ich habe in den letzten zehn Jahren nicht nur mehr Games gespielt als die meisten Teenager«, sagte Jack. »Ich habe auch eine ziemlich gründliche Google-Recherche über dich gestartet, nachdem ich dich am Montag im Büro gesehen hatte.« Er schnalzte mit der Zunge. »Ich war so fest davon überzeugt, dass du es warst. Deswegen hatte ich auch das Gefühl, verrückt zu werden, als der Chef dich als Aisling Cooley vorgestellt hat. Ich hab mich vage daran erinnert, dass eine Frau mit diesem Namen das Spiel entwickelt hatte. Ich hatte bloß keine Fotos gesehen.« Er schüttelte den Kopf. »Seit Montag hab ich bestimmt jedes Bild von dir betrachtet, das je gemacht wurde, und mich gefragt, ob ich den Verstand verliere oder ob du wirklich Martha bist.«

»Gott«, sagte Aisling und ergriff seine Hand. »Das tut mir leid.«

»Also, ich finde dein Spiel scheiße«, sagte Finn laut und fügte, als Aisling erschrocken die Luft anhielt, hinzu: »War bloß ein Witz. Es ist genial. Jetzt verstehe ich, warum du gedacht hast, wir brauchen Dad und sein schickes Bargeld nicht.«

»Na ja, es wird mich vielleicht nicht über Nacht zur Millionärin machen«, sagte sie, wieder etwas nüchterner. »Aber ich glaube, wenn wir Glück haben, kommen wir ohne seine Hilfe klar.«

»Bis auf die drei Riesen«, bemerkte Finn.

»Bis auf die. Die Fünf-Sekunden-Regel. Die gehören uns.«

»Mum«, begann Ethan plötzlich, und sie war sofort beunruhigt, dass er ausnahmsweise die normale Anrede benutzte. »Du hast gesagt, du würdest Antony besuchen, im Gefängnis und so. Willst du das wirklich machen? Auch wenn du nicht dazu verpflichtet bist?«

»Ich muss«, sagte sie schlicht. »Er ist mein Bruder.«

»Aber er ist auch ein Serienmörder«, erwiderte Ethan. »Ich meine ja nur.«

Aisling schüttelte den Kopf und dachte wieder daran, was sie über Lindsay Kernow und über Jacqueline Clarke gelesen hatte. Darüber, was er ihnen genommen hatte.

»Er wird sehr lange für seine Taten bezahlen«, fügte sie hinzu. »Und ich glaube ... dass er nicht nur böse und schlecht ist. Im Gefängnis erhält er hoffentlich die Hilfe, die er schon früher hätte bekommen sollen. Er wird als ein reuiger und therapierter Mensch entlassen werden ... als ein Mensch, der nie wieder jemandem etwas antun würde.«

»Und wenn nicht?«, fragte Ethan.

Aisling seufzte frustriert. »Ich weiß nicht. Es ist ... kompliziert. Meiner Erfahrung nach sind Familien verdammt kompliziert.«

»Ich nicht«, erwiderte Finn strahlend. »Ich bin wunderbar einfach und eindeutig.«

»Natürlich, mein Schatz«, erwiderte Aisling.

In diesem Moment klopfte es an der Haustür, und sie hoffte, dass es Danny war. Sie wusste, es würde schwierig werden, ihn in ihre Familie einzubinden. Diesen stillen, naturverbundenen Mann, der nicht einfach losblödelte wie ihre Söhne und nicht die Hälfte seines Lebens vor einem Bildschirm verbrachte. Soweit sie wusste, spielte er auch kein Tennis und nicht in einer Band. Und wahrscheinlich bestellte er auch nie Pizza mit Banane, Chili und sechsmal extra Käse.

Aber sie würden es irgendwie hinkriegen. Sie würden sich biegen und strecken und irgendwo in der Mitte treffen. Und es würde für alle gut sein.

Sie lächelte, als sie die Tür öffnete.

76.

Es war Tradition, nach einer erfolgreichen Ermittlung und der Festnahme des Täters in den Pub zu gehen, und für Hanson war diese Tradition wichtig. Ohne blieb eine unbehagliche Leere zurück, die Fahrt in ein Zuhause, das man seit Tagen kaum gesehen hatte, und manchmal auch das Gefühl, dass das Ganze sinnlos war.

Am Abend zuvor hatten sie ihre Chance verpasst, weil sie erst nach Mitternacht Schluss gemacht hatten. Aber nachdem sie heute einen ganzen Tag lang alle Beweise zusammengetragen hatten, hatte Hanson sich mit Ben und Domnall auf den Weg zu ihrer Stammkneipe ein Stück die Straße hinunter gemacht. Die Einladung des Chief hatte offenbar das halbe Kommissariat in den Pub gelockt, darunter auch viele Leute vom Red Desk, die geholfen hatten, die beiden Murphy-Brüder festzunehmen.

»Es ist rammelvoll«, sagte Hanson lachend, als sie das Lokal betraten. Außerdem war es heiß, laut und auf eigenartige Weise gemütlich.

»Ich werde mich mit dem Constable da um einen Tisch kloppen«, sagte O'Malley und steuerte einen Vierertisch an. »Schafft ihr beiden die Getränke ran.«

»Roger«, sagte Ben, und sie drängelten sich bis zur Bar vor. Als er sich ihr in dem dichten Gedränge direkt vor dem Tresen zuwandte, wurde ihr plötzlich bewusst, dass er sehr nahe bei ihr stand, fast so nah wie bei ihrer einzigen Umarmung.

Sein Gesichtsausdruck hatte etwas Beunruhigendes, als er sagte: »Wir haben es also geschafft.«

»Ja, haben wir«, stimmte sie ihm zu. »Zumindest bis in den Pub, wenn auch noch nicht bis zu dem Betrunken-Blödsinn-Reden-Teil.«

»Ich schätze, dazu kommen wir in einer Viertelstunde, nach ein paar zu schnell heruntergekippten Pints«, sagte er. »Ich schlage vor, dass wir die erste Runde gleich doppelt ordern.«

Hanson spürte, wie das Handy in ihrer Jackentasche vibrierte, und wusste nicht genau, ob sie erleichtert sein sollte oder nicht. Sie schaffte es, das Handy aus ihrer Tasche zu fischen, und sah eine Mobilnummer auf dem Display, die sie nicht erkannte. »Hmm. Könnte jemand vom Red Desk sein.«

Ben blickte zum Tresen. »Ich kann die Getränke alleine besorgen, wenn du drangehen musst.«

»Sicher«, sagte sie hin- und hergerissen und fügte nach kurzem Zögern hinzu: »Okay. Sorry. Ich bin sofort wieder da.«

Sie nahm das Gespräch an und sagte: »Juliette Hanson.« Am anderen Ende hörte sie nur unverständliche Sprachfetzen. In dem Pub war es zu laut. »Entschuldigung, bleiben Sie dran. Ich muss nach draußen gehen. Ich verstehe nichts.«

Sie kämpfte sich die paar Schritte bis zum Eingang vor und begegnete dem DCI, der den Pub gerade betrat. Er winkte ihr zu, und sie zeigte auf ihr Telefon.

Sie trat an die eiskalte Luft. Erst im Freien konnte sie etwas am anderen Ende hören. Es klang wie ein Motor.

»Hallo?«, fragte sie, doch alles, was sie vernahm, war das Motorengeräusch.

Offenbar hatte jemand sie versehentlich angerufen, mit dem Handy in der Hosentasche beim Fahren.

Aber dann schwappte das Geräusch wie ein seltsames Echo von ihrem Handy in die Realität. Sie drehte sich um und sah zwei röntgenhelle LED-Lichter auf sich zukommen. Und noch bevor sie den Gedanken denken konnte, wusste sie, dass die Lichter nicht nur auf sie zukamen. Sie hatten es auf sie *abgesehen*.

Mit erschreckender Geschwindigkeit schossen die schwarzen

Umrisse eines Wagens über den Bordstein und kamen immer näher. Sie konnte nicht ausweichen. Und es blieb keine Zeit.

Abrollen, dachte sie. Springen und abrollen.

Das war ihre einzige Chance. Sich mit Schulter und Hüfte über die Motorhaube abrollen. Sie hatte es in Videos gesehen. Sie wusste, was zu tun war. Aber keines der Fahrzeuge war so gnadenlos schnell gewesen wie dieses.

Mit perfektem Timing schaffte sie es irgendwie abzuspringen, bevor der Wagen ihre Beine traf. Sie spürte einen Moment der Leichtigkeit, als sie über die Motorhaube rutschte, und versuchte, sich gegen den Aufprall auf der Windschutzscheibe zu wappnen.

Der ereignete sich mit einem metallischen Knirschen und solcher Wucht, dass sie in die Luft geschleudert wurde. Als sie auf der anderen Seite des Wagens abhob, wusste sie, dass sie ein Problem hatte, dass sie zu hoch katapultiert worden war und die Landung zu hart werden würde.

Sie hatte keine Chance, sich zu drehen oder aufzurichten. Sie konnte nichts tun, als auf den Absturz zu warten und auf den Aufprall auf der harten Straßenkante.

In dem Pub klang es wie eine Explosion. Die Wand neben dem Eingang wölbte sich nach innen, sodass die drei am nächsten stehenden Gäste sich mit einem Sprung in Sicherheit bringen mussten.

Jonah rannte schon zur Tür, bevor er sich Zeit zum Überlegen gelassen hatte. Mit halbem Ohr hörte er Bens spitzen Schrei »Juliette!«, bevor er durch die halb aus den Angeln hängende Tür nach draußen stürzte.

Er wäre fast in die Seite eines schwarzen BMWs gerannt, dessen hintere Hälfte den Eingang versperrte. Sein Gehirn spuckte augenblicklich die Information aus, dass es sich um den Wagen von Damian handelte. Hansons Ex. Aber er lief weiter um das Fahrzeug herum, rief ihren Namen.

Als Erstes sah er ihre Beine und hatte das seltsame Gefühl, sich und die Szene aus großem Abstand zu betrachten. Juliette lag neben dem Wagen auf dem Boden. Als Jonah ganz um das Heck gegangen war, erkannte er, dass sie mit dem Rücken halb auf dem Bordstein, halb auf der Straße lag. Ihre Brust bewegte sich in keuchenden Zuckungen.

Er hörte, wie O'Malley hinter ihm einen Krankenwagen rief, und kniete sich neben ihr auf den Boden.

»Juliette«, sagte er.

Als sie zu ihm aufblickte, bewegten sich nur ihre Augen. Sie keuchte immer noch. Er wusste nicht, worauf er zu achten hatte oder wie er ihr helfen konnte.

Sanft ergriff er ihre Hand und sagte: »Krankenwagen ist unterwegs. Krankenwagen ist unterwegs. Alles okay.«

Plötzlich war Lightman da, machte einen Satz, rutschte über den Wagen und kauerte sich neben sie. Ins Gesicht des kühlen, ruhigen, emotionslosen Sergeants standen Schmerz und Verzweiflung geschrieben.

Jonah erhob sich und überließ Ben den Platz neben Juliette. Er drehte sich um und ging zu dem Wagen.

Hinter dem Lenkrad waren die Umrisse eines Mannes zu erkennen, dessen Gesicht durch den Airbag verdeckt war, der sich beim Aufprall aufgeblasen hatte.

Damian stöhnte, doch er bewegte sich, als Jonah die Tür aufriss.

»Scheiße«, sagte Damian.

Jonah kannte die Vorschriften. Er wusste, dass er ihn nicht bewegen sollte. Dass er auf Hilfe warten sollte.

Aber er beugte sich vor, löste den Sicherheitsgurt, packte Damian im Nacken und zerrte ihn aus dem Wagen. Er konnte sich nicht erinnern, jemals so wütend gewesen zu sein.

Mittlerweile hatten weitere Fahrzeuge gehalten, und Menschen drängten aus dem Pub auf die Straße. Aber das war Jonah egal, als er Damian auf den Bauch drehte, seine Arme auf den Rücken bog und ihm so grob wie möglich Handschellen anlegte.

Als sie zuklickten, lachte Damian kurz.

»Deshalb sollte man sich nie mit seinem Schutzengel anlegen«, sagte er und spuckte Blut auf den Asphalt.

Hanson wusste, dass irgendwas verkehrt war. Wirklich übel verkehrt. Sie sah die Furcht in Bens Augen, während sie wieder und wieder versuchte, richtig Luft zu holen. Da war ein Schmerz, aber ein Schmerz, den sie irgendwie nicht richtig spüren konnte. Als hätte er nichts mit ihr zu tun.

»Ich … ich bin …«, stammelte sie.

Ben beugte sich noch näher zu ihr. So nah, dass sie die Tränen in seinen Augen erkannte. Er legte ganz sanft eine Hand auf ihr Haar und sagte: »Ich bin hier. Ich gehe nicht weg. Ich bleibe hier.«

Sie lächelte matt zu ihm hoch und hoffte, dass sie auch hierbleiben würde.

DANKSAGUNG

Mein vielfacher Dank geht an die tollen Leute bei Penguin Michael Joseph, die mich aktiv darin unterstützen, dass ich mich weiterhin dem Schreiben widmen kann. Sie sind eine absolut unglaubliche Truppe. Joel Richardson, Grace Long, Jen Breslow, Jen Harlow, Ella Watkins, Kelly Mason, Rachel Sharples und das geniale Lizenzen-Team – ihr seid der Hit. Ich kann euch gar nicht genug danken.

Und ohne Felicity Blunt und Rosie Pierce – die wunderbarsten Agentinnen, die sich ein Mensch wünschen kann – wäre natürlich nichts von alldem möglich gewesen. Danke, danke, danke.

Einen riesigen Dank schulde ich auch meinen großartigen internationalen Verlegerinnen und Verlegern, die geholfen haben, meine Bücher unter die Leute zu bringen.

Darüber hinaus gibt es viele weitere Menschen, die mir bei diesem Roman geholfen haben. Danken möchte ich Laura McKinlay für ihre faszinierenden Kenntnisse und Einblicke zur Leitung eines Gestüts. Ich bin bloß traurig, dass ich nicht mehr davon in diesem Buch unterbringen konnte! Ich kann mir gut einen Roman vorstellen, der komplett in der Welt der Pferde spielt. Danke auch an Gwyneth Horscroft, die ihre lustigsten Tinder-Anekdoten mit mir geteilt hat – ich habe schamlos von ihr geklaut. Außerdem seid ihr beide tolle Menschen, was ebenfalls erwähnt werden muss.

Wie immer ein großes Dankeschön an Chris Haines dafür, dass er mir geniale Details zur Arbeit der Polizei erzählt, über die ich jedes Mal ausflippe. Und dafür, dass er so geduldig und großartig ist. Alle Fehler sind ebenfalls wie immer meine eigenen!

Ein riesiger Dank gebührt Tariq Joyce, weil er immer auf meine

Bitte um einen »Ich brauche Hilfe beim Plot!!«-Notfall-Zoom-Call reagiert und es zuverlässig schafft, mich zum Lachen zu bringen. Ich bin so froh, dass du auf meiner Seite bist (und nicht nur, wenn die Zombie-Apokalypse kommt).

Danke an die fabelhaften Cambridge-Autorinnen, besonders an Victoria Brown und Holly Race, meine Felsen in der Brandung, sowie an Gilly McAllister, die mir via WhatsApp eine Fülle hochwillkommener Ratschläge gibt.

Vielen Dank an meine tollen Freundinnen und Freunde, die mir in diesem Jahr durch alle Höhen und Tiefen eine unglaubliche Stütze waren. Es gibt wirklich zu viele von euch wunderbaren Menschen, um alle namentlich zu nennen. Aber ich kann diese Gelegenheit nicht verstreichen lassen, ohne Naomi Morris und Melanie Staley zu erwähnen, die nimmermüde mein Gejammer angehört haben, außerdem Sarah Durand, Sarah Wordsworth, Liz Stevens, Alison Stockham, Kathryn Brown, Livia Oldland und Jo Shadbolt, die einfach immer fantastisch sind.

Und zuletzt ein Dank an die LKs, diese unglaubliche Truppe von hinreißenden und talentierten Ladys, die mich mit ihrer Großartigkeit unaufhörlich überwältigen. Ein riesengroßes Dankeschön.

ANMERKUNG DER AUTORIN

Die forensische Genealogie hat mich fasziniert, seit sie bei der Identifikation des Golden State Killers Schlagzeilen gemacht hat. Auch wenn DNA-Beweise schon lange ein Schlüsselelement bei der erfolgreichen Anklage von Verbrechern aller Art sind, war dies eine vollkommen neue Methode. Kommerzielle Unternehmen wie GEDmatch und Family Tree DNA hatten begonnen, in ihre Geschäftsbedingungen eine Klausel aufzunehmen, in der Kunden der Verwendung ihrer DNA durch Strafverfolgungsbehörden zustimmten. Damit begannen diese Unternehmen aktive Hilfe bei der Suche nach Mördern zu leisten.

Anhand der Tausenden von DNA-Profilen, auf die die Polizei und das FBI Zugriff haben, können Experten konkrete Verdächtige bestimmen – manchmal auch nur einen Verdächtigen. Diese Methode führte schließlich zur Verhaftung von Joseph James DeAngelo wegen seiner Verbrechen als Golden State Killer. Detectives des FBI unter Führung von Paul Holes luden seine DNA bei GEDmatch hoch und erstellten einen Familienstammbaum von mehr als tausend Personen, den sie auf der Basis von Alter, Geschlecht und Wohnort immer weiter reduzierten.

Am Ende hatte man zwei Verdächtige, von denen einer durch einen familiären DNA-Test ausgeschlossen werden konnte. Damit war nur noch der wahre Golden State Killer übrig, dessen Verbindung zu den Verbrechen durch seine DNA schlüssig nachgewiesen werden konnte. Vierzig Jahre nach der ersten von ihm begangenen Vergewaltigung wurde er zu lebenslanger Haft verurteilt.

Wie viele andere war ich sofort fasziniert von den Möglichkeiten, die sich dadurch für die Aufklärung von Verbrechen ergeben. Im Laufe der Jahre sind zahlreiche Mordfälle ungelöst geblieben, ein Trend, der sich in Großbritannien durch die Kürzungen bei der Polizei noch verschärft hat. Wurden in London früher 90 Prozent aller Morde aufgeklärt und die Täter verurteilt, liegt die aktuelle Rate nach Auflösung spezieller Morddezernate nur noch bei 72 Prozent. Es überrascht nicht, dass ohne die entsprechende Zeit und die Mittel landesweit ein Viertel aller Kapitalverbrechen unaufgeklärt bleibt und es nicht zu einer Verurteilung der Täter kommt.

In anderen Nationen sieht das Bild ähnlich düster aus. Selbst in Ländern mit einer sehr niedrigen Rate unaufgeklärter Straftaten kommt es bei einem von zehn Morden nicht zur Anklage eines Verdächtigen. Am krassesten sind die Zahlen in den USA, wo bei einem Drittel aller Morde keine erfolgreiche Strafverfolgung der Täter gelingt. Personelle Unterausstattung ist auch für US-amerikanische Polizeibehörden ein Problem. Es gibt nicht genug Beamte und Mittel, um die sehr hohe Anzahl an Tötungsdelikten zu bewältigen, sodass sich selbst prominente Serienmörder jahrelang der Justiz entziehen können.

Natürlich gibt es auch andere Gründe, warum Täter nicht identifiziert werden. Wie in *Sobald ihr mich erkennt* können Mörder erstens vorsichtig handeln und zweitens manchmal schlicht Glück haben. Wenn sie zum richtigen Zeitpunkt einem wenig bekannten Opfer auflauern, bleiben sie eventuell unentdeckt. Vielleicht sind sie an keiner Überwachungskamera vorbeigegangen, und ihre DNA ist nirgendwo gespeichert. Was immer der Grund sein mag, für die Familie und den Freundeskreis des Opfers ist es immer ein schwerer Schlag, wenn es nicht zu einer Verurteilung der Schuldigen kommt.

Der aufregendste Aspekt der forensischen Genealogie besteht für mich jedoch darin, dass man nun in der Lage ist, alte ungelöste Fälle aufzuklären und Serienmörder aufzuhalten, bevor sie ein weiteres Mal zuschlagen können. Natürlich hat diese Methode auch eine Kehrseite. Die Vorstellung, dass die DNA *jedes* Menschen durchsuchbar ist, egal ob er ein Verbrechen begangen hat oder nicht, ist überaus problematisch. Für Parabon, die US-amerikanische Genealogie-Agentur, die durch die Lösung einer Reihe von Cold Cases Schlagzeilen machte, wurden Probleme mit dem Datenschutz besonders akut, nachdem man ein Match mit GED-Daten zur Aufklärung eines Falles von schwerer Körperverletzung benutzt hatte. Dieser Verwendung hatten die Kunden jedoch nicht explizit zugestimmt, in den Geschäftsbedingungen waren nur Mord und Vergewaltigung erwähnt. Der öffentliche Aufschrei führte dazu, dass Curtis Rodgers, der CEO von GEDmatch, die Geschäftsbedingungen unverzüglich dahingehend änderte, dass Kunden einer Verwendung ihrer Daten zu Strafverfolgungszwecken ab sofort ausdrücklich zustimmen mussten. Vorher hatten sie einer solchen Nutzung ausdrücklich widersprechen müssen.

Ebenso faszinierend wie potenziell beunruhigend an der Methode der forensischen Genealogie fand ich die Tatsache, dass die Personen, die zu Fachleuten in dem Bereich avanciert sind, weder Genetiker noch Kriminalpolizisten sind. Es handelt sich vielmehr um Laien oder fachfremde Profis, die sehr viel Zeit investiert haben, um zu verstehen, wie ein genetisches Profil von einer dieser Datenbanken auf den oder die Schuldigen einer Straftat hinweisen kann. Das ist wundervoll, aber auch besorgniserregend, wenn man bedenkt, wie viele Informationen diesen Personen außerhalb jedes legalen Rahmens zur Verfügung gestellt werden.

Besonders angezogen haben mich die Profile der genialen CeCe Moore. Ihr ursprüngliches Berufsfeld waren das Theater und Werbefilme, doch als sie für die Produktion eines Werbeclips für Family Tree DNA zu Genealogie recherchierte, entwickelte sie eine Faszination für das Thema. Die führte schließlich dazu, dass sie ihrem Ehemann und Geschäftspartner die Leitung des gemeinsamen Unternehmens überließ und sich ganz darauf konzentrierte, anhand genetischer Daten von Ahnenforschungsportalen Personen zu identifizieren. Ihre ersten Fälle waren vertauschte oder verschwundene Babys, außerdem half sie einer Frau mit Gedächtnisstörungen, ihre Identität wiederzuerlangen. Ab 2018 erhielt sie von GEDmatch und Family Tree DNA die Erlaubnis, an Tatorten gesicherte DNA in ihre Datenbanken hochzuladen.

Die Ergebnisse waren verblüffend. Durch ihre Weitergabe an Strafverfolgungsbehörden hat CeCe Moore dazu beigetragen, in einem Jahr mehr als fünfzig Kriminalfälle zu lösen. Damit hat sie sich als erste selbstständige kommerzielle forensische Genealogin etabliert. Die Figur der Cassie Logan in *Sobald ihr mich erkennt* ist stark von ihr inspiriert. Und seitdem halte ich mir gedanklich auf jeden Fall die Möglichkeit offen, meinen Lebensunterhalt irgendwann damit zu verdienen, Verbrechen zu bekämpfen, anstatt nur über sie zu schreiben.

Aber es war auch ein Thema, das ich sofort in einem Roman verarbeiten wollte. Doch ich musste feststellen, dass die forensische Genealogie in näherer Zukunft nicht in Großbritannien Einzug halten wird. Die bestehenden Gesetze verbieten die Verwendung der Daten von Ahnenforschungsportalen zum Zweck der Verbrechensprävention. Die Bedenken bezüglich des Datenschutzes wiegen schwerer als die erkennbaren Vorzüge. Dabei könnten durch die Anwendung der Methode viele Straftaten ohne großen Personalaufwand aufgeklärt werden. Sie könnte die Lösung für viele Probleme der Ermittlungsarbeit sein.

Deshalb habe ich mich entschlossen, mir eine Ausgangslage vorzustellen, in der wir uns vielleicht in ein paar Jahren befinden werden: eine Situation, in der es eine britische Entsprechung von GEDmatch gibt, wo Kunden ihre Zustimmung dafür geben können, dass ihre Daten zur Prävention von Verbrechen durchforstet werden. Eine Situation, in der sich die Gesetzeslage ein wenig verändert und die Staatsanwaltschaft Interesse an einem Präzedenzfall hat, der den erfolgreichen Einsatz der Methode beweist. Wenn ich jemanden auswählen müsste, der diesen Fall übernimmt, dann wären es Jonah und sein Team.

Ich habe mir ausgemalt, wie das funktionieren könnte, und bin dabei wie so oft beim Schreiben auf einen ganz anderen Aspekt gestoßen. Ich musste mit einem Mal an all die realen Menschen denken, die ihre DNA hochgeladen hatten, nur um zu erfahren, dass ein Verwandter von ihnen ein Verbrechen begangen hatte. In vielen Fällen handelte es sich um einen entfernten Cousin oder eine Großcousine. Wenn man also seine Daten hochgeladen und diese furchtbare Entdeckung gemacht hatte, ging es meist um eine Person aus einem Zweig der Familie, den man kaum kannte.

Aber theoretisch könnte es auch ein Sohn, eine Tochter oder ein Geschwister sein. Ein Vater, eine Mutter, ein Ehemann oder eine Ehefrau.

Mir wurde klar, dass das die Geschichte war, die ich vor allem erzählen wollte. Die Geschichte einer Frau, die ihren vermissten Vater sucht und stattdessen erfährt, dass ein Mitglied ihrer Kernfamilie ein Mörder ist.

Bei Aisling wie bei vielen anderen ging die Gewalt tatsächlich vom engsten Familienkreis aus. Aber in ihren Blutsbanden und ihrem Erbgut lag auch der Schlüssel für eine bestimmte Form von Gerechtigkeit.